東周列國志 上

馮夢龍　原著
蔡元放　改撰
劉本棟　校注
繆天華　校閱

三民書局

總目

引言

劉本棟

東周列國志是記載東周列國事跡的小說。周室東遷始於平王，列國多事始於桓王。可是本書為什麼從宣王敘起？這是因為平王的東遷是由於犬戎的作亂，犬戎的作亂是由於幽王寵愛褒姒，廢了太子宜臼（即平王）而立伯服為太子，而褒姒的來歷又是始於宣王，而且童謠亡國之事，也是兆自宣王的時代，所以必須從他敘起，來歷才能明白。

東周列國志和一般的小說不同。一般的小說大都是虛構的。如封神榜、水滸傳、西遊記等都是劈空撰出來的，所以情節可以隨意安排照應，故事也比較曲折離奇。可是列國志就不同了，它所敘述的全是事實，必須一段一段各自分開來敘述，不能任意安排，所以文字反而不如虛構的好看。這也就是說一般的小說較富有趣味性，而列國志因為是根據實事編寫成的，所以小說的趣味比較少。可是小說的趣味比較少並不是說它沒有價值，它的價值是歷史的，也就是說把歷史小說化，使讀者沒有讀歷史時的枯燥感，而有讀歷史的事實，所以仍然有很多人喜歡看它。通常我們看一本小說，愛不釋手，興味盎然。可是讀列國志就不同，因為它是根據許多史籍所編寫成的，所以讀的時候，每段都自成故事。讀了以後就如同讀了許多史書一樣，可以知道許多歷史上的事實。而且看言情小說容易害人性靈，看列國志就不會有這個壞處。其中有許多忠孝節義的事情，足以勸善懲惡，使人知所警惕。如第五十七回公孫杵臼與程嬰兩人，為了保存撫養趙氏孤兒所表現的忠義和信賴，以及六十回晉悼公的弟弟楊干恃寵亂行，悼公跣足謝過的情形，每次讀了都會受到極大的感動。這種效果，那裡是一般小說所能有的！

因為列國志是根據許多種史書撰寫成的，而且所敘述的事實前後有五百多年，其中人物眾多，頭緒繁雜，因此作者稍有不慎，便容易發生錯誤。再加上傳抄校印的人擅加改易，所以錯誤就更加多了。此次校訂，就發現了許多，而且這許多錯誤，市面上的一些本子也都沒有改正。將這些錯誤歸納一下，可以分成下列兩大類：

第一類的錯誤是本書前後自相矛盾。這類錯誤都有史書可查證，故皆據史書予以改正，使其前後一致。茲將所改正的部分，舉例說明在後面：

第五回衛石厚向州吁奏道：「鄭國昔年討公孫滑之亂，曾來攻伐。先君桓公服罪求免，此乃吾國之恥。」此處「桓公」原誤作「莊公」。按鄭莊公討公孫滑之事見第四回，在衛桓公的時候。根據左傳隱公元年記載，太叔段作亂是在魯隱公元年五月，是年當鄭莊公二十二年，衛桓公十三年。討公孫滑之亂是在魯隱公元年冬十月，所以把莊公改作桓公。衛莊公是桓公的父親。

第三十二回：「其時只有公子雍怕事，出奔楚國去訖。楚成王用為大夫。」「楚國」原作「秦國」。「楚成王」原作「秦穆公」。根據三十九回及左傳、史記改正。三十九回說：「楚成王……伐齊。取陽穀之地，以封齊桓公之子雍，使雍巫相之。」左傳僖公二十六年：「取穀，寘桓公之子雍於穀，易牙奉之，以為魯援。桓公之子七人，為七大夫於楚。」史記楚世家：「成王三十九年，魯僖公來請兵以伐齊。楚使申侯將兵伐齊，取穀，置齊桓公子雍焉。齊桓公七子皆奔楚，楚盡以為上大夫。」再就地理位置看來，桓公的庶子出奔，也不可能奔秦。因為齊、秦東西遠隔，齊、楚卻是鄰國，所以公子雍出奔，必往楚國去。晉文公死的時候，有一個兒子名雍的，出奔秦國。作者可能記錯了。

第四十三回：「蘭乃鄭伯捷之庶子。」「子」原作「弟」，根據二十四回及左傳改。據二十四回記載，公子蘭是鄭文公妃燕姞夢蘭而生，所以取名為蘭。此事亦見於左傳宣公三年。

第五十九回：「黑臀傳獳，獳傳州蒲。」兩「獳」字原來都作「驩」，根據五十二回及左傳成公十年改。五十二回說：「晉成公……病甍，……立世子獳為君，是為景公。」據左傳成公十年，成公名黑臀，其子名獳。晉文公的兒子晉襄公名驩。

第六十二回：「盈嘗言，鞅殺吾叔（欒鍼）。」「叔」字原作「兄」，根據六十一回及左傳襄公二十一年改。按欒盈是欒黶的兒子，欒鍼是欒黶的弟弟，所以欒鍼應當是欒盈的叔叔。

第六十三回：「荀吳拘到中行喜、辛俞，及叔虎之兄羊舌赤、羊舌肸。」「羊舌肸」上原來有一個「弟」字，根據本回後文與左傳襄公二十一年及成公十三年刪去。按羊舌職的長子羊舌赤字伯華，次子羊舌肸字叔向，二人都是夫人所生。羊舌虎的母親本是羊舌夫人的婢女，由於叔向的勸諫，夫人才遣他與羊舌職侍寢，一宿而生羊舌虎，字叔虎。所以叔虎的年紀比羊舌赤、羊舌肸都小，赤與肸都是他的哥哥。

第八十九回：「韓昭侯遣人告急於齊。」「昭」字原作「哀」，根據八十八回末及本回下文「韓昭侯大喜，乃悉力拒魏」的句子而改。按哀侯是昭侯的祖父。又「秦孝公嘉衛鞅之功，封為列侯。以前所取楚地商、於等十五邑，為鞅食邑。」「楚」字原作「魏」。按秦國攻取楚國商、於等地，見八十七回，又九十一回張儀告楚懷王說：「寡君願以商君所取楚商、於之地六百里，還歸於楚。」由此看來，商、於本是楚地，不是魏地。

第九十八回：「前秦兵伐韓，圍閼與。趙遣趙奢救韓，大敗秦兵。」「趙奢」原作「李牧」，根據九十六回及史記廉頗藺相如列傳改。

第一〇八回：「無卹傳其姪之子桓子浣。」「之子」二字原來沒有，根據八十五回增入。按八十五回無卹本來欲立長兄伯魯的兒子周為世子，但是周已先死，於是就立周的兒子浣為世子，而將君位傳給他。這事是根據史記趙世家。所以「姪」字下面應增加「之子」兩個字，才能前後一致，與歷史符合。又「齊始祖陳完，乃陳厲公躍之子」。「完」字原誤作「定」，坊間各本都沒有改正。「躍」字原作「佗」。按陳厲公名躍，是陳桓公的庶子，見第十回，陳完是陳厲公的兒子，見第十九回。至於陳佗，乃是陳桓公的弟弟。左傳桓公五年正月，陳桓公鮑卒，陳佗殺太子免而代之。六年八月蔡人殺陳佗而立厲公。

就以上所舉的例子看來，凡是前後文字互相矛盾的，大都是前面對，而後面重見或追述前事時就弄錯了。這大概是因為作者在開始敘述一件事的時候，必查看歷史，其後再重敘此事的時候，就憑記憶而懶得查考歷史。由於記憶的不清，所以造成了許多的錯誤和矛盾。

第二類的錯誤是本書前後文字矛盾，但是不能確定那個地方是正確的，也不是更易一二個字就能使前後文統一的；另外還有一些事實和歷史不同，但是沒有前後矛盾的情形，因為是小說，所以都沒有改動，好在這類的錯誤並不多。茲將顯而易見的地方，分別敘述在下面：

第十五回：「值襄公諸兒即位，長子曰糾，魯女所生；次子小白，莒女所生。」但是根據左傳莊公八年杜預的注及史記齊世家，公子糾及小白都是齊僖公的庶子，襄公的庶弟。

第三十六回：呂、郤為亂焚公宮，欲殺重耳，往秦迎立公子雍為君。按公子雍是晉文公重耳的庶子，在文公臨卒之前出奔秦國。見四十四回。呂、郤焚公宮時，公子雍尚未在秦。

第七十五回：吳王闔閭出兵伐楚時，明言「使被離，專毅輔太子波居守」，而七十六回在楚作戰時，又說「令夫槩、專毅各引本部伏大別山左右……專毅、夫槩兩軍，左右突出夾攻。」後來夫槩潛回吳國，想奪取王位，七十七回又說「吳世子波與專毅聞變，登城守禦，不納夫槩」。接連三回前後互相矛盾。左傳定公四年、史記、吳越春秋記此事，並無專毅這個人。想來專毅是應當居守的，所以七十六回專毅與夫槩左右夾攻的事，可能是作者的疏忽。

第九十一回：「（秦）惠文王稱善，乃許魏還襄陵等七城以講和。」按魏襄陵七城被楚國所奪取，見九十回。而且史記魏、楚世家對此事都有記載。魏世家記此事在襄王十二年，楚世家在懷王六年，說：「楚使柱國昭陽將兵而攻魏，破之於襄陵，得八邑。」而秦本紀對此事並無記載。

以上所舉出來的，祇是代表性的例子。不過由這些例子看來，也可以明白本書校訂的態度，是審慎而嚴謹的。除非前後文互相矛盾不能一致，且又有經傳可為旁證，是不敢輕易改動一字的。雖然改動先賢的著作，難逃「專擅」的罪過，但是為了對讀者作一忠誠的交代，我想犯這個罪過也是可恕的。此次校訂是根據蔡奡的批評本。蔡本每回之前都有一大段評論，行間亦有批評或夾注，以其無何意義，一併刪去。

東周列國志因為是根據經籍編撰而成，所以在用語方面多承襲原文，或稍加語體化。至於俚語俗話，是很少見的。不過在校訂時，仍檢出一些較為俚俗難懂的詞語，予以簡明注釋，以供讀者參考。

中華民國六十五年五月記

東周列國志考證

劉本棟

東周列國志的作者，一般都說是明朝的余邵魚。鄭振鐸氏認為應該是明末的馮夢龍。此處從鄭說，定為馮作。要想了解這個問題，必須先了解明代「講史」派的小說及宋、元以來「講史」派「話本」的發展情形，甚至對於唐代的變文亦不可不知。

清光緒三十三（一九〇七）年，在甘肅省敦煌千佛洞發現了大量的古代寫本。在這些寫本中，有很重要的民間敘事歌曲及「變文」。所謂「變文」，就是一種新發現的很重要的文體。它的意義和「演義」是差不多的。它把古典的故事，重新再演說一番，變化一番，使人民容易明白。初時，變文只是專門演唱佛經裡的故事。但是很快地便為文人所採取，用來講唱民間傳說的故事。像列國志變文，敘述伍子胥的故事；明妃變文則敘述王昭君和番的故事。

到了北宋末年，因受變文的影響，更幻化地分歧而成為種種新文體。其中的一種新文體，就是在民間講唱故事的「說話」。從事說話的「說話人」很多，有「小說」、「講史」、「說經渾經」、「合生」四家。其中「小說」、「講史」最為發達。很可惜的宋代講史的著作，大都不見傳於今世。

講史的「話本」到了元代，留傳下來了不少種。今有元至治刊本全像平話五種。這五種的全像平話是：㈠武王伐紂書，㈡樂毅圖齊七國春秋後集，㈢秦併六國秦始皇傳，㈣呂后斬韓信前漢書續集，㈤三

國志平話。（現在均藏在中央圖書館）

武王伐紂書先以蘇妲己被魅，狐狸進據其身，誘惑紂王，為惡多端為開場。次敘仙人雲中子見宮中妖氣甚熾，進劍除妖，紂王不納的事。再次則敘紂王作惡，立酒池肉林，囚西伯於羑里等等。次敘西伯脫歸聘子牙為輔，武王即位，以子牙為帥，大舉伐紂，遂滅之。現在中央圖書館所藏明萬曆刊本的余邵魚列國志傳（非東周列國志，後當詳論），其第一卷凡十九則，所敘述的都是武王伐紂的事。這十九則大概是根據武王伐紂書的。樂毅圖齊七國春秋後集所敘述的是樂毅伐齊與孫子鬥智的事情，非常的詭異，完全與史實不符。秦併六國秦始皇傳敘述的是秦始皇統一六國及其滅亡的故事，並附帶敘至楚漢相爭及劉邦的統一天下。是一部純粹的歷史小說。呂后斬韓信前漢書續集及三國志平話，因為與本文無關，在此就不作討論了。

元刊五種話本的作者，都已經不可考了。今所知最早的講史作家是元末的羅貫中。自羅貫中以後，長篇的講史小說的作者，又中斷了約二百年。直到明嘉靖、萬曆時，偉大的創作，方才陸續出來，而余邵魚的列國志傳，就是這個時期的產物。

余邵魚字畏齋，福建建陽人（見劉大杰中國文學發達史下，三七五頁）。據孫楷第跋館藏新鐫陳眉公先生批評列國志傳（載國立北平圖書館館刊第四卷第五號）的考證，他是余象斗的族叔。其生存時代，至晚當在嘉靖、隆慶（一五二二—一五七二）之際。他所編的列國志傳，原本已不可見。據孫跋考證，有萬曆丙午（三十四年，西元一六〇六年）余象斗重刊本，書名新刊京本春秋五霸七雄全像列國志傳，分八卷，二百二十六則。在余象斗重刊本十年之後，又有萬曆乙卯（四十三年，西元一六一五年）姑蘇龔紹山刊本列國志傳，見國立中央圖書館善本書目（現藏外雙溪故宮博物院圖書館，筆者曾借閱），題新鐫陳眉公先生批評列國志傳，不著撰人，有陳繼儒評，凡十二卷十二冊二百二十三則。可知書名卷數皆與原書有異。余邵魚所編列國志傳，保存舊時傳說非常多。今以館藏十二卷本考之，內容卷一自「蘇妲己驛堂被魅」起，至「太公滅紂興國」止，共十九則，都是敘述武王伐紂的故事，用意如同引首，也是說話人的常例，其次卷九至卷十，說春秋五霸的故事，卷十至卷十二，說七雄相爭的故事；而十卷、十一卷以孫、龐、樂、田諸人的事情為多，十二卷敘信陵君救趙、秦併六國諸事。按前文所敘述的元刊五種平話中的武王伐紂書、樂毅圖齊七國春秋後集、秦併六國秦始皇傳三種，此列國志傳，當是以此為底本，加以敷暢而成的。

到了明代末年，馮夢龍撇開了舊本的列國志傳而另起爐灶，雜採經、史、子等古籍，重新編撰，務求雅正，敷暢演義，成功了一百零八回本的新列國志。馮夢龍字猶龍，一字子猶，江蘇長洲人。（因為他是長洲人，所以根據左思吳都賦「佩長洲之茂苑」的句子，又稱茂苑野史。又因為他的書齋叫做墨憨齋，所以又自稱為墨憨子。他託名龍子猶，增改三遂平妖傳，又在古今小說序上署綠天館主人。）崇禎年間，由貢生選授福建壽寧（今壽寧縣）知縣，文集有七樂齋稾。明亡殉難（見朱彝尊明詩綜卷七十一）。明詩綜引靜志居詩話說他「善為啟顏之辭，間入打油之調。雖不得為詩家，然亦文苑之滑稽也」。可知他是一個極有風趣的俗文學家。他在文學上有著多方面的成就。除了編刊小說、民歌以外，還著有許多小說。他所編撰的新列國志，幾乎無一事無來歷。他恣意攻擊舊本列國志傳的淺陋，把舊本首卷妲己被魅、太公滅紂興國等十九則完全拋棄，又把荒誕不經的傳說如臨潼鬥寶、鞭伏展雄等，皆一掃而空，誠然是一部典雅的講史。小說的價值固然因而減少了，而文學的價值卻大大的提高了。所以到了清代乾隆年間，秣陵蔡奡（字元放，號七都夢夫，又號野雲主人）稍事刪訂整齊，加上評註，即成現今通行的東周列國志。於是不但余邵魚的列國志傳很少有人知道，就是馮夢龍的新列國志，知道的人也不多了。馮夢龍的新列國志，據鄭振鐸中國文學史說有金閶葉敬池刊本。蔡奡的東周列國志書前有一篇序文，題乾隆十七年，可知其書當成於乾隆十七年以前。據鄭振鐸中國小說提要一文說，其書坊間刻本極多，有朱墨套印本，有大字本，又有石印本、鉛印本。

由上面的敘述看來，演說列國故事的小說，可分為兩個不同的系統。一個系統自列國志變文，經過宋人的話本，元代的武王伐紂書、樂毅圖齊七國春秋後集、秦併六國秦始皇傳等平話，而以余邵魚的列國志傳為結束；另一個系統則是馮夢龍的新列國志，及蔡奡據新列國志刪訂批評而成的東周列國志。就價值而言，前者是小說的，後者是文學的；就內容而言，前者多荒誕不經的傳說，後者多信而可徵的史實。

東周列國志的故事，主要的是根據春秋左氏傳、國語、戰國策、史記。此外，有許多故事，大都可以找出它的來歷，在這裡舉幾個例子，就可以看出它的一斑了。如十二回的新臺詩及二子乘舟之詩，見詩經衛風。十四回的載驅、敝笱詩，見詩經齊風。十八回管仲妾婧白水詩「浩浩白水」云云，見列女傳。惟列女傳說「甯子殆欲室也」，與此「殆欲仕也」不同。大概是因著甯子有求仕之意而改的。又甯子飯牛歌見唐李瀚蒙求卷中，但蒙求所載原詩沒有「中有鯉魚長尺半」這一句。這一句大概是由樂府溷入的。因為樂府所載首二句作「滄浪之水白石粲，中有鯉魚長尺半」。此外劉向別錄也有此歌（見古逸詩載），字句和蒙求所載者差別很大。二十二回「齊皇子獨對委蛇」事，見莊子達生。二十六回「歌扊扅百里認妻」一事，本風俗通。三十一回「介子推割股啖君」一事，本琴操。三十七回解張作書懸於朝門「有龍矯矯」云云，本說苑。此外琴操、呂氏春秋、新序等書也都有，不過文字頗有異同。四十七回「弄玉吹簫雙跨鳳」一事，本列仙傳。五十六回「蕭夫人登臺笑客」一事見成公元年穀梁傳。穀梁傳說：「季孫行父禿，晉郤克眇，衛孫良夫跛，曹公子首僂，同時而聘於齊。齊使禿者御禿者，使眇者御眇者，使跛者御跛者，使僂者御僂者。蕭同姪子處臺上而笑之，聞於客。客不悅而去，相與立胥閭而語，移日不解。齊人有知之者，曰齊之患必自此始矣！」左傳宣公十七年所記很簡略，僅說：「晉使郤克徵會於齊，齊頃公帷婦人使觀之。郤子登，婦人笑於房。獻子怒，出而誓曰：所不此報，無能涉河！」六十四回華周、杞梁、隰侯重三人戰死且于門事，見劉向說苑。至於杞梁的妻子孟姜的事，則並見於左傳及史記。後世所傳孟姜女哭倒長城的故事，就是由此事附會而成的。六十七回周靈王太子晉跨鶴吹笙之事見列仙傳。六十八回衛師涓聞濮上之樂作新聲，晉師曠為平公奏清徵、清角之聲見韓非子。六十九回「晏平仲巧辯服荊蠻」及七十一回「晏平仲二桃殺三士」之事，並見晏子春秋。七十三回越王允常聘歐冶子鑄劍五枚一節及七十四回吳王使干將鑄劍募人作金鉤等，並見吳越春秋。至晉張華、雷煥見斗牛之間有紫氣一節，則見於豫章記。七十八回孔子誅少正卯及論商羊等事，並見孔子家語。八十一回越王聘南林處女教劍事見吳越春秋。八十二回哀公狩於大野獲麟，孔子作歌云云見孔叢子。惟首句作「唐虞世兮麟鳳遊」不同。八十七回鬼谷子一節見袁淑真隱傳。九十四回韓馮妻息氏不從宋王作「烏鵲」歌自殺之事見戰國策。惟國策作韓馮妻何氏。至於息氏所作之歌，國策作烏鵲歌，彤管集作青陵臺歌。

東周列國志的故事，固然絕大部分都是信而可徵的，但是也有的地方不能令人全信。在此也舉幾個例子，以見其梗概：如十七回楚王擄息夫人事是根據左傳莊公十四年。左傳說：「楚子滅息，以息嬀歸。生堵敖及成王焉，未言。楚子問之。對曰：『吾一婦人而事二夫，縱弗能死，其又奚言！』」但是劉向列女傳卻說息君及夫人「同日俱死。楚王賢其節，以諸侯之禮合葬之」。五十七回屠岸賈殺趙氏事是根據史記趙世家。據趙世家所載，莊姬能撫育孤兒，卒報夫仇，是一個才德雙全的節婦。但是據左傳成公四年及八年，趙氏之禍不是出自屠岸賈，實是出自莊姬。原來趙衰先娶叔隗，生趙盾，後又娶晉文公之女，生趙同、趙括及趙嬰齊。趙盾生趙朔。而莊姬（朔妻，景公姊）與嬰齊私通。同、括怒，逐嬰齊（以上成公四年）。莊姬乃誣奏景公，使殺同、括（以上成公八年）。由此看來莊姬的人格，與史記演義所敘述的又大相逕庭了。七十二回漁丈人渡伍員事，本史記、呂氏春秋及吳越春秋。至於漁人沉江而死，及漁人有子仕鄭之事，則是附會增飾之辭。七十三回浣紗女事見吳越春秋。但劉向列女傳卻說「楚軍至，（浣紗女）恐不免辱，因抱石沉水而死」。與演義說他自沉而死不同。八十一回越王進西施、鄭旦事見吳越春秋。至於八十三回所載西施之結局，說法不一，實為千古疑案。據墨子親士篇說他被沉於江，修文御錄引吳越春秋逸篇說越浮（沉也）西施於江。而越絕書則說西施隨范蠡出三江入五湖以去。唐杜牧「西子下姑蘇，一舸逐鴟夷」詩，即本越絕書。八十四回范蠡至齊為陶朱公事本史記。但呂氏春秋悔過篇說「范蠡流於江」，離謂篇說「范蠡、子胥以此流」。又賈誼新書耳痺篇說「范蠡負石而蹈五湖」，與史記所載不同。此外如晏娥兒（三十二回）、東皋公、皇甫訥（七十二回）等人之事，都不可考，大概是演義增飾的。

從上面所敘述的看來，東周列國志的內容絕大部分都是可信的史實，甚至我們可以說它是趣味化了的一部白話歷史。既可當小說看，又可當歷史讀，這是東周列國志較特殊的地方。

周宣王聞謠輕殺
杜大夫化厲鳴冤

原序

書之名無慮數十百種，而究其實，不過經與史二者而已。經所以載道，史所以紀事者也。六經開其源，後人踵增焉。訓戒、論議、考辨之屬，皆經之屬也；鑑記、紀傳、敘志之屬，皆史之屬也。顧六經者，聖人之書也。言體必有用，言用必有體。易與禮、樂，經中之經也，而事亦紀焉；詩、書、春秋，經中之史也，而道亦章焉。後人才識淺短，遂不得不歧而貳之。貳之，斯不能不有所戾。故高譚名理者，常絀於博識之士；而自矜該洽者，其是非或謬於聖人。顧理無貳致，故言道之書，雖世不乏著，究其精者，亦不過恢張餘蘊，僅可作佐翼註疏。其卑者，糟魄唾餘而已。若稍肆焉，則穿鑿傅會破碎支離之弊出矣。至於事則不然，日異月新，千態萬狀，非聖人已然之書所能盡也。故經不能以有所益，而史則日以多；史固盛衰成敗廢興存亡之迹也。已然者事，而所以然者理也。理不可見，依事而章。而事莫備於史，天道之感召，人事之報施，知愚忠佞賢姦之辨，皆於是乎取之。則史者可以翊經以為用，亦可謂兼經以立體者也。自制舉藝出，而經學遂湮。然帖括家以場屋功令，故猶知誦其章句。至於史學，其書既灝瀚，文復簡奧，又無與於進取之涂，故專門名家者，代不數人。學士大夫，則多廢焉置之。偶一展卷，率為睡魔作引耳。至於後進初學之士，若強以讀史，則不免頭涔涔目森森，直苦海視之矣。春秋三傳，左氏最為明備。專經者，猶或不能舉其辭，況其他乎。顧人多不能讀史，而無人不能讀稗官。稗官固亦史之支派，特更演繹其詞耳。善讀稗官者，亦可進於讀史。故古人不廢東周列國一書，稗官之近正者也。周自平轍東移，下逮呂政，上下五百有餘年之間，列國數十，變故萬端，事緒糾紛，人物龐雜，最為棘目聱牙，其難讀更倍於他史。而一變為稗官，則童穉無不可讀。夫至童穉皆可讀史，豈非大樂極快之事邪？然世之讀稗官者甚眾，而卒不獲讀史之益者何哉？蓋稗官不過紀事而已，其有知愚忠佞賢姦之行事，與國家之興廢存亡盛衰成敗，雖皆臚列其迹，而與天道之感召，人事之報施，知愚忠佞賢姦計言行事之得失，及其所以盛衰成敗廢興存亡之故，固皆未能有所發明，則讀者於事之初終原委，方且瞢焉昧之，又安望其有益於學問之數哉？夫既無與於學問之數，則猶不讀是為無益之書，安用灾梨禍棗為？坊友周君，深慮於此，屬予者屢矣。寅卯之歲，予家居多暇，稍為評焉。條其得失，而抉其隱微，雖未必盡合於當日之指，而依理論斷，是非既頗不謬於聖人，而亦不致貽嗤於博識之士，聊以豁讀者之心目，於史學或亦不無小裨焉。故既為評之，而復之如此。

乾隆十有七年春，七都夢夫蔡元放氏題。

回目

上冊

第一回　周宣王聞謠輕殺　杜大夫化厲鳴冤

詞曰：

道德三皇五帝，功名夏后商周。英雄五霸鬧春秋，頃刻興亡過手。
青史幾行名姓，北邙無數荒邱。前人田地後人收，說甚龍爭虎鬥。

話說周朝自武王伐紂，即天子位，成康繼之，那都是守成令主。又有周公、召公、畢公、史佚等一班賢臣輔政，真個文修武偃，物阜民安。自武王八傳至於夷王，覲禮不明，諸侯漸漸強大。到九傳厲王，暴虐無道，為國人所殺。此乃千百年民變之始。又虧周、召二公同心協力，立太子靖為王，是為宣王。那一朝天子，卻又英明有道。任用賢臣方叔、召虎、尹吉甫、申伯、仲山甫等，復修文、武、成、康之政，周室赫然中興。有詩為證：

夷厲相仍政不綱，任賢圖治賴宣王。共和若沒中興主，周歷安能八百長！

卻說宣王雖說勤政，也到不得武王丹書受戒，戶牖置銘；雖說中興，也到不得成康時教化大行，重譯獻雉。至三十九年姜戎抗命，宣王御駕親征，敗績於千畝，車徒大損。思為再舉之計，又恐軍數不充，親自料民於太原。那太原即今固原州，正是鄰近戎狄之地。料民者，將本地戶口按籍查閱，觀其人數之多少，車馬粟芻之饒乏，好做准備❶，徵調出征。太宰仲山甫進諫不聽。後人有詩云：

犬彘何須辱劍鈚，隋珠彈雀總堪傷。皇威褻盡無能報，枉自將民料一場。

再說宣王在太原料民回來，離鎬京不遠，催趲車輦，連夜❷進城。忽見市上小兒數十為群，拍手作歌，其聲如一。宣王乃停輦而聽之。歌曰：

月將升，日將沒；檿弧箕箙，幾亡周國。

宣王甚惡其語，使御者傳令，盡拘眾小兒來問。群兒當時驚散，止拿得長幼二人，跪於輦下。宣王問曰：「此語何人所造？」幼兒戰懼不言。那年長的答曰：「非出吾等所造。三日前有紅衣小兒，到於市中，教吾等念此四句，不知何故，一時傳遍，滿京城小兒不約而同，不止一處為然也。」宣王問曰：「如今紅衣小兒何在？」答曰：「自教歌之後，不知去向。」宣王嘿然良久，叱去兩兒，即召司市官分付傳諭禁止：「若有小兒再歌此詞者，連父兄同罪。」當夜回宮無話。

次日早朝，三公六卿齊集殿下，拜舞起居畢。宣王將夜來所聞小兒之歌，述於眾臣。「此語如何解說？」大宗伯召虎對曰：「檿，是山桑木名，可以為弓，故曰檿弧。箕，草名，可結之以為箭袋，故曰

❶ 准備：準備。

❷ 連夜：日以繼夜、日夜不停。

箕箙。據臣愚見，國家恐有弓矢之變。」太宰仲山甫奏曰：「弓矢乃國家用武之器。王今料民太原，思欲報犬戎之仇，若兵連不解，必有亡國之患矣。」宣王口雖不言，點頭道是。又問：「此語傳自紅衣小兒，那紅衣小兒，還是何人？」太史伯陽父奏曰：「凡街市無根之語，謂之謠言。上天儆戒人君，命熒惑星化為小兒，造作謠言，使群兒習之，謂之童謠。小則寓一人之吉凶，大則係國家之興敗。熒惑火星，是以色紅。今日亡國之謠，乃天所以儆王也。」宣王曰：「朕今赦姜戎之罪，罷太原之兵，將武庫內所藏弧矢，盡行焚棄，再令國中不許造賣，其禍可息乎？」伯陽父答曰：「臣觀天象，其兆已成。似在王宮之內，非關外間弓矢之事。必主後世有女主亂國之禍。況謠言曰：『月將升，日將沒。』日者人君之象，月乃陰類。日沒月升，陰進陽衰，其為女主干政明矣。」宣王又曰：「朕賴姜后主六宮之政，甚有賢德。其進御宮嬪，皆出選擇。女禍從何而來耶？」伯陽父答曰：「謠言『將升』、『將沒』，原非目前之事。況『將』之為言，且然而未必之詞。王今修德以禳之，自然化凶為吉，弧矢不須焚棄。」宣王聞奏，且信且疑，不樂而罷，起駕回宮。姜后迎入坐定，宣王遂將群臣之語，備細述於姜后。姜后曰：「宮中有一異事，正欲啟奏。」王問：「有何異事？」姜后奏曰：「今有先王手內老宮人，年五十餘，自先朝懷孕，到今四十餘年，昨夜方生一女。」宣王大驚，問曰：「此女何在？」姜后曰：「妾思此乃不祥之物，已令人將❸草蓆包裹，拋棄於二十里外清水河中矣。」宣王即宣老宮人到宮，問其得孕之故。老宮人跪而答曰：「婢子聞夏桀王末年，褒城有神人化為二龍，降於王庭，口流涎沫，忽作人言，謂桀王曰：『吾乃褒城之二君也。』」桀王恐懼，欲殺二龍。命太史占之，不吉。欲逐去之，再占，又不吉。太史奏

❸ 將：拿。

道：『神人下降，必主禎祥。王何不請其漦而藏之？漦❹乃龍之精氣，藏之必主獲福。』桀王命太史再占，得大吉之兆。乃布幣設祭於龍前，取金盤收其涎沫，置於朱櫝之中。忽然風雨大作，二龍飛去。桀王命收藏於內庫。自殷世歷六百四十四年，傳二十八主。至於我周，又將三百年，未嘗開觀。到先王末年，櫝內放出毫光，有掌庫官奏知先王。先王問：『櫝中何物？』掌庫官取簿籍獻上，具載藏漦之因。先王命發而觀之。侍臣打開金櫝，手捧金盤呈上。先王將手接盤，一時失手墮地，所藏涎沫，橫流庭下。忽化成小小元黿一個，盤旋於庭中。內侍逐之，直入王宮，忽然不見。那時婢子年才一十二歲，偶踐黿跡，心中如有所感，從此肚腹漸大，如懷孕一般。先王怪婢子不夫而孕，囚於幽室，到今四十年矣。夜來腹中作痛，忽生一女。守宮侍者不敢隱瞞，只得奏知娘娘。娘娘道此怪物，不可容留。隨命侍者領去，棄之溝瀆。婢子罪該萬死！」宣王曰：「此乃先朝之事，與你何干？」遂將老宮人喝退。隨喚守宮侍者，往清水河看視女嬰下落。不一時侍者回報：「已被流水漂去矣。」宣王不疑。

次日早朝，召太史伯陽父告以龍漦之事，因曰：「此女嬰已死於溝瀆，卿試占之，以觀妖氣消滅何如。」伯陽父布卦已畢，獻上繇詞。詞曰：

哭又笑，笑又哭。羊被鬼吞，馬逢犬逐。慎之慎之，檿弧箕箙！

宣王不解其說。伯陽父奏曰：「以十二支所屬推之，羊為未，馬為午。哭笑者，悲喜之象。其應當在午未之年。據臣推詳，妖氣雖然出宮，未曾除也。」宣王聞奏，怏怏不悅。遂出令：「城內城外，挨戶查

❹ 漦：音ㄌㄧˊ。龍的唾液。

問女嬰，不拘死活。有人撈取來獻者，賞布帛各三百疋。有收養不報者，鄰里舉首，首人給賞如數，本犯全家斬首。」命上大夫杜伯專督其事。因繇詞又有「檿弧箕箙」之語，再命下大夫左儒，督令司市官巡行廛肆，不許造賣山桑木弓，箕草箭袋。違者處死。司市官不敢怠慢，引著一班胥役，一面曉諭，一面巡綽❺。那時城中百姓，無不遵依，止有鄉民，尚未通曉。巡至次日，有一婦人，抱著幾個箭袋，正是箕草織成的。一男子，背著山桑木弓十來把，跟隨於後。他夫妻兩口住在遠鄉，趕著日中做市，上城買賣。尚未進城門，被司市官劈面❻撞見。喝聲：「拿下！」手下胥役，先將婦人擒住。那男子見不是頭❼，拋下桑弓在地，飛步走脫。司市官將婦人鎖押，連桑弓箕袋，一齊解到大夫左儒處。左儒想：「所獲二物，正應在謠言。況太史言女人為禍，今已拿到婦人，也可回復王旨。」遂隱下男子不題，單奏婦人：「違禁造賣，法宜處死。」宣王命將此女斬訖。其桑弓箕袋，焚棄於市，以為造賣者之戒。不在話下❽。後人有詩云：

不將美政消天變，卻泥謠言害婦人！謾道中興多補闕，此番直諫是何臣？

話分兩頭。再說那賣桑木弓的男子，急忙逃走，正不知官司拿我夫婦，是甚緣故？還要打聽妻子消

❺ 巡綽：即巡查。
❻ 劈面：當面。
❼ 不是頭：形勢不佳。
❽ 不在話下：不去說他。

息。是夜宿於十里之外。次早有人傳說：「昨日北門有個婦人，違禁造賣桑弓箕袋，拿到即時決了。」方知妻子已死。走到曠野無人之處，落了幾點痛淚。且喜自己脫禍，放步而行。約十里許，來到清水河邊。遠遠望見百鳥飛鳴。近前觀看，乃是一個草蓆包兒，浮於水面。眾鳥以喙銜之，且銜且叫，將次❾拖近岸來。那男子叫聲：「奇怪！」趕開眾鳥，帶水取起蓆包。到草坡中解看，但聞一聲啼哭，原來是一個女嬰！想道：「此女不知何人拋棄，有眾鳥啣出水來，定是大貴之人。我今取回養育，倘得成人，亦有所望。」遂解下布衫，將此女嬰包裹，抱於懷中，思想避難之處。乃望褒城投奔相識而去。髯翁有詩，單道此女得生之異：

懷孕遲遲四十年，水中三日尚安然；生成妖物殃家國，王法如何得勝天！

宣王自誅了賣桑弓箕袋的婦人，以為童謠之言已應，心中坦然，也不復議太原發兵之事。自此連年無話。到四十三年，時當大祭。宣王宿於齋宮，夜漏二鼓，人聲寂然。忽見一美貌女子，自西方冉冉而來，直至宮庭。宣王怪他干犯齋禁，大聲呵喝。急喚左右擒拿，並無一人答應。那女子全無懼色。走入太廟之中，大笑三聲，又大哭三聲，不慌不忙，將七廟神主，做一束兒捆著，望東而去。王起身自行追趕，忽然驚醒，乃是一夢！自覺心神恍惚，勉強入廟行禮。九獻已畢，回至齋宮更衣。遣左右密召太史伯陽父，告以夢中所見。伯陽父奏曰：「三年前童謠之言，王豈忘之耶？臣固言：『主有女禍，妖氣未除。』繇❿詞有哭笑之語，王今復有此夢，正相符合矣。」宣王曰：「前所誅婦人，不足消檿弧箕箙之

❾ 將次：將要。

識耶？」伯陽父又奏曰：「天道玄遠，候至方驗。一村婦何關氣數哉！」宣王沉吟不語。忽然想起三年前，曾命上大夫杜伯督率司市，查訪妖女，全無下落。頒胙之後，宣王還朝，百官謝胙。宣王問杜伯：「妖女消息，如何久不回話？」杜伯奏曰：「臣體訪此女，並無影響。以為妖婦正罪，童謠已驗。誠恐搜索不休，必然驚動國人，故此中止。」宣王大怒曰：「既然如此，何不明白奏聞？分明是怠棄朕命，行止自繇⓫。如此不忠之臣，要他何用！」喝教武士：「押出朝門，斬首示眾！」嚇得百官面如土色。忽然文班中走出一位官員，忙將杜伯扯住，連叫：「不可，不可！」宣王視之，乃下大夫左儒，是杜伯的好友，舉薦同朝的。左儒叩頭奏曰：「臣聞堯有九年之水，不失為帝；湯有七年之旱，不害為王。天變尚然不妨，人妖甯可盡信？吾王若殺了杜伯，臣恐國人將妖言傳播，外夷聞之，亦起輕慢之心。望乞恕之。」宣王曰：「汝為朋友而逆朕命，是重友而輕君也！」左儒曰：「君是友非，則當逆友而順君；友是君非，則當違君而順友。杜伯無可殺之罪，吾王若殺之，天下必以王為不明；臣若不能諫止，天下必以臣為不忠。吾王若必殺杜伯，臣請與杜伯俱死！」宣王怒猶未息曰：「朕殺杜伯，如去藁草，何須多費脣舌？」喝教：「快斬！」武士將杜伯推出朝門斬了。左儒回到家中，自刎而死。髯翁有讚云：

賢哉左儒！直諫批鱗。是則順友，非則違君。彈冠誼重，刎頸交真。名高千古，用式彝倫。

杜伯之子隰叔奔晉。後仕晉為士師之官，子孫遂為士氏。食邑於范，又為范氏。後人哀杜伯之忠，立祠

⓾ 繇：音ㄓㄡˋ。古代占卜的文辭。

⓫ 繇：音ㄧㄡˊ。通「由」。

於杜陵，號為杜主，又曰右將軍廟，至今尚存。此是後話。

再說宣王次日聞說左儒自刎，亦有悔殺杜伯之意，悶悶還宮。其夜寢不能寐，遂得一恍惚之疾；語言無次，事多遺忘，每每輟朝。姜后知其有疾，不復進諫。至四十六年秋七月，玉體稍豫，意欲出郊遊獵，以快心神。左右傳命：「司空整備法駕，司馬戒飭車徒，太史卜個吉日。」至期，王乘玉輅，駕六騶，右有尹吉甫，左有召虎。旌旂對對，甲仗森森，一齊往東郊進發。那東郊一帶平原曠野，原是從來遊獵之地。宣王久不行幸，到此自覺精神開爽。傳命扎住營寨，分付軍士：「一不許踐踏禾稼，二不許焚燬樹木，三不許侵擾民居。獲禽多少，盡數獻納，照次給賞。如有私匿，追出重罪。」號令一出，人人賈勇⓬，個個爭先。進退周旋，御車者出盡馳驅之巧；左右前後，彎弧者誇盡縱送之能。鷹犬藉勢而猖狂，狐兔畏威而亂竄。弓響處，血肉狼籍；箭到處，毛羽紛飛。這一場打圍⓭，好不熱鬧！宣王心中大喜。日已沉西，傳令散圍。眾軍士各將所獲走獸飛禽之類，束縛齊備，奏凱而回。行不上三四里，宣王在玉輦之上，打個眼瞇⓮。忽見遠遠一輛小車，當面衝突而來。車上站著兩個人，臂挂朱弓，手持赤矢，向著宣王聲諾曰：「吾王別來無恙？」宣王定睛看時，乃上大夫杜伯，下大夫左儒。宣王吃這一驚不小，抹眼之間，人車俱不見。問左右人等，都說並不曾見。宣王正在驚疑，那杜伯、左儒，又駕著小車子往來，不離王車之前。宣王大怒，喝道：「罪鬼，敢來犯駕！」拔出太阿寶劍，望空揮之。只見杜

⓬ 賈勇：賣力、奮勇。
⓭ 打圍：打獵。
⓮ 打眼瞇：眼睛發花。

伯、左儒齊聲罵曰：「無道昏君！你不修德政，妄戮無辜。今日大數已盡，吾等專來報冤。還我命來！」話未絕聲，挽起朱弓，搭上赤矢，望宣王心窩內射來。宣王大叫一聲，昏倒於玉輦之上。慌得尹公腳麻，召公眼跳。同一班左右，將薑湯救醒。兀自⑮叫心痛不已。當下飛駕入城，扶著宣王進宮。各軍士未及領賞，草草而散。正是：乘興而來，敗興而返。髯翁有詩云：

赤矢朱弓貌似神，千軍隊裡騁飛輪。君王枉殺還須報，何況區區平等人！

未知宣王性命如何，且看下回分解。

⑮ 兀自：還是。

第二回　褒人贖罪獻美女　幽王烽火戲諸侯

話說宣王自東郊遊獵，遇了杜伯、左儒陰魂索命，得疾回宮，合眼便見杜伯、左儒。自知不起，不肯服藥。三日之後，病勢愈甚。其時周公久已告老，仲山甫已卒。乃召老臣尹吉甫、召虎託孤。二臣直至榻前，稽首問安。宣王命內侍扶起，靠於繡褥之上，謂二臣曰：「朕賴諸卿之力，在位四十六年。南征北伐，四海安甯。不料一病不起！太子宮涅，年雖已長，性頗暗昧。卿等竭力輔佐，勿替世業！」二臣稽首受命。方出宮門，遇太史伯陽父。召虎私謂伯陽父曰：「前童謠之語，吾曾說過恐有弓矢之變。今王親見厲鬼，操朱弓赤矢射之，以致病篤。其兆已應，王必不起。」伯陽父曰：「吾夜觀乾象，妖星隱伏於紫微之垣。國家更有他變，王身未足以當之。」尹吉甫曰：「天定勝人，人定亦勝天。諸君但言天道而廢人事，置三公六卿於何地乎？」言罷各散。不隔一時，各官復集宮門候問。聞御體沉重，不敢回家了。是夜王崩。姜后懿旨召顧命老臣尹吉甫、召虎率領百官，扶太子宮涅行舉哀禮，即位於柩前，是為幽王。詔以明年為元年。立申伯之女為王后，子宜臼為太子。進后父申伯為申侯。史臣有詩贊宣王中興之美云：

於赫宣王！令德茂世。威震窮荒，變消鼎雉。外仲內姜，克襄隆治。幹父之蠱，中興立幟。

卻說姜后因悲慟太過，未幾亦薨。幽王為人暴戾寡恩，動靜無常。方諒陰❶之時，狎暱群小，飲酒食肉，全無哀戚之心。自姜后去世，益無忌憚，耽於聲色，不理朝政。申侯屢諫不聽，退歸申國去了。也是西周氣數將盡，尹吉甫、召虎一班老臣，相繼而亡。幽王另用虢公、祭公，與尹吉甫之子尹球，並列三公。三人皆讒諂面諛之人，貪位慕祿之輩；惟王所欲，逢迎不暇。其時只有司徒鄭伯友，是個正人。幽王不加信用。一日幽王視朝，岐山守臣申奏：「涇、河、洛三川，同日地震。」幽王笑曰：「山崩地震，此乃常事，何必告朕！」遂退朝還宮。太史伯陽父執大夫趙叔帶手嘆曰：「三川發源於岐山，胡可震也？昔伊、洛竭而夏亡，河竭而商亡。今三川皆震，川源將塞。川既塞竭，其山必崩。夫岐山乃太王發跡之地，此山一崩，西周能無恙乎？」趙叔帶曰：「若國家有變，當在何時？」伯陽父屈指曰：「不出十年之內。」叔帶曰：「何以知之？」伯陽父曰：「善盈而後福，惡盈而後禍。十者數之盈也。」叔帶曰：「天子不恤國政，任用佞臣。我職居言路，必盡臣節以諫之。」伯陽父曰：「但恐言而無益。」二人私語多時，早有人報知虢公石父。石父恐叔帶進諫，說破他奸佞，直入深宮，都將伯陽父與趙叔帶私相議論之語，述與幽王。說他「謗毀朝廷，妖言惑眾」。幽王曰：「愚人妄說國政，如野田洩氣，何足聽哉！」

卻說趙叔帶懷著一股忠義之心，屢欲進諫，未得其便。過了數日，岐山守臣又有表章申奏，說：「三川俱竭，岐山復崩，壓壞民居無數。」幽王全不畏懼。方命左右訪求美色，以充後宮。趙叔帶乃上表諫曰：「山崩川竭，其象為脂血俱枯，高危下墜，乃國家不祥之兆。況岐山王業所基，一旦崩頹，事非小

❶ 諒陰：古代天子居喪，政事全權委託大臣處理，默而不言。

故。及今勤政恤民，求賢輔政，尚可望消弭天變。奈何不訪賢才，而訪美女乎！」號石父奏曰：「國朝定都豐鎬，千秋萬歲。那岐山如已棄之屣，有何關係？叔帶久有慢君之心，借端謗訕。望君王詳察。」幽王曰：「石父之言是也。」遂將叔帶免官，逐歸田野。叔帶嘆曰：「危邦不入，亂邦不居。吾不忍坐見西周有麥秀之歌。」於是攜家竟往晉國，是為晉國大夫趙氏之祖；趙衰、趙盾即其後裔也。後來趙氏與韓氏三分晉國，列為諸侯。此是後話。後人有詩嘆曰：

忠臣避亂先歸北，世運凌夷漸欲東。自古老臣當愛惜，仁賢一去國虛空。

卻說大夫褒珦，自褒城來，聞趙叔帶被逐，急忙入朝進諫：「吾王不畏天變，黜逐賢臣，恐國家空虛，社稷不保。」幽王大怒，命囚珦於獄中。自此諫諍路絕，賢豪解體。

* * *

話分兩頭。卻說賣桑木弓箕草袋的男子，懷抱妖女，逃奔褒地，欲行撫養。因乏乳食，恰好有個姒大的妻子，生女不育，就送些布疋之類，轉乞此女過門。撫養成人，取名褒姒。論年紀雖則一十四歲，身材長成，倒像十六七歲及笄的模樣。更兼目秀眉清，脣紅齒白。髮挽烏雲，指排削玉。有如花如月之容，傾國傾城之貌。一來姒大住居鄉僻，二來褒姒年紀幼小，所以雖有絕色，無人聘定。

卻說褒珦之子洪德，偶因收斂，來到鄉間。湊巧褒姒門外汲水，雖然村妝野束，不掩國色天姿。洪德大驚：「如此窮鄉，乃有此等麗色！」因私計：「父親因於鎬京獄中，三年尚未釋放。若得此女貢獻天子，可以贖父罪矣。」遂於鄰舍訪問姓名的實❷，歸家告母曰：「吾父以直諫忤主，非犯不赦之辟。

今天子荒淫無道，購四方美色，以充後宮。有姒大之女，非常絕色。若多將金帛，買來獻上，求寬父獄，此散宜生救文王出獄之計也。」其母曰：「此計如果可行，何惜財帛。汝當速往。」洪德遂親至姒家，與姒大講就布帛三百疋，買得褒姒回家。香湯沐浴，食以膏粱之味，飾以文繡之衣，教以禮數，攜至鎬京。先用金銀打通虢公關節❸，求其轉奏。言：「臣珦自知罪當萬死。珦子洪德，痛父死者不可復生，特訪求美人，名曰褒姒進上以贖父罪。萬望吾王赦宥！」幽王聞奏，即宣褒姒上殿。拜舞已畢，幽王抬頭觀看，姿容態度，目所未睹。流盼之際，光豔照人。龍顏大喜。四方雖貢獻有人，不及褒姒萬分之一。遂不通申后得知，留褒姒於別宮，降旨赦褒珦出獄，復其官爵。是夜幽王與褒姒同寢，魚水之樂，所不必言。自此坐則疊股，立則並肩。飲則交杯，食則同器。一連十日不朝。群臣伺候朝門者，皆不得望見顏色，莫不嘆息而去。此乃幽王四年之事。有詩為證：

折得名花字國香，布荊一旦薦匡床❹。風流天子渾閒事，不道龍漦已伏殃。

幽王自從得了褒姒，迷戀其色。居之瓊臺，約有三月，更不進申后之宮。早有人報知申后如此如此。申后不勝其憤。忽一日引著宮娥逕到瓊臺，正遇幽王與褒姒聯膝而坐，並不起身迎接。申后忍氣不過，便罵：「何方賤婢，到此濁亂宮闈！」幽王恐申后動手，將身蔽於褒姒之前，代答曰：「此朕新取美人，

❷ 的實：確實。

❸ 打通關節：使用賄賂。

❹ 匡床：安穩、舒適的床。

未定位次，所以未曾朝見，不必發怒。」申后罵了一場，恨恨而去。褒姒問曰：「適來者何人？」幽王曰：「此王后也。汝明日可往謁之。」褒姒嘿然無言。至明日，仍不往朝正宮。

再說申后在宮中憂悶不已。太子宜臼跪而問曰：「吾母貴為六宮之主，有何不樂？」申后曰：「汝父寵幸褒姒，全不顧嫡妾之分。將來此婢得志，我母子無置足之處矣！」遂將褒姒不來朝見，及不起身迎接之事，備細訴與太子，不覺淚下。太子曰：「此事不難，明日乃朔日，父王必然視朝。吾母可著宮人往瓊臺採摘花朵，引那賤婢出臺觀看。待孩兒將他毒打一頓，以出吾母之氣。使父王嗔怪，罪責在我，與母無干也。」申后曰：「吾兒不可造次❺，還須從容再商。」太子懷忿出宮。又過了一晚。次早幽王果然出朝。群臣賀朔。太子故意遣數十宮人往瓊臺之下，不問情由，將花朵亂摘。臺中走出一群宮人攔住道：「此花乃萬歲栽種，與褒娘娘不時賞玩，休得毀壞，得罪不小！」這邊宮人道：「吾等奉東宮令旨，要採花供奉正宮娘娘，誰敢攔阻！」彼此兩下爭嚷起來，驚動褒妃親自出外觀看。怒從心起，正要發作。不期太子突然而至。褒妃全不提防，那太子仇人相見，分外眼睜。趕上一步，揪住烏雲寶髻，大罵：「賤婢，你是何等之人？無名無位，也要妄稱娘娘，眼底無人！今日也教你認得我！」捻著拳便打。纔打得幾拳，眾宮娥懼幽王見罪，一齊跪下叩首，高叫：「千歲，求饒，萬事須看王爺面上。」太子亦恐傷命，即時住手。褒妃含羞忍痛，回入臺中。已知是太子替母親出氣，雙行流淚。宮娥勸解曰：「娘娘不須悲泣，自有王爺做主。」說聲未畢，幽王退朝，直入瓊臺。看見褒姒兩鬢蓬鬆，眼流珠淚。問道：「愛卿何故今日還不梳妝？」褒妃扯住幽王袍袖，放聲大哭，訴稱：「太子引著宮人在臺下摘花。賤妾

❺ 造次：原是急遽的意思，此處作輕率解。

又未曾得罪，太子一見賤妾，便加打罵。若非宮娥苦勸，性命難存。望乞我王做主！」說罷，嗚嗚咽咽，痛哭不已。那幽王心下倒也明白，謂褒姒曰：「汝不朝其母，以致如此。此乃王后所遣，非出太子之意。休得錯怪了人。」褒姒曰：「太子為母報怨，其意不殺妾不止。妾一身死不足惜，但自蒙愛幸，身懷六甲❻，已兩月矣。妾之一命，即二命也！求王放妾出宮，保全母子二命。」幽王曰：「愛卿請將息❼，朕自有處分。」即日傳旨道：「太子宜臼，好勇無禮，不能將順❽。權發去申國，聽申侯教訓！東宮太傅、少傅等官，輔導無狀❾，並行削職。」太子欲入宮訴明，幽王分付宮門：「不許通報。」只得駕車自往申國去訖。申后久不見太子進宮，著宮人詢問，方知已貶去申國。孤掌難鳴❿，終日怨夫思子，含淚過日。

卻說褒姒懷孕十月滿足，生下一子，幽王愛如珍寶，名曰伯服。遂有廢嫡立庶之意。奈事無其因，難於啟齒。虢石父揣知王意，遂與尹球商議，暗通褒姒。說：「太子既逐去外家，合當伯服為嗣。內有娘娘枕邊之言，外有我二人協力相扶，何愁事不成就。」褒姒大喜。笑言：「全仗二卿用心維持。若得伯服嗣位，天下當與二卿共之。」褒姒自此密遣心腹左右，日夜伺申后之短。宮門內外，俱置耳目。風

❻ 身懷六甲：俗稱婦女有孕。六甲，為甲子、甲寅、甲辰、甲午、甲申、甲戌。據說男女在這六天配合，最易懷孕，故稱。

❼ 將息：休養。

❽ 將順：奉養孝順。

❾ 無狀：不善。

❿ 孤掌難鳴：孤立無助，不能有所作為。

吹草動，無不悉知。

再說申后自獨居無侶，終日流淚。有一年長宮人，知其心事。跪而奏曰：「娘娘既思想殿下，何不修書一封，密寄申國，使殿下上表謝罪。若得感動萬歲，召還東宮，母子相聚，豈不美哉！」申后曰：「此言固好，但恨無人傳寄。」宮人曰：「妾母溫媼，頗知醫術。娘娘詐稱有病，召媼入宮看脈，令帶出此信。使妾兄送去，萬無一失。」申后依允，遂修起書信一通，內中大略言：「天子無道，寵信妖婢，使我母子分離。今妖婢生子，其寵愈固。汝可上表佯認己罪：『今已悔悟自新，願父王寬赦。』若天賜還朝，母子重逢，別作計較❶。」修書已畢，假稱有病臥床，召溫媼看脈。早有人報知褒妃。褒妃曰：「此必有傳遞消息之事，俟溫媼出宮，搜檢其身，便知端的❷。」

卻說溫媼來到正宮，宮人先已說知如此如此。申后佯為診脈，遂於枕邊取出書信，囑咐：「星夜送至申國，不可遲誤。」當下賜綵繒二端。溫媼將那書信懷揣，手捧綵繒，洋洋出宮。被守門宮監盤住，問：「此繒從何而得？」媼曰：「老妾診視后脈，此乃王后所賜也。」內監曰：「別有夾帶否？」曰：「沒有。」方欲放去，又有一人曰：「不搜檢何以知其有無乎？」遂牽媼手轉來。媼東遮西閃，似有慌張之色。宮監心疑，越要搜檢。一齊上前，扯裂衣襟，那書角便露將出來。早被宮監搜出申后這封書，即時連人押至瓊臺，來見褒妃。褒妃拆書觀看，心中大怒。命將溫媼鎖禁空房，不許走漏消息。卻將綵繒二疋，手自剪扯，裂為寸寸。幽王進宮，見破繒碎綵，問其來歷。褒姒含淚而對曰：「妾不幸身入深

❶ 計較：計畫。
❷ 端的：究竟。

宮，謬蒙寵愛，以致正宮妒忌；又不幸生子，取忌益深。今正宮寄書太子，書尾云：『別作計較』，必有謀妾母子性命之事。願王為妾做主。」說罷，將書呈與幽王觀看。幽王認得申后筆迹，問其通書之人。褒妃曰：「現有溫媼在此。」幽王即命牽出，不由分說，拔劍揮為兩段。髯翁有詩云：

未寄深宮信一封，先將冤血濺霜鋒。他年若問安儲事，溫媼應居第一功。

是夜褒妃又在幽王前撒嬌撒癡說：「賤妾母子性命，懸於太子之手。」幽王曰：「有朕做主，太子何能為也？」褒姒曰：「吾王千秋萬歲之後，少不得太子為君。今王后日夜在宮怨望咒詛，萬一他母子當權，妾與伯服死無葬身之地矣！」言罷，嗚嗚咽咽，又啼哭起來。幽王曰：「吾欲廢王后太子，立汝為正宮，伯服為東宮，只恐群臣不從，如之奈何？」褒妃曰：「臣聽君，順也。君聽臣，逆也。吾王將此意曉諭大臣，只看公議如何？」幽王曰：「卿言是也。」是夜褒妃先遣心腹傳言與虢、尹二人，來朝預辦對答。次日早朝禮畢，幽王宣公卿上殿。開言問曰：「王后嫉妒怨望，咒詛朕躬，難為天下之母，可以拘來問罪！」虢石父奏曰：「王后六宮之主，雖然有罪，不可拘問。如果德不稱位，但當傳旨廢之，另擇賢德，母儀天下，實為萬世之福。」尹球奏曰：「臣聞褒妃德性貞靜，堪主中宮。」幽王曰：「太子在申，若廢申后，如太子何？」虢石父奏曰：「臣聞『母以子貴，子以母貴』。今太子避罪居申，溫清之禮久廢。況既廢其母，焉用其子？臣等願扶伯服為東宮，社稷有幸。」幽王大喜，傳旨將申后退入冷宮，廢太子宜臼為庶人。立褒妃為后，伯服為太子。如有進諫者，即係宜臼之黨，治以重辟⑬。此乃幽

⑬ 辟：音ㄆㄧˋ。罪刑。

王九年之事。兩班文武，心懷不平，知幽王主意已決，徒取殺身之禍，無益於事，盡皆緘口。太史伯陽父嘆曰：「三綱已絕，周亡可立而待矣！」即日告老去位。群臣棄職歸田者甚眾。朝中惟尹球、虢石父、祭公易一班佞臣在側。幽王朝夕與褒妃在宮作樂。

＊　＊　＊

褒妃雖篡位正宮，有專席之寵，從未開顏一笑。幽王欲取其歡，召樂工鳴鐘擊鼓，品竹彈絲，宮人歌舞進觴。褒妃全無悅色。幽王問曰：「愛卿惡聞音樂，所好何事？」褒妃曰：「妾無好也。曾記昔日手裂綵繒，其聲爽然可聽。」幽王曰：「既喜聞裂繒之聲，何不早言？」即命司庫日進綵繒百疋，使宮娥有力者裂之，以悅褒妃。可怪褒妃雖好裂繒，依舊不見笑臉。幽王問曰：「卿何故不笑？」褒妃答曰：「妾生平不笑。」幽王曰：「朕必欲卿一開笑口。」遂出令：「不拘宮內宮外，有能致褒后一笑者，賞賜千金。」虢石父獻計曰：「先王昔年因西戎強盛，恐彼入寇，乃於驪山之下，置煙墩二十餘所。又置大鼓數十架。但有賊寇，放起狼煙，直沖霄漢，附近諸侯，發兵相救。又鳴起大鼓，催趲前來。今數年以來，天下太平，烽火皆熄。吾主若要王后啟齒，必須同后遊翫驪山。夜舉烽煙，諸侯援兵必至。至而無寇，王后必笑無疑矣。」幽王曰：「此計甚善！」乃同褒后並駕往驪山遊翫。至晚設宴驪宮，傳令舉烽。時鄭伯友正在朝中，其時以司徒為前導，聞命大驚，急趨至驪宮奏曰：「煙墩者，先王所設以備緩急，所以取信於諸侯。今無故舉烽，是戲諸侯也。異日倘有不虞，即使舉烽，諸侯必不信矣。將何物徵兵以救急哉！」幽王怒曰：「今天下太平，何事徵兵！朕今與王后出遊驪宮，無可消遣，聊與諸侯為戲，他日有事，與卿無與！」遂不聽鄭伯之諫，大舉烽火，復擂起大鼓。鼓聲如雷，火光燭天。畿內諸侯疑鎬京有變，一個個即時領兵點將，連夜趕至驪山。但聞樓閣管籥之音。幽王與褒妃飲酒作樂，使人謝諸侯曰：「幸無外寇，不勞跋涉。」諸侯面面相覷，捲旂而回。褒妃在樓上，憑欄望見諸侯忙去忙回，並無一事，不覺撫掌大笑。幽王曰：「愛卿一笑，百媚俱生。此虢石父之力也。」遂以千金賞之。——至今俗語相傳，千金買笑，蓋本於此。——髯翁有詩單詠烽火戲諸侯之事，詩曰：

良夜驪宮奏管簧，無端烽火燭穹蒼。可憐列國奔馳苦，止博褒妃笑一場。

卻說申侯聞知幽王廢申后立褒妃，上疏諫曰：「昔桀寵妹喜以亡夏，紂寵妲己以亡商。王今寵信褒妃，廢嫡立庶。既乖夫婦之義，又傷父子之情。桀紂之事，復見於今；夏、商之禍，不在異日。望吾王收回亂命，庶可免亡國之殃也。」幽王覽奏，拍案大怒曰：「此賊何敢亂言！」虢石父奏曰：「申侯見太子被逐，久懷怨望。今聞后與太子俱廢，意在謀叛，故敢暴王之過。」幽王曰：「如此何以處之？」石父奏曰：「申侯本無他功，因后進爵。今后與太子俱廢，申侯亦宜貶爵，仍舊為伯。發兵討罪，庶無後患。」幽王准奏，下令削去申侯之爵。命石父為將，簡兵蒐乘，欲舉伐申之師。畢竟勝負如何，且看下回分解。

第三回　犬戎主大鬧鎬京　周平王東遷洛邑

話說申侯進表之後，有人在鎬京探信。聞知幽王命虢公為將，不日領兵伐申。星夜奔回，報知申侯。申侯大驚曰：「國小兵微，安能抵敵王師？」大夫呂章進曰：「天子無道，廢嫡立庶。忠良去位，萬民皆怨。此孤立之勢也。今西戎兵力方強，與中國接壤。主公速致書戎主，借兵向鎬，以救王后，必要天子傳位於故太子。此伊、周之業也。語云：『先發制人』，機不可失。」申侯曰：「此言甚當！」遂備下金繒一車，遣人賫書與犬戎借兵。許以破鎬之日，府庫金帛，任憑搬取。戎主曰：「中國天子失政，申侯國舅，召我以誅無道，扶立東宮，此我志也。」遂發戎兵一萬五千，分為三隊。右先鋒孛丁，左先鋒滿也速，戎主自將中軍。槍刀塞路，旌旆蔽空。申侯亦起本國之兵相助。浩浩蕩蕩，殺奔鎬京而來。出其不意，將王城圍繞三匝，水息不通。幽王聞變，大驚曰：「機不密，禍先發。我兵未起，戎兵先動，此事如何？」虢石父奏曰：「吾王速遣人於驪山舉起烽煙，諸侯救兵必至。內外夾攻，可取必勝。」幽王從其言，遣人舉烽。諸侯之兵，無片甲來者。——蓋因前被烽火所戲，是時又以為詐，所以皆不起兵也。——幽王見救兵不至，犬戎日夜攻城。謂石父曰：「賊勢未知強弱，卿可試之。朕當簡閱壯勇，以繼其後。」虢公本非能戰之將，只得勉強應命。率領兵車二百乘，開門殺出。申侯在陣上望見石父出城，指謂戎主曰：「此欺君誤國之賊，不可走了。」戎主聞之曰：「誰為我擒之？」孛丁曰：「小將願往。」

舞刀拍馬，直取石父。鬥不上十合，石父被孛丁一刀斬於車下。戎主與滿也速一齊殺將❶前進，喊聲大舉，亂殺入城。逢屋放火，逢人舉刀，連申侯也阻當他不住，只得任其所為。城中大亂。幽王未及閱軍，見勢頭❷不好，以小車載褒姒和伯服，開後宰門出走。司徒鄭伯友自後趕上，大叫：「吾王勿驚，臣當保駕！」出了北門，迤邐望驪山而去。途中又遇尹球來到，言：「犬戎焚燒宮室，搶掠庫藏，祭公已死於亂軍之中矣！」幽王心膽俱裂。鄭伯友再令舉烽，烽煙透入九霄，救兵依舊不到。犬戎兵追至驪山之下，將驪宮團團圍住，口中只叫：「休走了昏君！」幽王與褒姒嚇做一堆，相對而泣。鄭伯友進曰：「事急矣！臣拚微命保駕，殺出重圍，竟投臣國，以圖後舉。」幽王曰：「朕不聽叔父之言，以至於此。朕今日夫妻父子之命，俱付之叔父矣。」當下鄭伯教人至驪宮前放起一把火來，以惑戎兵。自引幽王從宮後衝出。鄭伯手持長矛，當先開路。尹球保著褒后母子，緊在幽王之後。行不多時，早有犬戎兵攔住，乃是小將古里赤。鄭伯咬牙大怒，便接住交戰。戰不數合，一矛刺古里赤於馬下。戎兵見鄭伯驍勇，一時驚散。約行半里，背後喊聲又起。先鋒孛丁引大兵追來。鄭伯叫尹球保駕先行，親自斷後。且戰且走，卻被犬戎鐵騎橫衝，分為兩截。鄭伯困在垓心，全無懼怯。這根矛神出鬼沒，但當先者無不著手。犬戎主教四面放箭。箭如雨點，不分玉石。可憐一國賢侯，今日死於萬鏃之下！左先鋒滿也速，早把幽王車仗擄住。犬戎主看見袞袍玉帶，知是幽王，就車中一刀砍死，并殺伯服。褒姒美貌饒死，以輕車載之，帶歸氈帳取樂。尹球躲在車箱之內，亦被戎兵牽出斬之。統計幽王在位共一十一年。因賣桑木弓箕草袋

❶將：語助詞。

❷勢頭：情勢。

的男子，拾取清水河邊妖女，逃於褒國，此女即褒姒也。蠱惑君心，欺淩嫡母，害得幽王今日身亡國破。昔童謠所云：「月將升，日將沒；檿弧箕箙，實亡周國。」正應其兆。天數已定於宣王之時矣。東屏先生有詩曰：

多方圖笑掖庭中，烽火光搖紛黛紅。自絕諸侯猶似可，忍教國祚喪羌戎！

又隴西居士詠史詩曰：

驪山一笑犬戎嗔，弧矢童謠已驗真。十八年來猶報應，挽回造化是何人？

又有一絕，單道尹球等無一善終，可為奸臣之戒。詩云：

巧語讒言媚暗君，滿圖富貴百年身。一朝駢首同誅戮，落得千秋罵佞臣。

又有一絕，詠鄭伯友之忠。詩曰：

石父捐軀尹氏亡，鄭桓今日死勤王。三人總為周家死，白骨風前那個香？

且說申侯在城內，見宮中火起，忙引本國之兵入宮，一路撲滅。先將申后放出冷宮。巡到瓊臺，不見幽王、褒姒蹤跡。有人指說：「已出北門去矣。」料走驪山，慌忙追趕。於路上正迎著戎主。車馬相湊，各問勞苦。說及昏君已殺，申侯大驚曰：「孤初心止欲糾正王慝，不意遂及於此！後世不忠於君者，必以孤為口實矣！」亟令從人收斂其屍，備禮葬之。戎主笑曰：「國舅所謂婦人之仁也。」卻說申侯回到京師，安排筵席，款待戎主。庫中寶玉，搬取一空。又斂聚金繒十車為贈，指望他滿欲而歸。誰想戎主把殺幽王一件，自以為不世之功。人馬盤踞京城，終日飲酒作樂，絕無還軍歸國之意。百姓皆歸怨申侯。申侯無可奈何，乃寫密書三封，發人往三路諸侯處約會勤王。那三路諸侯，乃北路晉侯姬仇，東路衛侯姬和，西路秦君嬴開。又遣人到鄭國，將鄭伯死難之事，報知世子掘突，教他起兵復仇。不在話下。

單說世子掘突，年方二十三歲，生得身長八尺，英毅非常。一聞父親戰死，不勝哀憤。遂素袍縞帶，帥車三百乘，星夜奔馳而來。早有探馬報知犬戎主，預作准備。掘突一到，便欲進兵。公子成諫曰：「我兵兼程而進，疲勞未息，宜深溝固壘，待諸侯兵集，然後合攻，此萬全之策也。」掘突曰：「君父之仇，禮不反兵。況犬戎志驕意滿，我以銳擊惰，往無不克。若待諸侯兵集，豈不慢了軍心？」遂麾車直逼城下。城上偃旗息鼓，全無動靜。掘突大罵：「犬羊之賊！何不出城決一死戰？」城上並不答應。掘突喝教左右打點❸攻城。忽聞叢林深處，巨鑼聲響，一枝軍從後殺來，乃犬戎主定計，預先埋伏在外者。掘突大驚，慌忙挺槍來戰。城上巨鑼聲又起，城門大開，又有一枝軍殺出。掘突前有孛丁，後有滿也速，兩下夾攻，抵當不住，大敗而走。戎兵追趕三十餘里方回。掘突收拾殘兵，謂公子成曰：「孤不聽卿言，以至失利，今計將安出？」公子成曰：「此去濮陽不遠，衛侯老成經事，何不投之？鄭、衛合兵，可以得志。」掘突依言，分付望濮陽一路而進。約行二日，塵頭起處，望見無數兵車，如牆而至。中間坐著一位諸侯，錦袍金帶，蒼顏白髮，飄飄然有神仙之態。那位諸侯正是衛武公姬和，時已八十餘歲矣。掘

❸ 打點：準備。

突停車高叫曰：「我鄭世子掘突也。犬戎兵犯京師，吾父死於戰場，我兵又敗，特來求救。」武公拱手答曰：「世子放心，孤傾國勤王。聞秦、晉之兵，不久亦當至矣。何憂犬羊哉！」掘突讓衛侯先行。撥轉車轅，重回鎬京。離二十里，分兩處下寨。教人打聽秦、晉二國起兵消息。探子報道：「西角上金鼓大鳴，車聲轟地，繡旗上大書『秦』字。」武公曰：「秦爵雖附庸，然習於戎俗，其兵勇悍善戰，犬戎之所畏也。」言未畢，北路探子又報：「晉兵亦至，已於北門立寨。」武公大喜曰：「二國兵來，大事濟矣。」即遣人與秦、晉二君相聞。須臾之間，二君皆到武公營中，互相勞苦。二君見掘突渾身素縞，問：「此位何人？」武公曰：「此鄭世子也。」遂將鄭伯死難，與幽王被殺之事，述了一遍。二君嘆息不已。武公曰：「老夫年邁無識，止為臣子，義不容辭，勉力來此。掃蕩腥羶，全仗上國。今計將安出？」秦襄公曰：「犬戎之志，在於擄掠女子金帛而已。彼謂我兵初至，必不隄防❹。今夜三更，宜分兵東南北三路攻打，獨缺西門，放他一條走路。卻教鄭世子伏兵彼處，候其出奔，從後掩擊，必獲全勝。」武公曰：「此計甚善！」

話分兩頭。再說申侯在城中聞知四國兵到，心中大喜。遂與小周公咺密議：「只等攻城，這裡開門接應。」卻勸戎主先將寶貨金繒，差右先鋒孛丁分兵押送回國，以削其勢。又教左先鋒滿也速盡數領兵出城迎敵。犬戎主認作好話，一一聽從。卻說滿也速營於東門之外，正與衛兵對壘。約會明日交戰，不期三更之後，被衛兵劫入大寨。滿也速提刀上馬，急來迎敵。其奈戎兵四散亂竄，雙拳兩臂，撐持不住，只得一同奔走。三路諸侯吶喊攻城，忽然城門大開。三路車馬一擁而入，毫無撐禦。此乃申侯之計也。

❹ 隄防：防止、戒備。

戎主在夢中驚覺，跨著剗馬，逕出西城，隨身不數百人。又遇鄭世子掘突攔住廝殺❺。正在危急，卻得滿也速收拾敗兵來到，混戰一場，方得脫身。掘突不敢窮追，入城與諸侯相見。恰好天色大明，褒姒不及隨行，自縊而亡。胡曾先生有詩嘆云：

錦繡圍中稱國母，腥羶隊裡作番婆。到頭不免投繯苦，爭似❻為妃快樂多！

申侯大排筵席，管待❼四路諸侯。只見首席衛武公推箸而起，謂諸侯曰：「今日君亡國破，豈臣子飲酒之時耶？」眾人齊聲拱立曰：「某等願受教訓。」武公曰：「國不可一日無君，今故太子在申，宜奉之以即王位。諸君以為何如？」襄公曰：「君侯此言，文、武、成、康之靈也。」世子掘突曰：「小子身無寸功，迎立一事，願效微勞，以成先司徒之志。」武公大喜，舉爵勞之。遂於席上草成表章，備下法駕，各國皆欲以兵相助。掘突曰：「原非赴敵，安用多徒？只用本兵足矣。」申侯曰：「下國有車三百乘，願為引導。」次日，掘突遂往申國，迎太子宜臼為王。卻說宜臼在申，終日納悶，正不知國舅此去，凶吉如何？忽報鄭世子賫著國舅申侯同諸侯連名表章，奉迎還京，心下倒吃了一驚。展開看時，乃知幽王已被犬戎所殺。父子之情，不覺放聲大哭。掘突奏曰：「太子當以社稷為重，望早正大位，以安人心。」宜臼曰：「孤今負不孝之名於天下矣！事已如此，只索起程。」不一日到了鎬京。周公先驅

---

❺ 廝殺：相殺、交戰。廝，相也。

❻ 爭似：怎似、怎如。

❼ 管待：招待。

入城，掃除宮殿。國舅申侯引著衛、晉、秦三國諸侯，同鄭世子及一班在朝文武，出郭三十里迎接。卜定吉日進城。宜臼見宮室殘毀，淒然淚下。當下先見了申侯，稟命過了，然後服袞冕告廟，即王位，是為平王。

平王升殿，眾諸侯百官朝賀已畢。平王宣申伯上殿，謂曰：「朕以廢棄之人，獲承宗祧，皆舅氏之力也。進爵為申公。」申伯辭曰：「賞罰不明，國政不清。鎬京亡而復存，乃眾諸侯勤王之功。臣不能禁戢犬戎，獲罪先王，臣當萬死！敢領賞乎？」堅辭三次。平王令復侯爵。衛武公又奏曰：「褒姒母子恃寵亂倫，虢石父、尹球等欺君誤國，雖則身死，均當追貶。」平王一一准奏。衛侯和進爵為公。晉侯仇加封河內附庸之地。鄭伯友死於王事，賜謚為桓。世子掘突襲爵為伯，加封祊田千頃。秦君原是附庸，加封秦伯列於諸侯。小周公咺拜太宰之職。申后號為太后。褒姒與伯服俱廢為庶人。虢石父、尹球、祭公，姑念其先世有功，兼死於王事，止削本身爵號，仍許子孫襲位。又出安民榜，撫慰京師被害百姓。大宴群臣，盡歡而散。有詩為證：

百官此日逢恩主，萬姓今朝喜太平。自是累朝功德厚，山河再整望中興。

次日諸侯謝恩。平王再封衛侯為司徒，鄭伯掘突為卿士，留朝與太宰咺一同輔政。惟申、晉二君，以本國迫近戎狄，拜辭而歸。申侯見鄭世子掘突英毅非常，以女妻之，是為武姜。此話閣過不題。

* * *

卻說犬戎自到鎬京擾亂一番，識熟了中國的道路。雖則被諸侯驅逐出城，其鋒未曾挫折。又自謂勞而無功，心懷怨恨。遂大起戎兵，侵占周疆。岐、豐之地，半為戎有。漸漸逼近鎬京，連月烽火不絕。又宮闕自焚燒之後，十不存五。頹牆敗棟，光景甚是淒涼。平王一來府庫空虛，無力建造宮室。二來怕犬戎早晚入寇，遂萌遷都洛邑之念。一日朝罷，謂群臣曰：「昔王祖成王，既定鎬京，又營洛邑，此何意也？」群臣齊聲奏曰：「洛邑為天下之中，四方入貢，道路適均。所以成王命召公相宅，周公興築，號曰東都。宮室制度，與鎬京同。每朝會之年，天子行幸東都，接見諸侯，此乃便民之政也。」平王曰：「今犬戎逼近鎬京，禍且不測。朕欲遷都於洛，何如？」太宰咺奏曰：「今宮闕焚毀，營建不易。勞民傷財，百姓嗟怨。西戎乘釁而起，何以禦之？遷都於洛，實為至便。」兩班文武，俱以犬戎為慮。齊聲曰：「太宰之言是也。」惟司徒衛武公低頭長嘆。平王曰：「老司徒何獨無言？」武公乃奏曰：「老臣年逾九十，蒙君王不棄老耄，備位六卿。若知而不言，是不忠於君也。若違眾而言，是不和於友也。然寧得罪於友，不敢得罪於君。夫鎬京左有殽、函，右有隴、蜀。披山帶河，沃野千里。天下形勝，莫過於此。洛邑雖天下之中，其勢平衍，四面受敵之地。所以先王雖並建兩都，然宅西京以振天下之要，留東都以備一時之巡。吾王若棄鎬京而遷洛，恐王室自是衰弱矣。」平王曰：「犬戎侵奪岐、豐，勢甚猖獗。且宮闕殘毀，無以壯觀。朕之東遷，實非得已。」武公奏曰：「犬戎豺狼之性，不當引入臥闥。申公借兵失策，開門揖盜，使其焚燒宮闕，戮及先王，此不共之仇也。王今勵志自強，節用愛民，練兵訓武，效先王之北伐南征，俘彼戎主，以獻七廟，尚可湔雪前恥。若隱忍避仇，棄此適彼，我退一尺，敵進一尺。恐蠶食之憂，不止於岐、豐而已。昔堯舜在位，茅茨土階。禹居卑宮，不以為陋。京師壯觀，豈在宮室？惟吾王熟思之。」太宰咺又奏曰：「老司徒乃安常之論，非通變之言也。先王怠政滅倫，自招寇賊，其事已不足深咎。今王掃除煨燼，僅正名號，而府庫空虛，兵力單弱。百姓畏懼犬戎，如畏豺虎。一旦戎騎長驅，民心瓦解，誤國之罪，誰能任之？」武公又奏曰：「申公既能召戎，定能退戎。王遣人問之，必有良策。」正商議間，國舅申公遣人賫告急表文來到。平王展開看之，大意謂：「犬戎侵擾不已，將有亡國之禍。伏乞我王憐念瓜葛，發兵救援。」平王曰：「舅氏自顧不暇，安能顧朕？東遷之事，朕今決矣！」乃命太史擇日東行。衛武公曰：「臣職在司徒，若主上一行，民生離散，臣之咎難辭矣。」遂先期出榜，示諭百姓：「如願隨駕東遷者，作速❽准備，一齊起程。」祝史作文，先將遷都緣由，祭告宗廟。至期，大宗伯抱著七廟神主，登車先導。秦伯嬴開聞平王東遷，親自領兵護駕。百姓攜老扶幼，相從者不計其數。當時宣王大祭之夜，夢見美貌女子，大笑三聲，大哭三聲，不慌不忙，將七廟神主，捆著一束，冉冉望東而去。大笑三聲，應褒姒驪山烽火戲諸侯事。大哭三聲者，幽王、褒姒、伯服三命俱絕。神主捆束往東，正應今日東遷。此夢無一不驗。又太史伯陽父辭云：「哭又笑，笑又哭。羊被鬼吞，馬逢犬逐。慎之慎之，檿弧箕箙！」羊被鬼吞者，宣王四十六年遇鬼而亡，乃己未年。馬逢犬逐，犬戎入寇，幽王十一年庚午也。自此西周遂亡。天數有定如此，亦見伯陽父之神占矣！東遷後事如何，且看下回分解。

❽ 作速：趕快。

第四回　秦文公郊天應夢　鄭莊公掘地見母

話說平王東遷，車駕至於洛陽。見市井稠密，宮闕壯麗，與鎬京無異，心中大喜。京都既定，四方諸侯莫不進表稱賀，貢獻方物。惟有荊國不到。平王議欲征之。群臣諫曰：「蠻荊久在化外，宣王始討而服之。每年止貢菁茅一車，以供祭祀縮酒之用，不責他物，所以示羈縻之意。今遷都方始，人心未定。倘王師遠討，未卜順逆。且宜包容，使彼懷德而來。如或始終不悛，俟兵力既足，討之未晚。」自此南征之議遂息。

秦襄公告辭回國。平王曰：「今岐、豐之地，半被犬戎侵據。卿若能驅逐犬戎，此地盡以賜卿，少酬扈從之勞，永作西藩，豈不美哉！」秦襄公稽首受命而歸。即整頓戎馬，為滅戎之計。不及三年，殺得犬戎七零八落❶。其大將孛丁、滿也速等，俱死於戰陣。戎主遠遁西荒，岐、豐一片，盡為秦有。闢地千里，遂成大國。髯翁有詩云：

文武當年發跡鄉，如何輕棄畀秦邦？
岐豐形勝如依舊，安得秦強號始皇！

*　*　*

❶ 七零八落：零亂不整。

卻說秦乃帝顓頊之裔。其後人名皐陶，自唐堯時為士師官。皐陶子伯翳，佐大禹治水。烈山焚澤，驅逐猛獸，以功賜姓曰嬴，為舜主畜牧之事。伯翳生二子：若木、大廉。若木封國於徐，夏、商以來，世為諸侯。至紂王時，大廉之後有蜚廉者，善走，日行五百里。其子惡來有絕力，能手裂虎豹之皮。父子俱以材勇為紂幸臣，相助為虐。武王克商，誅蜚廉并及惡來。蜚廉少子曰季勝，其曾孫名造父，以善御得幸於周穆王，封於趙，為晉趙氏之祖。其後有非子者，居犬邱，善於養馬。周孝王用之，命畜馬於汧、渭二水之間，馬大蕃息。孝王大喜，以秦地封非子為附庸之君，使續嬴祀，號為嬴秦。傳六世至襄公，以勤王功封秦伯，又得岐、豐之地，勢益強大，定都於雍，始與諸侯通聘。襄公薨，子文公立。時平王十五年也。

一日，文公夢鄜邑之野，有黃蛇自天而降，止於山阪。頭如車輪，下屬於地，其尾連天。俄頃化為小兒，謂文公曰：「我上帝之子也。帝命汝為白帝，以主西方之祀。」言訖不見。明日召太史敦占之。敦奏曰：「白者西方之色，君奄有西方，上帝所命，祠之必當獲福。」乃於鄜邑築高臺，立白帝廟，號曰鄜畤。用白牛祭之。又陳倉人獵得一獸，似豬而多刺，擊之不死。不知其名，欲牽以獻文公。路間遇二童子，指曰：「此獸名曰猬，常伏地中，啖死人腦。若捶其首即死。」猬亦作人言曰：「二童乃雉精，名曰陳寶。得雄者王，得雌者霸。」二童子被說破，即化為野雞飛去。其雌者止於陳倉山之北阪，化為石雞，視猬，亦失去矣。獵人驚異，奔告文公。文公復立陳寶祠於陳倉山。又終南山有大梓樹，文公欲伐為殿材。鋸之不斷，砍之不入。忽大風雨，乃止。有一人夜宿山下，聞眾鬼向樹賀喜。樹神亦應之。一鬼曰：「秦若使人披其髮，以朱絲繞樹，將奈之何？」樹神默然。明日，此人以鬼語告於文公。文公依其說，復使人伐之。樹隨鋸而斷。有青牛從樹中走出，逕投雍水。其後，近水居民，時時見青牛出水中。文公聞之，使騎士候而擊之。牛力大，觸騎士倒地。騎士髮散披面。牛懼，更不敢出。文公乃制髦頭於軍中，復立怒特祠以祭大梓之神。

時魯惠公聞秦國僭祀上帝，亦遣太宰讓到周，請用郊禘之禮。平王不許。惠公曰：「吾祖周公，有大勳勞於王室。禮樂吾祖之所制作，子孫用之何傷？況天子不能禁秦，安能禁魯？」遂僭用郊禘，比於王室。平王知之，不敢問也。自此王室日益卑弱，諸侯各自擅權，互相侵伐，天下紛紛多事矣。史官有詩嘆曰：

自古王侯禮數懸，未聞侯國可郊天。一從秦魯開端僭，列國紛紛竊大權。

* * *

再說鄭世子掘突嗣位，是為武公。武公乘周亂，並有東虢及鄶地。遷都於鄶，謂之新鄭。以滎陽為京城，設關於制邑。鄭自是亦遂強大，與衛武公同為周朝卿士。平王十三年，衛武公薨。鄭武公獨秉周政。只為鄭都滎陽，與洛邑鄰近，或在朝，或在國，往來不一。這也不在話下。

卻說鄭武公夫人，是申侯之女姜氏。所生二子，長曰寤生，次曰段。為何喚做寤生？原來姜氏夫人分娩之時，不曾坐蓐，在睡夢中產下，醒覺方知。姜氏吃了一驚，以此取名寤生，心中便有不快之意。及生次子段，長成得一表人才。面如傅粉，唇若塗朱。又且多力善射，武藝高強。姜氏心中偏愛此子；「若襲位為君，豈不勝寤生十倍！」屢次向其夫武公稱道次子之賢，宜立為嗣。武公曰：「長幼有序，不可紊亂。況寤生無過，豈可廢長而立幼乎？」遂立寤生為世子。只以小小共城，為段之食邑，號曰共叔。姜氏心中愈加不悅。及武公薨，寤生即位，是為鄭莊公，仍代父為周卿士。姜氏夫人見共叔無權，心中怏怏。乃謂莊公曰：「汝承父位，享地數百里，使同胞之弟容身蕞爾，於心何忍？」莊公曰：「惟母所欲。」姜氏曰：「何不以制邑封之？」莊公曰：「制邑巖險著名。先王遺命，不許分封。除此之外，無不奉命。」姜氏曰：「其次則京城亦可。」莊公默然不語。姜氏作色曰：「再若不允，惟有逐之他國，使其別圖仕進，以餬口耳！」莊公連聲曰：「不敢，不敢！」遂唯唯而退。

次日升殿，即宣共叔段欲封之。大夫祭足諫曰：「不可。天無二日，民無二君。京城有百雉之雄，地廣民眾，與滎陽相等。況共叔，夫人之愛子，若封之大邑，是二君也。恃其內寵，恐有後患。」莊公曰：「我母之命，何敢拒之？」遂封共叔於京城。共叔謝恩已畢，入宮來辭姜氏。姜氏屏去左右，私謂段曰：「汝兄不念同胞之情，待汝甚薄。今日之封，我再三懇求。雖則勉從，中心未必和順。汝到京城，宜聚兵蒐乘，陰為准備。倘有機會可乘，我當相約。汝興襲鄭之師，我為內應，國可得也。汝若代了寤生之位，我死無憾矣！」共叔領命，遂往京城居住。自此國人改口，俱稱為京城太叔。開府之日，西鄙、北鄙之宰，俱來稱賀。太叔段謂二宰曰：「汝二人所掌之地，如今屬我封土。自今貢稅，俱要到我處交納，兵車俱要聽我徵調，不可違誤！」二宰久知太叔為國母愛子，有嗣位之望。今日見他丰采昂昂，人才出眾，不敢違抗，且自應承。太叔託名射獵，日逐出城訓練士卒，并收二鄙之眾，一齊造入軍冊。又假出獵為由，襲取鄢及廩延。兩處邑宰逃入鄭國，遂將太叔引兵取邑之事，備細奏聞莊公。莊公微笑不言。班中有一位官員高聲叫曰：「段可誅也！」莊公抬頭觀看，乃是上卿公子呂。莊公曰：「子封有何高論？」公子呂奏曰：「臣聞：『人臣無將，將則必誅。』今太叔內挾母后之寵，外恃京城之固，日夜訓兵講武，其志不篡奪不已。主公假臣偏師，直造京城，縛段而歸，方絕後患。」莊公曰：「段惡未著，安可加誅？」子封曰：「今兩鄙被收，直至廩延。先君土地，豈容日割！」莊公笑曰：「段乃姜氏之愛子，寡人之愛弟。寡人寧可失地，豈可傷兄弟之情，拂國母之意乎？」公子呂又奏曰：「臣非慮失地，實慮失國也。今人心皇皇，見太叔勢大力強，盡懷觀望。不久都城之民，亦將二心。主公今日能容太叔，恐異日太叔不能容主公，悔之何及？」莊公曰：「卿勿妄言！寡人當思之。」公子呂出外，謂正卿祭足曰：「主公以宮闈之私情，而忽社稷之大計。吾甚憂之。」祭足曰：「主公才智兼人，此事必非坐視。只因大庭耳目之地，不便洩露。子貴戚之卿也，若私叩之，必有定見。」公子呂依言，直叩宮門，再請莊公求見。莊公曰：「卿此來何意？」公子呂曰：「主公嗣位，非國母之意也。萬一中外合謀，變生肘腋，鄭國非主公之有矣。臣寢食不寧，是以再請。」莊公曰：「此事干礙❷國母。」公子呂曰：「主公豈不聞周公誅管、蔡之事乎？『當斷不斷，反受其亂。』望早早決計。」莊公曰：「寡人籌之熟矣。段雖不道，尚未顯然叛逆。我若加誅，姜氏必從中阻撓，徒惹外人議論。不惟說我不友，又說我不孝。我今置之度外，任其所為。彼恃寵得志，肆無忌憚。待其造逆，那時明正其罪，則國人必不敢助，而姜氏亦無辭矣。」公子呂曰：「主公遠見，非臣所及。但恐日復一日，養成勢大，如蔓草不可芟除，可奈何？主公若必欲俟其先發，宜挑之速來。」莊公曰：「計將安出？」公子呂曰：「主公久不入朝，無非為太叔故也。今聲言如周，太叔必謂國內空虛，興兵爭鄭。臣預先引兵伏於京城近處。乘其出城，入而據之。

❷ 干礙：干係妨礙。

主公從廩延一路殺來。腹背受敵，太叔雖有沖天之翼，能飛去乎？」莊公曰：「卿計甚善！慎毋洩之他人。」公子呂辭出宮門，嘆曰：「祭仲料事，可謂如神矣！」

次日早朝，莊公假傳一令，使大夫祭足監國，自己要朝周，面君輔政。姜氏聞知此信，心中大喜曰：「段有福為君矣！」遂寫密信一通，遣心腹送到京城，約太叔五月初旬，興兵襲鄭。時四月下旬事也。公子呂預先差人伏於要路，獲住賫書之人，登時殺了。將書密送莊公。莊公啟緘看畢，重加封固。別遣人假作姜氏所差，送達太叔。索有回書，以五月初五日為期。要立白旗一面於城樓，便知接應之處。莊公得書，喜曰：「段之供招在此，姜氏尚能庇護耶！」遂入宮辭別姜氏，只說往周，卻望廩延一路，徐徐而進。公子呂率車二百乘，於京城鄰近埋伏，自不必說。

卻說太叔接了母夫人姜氏密信，與其子公孫滑商議。使滑往衛國借兵，許以重賂。自家盡率京城二鄙之眾，託言奉鄭伯之命，使段監國。祭纛犒軍，揚揚出城。公子呂預遣兵車十乘，扮作商賈模樣，潛入京城。只等太叔兵動，便於城樓放火。公子呂望見火光，即便殺來。城中之人，開門納之。不勞餘力，得了京城。即時出榜安民。榜中備說莊公孝友，太叔背義忘恩之事。滿城人都說太叔不是。

再說太叔出兵，不上二日，就聞了京城失事之信。心下慌忙，星夜回轅，屯扎城外，打點攻城。只見手下士卒，紛紛耳語。原來軍伍中有人接了城中家信，說：「莊公如此厚德，太叔不仁不義。」一人傳十，十人傳百，都道：「我等背正從逆，天理難容。」哄然而散。太叔點兵，去其大半。知人心已變，急望鄢邑奔走，再欲聚眾。不道莊公兵已在鄢。乃曰：「共吾故封也。」於是走入共城，閉門自守。莊公引兵攻之。那共城區區小邑，怎當得兩路大軍，如太山壓卵一般，須臾攻破。太叔聞莊公將至，嘆曰：

「姜氏誤我矣！何面目見吾兄乎？」遂自刎而亡。胡曾先生有詩曰：

寵弟多才占大封，況兼內應在宮中。誰知公論難容逆，生在京城死在共！

又有詩說莊公養成段惡，以塞姜氏之口，真千古奸雄也。詩曰：

子弟全憑教育功，養成稔惡陷災凶。一從京邑分封日，太叔先操掌握中。

莊公撫段之屍，大哭一場，曰：「癡兒何至如此！」遂簡其行裝，姜氏所寄之書尚在。將太叔回書總作一封，使人馳至鄭國，教祭足呈與姜氏觀看。即命將姜氏送去潁地安置。遺以誓言曰：「不及黃泉，無相見也！」姜氏見了二書，羞慚無措，自家亦無顏與莊公相見。即時離了宮門，出居潁地。莊公回至國都，目中不見姜氏，不覺良心頓萌，嘆曰：「吾不得已而殺弟，何忍又離其母？誠天倫之罪人矣！」

卻說潁谷封人名曰潁考叔，為人正直無私，素有孝友之譽。見莊公安置姜氏於潁，謂人曰：「母雖不母，子不可以不子。主公此舉，傷化極矣！」乃覓鴞鳥數頭，假以獻野味為名，來見莊公。莊公問曰：「此何鳥也？」潁考叔對曰：「此鳥名鴞，晝不見泰山，夜能察秋毫，明於細而暗於大也。小時其母哺之，既長乃啄食其母。此乃不孝之鳥，故捕而食之。」莊公默然。適宰夫進蒸羊，莊公命割一肩賜考叔食之。考叔只簡好肉，用紙包裹，藏之袖內。莊公怪而問之。考叔對曰：「小臣家有老母。小臣家貧，每日取野味以悅其口，未嘗享此厚味。今君賜及小臣，而老母不沾一臠之惠，小臣念及老母，何能下咽？故此攜歸，欲作羹以進母耳。」莊公曰：「卿可謂孝子矣！」言罷，不覺淒然長嘆。考叔問曰：「主公何為而嘆？」莊公曰：「你有母奉養，得盡人子之心。寡人貴為諸侯，反不如你！」考叔佯為不知，又問曰：「姜夫人在堂無恙，何為無母？」莊公將姜氏與太叔共謀襲鄭，及安置潁邑之事，細述一遍。「已設下『黃泉』之誓，悔之無及！」考叔對曰：「太叔已亡，姜夫人止存主公一子。又不奉養，與鴞鳥何異？倘以黃泉相見為歉，臣有一計，可以解之。」莊公問：「何計可解？」考叔對曰：「掘地見泉，建一地室。先迎姜夫人在內居住，告以主公想念之情。料夫人念子，不減主公之念母。主公在地室中相見，於『及泉』之誓，未嘗違也。」莊公大喜。遂命考叔發壯士五百人，於曲洧牛脾山下，掘地深十餘丈。泉水湧出，因於泉側架木為室。室成，設下長梯一座，考叔往見武姜，曲道莊公悔恨之意，如今欲迎歸孝養。武姜且悲且喜。考叔先奉武姜至牛脾山地室中。莊公乘輿亦至，從梯而下，拜倒在地，口稱：「寤生不孝，久缺定省，求國母恕罪！」武姜曰：「此乃老身之罪，與汝無與。」用手扶起，母子抱頭大哭，遂升梯出穴。莊公親扶武姜登輦，自己執轡隨侍。國人見莊公母子同歸，無不以手加額，稱莊公之孝。此皆考叔調停之力也。胡曾先生有詩云：

黃泉誓母絕彝倫，大隧猶疑隔世人。考叔不行懷肉計，莊公安肯認天親！

莊公感考叔全其母子之愛，賜爵大夫，與公孫閼同掌兵權。不在話下。

再說共叔之子公孫滑，請得衛師，行至半途，聞共叔見殺，遂逃奔衛，訴說伯父殺弟囚母之事。衛桓公曰：「鄭伯無道，當為公孫討之。」遂興師伐鄭。不知勝負如何，且看下回分解。

第五回　寵虢公周鄭交質　助衛逆魯宋興兵

卻說鄭莊公聞公孫滑起兵前來侵伐，問計於群臣。公子呂曰：「斬草留根，逢春再發。公孫滑逃死為幸，反興衛師！此衛侯不知共叔襲鄭之罪，故起兵助滑，以救祖母為辭也。依臣愚見，莫如修尺一之書，致於衛侯，說明其故。衛侯必抽兵回國。滑勢既孤，可不戰而擒矣。」公曰：「然。」遂遣使致書於衛。衛桓公得書，讀曰：

寤生再拜奉書衛侯賢侯殿下：家門不幸，骨肉相殘，誠有愧於鄰國。然封京賜土，非寡人之不友。恃寵作亂，實叔段之不共。寡人念先人世守為重，不得不除。母姜氏以溺愛叔段之故，內懷不安，避居潁城，寡人已自迎歸奉養。今逆滑昧父之非，奔投大國。賢侯不知其非義，師徒下臨敝邑。自反並無得罪，惟賢侯同聲亂賊之誅，勿傷脣齒之誼。敝邑幸甚！

衛桓公覽罷，大驚曰：「叔段不義，自取滅亡。寡人為滑興師，實為助逆。」遂遣使收回本國之兵。使者未到，滑兵乘廩延無備，已攻下了。鄭莊公大怒，命大夫高渠彌出車二百乘，來爭廩延。時衛兵已撤回。公孫滑勢孤不敵，棄了廩延，仍奔衛國。公子呂乘勝追逐，直抵衛郊。衛桓公大集群臣，問戰守之計。公子州吁進曰：「水來土掩，兵至將迎，又何疑焉？」大夫石碏奏曰：「不可，不可！鄭兵之來，繇我助滑為逆所致。前鄭伯有書到，我不若以書答之，引咎謝罪，不勞師徒，可卻鄭兵。」衛侯曰：「卿言是也。」即命石碏作書，致於鄭伯。書曰：

完再拜上王卿士鄭賢侯殿下：寡人誤聽公孫滑之言，謂上國殺弟囚母，使孫姪無竄身之地，是以興師。今讀來書，備知京城太叔之逆，悔不可言。即日收回廩延之兵。倘蒙鑒察，當縛滑以獻，復修舊好。惟賢侯圖之。

鄭莊公覽書曰：「衛既服罪，寡人又何求焉？」

卻說國母姜氏，聞莊公興師伐衛，恐公孫滑被殺，絕了太叔之後。遂向莊公哀求：「乞念先君武公遺體，存其一命。」莊公既礙姜氏之面，又度公孫滑孤立無援，不能有為。乃回書衛侯。書中但言：「奉教撤兵，言歸於好。滑雖有罪，但逆弟止此一子，乞留上國以延段祀。」一面取回高渠彌之兵。公孫滑老死於衛。此是後話。

* * *

卻說周平王因鄭莊公久不在位，偶因虢公忌父來朝，言語相投，遂謂虢公曰：「鄭侯父子秉政有年，今久不供職，朕欲卿權理政務，卿不可辭。」虢公叩首曰：「鄭伯不來，必國中有事故也。臣若代之，鄭伯不惟怨臣，且將怨及王矣。臣不敢奉命。」再三辭謝，退歸本國。原來鄭莊公身雖在國，留人於王都，打聽朝中之事，動息傳報。今日平王欲分政於虢公，如何不知。即日駕車如周。朝見已畢，奏曰：「臣荷聖恩，父子相繼秉政。臣實不才，有忝職位。願拜還卿士之爵，退就藩封，以守臣節。」平王曰：

「卿久不蒞任，朕心懸懸。今見卿來，如魚得水，卿何故出此言耶？」莊公又奏曰：「臣國中有逆弟之變，曠職日久。今國事粗完，星夜趨朝。聞道路相傳，謂吾王有委政虢公之意。臣才萬分不及虢公，安敢尸位以獲罪於王乎？」平王見莊公說及虢公之事，心慚面赤。勉強言曰：「朕別卿許久，亦知卿國中有事。欲使虢公權管數日，以候卿來。虢公再三辭讓，朕已聽其還國矣。卿又何疑焉？」莊公又奏曰：「夫政者，王之政也，非臣一家之政也。用人之柄，王自操之。虢公才堪佐理，臣理當避位。不然，群臣必以臣為貪於權勢，昧於進退。惟王察之。」平王曰：「卿父子有大功於國，故相繼付以大政。四十餘年，君臣相得。今卿有疑朕之心，朕何以自明？卿如必不見信，朕當命太子狐為質於鄭，何如？」莊公再拜，辭曰：「從政罷政，乃臣下之職。焉有天子委質於臣之禮？恐天下以臣為要君，臣當萬死！」平王曰：「不然。卿治國有方，朕欲使太子觀風於鄭，因以釋目下之疑。卿若固辭，是罪朕也。」莊公再三不敢受旨。群臣奏曰：「依臣等公議，王不委質，無以釋鄭伯之疑。若獨委質，又使鄭伯乖臣子之義。莫若君臣交質，兩釋猜忌，方可全上下之恩。」平王曰：「如此甚善！」莊公使人先取世子忽，待質於周，然後謝恩。周太子狐亦如鄭為質。史官評論周鄭交質之事，以為君臣之分，至此盡廢矣。詩曰：

腹心手足本無私，一體相猜事可嗤。交質分明如市賈，王綱從此遂陵夷。

自交質以後，鄭伯留周輔政，一向無事。平王在位五十一年而崩。鄭伯與周公黑肩同攝朝政，使世子忽歸鄭，迎回太子狐來周嗣位。太子狐痛父之死，未得侍疾含斂，哀痛過甚，到周而薨。其子林嗣立，是為桓王。眾諸侯俱來奔喪，並謁新天子。虢公忌父先到，舉動皆合禮數，人人愛之。

桓王傷其父以質鄭身死，且見鄭伯久專朝政，心中疑懼。私與周公黑肩商議曰：「鄭伯曾質先太子於國，意必輕朕。君臣之間，恐不相安。虢公執事甚恭，朕欲畀❶之以政，卿意以為何如？」周公黑肩奏曰：「鄭伯為人慘刻少恩，非忠順之臣也。但我周東遷洛邑，晉、鄭功勞甚大。今改元之日，遽奪鄭政，付於他手，鄭伯憤怒，必有跋扈之舉。不可不慮。」桓王曰：「朕不能坐而受制，朕意決矣！」

次日，桓王早朝，謂鄭伯曰：「卿乃先王之臣，朕不敢屈在班僚。卿其自安！」莊公奏曰：「臣久當謝政，今即拜辭！」遂忿忿出朝。謂人曰：「孺子負心，不足輔也！」即日駕車回國。世子忽率領眾官員，出郭迎接，問其歸國之故。莊公將桓王不用之語，述了一遍。人人俱有不平之意。大夫高渠彌進曰：「吾主兩世輔周，功勞甚大。況前太子質於吾國，未嘗缺禮。今捨吾主而用虢公，大不義也！何不興師打破周城，廢了今王，而別立賢胤？天下諸侯，誰不畏鄭？方伯❷之業可成矣！」潁考叔曰：「不可！君臣之倫，比於母子。主公不忍仇其母，何忍仇其君？但隱忍歲餘，入周朝覲，周王必有悔心。主公勿以一朝之忿，而傷先公死節之義。」大夫祭足曰：「以臣愚見，二臣之言，當兼用之。臣願帥兵直抵周疆，託言歲凶，就食溫、洛之間。若周王遣使責讓，吾有辭矣。如其無言，主公入朝未晚。」莊公准奏，命祭足領了一枝軍馬，聽其便宜❸行事。

祭足巡到溫邑界首，說：「本國歲凶乏食，向溫大夫求粟千鍾。」溫大夫以未奉王命，不許。祭足

❶ 畀：音ㄅㄧˋ。贈與、給予。
❷ 方伯：一方諸侯之長。
❸ 便宜：便利。

曰：「方今二麥正熟，儘可資食。我自能取，何必求之！」遂遣士卒各備鐮刀，分頭將田中之麥，盡行割取，滿載而回。祭足自領精兵，往來接應。溫大夫知鄭兵強盛，不敢相爭。祭足於界上休兵三月有餘，再巡至成周地方。時秋七月中旬，見田中早稻已熟，分付軍士假扮作商人模樣，將車埋伏各村里。三更時分，一齊用刀將禾頭割下，五鼓取齊❹。成周郊外，稻禾一空。比及守將知覺，點兵出城，鄭兵已去之遠矣。兩處俱有文書到於洛京，奏聞桓王，說鄭兵盜割麥禾之事。桓王大怒，便欲興兵問罪。周公黑肩奏曰：「鄭祭足雖然盜取禾麥，乃邊庭小事，鄭伯未必得知。以小忿而棄懿親，甚不可也。若鄭伯心中不安，必然親來謝罪修好。」桓王准奏，但命沿邊所在，加意隄防，勿容客兵入境。其芟麥刈禾一事，並不計較。

鄭伯見周王全無責備之意，果然心懷不安，遂定入朝之議。正欲起行，忽報：「齊國有使臣到來。」莊公接見之間，使臣致其君僖公之命，約鄭伯至石門相會。莊公正欲與齊相結，遂赴石門之約。二君相見，歃血訂盟，約為兄弟，有事相偕。齊侯因問：「世子忽曾婚娶否？」鄭伯對以未曾。僖公曰：「吾有愛女，年雖未笄，頗有才慧。倘不棄嫌，願為待年之婦。」鄭莊公唯唯稱謝。及返國之日，向世子忽言之。忽對曰：「妻者，齊也，故曰配偶。今鄭小齊大，大小不倫。孩兒不敢仰攀。」莊公曰：「請婚出於彼意，若與齊為甥舅，每事可以仰仗。吾兒何以辭之？」忽又對曰：「丈夫志在自立，豈可仰仗於婚姻耶？」莊公喜其有志，遂不強之。後來齊使至鄭，聞鄭世子不願就婚，歸國奏知僖公。僖公嘆曰：「鄭世子可謂謙讓之至矣！吾女年幼，且俟異日再議可也。」後人有詩嘲富室攀高，不如鄭忽辭婚之善。

❹ 取齊：會齊。

詩曰：

婚姻門戶要相當，大小須當自酌量。卻笑攀高庸俗子，揹財但買一巾方。

* * *

忽一日，鄭莊公正與群臣商議朝周之事。適有衛桓公訃音到來。莊公詰問來使，備知公子州吁弒君之事。莊公頓足嘆曰：「吾國行且被兵矣！」群臣問曰：「主公何以料之？」莊公曰：「州吁素好弄兵。今既行篡逆，必以兵威逞志。鄭、衛素有嫌隙，其試兵必先及鄭。宜預備之。」且說衛州吁如何弒君？原來衛莊公之夫人，乃齊東宮得臣之妹，名曰莊姜，貌美而無子。次妃乃陳國之女，名曰厲嬀，亦不生育。厲嬀之妹名曰戴嬀，隨姊嫁衛，生子曰完，曰晉。莊姜性不嫉妒，育完為己子。又進宮女於莊公。莊公嬖幸之，生子州吁。州吁性暴戾好武，喜於談兵。莊公溺愛州吁，任其所為。大夫石碏嘗諫莊公曰：「臣聞愛子者教以義方，弗納於邪。夫寵過必驕，驕必生亂。主公若欲傳位於吁，便當立為世子。如其不然，當稍裁抑之，庶無驕奢淫佚之禍。」莊公不聽。石碏之子石厚，與州吁交好，時嘗並車出獵，騷擾民居。石碏將厚鞭責五十，鎖禁空房，不許出入。厚踰牆而出，遂往州吁府中，一飯必同，竟不回家。石碏無可奈何。後莊公薨，公子完嗣位，是為桓公。桓公生性懦弱。石碏知其不能有為，告老在家，不與朝政。州吁益無忌憚，日夜與石厚商量篡奪之計。其時平王崩訃適至，桓王林新立。衛桓公欲如周弔賀。石厚謂州吁曰：「大事可成矣！明日主公往周，公子可設餞於西門，預伏甲士五百於門外。酒至數巡，袖出短劍而刺之。手下有不從者，即時斬首。諸侯之位，唾手可得。」州吁大悅。預命石厚領壯士五百，埋伏西門之外。州吁自駕車迎桓公至於行館，早已排下筵席。州吁躬身進酒曰：「兄侯遠行，薄酒奉餞。」桓公曰：「又教賢弟費心。我此行不過月餘便回，煩賢弟暫攝朝政，小心在意。」州吁曰：「兄侯放心。」酒至數巡，州吁起身滿斟金盞，進於桓公。桓公一飲而盡，亦斟滿盃回敬州吁。州吁雙手去接，詐為失手，墜盞於地。慌忙拾取，親自洗滌。桓公不知其詐，命取盞更斟，欲再送州吁。州吁乘此機會，急騰步閃至桓公背後，抽出短劍，從後刺之。刃透於胸，即時重傷而薨。時周桓王元年春三月戊申也。從駕諸臣，素知州吁武力勝眾，石厚又引五百名甲士圍住公館，眾人自度氣力不如，只得降順。以空車載屍殯斂，託言暴疾。州吁遂代立為君，拜石厚為上大夫。桓公之弟晉，逃奔邢國去了。史臣有詩嘆衛莊公寵吁致亂。詩云：

教子須知有義方，養成驕佚必生殃。鄭莊克段天倫薄，猶勝桓侯束手亡。

州吁即位三日，聞外邊沸沸揚揚❺，盡傳說弒兄之事。乃召上大夫石厚商議曰：「欲立威鄰國，以脅制國人，問何國當伐？」石厚奏：「鄰國俱無嫌隙，惟鄭國昔年討公孫滑之亂，曾來攻伐。先君桓公服罪求免，此乃吾國之恥。主公若用兵，非鄭不可。」州吁曰：「齊、鄭有石門之盟，二國結連為黨。衛若伐鄭，齊必救之。一衛豈能敵二國？」石厚奏曰：「當今異姓之國，惟宋稱公為大。同姓之國，惟魯稱叔父為尊。主公欲伐鄭，必須遣使於宋、魯，求其出兵相助。並合陳、蔡之師，五國同事，何憂不勝？」州吁曰：「陳、蔡小國，素順周王。鄭與周新隙，陳、蔡必知之。呼使伐鄭，不愁不來。若宋、

❺ 沸沸揚揚：議論紛紛。

魯大邦，焉能強乎？」石厚又奏曰：「主公但知其一，不知其二。昔宋穆公受位於其兄宣公。穆公將死，思報兄之德，乃捨其子馮，而傳位於兄之子與夷。馮怨父而嫉與夷，出奔於鄭。鄭伯納之，常欲為馮起兵伐宋，奪取與夷之位。今日勾連伐鄭，正中其懷。若魯之國事，乃公子翬秉之。翬兵權在手，覷魯君如無物。如以重賂結公子翬，魯兵必動無疑矣。」州吁大悅，即日遣使往魯、陳、蔡三處去訖，獨難使宋之人。石厚薦一人姓甯名翊，乃中牟人也。「此人甚有口辨，可以遣之。」州吁依言，命甯翊如宋請兵。宋殤公問曰：「伐鄭何意？」甯翊曰：「鄭伯無道，誅弟囚母。公孫滑亡命敝邑，又不能容，興兵來討。先君畏其強力，腆顏謝服。今寡君欲雪先君之恥，以大國同仇，是以借助。」殤公曰：「寡人與鄭素無嫌隙，子曰同仇，得無過乎？」甯翊曰：「請屏左右，翊得畢其說。」殤公即麾去左右，側席問曰：「何以教之？」甯翊曰：「君侯之位，受之誰乎？」殤公曰：「傳之吾叔穆公也。」甯翊曰：「父死子繼，古之常理。穆公雖有堯舜之心，奈公子馮每以失位為恨。身居鄰國，其心須臾未嘗忘宋也。鄭納公子馮，其交已固。一日擁馮興師，國人感穆公之恩，不忘其子。內外生變，君侯之位危矣！今日之舉，名曰伐鄭，實為君侯除心腹之患也。君侯若主其事，敝邑悉起師徒，連魯、陳、蔡三國之兵，一齊效勞。鄭之滅亡可待矣。」宋殤公原有忌公子馮之心，這一席話，正投其意，遂許興師。大司馬孔父嘉，乃殷湯王之後裔，為人正直無私。聞殤公聽衛起兵，諫曰：「衛使不可聽也。若以鄭伯弒弟囚母為罪，則州吁弒兄篡位獨非罪乎？願主公思之。」殤公已許下甯翊，遂不聽孔父嘉之諫，刻日興師。魯公子翬接了衛國重賂，不繇隱公作主，亦起重兵來會。陳、蔡如期而至，自不必說。宋公爵尊，推為盟主。衛石厚為先鋒。州吁自引兵打後，多齎糧草，犒勞四國之兵。五國共甲車一千三百乘，將鄭東門圍得水洩不通。

鄭莊公問計於群臣，言戰言和，紛紛不一。莊公笑曰：「諸君皆非良策也。州吁新行簒逆，未得民心，故託言舊怨，借兵四國，欲立威以壓眾耳。魯公子翬貪衛之賂，事不繇君。陳、蔡與鄭無仇，皆無必戰之意。只有宋國忌公子馮在鄭，實心協助。吾將公子馮出居長葛，宋兵必移。再令子封引徒兵五百，出東門單搦衛戰❻，詐敗而走。州吁有戰勝之名，其志已得，國事未定，豈能久留軍中？其歸必速。吾聞衛大夫石碏，大有忠心，不久衛將有內變。州吁自顧不暇，安能害我乎？」乃使大夫瑕叔盈引兵一枝，護送公子馮往長葛去訖。莊公使人於宋曰：「公子馮逃死敝邑，不忍加誅。今令伏罪於長葛，惟君自圖之。」宋殤公果然移兵去圍長葛。蔡、陳、魯三國之兵，見宋兵移動，俱有返旆之意。忽報公子呂出東門單搦衛戰。三國登壁壘上，袖手觀之。

卻說石厚引兵與公子呂交鋒，未及數合，公子呂倒拖畫戟而走。石厚追至東門，門內接應入去。石厚將東門外禾稻盡行芟刈，以勞軍士。傳令班師。州吁曰：「未見大勝，如何便回？」石厚屏去左右，說出班師之故。州吁大悅。畢竟石厚說甚話，且看下回分解。

❻ 搦戰：討戰。

第六回　衛石碏大義滅親　鄭莊公假命伐宋

話說石厚纔勝鄭兵一陣，便欲傳令班師，諸將皆不解其意。齊來稟復州吁曰：「我兵銳氣方盛，正好乘勝進兵，如何遽退？」州吁亦以為疑，召厚問之。厚對曰：「臣有一言，請屏左右。」州吁麾左右使退。厚乃曰：「鄭兵素強，且其君乃王朝卿士也。今為我所勝，足以立威。主公❶初立，國事未定。若久在外方，恐有內變。」州吁曰：「微卿言，寡人慮不及此！」少頃，魯、陳、蔡三國俱來賀勝，各請班師。遂解圍而去。計合圍至解圍，纔五日耳。

石厚自矜有功，令三軍齊唱凱歌，擁衛州吁揚揚歸國。但聞野人歌曰：

一雄斃，一雄興。歌舞變刀兵，何時見太平？恨無人兮訴洛京！

州吁曰：「國人尚不和也，奈何？」石厚曰：「臣父碏昔位上卿，素為國人所信服。主公若徵之入朝，與共國政，位必定矣。」州吁命取白璧一雙，白粟五百鍾，候問石碏，即徵碏入朝議事。石碏託言病篤，堅辭不受。州吁又問石厚曰：「卿父不肯入朝，寡人欲就而問計，何如？」石厚曰：「主公雖往，未必相見。臣當以君命叩之。」乃回家見父，致新君敬慕之意。石碏曰：「新主相召，欲何為也？」石厚曰：

❶ 主公：對主人的尊稱。

「只為人心未和，恐君位不定，欲求父親決一良策。」石碏曰：「諸侯即位，以稟命於王朝為正。新主若能覲周，得周王錫以黻冕車服，奉命為君，國人更有何說？」石厚曰：「此言甚當。但無故入朝，周王必然起疑，必先得人通情於王方可。」石碏曰：「今陳侯忠順周王，朝聘不缺，王甚嘉寵之。吾國與陳素相親睦，近又有借兵之好，若新主親往朝陳，央陳侯通情周王，然後入覲，有何難哉？」石厚即將父碏之言，述於州吁。州吁大喜，當備玉帛禮儀，命上大夫石厚護駕，往陳國進發。石碏與陳國大夫子鍼，素相厚善，乃割指瀝血，寫下一書，密遣心腹人竟到子鍼處，託彼呈達陳桓公。書曰：

外臣石碏百拜致書陳賢侯殿下：衛國褊小，天降重殃，不幸有弒君之禍。此雖逆弟州吁所為，實臣之逆子厚貪位助桀。二逆不誅，亂臣賊子，行將接踵於天下矣！老夫年耄，力不能制，負罪先公。今二逆聯車入朝上國，實出老夫之謀。幸上國拘執正罪，以正臣子之綱，實天下之幸，不獨臣國之幸也！

陳桓公看畢，問子鍼曰：「此事如何？」子鍼對曰：「衛之惡，猶陳之惡。今之來陳，乃自送死，不可縱之。」桓公曰：「善！」遂定下擒州吁之計。

卻說州吁同石厚到陳，尚未知石碏之謀。一君一臣，昂然而入。陳侯使公子佗出郭迎接，留於客館安置。遂致陳侯之命，請來日太廟中相見。州吁見陳侯禮意殷勤，不勝之喜。次日，設庭燎於太廟，陳桓公立於主位，左儐右相，擺列得甚是整齊。石厚先到，見太廟門首，立著白牌一面，上寫：「為臣不忠，為子不孝者，不許入廟！」石厚大驚。問大夫子鍼曰：「立此牌者何意？」子鍼曰：「此吾先君之訓，吾君不敢忘也。」石厚遂不疑。須臾，州吁駕到。石厚導引下車，立於賓位。儐相啟請入廟。州吁佩玉秉圭，方欲鞠躬行禮，只見子鍼立於陳侯之側，大聲喝曰：「周天子有命，只拏弒君賊州吁、石厚二人，餘人俱免！」說聲未畢，先將州吁擒下。石厚急拔佩劍，一時著忙，不能出鞘，只用手格鬥，打倒二人。廟中左右壁廂，俱伏有甲士，一齊擁來，將石厚綁縛。從車兵眾，尚然在廟外觀望。子鍼將石碏來書宣揚一遍。眾人方知吁、厚被擒，皆石碏主謀，假手於陳。天理當然，遂紛然而散。史官有詩嘆曰：

州吁昔日餞桓公，今日朝陳受禍同。屈指為君能幾日，好將天理質蒼穹。

陳侯即欲將吁、厚行戮正罪。群臣皆曰：「石厚乃石碏親子，未知碏意如何？不若請衛自來議罪，庶無後言。」陳侯曰：「諸卿之言是也。」乃將君臣二人，分作兩處監禁。州吁囚於濮邑，石厚囚於本國。使其音信隔絕。遣人星夜馳報衛國，竟投石碏。

卻說石碏自告老之後，未曾出戶。見陳侯有使命至，即命輿人駕車伺候。一面請諸大夫朝中相見。眾各駭然。石碏親到朝中，會集百官，方將陳侯書信啟看，知吁、厚已拘執在陳，專等衛大夫到，公同議罪。百官齊聲曰：「此社稷大計，全憑國老主張。」石碏曰：「二逆罪俱不赦，明正典刑，以謝先靈。誰肯往任其事？」右宰醜曰：「亂臣賊子，人得而誅。醜雖不才，竊有公憤。逆吁之戮，醜當蒞之。」諸大夫皆曰：「右宰足辦此事矣。但首惡州吁既已正法，石厚從逆，可從輕議。」石碏大怒曰：「州吁之惡，皆逆子所釀成。諸君請從輕典，得無疑我有舐犢之私乎？老夫當親自一行，手誅此賊。不然，無面目見先人之廟也！」家臣獳羊肩曰：「國老不必發怒，某當代往。」石碏乃使右宰醜往濮蒞殺州吁，獳羊肩往陳蒞殺石厚。一面整備法駕，迎公子晉於邢。——左丘明修傳至此，稱石碏：「為大義而滅親，真純臣也！」——史臣詩曰：

公義私情不兩全，甘心殺子報君冤。世人溺愛偏多昧，安得芳名壽萬年？

隴西居士又有詩言石碏不先殺石厚，正為今日並殺州吁之地。詩曰：

明知造逆有根株，何不先將逆子除。自是老臣懷遠慮，故留子厚誤州吁。

再說右宰醜同獳羊肩同造陳都，先謁見陳桓公，謝其除亂之恩，然後分頭幹事。右宰醜至濮，將州吁押赴市曹。州吁見醜，大呼曰：「汝吾臣也，何敢犯吾？」右宰醜曰：「衛先有臣弒君者，吾效之耳！」州吁俛首受刑。獳羊肩往陳都，蒞殺石厚。石厚曰：「死吾分內，願上囚車，一見父親之面，然後就死。」獳羊肩曰：「吾奉汝父之命，來誅逆子。汝如念父，當攜汝頭相見也！」遂拔劍斬之。公子晉自邢歸衛，以誅吁告於武宮，重為桓公發喪，即侯位，是為宣公。尊石碏為國老，世世為卿。從此陳、衛益相親睦。

* * *

卻說鄭莊公見五國兵解，正欲遣人打探長葛消息。忽報：「公子馮自長葛逃回，在朝門外候見。」莊公召而問之。公子馮訴言：「長葛已被宋兵打破，占據了城池。逃命到此，乞求覆護！」言罷，痛哭不已。莊公撫慰一番，仍令馮住居館舍，厚其廩餼❷。不一日，聞州吁被殺於濮，衛已立新君。莊公乃曰：「州吁之事，與新君無干。但主兵伐鄭者宋也。寡人當先伐之。」乃大集群臣，問以伐宋之策。祭足進曰：「前者五國連兵伐鄭，今我若伐宋，四國必懼，合兵救宋，非勝算也。為今之計，先使人請成於陳，再以利結魯。若魯、陳結好，則宋勢孤矣。」莊公從之。遂遣使如陳請成。陳侯不許。公子佗諫曰：「親仁善鄰，國之寶也。鄭來講好，不可違之。」陳侯曰：「鄭伯狡詐不測，豈可輕信？不然，宋、衛皆大國，不聞講和，何乃先及我國？此乃離間之計也。況我曾從宋伐鄭，今與鄭成，宋國必怒。得鄭失宋，有何利焉？」遂卻鄭使不見。莊公見陳不許成，怒曰：「陳所恃者宋、衛耳。衛亂初定，自顧不暇，豈能為人？俟我結好魯國，當合齊、魯之眾，先報宋仇，次及於陳，此破竹之勢也。」祭足奏曰：「不然，鄭強陳弱，請成自我，陳必疑離間之計，所以不從。若命邊人乘其不備，侵入其境，必當大獲。因使舌辨之士，還其俘獲，以明不欺，彼必聽從。平陳之後，徐議伐宋為當。」莊公曰：「善。」乃使兩鄙宰率徒兵五千，假裝出獵，潛入陳界，大掠男女輜重，約百餘車。陳疆吏申報桓公。桓公大驚，正集群臣商議。忽報：「有鄭使潁考叔在朝門外，齎本國書求見，納還俘獲。」陳桓公問公子佗曰：「鄭使此來如何？」公子佗曰：「通使美意，不可再卻。」桓公乃召潁考叔進見。考叔再拜，將國書呈上。桓公啟而觀之，略曰：

寤生再拜奉書陳賢侯殿下：君方膺王寵，寡人亦忝為王臣，理宜相好，共效屏藩。近者請成不獲，邊吏遂妄疑吾二國有隙，擅行侵掠。寡人聞之，臥不安枕。今將所俘人口輜重，盡數納還。遣下

❷ 廩餼：米粟之類的糧食。

臣潁考叔謝罪。寡人願與君結兄弟之好，惟君諾焉。

陳侯看畢，方知鄭之修好，出於至誠。遂優禮潁考叔，遣公子佗報聘。自是陳、鄭和好。

鄭莊公謂祭足曰：「陳已平矣，伐宋奈何？」祭足奏曰：「宋爵尊國大，王朝且待以賓禮，不可輕伐。主公向欲朝覲，只因齊侯約會石門，又遇州吁兵至，擔閣至今。今日宜先入周，朝見周王。然後假稱王命，號召齊、魯，合兵加宋。兵出有名，往無不勝矣。」鄭莊公大喜曰：「卿之謀事，可謂萬全！」時周桓王即位已三年矣。莊公命世子忽監國，自與祭足如周，朝見周王。正值冬十一月朔，乃賀正❸之期。周公黑肩勸王加禮於鄭，以勸列國。桓王素不喜鄭，又想起侵奪麥禾之事，怒氣勃勃，謂莊公曰：「卿國今歲收成何如？」莊公對曰：「託賴吾王如天之福，水旱不侵。」桓王曰：「幸而有年。溫之麥，成周之禾，朕可留以自食矣！」莊公見桓王言語相侵，閉口無言，當下辭退。桓王也不設宴，也不贈賄，使人以黍米十車遺之曰：「聊以為備荒之資。」莊公甚悔此來，謂祭足曰：「大夫勸寡人入朝，今周王如此怠慢，口出怨言，以黍禾見訕。寡人欲卻而不受，當用何辭？」祭足對曰：「諸侯所以重鄭者，以世為卿士，在王左右也。王者所賜，不論厚薄，總曰天寵。主公若辭而不受，分明與周為隙。鄭既失周，何以取重於諸侯乎？」正議論間，忽報周公黑肩相訪，私以綵繒二車為贈。言語之際，備極欵曲，良久辭去。莊公問祭足曰：「周公此來何意？」祭足對曰：「周王有二子，長曰佗，次曰克。周王寵愛次子，屬周公使輔翼之。將來必有奪嫡之謀。故周公今日先結好我國，以為外援。主公受其綵繒，正有用處。」

❸ 賀正：互相拜年。

莊公曰：「何用？」祭足曰：「鄭之朝王，鄰國莫不知之。今將周公所贈綵帛，分布於十車之上，外用錦袱覆蓋。出都之日，宣言王賜。再加彤弓弧矢，假說宋公久缺朝貢，主公親承王命，率兵討之。以此號召列國，責以從兵。有不應者，即係抗命。重大其事，諸侯必然信從。宋雖大國，其能當奉命之師乎？」莊公拍祭足肩曰：「卿真智士也！寡人一一聽卿而行。」隴西居士詠史詩曰：

綵繒禾麥不相當，無命如何假託王？畢竟虛名能動眾，睢陽行作戰爭場。

莊公出了周境，一路宣揚王命，聲播宋公不臣之罪。聞者無不以為真。這話直傳至宋國。殤公心中驚懼，遣使密告於衛宣公。宣公乃糾合齊僖公，欲與宋、鄭兩國講和。約定月日，在瓦屋之地相會，歃血訂盟，各釋舊憾。宋殤公使人以重幣遺衛，約先期在犬邱一面，商議鄭事。然後並駕至於瓦屋。齊僖公亦如期而至。惟鄭莊公不到。齊侯曰：「鄭伯不來，和議敗矣。」便欲駕車回國。宋公強留與盟。齊侯外雖應承，中懷觀望之意。惟宋、衛交情已久，深相結納而散。是時周桓王欲罷鄭伯之政，以虢公忌父代之。周公黑肩力諫，乃用忌父為右卿士，任以國政。鄭伯為左卿士，虛名而已。莊公聞之，笑曰：「料周王不能奪吾爵也！」後聞齊、宋合黨，謀於祭足。祭足對曰：「齊、宋原非深交，皆因衛侯居間糾合。雖然同盟，實非本心。主公今以王命，並布於齊、魯，即託魯侯糾合齊侯，協力討宋。魯與齊連壤，世為婚姻。魯侯同事，齊必不違。蔡、衛、郕、許諸國，亦當傳檄召之，方見公討。有不赴者，移師伐之。」莊公依計，遣使至魯，許以用兵之日，侵奪宋地，盡歸魯國。公子翬乃貪横之徒，欣然諾之。奏過魯君，轉約齊侯，與鄭在中邱取齊。齊侯使其弟夷仲年為將，出車三百乘。魯侯使公子翬為將，出車二百乘，前來助鄭。鄭莊公親統著公子呂、高渠彌、潁考叔、公孫閼等一班將士，自為中軍，建大纛一面，名曰「蝥弧」，上書「奉天討罪」四大字，以輅車載之。將彤弓弧矢，懸於車上，號為「卿士討罪」。夷仲年將左軍，公子翬將右軍。揚威耀武，殺奔宋國。公子翬先到老桃地方，守將引兵出迎，被公子翬奮勇當先，只一陣，殺得宋兵棄甲曳兵，逃命不迭。被俘者二百五十餘人。公子翬將捷書飛報鄭伯，就迎至老桃下寨。相見之際，獻上俘獲。莊公大喜，稱贊不絕口。命幕府填上第一功。殺牛享士，安歇二日，然後分兵進取。命潁考叔同公子翬領兵攻打郜城，公子呂接應。命公孫閼同夷仲年領兵攻打防城，高渠彌接應。將老營安扎老桃，專聽報捷。

卻說宋殤公聞三國兵已入境，驚得面如土色。急召司馬孔父嘉問計。孔父嘉奏曰：「臣曾遣人到王城打聽，並無伐宋之命。鄭託言奉命，非真命也。齊、魯特墮其術中耳。然三國既合，其勢誠不可爭鋒。為今之計，惟有一策，可令鄭不戰而退。」殤公曰：「鄭已得利，肯遽退乎？」孔父嘉曰：「鄭假託王命，遍召列國。今相從者，惟齊、魯兩國耳。東門之役，宋、蔡、陳、魯同事。魯貪鄭賂，陳與鄭平，皆入鄭黨。所不致者，蔡、衛也。鄭君親將在此，車徒必盛，其國空虛。主公誠以重賂，遣使告急於衛，使糾合蔡國，輕兵襲鄭。鄭君聞己國受兵，必返旆❹自救。鄭師既退，齊、魯能獨留乎？」殤公曰：「卿策雖善，然非卿親往，衛兵未必即動。」孔父嘉曰：「臣當引一枝兵，為蔡嚮導。」殤公即簡車徒二百乘，命孔父嘉為將，攜帶黃金白璧綵緞等物，星夜來到衛國，求衛君出師襲鄭。衛宣公受了禮物，遣右宰醜率兵同孔父嘉從間道出其不意，直逼滎陽。世子忽同祭足急忙傳令守城，已被宋、衛之兵在郭外大

❹旆：音ㄆㄟˋ。古代旌旗末端的下垂飾物。泛指旗幟。

掠一番，擄去人畜輜重無算。右宰醜便欲攻城，孔父嘉曰：「凡襲人之兵，不過乘其無備，得利即止。若頓師堅城之下，鄭伯還兵來救，我腹背受敵，是坐困耳。不若借徑於戴，全軍而返。度我兵去鄭之時，鄭君亦當去宋矣。」右宰醜從其言，使人假道於戴。戴人疑其來襲己國，閉上城門，授兵登陴❺。孔父嘉大怒，離戴城十里，同右宰醜分作前後兩寨，准備攻城。戴人固守，屢次出城交戰，互有斬獲。孔父嘉遣使往蔡國乞兵相助。不在話下。此時潁考叔等已打破郜城，公孫閼等亦打破防城，各遣人於鄭伯老營報捷。恰好世子忽告急文書到來。不知鄭伯如何處置，再看下回分解。

❺ 陴：音ㄆㄧˊ。城上的短牆。

第七回　公孫閼爭車射考叔　公子翬獻諂賊隱公

卻說鄭莊公得了世子忽告急文書，即時傳令班師。夷仲年、公子翬等，親到老營來見鄭伯曰：「小將等乘勝正欲進取，忽聞班師之令，何也？」莊公奸雄多智，隱下宋、衛襲鄭之事，只云：「寡人奉命討宋，今仰仗上國兵威，割取二邑，已足當削地之刑矣。賓王上爵，王室素所尊禮，寡人何敢多求？所取郜、防兩邑，齊、魯各得其一，寡人毫不敢私。」夷仲年曰：「上國以王命徵師，敝邑奔走恐後。少效微勞，禮所當然，決不敢受邑。」謙讓再三。莊公曰：「既公子不肯受地，二邑俱奉魯侯，以酬公子老桃首功之勞。」公子翬更不推辭，拱手稱謝。另差別將領兵分守郜、防兩邑。不在話下。莊公大犒三軍，臨別與夷仲年、公子翬刑牲而盟：「三國同患相恤，後有軍事，各出兵車為助。如背此言，神明不宥。」

單說夷仲年歸國，見齊僖公，備述取防之事。僖公曰：「石門之盟，有事相偕。今雖取邑，理當歸鄭。」夷仲年曰：「鄭伯不受，並歸魯侯矣。」僖公以鄭伯為至公，稱嘆不已。

再說鄭伯班師，行至中途，又接得本國文書一道，內稱：「宋、衛已移兵向戴矣。」莊公笑曰：「吾固知二國無能為也。然孔父嘉不知兵，烏有自救而復遷怒者？吾當以計取之。」乃傳令四將，分為四隊，各各授計，銜枚臥鼓，並望戴國進發。

再說宋、衛合兵攻戴，又請得蔡國領兵助戰，滿望一鼓成功。忽報：「鄭國遣上將公子呂領兵救戴，離城五十里下寨。」右宰醜曰：「此乃石厚手中敗將，全不耐戰，何足懼哉？」少頃，又報：「戴君知鄭兵來救，開門接入去了。」孔父嘉曰：「此城唾手可得，不意鄭兵相助，又費時日，奈何？」右宰醜曰：「戴既有幫手，必然合兵索戰。你我同升壁壘，察城中之動靜，好做准備。」二將方在壁壘之上，指手畫腳。忽聽連珠砲響，城上遍插鄭國旗號。公子呂全裝披掛，倚著城樓外檻，高聲叫曰：「多賴三位將軍氣力，寡君已得戴城，多多致謝！」原來鄭莊公設計，假稱公子呂領兵救戴，其實莊公親在戎車之中。只要哄進戴城，就將戴君逐出，并了戴國之軍。城中連日戰守困倦，素聞鄭伯威名，誰敢抵敵？幾百世相傳之城池，不勞餘力，歸於鄭國。戴君引了宮眷，投奔西秦去了。

孔父嘉見鄭伯白占了戴城，忿氣填胸。將兜鍪❶擲地曰：「吾今日與鄭誓不兩立！」右宰醜曰：「此老奸最善用兵，必有後繼。倘內外夾攻，吾輩危矣。」孔父嘉曰：「右宰之言，何太怯也！」正說間，忽報：「城中著人下戰書。」孔父嘉即批：「來日決戰。」一面約會衛、蔡二國，要將三路軍馬，齊退後二十里，以防衝突。孔父嘉居中，蔡、衛左右營，離隔不過三里。立寨甫畢，喘息未定。忽聞寨後一聲砲響，火光接天，車聲震耳。諜者報：「鄭兵到了。」孔父嘉大怒，手持方天畫戟，登車迎敵。只見車聲頓歇，火光俱滅了。纔欲回營，左邊砲聲又響，火光不絕。孔父嘉出營觀看，左邊火光又滅。右邊砲響連聲，一片火光，隱隱在樹林之外。孔父嘉曰：「此老奸疑軍之計。」傳令：「亂動者斬！」少頃，左邊火光又起，喊聲振地。忽報：「左營蔡軍被劫。」孔父嘉曰：「吾當親往救之！」纔出營門，只見

❶ 兜鍪：古時戰士所戴的頭盔。

右邊火光復熾，正不知何處軍到。孔父嘉喝教御人：「只顧推車向左。」御人向左，反推向右去。遇著一隊兵車，互相擊刺。約在更餘，方知是衛國之兵。彼此說明，合兵一處，同到中營。那中營已被高渠彌據了。急回轅時，右有潁考叔，左有公孫閼兩路兵到。公孫閼接住右宰醜，潁考叔接住孔父嘉，做兩隊廝殺。東方漸曉，孔父嘉無心戀戰，奪路而走。遇著高渠彌，又殺一陣。孔父嘉棄了乘車，跟隨者止存二十餘人，徒步奔脫。右宰醜陣亡。三國車徒，悉為鄭所俘獲。所擄鄭國郊外人畜輜重，仍舊為鄭所有。此莊公之妙計也。史官有詩云：

主客雌雄尚未分，莊公智計妙如神。分明鷸蚌相持勢，得利還歸結網人。

莊公得了戴城，又兼了三國之師，大軍奏凱，滿載而歸。莊公大排筵宴，款待從行諸將。諸將輪番獻卮上壽。莊公面有德色，舉酒瀝地曰：「寡人賴天地祖宗之靈，諸卿之力，戰則必勝，威加上公。於古之方伯何如？」群臣皆稱千歲。惟潁考叔嘿然。莊公睜目視之。考叔奏曰：「君失言矣！夫方伯者，受王命為一方諸侯之長，得專征伐。令無不行，呼無不應。今主公託言王命，聲罪於宋，周天子實不與聞。況傳檄徵兵，蔡、衛反助宋侵鄭；郕、許小國，公然不至。方伯之威，固如是乎？」莊公笑曰：「卿言是也。蔡、衛全軍覆沒，已足小懲。今欲問罪郕、許，二國孰先？」潁考叔曰：「郕鄰於齊，許鄰於鄭。主公既欲加以違命之名，宜正告其罪，遣一將助齊伐郕，請齊兵同來伐許。得郕則歸之齊；得許則歸之鄭。庶不失兩國共事之誼。俟事畢獻捷於周，亦可遮飾四方之耳目。」莊公曰：「善！但當次第行之。」乃先遣使將問罪郕、許之情，告於齊侯。齊侯欣然聽允。遣夷仲年將兵伐郕。鄭遣大將公子呂率兵助之，直入其都。郕人大懼，請成於齊。齊侯受之。就遣使跟隨公子呂到鄭，叩問伐許之期。莊公約齊侯在時來地方面會，轉央齊侯去訂魯侯同事。時周桓王八年之春也。公子呂途中得病歸國，未幾而死。莊公哭之慟，曰：「子封不祿，吾失右臂矣！」乃厚卹其家，錄其弟公子元為大夫。時正卿位缺，莊公欲用高渠彌。世子忽密諫曰：「渠彌貪而狠，非正人也，不可重任。」莊公點首，乃改用祭足為上卿，以代公子呂之位。高渠彌為亞卿。不在話下。

且說是夏，齊、魯二侯皆至時來，與鄭伯面訂師期。以秋七月朔，在許地取齊。二侯領命而別。鄭莊公回國，大閱軍馬，擇日祭告於太宮。聚集諸將於教場。重製蝥弧大旗，建於大車之上，用鐵綰之。這大旗以錦為之。錦方一丈二尺，綴金鈴二十四個。旗上繡「奉天討罪」四大字。旗竿長三丈三尺。莊公傳令：「有能手執大旗，步履如常者，拜為先鋒，即以輅車賜之。」言未畢，班中走出一員大將，頭帶銀盔，身穿紫袍金甲，生得黑面虬鬚，濃眉大眼。眾視之，乃大夫瑕叔盈也。上前奏曰：「臣能執之。」隻手拔起旗竿，緊緊握定。上前三步，退後三步，仍豎立車中，略不氣喘。軍士無不喝采。瑕叔盈大叫：「御人何在？為我駕車！」方欲謝恩，班中又走出一員大將，頭帶雉冠，綠錦抹額，身穿緋袍犀甲，口稱：「執旗展步，未為希罕。臣能舞之。」眾人上前觀看，乃大夫潁考叔也。御者見考叔口出大言，便不敢上前，且立住腳觀看。只見考叔左手撩衣，將右手打開鐵綰，從背後倒拔那旗。踴身一跳，那旗竿早拔起到手。忙將左手搭住，順勢打個轉身，將右手托起。左旋右轉，如長槍一般，舞得呼呼的響。那面旗捲而復舒，舒而復捲。觀者盡皆駭然。莊公大喜曰：「真虎臣也！當受此車為先鋒。」言猶未畢，班中又走出一員少年將軍，面如傅粉，唇若塗朱，頭帶束髮紫金冠，身穿織金綠袍。指著考叔大喝道：「你能舞旗，偏我不會舞？這車且留下！」大踏步上前。考叔見他來勢兇猛，一手把著旗竿，一手挾著車轅，飛也似跑去了。那少年將軍不捨，在兵器架上，綽❷起一柄方天畫戟，隨後趕出教場。將至大路，莊公使大夫公孫獲傳語解勸。那將軍見考叔已去遠，恨恨而返，曰：「此人藐我姬姓無人，吾必殺之！」——那少年將軍是誰？乃是公族大夫名喚公孫閼，字子都，乃男子中第一的美色，為鄭莊公所寵。孟子云：「不知子都之姣者，無目者也。」正是此人。平日恃寵驕橫，兼有勇力，與考叔素不相睦。——當下回轉教場，兀自怒氣勃勃。莊公誇獎其勇曰：「二虎不得相鬥，寡人自有區處❸。」另以車馬賜公孫閼，並賜瑕叔盈。兩個各各謝恩而散。髯翁有詩云：

軍法從來貴止齊，挾輹拔戟敢胡為？鄭庭雖是多驍勇，無禮之人命必危。

至七月朔日，莊公留祭足同世子忽守國，自統大兵望許城進發。齊、魯二侯，已先在近城二十里下寨等候。三君相見敘禮，讓齊侯居中，魯侯居右，鄭伯居左。是日莊公大排筵席，以當接風。齊侯袖中出檄書一紙，書中數許男不共職貢之罪。今奉王命來討。魯、鄭二君俱看過。一齊拱手曰：「必如此，師出方為有名。」約定來日庚辰協力攻城。先遣人將討檄射進城去。次早三營各各放砲起兵。那許本男爵，小小國都，城不高，池不深。被三國兵車，密密札札，圍得水洩不漏。城內好生驚怕。只因許莊公是個有道之君，素得民心，願為固守，所以急切未下。齊、魯二君，原非主謀，不甚用力。到底是鄭將

❷ 綽：抓。綽刀、綽戟皆此意。

❸ 區處：處理。

出力，人人奮勇，個個誇強。就中潁考叔，因公孫閼奪車一事，越要施逞手段。到第三日壬午，考叔在轈車上，將蝥弧大旗挾於脅下，踴身一跳，早登許城。公孫閼眼明手快，見考叔先已登城，忌其有功。在人叢中認定考叔，颼的發一冷箭。也是考叔合當命盡，正中後心，從城上連旗倒跌下來。瑕叔盈只道考叔為守城軍士所傷，一股憤氣，太陽中迸出火星。就地取過大旗，一踴而上。遶城一轉，大呼：「鄭君已登城矣！」眾軍士望見繡旗飄颺，認鄭伯真個登城。勇氣百倍，一齊上城。砍開城門，放齊、魯之兵入來。隨後三君並入。許莊公易服雜於軍民中，逃奔衛國去了。

齊侯出榜安民，將許國土地，讓與魯侯。魯隱公堅辭不受。齊僖公曰：「本謀出鄭，既魯侯不受，宜歸鄭國。」鄭莊公滿念貪許，因見齊、魯二君交讓，只索佯推假遜。正在議論之際，傳報：「有許大夫百里，引著一個小兒求見。」三君同聲喚入。百里哭倒在地，叩首乞哀，願延太岳一線之祀。齊侯問：「小兒何人？」百里曰：「吾君無子，此君之弟名新臣。」齊、魯二侯，各悽然有憐憫之意。鄭莊公見景生情，將計就計。就轉口曰：「寡人本迫於王命，從君討罪。若利其土地，非義舉也。今許君雖竄，其世祀不可滅絕。既其弟見在，且有許大夫可託；有君有臣，當以許歸之。」百里曰：「臣止為君亡國破，求保全六尺之孤耳。土地已屬君掌握，豈敢復望。」鄭莊公曰：「吾之復許，乃真心也。恐叔年幼不任國事，寡人當遣人相助。」乃分許為二，其東偏使百里奉新臣以居之；其西偏使鄭大夫公孫獲居之。名為助許，實是監守一般。齊、魯二侯，不知是計，以為處置妥當，稱善不已。百里同許叔拜謝了三君。三君亦各自歸國。髯翁有詩單道鄭莊公之詐，詩曰：

殘忍全無骨肉恩，區區許國有何親？
二偏分處如監守，卻把虛名哄外人。

許莊公老死於衛。許叔在東偏受鄭制縛。直待鄭莊公薨後，公子忽、突相爭數年。突入而復出，忽出而復入。那時鄭國擾亂，公孫獲病死，許叔方才與百里用計，乘機潛入許都，復整宗廟。此是後話。

再說鄭莊公歸國，厚賞瑕叔盈。思念潁考叔不置。深恨射考叔之人，而不得其名。乃使從征之眾，每百人為卒，出豬一頭；二十五人為行，出犬雞各一隻。召巫史為文，以咒詛之。公孫閼暗暗匿笑。如此咒詛，三日將畢。鄭莊公親率諸大夫往觀。纔焚祝文，只見一人蓬首垢面，徑造鄭伯面前，跪哭而言曰：「臣考叔先登許城，何負於國？被奸臣子都挾爭車之仇，冷箭射死。臣已得請於上帝，許償臣命。蒙主君垂念，九泉懷德。」言訖，以手自探其喉。喉中噴血如注，登時氣絕。莊公認得此人是公孫閼，急使人救之，已呼喚不醒。——原來公孫閼被潁考叔附魂索命，自訴於鄭伯之前。到此方知射考叔者即閼也。——鄭莊公嗟嘆不已。感考叔之靈，命於潁谷立廟祀之。今河南府登封縣，即潁谷故地，有潁大夫廟，又名純孝廟。洧川亦有之。隴西居士有詩譏莊公云：

爭車方罷復傷身，亂國全然不忌君。
若使群臣知畏法，何須雞犬黷明神？

* * *

莊公又分遣二使，將禮幣往齊、魯二國稱謝。齊國無話。單說所遣魯國使臣回來，繳上禮幣，原書不啟。莊公問其緣故。使者奏曰：「臣方入魯境，聞知魯侯被公子翬所弒，已立新君，國書不合，不敢輕投。」莊公曰：「魯侯謙讓寬柔，乃賢君也。何以見弒？」使者曰：「其故臣備聞之。魯先君惠公元妃早薨，寵妾仲子立為繼室，生子名軌，欲立為嗣。魯侯乃他妾之子也。惠公薨，群臣以魯侯年長，奉之為君。魯侯承父之志，每言：『國乃軌之國也，因其年幼，寡人暫時居攝耳。』子翬求為太宰之官，魯侯曰：『俟軌居君位，汝自求之。』公子翬反疑魯侯有忌軌之心，密奏魯侯曰：『臣聞利器入手，不可假人。主公已嗣爵為君，國人悅服。千歲而後，便當傳之子孫。何得以居攝為名，起人非望？今軌年長，恐將來不利於主。臣請殺之，為主公除此隱憂何如？』魯侯掩耳曰：『汝非癡狂，安得出此亂言！吾已使人於菟裘築下宮室，為養老計。不日當傳位於軌矣。』翬默然而退，自悔失言。誠恐魯侯將此一段話告軌，軌即位，必當治罪。夤夜往見軌，反說：『主公見汝年齒漸長，恐來爭位。今日召我入宮，密囑行害於汝。』軌懼而問計。翬曰：『他無仁，我無義。公子必欲免禍，非行大事不可。』軌曰：『彼為君已十一年矣。臣民信服，若大事不成，反受其殃。』翬曰：『吾已為公子定計矣。主公未立之先，曾與鄭君戰狐壤，被鄭所獲，因於鄭大夫尹氏之家。尹氏素奉祀一神，名曰鍾巫。主公暗地祈禱，謀逃歸於魯國。卜卦得吉，乃將實情告於尹氏。那時尹氏正不得志於鄭，乃與主公共逃至魯。遂立鍾巫之廟於城外，每歲冬月，必親自往祭。今其時矣。祭則必館於寪大夫之家。吾預使勇士充作徒役，雜居左右。主公不疑。俟其睡熟刺之，一夫之力耳。』軌曰：『此計雖善，然惡名何以自解？』翬曰：『吾預囑勇士潛逃，歸罪於寪大夫，有何不可？』子軌下拜曰：『大事若成，當以太宰相屈。』子翬如計而行，果弒魯侯。今軌已嗣為君，翬為太宰，討寪氏以解罪。國人無不知之。但畏翬權勢，不敢言耳。」莊公乃問於群臣曰：「討魯與和魯，二者孰利？」祭仲曰：「魯、鄭世好，不如和之。臣料魯國不日有使命至矣。」言未畢，魯使已及館驛。莊公使人先叩其來意。言：「新君即位，特來修先君之好。且約兩國君面會訂盟。」莊公厚禮其使，約定夏四月中於越地相見，歃血立誓，永好無渝。自是魯、鄭信使不絕。時周桓王之九年也。髯翁讀史至此，論公子翬兵權在手，伐鄭伐宋，專行無忌，逆端已見。及請殺弟軌，隱公亦謂其亂言矣。若暴明其罪，肆諸市朝，弟軌亦必感德。乃告以讓位，激成弒逆之惡，豈非優柔不斷，自取其禍！有詩嘆云：

跋扈将軍素橫行，履霜全不戒堅冰。菟裘空築人難老，寪氏誰為抱不平！

又有詩譏鍾巫之祭無益。詩曰：

狐壤逃歸廟額題，年年設祭報神私。鍾巫靈感能相助，應起天雷擊子翬。

* * *

卻說宋穆公之子馮，自周平王末年奔鄭，至今尚在鄭國。忽一日傳言：「有宋使至鄭，迎公子馮回國，欲立為君。」莊公曰：「莫非宋君臣哄馮回去，欲行殺害？」祭仲曰：「且待接見使臣，自有國書。」不知書中如何，且看下回分解。

第八回　立新君華督行賂　敗戎師鄭忽辭婚

話說宋殤公與夷自即位以來，屢屢用兵。單說伐鄭，已是三次了。只為公子馮在鄭，故忌而伐之。太宰華督素與公子馮有交。見殤公用兵於鄭，口中雖不敢諫阻，心上好生❶不樂。孔父嘉是主兵之官，華督如何不怪他。每思尋端殺害。只為他是殤公重用之人，掌握兵權，不敢動手。自伐戴一出，全軍覆沒。孔父嘉隻身逃歸，國人頗有怨言。盡說：「宋君不恤百姓，輕師好戰，害得國中妻寡子孤，戶口耗減。」華督又使心腹人於里巷布散流言，說：「屢次用兵，皆出孔司馬主意。」國人信以為然，皆怨司馬。華督正中其懷。又聞說孔父嘉繼室魏氏，美豔非常，世無其比，只恨不能一見。忽一日，魏氏歸甯，隨外家出郊省墓。時值春月，柳色如煙，花光似錦，正士女踏青之候。魏氏不合揭起車幰，偷覷外邊光景。華督正在郊外遊玩，驀然相遇。詢知是孔司馬家眷，大驚曰：「世間有此尤物，名不虛傳矣！」日夜思想，魂魄俱銷。「若後房得此一位美人，足勾❷下半世受用。除是殺其夫，方可以奪其妻。」繇此害嘉之謀益決。

時周桓王十年春蒐之期。孔父嘉簡閱車馬，號令頗嚴。華督又使心腹人在軍中揚言：「司馬又將起

❶ 好生：甚是。
❷ 足勾：足夠。

兵伐鄭。昨日與太宰會議已定，所以今日治兵。」軍士人人恐懼。三三兩兩，俱往太宰門上訴苦，求其進言於君，休動干戈。華督故意將門閉緊，但遣閽人於門隙中以好言撫慰。軍士求見愈切。人越聚得多了，多有帶器械者。看看天晚，不得見太宰，吶喊起來。自古道：「聚人易，散人難。」華督知軍心已變，衷甲佩劍而出。傳命開門，教軍士立定，不許喧嘩。自己當門而立，先將一番假慈悲的話，穩住眾心。然後說：「孔司馬主張用兵，殃民毒眾。主君偏於信任，不從吾諫。三日之內，又要大舉伐鄭。宋國百姓何罪？受此勞苦！」激得眾軍士咬牙切齒，聲聲叫殺。華督假意解勸：「你們不可造次，若司馬聞知，奏知主公，性命難保。」眾軍士紛紛都道：「我們父子親戚，連歲爭戰，死亡過半。今又大舉出征，那鄭國將勇兵強，如何敵得他過？左右❸是死，不如殺卻❹此賊，與民除害，死而無怨！」華督又曰：「投鼠者當忌其器。司馬雖惡，實主公寵幸之臣。此事決不可行。」眾軍士曰：「若得太宰做主，便是那無道昏君，吾等也不怕他！」一頭說，一頭扯住華督袍袖不放。齊曰：「願隨太宰殺害民賊。」當下眾軍士幫助輿人駕起車來。華督被眾軍士簇擁登車，車中自有心腹緊隨。一路呼哨，直至孔司馬私宅，將宅子團團圍住。華督分付：「且不要聲張，待我叩門，於中取事❺。」其時黃昏將盡，孔父在內室飲酒。聞外面叩門聲急，使人傳問，說：「是華太宰親自到門，有機密事相商。」孔父嘉忙整衣冠，出堂迎接。纔啟大門，外邊一片聲吶喊。軍士蜂擁而入。孔父嘉心慌，卻待轉步，華督早已登堂，大叫：

---

❸ 左右：反正、橫豎。

❹ 卻：去。

❺ 取事：行事。取，為也。

「害民賊在此，何不動手！」嘉未及開言，頭已落地。華督自引心腹，直入內室，搶了魏氏，登車而去。魏氏在車中，無計可施。暗解束帶，自繫其喉。比及到華氏之門，氣已絕矣。華督嘆息不已。分付載去郊外藁葬。嚴戒同行人從，不許宣揚其事。嗟乎！不得一夕之歡，徒造萬劫之怨，豈不悔哉！眾軍士乘機將孔氏家私，擄掠罄盡。孔父嘉止一子，名木金父，年尚幼，其家臣抱之奔魯。後來以字為氏曰孔氏。孔聖仲尼，即其六世之孫也。

且說宋殤公聞司馬被殺，手足無措。又聞華督同往，大怒。即遣人召之，欲正其罪。華督稱疾不赴。殤公傳令駕車，欲親臨孔父之喪。華督聞之，急召軍正謂曰：「主公寵信司馬，汝所知也。汝曹擅殺司馬，烏得無罪？先君穆公捨其子而立主公。主公以德為怨，任用司馬，伐鄭不休。今司馬受戮，天理昭彰。不若並行大事，迎立先君之子。轉禍為福，豈不美哉？」軍正曰：「太宰之言，正合眾意。」於是號召軍士，齊伏孔氏之門。只等宋公一到，鼓譟而起，侍衛驚散，殤公遂死於亂軍之手。華督聞報，衰服而至，舉哀者再。乃鳴鼓以聚群臣，胡亂將軍中一二人坐罪行誅，以掩眾目。倡言：「先君之子馮，見在鄭國。人心不忘先君，合當迎立其子。」百官唯唯而退。華督遂遣使往鄭報喪，且迎公子馮。一面將宋國寶庫中重器，行賂各國，告明立馮之故。

且說鄭莊公見了宋使，接了國書，已知來意。便整備法駕，送公子馮歸宋為君。公子馮臨行泣拜於地曰：「馮之殘喘，皆君所留。幸而返國，得延先祀。當世為陪臣，不敢二心。」莊公亦為嗚咽。公子馮回宋，華督奉之為君，是為莊公。華督仍為太宰，分賂各國，無不受納。齊侯、魯侯、鄭伯同會於稷，以定宋公之位，使華督為相。史官有詩嘆曰：

春秋篡弒嘆紛然，宋魯奇聞只隔年。列國若能辭賄賂，亂臣賊子豈安眠。

又有詩單說宋殤公背義忌馮，今日見弒，乃天也。詩曰：

穆公讓國乃公心，可恨殤公反忌馮。今日殤亡馮即位，九泉羞見父和兄。

*　　　*　　　*

單表齊僖公自會稷回來，中途接得警報：「今有北戎主，遣元帥大良、小良帥戎兵一萬，來犯齊界，已破祝阿，直攻歷下。守臣不能抵當，連連告急。乞主公速回！」僖公曰：「北戎屢次侵擾，不過鼠竊狗偷而已。今番大舉入犯，若使得利而去，將來北鄙必無甯歲。」乃分遣人於魯、衛、鄭三處借兵。一面同公子元、公孫戴仲等，前去歷城拒敵。

卻說鄭莊公聞齊有戎患，乃召世子忽謂曰：「齊與鄭同盟，且鄭每用兵，齊必相從。今來乞師，宜速往救。」乃選車三百乘，使世子忽為大將，高渠彌副之，祝聃為先鋒。星夜望齊國進發。聞齊僖公在歷下，逕來相見。時魯、衛二國之師，尚未曾到。僖公感激無已，親自出城犒軍，與世子忽商議退戎之策。世子忽曰：「戎用徒，易進亦易敗。我用車，難敗亦難進。然雖如此，戎性輕而不整，貪而無親。勝不相讓，敗不相救，是可誘而取也。況彼恃勝，必然輕進。若以偏師當敵，詐為敗走，戎必來追。吾預伏兵以待之。追兵遇伏，必駭而奔。奔而逐之，必獲全勝。」僖公曰：「此計甚妙！齊兵伏於東，以遏其前。鄭兵伏於北，以逐其後。首尾攻擊，萬無一失。」世子忽領命自去北路，分作兩處埋伏去了。

僖公召公子元授計：「汝可領兵伏於東門，只等戎軍來追，即忙殺出。」使公孫戴仲引一軍誘敵：「只要輸不要贏。誘至東門伏兵之處，便算有功。」分撥已定，公孫戴仲開關搦戰。戎帥小良，持刀躍馬，領著戎兵三千出寨迎敵。兩下交鋒，約二十合，戴仲氣力不加，回車便走。卻不進北關，繞城向東路而去。小良不捨，盡力來追。大良見戎兵得勝，盡起大軍隨後。將近東門，忽然礮聲大震，金鼓喧天，茨葦中都是兵，如蜂攢蠅集。小良急叫：「中計！」撥回馬頭便走，反將大良後隊衝動，立腳不牢，一齊都奔。公孫戴仲與公子元合兵追趕。大良分付小良上前開路，自己斷後，且戰且走。落後者俱被齊兵擒斬。戎兵行至鵲山，回顧追軍漸遠，喘息方定。正欲埋鍋造飯，山坳裡喊聲大舉，一枝軍馬衝出，口稱：「鄭國上將高渠彌在此！」大良、小良慌忙上馬，無心戀戰，奪路奔逃。高渠彌隨後掩殺。約行數里之程，前面喊聲又起，卻是世子忽引兵殺到。後面公子元率領齊兵亦至。殺得戎兵七零八落，四散逃命。小良被祝聃一箭，正中腦袋，墜馬而死。大良匹馬潰圍而出，正遇著世子忽戎車。措手不及，亦被世子忽斬之。生擒甲首三百，死者無算。世子忽將大良、小良首級，並甲首都解到齊侯軍前獻功。僖公大喜曰：「若非世子如此英雄，戎兵安得便退！今日社稷安靖，皆世子之所賜也。」世子忽曰：「偶效微勞，何煩過譽？」於是僖公遣使止住魯、衛之兵，免勞跋涉。命大排筵席，專待世子忽。席間又說起：「小女願備箕帚。」世子忽再三謙讓。席散之後，僖公使夷仲年私謂高渠彌曰：「寡君慕世子英雄，願結姻好。前番遣使，未蒙見允。今日寡君親與世子言之，世子執意不從，不知何意？大夫能玉成其事，請以白璧二雙，黃金百鎰為獻。」高渠彌領命，來見世子，備道齊侯相慕之意：「若諾婚好，異日得此大國相助，亦是美事。」世子忽曰：「昔年無事之日，蒙齊侯欲婚我，我尚然不敢仰攀。今奉命救齊，幸而成功，乃受室而歸，外人必謂我挾功求娶，何以自明？」高渠彌再三攛掇❻，只是不允。次日，齊僖公又使夷仲年來議婚。世子忽辭曰：「未稟父命，私婚有罪。」即日辭回本國。齊僖公怒曰：「吾有女如此，何患無夫！」

再說鄭世子忽回國，將辭婚之事，稟知莊公。莊公曰：「吾兒能自立功業，不患無良姻也。」祭足私謂高渠彌曰：「君多內寵，公子突、公子儀、公子亹三人，皆有覬覦之志。世子若結婚大國，猶可藉其助援。齊不議婚，猶當請之。奈何自翦羽翼耶？吾子從行，何不諫之？」高渠彌曰：「吾亦言之，奈不聽何？」祭足嘆息而去。髯翁有詩單論子忽辭婚之事。詩曰：

丈夫作事有剛柔，未必辭婚便失謀。試詠載驅並敝笱，魯桓可是得長籌？

高渠彌素與公子亹相厚，聞祭足之語，益相交結。世子忽言於莊公曰：「渠彌與子亹私通，往來甚密，其心不可測也。」莊公以世子忽之言，面責渠彌。渠彌諱言無有，轉背即與子亹言之。子亹曰：「吾父欲用汝為正卿，為世子所阻而止。今又欲斷吾兩人之往來。父在日猶然，若父百年之後，豈復能相容乎？」高渠彌曰：「世子優柔不斷，不能害人，公子勿憂也。」子亹與高渠彌自此與世子忽有隙。後來高渠彌弒忽立亹，蓋本於此。

再說祭足為世子忽畫策，使之結婚於陳，修好於衛。陳、衛二國方睦，若與鄭成鼎足之勢，亦足自固。世子忽以為然。祭足乃言於莊公，遣使如陳求婚。陳侯從之。世子忽至陳，親迎媯氏以歸。魯桓公亦遣使求婚於齊。只因齊侯將女文姜許婚魯侯，又生出許多事來。要知後事，且看下回分解。

❻ 攛掇：慫恿。

第九回　齊侯送文姜婚魯　祝聃射周王中肩

話說齊僖公生有二女，皆絕色也。長女嫁於衛，即衛宣姜。另有表白在後。單說次女文姜，生得秋水為神，芙蓉如面，比花花解語，比玉玉生香。真乃絕世佳人，古今國色。兼且通今博古，出口成文。因此號為文姜。世子諸兒原是個酒色之徒，與文姜雖為兄妹，各自一母。諸兒長於文姜只二歲。自小在宮中同行同坐，戲耍頑皮。及文姜漸已長成，出落❶得如花如玉。諸兒已通情竇，見文姜如此才貌，況且舉動輕薄，每有調戲之意。那文姜妖淫成性，又是個不顧禮義的人。語言戲謔，時及閭巷穢褻，全不避忌。諸兒生得長身偉幹，粉面朱唇，天生的美男子。與文姜倒是一對人品。可惜產於一家，分為兄妹，不得配合成雙。如今聚於一處，男女無別，遂至並肩攜手，無所不至。只因礙著左右宮人，單少得同衾貼肉了。也是齊侯夫婦溺愛子女，不預為防範。以致兒女成禽獸之行。後來諸兒身弒國危，禍皆由此。自鄭世子忽大敗戎師，齊僖公在文姜面前誇獎他許多英雄。今與議婚，文姜不勝之喜。及聞世子忽堅辭不允，心中鬱悶，染成一疾，暮熱朝涼，精神恍惚，半坐半眠，寢食俱廢。有詩為證：

二八深閨不解羞，一樁情事鎖眉頭。
鸞凰不入情絲網，野鳥家雞總是愁。

❶ 出落：表現。

世子諸兒以候病為名，時時闖入閨中，挨坐床頭，遍體撫摩，指問疾苦。但耳目之際，僅不及亂。一日，齊僖公偶到文姜處看視，見諸兒在房，責之曰：「汝雖則兄妹，禮宜避嫌。今後但遣宮人致候，不必自到。」諸兒唯唯而出。自此相見遂稀。未幾，僖公為諸兒娶宋女，魯、莒俱有媵。諸兒愛戀新婚，兄妹蹤跡益疏。文姜深閨寂寞，懷念諸兒，病勢愈加。卻是胸中展轉，難以出口。正是：啞子漫嘗黃柏味，自家有苦自家知。有詩為證：

春草醉春煙，深閨人獨眠。積恨顏將老，相思心欲燃。幾回明月夜，飛夢到郎邊。

卻說魯桓公即位之年，年齒已長，尚未聘有夫人。大夫臧孫達進曰：「古者國君年十五而生子。今君內主尚虛，異日主器何望？非所以重宗廟也。」公子翬曰：「臣聞齊侯有愛女文姜，欲妻鄭世子忽而不果。君盍求之？」桓公曰：「諾。」即使公子翬求婚於齊。齊僖公以文姜病中，請緩其期。宮人卻將魯侯請婚的喜信，報知文姜。文姜本是過時思想之症，得此消息，心下稍舒，病覺漸減。及齊、魯為宋督一事，共會於稷，魯侯當面又以姻事為請。齊侯期以明歲。至魯桓公三年，又親至嬴地與齊侯為會。齊僖公感其慇懃，許之。魯侯遂於嬴地納幣，視常禮加倍隆重。僖公大喜。約定秋九月自送文姜至魯成婚。魯侯乃使公子翬至齊迎女。齊世子諸兒聞文姜將嫁他國，從前狂心，不覺復萌。使宮人假送花朵於文姜，附以詩曰：

桃有華，燦燦其霞。當戶不折，飄而為苴。吁嗟兮復吁嗟！

文姜得詩，已解其情，亦復以詩曰：

桃有英，燁燁其靈。今茲不折，詎無來春？叮嚀兮復叮嚀！

諸兒讀其答詩。知文姜有心於彼，想慕轉切。

未幾，魯使上卿公子翬如齊，迎取文姜。齊僖公以愛女之故，欲親自往送。諸兒聞之，請於父曰：「聞妹子將適魯侯，齊、魯世好，此誠美事。但魯侯既不親迎，必須親人往送。父親國事在身，不便遠離。孩兒不才，願代一行。」僖公曰：「吾已親口許下自往送親，安可失信？」說猶未畢，人報：「魯侯停駕讙邑，專候迎親。」僖公曰：「魯禮義之國，中道迎親，正恐勞吾入境。吾不可以不往。」諸兒默然而退。姜氏心中亦如有所失。其時秋九月初旬，吉期已迫。文姜別過六宮妃眷，到東宮來別哥哥諸兒。諸兒整酒相待，四目相視，各不相捨，只多了元妃在坐。且其父僖公遣宮人守候，不能交言，暗暗嗟嘆。臨別之際，諸兒挨至車前，單道個：「妹子留心，莫忘叮嚀之句。」文姜答言：「哥哥保重，相見有日。」齊僖公命諸兒守國，親送文姜至讙，與魯侯相見。魯侯敘甥舅之禮，設席款待。從人皆有厚賜。僖公辭歸。魯侯引文姜到國成親。一來齊是個大國，二來文姜如花絕色，魯侯十分愛重。三朝見廟，大夫宗婦，俱來朝見君夫人。僖公復使其弟夷仲年聘魯，問候姜氏。自此齊、魯親密。不在話下。無名子有詩單道文姜出嫁事。詩云：

從來男女慎嫌微，兄妹如何不隔離？只為臨歧言保重，致令他日玷中閨。

* * *

話分兩頭。再說周桓王自聞鄭伯假命伐宋，心中大怒。竟使虢公林父獨秉朝政，不用鄭伯。鄭莊公聞知此信，心怨桓王，一連五年不朝。桓王曰：「鄭寤生無禮甚矣！若不討之，人將效尤。朕當親帥六軍，往聲其罪。」虢公林父諫曰：「鄭有累世卿士之勞，今日奪其政柄，是以不朝。且宜下詔徵之，不必自往，以褻天威。」桓王忿然作色❷曰：「寤生欺朕，非止一次。朕與寤生，誓不兩立！」乃召蔡、衛、陳三國，一同興師伐鄭。是時陳侯鮑方薨，其弟公子佗字伍父，弒太子免而自立，謚鮑為桓公。國人不服，紛紛逃散。周使徵兵，公子佗初即位，不敢違王之命。只得糾集車徒，遣大夫伯爰諸統領，望鄭國進發。蔡、衛各遣兵從征。桓王使虢公林父將右軍，以蔡、衛之兵屬之。使周公黑肩將左軍，陳兵屬之。王自統大兵為中軍，左右策應。

鄭莊公聞王師將至，乃集諸大夫問計。群臣莫敢先應。正卿祭足曰：「天子親自將兵，責我不朝，名正言順，不如遣使謝罪，轉禍為福。」莊公怒曰：「王奪我政權，又加兵於我。三世勤王之績，付與東流。此番若不挫其銳氣，宗社難保！」高渠彌曰：「陳與鄭素睦，其助兵乃不得已也。蔡、衛與我夙仇，必然效力。天子震怒自將，其鋒不可當，宜堅壁以待之。俟其意怠，或戰或和，可以如意。」大夫公子元進曰：「以臣戰君，於理不直。宜速不宜遲也。臣雖不才，願獻一計。」莊公曰：「卿計如何？」子元曰：「王師既分為三，亦當為三軍以應之。左右二師，皆結方陣。以左軍當其右軍，以右軍當其左軍。主公自率中軍以當王。」莊公曰：「如此可必勝乎？」子元曰：「陳佗弒君新立，國人不順。勉從

❷ 作色：變色。

徵調，其心必離。若令右軍先犯陳師，出其不意，必然奔竄。再令左軍逕奔蔡、衛，蔡、衛聞陳敗，亦將潰矣。然後合兵以攻王卒，萬無不勝。」莊公曰：「卿料敵如指掌，子封不死矣！」正商議間，疆吏報：「王師已至繻葛，三營聯絡不斷。」莊公曰：「但須破其一營，餘不足破也。」乃使大夫曼伯，引一軍為右拒。使正卿祭足，引一軍為左拒。自領上將高渠彌、原繁、瑕叔盈、祝聃等，建蝥弧大旗於中軍。祭足進曰：「蝥弧所以勝宋、許也。奉天討罪，以伐諸侯則可，以伐王則不可。」莊公曰：「寡人思不及此。」即命以大旆易之。仍使瑕叔盈執掌。其蝥弧，寘於武庫。自後不用。高渠彌曰：「臣觀周王，頗知兵法。今番交戰，不比尋常。請為魚麗之陣。」莊公曰：「魚麗陣如何？」高渠彌曰：「甲車二十五乘為偏，甲士五人為伍。每車一偏在前，別用甲士五五二十五人隨後，塞其闕漏。車傷一人，伍即補之。有進無退。此陣法極堅極密，難敗易勝。」莊公曰：「善！」三軍將近繻葛，扎住營寨。桓王聞鄭伯出師抵敵，怒不可言。便欲親自出戰。虢公林父諫止之。次日，各排陣勢。莊公傳令：「左右二軍，不可輕動，看軍中大旆展動，一齊進兵。」

且說桓王打點一番責鄭的說話，專待鄭君出頭打話❸，當陣訴說，以折其氣。鄭君雖列陣，只把住陣門，絕無動靜。桓王使人挑戰，並無人應。將至午後，莊公度王卒已怠，教瑕叔盈把大旆麾動。左右二拒，一齊鳴鼓，鼓聲如雷，各各奮勇前進。且說曼伯殺入左軍，陳兵原無鬥志，即時奔散，反將周兵衝動。周公黑肩阻遏不住，大敗而走。再說祭足殺入右軍。只看蔡、衛旗號，衝突將去。二國不能抵當，各自覓路奔逃。虢公林父仗劍立於車前，約束軍人：「如有亂動者，斬！」祭足不敢逼。林父緩緩而退，

❸ 打話：答話。

不折一兵。再說桓王在中軍聞敵營鼓聲振天，知是出戰。准備相持。只見士卒紛紛耳語，隊伍早亂。原來望見潰兵，知左右二營有失，連中軍也立腳不住。卻被鄭兵如牆而進。祝聃在前，原繁在後。曼伯、祭足亦領得勝之兵，并力合攻。殺得車傾馬斃，將隕兵亡。桓王傳令速退，親自斷後，且戰且走。祝聃望見繡蓋之下，料是周王。儘著眼力覷真，一箭射去，正中周王左肩。幸裏甲堅厚，傷不甚重。祝聃催車前進。正在危急，卻得虢公林父前來救駕，與祝聃交鋒。原繁、曼伯一齊上前，各騁英雄。忽聞鄭中軍鳴金甚急，遂各收軍。桓王引兵退三十里下寨。周公黑肩亦至，訴稱：「陳人不肯用力，以至於敗。」桓王赧然曰：「此朕用人不明之過也。」

祝聃等回軍，見鄭莊公曰：「臣已射王肩，周王膽落，正待追趕，生擒那廝❹，何以鳴金？」莊公曰：「本為天子不明，將德為怨。今日應敵，萬非得已。賴諸卿之力，社稷無隕，足矣。何敢求多？依你說取回天子，如何發落？即射王亦不可也。萬一重傷殞命，寡人有弒君之名矣！」祭足曰：「主公之言是也。今吾國兵威已立，料周王必當畏懼。宜遣使問安，稍與慇懃。使知射肩非出主公之意。」莊公曰：「此行非仲不可。」命備牛十二頭，羊百隻，粟芻之物共百餘車，連夜到周王營內。祭足叩首再三，口稱：「死罪臣寤生，不忍社稷之隕，勒兵自衛。不料軍中不戒，有犯王躬。寤生不勝戰兢觳觫之至！謹遣陪臣足待罪轅門，敬問無恙。不腆敝賦，聊充勞軍之用。惟天王憐而赦之！」桓王默然，自有慚色。虢公林父從旁代答曰：「寤生既知其罪，當從寬宥，來使便可謝恩。」祭足再拜稽首而出。遍歷各營，俱問安否。史官有詩嘆云：

❹ 那廝：那傢伙、那小子。廝為男子賤稱。

謾誇神箭集王肩，不想君臣等地天。對壘公然全不讓，卻將虛禮媚王前！

又髯翁有詩譏桓王不當輕兵伐鄭，自取其辱。詩云：

明珠彈雀古來譏，豈有天王自出車？傳檄四方兼貶爵，鄭人甯不懼王威？

桓王兵敗歸周，不勝其忿。便欲傳檄四方，共聲鄭寤生無王之罪。虢公林父諫曰：「王輕舉喪功，若傳檄四方，是自彰其敗也。諸侯自陳、衛、蔡三國而外，莫非鄭黨。徵兵不至，徒為鄭笑。且鄭已遣祭足勞軍謝罪，可借此赦宥，開鄭自新之路。」桓王默然。自此更不言鄭事。

卻說蔡侯因遣兵從周伐鄭，軍中探聽得陳國篡亂，人心不服公子佗，於是引兵襲陳。不知勝敗如何，且看下回分解。

第十回　楚熊通僭號稱王　鄭祭足被脅立庶

話說陳桓公之庶子名躍，係蔡姬所出，蔡侯封人之甥也。因陳、蔡之兵，一同伐鄭。陳國是大夫伯爰諸為將。蔡國是蔡侯之弟蔡季為將。蔡季向伯爰諸私問陳事。伯爰諸曰：「新君佗雖然篡位，奈人心不服。又性好田獵，每每微服從禽於郊外，不恤國政。將來國中必然有變。」蔡季曰：「何不討其罪而戮之。」伯爰諸曰：「心非不欲，恨力不逮耳！」及周王兵敗，三國之師各回本國，蔡季將伯爰諸所言，奏聞蔡侯。蔡侯曰：「太子免既死，次當吾甥即位。佗乃篡弒之賊，豈容久竊富貴耶？」蔡季奏曰：「佗好獵，俟其出，可襲而弒也。」蔡侯以為然。乃密遣蔡季率兵車百乘，待於界口。只等逆佗出獵，便往襲之。蔡季遣諜打探。回報：「陳君三日前出獵，見屯界口。」蔡季曰：「吾計成矣！」乃將車馬分為十隊，都扮作獵人模樣，一路打圍前去。正遇陳君隊中射倒一鹿，蔡季馳車奪之。陳君怒，輕身來擒蔡季。季回車便走。陳君招引車徒趕來。只聽得金鑼一聲響亮，十隊獵人，一齊上前，將陳君拿住。蔡季大叫道：「吾非別人，乃蔡侯親弟蔡季是也。因汝國逆佗弒君，奉吾兄之命，來此討賊。止誅一人，餘俱不問。」眾人俱拜伏於地。蔡季一一撫慰，言：「故君之子躍，是我蔡侯外甥。今扶立為君何如？」眾人齊聲答曰：「如此甚合公心。某等情願前導。」蔡季將逆佗即時梟首，懸頭於車上，長驅入陳。在先跟隨陳君出獵的一班人眾，為之開路，表明蔡人討賊立君之意。於是市井不驚，百姓歡呼載道。蔡季至陳，命以逆佗之首，祭於陳桓公之廟，擁立公子躍為君，是為厲公。此周桓王十四年之事也。公子佗篡位，纔一年零六個月。為此須臾富貴，甘受萬載惡名，豈不愚哉！有詩為證：

弒君指望千年貴，淫獵誰知一旦誅。若是兇人無顯戮，亂臣賊子定紛如。

陳自公子躍即位，與蔡甚睦，數年無事。這段話繳過不題。

＊　＊　＊

且說南方之國曰楚，羋姓，子爵。出自顓頊帝孫重黎，為高辛氏火正之官。能光融天下，命曰祝融。重黎死，其弟吳回嗣為祝融。生子陸終，娶鬼方國君之女，得孕，懷十一年，開左脇，生下三子，又開右脇，復生下三子。長曰樊，己姓，封於衛墟，為夏伯。湯伐桀滅之。次曰參胡，董姓，封於韓墟。周時為胡國，後滅於楚。三曰彭祖，彭姓，封於彭墟，為商伯，商末始亡。四曰會人，妘姓，封於鄭墟。五曰安，曹姓，封於邾墟。六曰季連，羋姓。乃季連之苗裔，有名鬻熊者，博學有道。周文王、武王俱師之。後世以熊為氏。成王時舉文武勤勞之後，得鬻熊之曾孫熊繹，封於荊蠻，胙以子男之田，都於丹陽。五傳至熊渠，甚得江、漢間民和，僭號稱王。周厲王暴虐，熊渠畏其侵伐，去王號不敢稱。又八傳至於熊儀，是為若敖。又再傳至熊眴，是為蚡冒。蚡冒卒，其弟熊通，弒蚡冒之子而自立。熊通強暴好戰，有僭號稱王之志。見諸侯戴周，朝聘不絕，以此猶懷觀望。及周桓王兵敗於鄭，熊通益無忌憚，僭謀遂決。令尹鬬伯比進曰：「楚去王號已久，今欲復稱，恐駭觀聽。必先以威力制服諸侯方可。」熊通曰：「其道如何？」伯比對曰：「漢東之國，惟隨為大。君姑以兵臨隨，而遣使求成焉。隨服，則漢、淮諸國，無不順矣。」熊通從之。乃親率大軍屯於瑕，遣大夫薳章，求成於隨。隨有一賢臣，名曰季梁。又有一諛臣，名曰少師。隨侯喜諛而疎賢，所以少師有寵。及楚使至隨，隨侯召二臣問之。季梁奏曰：「楚強隨弱，今來求成，其心不可測也。姑外為應承，而內修備禦，方保無虞。」少師曰：「臣請奉成約，往探楚軍。」隨侯乃使少師至瑕，與楚結盟。鬭伯比聞少師將至，奏熊通曰：「臣聞少師乃淺近之徒，以諛得寵。今奉使來此探吾虛實，宜藏其壯銳，以老弱示之。彼將輕我，其氣必驕。驕必怠。然後我可以得志。」大夫熊率比曰：「季梁在彼，何益於事？」伯比曰：「非為今日，吾以圖其後也。」熊通從其計。少師入楚營，左右瞻視。見戈甲朽敝，人或老或弱，不堪戰鬥，遂有矜高之色。謂熊通曰：「吾兩國各守疆宇，不識上國之求成何意？」熊通謬應曰：「敝邑連年荒歉，百姓疲羸，誠恐小國合黨為梗，故欲與上國約為兄弟，為脣齒之援耳。」少師對曰：「漢東小國，皆敝邑號令所及。君不必慮也。」熊通遂與少師結盟。少師行後，熊通傳令班師。少師還見隨侯，述楚軍羸弱之狀：「幸而得盟，即刻班師。其懼我甚矣。願假臣偏師追襲之。縱不能悉俘以歸，亦可掠取其半。使楚今後不敢正眼視隨。」隨侯以為然。方欲起師，季梁聞之，趨入諫曰：「不可，不可！楚自若敖、蚡冒以來，世修其政。馮陵江、漢，積有歲年。熊通弒姪而自立，兇暴更甚。無故請成，包藏禍心。今以老弱示我，蓋誘我耳。若追之，必墮其計。」隨侯卜之，不吉。遂不追楚師。熊通聞季梁諫止追兵，復召鬭伯比問計。伯比獻策曰：「請合諸侯於沈鹿，若隨人來會，服從必矣。如其不至，則以叛盟伐之。」熊通遂遣使偏告漢東諸國，以孟夏之朔，於沈鹿取齊。

至期，巴、庸、濮、鄧、鄾、絞、羅、鄖、貳、軫、申、江諸國畢集，惟黃、隨二國不至。楚子使薳章責黃，黃子遣使告罪。又使屈瑕責隨，隨侯不服。熊通乃率師伐隨，軍於漢、淮二水之間。隨侯集群臣問拒楚之策。季梁進曰：「楚初合諸侯，以兵臨我，其鋒方銳，未可輕敵。不如卑辭以請成。楚苟聽我，復修舊好足矣。其或不聽，曲在於楚。楚欺我之辭卑，士有怠心。我見楚之拒請，士有怒氣。我怒彼怠，庶可一戰，以圖僥倖乎。」少師從旁攘臂言曰：「爾何怯之甚也！楚人遠來，乃自送死耳。若不速戰，恐楚人復如前番遁逃，豈不可惜！」隨侯惑其言，乃以少師為戎右，以季梁為御，親自出師禦楚。布陣於青林山之下。季梁升車以望楚師。謂隨侯曰：「楚兵分左右二軍。楚俗以左為上，其君必在左。君之所在，精兵聚焉。請專攻其右軍。若右敗，則左亦喪氣矣。」少師曰：「避楚君而不攻，甯不貽笑於楚人乎？」隨侯從其言，先攻楚左軍。楚開陣以納隨師。隨侯殺入陣中。楚四面伏兵皆起，人人勇猛，個個精強。少師與楚將鬬丹交鋒。不十合，被鬬丹斬於車下。季梁保著隨侯死戰，楚兵不退。隨侯棄了戎車，微服混於小軍之中。季梁殺條血路，方脫重圍。點視軍卒，十分不存三四。隨侯謂季梁曰：「孤不聽汝言，以至於此。」問：「少師何在？」有軍人見其被殺，奏知隨侯。隨侯嘆息不已。季梁曰：「此誤國之人，君何惜焉？為今之計，作速請成為上。」隨侯曰：「孤今以國聽子。」季梁乃入楚軍求成。熊通大怒曰：「汝主叛盟拒會，以兵相抗。今兵敗求成，非誠心也。」季梁面不改色，從容進曰：「昔者奸臣少師，恃寵貪功，強寡君於行陣，實非出寡君之意。今少師已死，寡君自知其罪，遣下臣稽首於麾下。君若赦宥，當倡率漢東君長，朝夕在庭，永為南服。惟君裁之。」鬬伯比曰：「天意不欲亡隨，故去其諛佞。隨未可滅也。不若許成，使倡率漢東君長，頌楚功績於周。因假位號，以鎮服蠻夷，於楚無不利焉。」熊通曰：「善。」乃使薳章私謂季梁曰：「寡君奄有江、漢，欲假位號，以鎮服蠻夷。

若徼惠上國，率群蠻以請於周室，幸而得請，寡君之榮，實惟上國之賜。寡君戢兵以待命。」季梁歸言於隨侯。隨侯不敢不從。乃自以漢東諸侯之意，頌楚功績。請王室以王號假楚，彈壓蠻夷。桓王不許。熊通聞之，怒曰：「吾先人鬻熊，有輔導二王之勞，僅封微國，遠在荊山。今地闢民眾，蠻夷莫不臣服。而王不加位，是無賞也。鄭人射王肩，而不能征討，是無罰也。何以為王？且王號，我先君熊渠之所自稱也。孤亦光復舊號，安用周為！」遂即中軍，自立為楚武王，與隨人結盟而去。漢東諸國，各遣使稱賀。桓王雖怒楚，無如之何。自此周室愈弱，而楚益無厭。熊通卒，傳子熊貲，遷都於郢，役屬群蠻，駸駸❶乎有侵犯中國之勢。後來若非召陵之師，城濮之戰，則其勢不可遏矣。

* * *

話分兩頭。再說鄭莊公自勝王師，深嘉公子元之功，大城櫟邑，使之居守，比於附庸。諸大夫各有封賞。惟祝聃之功不錄。祝聃自言於莊公。公曰：「射王而錄其功，人將議我。」祝聃忿恨，疽發於背而死。莊公私給其家，命厚葬之。

周桓王十九年夏，莊公有疾。召祭足至床頭，謂曰：「寡人有子十一人，自世子忽之外，子突、子亹、子儀皆有貴徵。子突才智福祿，似又出三子之上。三子皆非令終之相也。寡人意欲傳位於突，何如？」祭足曰：「鄧曼元妃也。子忽嫡長，久居儲位。且屢建大功，國人信從。廢嫡立庶，臣不敢奉命。」莊公曰：「突志非安於下位者。若立忽，惟有出突於外家耳。」祭足曰：「知子莫如父，惟君命之。」莊公嘆曰：「鄭國自此多事矣！」乃使公子突出居於宋。五月莊公薨，世子忽即位，是為昭公。

❶ 駸駸：音ㄑㄧㄣ。日趨強大的樣子。

使諸大夫分聘各國。祭足聘宋，因便察子突之變。

卻說公子突之母，乃宋雍氏之女，名曰雍姞。雍氏宗族，多仕於宋，宋莊公甚寵任之。公子突被出在宋，思念其母雍姞，與雍氏商議歸鄭之策。雍氏告於宋公。宋公許為之計。適祭足行聘至宋。宋公喜曰：「子突之歸，只在祭仲身上也。」乃使南宮長萬伏甲士於朝，以待祭足入朝。致聘行禮畢，甲士趨出，將祭足拘執。祭足大呼：「外臣何罪？」宋公曰：「姑至軍府言之。」是日，祭足被囚於軍府，甲士周圍把守，水洩不通。祭足疑懼，坐不安席。至晚，太宰華督攜酒親至軍府，與祭足壓驚。祭足曰：「寡君使足修好上國，未有開罪，不知何以觸怒。將寡君之禮，或有所缺？抑使臣之不職乎？」華督曰：「皆非也。公子突之出於雍，誰不知之？今子突竄伏在宋，寡君憫焉。且子忽柔懦，不堪為君。吾子若能行廢立之事，寡君願與吾子世修姻好。惟吾子圖之。」祭足曰：「寡君之立，先君所命也。以臣廢君，諸侯將討吾罪矣。」華督曰：「雍姞有寵於鄭先君。母寵子貴，不亦可乎？且弒逆之事，何國蔑有？惟力是視，誰加罪焉！」因附祭足之耳曰：「吾寡君之立，亦有廢而後興。子必行之，寡君當任其無咎。」祭足皺眉不答。華督又曰：「子必不從，寡君將命南宮長萬為將，發車六百乘，納公子突於鄭。出軍之日，斬吾子以殉於軍。吾見子止於今日矣！」祭足大懼，只得應諾。華督復要之立誓。祭足曰：「所不立公子突者，神明殛之！」史官有詩譏祭足云：

丈夫寵辱不能驚，國相如何受脅陵！若是忠臣拚一死，宋人未必敢相輕。

華督連夜還報宋公說：「祭仲已聽命了。」

次日，宋公使人召公子突至於密室。謂曰：「寡人與雍氏有言，許歸吾子。今鄭國告立新君，有密書及寡人曰：『必殺之，願割三城為謝。』寡人不忍，故私告子。」公子突拜曰：「突不幸，越在上國。突之死生，已屬於君。若以君之靈，使得重見先人之宗廟，惟君所命，豈惟三城！」宋公曰：「寡人囚祭仲於軍府，正惟公子之故。此大事，非仲不成。寡人將盟之。」乃并召祭足，使與子突相見。亦召雍氏，將廢忽立突之事說明。三人歃血定盟。宋公自為司盟，太宰華督蒞事。宋公使子突立下誓約，三城之外，定要白璧百雙，黃金萬鎰。每歲輸穀三萬鍾，以為酬謝之禮。祭足書名為證。公子突急於得國，無不應承。宋公又要公子突將國政盡委祭足，突亦允之。又聞祭足有女，使許配雍氏之子雍糾，就教帶雍糾歸國成親，仕以大夫之職。祭足亦不敢不從。

公子突與雍糾皆微服，詐為商賈，駕車跟隨祭足。以九月朔日至鄭，藏於祭足之家。祭足偽稱有疾，不能趨朝。諸大夫俱至祭府問安。祭足伏死士百人於壁衣之中，請諸大夫至內室相見。諸大夫見祭足面色充盈，衣冠齊整，大驚曰：「相君無恙，何不入朝？」祭足曰：「足非身病，乃國病也。先君寵愛子突，囑諸宋公。今宋將遣南宮長萬為將，率車六百乘，輔突伐鄭。鄭國未寧，何以當之？」諸大夫面面相覷，不敢置對。祭足曰：「今日欲解宋兵，惟有廢立可免耳。公子突見在，諸君從否，願一言而決。」高渠彌因世子忽諫止上卿之位，素與子忽有隙，挺身撫劍而言曰：「相君此言，社稷之福，吾等願見新君！」眾人聞高渠彌之言，疑與祭足有約。又窺見壁衣有人，各懷悚懼，齊聲唯唯。祭足乃呼公子突至，納之上坐。祭足與高渠彌先下拜。諸大夫沒奈何，只得同拜伏於地。祭足預先寫就連名表章，使人上之。言：「宋人以重兵納突，臣等不能事君矣！」又自作密啟，啟中言：「主君之立，實非先君之意，乃臣足主之。今宋因臣而納突，要臣以盟。臣恐身死無益於君，已口許之。今兵將及郊，群臣畏宋之強，協謀往迎。主公不若從權，暫時避位。容臣乘間，再圖迎復。」末寫一誓云：「違此言者有如日！」鄭昭公接了表文，及密啟，自知孤立無助，與嬀妃泣別，出奔衛國去了。

九月己亥日，祭足奉公子突即位，是為厲公。大小政事，皆決於祭足。以女妻雍糾，謂之雍姬。言於厲公，官雍糾以大夫之職。雍氏原是厲公外家。厲公在宋時，與雍氏親密往來。所以厲公寵信雍糾，亞於祭足。自厲公即位，國人俱已安服。惟公子亹、公子儀二人，心懷不平，又恐厲公加害，是月公子亹奔蔡，公子儀奔陳。宋公聞子突定位，遣人致書來賀。因此一番使命，挑起兩國干戈。且聽下回分解。

第十一回　宋莊公貪賂搆兵　鄭祭足殺壻逐主

卻說宋莊公遣人致書稱賀，就索取三城，及白璧黃金歲輸穀數。厲公召祭足商議。厲公曰：「當初急於得國，以此恣其需索，不敢違命。今寡人即位方新，就來責償。若依其言，府庫一空矣。況嗣位之始，便失三城，豈不貽笑鄰國？」祭足曰：「可辭以人心未定，恐割地生變。願以三城之貢賦，代輸於宋。其白璧黃金，姑與以三分之一，婉言謝之。歲輸穀數，請以來年為始。」厲公從其言，作書報之。先貢上白璧三十雙，黃金三千鎰。其三城貢賦，約定冬初交納。使者還報，宋莊公大怒曰：「突死而吾生之，突貧賤而吾富貴之。區區所許，乃子忽之物，於突何與？而敢吝惜！」即日又遣使往鄭坐索，必欲如數。且立要交割三城，不願輸賦。厲公又與祭足商議，再貢去穀二萬鍾。宋使去而復來。傳言：「若不滿所許之數，要祭仲自來回話。」祭足謂厲公曰：「宋受我先君大德，未報分毫。今乃恃立君之功，貪求無厭。且出言無禮，不可聽也。臣請奉使齊、魯，求其宛轉❶。」厲公曰：「齊、魯肯為鄭用乎？」祭足曰：「往年我先君伐許伐宋，無役不與齊、魯同事。況魯侯之立，我先君實成之。即齊不厚鄭，魯自無辭。」厲公曰：「宛轉之策何在？」祭足曰：「當初華督弒君而立子馮，吾先君與齊、魯並受賄賂，玉成其事。魯受郜之大鼎，吾國亦受商彝。今當訴告齊、魯以商彝還宋。宋公追想前情，必愧而自止。」

❶ 宛轉：周全。

厲公大喜曰：「寡人聞仲之言，如夢初醒！」即遣使賫了禮幣，分頭往齊、魯二國，告立新君，且訴以宋人忘恩背德，索賂不休之事。使人到魯致命。魯桓公笑曰：「昔者宋君行賂於敝邑，止用一鼎，今得鄭賂已多，猶未滿意乎？寡人當身任之。即日親往宋為汝君求解。」使者謝別。

再說鄭使至齊致命，齊僖公向以敗戎之功，感激子忽，欲以次女文姜連姻。雖然子忽堅辭，到底齊侯心內，還偏向他一分。今日鄭國廢忽立突，齊侯自然不喜。謂使者曰：「鄭君何罪，輒行廢立？為汝君者，不亦難乎？寡人當親率諸侯，相見於城下！」禮幣俱不受。使者回報厲公。厲公大驚，謂祭足曰：「齊侯見責，必有干戈之事，何以待之？」祭足曰：「臣請簡兵蒐乘，預作准備。敵至則迎，又何懼焉？」

且說魯桓公遣公子柔往宋訂期相會。宋莊公曰：「既魯君有言相訂，寡人當躬造魯境，豈肯煩君遠辱？」公子柔返命。魯侯再遣人往約，酌地之中，在扶鍾為會。時周桓王二十年秋九月也。宋莊公與魯侯會於扶鍾，魯侯代鄭稱謝，並為求寬。宋公曰：「鄭君受寡人之恩深矣。譬之雞卵，寡人抱而翼之。所許酬勞，出彼本心。今歸國篡位，直欲負諾，寡人豈能忘情乎？」魯侯曰：「大國所以賜鄭者，鄭豈忘之？但以嗣服未久，府庫空虛，一時未得如約。然速遲之間，決不負諾。此事寡人可以力保。」宋公又曰：「金玉之物，或以府庫不充為辭。若三城交割，只在片言，何以不決？」魯侯曰：「鄭君懼失守故業，遺笑列國，故願以賦稅代之。聞已納粟萬鍾矣。」宋公曰：「二萬鍾之入，原在歲輸數內，與三城無涉。況所許諸物，完未及半。今日尚然，異日事冷，寡人更何望焉？惟君早為寡人圖之！」魯侯見宋公十分固執，怏怏而罷。

魯侯歸國，即遣公子柔使鄭，致宋公不肯相寬之語。鄭伯又遣大夫雍糾捧著商彝，呈上魯侯，言：

「此乃宋國故物，寡君不敢擅留，請納還宋府庫，以當三城。更進白璧三十雙，黃金二千鎰，求君侯善言解釋。」魯桓公情不能已，只得親至宋國，約宋公於穀邱之地相會。二君相見禮畢。魯侯又代鄭伯致不安之意。呈上白璧、黃金如數。魯侯曰：「君謂鄭所許諸物，完未及半，寡人正言責鄭，鄭是以勉力輸納。」宋公並不稱謝。但問：「三城何日交割？」魯侯曰：「鄭君念先人世守，不敢以私恩之故，輕棄封疆。今奉一物，可以相當。」即命左右將黃錦袱包裹一物，高高捧著跪獻於宋公之前。宋公聞說私恩二字，眉頭微綴，已有不悅之意。及啟袱觀看，認得商彝乃當初宋國賂鄭之物，勃然變色。佯為不知，問：「此物何用？」魯侯曰：「此大國故府之珍。鄭先君莊公，向曾效力於上國。蒙上國貺❷以重器，藏為世寶。嗣君不敢自愛，仍歸上國。乞念昔日吏事之情，免其納地。鄭先君咸受其賜，豈惟嗣君？」宋公見提起舊事，不覺兩頰發赤。應曰：「往事寡人已忘之矣。將歸問之故府。」正議論間，忽報：「燕伯朝宋，駕到穀邱。」宋公即請燕伯與魯侯一處相見。燕伯見宋公，訴稱：「地鄰於齊，嘗被齊國侵伐。寡人願邀君之靈，請成於齊，以保社稷。」宋公許之。魯侯謂宋公曰：「齊與紀世仇，嘗有襲紀之心。君若為燕請成，寡人亦願為紀乞好，各修和睦，免搆干戈。」三君遂一同於穀邱結盟。魯桓公回國，自秋至冬，並不見宋國回音。

鄭國因宋使督促財賄，不絕於道。又遣人求魯侯。魯侯只得又約宋公於虛龜之境面會，以決平鄭之事。宋公不至，遣使報魯曰：「寡君與鄭自有成約，君勿與聞可也。」魯侯大怒，罵曰：「匹夫貪而無信，尚然不可，況國君乎！」遂轉轅至鄭，與鄭伯會於武父之地。約定連兵伐宋。髯仙有詩云：

❷ 貺：音ㄎㄨㄤˋ。贈與。

逐忽弒隱並元兇，同惡相求意自濃。只為宋莊貪詐甚，致令魯鄭起兵鋒。

宋莊公聞魯侯發怒，料想歡好不終。又聞齊侯不肯助突。乃遣公子游往齊結好，訴以子突負德之事：「寡君有悔於心，願與君協力攻突，以復故君忽之位。」并為燕伯求平。使者未返，宋疆吏報：「魯、鄭二國，興兵來伐，其鋒甚銳，將近睢陽。」宋公大驚。遂召諸大夫計議迎敵。公子御說諫曰：「師之老壯，在乎曲直。我貪鄭賂，又棄魯好，彼有詞矣！不如請罪求和，息兵罷戰，乃為上策。」南宮長萬曰：「兵至城下，不發一矢自救，是示弱也。何以為國？」太宰督曰：「長萬言是也。」宋公遂不聽御說之言，命南宮長萬為將。長萬薦猛獲為先鋒，出車三百乘，兩下排開陣勢。魯侯、鄭伯並駕而出，停車陣前。單搦宋君打話。宋公心下懷慚，託病不出。南宮長萬遠遠望見兩枝繡蓋飄揚，知是二國之君。乃撫猛獲之肩曰：「今日爾不建功，更待何時？」猛獲應命，手握渾鐵點鋼矛，麾車直進。魯、鄭二君看見來勢兇猛，將車退後一步。左右擁出二員上將。魯有公子溺，鄭有原繁，各駕戎車迎住。先問姓名。猛獲答曰：「吾乃先鋒猛獲是也。」原繁笑曰：「無名小卒，不得污吾刀斧，換你正將來決一死敵！」猛獲大怒，舉矛直刺原繁。原繁輪刀接戰。子溺指引魯軍，鐵葉般裹來。猛獲力戰二將，全無懼怯。魯將秦子、梁子，鄭將檀伯，一齊俱上。猛獲力不能支，被梁子一箭射著右臂，不能持矛，束手受縛。兵車甲士，盡為俘獲，只逃走得步卒五十餘人。南宮長萬聞敗，咬牙切齒曰：「不取回猛獲，何面目入城？」乃命長子南宮牛，引車三十乘搦戰：「佯輸詐敗，誘得敵軍追至西門，我自有計。」南宮牛應聲而出。橫戟大罵：「鄭突背義之賊！自來送死，何不速降？」剛遇鄭將引著弓弩手數人，單車巡陣。欺南宮牛年少，便與交鋒。未及三合，南宮牛回車便走。鄭將不捨，隨後趕來。將近西門，砲聲大舉。南宮長萬從後截住，南宮牛回車，兩下夾攻。鄭將連發數箭，射南宮牛不著，心裡驚慌，被南宮長萬躍入車中，隻手擒來。鄭將原繁聞知本營偏將，單車赴敵，恐其有失，同檀伯引軍疾驅而前。只見宋國城門大開，太宰華督自率大軍，出城接應。這裡魯將公子溺，亦引秦子、梁子助戰。兩下各秉火炬，混殺一場，直殺至雞鳴方止。宋兵損折極多。南宮長萬將鄭將獻功，請宋公遣使到鄭營，願以鄭將換回猛獲。宋公許之。宋使至於鄭營，說明交換之事。鄭伯應允，各將檻車推出陣前，彼此互換。鄭將歸於鄭營，猛獲仍歸宋城去了。是日各自休息不戰。

卻說公子游往齊致命。齊僖公曰：「鄭突逐兄而立，寡人之所惡也。但寡人方有事於紀，未暇及此。倘貴國肯出師助寡人伐紀，寡人敢不相助伐鄭？」公子游辭了齊侯，回復宋公去訖。

再說魯侯與鄭伯在營中，正商議攻宋之策。忽報：「紀國有人告急。」魯侯召見。呈上國書，內言：「齊兵攻紀至急，亡在旦夕。乞念婚姻世好，以一旅救諸水火。」魯桓公大驚，謂鄭伯曰：「紀君告急，孤不得不救。宋城亦未可猝拔，不如撤兵。量宋公亦不敢復來索賂矣。」鄭厲公曰：「君既移兵救紀，寡人亦願悉率敝賦以從。」魯侯大喜。即時傳令拔寨，齊望紀國進發。魯侯先行三十里，鄭伯引軍斷後。宋國先得了公子游回音，後知敵營移動。恐別有誘兵之計，不來追趕，只遣諜遠探。回報：「敵兵盡已出境，果往紀國。」方纔放心。太宰華督奏曰：「齊既許助攻鄭，我國亦當助其攻紀。」南宮長萬曰：「臣願往。」宋公發兵車二百乘，仍命猛獲為先鋒，星夜前來助齊。

卻說齊僖公約會衛侯，并徵燕兵。衛方欲發兵，而宣公適病薨。世子朔即位，是為惠公。惠公雖在喪中，不敢推辭，遣兵車二百乘相助。燕伯懼齊吞并，正欲借此修好，遂親自引兵來會。紀侯見三國兵多，不敢出戰。只深溝高壘，堅守以待。忽一日報到：「魯、鄭二君，前來救紀。」紀侯登城而望，心中大喜，安排接應。

再說魯侯先至，與齊侯相遇於軍前。魯侯曰：「紀乃敝邑世姻，聞得罪於上國，寡人躬來請赦。」齊侯曰：「吾先祖哀公為紀所譖，見烹於周，於今八世，此仇未報。君助其親，我報其仇。今日之事，惟有戰耳！」魯侯大怒，即命公子溺出車。齊將公子彭生接住廝殺。彭生有萬夫不當之勇，公子溺如何敵得過。秦子、梁子二將并力向前，未能取勝。剛辦得架隔遮攔❸。衛、燕二主，聞齊、魯交戰，亦來合攻。卻得後隊鄭伯大軍已到。原繁引檀伯眾將，直衝齊侯老營。紀侯亦使其弟嬴季，引軍出城相助。喊聲震天。公子彭生不敢戀戰，急急回轅。六國兵車，混做一處相殺。魯侯遇見燕伯，謂曰：「穀邱之盟，宋、魯、燕三國同事。口血未乾，宋人背盟。寡人伐之。君亦效宋所為，但知媚齊目前，獨不為國家長計乎？」燕伯自知失信，垂首避去，託言兵敗奔逃。衛無大將，其師先潰。齊侯之師亦敗。殺得屍橫遍野，血流成河。彭生中箭幾死。正在危急，又得宋國兵到，魯、鄭方纔收軍。胡曾先生詠史詩云：

明欺弱小恣貪謀，只道孤城頃刻收。他國未亡我已敗，令人千載笑齊侯。

宋軍方到，喘息未定，卻被魯、鄭各遣一軍衝突前來。宋軍不能立營，亦大敗而去。各國收拾殘兵，分頭回國。齊侯回顧紀城誓曰：「有我無紀，有紀無我，決不兩存也！」紀侯迎接魯、鄭二君入城，設享

---

❸ 剛辦得架隔遮攔：僅僅能招架得住。

款待。軍士皆重加賞犒。嬴季進曰：「齊兵失利，恨紀愈深。今兩君在堂，願求保全之策。」魯侯曰：「今未可也，當徐圖之。」次日，紀侯遠送出城三十里，垂淚而別。

魯侯歸國後，鄭厲公又使人來修好，尋武父之盟。自此魯、鄭為一黨，宋、齊為一黨。時鄭國守櫟大夫子元已卒，祭足奏過厲公，以檀伯代之。此周桓王二十二年也。

齊僖公為兵敗於紀，懷憤成疾。是冬病篤，召世子諸兒至榻前囑曰：「紀吾世仇也。能滅紀者，方為孝子。汝今嗣位，當以此為第一件事。不能報此仇者，勿入吾廟！」諸兒頓首受教。僖公又召夷仲年之子無知，使拜諸兒。囑曰：「吾同母弟，只此一點骨血，汝當善視之。衣服禮秩，一如我生前可也。」言畢，目遂瞑。諸大夫奉世子諸兒成喪即位，是為襄公。

* * *

宋莊公恨鄭入骨，復遣使將鄭國所納金玉，分賂齊、蔡、衛、陳四國，乞兵復仇。齊因新喪，止遣大夫雍廩，率車一百五十乘相助。蔡、衛亦各遣將同宋伐鄭。鄭厲公欲戰。上卿祭足曰：「不可。宋大國也，起傾國之兵，盛氣而來。若戰而失利，社稷難保。幸而勝，將結沒世之怨，吾國無甯日矣。不如縱之。」厲公意猶未決。祭足遂發令，使百姓守城：「有請戰者罪之！」宋公見鄭師不出，乃大掠東郊。以火攻破渠門，入及大逵，至於太宮。盡取其椽以歸，為宋盧門之椽以辱之。鄭伯鬱鬱不樂，嘆曰：「吾為祭仲所制，何樂乎為君？」於是陰有殺祭足之意。

明年春三月，周桓王病篤。召周公黑肩於床前謂曰：「立子以嫡，禮也。然次子克，朕所鍾愛，今以託卿。異日兄終弟及，惟卿主持。」言訖遂崩。周公遵命，奉世子佗即王位，是為莊王。鄭厲公聞周有喪，欲遣使行弔。祭足固諫，以為周乃先君之仇，祝聃曾射王肩。若遣人往弔，祗取其辱。厲公雖然依允，心中愈怒。

一日游於後圃，止有大夫雍糾相從。厲公見飛鳥翔鳴，淒然而嘆。雍糾進曰：「當此春景融和，百鳥莫不得意。主公貴為諸侯，似有不樂之色，何也？」厲公曰：「百鳥飛鳴自繇，全不受制於人。寡人反不如鳥，是以不樂。」雍糾曰：「主公所慮，豈非秉鈞之人耶？」厲公嘿然。雍糾又曰：「吾聞君猶父也，臣猶子也。子不能為父分憂，即為不孝。臣不能為君排難，即為不忠。倘主公不以糾為不肖，有事相委，不敢不竭死力。」厲公屏去左右，謂雍糾曰：「卿非仲之愛壻乎？」糾曰：「壻則有之，愛則未也。糾之婚於祭氏實出宋君所迫，非祭足本心。足每言及舊君，猶有依戀之心，但畏宋不敢改圖耳。」厲公曰：「卿能殺仲，吾以卿代之。但不知計將安出？」雍糾曰：「今東郊被宋兵殘破，民居未復。主公明日命司徒修整廛舍，卻教祭足齎粟帛往彼安撫居民。臣當於東郊設享，以鴆酒毒之。」厲公曰：「寡人委命於卿，卿當仔細。」

雍糾歸家，見其妻祭氏，不覺有皇遽之色。祭氏心疑，問：「朝中今日有何事？」糾曰：「無也。」祭氏曰：「妾未察其言，先觀其色。今日朝中必無無事之理。夫婦同體，事無大小，妾當與知。」糾曰：「君欲使汝父往東郊安撫居民。至期，吾當設享於彼，與汝父稱壽。別無他事。」祭氏曰：「子欲享吾父，何必郊外？」糾曰：「此君命也。汝不必問。」祭氏愈疑。乃醉糾以酒，乘其昏睡，佯問曰：「君命汝殺祭仲，汝忘之耶？」糾夢中糊塗應曰：「此事如何敢忘！」早起，祭氏謂糾曰：「子欲殺吾父，吾已盡知矣。」糾曰：「未嘗有此。」祭氏曰：「夜來子醉後自言，不必諱也。」糾曰：「設有此事，與爾何如？」祭氏曰：「既嫁從夫，又何說焉！」糾乃盡以其謀告於祭氏。祭氏曰：「吾父恐行止未定，至期，吾當先一日歸甯，慫慂其行。」糾曰：「事若成，吾代其位，於爾亦有榮也。」

祭氏果先一日回至父家。問其母曰：「父與夫，二者孰親？」其母曰：「皆親。」又問：「二者親情孰甚？」其母曰：「父甚於夫。」祭氏曰：「何也？」其母曰：「未嫁之女，夫無定而父有定；已嫁之女，有再嫁而無再生。夫合於人，父合於天。夫安得比於父哉？」其母雖則無心之言，卻點醒了祭氏有心之聽。遂雙眼流淚曰：「吾今日為父，不能復顧夫矣！」遂以雍糾之謀，密告其母。其母大驚，轉告於祭足。祭足曰：「汝等勿言，臨時吾自能處分。」至期，祭足使心腹強鉏，帶勇士十餘人，暗藏利刃跟隨。再命公子閼率家甲百餘，郊外接應防變。祭足行至東郊，雍糾半路迎迓，設享甚豐。祭足曰：「國事奔走，禮之當然，何勞大享？」雍糾曰：「郊外春色可娛，聊具一酌節勞耳。」言訖，滿斟大觥，跪於祭足之前，滿臉笑容，口稱百壽。祭足假作相攙，先將右手握糾之臂，左手接杯澆地，火光迸裂。遂大喝曰：「匹夫何敢弄吾！」叱：「左右為我動手！」強鉏與眾勇士一擁而上，擒雍糾縛而斬之，以其屍棄於周池。厲公伏有甲士，在於郊外，幫助雍糾做事，俱被公子閼搜著，殺得七零八落。厲公聞之，大驚曰：「祭仲不吾容也！」乃出奔蔡國。後有人言及雍糾通知祭氏，以致祭足預作准備。厲公乃嘆曰：「國家大事，謀及婦人，其死宜矣！」

且說祭足聞厲公已出，乃使公父定叔往衛國迎昭公忽復位。曰：「吾不失信於舊君也！」不知後事如何，且看下回分解。

第十二回　衛宣公築臺納媳　高渠彌乘間易君

卻說衛宣公名晉，為人淫縱不簡。自為公子時，與其父莊公之妾名夷姜者私通，生下一子，寄養於民間，取名曰急子。宣公即位之日，元配邢妃無寵，只有夷姜得幸，如同夫婦。就許立急子為嗣，屬之於右公子職。時急子長成，已一十六歲。為之聘齊僖公長女。使者返國，宣公聞齊女有絕世之姿。心貪其色，而難於啟口。乃搆名匠，築高臺於淇河之上。朱欄華棟，重宮複室，極其華麗，名曰新臺。先以聘宋為名，遣開急子。然後使左公子洩如齊，迎姜氏逕至新臺，自己納之，是為宣姜。時人作新臺之詩，以刺其淫亂：

新臺有泚，河水瀰瀰。燕婉之求，籧篨不鮮！　魚網之設，鴻則離之。燕婉之求，得此戚施！

籧篨戚施❶，皆醜惡之貌，以喻宣公。言姜氏本求佳偶，不意乃配此醜惡也。後人讀史至此，言齊僖公二女，長宣姜，次文姜；宣姜淫於舅，文姜淫於兄。人倫天理，至此滅絕矣。有詩嘆曰：

妖豔春秋首二姜，致令齊衛紊綱常。天生尤物殃人國，不及無鹽佐伯王。

❶ 籧篨戚施：皆為疾病名。籧篨，人體臃腫，不能下俯的病。戚施，比喻患醜疾，背曲而不能仰的人。

急子自宋回家，復命於新臺。宣公命以庶母之禮，謁見姜氏。急子全無幾微怨恨之意。宣公自納齊女，只往新臺朝歡暮樂，將夷姜又撇一邊。一住三年，與齊姜連生二子，長曰壽，次曰朔。自古道：「母愛子貴。」宣公因偏寵齊姜，將昔日憐愛急子之情，都移在壽與朔身上。心中便想，百年之後，把衛國江山傳與壽、朔兄弟，他便心滿意足，反似多了急子一人。只因公子壽天性孝友，與急子如同胞一般相愛。每在父母面前，周旋其兄。那急子又溫柔敬慎，無有失德，所以宣公未曾顯露其意。私下將公子壽囑託左公子洩，異日扶他為君。那公子朔雖與壽一母所生，賢愚迥然不同。年齒尚幼，天生狡猾。恃其母之得寵，陰蓄死士，心懷非望。不惟憎嫌急子，並親兄公子壽，也像贅疣一般。只是事有緩急，先除急子要緊。常把說話挑激母親。說：「父親眼下，雖然將我母子看待。有急子在先，他為兄，我等為弟。異日傳位，蔑不得長幼之序。況夷姜被你奪寵，心懷積忿。若急子為君，彼為國母，我母子無安身之地矣！」齊姜原是急子所聘，今日跟隨宣公，生子得時，也覺急子與己有礙。遂與公子朔合謀，每每讒譖急子於父親之前。

一日，急子誕日，公子壽治酒相賀。朔亦與席。坐間，急子與公子壽說話甚密。公子朔插嘴不下。託病先別，一逕到母親齊姜面前，雙眼垂淚，扯箇大謊，告訴道：「孩兒好意同自己哥哥與急子上壽。急子飲酒半醺，戲謔之間，呼孩兒為兒子。孩兒心中不平，說他幾句。他說：『你母親原是我的妻子，你便稱我為父，於理應該。』孩兒再待開口，他便奮臂要打。虧自己哥哥勸住，孩兒逃席而來。受此大辱，望母親稟知父侯，與孩兒做主。」齊姜信以為然。待宣公入宮，嗚嗚咽咽的告訴出來。如此如此，這般這般。又裝點幾句道：「他還要玷污妾身，說：『我母夷姜，原是父親的庶母，尚然收納為妻。況你母親原是我舊妻，父親只算借貸一般。少不得與衛國江山一同還我。』」宣公召公子壽問之。壽答曰：「並無此說。」宣公半疑不信，但遣內侍傳諭夷姜，責備他不能教訓其子。夷姜怨氣填胸，無處伸訴，投繯而死。髯翁有詩嘆曰：

父妾如何與子通？聚麀傳笑衛淫風。夷姜此日投繯晚，何似當初守節終！

急子痛念其母，惟恐父親瞋怪，暗地啼哭。公子朔又與齊姜謗說：「急子因生母死於非命，口出怨言，日後要將母子償命。」宣公本不信有此事。無奈妒妾讒子，日夜攛掇，定要宣公殺急子以絕後患，不由宣公不聽。但展轉躊躇，終是殺之無名。必須假手他人，死於道路，方可掩人耳目。其時適齊僖公約會伐紀，徵兵於衛。宣公乃與公子朔商議：「假以往訂師期為名，遣急子如齊，授以白旄。此去莘野，是往齊的要路。舟行至此，必然登陸。在彼安排急子，他必不作准備。」公子朔向來私蓄死士，今日正用得著。教他假裝盜賊，伏於莘野：「只認白旄過去，便趕出一齊下手。以旄復命，自有重賞。」公子朔處分已定，回復齊姜。齊姜心下十分歡喜。

卻說公子壽見父親屏去從人，獨召弟朔議事，心懷疑惑。入宮來見母親，探其語氣。齊姜不知隱瞞，盡吐其實。囑付曰：「此乃汝父主意，欲除我母子後患，不可洩漏他人！」公子壽知其計已成，諫之無益。私下來見急子，告以父親之計：「此去莘野必由之路，多凶少吉。不如出奔他國，別作良圖。」急子曰：「為人子者，以從命為孝。棄父之命，即為逆子。世間豈有無父之國？即欲出奔，將安往哉？」遂束裝下舟，毅然就道。公子壽泣勸不從，思想：「吾兄真仁人也！此行若死於盜賊之手，父親立我為嗣，何以自明？子不可以無父，弟不可以無兄。吾當先兄而行，代他一死，吾兄必然獲免。父親聞吾之死，倘能感悟，慈孝兩全，落得留名萬古。」於是別以一舟載酒，亟往河下，請急子餞別。急子辭以君命在身，不敢逗遛。公子壽乃移樽過舟，滿斟以進。未及開言，不覺淚珠墮於杯中。急子忙接而飲之。公子壽曰：「酒已污矣。」急子曰：「正欲飲吾弟之情也。」公子壽拭淚言曰：「今日此酒，乃吾弟兄永訣之酒。哥哥若鑑小弟之情，多飲幾杯。」急子曰：「敢不盡量？」兩人淚眼相對，彼此勸酬。公子壽有心留量，急子到手便吞。不覺盡醉，倒於席上，鼾鼾睡去。公子壽謂從人曰：「君命不可遲也！我當代往。」即取急子手中白旄，故意建於舟首，用自己僕從相隨。囑付急子隨行人眾，好生❷守候。袖中出一簡付之曰：「俟世子酒醒後，可呈看也。」即命發舟。行近莘野，方欲整車登岸。那些埋伏的死士，望見河中行旄飄颺，認得白旄，定是急子到來。一聲呼哨，如蜂而集。公子壽挺然出喝曰：「吾乃本國衛侯長子，奉使往齊。汝等何人，敢來邀截？」眾賊齊聲曰：「吾等奉衛侯密旨，來取汝首！」挺刀便砍。從者見勢頭兇猛，不知來歷，一時驚散。可憐壽子引頸受刀。賊黨取頭盛於木匣，一齊下船，偃旄而歸。

再說急子酒量原淺，一時便醒，不見了公子壽。從人將簡緘呈上。急子拆而看之。簡上只有八個字，云：「弟已代行，兄宜速避。」急子不覺墮淚曰：「弟為我犯難，吾當速往。不然，恐誤殺吾弟也！」喜得僕從俱在，就乘了公子壽之舟，催趲舟人速行。真箇似電流光捷，鳥逝超群。其夜月明如水。急子心念其弟，目不交睫。注視鷁首❸之前，望見公子壽之舟。喜曰：「天幸吾弟尚在！」從人稟曰：「此

❷ 好生：用心。

來舟，非去舟也。」急子心疑，教攏船上去。兩船相近，樓櫓俱明。舟中一班賊黨，並不見公子壽之面。急子愈疑。乃佯問曰：「主公所命，曾了事否？」眾賊聽得說出祕密，卻認為公子朔差來接應的。乃捧函以對曰：「事已了矣！」急子取函啟視，見是公子壽之首。仰天大哭曰：「天乎，冤哉！」眾賊駭然。問曰：「父殺其子，何故稱冤？」急子曰：「我乃真急子也！得罪於父，父命殺我。此吾弟壽也，何罪而殺之？可速斷我頭，歸獻父親，可贖誤殺之罪。」賊黨中有認得二公子者，於月下細認之曰：「真誤矣！」眾賊遂將急子斬首，並納函中。從人亦皆四散。衛風有乘舟之詩，正咏兄弟爭死之事。詩曰：

二子乘舟，汎汎其景。願言思子，中心養養。
二子乘舟，汎汎其逝。願言思子，不瑕有害。

詩人不敢明言，但追想乘舟之人，以寓悲思之意也。

再說眾賊連夜奔入衛城，先見公子朔，呈上白旄。然後將二子先後被殺事情，細述一遍，猶恐誤殺得罪。誰知一箭射雙鵰，正中了公子朔的私懷。自出金帛，厚賞眾賊。卻入宮來見母親，說：「公子壽載旌先行，自隕其命。喜得急子後到，天教他自吐真名，償了哥哥之命。」齊姜雖痛公子壽，卻幸除了急子，拔去眼中之釘❹。正是憂喜相半。母子商量，且教慢與宣公說知。

卻說左公子洩，原受急子之託。右公子職，原受公子壽之託。二人各自關心，遣人打探消息。回報如此如此。起先未免各為其主。到此同病相憐，合在一處商議。候宣公早朝，二人直入朝堂，拜倒在地，

❸ 鷁首：古時船頭常畫有鷁鳥，故借指船。

❹ 眼中之釘：所厭恨的人。

放聲大哭。宣公驚問何故。公子洩、公子職二人一辭，將急子與公子壽被殺情由，細述一遍。乞收拾屍首埋葬，以盡當初相託之情。說罷，哭聲轉高。宣公雖怪急子，卻還憐愛公子壽。忽聞二子同時被害，嚇得面如土色，半晌不言。痛定生悲，淚如雨下。連聲嘆曰：「齊姜誤我！齊姜誤我！」即召公子朔問之。朔辭不知。宣公大怒，就著公子朔拘拿殺人之賊。公子朔口中應承，只是支吾，那肯獻出賊黨。

宣公自受驚之後，又想念公子壽，感成一病，閉眼便見夷姜、急子、壽子一班，在前啼啼哭哭。祈禱不效，半月而亡。公子朔發喪襲位，是為惠公。時朔年一十五歲。將左右二公子罷官不用。庶兄公子碩字昭伯，心中不服，連夜奔齊。公子洩與公子職怨恨惠公，每思為急子及公子壽報仇，未得其便。

* * *

話分兩頭。卻說衛侯朔初即位之年，因助齊攻紀，為鄭所敗，正在銜恨。忽聞鄭國有使命至。問其來意，知鄭厲公出奔，群臣迎故君忽復位，心中大喜。即發車徒護送昭公還國。祭足再拜，謝昔日不能保護之罪。昭公雖不治罪，心中怏怏，恩禮稍減於昔日。祭足亦覺跼蹐不安，每每稱疾不朝。高渠彌素失愛於昭公，及昭公復國，恐為所害，陰養死士，為弒忽立亹之計。時鄭厲公在蔡，亦厚結蔡人，遣人傳語檀伯，欲借櫟為巢窟。檀伯不從。於是使蔡人假作商賈，於檀地往來交易。因而厚結櫟人，暗約為助，乘機殺了檀伯，厲公遂居櫟。增城濬池，大治甲兵，將謀襲鄭，遂為敵國。祭足聞報大驚，急奏昭公，命大夫傅瑕屯兵大陵，以遏厲公來路。厲公知鄭有備，遣人轉央魯侯，謝罪於宋，許以復國之後，仍補前賂未納之數。魯使至宋，宋莊公貪心又起，結連蔡、衛，共納厲公。時衛侯朔有送昭公復國之勞。昭公並不修禮往謝，所以亦怨昭公，反與宋公協謀。因即位以來，並未與諸侯相會，乃自將而往。

公子洩謂公子職曰：「國君遠出，吾等舉事，此其時矣。」公子職曰：「如欲舉事，先定所立。人民有主，方保不亂。」正密議間，閽人報：「大夫甯跪有事相訪。」兩公子迎入。甯跪曰：「二公子忘乘舟之冤乎？今日機會不可失也！」公子職曰：「正議擁戴，未得其人。」甯跪曰：「吾觀群公子中，惟黔牟仁厚可輔。且周王之壻，可以彈壓國人。」三人遂歃血定議。乃暗約急子、壽子原舊一班從人，假傳一個諜報，只說：「衛侯伐鄭，兵敗身死。」於是迎公子黔牟即位。百官朝見已畢，然後宣播衛朔搆陷二兄，致父忿死之惡。重為急、壽二子發喪，改葬其柩。遣使告立君於周。甯跪引兵營於郊外，以遏惠公歸路。公子洩欲殺宣姜。公子職止之，曰：「姜雖有罪，然齊侯之妹也。殺之恐得罪於齊。不如留之，以結齊好。」乃使宣姜出居別宮，月致廩餼無缺。再說宋、魯、蔡、衛共是四國，合兵伐鄭。祭足自引兵至大陵，與傅瑕合力拒敵，隨機應變，未嘗挫失。四國不能取勝，只得引回。

單說衛侯朔伐鄭無功，回至中途，聞二公子作亂，已立黔牟，乃出奔於齊國。齊襄公曰：「吾甥也。」厚其館餼，許以興兵復國。朔遂與襄公立約，如歸國之日，內府寶玉，盡作酬儀。襄公大喜。忽報：「魯侯使到！」因齊侯求婚於周，周王允之。使魯侯主婚，要以王姬下嫁。魯侯欲親自至齊，面議其事。襄公想起妹子文姜，久不相會，何不一同請來？遂遣使至魯，並迎文姜。諸大夫請問伐衛之期。襄公曰：「黔牟亦天子壻也。寡人方圖婚於周，此事姑且遲之。」但恐衛人殺害宣姜，遣公孫無知納公子碩於衛。私囑無知，要公子碩烝於宣姜，以為復朔之地。公孫無知領命，同公子碩歸衛，與新君黔牟相見。時公子碩內子已卒，無知將齊侯之意，遍致衛國君臣，並致宣姜。那宣姜倒也心肯。衛國眾臣，素惡宣姜僭位中宮，今日欲貶其名號，無不樂從。只是公子碩念父子之倫，堅不允從。無知私言於公子職曰：「此事不諧，何以復寡君之命？」公子職恐失齊歡，定下計策，請公子碩飲宴，使女樂侑酒。灌得他爛醉，扶入別宮，與宣姜同宿。醉中成就其事。醒後悔之，已無及矣。宣姜與公子碩遂為夫婦。後生男女五人：長男齊子早卒，次戴公申，次文公燬；女二，為宋桓公、許穆公夫人。史臣有詩嘆曰：

子婦如何攘作妻，子烝庶母報非遲！夷姜生子宣姜繼，家法源流未足奇。

此詩言昔日宣公烝父妾夷姜而生急子，今其子昭伯亦烝宣姜而生男女五人。家法相傳，不但新臺之報也。

* * *

話分兩頭。再說鄭祭足自大陵回，因舊君子突在櫟，終為鄭患，思一制禦之策。想齊與厲公原有戰紀之仇，今日謀納厲公，惟齊不與。況且新君嗣位，正好修睦。又聞魯侯為齊主婚，齊、魯之交將合。於是奏知昭公，自賫禮帛，往齊結好，因而結魯。若得二國相助，可以敵宋。自古道：「智者千慮，必有一失。」祭足但知防備厲公，卻不知高渠彌毒謀已就。只慮祭足多智，不敢動手。今見祭足遠行，肆無忌憚。乃密使人迎公子亹在家。乘昭公冬行烝祭❺，伏死士於半路，突起弒之。託言為盜所殺。遂奉公子亹為君。使人以公子亹之命，召祭足回國，與高渠彌並執國政。可憐昭公復國，未滿三載，遂遭逆臣之禍。髯仙讀史至此，論昭公自為世子時，已知高渠彌之惡。及兩次為君，不能剪除兇人，留以自禍，豈非優柔不斷之禍！有詩嘆云：

---

❺ 烝祭：古代冬天的祭祀。

明知惡草自當鉏，蛇虎如何與共居？我不制人人制我，當年枉自識高渠！

不知鄭子亹如何結束，且看下回分解。

第十三回　魯桓公夫婦如齊　鄭子亹君臣為戮

卻說齊襄公見祭足來聘，欣然接之。正欲報聘，忽聞高渠彌弒了昭公，援立子亹，心中大怒，便有興兵誅討之意。因魯侯夫婦將至齊國，且將鄭事擱起。親至濼水迎候。卻說魯夫人文姜，見齊使來迎，心下亦想念其兄。欲借歸甯之名，與桓公同行。桓公溺愛其妻，不敢不從。大夫申繻諫曰：「女有室，男有家，古之制也。禮無相瀆，瀆則有亂。女子出嫁，父母若在，每歲一歸甯。今夫人父母俱亡，無以妹甯兄之理。魯以秉禮為國，豈可行此非禮之事？」桓公已許文姜，遂不從申繻之諫。夫婦同行，車至濼水，齊襄公早先在矣。殷勤相接，各聚寒溫，一同發駕來到臨淄。魯侯致周王之命，將婚事議定。齊侯十分感激。先設大享，款待魯侯夫婦。然後迎文姜至於宮中。只說與舊日宮嬪相會。誰知襄公預造下密室，另治私宴，與文姜敘情。飲酒中間，四目相視，你貪我愛，不顧天倫，遂成苟且之事。兩下迷戀不捨，遂留宿宮中。日上三竿，尚相抱未起。撇卻魯桓公在外，冷冷清清。魯侯心中疑慮，遣人至宮門細訪。回報：「齊侯未娶正妃，止有偏宮連氏。乃大夫連稱之從妹，向來失寵，齊侯不與相處。姜夫人自入齊宮，只是兄妹敘情，並無他宮嬪相聚。」魯侯情知不做好事，恨不得一步跨進齊宮，觀其動靜。恰好人報：「國母出宮來了。」魯侯盛氣以待。便問姜氏曰：「夜來宮中共誰飲酒？」答曰：「同連妃。」又問：「幾時散席？」答曰：「久別話長，直到粉牆月上，可半夜矣。」又問：「你兄曾來陪飲否？」答曰：「我兄不曾來。」魯侯笑而問曰：「難道兄妹之情，不來相陪？」姜氏曰：「飲至中間，曾來相勸一杯，即時便去。」魯侯曰：「你席散如何不出宮？」姜氏曰：「夜深不便。」魯侯又問曰：「你在何處安置？」姜氏曰：「君侯差矣，何必盤問至此？宮中許多空房，豈少下榻處，妾自在西宮過宿。即昔年守閨之所也。」魯侯曰：「你今日如何起得恁遲？」姜氏曰：「夜來飲酒勞倦，今早梳妝，不覺過時。」魯侯又問曰：「宿處誰人作伴？」姜氏曰：「宮娥耳。」魯侯又曰：「你兄在何處睡？」姜氏不覺面赤曰：「為妹的怎管哥哥睡處，言之可笑！」魯侯曰：「只怕為哥的倒要管妹子睡處！」姜氏曰：「是何言也？」魯侯曰：「自古男女有別。你留宿宮中，兄妹同宿，寡人已盡知之，休得瞞隱。」姜氏口中雖是含糊抵賴，啼啼哭哭，心中卻也十分慚愧。魯桓公身在齊國，無可奈何。心中雖然忿恨，卻不好發作出來。正是敢怒而不敢言。即遣人告辭齊侯，且待歸國，再作區處。

卻說齊襄公自知做下不是，姜氏出宮之時，難以放心。便密遣心腹力士石之紛如跟隨，打聽魯侯夫婦相見有何說話。石之紛如回復：「魯侯與夫人角口，如此如此。」襄公大驚曰：「亦料魯侯久後必知，何其早也！」少頃，見魯使來辭，明知事洩之故。乃固請於牛山一遊，便作餞行。使人連逼幾次，魯侯只得命駕出郊。文姜自留邸舍，悶悶不悅。

卻說齊襄公一來捨不得文姜回去，二來懼魯侯懷恨成仇。一不做二不休，分付公子彭生待席散之後，送魯侯回邸，要在車中結果魯侯性命。彭生記起戰紀時一箭之恨，欣然領命。是日牛山大宴，盛陳歌舞。襄公意倍殷勤，魯侯只低頭無語。襄公教諸大夫輪流把盞。又教宮娥內侍捧樽跪勸，魯侯心中憤懣，也要借杯澆悶，不覺酩酊大醉，別時不能成禮。襄公使公子彭生抱之上車。彭生遂與魯侯同載。離國門約有二里，彭生見魯侯熟睡，挺臂以拉其脅。彭生力大，其臂如鐵。魯侯被拉脅折，大叫一聲，血流滿車而死。彭生謂眾人曰：「魯侯醉後中惡，速馳入城，報知主公！」眾人雖覺蹺蹊，誰敢多言。史臣有詩云：

男女嫌微最要明，夫妻越境太胡行。當時若聽申繻諫，何至車中六尺橫！

齊襄公聞魯侯暴薨，佯啼假哭，即命厚殮入棺，使人報魯迎喪。魯之從人回國，備言車中被弒之由。大夫申繻曰：「國不可一日無君。且扶世子同主張喪事。俟喪車到日，行即位禮。」公子慶父字孟，乃桓公之庶長子，攘臂言曰：「齊侯亂倫無禮，禍及君父。願假我戎車三百乘，伐齊聲罪！」大夫申繻惑其言，私以問謀士施伯曰：「可伐齊否？」施伯曰：「此曖昧之事，不可聞於鄰國。況魯弱齊強，伐未可必勝，反彰其醜。不如含忍，姑請究車中之故。使齊殺公子彭生，以解說於列國，齊必聽從。」申繻告於慶父，遂使施伯草成國書之稿。世子居喪不言，乃用大夫出名，遣人如齊，致書迎喪。齊襄公啟書看之。書曰：

外臣申繻等，拜上齊侯殿下：寡君奉天子之命，不敢寧居，來議大婚。今出而不入，道路紛紛，皆以車中之變為言。無所歸咎，恥辱播於諸侯，請以彭生正罪！

襄公覽畢，即遣人召彭生入朝。彭生自謂有功，昂然而入。襄公當魯使之面罵曰：「寡人以魯侯過酒，命爾扶持上車。何不小心伏侍，使其暴薨？爾罪難辭！」喝令左右縛之，斬於市曹。彭生大呼曰：「淫其妹而殺其夫，皆出汝無道昏君所為。今日又委罪於我！死而有知，必為妖孽，以取爾命！」襄公遽自掩其耳。左右皆笑。襄公一面遣人往周王處謝婚，並訂娶期。一面遣人送魯侯喪車回國。文姜仍留齊不歸。

魯大夫申繻率世子同迎柩至郊，即於柩前行禮成喪。然後嗣位，是為莊公。申繻、顓孫生、公子溺、公子偃、曹沫一班文武，重整朝綱，庶兄公子慶父，庶弟公子牙，嫡弟季友，俱參國政。申繻薦施伯之才，亦拜上士之職。以明年改元，實周莊王之四年也。

魯莊公集群臣商議為齊迎婚之事。施伯曰：「國有三恥，君知之乎？」莊公曰：「何謂三恥？」施伯曰：「先君雖已成服❶，惡名在口，一恥也；君夫人留齊未歸，引人議論，二恥也；齊為仇國，況君在衰絰之中，乃為主婚，辭之則逆王命，不辭則貽笑於人，三恥也。」魯莊公蹴然曰：「此三恥何以免之？」施伯曰：「欲人勿惡，必先自美；欲人勿疑，必先自信。先君之立，未膺王命。若乘主婚之機，請命於周，以榮名被之九泉，則一恥免矣；君夫人在齊，宜以禮迎之，以成主公之孝，則二恥免矣。惟主婚一事，最難兩全，然亦有策。」莊公曰：「其策何如？」施伯曰：「可將王姬館舍，築於郊外，使上大夫迎而送之，君以喪辭。上不逆天王之命，下不拂大國之情，中不失居喪之禮。如此則三恥亦免矣。」莊公曰：「申繻言汝智過於腹，果然！」遂一一依策而行。

卻說魯使大夫顓孫生至周，請迎王姬，因請以黻冕圭璧，為先君泉下之榮。周莊王許之，擇人使魯錫桓公命。周公黑肩願行，莊王不許。別遣大夫榮叔。——原來莊王之弟王子克，有寵於先王，周公黑

---

❶ 成服：死者入斂後，親屬各依服制穿著喪服。

肩曾受臨終之託。莊王疑黑肩有外心，恐其私交外國，樹成王子克之黨，所以不用。——黑肩知莊王疑己，夜詣王子克家，商議欲乘嫁王姬之日，聚眾作亂，弒莊王而立子克。大夫辛伯聞其謀，以告莊王，乃殺黑肩而逐子克。子克奔燕。此事表過不題。

且說魯顓孫生送王姬至齊，就奉魯侯之命，迎接夫人姜氏。齊襄公十分難捨，礙於公論，只得放回。臨行之際，把袂留連，千聲：「珍重！相見有日。」各各灑淚而別。姜氏一者貪歡戀愛，不捨齊侯。二者背理賊倫，羞回故里。行一步懶一步。車至禚地，見行館整潔，嘆曰：「此地不魯不齊，正吾家也！」分付從人，回復魯侯：「未亡人性貪閒適，不樂還宮。要吾回國，除非死後！」魯侯知其無顏歸國，乃為築館於祝邱，迎姜氏居之。姜氏遂往來於兩地。魯侯饋問，四時不絕。後來史官議論，以為魯莊公之於文姜，論情則生身之母，論義則殺父之仇。若文姜歸魯，反是難處之事。只合徘徊兩地，乃所以全魯侯之孝也。髯翁詩云：

弒夫無面返東蒙，禚地徘徊齊魯中。若使靦顏歸故國，親仇兩字怎融通？

* * *

話分兩頭。再說齊襄公拉殺魯桓公，國人沸沸揚揚，盡說齊侯無道，幹此淫殘蔑理之事。襄公心中暗愧，急使人迎王姬至齊成婚。國人議猶未息。欲行一二義舉，以服眾心。想鄭弒其君，衛逐其君，兩件都是大題目。但衛公子黔牟，是周王之婿，方娶王姬，未可便與黔牟作對。不若先討鄭罪，諸侯必然畏服。又恐起兵伐鄭，勝負未卜。乃佯遣人致書子亹，約於首止，相會為盟。子亹大喜曰：「齊侯下交，吾國安如泰山矣！」欲使高渠彌、祭足同往。祭足稱疾不行。原繁私問於祭足曰：「新君欲結好齊侯，君宜輔之。何以不往？」祭足曰：「齊侯勇悍殘忍，嗣守大國，侈然有圖伯之心。況先君昭公有功於齊，齊所念也。夫大國難測，以大結小，必有奸謀。此行也，君臣其為戮乎？」原繁曰：「君言果信，鄭國誰屬？」祭足曰：「必子儀也。是有君人之相，先君莊公曾言之矣。」原繁曰：「人言君多智，吾姑以此試之。」至期，齊襄公遣王子成父、管至父二將，各率死士百餘，環侍左右。力士石之紛如，緊隨於後。高渠彌引著子亹同登盟壇。與齊侯敘禮已畢，嬖臣孟陽手捧血盂，跪而請歃。襄公目視之，孟陽遽起。襄公執子亹手問曰：「先君昭公，因甚而殂？」子亹變色，驚顫不能出詞。高渠彌代答曰：「先君因病而殂，何煩君問？」襄公曰：「聞烝祭遇賊，非關病也！」高渠彌遮掩不過，只得對曰：「原有寒疾，復受賊驚，是以暴亡耳。」襄公曰：「君行必有警備，此賊從何而來？」高渠彌對曰：「嫡庶爭立，已非一日。各有私黨，乘機竊發。誰能防之？」襄公又曰：「曾獲得賊人否？」高渠彌曰：「至今尚在緝訪，未有蹤跡。」襄公大怒曰：「賊在眼前，何煩緝訪！汝受國家爵位，乃以私怨弒君。到寡人面前，還敢以言語支吾！寡人今日為汝先君報仇！」叫力士：「快與我下手！」高渠彌不敢分辨。石之紛如先將高渠彌綁縛。子亹叩首乞哀曰：「此事與孤無干，皆高渠彌所為也。乞恕一命！」襄公曰：「既知高渠彌所為，何不討之？汝今日自往地下分辨。」把手一招，王子成父與管至父引著死士百餘，一齊上前，將子亹亂砍，死於非命。隨行人眾，見齊人勢大，誰敢動手。一時盡皆逃散。襄公謂高渠彌曰：「汝君已了，汝猶望活乎？」高渠彌對曰：「自知罪重，只求賜死。」襄公曰：「只與你一刀，便宜了你。」乃帶至國中，命車裂於南門。——車裂者，將罪人頭與四肢，縛於五輛車轅之上，各自分向，各駕一牛，然後以鞭打牛，牛走車行，其人肢體裂而為五。俗言「五牛分屍」，此乃極重之刑。襄公欲以義舉聞於諸侯，故意用此極刑，張大其事也。——高渠彌已死，襄公命將其首號令南門，榜曰：「逆臣視此。」一面使人收拾子亹屍首，藁葬❷於東郭之外。一面遣使告於鄭曰：「賊臣逆子，周有常刑。汝國高渠彌，主謀弒君，擅立庶孽。寡君痛鄭先君之不弔，已為鄭討而戮之矣。願改立新君，以邀舊好。」原繁聞之，歎曰：「祭仲之智，吾不及也！」諸大夫共議立君。叔詹曰：「故君在櫟，何不迎之？」祭足曰：「出亡之君，不可再辱宗廟，不如立公子儀。」原繁亦贊成之。於是迎公子儀於陳，以嗣君位。祭足為上大夫，叔詹為中大夫，原繁為下大夫。子儀既即位，乃委國於祭足。恤民修備，遣使修聘於齊、陳諸國。又受命於楚，許以年年納貢，永為屬國。厲公無間可乘。自此鄭國稍安。不知後事如何，且看下回分解。

❷ 藁葬：亦作「藳葬」，草草埋葬。

第十四回　衛侯朔抗王入國　齊襄公出獵遇鬼

卻說王姬至齊，與襄公成婚。那王姬生性貞靜幽閒，言動不苟。襄公是個狂淫之輩，不甚相得。王姬在宮數月備聞襄公淫妹之事。默然自嘆：「似此蔑倫悖理，禽獸不如！吾不幸錯嫁匪人，是吾命也！」鬱鬱成疾，不及一年遂卒。

襄公自王姬之死，益無忌憚。心下思想文姜，偽以狩獵為名，不時往禚。遣人往祝邱，密迎文姜到禚，晝夜淫樂。恐魯莊公發怒，欲以兵威脅之。乃親率重兵襲紀，取其郱、鄑、郚三邑之地。兵移酅城，使人告紀侯：「速寫降書，免至滅絕！」紀侯嘆曰：「齊吾世仇，吾不能屈膝仇人之庭，以求苟活也。」乃使夫人伯姬作書，遣人往魯求救。齊襄公出令曰：「有救紀者，寡人先移兵伐之！」魯莊公遣使如鄭，約他同力救紀。鄭伯子儀因厲公在櫟，謀襲鄭國，不敢出師。使人來辭。魯侯孤掌難鳴。行至滑地，懼齊兵威，留宿三日而返。紀侯聞魯兵退回，度不能守。將城池妻子，交付其弟嬴季，拜別宗廟，大哭一場，半夜開門而出，不知所終。

嬴季謂諸大臣曰：「死國與存祀，二者孰重？」諸大夫皆曰：「存祀為重。」嬴季曰：「苟能存紀宗廟，吾何惜自屈？」即寫降書，願為齊外臣，守酅宗廟。齊侯許之。嬴季遂將紀國土地戶口之數，盡納於齊，叩首乞哀。齊襄公收其版籍，於紀廟之傍，割三十戶以供紀祭祀，號嬴季為廟主。紀伯姬驚悸而卒。襄公命葬以夫人之禮，以媚於魯。伯姬之娣叔姬，乃昔日從嫁者。襄公欲送之歸魯。叔姬曰：「婦人之義，既嫁從夫。生為嬴氏婦，死為嬴氏鬼，捨此安歸乎？」襄公乃聽其居酅守節。後數年而卒。史官贊云：

世衰俗敝，淫風相襲。齊宮亂妹，新臺娶媳。禽行獸心，倫亡紀佚。小邦妾媵，矢節從一。寧守故廟，不歸宗國。卓哉叔姬，柏舟同式！

按齊襄公滅紀之歲，乃周莊王七年也。

* * *

是年，楚武王熊通，以隨侯不朝，復興兵伐隨。未至而薨。令尹鬬祈，莫敖屈重，祕不發喪。出奇兵從間道直逼隨城。隨懼行成。屈重偽以王命入盟隨侯。大軍既濟漢水，然後發喪。子熊貲即位，是為文王。此事不題。

* * *

再說齊襄公滅紀凱旋，文姜於路迎接其兄。至於祝邱，盛為燕享。用兩君相見之禮，彼此酬酢，大犒齊軍。又與襄公同至禚地，留連歡宿。襄公乃使文姜作書，召魯莊公來禚地相會。莊公恐違母命，遂至禚謁見文姜。文姜使莊公以甥舅之禮，見齊襄公，且謝葬紀伯姬之事。莊公亦不能拒，勉強從之。襄公大喜，亦具享禮款待莊公。時襄公新生一女，文姜以莊公內主尚虛，令其訂約為婚。莊公曰：「彼女尚血泡，非吾配也。」文姜怒曰：「汝欲疏母族耶？」襄公亦以長幼懸隔為嫌。文姜曰：「待二十年而嫁，亦未晚也。」襄公懼失文姜之意，莊公亦不敢違母命，兩下只得依允。甥舅之親，復加甥舅，情愈親密。二君並車馳獵於禚地之野。莊公矢不虛發，九射九中。襄公稱贊不已。野人竊指魯莊公戲曰：「此吾君假子也！」莊公怒，使左右蹤跡其人殺之。襄公亦不嗔怪。史臣論莊公有母無父，忘親事仇。作詩誚云：

車中飲恨已多年，甘與仇讐共戴天。莫怪野人呼假子，已同假父作姻緣。

文姜自魯、齊同狩之後，益無忌憚。不時與齊襄公聚於一處。或於防，或於穀。或時直至齊都，公然留宿宮中，儼如夫婦。國人作載驅之詩，以刺文姜。詩云：

載驅薄薄，簟茀朱鞹。魯道有蕩，齊子發夕。汶水滔滔，行人儦儦。魯道有蕩，齊子遊遨。

薄薄者，疾驅之貌。簟，席，所以鋪車。茀，車後戶。朱鞹者，以朱漆獸皮。皆車飾也。齊子指文姜。言文姜乘此車而至齊。儦儦，眾貌；言其僕從之多也。又有敝笱之詩，以刺莊公。詩云：

敝笱在梁，其魚魴鰥。齊子歸止，其從如雲。敝笱在梁，其魚魴鱮。齊子歸止，其從如水。

笱者，取魚之器。言敝壞之罟，不能制大魚。以喻魯莊公不能防閒文姜，任其僕從出入無禁也。

* * *

且說齊襄公自禚回國，衛侯朔迎賀滅紀之功，再請伐衛之期。襄公曰：「今王姬已卒，此舉無礙。

但非連合諸侯，不為公舉。君少待之。」衛侯稱謝。過數日，襄公遣使約會宋、魯、陳、蔡四國之君，一同伐衛，共納惠公。其檄云：

天禍衛國，生逆臣洩、職，擅行廢立。致衛君越在敝邑，於今七年。孤坐不安席。以疆埸多事，不即誅討。今幸少閒，悉索敝賦，願從諸君之後，左右衛君，以誅衛之不當立者！

時周莊王八年之冬也。齊襄公出車五百乘，同衛侯朔先至衛境。四國之君，各引兵來會。那四路諸侯：宋閔公捷，魯莊公同，陳宣公杵臼，蔡哀侯獻舞。衛侯聞五國兵至，與公子洩、公子職商議，遣大夫甯跪告急於周。莊王問群臣：「誰能為我救衛者？」周公忌父、西虢公伯皆曰：「王室自伐鄭損威以後，號令不行。今齊侯諸兒，不念王姬一脈之親，糾合四國，以納君為名，名順兵強，不可敵也。」左班中最下一人挺身出曰：「二公之言差矣。四國但只強耳，安得言名順乎？」眾人視之，乃下士子突也。周公曰：「諸侯失國，諸侯納之，何為不順？」子突曰：「黔牟之立，已稟王命。既立黔牟，必廢子朔。二公不以王命為順，而以納諸侯為順，誠突所不解也！」虢公曰：「兵戎大事，量力而行。王室不振，已非一日。伐鄭之役，先王親在軍中，尚中祝聃之矢。至今兩世，未能問罪，況四國之力，十倍於鄭。孤軍赴援，如以卵抵石，徒自褻威，何益於事？」子突曰：「天下之事，理勝力為常，力勝理為變。王命所在，理所萃也。一時之強弱在力，千古之勝負在理。若蔑理而可以得志，無一人起而問之，千古是非從此顛倒，天下不復有王矣！諸公亦何面目號為王朝卿士乎？」虢公不能答。周公曰：「倘今日興救衛之師，汝能任其事否？」子突曰：「九伐之法，司馬掌之。突位微才劣，誠非其任。如無人肯往，突不敢愛死，願代司馬一行。」周公又曰：「汝救衛能保必勝乎？」子突曰：「突今日出師，已據勝理。若以文、武、宣、平之靈，仗義執言，四國悔罪，王室之福。非突敢必也。」大夫富辰曰：「突言甚壯，可令一往，亦使天下知王室有人。」周王從之。乃先遣甯跪歸報衛國，王師隨後起行。

卻說周、虢二公，忌子突之成功，僅給戎車二百乘。子突並不推諉。告於太廟而行。時五國之師，已至衛城下，攻圍甚急。公子洩、公子職晝夜巡守，懸望王朝大兵解圍。誰知子突兵微將寡，怎當五國如虎之眾。不等子突安營，大殺一場，二百乘兵車，如湯潑雪。子突嘆曰：「吾奉王命而戰死，不失為忠義之鬼也！」乃手殺數十人，然後自刎而亡。髯翁有詩贊曰：

雖然隻旅未成功，王命昭昭耳目中。見義勇為真漢子，莫將成敗論英雄！

衛國守城軍士，聞王師已敗，先自奔竄。齊兵首先登城，四國繼之。砍開城門，放衛侯朔入城。公子洩、公子職同甯跪收拾敗兵，擁公子黔牟出走，正遇魯兵，又殺一場。甯跪奪路先奔，三公子俱被魯兵所擒。甯跪知力不能救，嘆口氣奔往秦國逃難去訖。魯侯將三公子獻俘於衛。衛不敢決，轉獻於齊。齊襄公喝教刀斧手將洩、職二公子斬訖。公子黔牟是周王之壻，於齊有連襟之情，赦之不誅，放歸於周。衛侯朔鳴鐘擊鼓，重登侯位。將府庫所藏金玉，厚賂齊襄公。襄公曰：「魯侯擒三公子，其勞不淺。」乃以所賂之半，分贈魯侯。復使衛侯另出器賄，散於宋、陳、蔡三國。此周莊王九年之事。

* * *

卻說齊襄公自敗子突放黔牟之後，誠恐周王來討。乃使大夫連稱為將軍，管至父為副，領兵戍葵邱，以遏東南之路。二將臨行，請於襄公曰：「戍守勞苦，臣不敢辭。以何期為滿？」時襄公方食瓜。乃曰：「今此瓜熟之時，明歲瓜再熟，當遣人代汝。」二將往葵邱駐扎，不覺一年光景。忽一日，戍卒進瓜嘗新。二將想起瓜熟之約，此時正該交代，如何主公不遣人來？特地差心腹往國中探信。聞齊侯在穀城與文姜歡樂，有一月不回。連稱大怒曰：「王姬薨後，吾妹當為繼室。無道昏君，不顧倫理，在外日事淫媟，使吾等暴露邊鄙，吾必殺之！」謂管至父曰：「汝可助吾一臂。」管至父曰：「及瓜而代，主公所親許也。恐其忘之，不如請代。請而不許，軍心胥怨，乃可用也。」連稱曰：「善！」乃使人獻瓜於襄公，因求交代。襄公怒曰：「代出孤意，奈何請耶？再候瓜一熟可也。」使人回報。連稱恨恨不已，謂管至父曰：「今欲行大事，計將安出？」至父曰：「凡舉事必先有所奉，然後成。公孫無知，乃公子夷仲年之子。先君僖公以同母之故，寵愛仲年，并愛無知。從幼畜養宮中，衣服禮數，與世子無別。自主公即位，因無知向在宮中，與主公角力，無知足勾主公仆地，主公不悅。一日，無知又與大夫雍廩爭道。主公怒其不遜，遂疎黜之，品秩裁減大半。無知銜恨於心久矣。每思作亂，恨無幫手。我等不若密通無知，內應外合，事可必濟。」連稱曰：「當於何時？」管至父曰：「主上性喜用兵，又好游獵，如猛虎離穴，易為制耳。但得預聞出外之期，方不失機會也。」連稱曰：「吾妹在宮中，失寵於主公，亦懷怨望。余囑無知陰與吾妹合計，使伺主公之間隙，星夜相聞，可無誤事。」於是再遣心腹，致書於公孫無知。書曰：

賢公孫受先公如嫡之寵，一旦削奪，行路之人，皆為不平。況君淫昏日甚，政令無常。葵邱久戍，及瓜不代。三軍之士，憤憤思亂。如有間可圖，稱等願效犬馬，竭力推戴。稱之從妹，在宮失寵銜怨。天助公孫，以內應之資。機不可失！

公孫無知得書大喜。即復書曰：

天厭淫人，以啟將軍之衷。敬佩裡言，遲疾奉報。

無知陰使女侍通信於連妃。且以連稱之書示之：「若事成之日，當立為夫人。」連妃許之。

周莊王十一年冬十月，齊襄公知姑棼之野，有山名貝邱，禽獸所聚，可以遊獵。乃預戒徒人費等，整頓車徒，將以次月往彼田狩。連妃遣宮人送信於公孫無知。無知星夜傳信葵邱，通知連、管二將軍，約定十一月初旬，一齊舉事。連稱曰：「主上出獵，國中空虛。吾等率兵直入都門，擁立公孫何如？」管至父曰：「主上睦於鄰國，若乞師來討，何以禦之？不若伏兵於姑棼，先殺昏君，然後奉公孫即位，事可萬全也。」那時葵邱戍卒，因久役在外，無不思家。連稱密傳號令，各備乾糧，往貝邱行事。軍士人人樂從，不在話下。

再說齊襄公於十一月朔日，駕車出遊，止帶力士石之紛如及幸臣孟陽一班，架鷹牽犬，准備射獵。不用一大臣相隨。先至姑棼，原建有離宮，游玩竟日。居民餽獻酒肉。襄公歡飲至夜，遂留宿焉。次日起駕，往來。見一路樹木蒙茸，藤蘿翳鬱。襄公駐車高阜，傳令舉火焚林，然後合圍校射，縱放鷹犬。火烈風猛，狐兔之類，東奔西逃。忽有大豕一隻，如牛無角，似虎無斑，從火中奔出，竟上高阜。蹲踞於車駕之前。時眾人俱往馳射，惟孟陽立於襄公之側。襄公顧孟陽曰：「汝為我射此豕。」孟陽瞪目視之，大驚曰：「非豕也，乃公子彭生也！」襄公大怒曰：「彭生何敢見我？」奪孟陽之弓，親自射之。連發三矢不中。那大豕直立起來，雙拱前蹄，效人行步，放聲而啼，哀慘難聞。唬得襄公毛骨俱竦，從車中倒撞下來，跌損左足，脫落了絲文屨一隻，被大豕銜之而去，忽然不見。髯翁有詩曰：

魯桓昔日死車中，今日車中遇鬼雄。枉殺彭生應化厲，諸兒空自引雕弓。

徒人費與從人等，扶起襄公臥於車中。傳令罷獵，復回姑棼離宮住宿。襄公自覺精神恍惚，心下煩躁。時軍中已打二更。襄公因左足疼痛，展轉不寐。謂孟陽曰：「汝可扶我緩行幾步。」先前墜車，忽忙之際，不知失屨。到此方覺。問徒人費取討。費曰：「屨為大豕銜去矣！」襄公心惡其言，乃大怒曰：「汝既跟隨寡人，豈不看屨之有無？若果銜去，當時何不早言？」自執皮鞭，鞭費之背，血流滿地方止。徒人費被鞭，含淚出門，正遇連稱引著數人打探動靜。將徒人費一索綑住，問曰：「無道昏君何在？」費曰：「在寢室。」又問：「已臥乎？」曰：「尚未臥也。」連稱舉刀欲砍。費曰：「勿殺我，我當先入，為汝耳目。」連稱不信。費曰：「我適被鞭傷，亦欲殺此賊耳！」乃袒衣以背示之。連稱見其血肉淋漓，遂信其言。解費之縛，囑以內應。隨即招管至父引著眾軍士，殺入離宮。

且說徒人費翻身入門，正遇石之紛如，告以連稱作亂之事。遂造寢室，告於襄公。襄公驚惶無措。費曰：「事已急矣！若使一人偽作主公，臥於床上。主公潛伏戶後，幸而倉卒不辨，或可脫也。」孟陽曰：「臣受恩踰分，願以身代，不敢恤死。」孟陽即臥於床，以面向內。襄公親解錦袍覆之，伏身戶後。

問徒人費曰：「汝將何如？」費曰：「臣當與紛如協力拒賊。」襄公曰：「不苦背創乎？」費曰：「臣死且不避，何有於創？」襄公歎曰：「忠臣也！」徒人費令石之紛如引眾拒守中門，自己單身挾著利刃，詐為迎賊，欲刺連稱。其時眾賊已攻進大門。連稱挺劍當先開路。管至父列兵門外，以防他變。徒人費見連稱來勢兇猛，不暇致詳，上前一步便刺。誰知連稱身被重鎧，刃刺不入。卻被連稱一劍劈去，斷其二指，還復一劍，劈下半個頭顱，死於門中。石之紛如便挺矛來鬥。約戰十餘合，連稱轉鬥轉進，紛如漸漸退步。誤絆石階腳跐，亦被連稱一劍砍倒，遂入寢室。侍衛先已驚散。團花帳中，臥著一人，錦袍遮蓋。連稱手起劍落，頭離枕畔。舉火燭之，年少無鬚。連稱曰：「此非君也！」使人遍搜房中，並無蹤影。連稱自引燭照之。忽見戶檻之下，露出絲文屨一隻，知戶後藏躲有人。不是諸兒是誰？打開戶後看時，那昏君因足疼，做一堆兒蹲著。那一隻絲文屨仍在足上。——連稱所見之屨，乃是先前大豕銜去的，不知如何在檻下。分明是冤鬼所為，可不畏哉！——連稱認得諸兒似雞雛一般，一把提出戶外，擲於地下。大罵：「無道昏君，汝連年用兵，黷武殃民，是不仁也；背父之命，疏遠公孫，是不孝也；兄妹宣淫，公行不忌，是無禮也；不念遠戍，瓜期不代，是無信也。仁孝禮信，四德皆失，何以為人？吾今日為魯桓公報仇！」遂砍襄公為數段，以床褥裹其屍，與孟陽同埋於戶下。計襄公在位只五年。史官評論此事，謂襄公疏遠大臣，親暱群小。石之紛如、孟陽、徒人費等，平日受其私恩，從於昏亂。雖視死如歸，不得為忠臣之大節。連稱、管至父徒以久戍不代，遂行篡弒，當為襄公惡貫已滿，假手二人耳。彭生臨刑大呼，死為妖孽，以取爾命。大豕見形，非偶然也。髯翁有詩咏費、石等死難之事。詩云：

捐生殉主是忠貞，費石千秋無令名。假使從昏稱死節，飛廉崇虎亦堪旌。

又詩嘆齊襄公云：

方張惡焰君侯死，將熄兇威大豕狂。惡貫滿盈無不斃，勸人作善莫商量。

連稱、管至父重整軍容，長驅齊國。公孫無知預集私甲，一聞襄公兇信，引兵開門，接應連、管二將入城。二將託言曾受先君僖公遺命，奉公孫無知即位。立連妃為夫人。連稱為正卿，號為國舅。管至父為亞卿。諸大夫雖勉強排班，心上不服。惟雍廩再三稽首，謝往日爭道之罪，極其卑順。無知赦之，仍為大夫。高國稱病不朝，無知亦不敢黜之。至父勸無知懸榜招賢，以收人望。因薦其族子管夷吾之才，無知使人召之。未知夷吾肯應召否，且聽下回分解。

第十五回　雍大夫計殺無知　魯莊公乾時大戰

卻說管夷吾字仲，生得相貌魁梧，精神俊爽。博通墳典，淹貫古今。有經天緯地之才，濟世匡時之略。與鮑叔牙同賈。至分金時，夷吾多取一倍。鮑叔之從人心懷不平。鮑叔曰：「仲非貪此區區之金，因家貧不給，我自願讓之耳。」又曾領兵隨征，每至戰陣，輒居後隊。及還兵之日，又為先驅。多有笑其怯者。鮑叔曰：「仲有老母在堂，留身奉養，豈真怯鬥耶？」又數與鮑叔計事，往往相左。鮑叔曰：「人固有遇不遇，使仲遇其時，定當百不失一矣！」夷吾聞之，嘆曰：「生我者父母，知我者鮑叔哉！」遂結為生死之交。

值襄公諸兒即位，長子曰糾，魯女所生；次子小白，莒女所生。雖皆庶出，俱已成立。欲為立傅以輔導之。管夷吾謂鮑叔牙曰：「君生二子，異日為嗣，非糾即白。吾與爾各傅一人。若嗣立之日，互相薦舉。」叔牙然其言。於是管夷吾同召忽為公子糾之傅，叔牙為公子小白之傅。襄公欲迎文姜至禚相會。叔牙謂小白曰：「君以淫聞，為國人笑。及今止之，猶可掩飾。更相往來，如水決隄，將成泛溢。子必進諫。」小白果入諫襄公曰：「魯侯之死，嘖有煩言。男女嫌疑，不可不避！」襄公怒曰：「孺子何得多言！」以屨蹴之。小白趨而出。鮑叔曰：「吾聞之，有奇淫者，必有奇禍。吾當與子適他國，以俟後圖。」小白問：「當適何國？」鮑叔曰：「大國喜怒不常，不如適莒。莒小而近齊，小則不敢慢我，近則旦暮可歸。」小白曰：「善！」乃奔莒國。襄公聞之，亦不追還。及公孫無知簒位，來召管夷吾。夷吾曰：「此輩兵已在頸，尚欲累人耶？」遂與召忽共計，以魯為子糾之母家，乃奉糾奔魯。魯莊公居之於生竇，月給廩餼。

魯莊公十二年春二月，齊公孫無知元年，百官賀旦，俱集朝房。見連、管二人公然壓班，人人皆有怨憤之意。雍廩知眾心不附，佯言曰：「有客自魯來，傳言公子糾將以魯師伐齊，諸君聞之否？」諸大夫皆曰：「不聞。」雍遂不復言。既朝退，諸大夫互相約會，俱到雍廩家，叩問公子糾伐齊之信。雍廩曰：「諸君謂此事如何？」東郭牙曰：「先君雖無道，其子何罪？吾等日望其來也。」諸大夫有泣下者。雍廩曰：「廩之屈膝，甯無人心？正欲委曲以圖事耳。諸君若能相助，共除弒逆之賊，立先君子，豈非義舉？」東郭牙問計。雍廩曰：「高敬仲國之世臣，素有才望，為人信服。連、管二賊，得其片言獎借，重於千鈞，恨不能耳。誠使敬仲置酒以招，二賊必欣然往赴。吾偽以子糾兵信，面啟公孫。彼愚而無勇，俟其相就，卒然刺之，誰為救者？然後舉火為號，闔門而誅二賊，易如反掌。」東郭牙曰：「敬仲雖疾惡如仇，然為國自貶，當不靳也。吾力能必之。」遂以雍廩之謀，告於高傒。高傒許諾，即命東郭牙往連、管二家致意。俱如期而至。高傒執觶言曰：「先君多行失德，老夫日虞國之喪亡。今幸大夫援立新君，老夫亦獲守家廟。向因老病，不與朝班。今幸賤體稍康，特治一酌，以報私恩，兼以子孫為託。」連稱與管至父謙讓不已。高傒命將重門緊閉：「今日飲酒，不盡歡不已。」預戒閽人：「勿通外信。直待城中舉火，方來傳報。」

卻說雍廩懷匕首直叩宮門，見了無知，奏言：「公子糾率領魯兵，旦晚將至，幸早圖應敵之計！」

無知問：「國舅何在？」雍廩曰：「國舅與管大夫郊飲未回。百官俱集朝中，專候主公議事。」無知信之。方出朝堂，尚未坐定，諸大夫一擁而前，雍廩自後刺之，血流公座，登時氣絕。計無知為君，纔一月餘耳。哀哉！連夫人聞變，自縊於宮中。史官詩云：

祇因無寵間襄公，誰料無知寵不終？一月夫人三尺帛，何如寂寞守空宮。

當時雍廩教人於朝外放起一股狼煙，煙透九霄。高傒正欲款客，忽聞門上傳板❶，報說：「外廂舉火。」高傒即便起身，往內而走。連稱、管至父出其不意，卻待要問其緣故，廡下預伏壯士，突然殺出，將二人砍為數段。雖有從人，身無寸鐵，一時畢命。雍廩與諸大夫，陸續俱到高府，公同商議，將二人心肝剖出，祭奠襄公。一面遣人於姑棼離宮，取出襄公之屍，重新殯殮。一面遣人於魯國迎公子糾為君。

魯莊公聞之，大喜。便欲為公子糾起兵。施伯諫曰：「齊魯互為強弱。齊之無君，魯之利也。請勿動，以觀其變。」莊公躊躇未決。時夫人文姜因襄公被弒，自祝邱歸於魯國，日夜勸其子興兵伐齊，討無知之罪，為其兄報仇。及聞無知受戮，齊使來迎公子糾為君，不勝之喜。主定納糾，催促莊公起程。莊公為母命所迫，遂不聽施伯之言。親率兵車三百乘，用曹沫為大將，秦子、梁子為左右，護送公子糾入齊。管夷吾謂魯侯曰：「公子小白在莒。莒地比魯為近。倘彼先入，主客分矣。乞假臣良馬，先往邀之。」魯侯曰：「甲卒幾何？」夷吾曰：「三十乘足矣。」

卻說公子小白聞國亂無君，與鮑叔牙計議，向莒子借得兵車百乘，護送還齊。這裡管夷吾引兵，晝

❶ 傳板：舊時官衙中，在堂口掛有大木板，遇有緊急事情須通報，則敲此木板傳達內室。

夜奔馳。行至即墨，聞莒兵已過。從後追之。又行三十餘里，正遇莒兵停車造飯。管夷吾見小白端坐車中，上前鞠躬曰：「公子別來無恙？今將何往？」小白曰：「欲奔父喪耳。」管夷吾曰：「糾居長，分應主喪。公子幸少留，無自勞苦。」鮑叔牙曰：「仲且退，各為其主，不必多言！」夷吾見莒兵睜眉怒目，有爭鬥之色。誠恐眾寡不敵，乃佯諾而退，驀地彎弓搭箭，覷定小白，颼的射來。小白大喊一聲，口吐鮮血，倒於車上。鮑叔牙急忙來救，從人盡叫道：「不好了！」一齊啼哭起來。管夷吾率領那三十乘，加鞭飛跑去了。夷吾在路嘆曰：「子糾有福，合為君也！」還報魯侯，酌酒與子糾稱慶。此時放心落意，一路邑長獻飱進饌，遂緩緩而行。誰知這一箭只射中小白的帶鉤。小白知夷吾妙手，恐他又射，一時急智，嚼破舌尖，噴血詐倒，連鮑叔牙都瞞過了。鮑叔牙曰：「夷吾雖去，恐其又來，此行不可遲也。」乃使小白變服，載以溫車，從小路疾馳。將近臨淄，鮑叔牙單車先入城中，遍謁諸大夫，盛稱公子小白之賢。諸大夫曰：「子糾將至，何以處之？」鮑叔牙曰：「齊連弒二君，非賢者不能定亂。況迎子糾而小白先至，天也！魯君納糾，其望報不淺。昔宋立子突，索賂無厭，兵連數年。吾國多難之餘，能堪魯之徵求乎？」諸大夫曰：「然則何以謝魯侯？」叔牙曰：「吾已有君，彼自退矣。」大夫隰朋、東郭牙齊聲曰：「叔言是也。」於是迎小白入城即位，是為桓公。髯仙有詩單咏射鉤之事。詩曰：

魯公歡喜莒人愁，誰道區區中帶鉤！但看一時權變處，便知有智合諸侯。

鮑叔牙曰：「魯兵未至，宜預止之。」乃遣仲孫湫往迎魯莊公，告以有君。莊公知小白未死，大怒曰：「立子以長，孺子安得為君？孤不能空以三軍退也！」仲孫湫回報。齊桓公曰：「魯兵不退奈何？」鮑叔牙曰：「以兵拒之。」乃使王子成父將右軍，甯越副之；東郭牙將左軍，仲孫湫副之；鮑叔牙奉桓公親將中軍，雍廩為先鋒。兵車共五百乘。分撥已定，東郭牙請曰：「魯君慮吾有備，必不長驅。乾時水草方便，此駐兵之處也。若設伏以待，乘其不備，破之必矣。」鮑叔牙曰：「善！」使甯越、仲孫湫各率本部分路埋伏。使王子成父、東郭牙從他路抄出魯兵之後。雍廩挑戰誘敵。

卻說魯莊公同子糾行至乾時，管夷吾進曰：「小白初立，人心未定，宜速乘之，必有內變。」莊公曰：「如仲之言，小白已射死久矣！」遂出令於乾時安營。魯侯營於前，子糾營於後，相去二十里。次早諜報：「齊兵已到，先鋒雍廩索戰。」魯莊公曰：「先破齊師，城中自然寒膽也。」遂引秦子、梁子駕戎車而前，呼雍廩親數之曰：「汝首謀誅賊，求君於我。今又改圖，信義安在？」挽弓欲射雍廩。雍廩佯作羞慚，抱頭鼠竄。莊公命曹沫逐之。雍廩轉轅來戰，不幾合又走。曹沫不捨，奮生平之勇，挺著畫戟趕來，卻被鮑叔牙大兵圍住。曹沫深入重圍，左衝右突，身中兩箭，死戰方脫。

卻說魯將秦子、梁子恐曹沫有失，正待接應。忽聞左右礮聲齊震，甯越、仲孫湫兩路伏兵齊起。鮑叔牙率領中軍，如牆而進。三面受敵，魯兵不能抵當，漸漸奔散。鮑叔牙傳令：「有能獲魯侯者，賞以萬家之邑！」使軍中大聲傳呼。秦子急取魯侯繡字黃旗，偃之於地。梁子復取旗建於自車之上。秦子問其故。梁子曰：「吾將以誤齊也。」魯莊公見事急，跳下戎車，別乘軺車，微服而逃。秦子緊緊跟定，殺出重圍。甯越望見繡旗，伏於下道，認是魯君，麾兵圍之數重。梁子免胄以面示曰：「吾魯將也，吾君已去遠矣。」鮑叔牙知齊軍已全勝，鳴金收軍。仲孫湫獻戎輅❷，甯越獻梁子。齊侯命斬於軍前。齊

❷ 戎輅：兵車。

侯因王子成父、東郭牙兩路兵尚無下落，留甯越、仲孫湫屯於乾時，大軍奏凱先回。

再說管夷吾等管轄輜重，在於後營。聞前營戰敗，教召忽同公子糾守營，悉起兵車自來接應，正遇魯莊公，合兵一處。曹沫亦收拾殘車敗卒奔回。計點之時，十停已折其七。夷吾曰：「軍氣已喪，不可留矣！」乃連夜拔營而起。行不二日，忽見兵車連路，乃是王子成父、東郭牙，抄出魯兵之後。曹沫挺戟大呼曰：「主公速行，吾死於此。」顧秦子曰：「汝當助吾。」秦子便接住王子成父廝殺，曹沫便接住東郭牙廝殺。管夷吾保著魯莊公，召忽保著公子糾，奪路而行。有紅袍小將，追魯侯至急。魯莊公一箭，正中其額。又有一白袍者追來，莊公亦射殺之。齊兵稍卻。管仲教把輜重甲兵乘馬之類，連路委棄，恣齊兵搶掠，方纔得脫。曹沫左膊，復中一刀，尚刺殺齊軍無數，潰圍而出。秦子戰死於陣。史官論魯莊公乾時之敗，實為自取。有詩嘆云：

子糾本是仇人胤，何必勤兵往納之？若念深仇天不戴，助糾不若助無知。

魯莊公等脫離虎口，如漏網之魚，急急奔走。隰朋、東郭牙從後趕來，直追過汶水，將魯境內汶陽之田，盡侵奪之，設守而去。魯人不敢爭較。齊兵大勝而歸。

齊侯小白早朝，百官稱賀。鮑叔牙進曰：「子糾在魯，有管夷吾、召忽為輔，魯又助之，心腹之疾尚在，未可賀也。」齊侯小白曰：「為之奈何？」鮑叔牙曰：「乾時一戰，魯君臣膽寒矣。臣當統三軍之眾，壓魯境上，請討子糾，魯必懼而從也。」齊侯曰：「寡人請舉國以聽子。」鮑叔牙乃簡閱車馬，率領大軍，直至汶陽，清理疆界。遣公孫隰朋致書於魯侯曰：

外臣鮑叔牙百拜魯賢侯殿下：家無二主，國無二君。寡君已奉宗廟，公子糾欲行爭奪，非不二之誼也。寡君以兄弟之親，不忍加戮，願假手於上國。管仲、召忽，寡君之仇，請受而戮於太廟。

隰朋臨行，鮑叔牙囑之曰：「管夷吾天下奇才，吾言於君，將召而用之，必令無死。」隰朋曰：「倘魯欲殺之，如何？」鮑叔曰：「但提起射鉤之事，魯必信矣。」隰朋唯唯而去。魯侯得書，即召施伯。不知如何計議，再聽下回分解。

第十六回　釋檻囚鮑叔薦仲　戰長勺曹劌敗齊

卻說魯莊公得鮑叔牙之書，即召施伯計議曰：「向不聽子言，以致兵敗。今殺糾與存糾孰利？」施伯曰：「小白初立，即能用人，敗我兵於乾時，此非子糾之比也。況齊兵壓境，不如殺糾與之講和。」時公子糾與管夷吾、召忽俱在生竇。魯莊公使公子偃將兵襲之，殺公子糾，執召忽、管仲至魯。將納檻車，召忽仰天大慟曰：「為子死孝，為臣死忠，分也！忽將從子糾於地下，安能受桎梏之辱？」遂以頭觸殿柱而死。管夷吾曰：「自古人君，有死臣必有生臣。吾且生入齊國，為子糾白冤。」便束身入檻車之中。施伯私謂魯莊公曰：「臣觀管子之容，似有內援，必將不死。此人天下奇才，若不死，必大用於齊，必霸天下。魯自此奉奔走矣。君不如請於齊而生之。管子生，則必德我。德我而為我用，齊不足慮也！」莊公曰：「齊君之仇，而我留之，雖殺糾，怒未解也。」施伯曰：「君以為不可用，不如殺之，以其屍授齊。」莊公曰：「善！」公孫隰朋聞魯將殺管夷吾，疾趨魯庭，來見莊公曰：「夷吾射寡君中鉤，寡君恨之切骨，欲親加刃，以快其志。若以屍還，猶不殺也。」莊公信其言，遂囚夷吾。並函封子糾、召忽之首，交付隰朋。隰朋稱謝而行。

卻說管夷吾在檻車之中，已知鮑叔牙之謀。誠恐施伯智士，雖然釋放，倘或翻悔，重加追還，吾命休矣。心生一計，製成黃鵠之詞，教役人歌之。詞曰：

黃鵠黃鵠戢其翼，縶其足，不飛不鳴兮籠中伏。高天何跼兮，厚地何蹐！丁陽九兮逢百六，引頸長呼兮，繼之以哭！　黃鵠黃鵠，天生汝翼兮能飛，天生汝足兮能逐。遭此羅網兮誰與贖？一朝破樊而出兮，吾不知其升衢而漸陸。嗟彼弋人兮，徒傍觀而躑躅！

役人既得此詞，且歌且走，樂而忘倦。車馳馬奔，計一日得兩日之程，遂出魯境。魯莊公果然追悔，使公子偃追之，不及而返。夷吾仰天嘆曰：「吾今日乃更生也！」行至堂阜，鮑叔牙先往。見夷吾如獲至寶。迎之入館曰：「仲幸無恙！」即命破檻出之。夷吾曰：「非奉君命，未可擅脫。」鮑叔牙曰：「無傷也。吾行且薦子。」夷吾曰：「吾與召忽同事子糾，既不能奉以君位，又不能死於其難。臣節已虧矣，況復反面而事仇人！召忽有知，將笑我於地下。」鮑叔牙曰：「成大事者不恤小恥，立大功者不拘小諒。子有治天下之才，未遇其時。主公志大識高，若得子為輔，以經營齊國，霸業不足道也。功高天下，名顯諸侯。孰與守匹夫之節，成無益之事哉！」夷吾嘿然不語。乃解其束縛，留之於堂阜。鮑叔遂回臨淄見桓公，先弔後賀。桓公曰：「何弔也？」鮑叔牙曰：「子糾，君之兄也。君為國滅親，誠非得已，臣敢不弔？」桓公曰：「雖然，何以賀寡人？」鮑叔牙曰：「管子天下奇才，非召忽比也。臣已生致之。君得一賢相，臣敢不賀？」桓公曰：「夷吾射寡人中鉤，其矢尚在。寡人每戚戚於心，得食其肉不厭，況可用乎？」鮑叔牙曰：「臣人者各為其主。射鉤之時，知有糾不知有君。君若用之，當為君射天下，豈特一人之鉤哉？」桓公曰：「寡人姑聽之，赦勿誅。」鮑叔牙乃迎管夷吾至於其家，朝夕談論。

卻說齊桓公修援立之功，高國世卿，皆加采邑。欲拜鮑叔牙為上卿，任以國政。鮑叔牙曰：「君加惠於臣，使不凍餒，則君之賜也。至於治國家，則非臣之所能也。」桓公曰：「寡人知卿，卿不可辭。」鮑叔牙曰：「所謂知臣者，小心敬慎，循禮守法而已。此具臣之事，非治國家之才也。夫治國家者，內安百姓，外撫四夷。勳加於王室，澤布於諸侯。國有泰山之安，君享無疆之福。功垂金石，名播千秋。此帝臣王佐之任，臣何以堪之？」桓公不覺欣然動色，促膝而前曰：「如卿所言，當今亦有其人否？」鮑叔牙曰：「君不求其人則已，必求其人，其管夷吾乎？臣所不若夷吾者有五：寬柔惠民，弗若也；治國家不失其柄，弗若也；忠信可結於百姓，弗若也；制禮義可施於四方，弗若也；執枹鼓立於軍門，使百姓敢戰無退，弗若也。」桓公曰：「卿即召來，寡人將叩其所學。」鮑叔牙曰：「臣聞賤不能臨貴，貧不能役富，疏不能制親。君欲用夷吾，非置之相位，厚其祿秩，隆以父兄之禮不可。夫相者，君之亞也。相而召之，是輕之也。相輕則君亦輕。夫非常之人，必待以非常之禮。君其卜日而郊迎之，四方聞君之尊賢禮士而不計私仇，誰不思效用於齊者？」桓公曰：「寡人聽子。」乃命太卜❶擇吉日，郊迎管子。鮑叔牙仍送管夷吾於郊外公館之中。至期，三浴而三釁❷之。衣冠袍笏，比於上大夫。桓公親自出郊迎之，與之同載入朝。百姓觀者如堵，無不駭然。史官有詩云：

爭賀君侯得相臣，誰知即是檻車人？只因此日捐私忿，四海欣然號霸君。

管夷吾已入朝，稽首謝罪。桓公親手扶起，賜之以坐。夷吾曰：「臣乃俘戮之餘，得蒙宥死，實為

---

❶ 太卜：古代卜筮官之長。

❷ 三浴三釁：三次用香料塗身，三次沐浴，以表示待人極有禮貌、誠意與尊重。

萬幸！敢辱過禮？」桓公曰：「寡人有問於子，子必坐，然後敢請。」夷吾再拜就坐。桓公曰：「齊千乘之國，先僖公威服諸侯，號為小霸。自先襄公政令無常，遂搆大變。寡人獲主社稷，人心未定，國勢不張。今欲修理國政，立綱陳紀，其道何先？」夷吾對曰：「禮義廉恥，國之四維。四維不張，國乃滅亡。今日君欲立國之綱紀，必張四維，以使其民。則紀綱立而國勢振矣。」桓公曰：「如何而能使民？」夷吾對曰：「欲使民者，必先愛民，而後有以處之。」桓公曰：「愛民之道若何？」對曰：「公修公族，家修家族，相連以事，相及以祿，則民相親矣。赦舊罪，修舊宗，立無後，則民殖矣。省刑罰，薄稅斂，則民富矣。卿建賢士，使教於國，則民有禮矣。出令不改，則民正矣。此愛民之道也。」桓公曰：「愛民之道既行，處民之道若何？」對曰：「士農工商，謂之四民。士之子常為士，農之子常為農，工商之子常為工商；習焉安焉，不遷其業，則民自安矣。」桓公曰：「民既安矣，甲兵不足，奈何？」對曰：「欲足甲兵，當制贖刑。重罪贖以犀甲一戟。輕罪贖以鞼盾一戟。小罪分別入金。疑罪則宥之。訟理相對者，令納束矢，許其平。金既聚矣，美者以鑄劍戟，試諸犬馬。惡者以鑄鉏夷斤斸，試諸壤土。」桓公曰：「甲兵既定，財用不足，如何？」對曰：「銷山為錢，煮海為鹽，其利通於天下。因收天下百物之賤者而居之，以時貿易。為女閭三百，以安行商，商旅如歸，百貨駢集，因而稅之，以佐軍興。如是而財用可足矣。」桓公曰：「財用既足，然軍旅不多，兵勢不振，如何而可？」對曰：「兵貴於精，不貴於多。強於心，不強於力。君若正卒伍，修甲兵，天下諸侯皆將正卒伍，修甲兵，臣未見其勝也。君若強兵，莫若隱其名而修其實。臣請作內政，而寄之以軍令焉。」桓公曰：「內政若何？」對曰：「內政之法，制國以為二十一鄉。工商之鄉六，士之鄉十五。工商足財，士足兵。」桓公曰：「何以足兵？」

對曰：「五家為軌，軌為之長。十軌為里，里設有司。四里為連，連為之長。十連為鄉，鄉有良人焉。即以此為軍令。五家為軌，故五人為伍，軌長率之。十軌為里，故五十人為小戎，里有司率之。四里為連，故二百人為卒，連長率之。十連為鄉，故二千人為旅，鄉良人率之。五鄉立一師，故萬人為一軍，五鄉之師率之。十五鄉出三萬人，以為三軍。君主中軍，高、國二子，各主一軍。四時之隙，從事田獵。春曰蒐，以索不孕之獸。夏曰苗，以除五穀之災。秋曰獮，行殺以順秋氣。冬曰狩，圍守以告成功。使民習於武事。是故軍伍整於里，軍旅整於郊。內教既成，勿令遷徙。伍之人祭祀同福，死葬同恤。人與人相儔，家與家相儔。世同居，少同游。故夜戰聲相聞，足以不乖。晝戰目相識，足以不散。其歡欣足以相死。居則同樂，死則同哀。守則同固，戰則同強。有此三萬人，足以橫行於天下。」桓公曰：「兵勢既強，可以征天下諸侯乎？」對曰：「未可也。周室未屏，鄰國未附。君欲從事於天下諸侯，莫若尊周而親鄰國。」桓公曰：「其道若何？」對曰：「審吾疆埸，而反其侵地，重為皮幣以聘問，而勿受其貲。則四鄰之國親我矣。請以遊士八十人，奉之以車馬衣裘，多其貲帛，使周遊於四方，以號召天下之賢士。又使人以皮幣玩好，鬻行四方，以察其上下之所好。擇其瑕者而攻之，可以益地；擇其淫亂簒弒者而誅之，可以立威。如此，則天下諸侯皆相率而朝於齊矣。然後率諸侯以事周，使修職貢，則王室尊矣。方伯之名，君雖欲辭之，不可得也。」桓公與管夷吾連語三日三夜，字字投機，全不知倦。桓公大悅。乃復齋戒三日，告於太廟，欲拜管夷吾為相。夷吾辭而不受。桓公曰：「吾納子之伯策，欲成吾志，故拜子為相，何為不受？」對曰：「臣聞大廈之成，非一木之材也；大海之潤，非一流之歸也。君必欲成其大志，則用五傑。」桓公曰：「五傑為誰？」對曰：「升降揖遜，進退閑習，辨辭之剛柔，臣不如隰朋；請立為大司行。墾草萊，闢土地，聚粟眾多，盡地之利，臣不如甯越；請立為大司田。平原廣牧，車不結轍，士不旋踵，鼓之而三軍之士視死如歸，臣不如王子成父；請立為大司馬。決獄執中，不殺無辜，不誣無罪，臣不如賓須無；請立為大司理。犯君顏色，進諫必忠，不避死亡，不撓富貴，臣不如東郭牙；請立為大諫之官。君若欲治國強兵，則五子者存矣。君欲霸王，臣雖不才，強成君命，以效區區。」桓公遂拜管夷吾為相國，賜以國中市租一年。其隰朋以下五人，皆依夷吾所薦，一一拜官，各治其事。遂懸榜國門，凡所奏富強之業，次第盡舉而行之。他日，桓公又問於管夷吾曰：「寡人不幸而好田，又好色，得毋害於霸乎？」夷吾對曰：「無害也。」桓公曰：「然則何為而害霸？」夷吾對曰：「不用賢，害霸；知賢而不用，害霸；用而不任，害霸；任而復以小人參之，害霸。」桓公曰：「善。」於是專任夷吾，尊其號曰仲父，恩禮在高、國之上。「國有大政，先告仲父，次及寡人。有所施行，一憑仲父裁決。」又禁國人語言，不許犯夷吾之名。不問貴賤，皆稱仲。蓋古人以稱字為敬也。

* * *

卻說魯莊公聞齊國拜管仲為相，大怒曰：「悔不從施伯之言，反為孺子所欺！」乃簡車蒐乘，謀伐齊以報乾時之仇。齊桓公聞之，謂管仲曰：「孤新嗣位，不欲頻受干戈，請先伐魯何如？」管仲對曰：「軍政未定，未可用也。」桓公不聽。遂拜鮑叔牙為將，率師直犯長勺。魯莊公問於施伯曰：「齊欺吾太甚，何以禦之？」施伯曰：「臣薦一人，可以敵齊。」莊公曰：「卿所薦何人？」施伯對曰：「臣識一人，姓曹名劌，隱於東平之鄉，從未出仕。其人真將相之才也。」莊公命施伯往招之。劌笑曰：「肉食者無謀，乃謀及藿食耶？」施伯曰：「藿食能謀，行且肉食矣。」遂同見莊公。莊公問曰：「何以戰齊？」曹劌曰：「兵事臨機制勝，不可預言。願假臣一乘，使得預謀於行間。」莊公喜其言，與之共載，直趨長勺。鮑叔牙聞魯侯引兵而來，乃嚴陣以待。莊公亦列陣相持。鮑叔牙因乾時得勝，有輕魯之心。下令：「擊鼓進兵，先陷者重賞！」莊公聞鼓聲震地，亦教鳴鼓對敵。曹劌止之曰：「齊師方銳，宜靜以待之。」傳令軍中：「有敢喧譁者斬！」齊兵來衝魯陣，陣如鐵桶，不能衝動，只得退後。少頃，對陣鼓聲又震，魯軍寂如不聞。齊師又退。鮑叔牙曰：「魯怯戰耳。再鼓之，必走。」曹劌又聞鼓響，謂莊公曰：「敗齊此其時矣！可速鼓之！」——論魯是初次鳴鼓，論齊已是第三通鼓了。——齊兵見魯兵兩次不動，以為不戰，都不在意了。誰知鼓聲一起，突然而來。刀砍箭射，勢如疾雷不及掩耳，殺得齊兵七零八落，大敗而奔。莊公欲行追逐。曹劌曰：「未可也。臣當察之。」乃下車，將齊兵列陣之處，周圍看了一遍。復登車軾遠望。良久曰：「可追矣！」莊公乃驅車而進，追三十餘里方還。所獲輜重甲兵無算。不知後事如何，再看下回分解。

第十七回 宋國納賂誅長萬 楚王杯酒虜息媯

話說魯莊公大敗齊師，乃問於曹劌曰：「卿何以一鼓而勝三鼓，有說乎？」曹劌曰：「夫戰，以氣為主。氣勇，則勝。氣衰，則敗。鼓所以作氣也。一鼓氣方盛，再鼓則氣衰，三鼓則氣竭。吾不鼓，以養三軍之氣。彼三鼓而已竭，我一鼓而方盈。以盈禦竭，不勝何為？」莊公曰：「齊師既敗，始何所見而不追？繼何所見而追？請言其故。」曹劌曰：「齊人多詐，恐有伏兵，其敗走未可信也。吾視其轍跡縱橫，軍心已亂；又望其旌旗不整，急於奔馳。是以逐之。」莊公曰：「卿可謂知兵矣！」乃拜為大夫。厚賞施伯薦賢之功。髯翁有詩云：

強齊壓境舉朝憂，帷幄誰知握勝籌？莫怪邊庭捷報杳，繇來肉食少佳謀。

時周莊王十三年之春。齊師敗歸，桓公怒曰：「兵出無功，可以服諸侯乎？」鮑叔牙曰：「齊、魯皆千乘之國，勢不相下，以主客為強弱。昔乾時之戰，我為主，是以勝魯。今長勺之戰，魯為主，是以敗於魯。臣願以君命乞師於宋。齊、宋同兵，可以得志。」桓公許之。乃遣使行聘於宋，請出宋師。宋閔公捷，自齊襄公時，兩國時常共事。今聞小白即位，正欲通好，遂訂師期，以夏六月初旬，兵至郎城相會。至期，宋使南宮長萬為將，猛獲副之。齊使鮑叔牙為將，仲孫湫副之。各統大兵，集於郎城。齊軍於東北，宋軍於東南。魯莊公曰：「鮑叔牙挾忿而來，加以宋助，南宮長萬有觸山舉鼎之力，吾國無其對手。兩軍並峙，互為犄角，何以禦之？」大夫公子偃進曰：「容臣自出覘其軍。」還報曰：「鮑叔牙有戒心，軍容甚整。南宮長萬自恃其勇，以為無敵，其行伍雜亂。倘自雩門竊出，掩其不備，宋可敗也。宋敗，齊不能獨留矣。」莊公曰：「汝非長萬敵也。」公子偃曰：「臣請試之。」莊公曰：「寡人自為接應。」公子偃乃以虎皮百餘，冒於馬上。乘月色朦朧，偃旗息鼓，開雩門而出。將近宋營，宋兵全然不覺。公子偃命軍中舉火，一時金鼓喧天，直前衝突。火光之下，遙見一隊猛虎咆哮。宋營人馬，無不股慄，四下驚皇，爭先馳奔。南宮長萬雖勇，爭奈❶車徒先散，只得驅車而退。魯莊公後隊已到，合兵一處，連夜追逐。到乘邱地方，南宮長萬謂猛獲曰：「今日必須死戰，不然不免。」猛獲應聲而出，剛遇公子偃，兩下對殺。南宮長萬挺著長戟，直撞入魯侯大軍，逢人便刺。魯兵懼其驍勇，無敢近前。莊公謂戎右❷歂孫生曰：「汝素以力聞，能與長萬決一勝負乎？」歂孫生亦挺大戟，逕尋長萬交鋒。莊公登軾望之，見歂孫生戰長萬不下，顧左右曰：「取我金僕姑來！」——金僕姑者，魯軍府之勁矢也。——左右捧矢以進。莊公搭上弓弦，覷得長萬親切，颼的一箭，正中右肩，深入於骨。長萬用手拔箭，歂孫生乘其手慢，復儘力一戟，刺透左股。長萬倒撞於地，急欲掙扎，被孫生跳下車來，雙手緊緊按定。眾軍一擁上前擒住。猛獲見主將被擒，棄車而逃。魯莊公大獲全勝，鳴金收軍。歂孫生解長萬獻功。長萬肩股被創，尚能挺立，毫無痛楚之態。莊公愛其勇，厚禮待之。鮑叔牙知宋師失利，全軍而返。

---

❶ 爭奈：無奈。

❷ 戎右：周代陪乘之官。出軍或田獵時，坐君主之右，執武器、擔任保衛工作。

是年，齊桓公遣大行隰朋，告即位於周，且求婚焉。明年，周使魯莊公主婚，將王姬下嫁於齊。徐、蔡、衛各以其女來媵。因魯有主婚之勞，故此齊、魯復通。各捐兩敗之辱，約為兄弟。其秋，宋大水。魯莊公曰：「齊既通好，何惡於宋？」使人弔之。宋感魯恤災之情，亦遣人來謝，因請南宮長萬。魯莊公釋之歸國。自此三國和好，各消前隙。髯仙有詩曰：

乾時長勺互雄雌，又見乘邱覆宋師。勝負無常終有失，何如修好兩無危！

* * *

卻說南宮長萬歸宋，宋閔公戲之曰：「始吾敬子，今子魯囚也，吾弗敬子矣。」長萬大慚而退。大夫仇牧私諫閔公曰：「君臣之間，以禮相交，不可戲也。戲則不敬，不敬則慢。慢而無禮，悖逆將生。君必戒之。」閔公曰：「孤與長萬習狎，無傷也。」

再說周莊王十五年，王有疾，崩。太子胡齊立，是為僖王。訃告至宋，時宋閔公與宮人遊於蒙澤，使南宮長萬擲戟為戲。——原來長萬有一絕技，能擲戟於空中，高數丈，以手接之，百不失一。宮人欲觀其技，所以閔公召長萬同遊。——長萬奉命耍弄了一回。宮人都誇獎不已。閔公微有妒恨之意，命內侍取博局，與長萬決賭，以大金斗盛酒為罰。這博戲卻是閔公所長。長萬連負五局，罰酒五斗，已醉到八九分地位了。心中不服，再請覆局。閔公曰：「囚乃常敗之家，安敢復與寡人賭勝？」長萬心懷慚忿，嘿嘿無言。忽宮侍報道：「周王有使命到。」閔公問其來意。乃是報莊王之喪，且告立新君。閔公曰：「周已更立新王，即當遣使弔賀。」長萬奏曰：「臣未睹王都之盛，願奉使一往。」閔公笑曰：「宋國即無人，何至以囚奉使？」宮人皆大笑。長萬面頰發赤，羞變成怒，兼乘酒醉，一時性起，不顧君臣之分，大罵曰：「無道昏君！汝知囚能殺人乎？」閔公亦怒曰：「賊囚怎敢無禮！」便去搶長萬之戟，欲以刺之。長萬也不來奪戟，逕提博局，把閔公打倒，再復揮拳，嗚呼哀哉！閔公死於長萬拳下。宮人驚散。長萬怒氣猶勃勃未息，提戟步行。及於朝門，遇大夫仇牧。問：「主公何在？」長萬曰：「昏君無禮，吾已殺之矣！」仇牧笑曰：「將軍醉耶？」長萬曰：「吾非醉，乃實話也。」遂以手中血污示之。仇牧勃然變色，大罵：「弒逆之賊，天理不容！」便舉笏來擊長萬。怎當得長萬有力如虎，擲戟於地，以手來迎。左手將笏打落，右手一揮，正中其頭。頭如虀粉。齒折，隨手躍去，嵌入門內三寸。真絕力也！仇牧已死，長萬乃拾起畫戟，緩步登車，傍若無人。宋閔公即位共十年，只因一句戲言，遂遭逆臣毒手。春秋世亂，視弒君不啻割雞。可嘆，可嘆！史臣有仇牧贊云：

世降道斁，綱常掃地。堂廉不隔，君臣交戲。君戲以言，臣戲以戟。壯哉仇牧！以笏擊賊。不畏強禦，忠肝瀝血。死重泰山，名光日月。

太宰華督聞變，挺劍登車，將起兵討亂。行至東宮之西，正遇長萬。長萬並不交言，一戟刺去，華督墜於車下，又復一戟殺之。遂奉閔公之從弟公子游為君，盡逐戴、武、宣、穆、莊之族，群公子出奔蕭。公子御說奔亳。長萬曰：「御說文而有才，且君之嫡弟，今在亳必有變。若殺御說，群公子不足慮也。」乃使其子南宮牛同猛獲率師圍亳。

冬十月，蕭叔大心率戴、武、宣、穆、莊五族之眾，又合曹國之師救亳。公子御說悉起亳人，開城接應。內外夾攻，南宮牛大敗被殺。宋兵盡降於御說。猛獲不敢回宋，逕投衛國去了。戴叔皮獻策於御說，即用降兵旗號，假稱南宮牛等已克亳邑，擒了御說，得勝回朝。先使數人一路傳言。南宮長萬信之，不做准備。群公子兵到，賺開城門，一擁而入。只叫：「單要拿逆賊長萬一人，餘人勿得驚慌！」長萬倉忙無計，急奔朝中，欲奉子游出奔。見滿朝俱是甲士填塞，有內侍走出，言：「子游已被眾軍所殺。」長萬長嘆一聲，思列國惟陳與宋無交，欲待奔陳。又想家有八十餘歲老母，嘆曰：「天倫不可棄也！」復翻身❸至家，扶母登輦。左手挾戟，右手推輦而行。斬門而出，其行如風，無人敢攔阻者。宋國至陳，相去二百六十餘里。長萬推輦，一日便到。如此神力，古今罕有。

卻說群公子既殺子游，遂奉公子御說即位，是為桓公。拜戴叔皮為大夫。選五族之賢者為公族大夫。蕭叔大心仍歸守蕭。遣使往衛，請執猛獲。再遣使往陳，請執南宮長萬。公子目夷時止五歲，侍於宋桓公之側。笑曰：「長萬不來矣。」宋公曰：「童子何以知之？」目夷曰：「勇力人所敬也。宋之所棄，陳必庇之。空手而行，何愛於我？」宋公大悟，乃命賫重寶以賂之。

先說宋使至衛，衛惠公問於群臣曰：「與猛獲與不與，孰便？」群臣皆曰：「人急而投我，奈何棄之？」大夫公孫耳諫曰：「天下之惡一也。宋之惡猶衛之惡，留一惡人於衛，何益？況衛、宋之好舊矣。不遣獲，宋必怒。庇一人之惡，而失一國之歡，非計之善也。」衛侯曰：「善！」乃縛猛獲以畀宋。再說宋使至陳，以重寶獻於陳宣公。宣公貪其賂，許送長萬。又慮長萬絕力難制，必須以計困之。乃使公子結謂長萬曰：「寡君得吾子，猶獲十城。宋人雖百請，猶不從也。寡君恐吾子見疑，使結布腹心。如

❸ 翻身：轉身。

以陳國褊小，更適大國，亦願從容數月，為吾子治車乘。」長萬泣曰：「君能容萬，萬又何求？」公子結乃攜酒為歡，結為兄弟。明日，長萬親至公子結之家稱謝。公子結復留款。酒半，大出婢妾勸酬。長萬歡飲大醉，臥於坐席。公子結使力士以犀革包裹，用牛筋束之。並囚其老母，星夜傳至於宋。至半路，長萬方醒。奮身蹴踏，革堅縛固，終不能脫。將及宋城，犀革俱被掙破，手足皆露於外。押送軍人，以槌擊之，脛骨俱折。宋桓公命與猛獲一同綁至市曹，剁為肉泥。使庖人治為醢，遍賜群臣曰：「人臣有不能事君者，視此醢矣！」八十歲老母，亦並誅之。髯翁有詩嘆曰：

可惜赳赳力絕倫，但知母子昧君臣！到頭應戮難追悔，好諭將來造逆人。

宋桓公以蕭叔大心有救亳之功，升蕭為附庸，稱大心為蕭君。念華督死難，仍用其子家為司馬。自是華氏世為宋大夫。

*　*　*

再說齊桓公自長勺大挫之後，深悔用兵。乃委國管仲，日與婦人飲酒為樂。有以國事來告者。桓公曰：「何不告仲父？」時有豎貂者，乃桓公之幸童。因欲親近內庭，不便往來，乃自宮以進。桓公憐之，寵信愈加，不離左右。又齊之雍邑人名巫者，謂之雍巫，字易牙，為人多權術，工射御，兼精於烹調之技。一日，衛姬病，易牙和五味以進。衛姬食之而愈，因愛近之。易牙又以滋味媚豎貂，貂薦之於桓公。桓公召易牙而問曰：「汝善調味乎？」對曰：「然。」桓公戲曰：「寡人嘗鳥獸蟲魚之味幾遍矣。所不知者，人肉味何如耳？」易牙既退，及午膳，獻蒸肉一盤，嫩如乳羊，而甘美過之。桓公食之盡，問易牙曰：「此何肉，而美至此？」易牙跪而對曰：「此人肉也。」桓公大驚，問：「何從得之？」易牙曰：「臣之長子三歲矣。臣聞忠君者不有其家。君未嘗人味，臣故殺子以適君之口。」桓公曰：「子退矣！」桓公以易牙為愛己，亦寵信之。衛姬復從中稱譽。自此豎貂、易牙，內外用事，陰忌管仲。至是豎貂與易牙合詞進曰：「聞君出令，臣奉令。今君一則仲父，二則仲父，齊國疑於無君矣！」桓公笑曰：「寡人於仲父，猶身之有股肱也。有股肱方成其身，有仲父方成其君。爾等小人何知？」二人乃不敢再言。管仲秉政三年，齊國大治。髯仙有詩云：

疑人勿用用無疑，仲父當年獨制齊。都似桓公能信任，貂、巫百口亦何為？

* * *

是時楚方強盛，滅鄧克權，服隨敗鄖，盟絞役息。凡漢東小國，無不稱臣納貢。惟蔡恃與齊侯婚姻，中國諸侯通盟同兵，未曾服楚。至文王熊貲，稱王已及二世。有鬭祈、屈重、鬭伯比、薳章、鬭廉、鬻拳諸人為輔，虎視漢陽，漸有侵軼中原之意。

卻說蔡哀侯獻舞，與息侯同娶陳女為夫人。蔡娶在先，息娶在後。息夫人媯氏，有絕世之貌，因歸甯於陳，道經蔡國。蔡哀侯曰：「吾姨至此，豈可不一相見？」乃使人要至宮中款待。語及戲謔，全無敬客之意。息媯大怒而去。及自陳返息，遂不入蔡國。息侯聞蔡侯怠慢其妻，思以報之。乃遣使入貢於楚，因密告楚文王曰：「蔡恃中國，不肯納款。若楚兵加我，我因求救於蔡，蔡君勇而輕，必然親來相救。我因與楚合兵攻之，獻舞可虜也。既虜獻舞，不患蔡不朝貢矣。」楚文王大喜，乃興兵伐息。息侯求救於蔡。蔡哀侯果起大兵，親來救息。安營未定，楚伏兵齊起，哀侯不能抵當，急走息城。息侯閉門不納，乃大敗而走。楚兵從後追趕，直至莘野，活虜哀侯歸國。息侯大犒楚軍，送楚文王出境而返。蔡哀侯始知中了息侯之計，恨之入骨。楚文王回國，欲殺蔡哀侯烹之，以饗太廟。鬻拳諫曰：「王方有事中原，若殺獻舞，諸侯皆懼矣。不如歸之，以取成焉。」再四苦諫，楚文王只是不從，鬻拳憤氣勃發，乃左手執王之袖，右手拔佩刀擬王曰：「臣當與王俱死，不忍見王之失諸侯也！」楚王懼，連聲曰：「孤聽汝！」遂捨蔡侯。鬻拳曰：「王幸聽臣言，楚國之福。然臣而劫君，罪當萬死，請伏斧鑕。」楚王曰：「卿忠心貫日，孤不罪也。」鬻拳曰：「王雖赦臣，臣何敢自赦？」即以佩刀自斷其足，大呼曰：「人臣有無禮於君者，視此！」楚王命藏其足於大府，以識孤違諫之過。使醫人療治鬻拳之病，雖愈不能行走。楚王使為大閽，以掌城門。尊之曰太伯。遂釋蔡侯歸國，大排筵席，為之餞行。席中盛張女樂。有彈箏女子，儀容秀麗。楚王指謂蔡侯曰：「此女色技俱勝，可進一觴。」即命此女以大觥送蔡侯。蔡侯一飲而盡，還斟大觥，親為楚王壽。楚王笑曰：「君生平所見有絕世美色否？」蔡侯想起息侯導楚敗蔡之仇，乃曰：「天下女色，未有如息嬀之美者，真天人也！」楚王曰：「其色何如？」蔡侯曰：「目如秋水，臉似桃花，長短適中，舉動生態。目中未見其二！」楚王曰：「寡人得一見息夫人，死不恨矣！」蔡侯曰：「以君之威，雖齊姬、宋子致之不難，何況宇下一婦人乎？」楚王大悅。是日盡歡而散。蔡侯遂辭歸本國。

楚王思蔡侯之言，欲得息嬀。假以巡方為名，來至息國。息侯迎謁道左，極其恭敬。親自闢除館舍，設大饗於朝堂。息侯執爵而前，為楚王壽。楚王接爵在手，微笑而言曰：「昔者寡人曾效微勞於君夫人，今寡人至此，君夫人何惜為寡人進一觴乎？」息侯懼楚之威，不敢違拒，連聲唯唯。即時傳語宮中。不一時，但聞環珮之聲，夫人媯氏盛服而至。別設氈褥，再拜稱謝。楚王答禮不迭。媯氏取白玉巵，滿斟以進。素手與玉色相映。楚王視之，大驚。果然天上徒聞，人間罕見！便欲以手親接其巵。那媯氏不慌不忙，將巵遞與宮人，轉遞楚王。楚王一飲而盡。媯氏復再拜請辭回宮。楚王心念息媯，反未盡歡。席散歸館，寢不能寐。次日，楚王亦設享於館舍，名為答禮，暗伏兵甲。息侯赴席。酒至半酣，楚王假醉，謂息侯曰：「寡人有大功於君夫人，今三軍在此，君夫人不能為寡人一犒勞乎？」息侯辭曰：「敝邑褊小，不足以優從者。容與寡小君圖之。」楚王拍案曰：「匹夫背義，敢巧言拒我？左右何不為我擒下！」息侯正待分訴，伏兵猝起。薳章、鬬丹二將，就席間擒息侯而縶之。楚王自引兵逕入息宮來尋息媯。息媯聞變，嘆曰：「引虎入室，吾自取也！」遂奔入後園中，欲投井而死。被鬬丹搶前一步，牽住衣裙曰：「夫人不欲全息侯之命乎？何為夫婦俱死？」息媯嘿然。鬬丹引見楚王。楚王以好言撫慰，許以不殺息侯，不斬息祀。遂即軍中立息媯為夫人，載以後車；以其臉似桃花，又曰桃花夫人。今漢陽府城外有桃花洞，上有桃花夫人廟，即息媯也。唐人杜牧有詩云：

> 細腰宮裡露桃新，脈脈無言幾度春？畢竟息亡緣底事？可憐金谷墜樓人！

楚王安置息侯於汝水，封以十家之邑，使守息祀。息侯忿鬱而死。楚之無道，至此極矣。要知後事，且看下回分解。

第十八回　曹沫手劍劫齊侯　桓公舉火爵甯戚

周釐王元年，春正月，齊桓公設朝。群臣拜賀已畢，問管仲曰：「寡人承仲父之教，更張國政。今國中兵精糧足，百姓皆知禮義，意欲立盟定伯，何如？」管仲對曰：「當今諸侯，強於齊者甚眾，南有荊、楚，西有秦、晉。然皆自逞其雄，不知尊奉周王，所以不能成霸。周雖衰微，乃天下之共主。東遷以來，諸侯不朝，不貢方物，故鄭伯射桓王之肩，五國拒莊王之命。遂令列國臣子，不知君父。熊通僭號，宋、鄭弒君，習為故然，莫敢征討。今莊王初崩，新王即位。宋國近遭南宮長萬之亂，賊臣雖戮，宋君未定。君可遣使朝周，請天子之旨，大會諸侯，立定宋君。宋君一定，然後奉天子以令諸侯。內尊王室，外攘四夷。列國之中，衰弱者扶之，強橫者抑之，昏亂不共命者，率諸侯討之。海內諸侯皆知我之無私，必相率而朝於齊。不動兵車而霸可成矣。」桓公大悅。於是遣使至洛陽朝賀釐王，因請奉命為會，以定宋君。釐王曰：「伯舅不忘周室，朕之幸也。泗上諸侯，惟伯舅左右之。朕豈有愛焉？」使者回報桓公，桓公遂以王命，布告宋、魯、陳、蔡、衛、鄭、曹、邾諸國，約以三月朔日，共會北杏之地。桓公問管仲曰：「此番赴會，用兵車多少？」管仲曰：「君奉王命以臨諸侯，安用兵車？請為衣裳之會。」桓公曰：「諾。」乃使軍士先築壇三層，高起三丈。左懸鐘，右設鼓。先陳天子虛位於上，旁設反坫，玉帛器具，加倍整齊。又預備館舍數處，悉要高敞合式。

至期，宋桓公御說先到，與齊桓公相見，謝其定位之意。次日，陳宣公杵臼、邾子克二君繼到。蔡哀侯獻舞恨楚見執，亦來赴會。四國見齊無兵車，相顧曰：「齊侯推誠待人，一至於此！」乃各將兵車退在二十里之外。時二月將盡，桓公謂管仲曰：「諸侯未集，改期待之如何？」管仲曰：「語云：『三人成眾。』今至者四國，不為不眾矣！若改期，是無信也。待而不至，是辱王命也。初合諸侯，而以不信聞，且辱王命，何以圖霸？」桓公曰：「盟乎？會乎？」管仲曰：「人心未一，俟會而不散，乃可盟耳。」桓公曰：「善！」

三月朔，昧爽，五國諸侯，俱集於壇下。相見禮畢，桓公拱手告諸侯曰：「王政久廢，叛亂相尋。孤奉周天子之命，會群公以匡王室。今日之事，必推一人為主，然後權有所屬，而政令可施於天下。」諸侯紛紛私議，欲推齊，則宋爵上公，齊止稱侯，尊卑有序；欲推宋，則宋公新立，賴齊定位，未敢自尊，事在兩難。陳宣公杵臼越席言曰：「天子以糾合之命，屬諸齊侯，誰敢代之？宜推齊侯為盟會之主。」諸侯皆曰：「非齊侯不堪此任，陳侯之言是也。」桓公再三謙讓，然後登壇。齊侯為主，次宋公，次陳侯，次蔡侯，次邾子。排列已定，鳴鐘擊鼓，先於天子位前行禮，然後交拜，敘兄弟之情。仲孫湫捧約簡一函，跪而讀之曰：「某年月日，齊小白、宋御說、陳杵臼、蔡獻舞、邾克，以天子命會於北杏，共獎王室，濟弱扶傾。有敗約者，列國共征之！」諸侯拱手受命。論語稱：「桓公九合諸侯。」此其第一會也。髯翁有詩云：

濟濟冠裳集五君，臨淄事業赫然新。局中先著誰能識？只為推尊第一人。

諸侯獻酬甫畢，管仲歷階而上曰：「魯、衛、鄭、曹，故違王命，不來赴會，不可不討。」齊桓公舉手向四君曰：「敝邑兵車不足，願諸君同事。」陳、蔡、邾三君齊聲應曰：「敢不率敝賦以從！」惟宋桓公嘿然。

是晚，宋公回館，謂大夫戴叔皮曰：「齊侯妄自尊大，越次主會，便欲調遣各國之兵，將來吾國且疲於奔命矣！」叔皮曰：「諸侯從違相半，齊勢未集。若征服魯、鄭，霸業成矣。齊之霸，非宋福也。與會四國，惟宋為大。宋不從兵，三國亦將解體。況吾今日之來，止欲得王命以定位耳。已列於會，又何俟焉？不如先歸。」宋公從其言，遂於五更登車而去。

齊桓公聞宋公背會逃歸，大怒，欲遣仲孫湫追之。管仲曰：「追之非義，可請王師伐之，乃為有名。然事更有急於此者。」桓公曰：「何事更急於此？」管仲曰：「宋遠而魯近，且王室宗盟，不先服魯，何以服宋？」桓公曰：「伐魯當從何路？」管仲曰：「濟之東北有遂者，乃魯之附庸，國小而弱，纔四姓耳。若以重兵壓之，可不崇朝而下。遂下，魯必悚懼。然後遣一介之使，責其不會，再遣人通信於魯夫人。魯夫人欲其子親厚於外家，自當極力慫恿。魯侯內迫母命，外怵兵威，必將求盟。俟其來求，因而許之。平魯之後，移兵於宋，臨以王臣，此破竹之勢也。」桓公曰：「善！」乃親自率師至遂城，一鼓而下，因駐兵於濟水。魯莊公果懼，大集群臣問計。公子慶父曰：「齊兵兩至吾國，未嘗得利。臣願出兵拒之。」班中一人出曰：「不可，不可！」莊公視之，乃施伯也。莊公曰：「汝計將安出？」施伯曰：「臣嘗言之，管子天下奇才。今得齊政，兵有節制，其不可一也；北杏之會，以奉命尊王為名，今責違命，理曲在我，其不可二也；子糾之戮，君有功焉，王姬之嫁，君有勞焉，棄往日之功勞，結將來之仇怨，其不可三也。為今之計，不若修和請盟，齊可不戰而退。」曹劌曰：「臣意亦如此。」正議論間，報道：「齊侯有書至。」莊公視之。大意曰：

寡人與君並事周室，情同昆弟，且婚姻也。北杏之會，君不與焉，寡人敢請其故？若有二心，亦惟命。

齊侯另有書通信於文姜。文姜召莊公語之曰：「齊、魯世為甥舅，使其惡我，猶將乞好，況取平乎？」莊公唯唯，乃使施伯答書。略曰：

孤有犬馬之疾，未獲奔命。君以大義責之，孤知罪矣。然城下之盟，孤實恥之。若退舍於君之境上，孤敢不捧玉帛以從？

齊侯得書大悅，傳令退兵於柯。

魯莊公將往會齊侯，問群臣：「誰能從者？」將軍曹沫請往。莊公曰：「汝三敗於齊，不慮齊人笑耶？」曹沫曰：「惟恥三敗，是以願往，將一朝而雪之。」莊公曰：「雪之何如？」曹沫曰：「君當其君，臣當其臣。」莊公曰：「寡人越境求盟，猶再敗也。若能雪之，寡人聽子矣。」遂偕曹沫而行，至於柯地。齊侯預築土為壇以待。魯侯先使人謝罪請盟。齊侯亦使人訂期。

是日，齊侯將雄兵布列壇下，青紅黑白旗，按東西南北四方，各自分隊，各有將官統領，仲孫湫掌之。階級七層，每層俱有壯士，執著黃旗把守。壇上建大黃旗一面，繡出「方伯」二字。旁置大鼓，王子成父掌之。壇中間設香案，排列著朱盤玉盂，盛牲歃盟之器，隰朋掌之。兩傍反坫，設有金尊玉斝，寺人貂掌之。壇西立石柱二根，繫著烏牛白馬，屠人准備宰殺，司庖易牙掌之。東郭牙為儐，立於階下迎賓。管仲為相。氣象十分整肅。齊侯傳令：「魯君一到，止許一君一臣登壇，餘人悉屏壇下。」曹沫衷甲，手提利劍，緊隨著魯莊公。莊公一步一戰，曹沫全無懼色。將次升階，東郭牙進曰：「今日兩君好會，兩相贊禮，安用凶器？請去劍。」曹沫睜目視之，兩眦盡裂。東郭牙倒退幾步。莊公君臣歷階而上。兩君相見，各敘通好之意。三通鼓畢，對香案行禮。隰朋將玉盂盛血，跪而請歃。曹沫右手按劍，左手攬桓公之袖，怒形於色。管仲急以身蔽桓公，問曰：「大夫何為者？」曹沫曰：「魯連次受兵，國將亡矣！君以濟弱扶傾為會，獨不為敝邑念乎？」管仲曰：「然則大夫何求？」曹沫曰：「齊恃強欺弱，奪我汶陽之田，今日請還吾君，乃就歃耳。」管仲顧桓公曰：「君可許之。」桓公曰：「大夫休矣！寡人許子。」曹沫乃釋劍，代隰朋捧盂以進。兩君俱已歃訖，曹沫曰：「仲主齊國之政，臣願與仲歃。」桓公曰：「何必仲父？寡人與子立誓。」乃向天指日曰：「所不反汶陽田於魯者，有如此日！」曹沫受歃，再拜稱謝，獻酬甚歡。

既畢事，王子成父諸人俱憤憤不平，請於桓公，欲劫魯侯，以報曹沫之辱。桓公曰：「寡人已許曹沫矣。匹夫約言，尚不失信，況君乎？」眾人乃止。明日，桓公復置酒公館，與莊公歡飲而別。即命南鄙邑宰，將原侵汶陽田，盡數交割還魯。昔人論要盟可犯，而桓公不欺；曹子可仇，而桓公不怨。此所以服諸侯霸天下也。有詩云：

巍巍霸氣吞東魯，尺劍如何能用武？要將信義服群雄，不吝汶陽一片土。

又有詩單道曹沫劫齊桓公一事，此乃後世俠客之祖。詩云：

森森戈甲擁如潮，仗劍登壇意氣豪。三敗羞顏一日洗，千秋俠客首稱曹。

諸侯聞盟柯之事，皆服桓公之信義。於是衛、曹二國，皆遣人謝罪請盟。桓公約以伐宋之後，相訂為會。乃再遣使如周，告以宋公不遵王命，不來赴會，請王師下臨，同往問罪。周釐王使大夫單蔑，率師會齊伐宋。諜報：「陳、曹二國，引兵從征，願為前部。」桓公使管仲先率一軍，前會陳、曹。自引隰朋、王子成父、東郭牙等，統領大軍繼進，於商邱取齊。時周釐王二年之春也。

* * *

卻說管仲有愛妾名婧，鍾離人，通文有智。桓公好色，每出行必以姬嬪自隨，管仲亦以婧從行。是日，管仲軍出南門，約行三十餘里，至猺山。見一野夫，短褐單衣，破笠赤腳，放牛於山下。此人叩牛角而歌。管仲在車上察其人不凡，使人以酒食勞之。野夫食畢，言欲見相君仲父。使者曰：「相國車已過去矣。」野夫曰：「某有一語，幸傳於相君：『浩浩乎白水！』」使者追及管仲之車，以其語述之。管仲茫然不解所謂。以問妾婧。婧曰：「妾聞古有白水之詩云：『浩浩白水，儵儵之魚。君來召我，我將安居。』此人殆欲仕也。」管仲即命停車，使人召之。野夫將牛寄於村家，隨使者來見管仲，長揖不拜。管仲問其姓名。曰：「衛之野人也。姓甯名戚，慕相君好賢禮士，不憚跋涉至此。無由自達，為村人牧牛耳。」管仲叩其所學，應對如流。嘆曰：「豪傑辱於泥塗，不遇汲引，何以自顯？吾君大軍在後，不日當過此，吾當作書，子持以謁吾君，必當重用。」管仲即作書緘就，交付甯戚，彼此各別。甯戚仍牧牛於猺山之下。齊桓公大軍三日後方到。甯戚依然短褐單衣，破笠赤腳，立於路傍，全不畏避。桓公乘輿將近，甯戚遂叩牛角而歌之曰：

南山燦，白石爛，中有鯉魚長尺半。生不逢堯與舜禪，短褐單衣纔至骭。從昏飯牛至夜半，長夜漫漫何時旦？

桓公聞而異之，命左右擁至車前，問其姓名居處。戚以實對，曰：「姓甯名戚。」桓公曰：「汝牧夫，何得譏刺時政？」甯戚曰：「臣小人，安敢譏刺？」桓公曰：「當今天子在上，寡人率諸侯賓服於下。百姓樂業，草木沾春。舜日堯天，不過如此。汝謂『不逢堯舜』，又曰：『長夜不旦』，非譏刺而何？」甯戚曰：「臣雖村夫，不覩先王之政。然嘗聞堯舜之世，十日一風，五日一雨。百姓耕田而食，鑿井而飲。所謂『不識不知，順帝之則』，是也。今值紀綱不振，教化不行之世，而曰：『舜日堯天』，誠小人所不解也。且又聞堯舜之世，正百官而諸侯服，去四凶而天下安。不言而信，不怒而威。今明公一舉而宋背會，再舉而魯劫盟。用兵不息，民勞財敝，而曰『百姓樂業，草木沾春』，又小人所未解也。小人又聞堯棄其子丹朱，而讓天下於舜。舜又避於南河，百姓趨而奉之，不得已即帝位。今君殺兄得國，假天子以令諸侯，小人又不知於唐、虞揖讓何如也！」桓公大怒曰：「匹夫出言不遜！」喝令：「斬之！」左右縛甯戚去，將行刑，戚顏色不變，了無懼色。仰天嘆曰：「桀殺龍逢，紂殺比干，今甯戚與之為三矣！」隰朋奏曰：「此人見勢不趨，見威不惕，非尋常牧夫也。君其赦之。」桓公念頭一轉，怒氣頓平。遂命釋甯戚之縛。謂戚曰：「寡人聊以試子，子誠佳士。」甯戚因探懷中，出管仲之書。桓公拆而觀之。書略云：

臣奉命出師，行至猛山，得衛人甯戚。此人非牧豎者流，乃當世有用之才，君宜留以自輔。若棄之使見用於鄰國，則悔無及矣。

桓公曰：「子既有仲父之書，何不遂呈寡人？」甯戚曰：「臣聞賢君擇人為佐，賢臣亦擇主而輔。君如惡直好諛，以怒色加臣，臣寧死，必不出相國之書矣！」桓公大悅，命以後車載之。是晚，下寨休軍。桓公命舉火，索衣冠甚急。寺貂曰：「君索衣冠，為爵甯戚乎？」桓公曰：「然。」寺貂曰：「衛去齊不遠，何不使人訪之？使其人果賢，爵之未晚。」桓公曰：「此人廓達之才，不拘小節。恐其在衛，或有細過。訪得其過，爵之則不光，棄之則可惜。」即於燈燭之下，拜甯戚為大夫，使與管仲同參國政。甯戚改換衣冠，謝恩而出。髯翁有詩曰：

短褐單衣牧豎窮，不逢堯舜遇桓公。自從扣角歌聲歇，無復飛熊入夢中。

* * *

桓公兵至宋界，陳宣公杵臼，曹莊公射姑先在。隨後周單子兵亦至。相見已畢，商議攻宋之策。甯戚進曰：「明公奉天子之命，糾合諸侯，以威勝不如以德勝。依臣愚見，且不必進兵。臣雖不才，請掉三寸之舌❶，前去說宋公行成。」桓公大悅，傳令扎寨於界上，命甯戚入宋。戚乃乘一小車，與從者數人，直至睢陽，來見宋公。宋公問於戴叔皮曰：「甯戚何人也？」叔皮曰：「臣聞此人乃牧牛村夫，齊侯新拔之於位，必其口才過人，此來乃使其遊說也。」宋公曰：「何以待之？」叔皮曰：「主公召入，勿以禮待之，觀其動靜。若開口一不當，臣請引紳為號，便令武士擒而囚之，則齊侯之計沮矣。」宋公點首，分付武士伺候。甯戚寬衣大帶，昂然而入，向宋公長揖。宋公端坐不答。戚乃仰面長嘆曰：「危哉乎，宋國也！」宋公駭然曰：「孤位備上公，忝為諸侯之首，危何從至？」戚曰：「明公自比，與周公孰賢？」宋公曰：「周公聖人也，孤焉敢比之。」戚曰：「周公在周盛時，天下太平，四夷賓服，猶且吐哺握髮，以納天下賢士。明公以亡國之餘，處群雄角力之秋，繼兩世弒逆之後，即效法周公，卑躬下士，猶恐士之不至。乃妄自矜大，簡賢慢客，雖有忠言，安能至明公之前乎？不危何待！」宋公愕然！離坐曰：「孤嗣位日淺，未聞君子之訓，先生勿罪！」叔皮在旁，見宋公為甯戚所動，連連舉其帶紳。宋公不顧。乃謂甯戚曰：「先生此來，何以教我？」戚曰：「天子失權，諸侯星散。君臣無等，篡弒日聞。齊侯不忍天下之亂，恭承王命，以主夏盟。明公列名於會，以定位也。若又背之，猶不定也。今天子赫然震怒，特遣王臣，驅率諸侯，以討於宋。明公既叛王命於前，又抗王討於後，不待交兵，臣已卜勝負之有在矣。」宋公曰：「先生之見如何？」戚曰：「以臣愚計，勿惜一束之贄，與齊會盟。上不失臣周之禮，下可結盟主之歡。兵甲不動，宋國安於泰山。」宋公曰：「孤一時失計，不終會好。今齊方加兵於我，安肯受吾之贄？」戚曰：「齊侯寬仁大度，不錄人過，不念舊惡。如魯不赴會，一盟於柯，

❶ 掉三寸之舌：謂逞雄辯。掉是耍弄的意思。

遂舉侵田而返之。況明公在會之人，焉有不納？」宋公曰：「將何為贄？」戚曰：「齊侯以禮睦鄰，厚往薄來，即束脯可贄，豈必傾府庫之藏哉？」宋公大悅，乃遣使隨甯戚至齊軍中請成。叔皮滿面羞慚而退。

卻說宋使見了齊侯，言謝罪請盟之事，獻白玉十瑴，黃金千鎰。齊桓公曰：「天子有命，寡人安敢自專？必須煩王臣轉奏於王方可。」桓公即以所獻金玉，轉送單子，致宋公取成之意。單子曰：「苟君侯赦宥，有所藉手，以復於天王，敢不如命？」桓公乃使宋公修聘於周，然後再訂會期。單子辭齊侯而歸。齊與陳、曹二君，各回本國。要知後事如何，且看下回分解。

第十九回　擒傅瑕厲公復國　殺子頹惠王反正

話說齊桓公歸國，管仲奏曰：「東遷以來，莫強於鄭。鄭滅東虢而都之，前嵩後河，右洛左濟。虎牢之險，聞於天下。故在昔莊公，恃之以伐宋兼許，抗拒王師。今又與楚為黨。楚僭國也，地大兵強，吞噬漢陽諸國，與周為敵。君若欲屏王室，而霸諸侯，非攘楚不可。欲攘楚，必先得鄭。」桓公曰：「吾知鄭為中國之樞，久欲收之，恨無計耳。」甯戚進曰：「鄭公子突為君二載，祭足逐之而立子忽。高彌弒忽而立子亹。我先君殺子亹，祭足又立子儀。祭足以臣逐君，子儀以弟篡兄。犯分逆論，皆當聲討。今子突在櫟，日謀襲鄭。況祭足已死，鄭國無人。主公命一將往櫟，送突入鄭，則突必懷主公之德，北面而朝齊矣。」桓公然之。遂命賓須無引兵車二百乘，屯於櫟城二十里之外。賓須無預遣人致齊侯之意。鄭厲公突先聞祭足死信，密差心腹到鄭國打聽消息。忽聞齊侯遣兵送己歸國，心中大喜。出城遠接，大排宴會。二人敘話間，鄭國差人已轉回，說：「祭仲已死，如今叔詹為上大夫。」賓須無曰：「叔詹何人？」鄭伯突曰：「治國之良，非將才也。」差人又稟：「鄭城有一奇事，南門之內，有一蛇長八尺，青頭黃尾。門外又有一蛇，長丈餘，紅頭綠尾。鬥於門闕之中，三日三夜，不分勝負。國人觀者如市，莫敢近之。後十七日，內蛇被外蛇咬死，外蛇竟奔入城。至太廟之中，忽然不見。」須無欠身賀鄭伯曰：「君位定矣！」鄭伯突曰：「何以知之？」須無曰：「鄭國外蛇，即君也。長丈餘，君居長也。內蛇，子儀也。長八尺，弟也。十七日鄭內蛇被傷，外蛇入城者，君出亡以甲申之夏，今當辛丑之夏，恰十有七年矣。內蛇傷死，此子儀失位之兆。外蛇入於太廟，君主宗祀之徵也。我主方申大義於天下，將納君於正位。蛇鬥適當其時，殆天意乎！」鄭伯突曰：「誠如將軍之言，沒世不敢負德！」賓須無乃與鄭伯定計，夜襲大陵。

傅瑕率兵出戰，兩下交鋒。不虞賓須無繞出背後，先打破大陵，插了齊國旗號。傅瑕知力不敵，只得下車投降。鄭伯突銜傅瑕十七年相拒之恨，咬牙切齒，叱左右：「斬訖報來！」傅瑕大呼曰：「君不欲入鄭耶？何為殺我！」鄭伯突喚轉問之。傅瑕曰：「君若赦臣一命，臣願梟子儀之首。」鄭伯突曰：「汝有何策，能殺子儀？不過以甘言哄寡人，欲脫身歸鄭耳。」瑕曰：「當今鄭政皆叔詹所掌。臣與叔詹至厚。君能赦我，我潛入鄭國，與詹謀之。子儀之首，必獻於座下。」鄭伯突大罵：「老賊奸詐，焉敢誑吾！吾今放汝入城，汝將與叔詹起兵拒我矣！」賓須無曰：「瑕之妻孥，見在大陵。可囚於櫟城為質。」傅瑕叩頭求曰：「如臣失信，誅臣妻子。」且指天日為誓。鄭伯突乃從之。傅瑕至鄭，夜見叔詹。詹見瑕大驚曰：「汝守大陵，何以至此？」瑕曰：「齊侯欲正鄭位，命大將賓須無統領大軍，送公子突歸國。大陵已失，瑕連夜逃命至此。齊兵旦晚當至，事在危急。子能斬子儀之首，開城迎之，富貴可保，亦免生靈塗炭。轉禍為福，在此一時。不然，悔無及矣。」詹聞言嘿然，良久曰：「吾向日原主迎立故君之議，為祭仲所阻。今祭仲已故，是天助故君。違天必有咎。但不知計將安出？」瑕曰：「可通信櫟城，令速進兵。子出城偽為拒敵，子儀必臨城觀戰。吾覷便圖之。子引故君入城，大事定矣。」叔詹從其謀，密使人致書於突。傅瑕然後參見子儀，訴以齊兵助突，大陵失陷之事。子儀大驚曰：「孤當以重賂求救於楚。待楚兵到日，內外夾攻，齊兵可退。」叔詹故緩其事。過二日，尚未發使往。諜報：「櫟軍已至城下。」叔詹曰：「臣當引兵出戰，君同傅瑕登城固守。」子儀信以為然。

卻說鄭伯突引兵先到，叔詹略戰數合，賓須無引齊兵大進，叔詹回車便走。傅瑕在城上大叫曰：「鄭師敗矣！」子儀素無膽勇，便欲下城。瑕從後刺之。子儀死於城上。叔詹叫開城門，鄭伯同賓須無一同入城。傅瑕先往清宮，遇子儀二子，俱殺之。迎突復位。國人素附厲公，歡聲振地。厲公厚賄賓須無，約以冬十月親至齊庭乞盟。須無辭歸。厲公復位數日，人心大定。乃謂傅瑕曰：「汝守大陵，十有七年，力拒寡人，可謂忠於舊君矣。今貪生畏死，復為寡人而弒舊君，汝心不可測也。寡人當為子儀報仇。」喝令力士押出斬於市曹。其妻孥姑赦弗誅。髯翁有詩嘆云：

鄭突奸雄世所無，借人成事又行誅。傅瑕不受須臾活，贏得忠名萬古呼。

原繁當先贊立子儀，恐其得罪，稱疾告老。厲公使人責之，乃自縊而死。厲公復治逐君之罪，殺公子閼。強鉏避於叔詹之家。叔詹為之求生，乃免死，刖其足。公父定叔出奔衛國。後三年，厲公召而復之曰：「不可使共叔無後也！」祭足已死勿論。叔詹仍為正卿。堵叔、師叔並為大夫。鄭人謂之「三良」。

再說齊桓公知鄭伯突已復國。衛、曹二國，去冬亦曾請盟。欲大合諸侯，刑牲定約。管仲曰：「君新舉霸事，必以簡便為政。」桓公曰：「簡便如何？」管仲曰：「陳、蔡、邾自北杏之後，事齊不貳。曹伯雖未會，已同伐宋之舉。此四國不必再煩奔走。惟宋、衛未嘗與會，且當一見。俟諸國齊心，方舉盟約可也。」言未畢，忽傳報：「周王再遣單蔑報宋之聘，已至衛國。」管仲曰：「宋可成矣。衛居道路之中，君當親至衛地為會，以親諸侯。」桓公乃約宋、衛、鄭三國，會於鄄地。連單子、齊侯共是五位。不用歃血，揖讓而散。諸侯大悅。齊侯知人心悅從，乃大合宋、魯、陳、衛、鄭、許諸國於幽地，歃血為盟，始定盟主之號。此周釐王三年之冬也。

卻說楚文王熊貲，自得息嬀立為夫人，寵幸無比。三年之內，生下二子，長曰熊囏，次曰熊惲。息嬀雖在楚宮三載，從不與楚王說話。楚王怪之。一日問其不言之故。息嬀垂淚不答。楚王固請言之。對曰：「吾一婦人而事二夫，縱不能守節而死，又何面目向人言語乎？」言訖淚下不止。胡曾先生有詩云：

息亡身入楚王家，回看春風一面花。感舊不言常掩淚，祇應翻恨有榮華。

楚王曰：「此皆蔡獻舞之故，孤當為夫人報此仇也。夫人勿憂。」乃興兵伐蔡，入其郛❶。蔡侯獻舞肉袒伏罪，盡出其庫藏寶玉以賂楚。楚師方退。適鄭伯突遣使告復國於楚。楚王曰：「突復位二年，乃始告孤，慢孤甚矣。」復興兵伐鄭。鄭謝罪請成。楚王許之。周釐王四年，鄭伯突畏楚，不敢朝齊。齊桓公使人讓之。鄭伯使上卿叔詹如齊，謂桓公曰：「敝邑困於楚兵，早夜城守，未獲息肩❷，是以未修歲事。君若能以威加楚，寡君敢不朝夕立於齊庭乎？」桓公惡其不遜，囚詹於軍府。詹視隙逃回鄭國。自是鄭背齊事楚。不在話下。

* * *

❶ 郛：外城。
❷ 息肩：卸除負擔而獲得休息。

再說周釐王在位五年崩，子閬立，是為惠王。惠王之二年，楚文王熊貲淫暴無政，喜於用兵。先年曾與巴君同伐申國，而驚擾巴師。巴君怒，遂襲那處，克之。守將閻敖游涌水而遁。楚王殺閻敖。閻氏之族怨王，至是約巴人伐楚，願為內應。巴兵伐楚，楚王親將迎之，大戰於津。不隄防閻族數百人，假作楚軍，混入陣中，竟來跟尋楚王。楚軍大亂，巴兵乘之，遂大敗楚。楚王面頰中箭而奔，巴君不敢追，遂收兵回國。閻氏之族從之，遂為巴人。楚王回至方城，夜叩城門。鬻拳在門內問曰：「君得勝乎？」楚王曰：「敗矣。」鬻拳曰：「自先王以來，楚兵戰無不勝。巴，小國也。王自將而見敗，寧不為人笑乎？今黃不朝楚，若伐黃而勝，猶可自解。」遂閉門不納。楚王憤然謂軍士曰：「此行再不勝，寡人不歸矣！」乃移兵伐黃，王親鼓，士卒死戰，敗黃師於踖陵。是夜宿於營中。夢息侯怒氣勃勃而前曰：「孤何罪而見殺？又占吾疆土，淫吾妻室。吾已請於上帝矣！」乃以手批楚王之頰。楚王大叫一聲，醒來箭瘡迸裂，血流不止。急傳令回軍，至於湫地，夜半而薨。鬻拳迎喪歸葬，長子熊囏嗣立。鬻拳曰：「吾犯王二次，縱王不加誅，吾敢偷生乎？吾將從王於地下。」乃謂家人曰：「我死必葬我絰皇❸，使子孫知我守門也。」遂自剄而死。熊囏憐之，使其子孫世為大閽。先儒左氏稱鬻拳為愛君。史官有詩駁之曰：

諫乍如何敢用兵？閉門不納亦堪驚。若將此事稱忠愛，亂賊紛紛盡借名。

* * *

鄭厲公聞楚文王凶信，大喜曰：「吾無憂矣！」叔詹進曰：「臣聞依人者危，臣人者辱。今立國於

❸ 絰皇：音ㄉㄧㄝˊ ㄏㄨㄤˊ。墓前甬道的門。

齊、楚之間，不辱即危，非長計也。先君桓、武及莊，三世為王朝卿士，是以冠冕列國，征服諸侯。今新王嗣統，聞虢、晉二國朝王，王為之饗醴命宥，又賜玉五瑴，馬三匹。君不若朝貢於周。若賴王之寵，以修先世卿士之業，雖有大國，不足畏也。」厲公曰：「善。」乃遣大夫師叔如周請朝。師叔回報：「周室大亂。」厲公問：「亂形如何？」對曰：「昔周莊王嬖妾姚姬，謂之王姚，生子頹，莊王愛之。使大夫蔿國為之師傅。子頹性好牛，嘗養牛數百，親自餵養，飼以五穀，被以文繡，謂之文獸。凡有出入，僕從皆乘牛而行，踐踏無忌。又陰結大夫蔿國、邊伯、子禽、祝跪、詹父，往來甚密。釐王之世，未嘗禁止。今新王即位，子頹恃在叔行，驕橫益甚。新王惡之，乃裁抑其黨，奪子禽、祝跪、詹父之田。新王又因築苑囿於宮側，蔿國有圃，邊伯有室，皆近王宮。王俱取之，以廣其囿。又膳夫石速，進膳不精，王怒革其祿。石速亦憾王。故五大夫同石速作亂，奉子頹為君以攻王。賴周公忌父同召伯廖等死力拒敵，眾人不能取勝，乃出奔於蘇。先周武王時，蘇忿生為王司寇，有功，謂之蘇公，授以南陽之田為采地。忿生死，其子孫為狄所制，乃叛王而事狄。又不繳還采地於周。桓王八年，乃以蘇子之田，畀我先君莊公，易我近周之田。於是蘇子與周嫌隙益深。衛侯朔惡周之立黔牟，亦有夙怨。蘇子因奉子頹奔衛，同衛侯帥師伐王城。周公忌父戰敗，同召伯廖等，奉王出奔於鄢。五大夫等尊子頹為王，人心不服。君若興兵納王，此萬世之功也。」厲公曰：「善。雖然，子頹懦弱，所恃者衛、燕之眾耳。五大夫無能為也。寡人再使人以理諭之。若悔禍反正，免動干戈，豈不美哉！」一面使人如鄢迎王，暫幸櫟邑。因厲公向居櫟十七年，宮室齊整故也。一面使人致書於王子頹。書曰：

突聞以臣犯君，謂之不忠。以弟奸兄，謂之不順。不忠不順，天殃及之。王子誤聽奸臣之計，放逐其君。若能悔禍之延，奉迎天子，束身歸罪，不失富貴。不然，退處一隅，比於藩服，猶可謝天下之口。惟王子速圖之！

子頹得書，猶豫未決。五大夫曰：「騎虎者勢不能復下。豈有尊居萬乘，而復退居臣位者？此鄭伯欺人之語，不可聽之。」頹遂逐出鄭使。鄭厲公乃朝王於櫟，遂奉王襲入成周，取傳國寶器，復還櫟城。時惠王三年也。

是冬，鄭厲公遣人約會西虢公，同起義兵納王。虢公許之。惠王四年之春，鄭、虢二君，會兵於弭。夏四月，同伐王城。鄭厲公親率兵攻南門，虢公率兵攻北門。蔿國忙叩宮門，來見子頹。子頹因飼牛未畢，不即相見。蔿國曰：「事急矣！」乃假傳子頹之命，使邊伯、子禽、祝跪、詹父登陴守禦。周人不順子頹，聞王至，歡聲如雷，爭開城門迎接。蔿國方草國書，謀遣人往衛求救。書未寫就，聞鐘鼓之聲。人報：「舊王已入城坐朝矣。」蔿國自刎而死。祝跪、子禽死於亂軍之中。邊伯、詹父被周人綁縛獻功。子頹出奔西門，使石速押文牛為前隊。牛體肥行遲，悉為追兵所獲，與邊伯、詹父一同斬首。髯翁有詩嘆子頹之愚云：

挾寵橫行意未休，私交乘釁起奸謀。一年南面成何事，只合關門去飼牛。

又一詩說齊桓公既稱盟主，合倡義納王，不應讓之鄭、虢也。詩云：

天子蒙塵九廟羞，紛紛鄭虢效忠謀。如何仲父無遺策？卻讓當時第一籌。

惠王復位，賞鄭虎牢以東之地，及后之鞶鑑❹。賞西虢公以酒泉之邑，及酒爵數器。二君謝恩而歸。鄭厲公於路得疾，歸國而薨。群臣奉世子捷即位，是為文公。

* * *

周惠王五年，陳宣公疑公子禦寇謀叛，殺之。公子完字敬仲，乃厲公之子，與禦寇相善，懼誅奔齊。齊桓公拜為工正。一日，桓公就敬仲家飲酒甚樂，天色已晚，索燭盡歡。敬仲辭曰：「臣止卜晝，未卜夜，不敢繼以燭也。」桓公曰：「敬仲有禮哉！」贊歎而去。桓公以敬仲為賢，使食采於田，是為田氏之祖。是年魯莊公為圖婚之事，會齊大夫高傒於防地。

卻說魯夫人文姜，自齊襄公變後，日夜哀痛想憶，遂得嗽疾。內侍進莒醫察脈。文姜久曠之後，慾心難制。遂留莒醫飲食，與之私通。後莒醫回國，文姜託言就醫，兩次如莒，館於莒醫之家。莒醫復薦人以自代。文姜老而愈淫，然終以不及襄公為恨。周惠王四年秋七月，文姜病愈劇，遂薨於魯之別寢。臨終，謂莊公曰：「齊女今長成十八歲矣，汝當速娶，以正六宮之位。萬勿拘終喪之制，使我九泉之下，懸念不了。」又曰：「齊方圖伯，汝謹事之，勿替世好。」言訖而逝。莊公喪葬如常禮。遵依遺命，其年便欲議婚。大夫曹劌曰：「大喪在殯，未可驟也。請俟三年喪畢行之。」莊公曰：「吾母命我矣！乘喪則驟，終喪則遲，酌其中可也。」遂以期年之後，與高傒申訂前約，請自如齊，行納幣之禮。齊桓公

---

❹ 鞶鑑：音ㄆㄢˊ ㄐㄧㄢˋ。皮帶上裝飾的鏡子。

亦以魯喪未終，請緩其期。直至惠王七年，其議始定，以秋為吉。時莊公在位二十四年，年已三十有七歲矣。意欲取悅齊女，凡事極其奢侈。又念父桓公薨於齊國，今復娶齊女，心終不安。乃重建桓宮，丹其楹，刻其桷，欲以媚亡者之靈。大夫御孫切諫，不聽。是夏，莊公如齊親迎。至秋八月，姜氏至魯，立為夫人，是為哀姜。大夫宗婦，行見小君之禮，一槩用幣。御孫私嘆曰：「男贄大者玉帛，小者禽鳥，以章物采。女贄不過榛栗棗脩，以告虔也。今男女同贄，是無別也。男女之別，國之大節。而由夫人亂之，其不終乎！」自姜氏歸魯後，齊、魯之好愈固矣。齊桓公復同魯莊公合兵伐徐伐戎。徐、戎俱臣服於齊。鄭文公見齊勢愈大，恐其侵伐，遂遣使請盟。不知後事如何，且看下回分解。

第二十回　晉獻公違卜立驪姬　楚成王平亂相子文

周惠王十年，徐、戎俱已臣服於齊。鄭文公見齊勢愈大，恐其侵伐，遣使請盟。乃復會宋、魯、陳、鄭四國之君，同盟於幽。諸國莫不歸心於齊。齊桓公歸國，大設宴以勞群臣。酒至半酣，鮑叔牙執卮至桓公之前，滿斟為壽。桓公曰：「樂哉，今日之飲！」鮑叔牙曰：「臣聞明主賢臣，雖樂不忘其憂。臣願君毋忘出奔，管仲毋忘檻囚，甯戚毋忘飯牛車下之日。」桓公遽起離席，再拜曰：「寡人與諸大夫，皆能毋忘，此齊國社稷無窮之福也！」是日極歡而散。

忽一日報：「周王遣召伯廖來到。」桓公迎接入館。召伯廖宣惠王之命：「賜齊侯為方伯，修太公之職，得專征伐。」因言：「衛朔援立子頹，助逆犯順，朕懷之十年。迄今天討未彰，煩伯舅為朕圖之。」惠王十一年，齊桓公親率車徒伐衛。時衛惠公朔先薨，子赤立已三年矣。是為懿公。懿公不問來由，率兵接戰，大敗而歸。桓公乃直抵城下，宣揚王命，數其罪狀。懿公曰：「然則先君之過，與寡人無與也！」乃使其長子開方，輦金帛五車，納於齊軍，求其講和免罪。桓公曰：「先王之制，罪不及子孫。苟遵王命，寡人何多求於衛耶？」公子開方見齊國強盛，願仕於齊。齊侯曰：「子乃衛侯長子，論次序當為國儲。奈何捨南面之尊，而北面於寡人乎？」開方對曰：「明公乃天下之賢侯，倘得執鞭侍左右，榮幸已甚。豈不勝於為君？」桓公以開方為愛己，拜為大夫，寵之與豎貂、易牙等。齊人謂之「三貴」。開方復言衛侯少女之美。——衛惠公先曾以女媵齊，此其妹也。——桓公遣使納幣，求之為妾。衛懿公不敢辭卻，即送衛姬至齊。齊侯納之，因以長衛姬、少衛姬別之。姊妹俱有寵。髯翁有詩云：

衛侯罪案重如山，奉命如何取賂還？漫說尊王申大義，到來功利在心間。

*　　*　　*

話分兩頭。卻說晉國姬姓侯爵，自周成王時，剪桐葉為珪，封其弟叔虞於此。傳九世至穆侯。穆侯生二子，長曰仇，次曰成師。穆侯薨，子仇立，是為文侯。文侯薨，子昭侯立，畏其叔父桓叔之強，乃割曲沃以封之，謂之曲沃伯。改晉號曰翼，謂之二晉。昭侯立七年，大夫潘父弒之，而納曲沃伯。翼人不受，殺潘父而立昭侯之弟平，是為孝侯。孝侯之八年，桓叔薨，子鱓立，是為曲沃莊伯。孝侯立十五年，莊伯伐翼。孝侯逆戰大敗，為莊伯所殺。翼人立其弟郄，是為鄂侯。鄂侯立二年，率兵伐曲沃，戰敗出奔隨國。子光嗣位，是為哀侯。哀侯之二年，莊伯薨，子稱代立，是為曲沃武公。哀侯九年，武公率其將韓萬、梁宏伐翼，哀侯逆戰被殺。周桓王命卿士虢公林父立其弟緡，是為小子侯。小子侯立四年，武公復誘而殺之，遂并其國，定都於絳，仍號曰晉。悉取晉庫藏寶器，輦入於周，獻於釐王。釐王貪其賂，遂命稱代以一軍為晉侯。稱代凡立三十九年薨，子佹諸立，是為晉獻公。獻公忌桓、莊之族，慮其為患。大夫士蔿獻計散其黨，因誘而盡殺之。獻公嘉其功，命為大司空，因使大城絳邑，規模極其壯麗，比於大國之都。

先獻公為世子時，娶賈姬為妃，久而無子。又娶犬戎主之姪女，曰狐姬，生子曰重耳。小戎允姓之女，生子曰夷吾。當武公晚年，求娶於齊。齊桓公以宗女歸之，是為齊姜。時武公已老，不能御女。齊姜年少而美，獻公悅而烝之，與生一子，私寄養於申氏，因名申生。獻公即位之年，賈姬已薨，遂立齊姜為夫人。時重耳已二十一歲矣。夷吾年亦長於申生。因申生是夫人之子，論嫡庶不論長幼，乃立申生為世子。以大夫杜原款為太傅，大夫里克為少傅，相與輔導世子。齊姜又生一女而卒。獻公便納賈姬之娣曰賈君，亦無子。因以齊姜所生之女，使賈君育之。獻公十五年，興兵伐驪戎。驪戎男請和，納其二女於獻公，長曰驪姬，次曰少姬。那驪姬生得貌比息媯，妖同妲己，智計千條，詭詐百出。在獻公前，小忠小信，貢媚取憐。又時常參與政事，十言九中。所以獻公寵愛無二，一飲一食，必與之俱。踰年，驪姬生一子，名曰奚齊。又踰年，少姬亦生一子，名曰卓子。獻公既心惑驪姬，又喜其有子，遂忘齊姜一段恩情，欲立驪姬為夫人。使太卜郭偃以龜卜之。郭偃獻兆，其繇曰：

專之渝，攘公之羭。一薰一蕕，十年尚有臭！

獻公曰：「何謂也？」郭偃曰：「渝者變也。意所專尚，心亦變亂，故曰『專之渝』。攘，奪也。羭，美也。心變則美惡倒置，故曰『攘公之羭』。草之香者曰薰，臭者曰蕕。香不勝臭，穢氣久而未消，故曰『十年尚有臭』也。」獻公一心溺愛驪姬，不信其言。更命史蘇筮之。得觀卦之六二，爻詞曰：「闚觀利女貞。」獻公曰：「居內觀外，女子之正，吉孰大焉！」卜偃曰：「開闢以來，先有象，後有數。龜，象也；筮，數也。從筮不如從龜。」史蘇曰：「禮無二嫡，諸侯不再娶，所謂觀也。繼稱夫人，何以為正？不正，何利之有？以易言之，亦未見吉。」獻公曰：「若卜筮有定，盡鬼謀矣！」竟不聽史蘇、卜偃之言。擇日告廟，立驪姬為夫人。少姬封為次妃。史蘇私謂大夫里克曰：「晉國將亡，奈何？」里克大驚，問曰：「亡晉者何人？」史蘇曰：「其驪戎乎？」里克不解其說。史蘇曰：「昔夏桀伐有施，有施人以女妹喜歸之。桀寵妹喜，遂以亡夏。殷辛伐有蘇，有蘇氏以女妲己歸之。紂寵妲己，遂以亡殷。周幽王伐有褒，有褒人以女褒姒歸之。幽王寵褒姒，西周遂亡。今晉伐驪戎而獲其女，又加寵焉，不亡得乎？」適太卜郭偃亦至。里克述史蘇之言。郭偃曰：「晉亂而已，亡則未也。昔唐叔之封，卜曰：『尹正諸夏，再造王國。』晉業方大，何亡之患？」里克曰：「若亂當在何時？」郭偃曰：「善惡之報，不出十年。十者，盈數也。」里克識其言於簡。

再說獻公愛驪姬，欲立其子奚齊為嗣。一日，與驪姬言之。驪姬心中甚欲。只因申生已立做世子，無故更變，恐群臣不服，必然諫沮。又且重耳、夷吾，與申生相與友愛。三公子俱在左右，若說而不行，反被隄防，豈不誤事。乃跪而對曰：「太子之立，諸侯莫不聞，且賢而無罪。君必以妾母子之故，欲行廢立，妾寧自殺。」獻公以為真心，遂置不言。獻公有嬖幸大夫二人，曰梁五、東關五，並與獻公察聽外事，挾寵弄權。晉人謂之二五。又有優人名施者，少年美姿，伶俐多智，能言快語，獻公尤嬖之。出入宮禁，不知防範。驪姬遂與施私通，情好甚密。因告以心腹之事，謀離間三公子，徐為奪嗣之計。優施為之畫策：「必須以封疆為名，使三公子遠遠出鎮，然後可居中行事。然此事又必須外臣開口，方見忠謀。今二五用事，夫人誠以金幣結之，俾彼相與進言，則主公無不聽矣。」驪姬乃出金帛付優施，使分送二五。優施先見梁五曰：「君夫人願交歡於大夫，使施致不腆之敬。」梁五大驚曰：「君夫人何須於我？必有囑也！子不言，吾必不受。」優施乃盡以驪姬之謀告之。梁五曰：「必得東關為助，乃可。」

施曰：「夫人亦有饋，如大夫也。」於是同詣東關五之門，三人做一處商議停當。次日，梁五進言於獻公曰：「曲沃始封之地，先君宗廟之所在也。蒲與屈，地近戎狄，邊疆之要地也。此三邑者，不可無人以主之。宗邑無主，則民無畏威之心。邊疆無主，則戎狄有窺伺之意。若使太子主曲沃，重耳、夷吾分主蒲、屈，君居中制馭，此磐石之安矣！」獻公曰：「世子出外可乎？」東關五曰：「太子，君之貳也；曲沃，國之貳也。非太子其誰居之？」獻公曰：「曲沃則然矣。蒲、屈乃荒野之地，如何可守？」東關五又曰：「不城則為荒野，城之即為都邑。」二人又齊聲贊美曰：「一朝而增二都，內可屏蔽封內，而外可開拓疆宇，晉自此益大矣！」獻公信其言，使世子申生居曲沃，以主宗邑。太傅杜原款從行。使重耳居蒲，夷吾居屈，以主邊疆。狐毛從重耳於蒲，呂飴甥從夷吾於屈。又使趙夙為太子城曲沃，比舊邑加高廣，謂之新城。使士蔿監築蒲、屈二城。士蔿聚薪築土，草草完事。或言：「恐不堅固。」士蔿笑曰：「數年之後，此為仇敵，何以固為？」因賦詩曰：

狐裘尨茸，一國三公，吾誰適從？

狐裘，貴者之服。尨茸，亂貌。言貴者之多，喻嫡庶長幼無分別也。士蔿預知驪姬必有奪嫡之謀，故為此語。申生與二公子俱遠居晉鄙，惟奚齊、卓子在君左右。驪姬益獻媚取寵，以蠱獻公之心。髯翁有詩云：

女色從來是禍根，驪姬寵愛獻公昏。空勞畚築疆場遠，不道干戈伏禁門。

時獻公新作二軍，自將上軍。使世子申生將下軍，率領大夫趙夙、畢萬，攻耿、霍、魏三國，滅之。以耿賜趙夙，魏賜畢萬為采邑。太子功益高。驪姬忌之益甚，而謀愈深且毒矣。此事擱過一邊。

* * *

卻說楚熊囏、熊惲兄弟，雖同是文夫人所生。熊惲才智勝於其兄，為文夫人所愛。國人亦推服之。熊囏既嗣位，心忌其弟。每欲因事誅之，以絕後患。左右多有為熊惲周旋者，是以因循不決。熊囏怠於政事，專好遊獵。在位三年，無所施設。熊惲嫌隙已成，私畜死士，乘其兄出獵，襲而殺之。以病薨告於文夫人。文夫人雖則心疑，不欲明白其事。遂使諸大夫擁立熊惲為君，是為成王。以熊囏未嘗治國，不成為君，號為堵敖，不以王禮葬之。任其叔王子善為令尹，即子元也。子元自其兄文王之死，便有篡立之意，兼慕其嫂息嬀天下絕色，欲與私通。況熊囏、熊惲二子，年齒俱幼，自恃尊行，全不在眼。只畏大夫鬬伯比正直無私，且多才智，故此不敢縱肆。至是周惠王十一年，鬬伯比病卒，子元竟無忌憚。遂於王宮之旁，大築館舍。每日歌舞奏樂，欲以蠱惑文夫人之意。文夫人聞之，問侍人曰：「宮外樂舞之聲何來？」侍人曰：「此令尹之新館也。」文夫人曰：「先君舞矛，以習武事，以征諸侯，是以朝貢不絕於庭。今楚兵不至中國者十年矣。令尹不圖雪恥，而樂舞於未亡人之側，不亦異乎？」侍人述其言於子元。子元曰：「婦人尚不忘中原，我反忘之。不伐鄭，非丈夫也！」遂發兵車六百乘，自為中軍，鬬御疆、鬬梧建大旆為前隊。王孫游、王孫嘉為後隊。浩浩蕩蕩，殺奔鄭國而來。鄭文公聞楚師大至，急召百官商議。堵叔曰：「楚兵眾盛，未可敵也，不如請成。」師叔曰：「吾新與齊盟，齊必來救，且宜堅壁以待之。」世子華年少方剛，請背城一戰。叔詹曰：「三人之言，吾取師叔。然以臣愚見，楚兵不久自退。」鄭文公曰：「令尹自將，安肯退乎？」叔詹曰：「自楚加兵人國，未有用六百乘者。公子元操必勝之心，欲以媚息夫人耳。夫求勝者，亦必畏敗。楚兵若來，臣自有計退之。」正商議間，諜報：「楚師斬桔柣關而進，已破外郭，入純門，將及逵市。」堵叔曰：「楚兵偪矣，如行成不可，且奔桐邱以避之。」叔詹曰：「無懼也。」乃使甲士埋伏於城內，大開城門，街市百姓來往如常，並無懼色。鬬御疆等前隊先到，見如此模樣，城上絕無動靜，心中疑惑。謂鬬梧曰：「鄭閒暇如此，必有詭計，哄吾入城，不可輕進。且待令尹來議之。」遂離城五里扎住營寨。須臾子元大兵已到。鬬御疆等稟知城中如此。子元親自登高阜處以望鄭城。忽見旌旗整肅，甲士林立。看了一回，嘆曰：「鄭有三良在，其謀叵測。萬一失利，何面目見文夫人乎？更探聽虛實，方可攻城也。」次日，後隊王孫游遣人來報說：「諜探得齊侯同宋、魯二國諸侯，親率大軍前來救鄭。鬬將軍等不敢前進，特候軍令，准備迎敵。」子元大驚，謂諸將曰：「諸侯若截吾去路，吾腹背受敵，必致損折。吾侵鄭及於逵市，可謂全勝矣。」乃暗傳號令，人銜枚，馬摘鈴❶，是夜拔寨都起。猶恐鄭兵追趕，命勿撤軍幕，仍建大旗以疑鄭人。大軍潛出鄭界，乃始鳴鐘擊鼓，唱凱歌而還。先遣報文夫人曰：「令尹全勝而回矣。」夫人謝曰：「令尹若能殲敵成功，宜宣示國人，以彰明罰。告諸太廟，以慰先王之靈。未亡人何與焉？」子元大慚。楚王熊惲聞子元不戰而還，自是有不悅之意。

卻說鄭叔詹親督軍士巡城，徹夜不睡。至曉望見楚幕，指曰：「此空營也，楚師遁矣！」眾猶未信。

---

❶ 人銜枚二句：這是軍隊調動的措置。枚的形狀如一根筷子，兵士銜在嘴裡，可以防止說話。又把馬匹頸上所掛的鈴摘下，以免發聲。

問：「何以知之？」叔詹曰：「幕乃大將所居，鳴鉦設儆，軍聲震動。今見群鳥棲噪於上，故知其為空幕也。吾度諸侯救兵必至，楚先聞信，是以遁耳。」未幾諜報：「諸侯救兵果到，未及鄭境，聞楚師已去，各散回本國去了。」眾始服叔詹之智。鄭遣使致謝齊侯救援之勞。自此感服齊國，不敢懷貳。

再說楚子元自伐鄭無功，內不自安，篡謀益急。欲先通文夫人，然後行事。適文夫人有小恙，子元假稱問安，來至王宮，遂移臥具寢處宮中，三日不出。家甲數百，環列宮外。大夫鬬廉聞之，闖入宮門，直至臥榻，見子元方對鏡整鬢，讓之曰：「此豈人臣櫛沐之所耶？令尹宜速退！」子元曰：「此吾家宮室，與射師何與？」鬬廉曰：「王侯之貴，弟兄不得通屬。令尹雖弟，弟亦人臣也。人臣過闕則下，過廟則趨。咳唾其地，猶為不敬，況寢處乎？且寡夫人密邇於此，男女別嫌，令尹豈未聞耶？」子元大怒曰：「楚國之政，在吾掌握，汝何敢多言！」命左右梏其手，拘於廡下，不放出宮。文夫人使侍人告急於鬬伯比之子鬬穀於菟，使其入宮靖難。鬬穀於菟密奏楚王，約會鬬梧、鬬御疆，及其子鬬班，半夜率甲以圍王宮，將家甲亂砍，眾俱驚散。子元方擁宮人醉寢，夢中驚起，仗劍而出，恰遇鬬班亦仗劍而入。子元喝曰：「作亂乃孺子耶？」鬬班曰：「我非作亂，特來誅亂者耳！」兩下就在宮中爭戰。不數合，鬬御疆、鬬梧齊到。子元度不能勝，奪門欲走，被鬬班一劍砍下頭來。鬬穀於菟將鬬廉開梏放出，一齊至文夫人寢室之外，稽首問安而退。次早，楚成王熊惲御殿，百官朝見已畢。楚王命滅子元之家，榜其罪狀於通衢。髯翁論公子元欲蠱文夫人之事，有詩曰：

堪嗟色膽大於身，不論尊兮不論親。莫怪狂且輕動念，楚夫人是息夫人。

* * *

郤說鬬穀於菟之祖曰鬬若敖，娶鄖子之女，生鬬伯比。若敖卒，伯比尚幼，隨母居於鄖國，往來宮中，鄖夫人愛之如子。鄖夫人有女，與伯比為表兄妹之親。自小宮中作伴遊耍，長亦不禁，遂成私情。鄖女有孕，鄖夫人方纔知覺。乃禁絕伯比，不許入宮。使其女詐稱有病，屏居一室。及期已滿，產下一子。鄖夫人潛使侍人用衣服包裹，將出宮外，棄於夢澤之中。意欲瞞過鄖子，且不欲揚其女之醜名也。伯比羞慚，與其母歸於楚國去訖。其時鄖子適往夢澤田獵。見澤中有猛虎蹲踞，使左右放箭。箭從旁落，一矢不中。其虎全不動撣❷。鄖子心疑，使人至澤察之。回報：「虎方抱一嬰兒，喂之以乳，見人亦不畏避。」鄖子曰：「是神物，不可驚之！」獵畢而歸，謂夫人曰：「適至夢澤，見一奇事。」夫人問曰：「何事？」鄖子遂將猛虎乳兒之事，述了一遍。夫人曰：「夫君不知，此兒乃妾所棄也！」鄖子駭然曰：「夫人安得此兒而棄之？」夫人曰：「夫君勿罪，此兒實吾女與鬬甥所生。妾恐污吾女之名，故命侍者棄於夢澤。妾聞姜嫄履巨人跡而生子，棄之冰上，飛鳥以翼覆之。姜嫄以為神，收養成人，名之曰棄。官為后稷，遂為周代之祖。此兒既有虎乳之異，必是大貴人也。」鄖子從之，使人收回，命其女撫養。踰年，送其女於楚，與鬬伯比成親。楚人鄉談，呼乳曰穀，呼虎曰於菟。取乳虎為義，名其子曰穀於菟，表字子文。今雲夢縣有於菟鄉，即子文生處也。

穀於菟既長，有安民治國之才，經文緯武之略。父伯比仕楚為大夫。伯比死，穀於菟嗣為大夫。及子元之死，令尹官缺，楚王欲用鬬廉。鬬廉辭曰：「方今與楚為敵者，齊也。齊用管仲、甯戚，國富兵

❷ 動撣：活動；行動。或作「動彈」。

強。臣才非管、甯之流明矣。王欲改紀楚政，與中原抗衡，非鬬穀於菟不可。」百官齊聲保奏：「必須此人，方稱其職！」楚王准奏，遂拜鬬穀於菟為令尹。楚王曰：「齊用管仲，號為仲父。今穀於菟尊顯於楚，亦當字之。」乃呼為子文而不名。周惠王之十三年也。

子文既為令尹，倡言曰：「國家之禍，皆由君弱臣強所致。凡百官采邑，皆以半納還公家。」子文先於鬬氏行之，諸人不敢不從。又以郢城南極湘潭，北據漢江，形勝之地，自丹陽徙都之，號曰郢都。治兵訓武，進賢任能。以公族屈完為賢，使為大夫。族人鬬章，才而有智，使與諸鬬同治軍旅。以其子鬬班為申公。楚國大治。

齊桓公聞楚王任賢圖治，恐其爭勝中原，欲起諸侯之兵伐楚。問管仲。管仲對曰：「楚稱王南海，地大兵強，周天子不能制。今又任子文為政，四境安堵，非可以兵威得志也。且君新得諸侯，非有存亡興滅之德深入人心，恐諸侯之兵，不為我用。今當益廣威德，待時而動，方保萬全。」桓公曰：「自我先君報九世之仇，剪滅紀國，奄有其地。鄣為紀附庸，至今未服，寡人欲並滅之，何如？」管仲曰：「鄣雖小國，其先乃太公之支孫，為齊同姓。滅同姓非義也。君可命王子成父率大軍巡視紀城，示以欲伐之狀，鄣必畏而來降。是無滅親之名，而有得地之實矣。」桓公用其策，鄣君果畏懼求降。桓公曰：「仲父之謀，百不失一。」君臣正計議國事，忽近臣來報：「燕國被山戎用兵侵伐，特遣人求救。」管仲曰：「君欲伐楚，必先定戎。戎患既熄，乃可專事於南方矣。」畢竟桓公如何服戎，且聽下回分解。

第二十一回　管夷吾智辨俞兒　齊桓公兵定孤竹

話說山戎乃北戎之一種，國於令支，亦曰離支。其西為燕，其東南為齊、魯。令支界於三國之間。恃其地險兵強，不臣不貢，屢犯中國。先時曾侵齊界，為鄭公子忽所敗。至是聞齊侯圖伯，遂統戎兵萬騎，侵擾燕國，欲絕其通齊之路。燕莊公抵敵不住，遣人走間道告急於齊。齊桓公問於管仲。管仲對曰：「方今為患，南有楚，北有戎，西有狄，此皆中國之憂，盟主之責也。即戎不病燕，猶思膺之。況燕人被師，又求救乎？」桓公乃率師救燕。師過濟水，魯莊公迎之於魯濟。桓公告以伐戎之事。魯侯曰：「君剪豺狼，以靖北方，敝邑均受其賜，豈惟燕人？寡人願索敝賦以從。」桓公曰：「北方險遠之地，寡人不敢勞君玉趾。若遂有功，君之靈也。不然，而借兵於君未晚。」魯侯曰：「敬諾。」桓公別了魯侯，望西北進發。

卻說令支子名密盧，蹂躪燕境，已及二月。擄掠子女，不可勝計。聞齊師大至，解圍而去。桓公兵至薊門關，燕莊公出迎，謝齊侯遠救之勞。管仲曰：「山戎得志而去，未經挫折。我兵若退，戎兵必然又來。不如乘此伐之，以除一方之患可也。」桓公曰：「善。」燕莊公請率本國之兵為前隊。桓公曰：「燕方經兵困，何忍復令衝鋒。君姑將後軍，為寡人聲勢足矣。」燕莊公曰：「此去東八十里，國名無終。雖戎種，不附山戎，可以招致，使為嚮導。」桓公乃大出金帛，遣公孫隰朋召之。無終子即遣大將虎兒斑，率領騎兵二千前來助戰。桓公復厚賞之，使為前隊。約行將二百里，桓公見山路逼險，問於燕伯，燕伯曰：「此地名葵茲，乃北戎出入之要路也。」桓公與管仲商議，將輜重資糧，分其一半，屯聚於葵茲。令士卒伐木築土為關，留鮑叔牙把守，委以轉運之事。休兵三日，汰下疲病，只用精壯，兼程而進。

卻說令支子密盧聞齊兵來伐，召其將速買計議。速買曰：「彼兵遠來疲困，乘其安營未定，突然衝之，可獲全勝。」密盧與之三千騎。速買傳下號令，四散埋伏於山谷之中，只等齊兵到來行事。虎兒斑前隊先到，速買只引百餘騎迎敵。虎兒斑奮勇，手持長柄鐵瓜鎚，望速買當頭便打。速買大叫且慢來，亦挺大桿刀相迎。略鬥數合，速買詐敗，引入林中。一聲呼哨，山谷皆應，把虎兒斑之兵，截為二段。虎兒斑死戰，馬復被傷，束手待縛。恰遇齊侯大軍已到，王子成父大逞神威，殺散速買之兵，將虎兒斑救出。速買大敗而去。虎兒斑先領戎兵，多有損折。來見桓公，面有愧色。桓公曰：「勝負常事，將軍勿以為意。」乃以名馬賜之。虎兒斑感謝不已。大軍東進三十里，地名伏龍山。桓公和燕莊公結寨於山上。王子成父、賓須無立二營於山下，皆以大車聯絡為城，巡警甚嚴。次日，令支子密盧親自帶領速買，引著騎兵萬餘，前來挑戰。一連衝突數次，皆被車城隔住，不能得入。延至午後，管仲在山頭望見戎兵漸漸稀少，皆下馬臥地，口中謾罵。管仲撫虎兒斑之背曰：「將軍今日可雪恥也。」虎兒斑應諾，車城開處，虎兒斑引本國人馬，飛奔殺出。隰朋曰：「恐戎兵有計。」管仲曰：「吾已料之矣。」即命王子成父率一軍出左，賓須無率一軍出右。兩路接應，專殺伏兵。——原來山戎慣用埋伏之計，見齊兵堅壁不動，乃伏兵於谷中，故意下馬謾罵，以誘齊兵。——虎兒斑馬頭到處，戎兵皆棄馬而奔。虎兒斑正欲追趕，聞大寨鳴金，即時勒馬而回。密盧見虎兒斑不來追趕，一聲呼哨，招引谷中人馬，指望悉力來攻。卻被王子成父和賓須無兩路兵到，殺得七零八落。戎兵又大敗而回，乾折❶了許多馬匹。速買獻計曰：「齊欲進兵，必由黃臺山谷口而入。吾將木石擂斷，外面多掘坑塹，以重兵守之。雖有百萬之眾，不能飛越也。伏龍山二十餘里，皆無水泉，必仰汲於濡水。若將濡流壩斷，彼軍中乏水飲，必亂，亂則必潰。吾因潰而乘之，無有不勝。一面再遣人求救於孤竹國，借兵助戰。此萬全之算也。」密盧大喜，依計而行。

卻說管仲見戎兵退後，一連三日不見動靜。心下懷疑，使諜者探聽。回言：「黃臺山大路已斷塞了。」管仲乃召虎兒斑問曰：「尚有別徑可入否？」虎兒斑曰：「此去黃臺山不過十五里，便可以直擣其國。若要尋別徑，須從西南打大寬轉❷，由芝蔴嶺抄出青山口，復轉東數里，方是令支巢穴。但山高路險，車馬不便轉動耳。」正商議間，牙將連摯稟道：「戎主斷吾汲道，軍中乏水，如何？」虎兒斑曰：「芝蔴嶺一派❸，都是山路，非數日不到。若無水攜載，亦自難往。」桓公傳令：「教軍士鑿山取水，先得水者重賞。」公孫隰朋進曰：「臣聞蟻穴居知水，當視蟻蛭處掘之。」軍士各處搜尋，並無蟻蛭，又來稟復。隰朋曰：「蟻冬則就暖，居山之陽。夏則就涼，居山之陰。今冬月，必於山之陽，不可亂掘。」軍士如其言，果於山腰掘得水泉，其味清洌。桓公曰：「隰朋可謂聖矣！」因號其泉曰聖泉。伏

❶ 乾折：白白地犧牲。
❷ 打寬轉：繞遠路。
❸ 一派：一片。同樣的東西或同樣的動作集合在一起叫做一派。

龍山改為龍泉山。軍中得水，歡呼相慶。密盧打聽得齊軍未嘗乏水，大駭曰：「中國豈有神助耶？」速買曰：「齊兵雖然有水，然涉遠而來，糧必不繼。吾堅守不戰，彼糧盡自然退矣。」密盧從之。管仲使賓須無假託轉回葵茲取糧，卻用虎兒斑領路，引一軍取芝蕪嶺進發，以六日為期。卻教牙將連摯，日往黃臺山挑戰，以綴密盧之兵，使之不疑。如此六日，戎兵並不接戰。管仲曰：「以日計之，賓將軍西路將達矣。彼既不戰，我不可以坐守。」乃使士卒各負一囊，實土其中，先使人駕空車二百乘前探遇塹坑處，即以土囊填滿。大軍直至谷口，發聲喊，齊將木石搬運而進。密盧自以為無患，日與速買飲酒為樂。忽聞齊軍殺入，連忙跨馬迎敵。未及交鋒，戎兵報：「西路又有敵軍殺到。」速買知小路有失，無心戀戰，保著密盧望東南而走。賓須無追趕數里，見山路崎嶇，戎人馳馬如飛，不及而還。馬匹器仗，牛羊帳幕之類，遺棄無算，俱為齊有。奪還燕國子女，不可勝計。令支國人，從未見此兵威，無不簞食壺漿，迎降於馬首。桓公一一撫慰，分付不許殺戮降夷一人。戎人大悅。桓公召降戎問曰：「汝主此去，當投何國？」降戎曰：「我國與孤竹為鄰，素相親睦，近亦曾遣人乞師未到，此行必投孤竹也。」桓公問孤竹強弱，並路之遠近。降戎曰：「孤竹乃東南大國，自商朝便有城郭。從此去約百餘里，有溪名曰卑耳，過溪便是孤竹界內。但山路險峻難行耳。」桓公曰：「孤竹黨山戎為暴，既在密邇，宜前討之。」適鮑叔牙遣牙將高黑運乾糧五十車到。桓公即留高黑軍前聽用。於降戎中挑選精壯千人，付虎兒斑帳下，以補前損折之數。休兵三日，然後起程。

　　再說密盧等行至孤竹，見其主答里呵，哭倒在地，備言齊兵恃強，侵奪我國，意欲乞兵報仇。答里呵曰：「俺這裡正欲起兵相助，因有小恙，遲這幾日，不意你喫了大虧。此處有卑耳之溪，深不可渡。

俺這裡將竹筏盡行拘回港中，齊兵插翅亦飛不過。俟他退兵之後，俺和你領兵殺去，恢復你的疆土，豈不穩便？」大將黃花元帥曰：「恐彼造筏而渡。宜以兵守溪口，晝夜巡行，方保無事。」答里呵曰：「彼若造筏，吾豈不知。」遂不聽黃花之言。

再說齊桓公大軍起程，行不十里，望見頑山連路，怪石嵯峨，草木蒙茸，竹箐塞路。有詩為證：

盤盤曲曲接青雲，怪石嵯岈路不分。任是胡兒須下馬，還愁石窟有山君。

管仲教取硫黃焰硝引火之物，撒入草樹之間，放起火來。吡吡剝剝，燒得一片聲響。真個草木無根，狐兔絕影。火光透天，五日夜不絕。火熄之後，命鑿山開道，以便進車。諸將稟稱山高且險，車行費力。管仲曰：「戎馬便於驅馳，惟車可以制之。」乃製上山、下山之歌，使軍人歌之。上山歌曰：

山嵬嵬兮路盤盤，木濯濯兮頑石如欄。雲薄薄兮日生寒，我驅車兮上巉岏。風伯為馭兮俞兒操竿，如飛鳥兮生羽翰，陟彼山巔兮不為難。

下山歌曰：

上山難兮下山易，輪如環兮蹄如墜。聲轔轔兮人吐氣，歷幾盤兮頃刻而平地。擣彼戎廬兮消烽燧，勒勳孤竹兮億萬世。

人夫唱起歌來，你唱我和，輪轉如飛。桓公與管仲、隰朋等登卑耳之巔，觀其上下之勢。桓公歎曰：「寡人今日知人力可以歌取也！」管仲對曰：「臣昔在檻車之時，恐魯人見追，亦作歌以教軍夫，樂而忘倦，遂有兼程之功。」桓公曰：「其故何也？」對曰：「凡人勞其形者，疲其神。悅其神者，忘其形。」桓公曰：「仲父通達人情，一至於此！」於是催趲車徒，一齊進發。行過了幾處山頭，又上一嶺。只見前面大小車輛，俱壅塞不進。軍士稟稱：「兩邊天生石壁，中間一徑，止容單騎，不通車輛。」桓公面有懼色，謂管仲曰：「此處倘有伏兵，吾必敗矣！」正在躊躇，忽見山凹裡走出一件東西來。桓公睜眼看之，似人非人，似獸非獸，約長一尺有餘，朱衣玄冠，赤著兩腳，向桓公面前再三拱揖，如相迓之狀。然後以右手摳衣，竟向石壁中間疾馳而去。桓公大驚，問管仲曰：「卿有所見乎？」管仲曰：「臣無所見。」桓公述其形狀。管仲曰：「此正臣所製歌詞中俞兒者是也。」桓公曰：「俞兒若何？」管仲曰：「臣聞北方有登山之神，名曰俞兒。有霸王之主，則出見。君之所見，其殆是乎？拱揖相迓者，欲君往伐也。摳衣者，示前有水也。右手者，水右必深，教君以向左也。」髯翁有詩論管仲識俞兒之事，詩云：

春秋典籍數而知，仲父何從識俞兒？豈有異人傳異事，張華博物總堪疑。

管仲又曰：「既有水阻，幸石壁可守。且屯軍山上，使人探明水勢，然後進兵。」探水者去之良久，回報：「下山不五里，即卑耳溪。溪水大而且深，雖冬不竭。原有竹筏以渡，今被戎主拘收矣。右去水愈深，不啻丈餘。若從左而行，約去三里，水面雖闊而淺，涉之沒不及膝。」桓公撫掌曰：「俞兒之兆騐❹矣！」燕莊公曰：「卑耳溪不聞有淺處可涉，此殆神助君侯成功也！」桓公曰：「此去孤竹城有路多

❹騐：音ㄧㄢˋ，同「驗」。效驗。

少？」燕莊公曰：「過溪東去，先團子山，次馬鞭山，又次雙子山。三山連絡，約三十里。此乃商朝孤竹三君之墓。過了三山，更二十五里，便是無棣城，即孤竹國君之都也。」虎兒斑請率本部兵先涉。管仲曰：「兵行一處，萬一遇敵，進退兩難。須分兩路而行。」乃令軍人伐竹，以籐貫之。頃刻之間，成筏數百。留下車輛，以為載筏。軍士牽之下了山頭，將軍馬分為兩隊。王子成父同高黑引著一軍，從右乘筏而渡，為正兵。公子開方、豎貂隨著齊桓公親自接應。賓須無同虎兒斑引著一軍，從左涉水而渡，為奇兵。管仲同連摯隨著燕莊公接應。俱於團子山下取齊。

卻說答里呵在無棣城中，不知齊兵去來消息。差小番到溪中打聽。見滿溪俱是竹筏，兵馬紛紛而渡，慌忙報知城中。答里呵大驚，即令黃花元帥率兵五千拒敵。密盧曰：「俺在此無功，願引速買為前部。」黃花元帥曰：「屢敗之人，難與同事！」跨馬逕行。答里呵謂密盧曰：「西北團子山，乃東來要路，相煩賢君臣把守，就便接應。俺這裡隨後也到。」密盧口雖應諾，卻怪黃花元帥輕薄了他，心中頗有不悅之意。

卻說黃花元帥兵未到溪口，便遇了高黑前隊，兩下接住廝殺。高黑戰黃花不過，卻待要走，王子成父已到。黃花撇了高黑，便與王子成父廝殺。大戰五十餘合，不分勝負。後面齊侯大軍俱到。公子開方在右，豎貂在左，一齊擁上。黃花元帥心慌，棄軍而走。五千人馬，被齊兵掩殺大半，餘者盡降。黃花單騎奔逃。將近團子山，見兵馬如林，都打著齊、燕、無終三國旗號，乃是賓須無等涉水而渡，先據了團子山了。黃花不敢過山，棄了馬匹，扮作樵採之人，從小路爬山得脫。齊桓公大勝，進兵至團子山，與左路軍馬做一處列營，再議征進。

卻說密盧引軍剛到馬鞭山，前哨報道：「團子山已被齊兵所占，只得就馬鞭山屯扎。」黃花元帥逃命至馬鞭山，認做自家軍馬，投入營中，卻是密盧。密盧曰：「元帥屢勝之將，何以單身至此？」黃花羞慚無極，索酒食不得，與以炒麥一升。又索馬騎，與之漏蹄❺。黃花大恨，回至無棣城，見答里呵，請兵報仇。答里呵曰：「吾不聽元帥之言，以至如此！」黃花曰：「齊侯所恨，在於令支。今日之計，惟有斬密盧君臣之首，獻於齊君，與之講和，可不戰而退。」答里呵曰：「密盧窮而歸我，何忍賣之？」宰相兀律古進曰：「臣有一計，可以反敗為功。」答里呵問：「何計？」兀律古曰：「國之北有地名曰旱海，又謂之迷谷，乃砂磧之地，一望無水草。從來國人死者棄之於此，白骨相望，白晝常見鬼。又時時發冷風。風過處，人馬俱不能存立。中人毛髮輒死。又風沙刮起，咫尺不辨。若誤入迷谷，谷路紆曲難認，急不能出，兼有毒蛇猛獸之患，誠得一人詐降，誘至彼地，不須廝殺，管取死亡八九。吾等整頓軍馬，坐待其斃，豈非妙計？」答里呵曰：「齊兵安肯至彼乎？」兀律古曰：「主公同宮眷暫伏陽山。令城中百姓，俱到山谷避兵，空其城市。然後使降人告於齊侯，只說：『吾主逃往砂磧借兵。』彼必來追趕，墮吾計矣。」黃花元帥欣然願往。更與騎兵千人，依計而行。黃花元帥在路思想：「不斬密盧之首，齊侯如何肯信。若使成功，主公亦必不加罪。」遂至馬鞭山來見密盧。卻說密盧正與齊兵相持未決，且喜黃花救兵來到，欣然出迎。黃花出其不意，即於馬上斬密盧之首。速買大怒，綽刀上馬來鬥黃花。兩家軍兵，各助其主，自相擊鬥，互有殺傷。速買料不能勝，單刀獨馬，逕奔虎兒斑營中投降。虎兒斑

❺ 漏蹄：原為一種動物疾病。牲口害此病時，蹄子上有白粉，或甚至有洞，使得牲口疼痛，無法走路。此指生了病的馬匹。

不信，叱軍士縛而斬之。可憐令支國君臣，只因侵擾中原，一朝俱死於非命，豈不哀哉！史官有詩云：

山有黃臺水有濡，周圍百里令支居。燕山鹵獲今何在？國滅身亡可嘆吁！

黃花元帥并有密盧之眾，直奔齊軍，獻上密盧首級，備言：「國主傾國逃去砂磧，與外國借兵報仇。臣勸之投降不聽。今自斬密盧之首，投於帳下，乞收為小卒。情願率本部人馬為嚮導，追趕國主，以效微勞。」桓公見了密盧首級，不由不信。即用黃花為前部，引大軍進發，直抵無棣。果是個空城，益信其言為不謬。誠恐答里呵去遠，止留燕莊公兵一支守城，其餘盡發，連夜追襲。黃花請先行探路。桓公使高黑同之，大軍繼後。已到砂磧，桓公催軍速進。行了許久，不見黃花消息。看看天晚，但見：白茫茫一片平沙，黑黯黯千重慘霧，冷淒淒數群啼鬼，亂颯颯幾陣悲風。寒氣逼人，毛骨俱悚。狂飆刮地，人馬俱驚。軍馬多有中惡而倒者。時桓公與管仲並馬而行。仲謂桓公曰：「臣久聞北方有旱海，是極利害之處，恐此是也。不可前行。」桓公急教傳令收軍，前後隊已自相失。帶來火種，遇風即滅，吹之不燃。管仲保著桓公，帶轉馬頭急走。隨行軍士，各各敲金擊鼓，一來以屏陰氣，二來使各隊聞聲來集。只見天昏地慘，東西南北，茫然不辨。不知走了多少路，且喜風息霧散，空中現出半輪新月。眾將聞金鼓之聲，追隨而至，屯扎一處。挨至天曉，計點眾將不缺，止不見隰朋一人。其軍馬七斷八續❻，損折無數。幸而隆冬閉蟄，毒蛇不出。軍聲喧鬧，猛獸潛藏。不然，真個不死帶傷，所存無幾矣。管仲見山谷險惡，絕無人行，急教尋路出去。奈東衝西撞，盤盤曲曲，全無出路。桓公心下早已著忙。管仲進曰：

❻ 七斷八續：斷斷續續、零亂而不成行列。

「臣聞老馬識途，無終與山戎連界，其馬多從漠北而來，可使虎兒斑擇老馬數頭，觀其所往而隨之，宜可得路也。」桓公依其言，取老馬數匹，縱之先行，委委曲曲，遂出谷口。髯翁有詩云：

蟻能知水馬知途，異類能將危困扶。堪笑淺夫多自用，誰能捨己聽忠謨？

再說黃花元帥，引齊將高黑先行，徑走陽山一路。高黑不見後隊大軍來到，教黃花暫住等候，一齊進發。黃花只顧催趲。高黑心疑，勒馬不行。被黃花執之，來見孤竹主答里呵。黃花瞞過殺密盧之事，只說：「密盧在馬鞭山兵敗被殺。臣用詐降之計，已誘齊侯大軍，陷於旱海。又擒得齊將高黑在此，聽憑發落❼。」答里呵謂高黑曰：「汝若投降，吾當重用。」高黑睜目大罵曰：「吾世受齊恩，安肯臣汝犬羊哉？」又罵黃花：「汝誘吾至此，我一身死不足惜。吾主兵到，汝君臣國亡身死，只在早晚，教你悔之無及！」黃花大怒，拔劍親斬其首。真忠臣也！答里呵再整軍容，來奪無棣城。燕莊公因兵少城空，不能固守。令人四面放火，乘亂殺出，直退回團子山下寨。

再說齊桓公大軍出了迷谷，行不十里，遇見一枝軍馬，使人探之，乃公孫隰朋也。於是合兵一處，逕奔無棣城來。一路看見百姓扶老攜幼，紛紛行走。管仲使人問之。答曰：「孤竹主逐去燕兵，已回城中，吾等向避山谷，今亦歸井里耳。」管仲曰：「吾有計破之矣。」乃使虎兒斑選心腹軍士數人，假扮做城中百姓，隨著眾人混入城中，只待夜半舉火為應。虎兒斑依計去後。管仲使豎貂攻打南門，連摯攻打西門，公子開方攻打東門。只留北門與他做走路，卻教王子成父和隰朋分作兩路，埋伏於北門之外。

❼ 發落：打發、對付、處置。

只等答里呵出城，截住擒殺。管仲與齊桓公離城十里下寨。時答里呵方救滅城中之火，招回百姓復業。一面使黃花整頓兵馬，以備廝殺。是夜黃昏時候，忽聞砲聲四舉，報言：「齊兵已到，將城門圍住。」黃花不意齊兵即至，大喫一驚。驅率軍民登城守望。延至半夜，城中四五路火起。黃花使人搜索放火之人。虎兒斑率十餘人，逕至南門，將城門砍開，放豎貂軍馬入來。黃花知事不濟，扶答里呵上馬，覓路奔走。聞北路無兵，乃開北門而去。行不二里，但見火把縱橫，鼓聲震地。王子成父和隰朋兩路軍馬殺來。開方、豎貂、虎兒斑得了城池，亦各統兵追襲。黃花元帥死戰良久，力盡被殺。答里呵為王子成父所獲。兀律古死於亂兵之中。至天明，迎接桓公入城。桓公數答里呵助惡之罪，親斬其首，懸於北門，以警戎夷，安撫百姓。戎人言高黑不屈被殺之事。桓公十分嘆息。即命錄其忠節，待回國再議卹典。

燕莊公聞齊侯勝兵入城，亦自團子山飛馬來會。稱賀已畢，桓公曰：「寡人赴君之急，跋涉千里，幸而成功，令支、孤竹一朝殄滅，闢地五百里。然寡人非能越國而有之也。請以益君之封。」燕莊公曰：「寡人藉君之靈，得保宗社足矣。敢望益地？惟君建置之。」桓公曰：「北陲闢遠，若更立夷種，必然復叛，君其勿辭。東道已通，勉脩先召公之業，貢獻於周，長為北藩，寡人與有榮施矣。」燕伯乃不敢辭。桓公即無棣城大賞三軍。以無終國有助戰之功，命以小泉山下之田界之。虎兒斑拜謝先歸。桓公休兵五日而行。再渡卑耳之溪，於石壁取下車輛，整頓停當，緩緩而行。見令支一路，荒煙餘燼，不覺慘然。謂燕伯曰：「戎主無道，殃及草木，不可不戒！」鮑叔牙自葵茲關來迎。桓公曰：「餉饋不乏，皆大夫之功也。」又分付燕伯設戍葵茲關，遂將齊兵撤回。燕伯送桓公出境，戀戀不捨，不覺送入齊界，去燕界五十餘里。桓公曰：「自古諸侯相送，不出境外。寡人不可無禮於燕君。」乃割地至所送之處畀燕，以為謝過之意。燕伯苦辭不允，只得受地而還。在其地築城名曰燕留，言留齊侯之德於燕也。燕自此西北增地五百里，東增地五十餘里，始為北方大國。諸侯因桓公救燕，又不貪其地，莫不畏齊之威，感齊之德。史官有詩云：

千里提兵治犬羊，要將職貢達周王。休言黷武非良策，尊攘須知定一匡。

桓公還至魯濟，魯莊公迎勞於水次，設享稱賀。桓公以莊公親厚，特分二戎鹵獲之半以贈魯。莊公知管仲有采邑，名曰小穀，在魯界首，乃發丁夫代為築城，以悅管仲之意。時魯莊公三十二年，周惠王之十五年也。是年秋八月，魯莊公薨，魯國大亂。欲知魯事如何，且看下回分解。

第二十二回 公子友兩定魯君 齊皇子獨對委蛇

話說公子慶父字仲，魯莊公之庶兄，其同母弟名牙，字叔，則莊公之庶弟。莊公之同母弟曰公子友。因手掌中生成一「友」字文，遂以為名，字季，謂之季友。雖則兄弟三人，同為大夫，一來嫡庶之分，二來惟季友最賢，所以莊公獨親信季友。

莊公即位之三年，曾遊郎臺。於臺上窺見黨氏之女孟任，容色殊麗，使內侍召之。孟任不從。莊公曰：「苟從我，當立汝為夫人也。」孟任請立盟誓，莊公許之。孟任遂割臂血誓神，與莊公同宿於臺上，遂載回宮。歲餘，生下一子名般。莊公欲立孟任為夫人，請命於母文姜。文姜不許，必欲其子與母家聯姻。遂定下襄公始生之女為婚。只因姜氏年幼，直待二十歲上，方纔娶歸。所以孟任雖未立為夫人，那二十餘年卻也權主六宮之政。比及姜氏入魯為夫人，孟任已病廢不能起。未幾卒，以妾禮葬之。姜氏久而無子。其娣叔姜從嫁，生一子曰啟。先有妾風氏，乃須句子之女，生一子名申。風氏將申託於季友，謀立為嗣。季友曰：「子般年長。」乃止。姜氏雖為夫人，莊公念是殺父仇家，外雖禮貌，心中不甚寵愛。公子慶父生得魁偉軒昂，姜氏看上了他，陰使內侍往來通語。遂與慶父私通，情好甚密。因與叔牙為一黨，相約異日共扶慶父為君。叔牙為相。髯翁有詩云：

淫風鄭衛只尋常，更有齊風不可當。堪笑魯邦偏締好，文姜之後有哀姜。

莊公三十一年，一冬無雨，欲行雩祭祈禱。先一日演樂於大夫梁氏之庭。梁氏有女色甚美，公子般悅之，陰與往來，亦有約為夫人之誓。是日，梁女梯牆而觀演樂。圉人犖在牆外窺見梁女姿色，立於牆下，故作歌以挑之。歌曰：

桃之夭夭兮，凌冬而益芳。中心如結兮，不能踰牆。願同翼羽兮，化為鴛鴦。

公子般亦在梁氏觀雩，聞歌聲出看，見圉人犖大怒，命左右擒下，鞭之三百，血流滿地。犖再三哀求，乃釋之。公子般訴之於莊公。莊公曰：「犖無禮，便當殺之，不可鞭也。犖之勇捷，天下無比。鞭之必懷恨於汝矣。」——原來圉人犖有名絕力，曾登稷門城樓，飛身而下，及地復踴身一躍，遂手攀樓屋之角，以手撼之，樓俱震動。莊公勸殺犖。亦畏其勇故也。——子般曰：「彼匹夫耳，何慮焉？」圉人犖果恨子般，遂投慶父門下。

次年秋，莊公疾篤，心疑慶父，故意先召叔牙，問以身後之事。叔牙果盛稱慶父之才：「若主魯國，社稷有賴。況一生一及，魯之常也。」莊公不應。叔牙出，復召季友問之。季友對曰：「君與孟任有盟矣。既降其母，可復廢其子乎？」莊公曰：「叔牙勸寡人立慶父，何如？」季友曰：「慶父殘忍無親，非人君之器。叔牙私於其兄，不可聽之。臣當以死奉般。」莊公點首，遂不能言。季友出宮，急命內侍傳莊公口語，使叔牙待於大夫鍼季之家，即有君命來到。叔牙果往鍼氏。季友乃封鴆酒一瓶，使鍼季毒死叔牙。復手書致牙曰：「君有命賜公子死。公子飲此而死，子孫世不失其位。不然，族且滅矣！」叔牙猶不肯服。鍼季執耳灌之，須臾九竅流血而死。史官有詩論鴆牙之事，曰：

周公誅管安周室，季友鴆牙靖魯邦。為國滅親真大義，六朝底事忍相戕？

是夕，莊公薨。季友奉公子般主喪，諭國人以明年改元。各國遣弔，自不必說。

至冬十月，子般念外家黨氏之恩，聞外祖黨臣病死，往臨其喪。慶父密召圉人犖謂曰：「汝不記鞭背之恨乎？夫蛟龍離水，匹夫可制。汝何不報之於黨氏？吾為汝主。」犖曰：「苟公子相助，敢不如命！」乃懷利刃，乘夜奔黨大夫家。時已三更，踰牆而入，伏於舍外。至天明時，小內侍啟門取水，圉人犖直入寢室。子般方下床穿履，驚問曰：「汝何至此？」犖曰：「來報去年鞭背之恨耳！」子般急取床頭劍劈之，傷額破腦。犖左手格劍，右手握刃刺般，中脅而死。內侍驚報黨氏。黨氏家眾，操兵齊來攻犖。犖因腦破不能戰，被眾人亂斫為泥。季友聞子般之變，知是慶父所為。恐及於禍，乃出奔陳國以避難。慶父佯為不知，歸罪於圉人犖，滅其家，以解說於國人。夫人姜氏遂欲立慶父。慶父曰：「二公子猶在，不盡殺絕，未可代也。」姜氏曰：「當立申乎？」慶父曰：「申年長難制，不如立啟。」乃為子般發喪。假訃告為名，親至齊國，告以子般之變，納賄於豎貂，立子啟為君。時年八歲，是為閔公。閔公乃叔姜之子。叔姜是夫人姜氏之娣也。閔公為齊桓公外甥。閔公內畏哀姜，外畏慶父，欲借外家為重。故使人訂齊桓公，會於姑落之地。閔公牽桓公之衣，密訴以慶父內亂之事，垂淚不止。桓公曰：「今者魯大夫誰最賢？」閔公曰：「惟季友最賢。今避難於陳國。」桓公曰：「何不召而復之？」閔公曰：

「恐慶父見疑。」桓公曰：「但出寡人之意，誰敢違者？」乃使人以桓公之命，召季友於陳。閔公次於郎地，候季友至郎，並載歸國，立季友為相。託言齊侯所命，不敢不從。時周惠王之六年，魯閔公之元年也。是冬，齊侯復恐魯之君臣不安其位，使大夫仲孫湫來候問，且窺慶父之動靜。閔公見了仲孫湫，流涕不能成語。後見公子申，與之談論魯事，甚有條理。仲孫曰：「此治國之器也。」囑季友善視之。因勸季友早除慶父。季友伸一掌示之。仲孫已悟孤掌難鳴之意。曰：「湫當言於吾君，倘有緩急，不敢坐視。」慶父以重賂來見仲孫。仲孫曰：「苟公子能忠於社稷，寡君亦受其賜，豈惟湫乎？」固辭不受。慶父悚懼而退。仲孫辭閔公歸，謂桓公曰：「不去慶父，魯難未已也！」桓公曰：「寡人以兵去之何如？」仲孫曰：「慶父兇惡未彰，討之無名。臣觀其志，不安於為下，必復有變。乘其變而誅之，此伯王之業也。」桓公曰：「善。」閔公二年，慶父謀篡益急。只為閔公是齊侯外甥，況且季友忠心相輔，不敢輕動。忽一日，閽人報大夫卜齮相訪。慶父迎進書房，見卜齮怒氣勃勃，問其來意。卜齮訴曰：「我有田與太傅慎不害田莊相近，被慎不害用強❶奪去。我去告訴主公，主公偏護師傅，反勸我讓他。以此不甘，特來投公子，求於主公前一言。」慶父屏去從人，謂卜齮曰：「主公年幼無知，雖言不聽。子若能行大事，我為子殺慎不害何如？」卜齮曰：「季友在，懼不免。」慶父曰：「主公有童心，嘗夜出武闈，遊行街市。子伏人於武闈，候其出而刺之。但云盜賊，誰能知者？吾以國母之命，代立為君，逐季友如反掌耳。」卜齮許諾。乃求勇士，得秋亞，受以利匕首，使伏武闈。閔公果夜出，秋亞突起，刺殺閔公。左右驚呼，擒住秋亞。卜齮領家甲至奪去。慶父殺慎不害於家。季友聞變，夜叩公子申之門，蹴

❶ 用強：用強硬的手段。

之起，告以慶父之亂。兩人同奔邾國避難。髯翁有詩云：

> 子般遭弒閔公戕，操刃當時誰主張？魯亂盡由宮閫起，娶妻何必定齊姜！

卻說國人素服季友。聞魯侯被殺，相國出奔，舉國若狂，皆怨卜齮而恨慶父。是日國中罷市，一聚千人。先圍卜齮之家，滿門遭戮。將攻慶父，聚者益眾。慶父知人心不附，欲謀出奔。想起齊侯曾藉莒力以復國。齊、莒有恩，可因莒以自說於齊。況文姜原有莒醫一脈交情。今夫人姜氏，即文姜之姪女。有此因緣，凡事可託。遂微服扮作商人，載了寶賄滿車，出奔莒國。夫人姜氏聞慶父奔莒，安身不牢，亦想至莒國躲避。左右曰：「夫人以仲慶父故，得罪國人。今復聚一國，誰能容之？季友在邾，眾所與也。夫人不如適邾，以乞憐於季。」乃奔邾國，求見季友。季友拒之弗見。季友聞慶父、姜氏俱出，遂將公子申歸魯，一面使人告難於齊。齊桓公謂仲孫湫曰：「今魯國無君，取之如何？」仲孫湫曰：「魯秉禮之國，雖遭弒亂，一時之變，人心未忘周公，不可取也。況公子申明習國事，季友有戡亂之才，必能安集眾庶，不如因而守之。」桓公曰：「諾。」乃命上卿高傒，率南陽甲士三千人，分付高傒相機而動：「公子申堪主社稷，即當扶立為君，以脩鄰好。不然，便可併兼其地。」高傒領命而行，來至魯國。恰好公子申、季友亦到。高傒見公子申相貌端莊，議論條理，心中十分敬重。遂與季友定計，擁立公子申為君，是為僖公。使甲士幫助魯人，築鹿門之城，以防邾、莒之變。季友使公子奚斯，隨高傒至齊，謝齊侯定國之功。一面使人如莒，要假手莒人以戮慶父，啖以重賂。

卻說慶父奔莒之時，載有魯國寶器，因莒醫以獻於莒子。莒子納之。至是復貪魯重賂，使人謂慶父曰：「莒國褊小，懼以公子為兵端，請公子改適他國。」慶父猶未行。莒子下令逐之。慶父思豎貂曾受賂相好，乃自邾如齊。齊疆吏素知慶父之惡，不敢擅納，乃寓居於汶水之上。恰好公子奚斯謝齊事畢，還至汶水，與慶父相見，欲載之歸國。慶父曰：「季友必不見容。子魚能為我代言，乞念先君一脈，願留性命，長為匹夫，死且不朽。」奚斯至魯復命，遂致慶父之言。僖公欲許之。季友曰：「使弒君不誅，何以戒後？」因私謂奚斯曰：「慶父若自裁，尚可為立後，不絕世祀也。」奚斯領命，再往汶上，欲告慶父，而難於啟齒，乃於門外號啕大哭。慶父聞其聲，知是奚斯。乃嘆曰：「子魚不入見而哭甚哀，吾不免矣！」乃解帶自縊於樹而死。奚斯乃入而殮之，還報僖公。僖公嘆息不已。忽報：「莒子遣其弟嬴挐，領兵臨境。聞慶父已死，特索謝賂。」季友曰：「莒人未嘗擒送慶父，安得居功？」乃自請率師迎敵。僖公解所佩寶刀相贈，謂曰：「此刀名曰孟勞，長不滿尺，鋒利無比，叔父寶之。」季友懸於腰胯之間，謝恩而出。行至酈地，莒公子嬴挐列陣以待。季友曰：「魯新立君，國事未定，若戰而不勝，人心動搖矣。莒挐貪而無謀，吾當以計取之。」乃出陳前，請嬴挐面話。因謂之曰：「我二人不相悅，士卒何罪？聞公子多力善搏，友請各釋器械，與公子徒手賭一雌雄，何如？」嬴挐曰：「甚善！」兩下約退軍士，就於戰場放對❷，一來一往，各無破綻。約鬥五十餘合，季友之子行父，時年八歲，友甚愛之，俱至軍中。時在旁觀鬥，見父親不能取勝，連呼：「孟勞何在？」季友忽然醒悟，故意賣個破綻❸，讓嬴挐趕入一步。季友略一轉身，於腰間拔出孟勞，回手一揮，連肩帶額，削去天靈蓋半邊，刃無血痕，

❷ 放對：對敵。

❸ 賣個破綻：讓出一個間隙。

真寶刀也！莒軍見主將劈倒，不待交鋒，各自逃命。季友全勝，唱凱還朝。僖公親自迎之於郊，立為上相，賜費邑為之采地。季友奏曰：「臣與慶父、叔牙，並是桓公之子。臣以社稷之故，鴆叔牙，縊慶父，大義滅親，誠非得已。今二子俱絕後，而臣獨叨榮爵，受大邑，臣何顏見桓公於地下？」僖公曰：「二子造逆，封之得無非典？」季友曰：「二子有逆心，無逆形。且其死非有刀鋸之戮也。宜並建之，以明親親之誼。」僖公從之。乃以公孫敖繼慶父之後，是為孟孫氏。慶父字仲，後人以字為氏。——本曰仲孫，因諱慶父之惡，改為孟也。——孟孫氏食采於成。以公孫茲繼叔牙之後，是為叔孫氏，食采於郈。季友食采於費，加封以汶陽之田，是為季孫氏。於是季、孟、叔三家，鼎足而立，並執魯政，謂之三桓。是日魯南門無故自崩，識者以為高而忽傾，異日必有凌替之禍，兆已見矣。史官有詩云：

手文徵異已褒功，孟叔如何亦並封？亂世天心偏助逆，三家宗裔是桓公。

話說齊桓公知姜氏在郲，謂管仲曰：「魯桓、閔二公，不得令終，皆以我姜之故。若不行討，魯人必以為戒，姻好絕矣。」管仲曰：「女子既嫁從夫，得罪夫家，非外家所得討也。君欲討之，宜隱其事。」桓公曰：「善。」乃使豎貂往郲，送姜氏歸魯。姜氏行至夷，宿館舍。豎貂告姜氏曰：「夫人與弒二君，齊、魯莫不聞之。夫人即歸，何面目見太廟乎？不如自裁，猶可自蓋也。」姜氏聞之，閉門哭泣，至半夜寂然。豎貂啟門視之，已自縊死矣。豎貂告夷宰，使治殯事，飛報僖公。僖公迎其喪以歸，葬之成禮，曰：「母子之情，不可絕也！」諡之曰哀，故曰哀姜。後八年，僖公以莊公無配，仍附哀姜於太廟。此乃過厚之處。

* * *

卻說齊桓公自救燕定魯以後，威名愈振，諸侯悅服。桓公益信任管仲，專事飲獵為樂。一日獵於大澤之陂，豎貂為御。車馳馬驟，較射方歡。桓公忽然停目而視，半晌無言，若有懼容。豎貂問曰：「君瞪目何所視也？」桓公曰：「寡人適見一鬼物，其狀甚怪而可畏，良久忽滅，殆不祥乎？」豎貂曰：「鬼陰物，安敢晝見？」桓公曰：「先君田姑棼而見大豕，是亦晝也。汝為我亟召仲父。」豎貂曰：「仲父非聖人，烏能悉知鬼神之事？」桓公曰：「仲父能識俞兒，何謂非聖？」豎貂曰：「君前者先言俞兒之狀，仲父因逢君之意，飾美說以勸君之行也。君今但言見鬼，勿洩其狀。如仲父言與君合，則仲父信聖不欺矣。」桓公曰：「諾。」乃趨駕歸，心懷疑懼。是夜遂大病如瘧。明日，管仲與諸大夫問疾。桓公召管仲，與之言見鬼：「寡人心中畏惡，不能出口。仲父試道其狀。」管仲不能答，曰：「容臣詢之。」豎貂在旁笑曰：「臣固知仲父之不能言也。」桓公病益增，管仲憂之。懸書於門：「如有能言公所見之鬼者，當贈以封邑三分之一。」有一人荷笠懸鶉而來，求見管仲。管仲揖而進之。其人曰：「君有恙乎？」管仲曰：「然。」其人曰：「君病見鬼乎？」管仲又曰：「然。」其人曰：「君見鬼於大澤之中乎？」管仲曰：「子能言鬼之狀否？吾當與子共家。」其人曰：「請見君而言之。」管仲見桓公於寢室。桓公方累重裀而坐，使兩婦人摩背，兩婦人搥足。豎貂捧湯立而候飲。管仲曰：「君之病有能言者，臣已與之俱來。君可召之。」桓公召入。見其荷笠懸鶉，心殊不喜。遽問曰：「仲父言識鬼者乃汝乎？」對曰：「公則自傷耳，鬼安能傷公？」桓公曰：「然則有鬼否？」對曰：「有之。水有罔象，邱有峷，山有夔，野有彷徨，澤有委蛇。」桓公曰：「汝試言委蛇之狀。」對曰：「夫委蛇者，其大如轂，其長如轂，紫衣而朱冠。其為物也，惡聞轟車之聲。聞則捧其首而立。此不輕見，見之者必霸天下。」桓公囅然而笑，不覺起立曰：「此正寡人之所見也！」於是頓覺精神開爽，不知病之何往矣。桓公曰：「子何名？」對曰：「臣名皇子，齊西鄙之農夫也。」桓公曰：「子可留仕寡人。」遂欲爵為大夫。皇子固辭曰：「公尊王室，攘四夷，安中國，撫百姓。使臣常為治世之民，不妨農務足矣。不願居官。」桓公曰：「高士也！」賜之粟帛，命有司復其家。復重賞管仲。豎貂曰：「仲父不能言，而皇子言之。仲父安得受賞乎？」桓公曰：「寡人聞之，『任獨者暗，任眾者明。』微仲父，寡人固不得聞皇子之言也。」豎貂乃服。

* * *

時周惠王十七年。狄人侵犯邢邦，又移兵伐衛。衛懿公使人如齊告急。諸大夫請救之。桓公曰：「伐戎之役，瘡痍未息。且俟來春，合諸侯往救可也。」其冬，衛大夫甯速至齊，言狄已破衛，殺衛懿公，今欲迎公子燬為君。齊侯大驚曰：「不早救衛，孤罪無辭矣！」不知狄如何破衛，且看下回分解。

第二十三回　衛懿公好鶴亡國　齊桓公興兵伐楚

話說衛惠公之子懿公，自周惠王九年嗣位，在位九年。般樂怠傲，不恤國政。最好的是羽族中一物，其名曰鶴。按浮邱伯相鶴經云：

鶴，陽鳥也，而遊於陰。因金氣乘火精以自養。金數九，火數七，故鶴七年一小變，十六年一大變，百六十年變止，千六百年形定。體尚潔，故其色白。聲聞天，故其頭赤。食於水，故其喙長。棲於陸，故其足高。翔於雲，故毛豐而肉疎。大喉以吐故，脩頸以納新，故壽不可量。行必依洲渚，止不集林木。蓋羽族之宗長，仙家之騏驥也。鶴之上相，隆鼻短口則少眠，高腳疏節則多力，露眼赤睛則視遠，鳳翼雀毛則喜飛，龜背鼈腹則能產，輕前重後則善舞，洪髀纖趾則能行。

那鶴色潔形清，能鳴善舞，所以懿公好之。俗諺云：「上人不好，下人不要。」因懿公偏好那鶴，凡獻鶴者皆有重賞。弋人百方羅致，都來進獻。自苑囿宮廷，處處養鶴，何止數百。有齊高帝咏鶴詩為證：

八風舞遙翮，九野弄清音。一摧雲間志，為君苑中禽。

懿公所畜之鶴，皆有品位俸祿。上者食大夫俸，次者食士俸。懿公若出遊，其鶴亦分班從幸。命以大軒載於車前，號曰鶴將軍。養鶴之人，亦有常俸。厚斂於民，以充鶴糧。民有飢凍，全不撫恤。大夫石祁子乃石碏之後，石駘仲之子，為人忠直有名，與甯莊子名速，同秉國政，皆賢臣也。二人進諫屢次，俱不聽。公子燬乃惠公庶兄公子碩烝於宣姜而生者，即文公也。燬知衛必亡，託故如齊。齊桓公妻以宗女，竟留齊國。衛人向來心憐故太子急子之冤。自惠公復位之後，百姓日夜咒詛，若天道有知，必不終於祿位。只因急子與壽，俱未有子。公子碩早死，黔牟已絕。惟燬有賢德，所以人心俱歸附之。及懿公失政，公子燬出奔。衛人無不含怨。

卻說北狄自周太王之時，獯鬻已強，威逼太王，遷都於岐。及武王一統，周公南懲荊舒，北膺戎狄，中國久安。迨平王東遷之後，南蠻北狄，交肆其橫。單說北狄主名曰瞍瞞，控絃數萬，常有迭蕩中原之意。及聞齊伐山戎，瞍瞞怒曰：「齊兵遠伐，必有輕我之心，當先發制之。」乃驅胡騎二萬伐邢，殘破其國。聞齊謀救邢，遂移兵向衛。時衛懿公正欲載鶴出遊，諜報：「狄人入寇。」懿公大驚，即時斂兵授甲，為戰守計。百姓皆逃避村野，不肯即戎❶。懿公使司徒拘執之，須臾擒百餘人來。問其逃避之故，眾人曰：「君用一物，足以禦狄，安用我等？」懿公問：「何物？」眾人曰：「鶴！」懿公曰：「鶴何能禦狄耶？」眾人曰：「鶴既不能戰，是無用之物。君敝有用，以養無用，百姓所以不服也。」懿公曰：「寡人知罪矣！願散鶴以從民可乎？」石祁子曰：「君亟行之，猶恐其晚也。」懿公遂使人縱鶴。鶴素受豢養，盤旋故處，終不肯去。石、甯二大夫，親往街市，述衛侯悔過之意，百姓始稍稍復集。狄兵已殺至熒澤，頃刻三報。石祁子奏曰：「狄兵驍勇，不可輕敵，臣請求救於齊。」懿公曰：「齊昔日奉命

❶ 即戎：用兵；作戰。

來伐，雖然退兵，我國並未修聘謝，安肯相救？不如一戰，以決存亡。」甯速曰：「臣請率師禦狄，君居守。」懿公曰：「孤不親行，恐人不用心。」乃與石祁子玉玦，使代理國政，曰：「卿決斷如此玦矣！」與甯速矢，使專力守禦。又曰：「國中之事，全委二卿，寡人不勝狄，不能歸也！」石、甯二大夫皆垂淚。懿公分付已畢，乃大集車徒，使大夫渠孔為將，于伯副之。黃夷為先鋒，孔嬰齊為後隊。一路軍人口出怨言。懿公夜往察之。軍中歌曰：

鶴食祿，民力耕。鶴乘軒，民操兵。狄鋒厲兮不可攖，欲戰兮九死而一生！鶴今何在兮？而我瞿瞿為此行！

懿公聞歌，悶悶不已。大夫渠孔用法太嚴，人心益離。行近熒澤，見敵軍千餘，左右分馳，全無行次。渠孔曰：「人言狄勇，虛名耳！」即命鼓行而進。狄人詐敗，引入伏中。一時呼哨而起，如天崩地塌，將衛兵截做三處，你我不能相顧。衛兵原無心交戰，見敵勢兇猛，盡棄車仗而逃。懿公被狄兵圍之數重。渠孔曰：「事急矣！請偃大旆，君微服下車，尚可脫也。」懿公嘆曰：「二三子苟能相救，以旆為識。不然，去旆無益也。孤寧一死，以謝百姓耳！」須臾，衛兵前後隊俱敗，黃夷戰死，孔嬰齊自刎而亡。狄軍圍益厚。于伯中箭墜車。懿公與渠孔先後被害，被狄人砍為肉泥，全軍俱沒。髯翁有詩云：

曾聞古訓戒禽荒，一鶴誰知便喪邦？熒澤當時遍燐火，可能騎鶴返仙鄉。

狄人囚衛太史華龍滑、禮孔，欲殺之。華、禮二人知胡俗信鬼，紿之曰：「我太史也，當掌國之祭祀。

我先往為汝白神，不然，鬼神不汝祐，國不可得也。」瞍瞞信其言，遂縱之登車。甯速方戎服巡城，望見單車馳到，認是二太史，大驚，問：「主公何在？」曰：「已全軍覆沒矣！狄師強盛，不可坐待滅亡，宜且避其鋒！」甯速欲開門納之。禮孔曰：「與君俱出，不與君俱入，人臣之義謂何？吾將事吾君於地下！」遂拔劍自刎。華龍滑曰：「不可失史氏之籍。」乃入城。甯速與石祁子商議，引著衛侯宮眷及公子申，乘夜乘小車出城東走。華龍滑抱典籍從之。國人聞二大夫已行，各各攜男抱女，隨後逃命，哭聲震天。狄兵乘勝長驅，直入衛城。百姓奔走，落後者盡被殺戮。又分兵追逐。石祁子保宮眷先行，甯速斷後。且戰且走。從行之民，半罹狄刃。將及黃河，喜得宋桓公遣兵來迎，備下船隻，星夜渡河，狄兵方纔退去。將衛國府庫，及民間存留金粟之類，劫掠一空，隳其城郭，滿載而歸。不在話下。

卻說衛大夫宏演，先奉使聘陳。比及反役，衛已破滅。聞衛侯死於熒澤，往覓其屍。一路看見骸骨暴露，血肉狼籍，不勝傷感。行至一處，見大旆倒於荒澤之旁，宏演曰：「旆在此，屍當不遠矣。」未數步，聞呻吟之聲。前往察之，見一小內侍，折足而臥。宏演問曰：「汝認得主公死處否？」內侍指一堆血肉曰：「此即主公之屍也。吾親見主公被殺，為足傷不能行走，故臥守於此，欲俟國人來而示之。」宏演視其屍骨，俱已零落不全，惟一肝完好。宏演對之再拜，大哭，乃復命於肝前，如生時之禮。事畢，宏演曰：「主公無人收葬，吾將以身為棺耳！」囑從人曰：「我死後埋我於林下，俟有新君，方可告之。」遂拔佩刀，自剖其腹，手取懿公之肝，納於腹中，須臾而絕。從者如言埋掩，因以車載小內侍渡河，察聽新君消息。

卻說石祁子先扶公子申登舟，甯速收拾遺民，隨後趕上。至於漕邑，點查男女，纔存得七百有二十人。狄人殺戮之多，豈不悲哉！二大夫相議，國不可一日無君，其奈遺民太少，乃於共、滕二邑，十抽其三，共得四千有餘人，連遺民湊成五千之數。即於漕邑創立廬舍，扶立公子申為君，是謂戴公。宋桓公御說，許桓公新臣，各遣人致唁。戴公先已有疾，立數日遂薨。甯速如齊迎公子燬嗣位。齊桓公曰：「公子歸自敝邑，將守宗廟。若器用不具，皆寡人之過也。」乃遺以良馬一乘，祭服五稱，牛羊豕雞狗各三百隻。又以魚軒贈其夫人，兼美錦三十端。命公子無虧帥車三百乘送之。並致門材，使立門戶。公子燬至漕邑，宏演之從人，同折足小內侍俱到，備述納肝之事。公子燬先遣使具棺，往熒澤收殮。一面為懿公、戴公發喪，追封宏演，錄用其子，以旌其忠。諸侯重齊桓公之義，多有弔賻。時周惠王十八年冬十二月也。

其明年春正月，衛侯燬改元，是為文公。纔有車三十乘，寄居民間，甚是荒涼。文公布衣帛冠，蔬食菜羹，早起夜息，撫安百姓，人稱其賢。公子無虧辭回齊國，留甲士三千人，協戍漕邑，以防狄患。無虧回見桓公，言衛燬草創之狀，並述宏演納肝之事。桓公嘆曰：「無道之君，亦有忠臣如此者乎？其國正未艾也！」管仲進曰：「今留戍勞民，不如擇地築城，一勞永逸。」桓公以為然。正欲糾合諸侯同役，忽邢國遣人告急言：「狄兵又到，本國勢不能支。伏乞救援！」桓公問管仲曰：「邢可救乎？」管仲對曰：「諸侯所以事齊，謂齊能拯其災患也。不能救衛，又不救邢，霸業隕矣！」桓公曰：「然則邢、衛之急孰先？」管仲對曰：「俟邢患既平，因而城衛，此百世之功也。」桓公曰：「善。」即傳檄宋、魯、曹、邾各國，合兵救邢，俱於聶北取齊。宋、曹二國兵先到。管仲又曰：「狄寇方張，邢力未竭。敵方張之寇，其勞倍。助未竭之力，其功少。不如待之。邢不支狄必潰，狄勝邢必疲。驅疲狄而援潰邢，所謂力省而功多者也。」桓公用其謀，託言待魯、邾兵到，乃屯兵於聶北，遣諜打探邢、狄攻守消息。史臣有詩譏管仲不早救邢、衛，乃霸者養亂為功之謀也。詩云：

救患如同解倒懸，提兵那可復遷延？從來霸事遜王事，功利偏居道義先。

話說三國駐兵聶北，約及兩月。狄兵攻邢，晝夜不息。邢人力竭，潰圍而出。諜報方到，邢國男女填湧而來，俱投奔齊營求救。內一人哭倒在地，乃邢侯叔顏也。桓公扶起慰之曰：「寡人相援不早，以致如此，罪在寡人。當請宋公、曹伯共議驅逐狄人。」即日拔寨都起。狄主瞍瞞擄掠滿欲，無心戀戰。聞三國大兵將至，放起一把火，望北飛馳而去。比及各國兵到，只見一派火光，狄人已遁。桓公傳令，將火撲滅。問叔顏：「故城尚可居否？」叔顏曰：「百姓逃難者，大半在夷儀地方，願遷夷儀以從民欲。」桓公乃命三國各具版築，築夷儀城，使叔顏居之。更為建立朝廟，添設廬舍。牛馬粟帛之類，皆從齊國運至，充牣其中。邢國君臣，如歸故國，歡祝之聲徹耳。事畢，宋、曹欲辭齊歸國。桓公曰：「衛國未定，城邢而不城衛，衛其謂我何？」諸侯曰：「惟霸君命。」桓公傳令移兵向衛，凡畚鍤之屬，盡攜帶隨身。衛文公燬遠遠相接。桓公見其大布為衣，大帛為冠，不改喪服，惻然久之。乃曰：「寡人藉諸君之力，欲為君定都，未審何地為吉？」文公燬曰：「孤已卜得吉地，在於楚邱。但版築之費，非亡國所能辦耳！」桓公曰：「此事寡人力任之。」即日傳令三國之兵，俱往楚邱興工。復運門材，重立朝廟，謂之封衛。衛文公感齊再造之恩，為木瓜之詩以咏之。詩云：

投我以木瓜兮，報之以瓊琚。投我以木桃兮，報之以瓊瑤。投我以木李兮，報之以瓊玖。

當時稱桓公存三亡國，謂立僖公以存魯，城夷儀以存邢，城楚邱以存衛。有此三大功勞，此所以謂五霸之首也。潛淵先生讀史詩云：

周室東遷綱紀摧，桓公糾合振傾頹。興滅繼絕存三國，大義堂堂五霸魁！

* * *

時楚成王熊惲，任用令尹子文圖治，修明國政，有志爭霸。聞齊侯救邢存衛，頌聲傳至荊、襄。楚成王心甚不樂。謂子文曰：「齊侯布德沽名，人心歸向。寡人伏處漢東，德不足以懷人，威不足以攝眾。當今之時，有齊無楚，寡人恥之！」子文對曰：「齊侯經營伯業，於今幾三十年矣。彼以尊王為名，諸侯樂附，未可敵也。鄭居南北之間，為中原屏蔽。王若欲圖中原，非得鄭不可。」成王曰：「誰能為寡人任伐鄭之事者？」大夫鬬章願往。成王與車二百乘，長驅至鄭。

郤說鄭自純門受師以後，日夜提防楚兵。探知楚國興師，鄭伯大懼。即遣大夫聃伯，率師把守純門，使人星夜告急於齊。齊侯傳檄，大合諸侯於檉，將謀救鄭。鬬章知鄭有准備，又聞齊救將至。恐其失利，至界而返。楚成王大怒，解佩劍與鬬廉，使即軍中斬鬬章之首。鬬廉乃鬬章之兄也。既至軍中，且隱下楚王之命，密與鬬章商議：「欲免國法，必須立功，方可自贖。」鬬章跪而請教。鬬廉曰：「鄭知退兵，謂汝必不驟來。若疾走襲之，可得志也。」鬬章分軍為二隊，自率前隊先行，鬬廉率後隊接應。郤說鬬章銜枚臥鼓，悄地侵入鄭界。恰遇聃伯在界上點閱車馬。聃伯聞有寇兵，正不知何國。慌忙點兵，在界上迎住廝殺。不期鬬廉後隊已到，反抄出鄭師之後，腹背夾攻。聃伯力不能支，被鬬章只一鐵簡打倒，雙手拿來。鬬廉乘勝掩殺，鄭兵折其大半。鬬章將聃伯上了囚車，便欲長驅入鄭。鬬廉曰：「此番掩襲成功，且圖免死，敢僥倖從事耶？」乃即日班師。鬬章歸見楚成王，叩首請罪。奏曰：「臣回軍是誘敵之計，非怯戰也。」成王曰：「既有擒將之功，權許贖罪。但鄭國未服，如何撤兵？」鬬廉曰：「恐兵少不能成功，懼褻國威。」成王怒曰：「汝以兵少為辭，明為怯敵。今添兵車二百乘，汝可再往。若不得鄭成，休見寡人之面！」鬬廉奏曰：「臣願兄弟同往，若鄭不投降，當縛鄭伯以獻。」成王壯其言，許之。乃拜鬬廉為大將，鬬章副之，共率車四百乘，重望鄭國殺來。史臣有詩云：

荊襄自帝勢炎炎，蠶食多邦志未厭。溱洧何辜三受伐？解懸只把霸君瞻。

且說鄭伯聞聃伯被囚，復遣人如齊請救。管仲進曰：「君數年以來，救燕存魯，城邢封衛，恩德加於百姓，大義布於諸侯。若欲用諸侯之兵，此其時矣。君若救鄭，不如伐楚。伐楚必須大合諸侯。」桓公曰：「大合諸侯，楚必為備，可必勝乎？」管仲曰：「蔡人得罪於君，君欲討之久矣。楚、蔡接壤，誠以討蔡為名，因而及楚。兵法所謂出其不意者也。」——先時蔡穆公以其妹嫁桓公，為第三夫人。一日桓公與蔡姬共登小舟，遊於池上，採蓮為樂。蔡姬戲以水灑公，公止之。姬知公畏水，故蕩其舟，水濺公衣。公大怒曰：「婢子不能事君！」乃遣豎貂送蔡姬歸國。蔡穆公亦怒曰：「已嫁而歸，是絕之也！」竟將其妹，更嫁於楚國，為楚成王夫人。桓公甚恨蔡侯，故管仲言及之。——桓公曰：「江、黃二國，不堪楚暴，遣使納款❷。寡人欲與會盟，伐楚之日，約為內應，何如？」管仲曰：「江、黃遠齊而近楚，一向服楚，所以僅存。今背而從齊，楚人必怒。怒必加討。當此時，我欲救，則限道路之遙；不救，則乖同盟之義。況中國諸侯，五合十聚，儘可成功，何必借助蕞爾？不如以好言辭之。」桓公曰：「遠國慕義而來，辭之將失人心。」管仲曰：「君但識吾言於壁，異日勿忘江、黃之急也。」桓公遂與江、黃二君盟會，密計伐楚之約，以明年春正月為期。二君言：「舒人助楚為虐，天下稱為荊舒，不可不討。」桓公曰：「寡人當先取舒國，以剪楚翼。」乃因寫一書，付於徐子。徐與舒近。徐嬴嫁為齊桓公第二夫人，有婚姻之好，一向歸附於齊。故桓公以舒事囑之。徐果引兵，襲取舒國。桓公即命徐子屯兵舒城，以備緩急。江、黃二君，各守本界，以候調遣。魯僖公遣季友至齊謝罪，稱：「有邾、莒之隙，不得共邢、衛之役。今聞會盟江、黃，特來申好。嗣有征伐，願執鞭前驅。」桓公大喜，亦以伐楚之事，密與訂約。時楚兵再至鄭國，鄭文公請成，以紓民禍。大夫孔叔曰：「不可。齊方有事於楚，以我故也。人有德於我，棄之不祥。宜堅壁以待之。」於是再遣使如齊告急。桓公授之以計，使揚言齊救即至，以緩楚。至期，或君或臣，率一軍出虎牢，於上蔡取齊，等候協力攻楚。於是遍約宋、魯、陳、衛、曹、許之君，俱要如期起兵。名為討蔡，實為伐楚。

明年，為周惠王之十三年，春正月元日，齊桓公朝賀已畢，便議討蔡一事。命管仲為大將，率領隰朋、賓須無、鮑叔牙、公子開方、豎人貂等，出車三百乘，甲士萬人，分隊進發。太史奏：「七日出軍上吉」，豎貂請先率一軍，潛行掠蔡，就會集各國車馬。桓公許之。蔡人恃楚，全不設備。直待齊兵到

❷ 納款：歸誠。

時，方纔斂兵設守。豎貂在城下耀武揚威，喝令攻城，至夜方退。蔡穆公認得是豎貂。——先年在齊宮，曾伏侍蔡姬，受其恩惠。蔡姬退回，又是他送去的，曉得是宵小之輩。——乃於夜深，使人密送金帛一車，求其緩兵。豎貂受了，遂私將齊侯糾合七路諸侯，先侵蔡後伐楚一段軍機，備細洩漏於蔡：「不日各國軍到，將蔡城蹂為平地，不如及早逃遁為上。」使者回報，蔡侯大驚，當夜率領宮眷，開門出奔楚國。百姓無主，即時潰散。豎貂自以為功，飛報齊侯去訖。

卻說蔡侯至楚，見了成王，備述豎貂之語。成王方省齊謀，傳令簡閱兵車，准備戰守。一面撤回鬬章伐鄭之兵。數日後齊侯兵至上蔡。豎貂謁見已畢，七路諸侯陸續俱到。一個個躬率車徒，前後來助戰，軍威甚壯。那七路：宋桓公御說，魯僖公申，陳宣公杵臼，衛文公燬，鄭文公捷，曹昭公班，許穆公新臣，連主伯齊桓公小白，共是八位。內許穆公抱病，力疾率師，先到蔡地。桓公嘉其勞，使序於曹伯之上。是夜許穆公薨，齊侯留蔡三日，為之發喪。命許國以侯禮葬之。七國之師，望南而進，直達楚界。只見界上，早有一人衣冠整肅，停車道左，磬折而言曰：「來者可是齊侯？可傳言，楚國使臣奉候久矣。」——那人姓屈名完，乃楚之公族，官拜大夫。今奉楚王之命為行人，使於齊師。——桓公曰：「楚人何以預知吾軍之至也？」管仲曰：「此必有人漏洩消息。既彼遣使，必有所陳。臣當以大義責之，使彼自愧屈，可不戰而降矣。」管仲亦乘車而出，與屈完車上拱手。屈完開言曰：「寡君聞上國車徒，辱於敝邑，使下臣完致命。寡君命使臣辭曰：『齊、楚各君其國，齊居於北海，楚近於南海，雖風馬牛不相及也。不知君何以涉於吾地！』敢請其故？」管仲對曰：「昔周成王封吾先君太公於齊，使召康公賜之命辭曰：『五侯九伯，汝世掌征伐，以夾輔周室。其地東至海，西至河，南至穆陵，北至無棣，凡有不共王職，汝勿赦宥！』自周室東遷，諸侯放恣。寡君奉命主盟，修復先業。爾楚國於南荊，當歲貢包茅，以助王祭。自爾缺貢，無以縮酒，寡人是徵。且昭王南征而不返，亦爾故也。爾其何辭？」屈完對曰：「周失其綱，朝貢廢缺。天下皆然，豈惟南荊？雖然，包茅不入，寡君知罪矣。敢不共給，以承君命？若夫昭王不返，惟膠舟之故。君其問諸水濱，寡君不敢任咎。完將復於寡君。」言畢，麾車而退。

管仲告桓公曰：「楚人崛強，未可以口舌屈也。宜進逼之。」乃傳令八軍同發，直至陘山。離漢水不遠，管仲下令：「就此屯扎，不可前行！」諸侯皆曰：「兵已深入，何不濟漢決一死戰，而逗留於此？」管仲曰：「楚既遣使，必然有備。兵鋒一交，不可復解。今吾頓兵此地，遙張其勢。楚懼吾之眾，將復遣使，吾因取成焉。以討楚出，以服楚歸，不亦可乎？」諸侯猶未深信，議論紛紛不一。

卻說楚成王已拜鬬子文為大將，蒐甲厲兵，屯於漢南。只等諸侯濟漢，便來邀擊。諜報：「八國之兵，屯駐陘地。」子文進曰：「管仲知兵，不萬全不發。今以八國之眾，逗留不進，是必有謀。當遣使再往，探其強弱，察其意向。或戰或和，決計未晚。」成王曰：「此番何人可使？」子文曰：「屈完既與夷吾識面，宜再遣之。」屈完奏曰：「缺貢包茅，臣前承其咎矣。君若請盟，臣當勉行，以解兩國之紛。若欲請戰，別遣能者。」成王曰：「戰盟任卿自裁，寡人不汝制也。」屈完乃再至齊軍。畢竟齊、楚如何，且看下回分解。

第二十四回　盟召陵禮款楚大夫　會葵邱義戴周天子

話說屈完再至齊軍，請面見齊侯言事。管仲曰：「楚使復來，請盟必矣。君其禮之。」屈完見齊桓公再拜。桓公答禮，問其來意。屈完曰：「寡君以不貢之故，致干君討，寡君已知罪矣。君若肯退師一舍，寡君敢不惟命是聽。」桓公曰：「大夫能輔爾君，以修舊職，俾寡人有辭於天子，又何求焉？」屈完稱謝而去。歸報楚王，言：「齊侯已許臣退師矣。臣亦許以入貢，君不可失信也。」少頃，諜報：「八路軍馬，拔寨俱起。」楚王再使探實。回言：「退三十里，在召陵駐扎。」楚王曰：「齊師之退，必畏我也。」欲悔入貢之事。子文曰：「彼八國之君，尚不失信於匹夫，君可使匹夫食言於國君乎？」楚王嘿然。乃命屈完賫金帛八車，再往召陵犒八路之師。復備菁茅一車，在齊軍前呈樣過了，然後具表，如周進貢。

卻說許穆公喪至本國，世子業嗣位主喪，是為僖公。感桓公之德，遣大夫百佗，率師會於召陵。桓公聞屈完再到，分付諸侯將各國車徒，分為七隊，分列七方。齊國之兵，屯於南方，以當楚衝。俟齊軍中鼓起，七路一齊鳴鼓。器械盔甲，務要十分整齊，以強中國之威勢。屈完既入見齊侯，陳上犒軍之物。桓公命分派八軍。其菁茅驗過，仍令屈完收管，自行進貢。桓公曰：「大夫亦曾觀我中國之兵乎？」屈完曰：「完僻居南服，未及睹中國之盛，願借一觀。」桓公與屈完同登戎輅，望見各國之兵，各占一方，聯絡數十里不絕。齊軍中一聲鼓起，七路鼓聲相應。正如雷霆震擊，駭地驚天。桓公喜形於色，謂屈完曰：「寡人有此兵眾，以戰，何患不勝？以攻，何患不克？」屈完對曰：「君所以主盟中夏者，為天子宣布德意，撫恤黎元也。君若以德綏諸侯，誰敢不服？若恃眾逞力，楚國雖褊小，有方城為城，漢水為池，池深城峻，雖有百萬之眾，正未知所用耳！」桓公面有慚色。謂屈完曰：「大夫誠楚之良也！寡人願與汝國修先君之好，如何？」屈完對曰：「君惠徼福於敝邑之社稷，辱收寡君於同盟，寡君其敢自外？請與君定盟可乎？」桓公曰：「可。」是晚留屈完宿於營中，設宴款待。次日，立壇於召陵。桓公執牛耳為主盟，管仲為司盟。屈完稱楚君之命，同立載書：「自今以後，世通盟好。」桓公先歃，七國與屈完以次受歃。禮畢，屈完再拜致謝。管仲私與屈完言：「請放聃伯還鄭。」屈完亦代蔡侯謝罪，兩下各許諾。管仲下令班師。途中鮑叔牙問於管仲曰：「楚之罪，僭號為大。吾子以包茅為辭，吾所未解？」管仲對曰：「楚僭號已三世矣。我是以擯之，同於蠻夷。倘責其僭號，楚肯俛首而聽我乎？若其不聽，勢必交兵。兵端一開，彼此報復，其禍非數年不解。南北從此騷然矣。吾以包茅為辭，使彼易於共命。苟有服罪之名，亦足以誇耀諸侯，還報天子，不愈於兵連禍結無已時乎？」鮑叔牙嗟嘆不已。胡曾先生有詩曰：

> 奄王南海目無周，仲父當年善運籌。不用寸兵成款約，千秋伯業誦齊侯！

又髯翁有詩譏桓、仲苟且結局，無害於楚。所以齊兵退後，楚兵犯侵中原如故。桓、仲不能再興伐楚之師矣。詩云：

南望躊躇數十年，遠交近合各紛然。大聲罪狀謀方壯，直革淫名局始全。
昭廟孤魂終負痛，江、黃義舉但貽愆。不知一歃成何事？依舊中原戰血鮮！

陳大夫轅濤塗聞班師之令，與鄭大夫申侯商議曰：「師若取道於陳、鄭，糧食衣屨，所費不貲，國必甚病。不若東循海道而歸，使徐、莒承供給之勞，吾二國可以少安。」申侯曰：「善。子試言之。」濤塗言於桓公曰：「君北伐戎，南伐楚，若以諸侯之眾，觀兵於東夷，東方諸侯，畏君之威，敢不奉朝請乎？」桓公曰：「大夫之言是也。」少頃，申侯請見。桓公召入。申侯進曰：「臣聞師不踰時，懼勞民也。今自春徂夏，霜露風雨，師力疲矣。若取道於陳、鄭，糧食衣屨，取之猶外府也。若出於東方，倘東夷梗路，恐不堪戰，將若之何？濤塗自恤其國，非善計也。君其察之。」桓公曰：「微大夫之言，幾誤吾事。」乃命執濤塗於軍。使鄭伯以虎牢之地，賞申侯之功。因使申侯大其城邑，為南北藩蔽。鄭伯雖然從命，自此心中有不樂之意。陳侯遣使納賂，再三請罪，桓公乃赦濤塗。諸侯各歸本國。桓公以管仲功高，乃奪大夫伯氏之騈邑三百戶，以益其封焉。

* * *

楚王見諸侯兵退，不欲貢茅。屈完曰：「不可以失信於齊。且楚惟絕周，故使齊得私之以為重。若假此以自通於周，則我與齊共之矣。」楚王曰：「奈二王何？」屈完曰：「不序爵，但稱遠臣某可也。」楚王從之。即使屈完為使，賫菁茅十車，加以金帛，貢獻天子。周惠王大喜曰：「楚不共職久矣。今效順如此，殆先王之靈乎？」乃告於文武之廟，因以胙賜楚。謂屈完曰：「鎮爾南方，毋侵中國！」屈完再拜稽首而退。屈完方去後，齊桓公遣隰朋隨至，以服楚告。惠王待隰朋有加禮。隰朋因請見世子。惠王便有不樂之色，乃使次子帶與世子鄭，一同出見。隰朋微窺惠王神色，似有倉皇無主之意。隰朋自周歸，謂桓公曰：「周將亂矣。」桓公曰：「何故？」隰朋曰：「周王長子名鄭，先皇后姜氏所生，已正位東宮矣。姜后薨，次妃陳嬀有寵，立為繼后，有子名帶。帶善於趨奉，周王愛之，呼為太叔，遂欲廢世子而立帶。臣觀其神色倉皇，必然此事在心故也。恐小弁之事，復見於今日。君為盟主，不可不圖。」桓公乃召管仲謀之。管仲對曰：「臣有一計，可以定周。」桓公曰：「仲父計將安出？」管仲對曰：「世子危疑，其黨孤也。君今具表周王，言諸侯願見世子，請世子出會諸侯。世子一出，君臣之分已定，王雖欲廢立，亦難行矣。」桓公曰：「善。」乃傳檄諸侯，以明年夏月會於首止。再遣隰朋如周，言：「諸侯願見世子，以申尊王之情。」周惠王本不欲子鄭出會。因齊勢強大，且名正言順，難以辭之，只得許諾。隰朋歸報。

至次年春，桓公遣陳敬仲先至首止，築宮以待世子駕臨。夏五月，齊、宋、魯、陳、衛、鄭、許、曹八國諸侯，並集首止。世子鄭亦至，停駕於行宮。桓公率諸侯起居。子鄭再三謙讓，欲以賓主之禮相見。桓公曰：「小白等忝在藩室，見世子如見王也。敢不稽首！」子鄭謝曰：「諸君且休矣！」是夜子鄭使人邀桓公至於行宮，訴以太叔帶謀欲奪位之事。桓公曰：「小白當與諸臣立盟，共戴世子，世子勿憂也。」子鄭感謝不已，遂留於行宮。諸侯亦不敢歸國，各就館舍，輪番進獻酒食，及犒勞輿從之屬。子鄭恐久勞諸國，便欲辭歸京師。桓公曰：「所以願與世子留連者，欲使天王知吾等愛戴世子，不忍相捨之意，所以杜其邪謀也。方今夏月大暑，稍俟秋涼，當送駕還朝耳。」遂預擇盟期，用秋八月之吉。

卻說周惠王見世子鄭久不還轅，知是齊侯推戴，心中不悅。更兼惠后與叔帶朝夕在旁，將言語浸潤惠王。太宰周公孔來見。謂之曰：「齊侯名雖伐楚，其實不能有加於楚。今楚人貢獻效順，大非昔比。未見楚之不如齊也。齊又率諸侯擁留世子，不知何意。將置朕於何地？朕欲煩太宰通一密信於鄭伯，使鄭伯棄齊從楚，因為孤致意楚君，努力事周，無負朕意。」宰孔奏曰：「楚之效順，亦齊力也。王奈何棄久暱之伯舅，而就乍附之蠻夷乎？」惠王曰：「鄭伯不離，諸侯不散。能保齊之無異謀乎？朕志決矣，太宰無辭！」宰孔不敢復言。惠王乃為璽書一通，封函甚固，密授宰孔。宰孔不知書中何語，只得使人星夜達於鄭伯。鄭文公啟函讀之，言：「子鄭違背父命，植黨樹私，不堪為嗣。朕意在次子帶也。叔父若能捨齊從楚，共輔少子，朕願委國以聽。」鄭伯喜曰：「吾先公武、莊世為王卿士，領袖諸侯。不意中絕，夷於小國。厲公又有納王之勞，未蒙召用。今王命獨臨於我，政將及焉。諸大夫可以賀我矣！」大夫孔叔諫曰：「齊以我故，勤兵於楚。今乃反齊事楚，是悖德也。況翼戴世子，天下大義。君不可以獨異。」鄭伯曰：「從霸何如從王？且王意不在世子，孤何愛焉？」孔叔曰：「周之主祀，惟嫡與長。幽王之愛伯服，桓王之愛子克，莊王之愛子頹，皆君所知也。人心不附，身死無成。君不惟大義是從，而乃蹈五大夫之覆轍乎？後必悔之！」大夫申侯曰：「天子所命，誰敢違之？若從齊盟，是棄王命也。我去，諸侯必疑。疑則必散。盟未必成。且世子有外黨，太叔亦有內黨。二子成敗，事未可知。不如且歸，以觀其變。」鄭文公乃從申侯之言，託言國中有事，不辭而行。齊桓公聞鄭伯逃去，大怒。便欲奉世子以討鄭。管仲進曰：「鄭於周接壤，此必周有人誘之。一人去留，不足以阻大計。且盟期已及，俟成盟而後圖之。」桓公曰：「善。」於是即首止舊壇，歃血為盟。齊、宋、魯、陳、衛、許、曹，共是七國諸侯。世子鄭臨之，不與歃，示諸侯不敢與世子敵也。盟詞曰：「凡我同盟，共翼王儲，匡靖王室。有背盟者，神明殛之！」事畢，世子鄭降階揖謝曰：「諸君以先王之靈，不忘周室，暱就寡人。自文、武以下，咸嘉賴之。況寡人其敢忘諸君之賜。」諸侯皆降拜稽首。次日，世子鄭欲歸，各國各具車徒護送。齊桓公同衛侯親自送出衛境。世子鄭垂淚而別。史官有詩讚云：

君王溺愛冢嗣危，鄭伯甘將大義違。首止一盟儲位定，綱常賴此免凌夷。

鄭文公聞諸侯會盟，且將討鄭，遂不敢從楚。

* * *

卻說楚成王聞鄭不與首止之盟，喜曰：「吾得鄭矣！」遂遣使通於申侯，欲與鄭修好。——原來申侯先曾仕楚，有口才，貪而善媚。楚文王甚寵信之。及文王臨終之時，恐後人不能容他，贈以白璧，使投奔他國避禍。申侯奔鄭，事厲公於櫟。厲公復寵信如在楚時。及厲公復國，遂為大夫。楚臣俱與申侯有舊，所以今日打通這個關節，要申侯從中慫慂，背齊事楚。——申侯密言鄭伯，言：「非楚不能敵齊，況王命乎？不然，齊、楚二國，皆將仇鄭，鄭不能支矣。」鄭文公惑其言，乃陰遣申侯輸款於楚。周惠王二十六年，齊桓公率同盟諸侯伐鄭，圍新密。時申侯尚在楚。言於楚成王曰：「鄭所以願歸宇下者，正謂惟楚足以抗齊也。王不救鄭，臣無辭以復命矣！」楚王謀於群臣。令尹子文進曰：「召陵之役，許穆公卒於軍中，齊所憐也。許事齊最勤。王若加兵於許，諸侯必救，則鄭圍自解矣。」楚王從之。乃親將伐許，亦圍許城。諸侯聞許被圍，果去鄭而救許。楚師遂退。申侯歸鄭，自以為有全鄭之功，揚揚得意，滿望加封。鄭伯以虎牢之役，謂申侯已過分，不加爵賞。申侯口中不免有怨望之言。明年春，齊桓公復率師伐鄭。陳大夫轅濤塗，自伐楚歸時，與申侯有隙，乃為書致孔叔曰：

申侯前以國媚齊，獨擅虎牢之賞。今又以國媚楚，使子之君負德背義，自召干戈，禍及民社。必殺申侯，齊兵可不戰而罷。

孔叔以書呈於鄭文公。鄭伯為前日不聽孔叔之言，逃歸不盟，以致齊兵兩次至鄭，心懷愧悔，亦歸咎於申侯。乃召申侯責之曰：「汝言惟楚能抗齊，今齊兵屢至，楚救安在？」申侯方欲措辯，鄭伯喝教武士：「推出斬之！」函其首，使孔叔獻於齊軍曰：「寡君昔者誤聽申侯之言，不終君好。今謹行誅，使下臣請罪於幕下。惟君侯赦宥之！」齊侯素知孔叔之賢，乃許鄭平。遂會諸侯於甯母。鄭文公終以王命為疑，不敢公然赴會。使其世子華代行，至甯母聽命。

子華與弟子臧，皆嫡夫人所出。夫人初有寵，故立華為世子。後復立兩夫人，皆有子。嫡夫人寵漸衰，未幾病死。又有南燕姞氏之女，為媵於鄭宮，向未進御。一夕夢一偉丈夫，手持蘭草謂女曰：「余為伯儵，乃爾祖也。今以國香贈爾為子，以昌爾國。」遂以蘭授之。及覺，滿室皆香，且言其夢。同伴嘲之曰：「當生貴子。」是日，鄭文公入宮，見此女而悅之。左右皆相顧而笑。文公問其故，乃以夢對。文公曰：「此佳兆也。寡人為汝成之。」遂命採蘭蕊佩之，曰：「以此為符。」夜召幸之。有娠，生子名之曰蘭。此後女漸有寵，謂之燕姞。世子華見其父多寵，恐他日有廢立之事。乃私謀之於叔詹。叔詹曰：「得失有命，子亦行孝而已。」又謀之於孔叔。孔叔亦勸之以盡孝。子華不悅而去。子臧性好奇詭，集鷸羽以為冠。師叔曰：「此非禮之服，願公子勿服。」子臧惡其直言，訴於其兄。故子華與叔詹、孔叔、師叔三大夫，心中俱有芥蔕。至是，鄭伯使子華代行赴會。子華慮齊侯見怪，不願往。叔詹促之使速行。子華心中益恨，思為自全之術。既見齊桓公，請屏去左右，然後言曰：「鄭國之政，皆聽於洩氏、孔氏、子人氏三族。逃盟之役，三族實主之。若以君侯之靈，除此三臣，我願以鄭附齊，比於附庸。」桓公曰：「諾。」遂以子華之謀，告於管仲。管仲連聲曰：「不可，不可！諸侯所以服齊者，禮與信也。子奸父命，不可謂禮。以好來而謀亂其國，不可謂信。且臣聞此三族，皆賢大夫，鄭人稱為『三良』。所貴盟主，順人心也。違人自逞，災禍必及。以臣觀之，子華且將不免，君其勿許。」桓公乃謂子華曰：「世子所言，誠國家大事。俟子之君至，當與計之。」子華面皮發赤，汗流浹背，遂辭歸鄭。管仲惡子華之奸，故洩其語於鄭人。先有人報知鄭伯。比及子華復命，詭言：「齊侯深怪君不親行，不肯許成，不如從楚。」鄭伯大喝曰：「逆子！幾賣吾國，尚敢謬說耶？」叱左右將子華囚禁於幽室之中。子華穴牆謀遁，鄭伯殺之。果如管仲所料。公子臧奔宋。鄭伯使人追殺之於途中。鄭伯感齊不聽子華之德，再遣孔叔如齊致謝，並乞受盟。胡曾先生詠史詩曰：

鄭用三良似屋楹，一朝楹撤屋難撐。子華奸命思專國，身死徒留不孝名。

此周惠王二十二年事也。

* * *

是冬周惠王疾篤。王世子鄭恐惠后有變，先遣下士王子虎告難於齊。未幾惠王崩。子鄭與周公孔、召伯廖商議，且不發喪，星夜遣人密報於王子虎。王子虎言於齊侯，乃大合諸侯於洮，鄭文公亦親來受盟。同歃者齊、宋、魯、衛、陳、鄭、曹、許，共八國諸侯。各各修表，遣其大夫如周。那幾位大夫：齊大夫隰朋，宋大夫華秀老，魯大夫公孫敖，衛大夫甯速，陳大夫轅選，鄭大夫子人師，曹大夫公子戊，許大夫百佗。八國大夫連轂而至，羽儀甚盛。假以問安為名，集於王城之外。王子虎先驅報信。王世子鄭使召伯廖問勞，然後發喪。諸大夫固請謁見新王，周、召二公奉子鄭主喪。諸大夫假便宜，稱君命以弔，遂公請王世子嗣位，百官朝賀，是為襄王。惠后與叔帶暗暗叫苦，不敢復萌異志矣。襄王乃以明年改元，傳諭各國。

襄王元年春，祭畢，命宰周公孔賜胙於齊，以彰翼戴之功。齊桓公先期聞信，復大合諸侯於葵邱。時齊桓公在路上，偶與管仲論及周事。管仲曰：「周室嫡庶不分，幾至禍亂。今君儲位尚虛，亦宜早建，以杜後患。」桓公曰：「寡人六子，皆庶出也。以長則無虧，以賢則昭。長衛姬事寡人最久，寡人已許之立無虧矣。易牙、豎貂二人，亦屢屢言之。寡人愛昭之賢，意尚未決。今決之於仲父。」管仲知易牙、豎貂二人奸佞，且素得寵於長衛姬。恐無虧異日為君，內外合黨，必亂國政。公子昭鄭姬所出。鄭方受盟，假此又可結好。乃對曰：「欲嗣伯業，非賢不可。君既知昭之賢，立之可也。」桓公曰：「恐無虧挾長來爭，奈何？」管仲曰：「周王之位，待君而定。今番會盟，君試擇諸侯中之最賢者，以昭託之，又何患焉？」桓公點首。比至葵邱，諸侯畢集。宰周公孔亦到，各就館舍。時宋桓公御說薨，世子茲父讓國於公子目夷，目夷不受。茲父即位，是為襄公。襄公遵盟主之命，雖在新喪，不敢不至。乃墨衰赴會。管仲謂桓公曰：「宋子有讓國之美，可謂賢矣。且墨衰赴會，其事齊甚恭。儲貳之事，可以託之。」

桓公從其言，即命管仲私詣宋襄公館舍，致齊侯之意。襄公親自來見齊侯。齊侯握其手，諄諄以公子昭囑之：「異日仗君主持，使主社稷。」襄公愧謝不敢當，然心感齊侯相託之意，已心許之矣。

至會日，衣冠濟濟，環珮鏘鏘。諸侯先讓天使升壇，然後以次而升壇。上設有天王虛位，諸侯北面拜稽，如朝覲之儀，然後各就位次。宰周公孔捧胙，東向而立，傳新王之命曰：「天子有事於文武，使孔賜伯舅胙。」齊侯將下階拜受。宰孔止之曰：「天子有後命，以伯舅耋老，加勞賜一級，無下拜。」桓公欲從之。管仲從旁進曰：「君雖謙，臣不可以不敬。」桓公乃對曰：「天威不違顏咫尺，小白敢貪王命而廢臣職乎？」疾趨下階，再拜稽首，然後登堂受胙。諸侯皆服齊之有禮。桓公因諸侯未散，復申盟好，頌周五禁曰：「毋壅泉，毋遏糴，毋易樹子，毋以妾為妻，毋以婦人與國事。」誓曰：「凡我同盟，言歸於好。」但以載書，加於牲上，使人宣讀，不復殺牲歃血。諸侯無不信服。髯翁有詩云：

紛紛疑叛說春秋，攘楚尊周握勝籌。不是桓公功業盛，誰能不歃信諸侯？

盟事已畢，桓公忽謂宰孔曰：「寡人聞三代有封禪之事，其典何如？可得聞乎？」宰孔曰：「古者封泰山，禪梁父。封泰山者，築土為壇，金泥玉簡以祭天，報天之功。天處高，故崇其土以象高也。禪梁父者，掃地而祭，以象地之卑。以蒲為車，葅稭為藉，祭而掩之，所以報地。三代受命而興，獲祐於天地，故隆此美報也。」桓公曰：「夏都於安邑，商都於亳，周都於豐鎬。泰山梁父，去都城甚遠，猶且封之禪之。今二山在寡人之封內，寡人欲徼寵天王，舉此曠典，諸君以為何如？」宰孔視桓公足高氣揚，似有矜高之色。乃應曰：「君以為可，誰敢曰不可！」桓公曰：「俟明日更與諸君議之。」諸侯皆散。宰孔私詣管仲曰：「夫封禪之事，非諸侯所宜言也。仲父不能發一言諫止乎？」管仲曰：「吾君好勝，可以隱奪，難以正格也。夷吾今日言之矣。」乃夜造桓公之前，問曰：「君欲封禪，信乎？」桓公曰：「何為不信？」管仲曰：「古者封禪，自無懷氏至於周成王，可考者七十二家，皆以受命，然後得封。」桓公艴然曰：「寡人南伐楚，至於召陵。北伐山戎，到令支，斬孤竹。西涉流沙，至於太行。諸侯莫余違也。寡人兵車之會三，衣裳之會六；九合諸侯，一匡天下。雖三代受命，何以過於此？封泰山禪梁父，以示子孫，不亦可乎？」管仲曰：「古之受命者，先有禎祥示徵，然後備物而封，其典甚隆備也。鄗上之嘉黍，北里之嘉禾，所以為盛。江、淮之間，一茅三脊，謂之靈茅。王者受命則生焉，所以為藉。東海致比目之魚，西海致比翼之鳥。祥瑞之物，有不召而致者，十有五焉。以書史冊，為子孫榮。今鳳凰麒麟不來，而鴟鴞數至。嘉禾不生，而蓬蒿繁植。如此而欲行封禪，恐列國有識者，必歸笑於君矣！」桓公嘿然。明日，遂不言封禪之事。

桓公既歸，自謂功高無比，益治宮室，務為壯麗。凡乘輿服御之制，比於王者。國人頗議其僭。管仲乃於府中築臺三層，號為三歸之臺。言民人歸，諸侯歸，四夷歸也。又樹塞門以蔽內外，設反坫以待列國之使臣。鮑叔牙疑其事，問曰：「君奢亦奢，君僭亦僭，毋乃不可乎？」管仲曰：「夫人主不惜勤勞，以成功業，亦圖一日之快意為樂耳。若以禮繩之彼將苦而生怠。吾之所以為此，亦聊為吾君分謗也。」鮑叔口雖唯唯，心中不以為然。

話分兩頭。卻說周太宰孔自葵邱辭歸，於中途遇見晉獻公亦來赴會。宰孔曰：「會已散矣。」獻公頓足恨曰：「敝邑遼遠，不及觀衣裳之盛，何無緣也！」宰孔曰：「君不必恨。今者齊侯自恃功高，有驕人之意。夫月滿則虧，水滿則溢。齊之虧且溢，可立而待，不會亦何傷乎？」獻公乃回轅西向，於路得疾，回至晉國而薨。晉乃大亂。欲知晉亂始末，且看下回分解。

第二十五回　智荀息假途滅虢　窮百里飼牛拜相

話說晉獻公內蠱於驪姬，外惑於二五，益疎太子，而親愛奚齊。只因申生小心承順，又數將兵有功，無間可乘。驪姬乃召優施，告以心腹之事：「今欲廢太子而立奚齊，何策而可？」施曰：「三公子皆在遠鄙，誰敢為夫人難者？」驪姬曰：「三公子年皆強壯，歷事已深。朝中多為之左右，吾未敢動也。」施曰：「然則當次第去之。」驪姬曰：「去之孰先？」施曰：「必先申生。其為人也，慈仁而精潔。精潔則恥於自污，慈仁則憚於賊人。恥於自污，則憤不能忍；憚於賊人，其自賊易也。然世子跡雖見疎，君素知其為人，謗以異謀必不信。夫人必以夜半泣而訴君，若為譽世子者，而因加誣焉。庶幾說可售矣。」驪姬果夜半而泣。獻公驚問其故，再三不肯言。獻公迫之。驪姬對曰：「妾雖言之，君必不信也。妾所以泣者，恐妾不能久侍君為歡耳。」獻公曰：「何出此不祥之言？」驪姬收淚而對曰：「妾聞申生為人，外仁而內忍。其在曲沃，甚加惠於民，民樂為之死。其意欲有所用之也。申生每為人言：君惑於妾，必亂國。舉朝皆聞之。獨君不聞耳。毋乃以靖國之故，而禍及於君。君何不殺妾，以謝申生，可塞其謀。勿以一妾亂百姓。」獻公曰：「申生仁於庶民，豈反不仁父乎？」驪姬對曰：「妾亦疑之。然妾聞外人之言曰：『匹夫為仁，與在上不同。匹夫以愛親為仁，在上者以利國為仁。』苟利於國，何親之有？」獻公曰：「彼好潔，不懼惡名乎？」驪姬對曰：「昔幽王不殺宜臼，放之於申。申侯召犬戎，殺幽王於驪山之下，立宜臼為君，是為平王，為東周始祖。至於今幽王之惡益彰，誰復以不潔之名，加之平王者哉！」獻公意悚然，遂披衣而起，曰：「夫人言是也！若何而可？」驪姬曰：「君不若稱耄而以國授之。彼得國而厭其欲，其或可以釋君。且昔者曲沃之兼翼，非骨肉乎？武公惟不顧其親，故能有晉。申生之志，亦猶是也。君其讓之。」獻公曰：「不可！我有武與威以臨諸侯，今當吾身而失國，不可謂武。有子而不勝，不可謂威。失武與威，人能制我，雖生不如死！爾勿憂，吾將圖之。」驪姬曰：「今赤狄皐落氏屢侵吾國，君何不使之將兵伐狄，以觀其能用眾與否也？若其不勝，罪之有名也。若勝，則信得眾矣。彼恃其功，必有異謀。因而圖之，國人必服。夫勝敵以靖邊鄙，又以識世子之能否，君何為不使？」獻公曰：「善。」乃傳令使申生率曲沃之眾，以伐皐落氏。少傅里克在朝，諫曰：「太子君之貳也。故君行則太子監國。夫朝夕視膳，太子之職。遠之猶不可，況可使帥師乎？」獻公曰：「申生已屢將兵矣。」里克曰：「向者從君於行，今專制，固不可也。」獻公仰面而嘆曰：「寡人有子九人，尚未定孰為太子，卿勿多言！」里克默然而退，告於狐突。狐突曰：「危哉乎，公子也！」乃遺書申生，勸使勿戰：「戰而勝滋忌，不如逃之。」申生得書嘆曰：「君之以兵事使我，非好我也。欲測我心耳。違君之命，我罪大矣。戰而幸死，猶有令名。」乃與皐落大戰於稷桑之地。皐落氏敗走，申生獻捷於獻公。驪姬曰：「世子果能用眾矣！奈何？」獻公曰：「罪未著也，姑待之。」狐突料晉國將亂，乃託言痼疾，杜門不出。

時有虞、虢二國，乃是同姓比鄰，唇齒相依，其地皆連晉界。虢公名醜，好兵而驕，屢侵晉之南鄙。邊人告急。獻公謀欲伐虢。驪姬請曰：「何不更使申生？彼威名素著，士卒為用，可必成功也。」獻公已入驪姬之言，誠恐申生勝虢之後，益立威難制。躊躇未決，問於大夫荀息曰：「虢可伐乎？」荀息對曰：「虞、虢方睦，吾攻虢，虞必救之。若移而攻虞，虢又救之。以一敵二，臣未見其必勝也。」獻公曰：「然則寡人無如虢何矣！」荀息對曰：「臣聞虢公淫於色。君誠求國中之美女，教之歌舞，盛其車服，以進於虢，卑詞請平，虢公必喜而受之。彼耽於聲色，將怠棄政事，疏斥忠良。我更行賂犬戎，使侵擾虢境。然後乘隙而圖之，虢可滅也。」獻公用其策，以女樂遺虢。虢公欲受之，大夫舟之僑諫曰：「此晉所以釣虢也！君奈何吞其餌乎？」虢公不聽，竟許晉平。自此日聽淫聲，夜接美色，視朝稀疏矣。舟之僑復諫。虢公怒，使出守下陽之關。未幾，犬戎貪晉之賂，果侵擾虢境。兵至渭汭，為虢兵所敗。犬戎主遂起傾國之師。虢公恃其前勝，亦率兵拒之，相持於桑田之地。獻公復問於荀息曰：「今戎、虢相持，寡人可以伐虢否？」荀息對曰：「虞、虢之交未離也。臣有一策，可以今日取虢，明日取虞。」獻公曰：「卿策如何？」荀息曰：「君厚賂虞，而假道以伐虢。」獻公曰：「吾新與虢成，伐之無名。虞肯信我乎？」荀息曰：「君密使北鄙之人，生事於虢，虢之邊吏，必有責言。吾因以為名，而請於虞。」獻公又用其策。虢之邊吏，果來責讓。兩下遂治兵相攻。虢公方有犬戎之患，不暇照管。獻公曰：「今伐虢不患無名矣！但不知賂虞當用何物？」荀息對曰：「虞公性雖貪，然非至寶，不可動之。必須用二物前去，但恐君之不捨耳。」獻公曰：「卿試言所用何物？」荀息曰：「虞公最愛者，璧馬之良也。君不有垂棘之璧，屈產之乘乎？以此二物，假道於虞。虞貪於璧馬，墮吾計矣！」獻公曰：「此二物乃吾至寶，何忍棄之他人？」荀息曰：「臣固知君之不捨也！雖然，假虞道以伐虢，虢無虞救必滅。虢亡虞不獨存，璧馬安往乎？夫寄璧外府，養馬外廄，特暫事耳！」大夫里克曰：「虞有賢臣二人，曰宮之奇、百里奚，明於料事，恐其諫阻，奈何？」荀息曰：「虞公貪而愚，雖諫必不從也。」獻公即以璧馬交付荀息，使如虞假道。

虞公初聞晉來假道，欲以伐虢，意甚怒。及見璧馬，不覺回嗔作喜。手弄璧而目視馬，問荀息曰：「此乃汝國至寶，天下罕有，奈何以惠寡人？」荀息曰：「寡君慕君之賢，畏君之強，故不敢自私其寶，願邀歡於大國。」虞公曰：「雖然，必有所言於寡人也。」荀息曰：「虢人屢侵我南鄙，寡君以社稷之故，屈意請平。今約誓未寒，責讓日至。寡君欲假道以請罪焉。倘幸而勝虢，所有鹵獲，盡以歸君。寡君願與君世敦盟好。」虞公大悅。宮之奇諫曰：「君勿許也！諺云：『脣亡齒寒。』晉吞噬百姓，非一國矣。獨不敢加於虞、虢者，以有脣齒之助耳。虢今日亡，則明日禍必中於虞矣！」虞公曰：「晉君不愛重寶，以交歡於寡人，寡人其愛此尺寸之徑乎？且晉強於虢十倍，失虢而得晉，何不利焉？子退，勿預吾事！」宮之奇再欲進諫。百里奚牽其裾，乃止。宮之奇退謂百里奚曰：「子不助我一言，而更止我，何故？」百里奚曰：「吾聞進嘉言於愚人之前，猶委珠玉於道也！桀殺關龍逢，紂殺比干，惟強諫耳。子其危哉！」宮之奇曰：「然則虞必亡矣！吾與子盍去乎？」百里奚曰：「子去則可矣。又偕一人，不重子罪乎？吾甯徐耳。」宮之奇盡族而行，不言所之。

荀息歸報晉侯，言：「虞公已受璧馬，許以假道。」獻公便欲親將伐虢。里克入見曰：「虢易與也，毋煩君往。」獻公曰：「滅虢之策何如？」里克曰：「虢都上陽，其門戶在於下陽。下陽一破，無完虢矣。臣雖不才，願效此微勞。如無功，甘罪。」獻公乃拜里克為大將，荀息副之，率車四百乘伐虢。先使人報虞以兵至之期。虞公曰：「寡人辱受重寶，無以為報，願以兵從。」荀息曰：「君以兵從，不如獻下陽之關。」虞公曰：「下陽虢所守也，寡人安得獻之？」荀息曰：「臣聞虢君方與犬戎大戰於桑田，勝敗未決。君託言助戰，以車乘獻之，陰納晉兵，則關可得也。臣有鐵葉車百乘，惟君所用。」虞公從其計。守將舟之僑信以為然，開關納車。車中藏有晉甲，入關後一齊發作，欲閉關已無及矣。里克驅兵直進。舟之僑既失下陽，恐虢公見罪，遂以兵降晉。里克用為嚮導，望上陽進發。

卻說虢公在桑田聞晉師破關，急急班師。被犬戎兵掩殺一陣，大敗而走，隨身僅數十乘。奔至上陽守禦，茫然無策。晉兵至，築長圍以困之。自八月至十二月，城中樵採俱絕，連戰不勝。士卒疲敝，百姓日夜號哭。里克使舟之僑為書，射入城中，諭虢公使降。虢公曰：「吾先君為王卿士，吾不能為降諸侯！」乘夜開城，率家眷奔京師去訖。里克等亦不追趕。百姓香花燈燭，迎里克等進城。克安集百姓，秋毫無犯，留兵戍守。將府庫寶藏，盡數裝載。以十分之三，並女樂，獻於虞公。虞公益大喜。里克一面遣人馳報晉侯，自己託言有疾，休兵城外，俟病愈方行。虞公不時饋藥，候問不絕。如此月餘。忽諜報：「晉侯兵在郊外。」虞公問其來意。報者曰：「恐伐虢無功，親來接應耳。」虞公曰：「寡人正欲面與晉君講好。今晉君自來，寡人之願也！」慌忙郊迎致餼。兩君相見，彼此相謝，自不必說。獻公約與虞公較獵於箕山。虞公欲誇耀晉人，盡出城中之甲，及堅車良馬，與晉侯馳逐賭勝。是日，自辰及申，圍尚未撤。忽有人報：「城中火起！」獻公曰：「此必民間漏火，不久撲滅耳。」固請再打一圍。大夫百里奚密奏曰：「傳聞城中有亂，君不可留矣！」虞公乃辭晉侯先行。半路見人民紛紛逃竄，言城池已被晉兵乘虛襲破。虞公大怒，喝教：「驅車速進！」來至城邊，只見城樓上一員大將，倚欄而立，盔甲鮮明，威風凜凜。向虞公言曰：「前蒙君假我以道，今再假我以國。敬謝明賜！」虞公轉怒，便欲攻門。城頭上一聲梆響，箭如雨下。虞公命車速退，使人催趲後面軍馬。軍人報曰：「後軍行遲者，俱被晉兵截住，或降或殺，車馬皆為晉有。晉侯大軍即到矣！」虞公進退兩難，嘆曰：「悔不聽宮之奇之諫也！」顧百里奚在側，問曰：「彼時卿何不言？」百里奚曰：「君不聽之奇，其能聽奚乎？臣之不言，正留身以從君於今日耳！」虞公正在危急之際，見後有單車驅至。視之，乃虢國降將舟之僑也。虞公不覺面有慚色。舟之僑曰：「君誤聽棄虢，失已在前。今日之計，與其出奔他國，不如歸晉。晉君德量寬洪，必無相害。且憐君，必厚待君。君其勿疑！」虞公躊躇未決。晉獻公隨後來到，使人請虞公相見。虞公不得不往。獻公笑曰：「寡人此來，為取璧馬之值耳！」命以後車載虞公宿於軍中。百里奚緊緊相隨。或諷其去。曰：「吾食其祿久，所以報也。」獻公入城安民，荀息左手托璧，右手牽馬而前曰：「臣謀已行，今請還璧於府，還馬於廄！」獻公大悅。髯翁有詩云：

　　璧馬區區雖至寶，請將社稷較何如？不誇荀息多奇計，還笑虞公真是愚！

獻公以虞公歸，欲殺之。荀息曰：「此騃豎子耳！何能為？」於是待以寓公之禮，別以他璧及他馬贈之曰：「吾不忘假道之惠也！」舟之僑至晉，拜為大夫。僑薦百里奚之賢。獻公欲用奚，使僑通意。奚曰：「終舊君之世乃可。」僑去。奚嘆曰：「君子違不適仇國，況仕乎！吾即仕，不於晉也。」舟之僑聞其言，惡形其短，意甚不悅。

* * *

時秦穆公任好即位六年，尚未有中宮。使大夫公子縶求婚於晉，欲得晉侯長女伯姬為夫人。獻公使太史蘇筮之，得雷澤歸妹卦第六爻。其繇曰：

　　士刲羊，亦無衁也。女承筐，亦無貺也。西鄰責言，不可償也。

太史蘇玩其辭，以為秦國在西，而有責言，非和睦之兆。況歸妹嫁娶之事，而震變為離，其卦為睽。睽、離皆非吉名，此親不可有。獻公更使太卜郭偃以龜卜之。偃獻其兆卜吉。斷詞曰：

　　松柏為鄰，世作舅甥，三定我君。利於婚媾，不利寇。

史蘇猶據筮詞爭之。獻公曰：「向者固云從筮不如從卜。卜既吉矣，又何違乎？吾聞秦受帝命，其後將大，不可拒也。」遂許之。公子縶歸復命，路遇一人，面如噀血，隆準虬鬚，以兩手握兩鋤而耕，入土累尺。命索其鋤觀之，左右皆不能舉。公子縶問其姓名。對曰：「公孫氏，名枝，字子桑，晉君之疎族也。」縶曰：「以子之才，何以屈於隴畝？」枝對曰：「無人薦引耳！」縶曰：「肯從我遊於秦乎？」公孫枝曰：「『士為知己者死。』若能見挈，固所願也！」縶與之同載歸秦，言於穆公。穆公使為大夫。穆公聞晉已許婚，復遣公子縶如晉納幣，遂迎伯姬。晉侯問媵於群臣。舟之僑進曰：「百里奚不願仕晉，其心不測，不如遠之。」乃用奚為媵。

　　卻說百里奚是虞國人，字井伯，年三十餘，娶妻杜氏，生一子。奚家貧不遇，欲出遊，念其妻子無依，戀戀不捨。杜氏曰：「妾聞男子志在四方，君壯年不出圖仕，乃區區守妻子坐困乎？妾能自給，毋相念也！」家只有一伏雌❶，杜氏宰之以餞行。廚下乏薪，乃取扊扅❷炊之。舂黃虀煮脫粟飯。奚飽餐

❶ 伏雌：孵卵的母雞。

一頓。臨別，妻抱其子，牽袂而泣曰：「富貴勿相忘！」奚遂去。遊於齊，求事襄公，無人薦引。久之窮困，乞食於銍，時奚年四十矣。銍人有蹇叔者，奇其貌，曰：「子非乞人也！」叩其姓名，因留飯。與談時事，奚應對如流，指畫井井有敘。蹇叔嘆曰：「以子之才，而窮乏乃爾，豈非命乎！」遂留奚於家，結為兄弟。蹇叔長奚一歲，奚呼叔為兄。蹇叔家亦貧，奚乃為村中養牛，以佐饔飧之費。值公子無知弒襄公，新立為君，懸榜招賢。奚欲往應招，蹇叔曰：「先君有子在外，無知非分竊立，終必無成。」奚乃止。後聞周王子頹好牛，其飼牛者皆獲厚糈，乃辭蹇叔如周。蹇叔戒之曰：「丈夫不可輕失身於人。仕而棄之則不忠，與同患難則不智。此行弟其慎之！吾料理家事，當至周相看也。」奚至周，謁見王子頹，以飼牛之術進。頹大喜，欲用為家臣。蹇叔自銍而至，奚與之同見子頹。退謂奚曰：「頹志大而才疎，其所與，皆讒諂之人，必有覬覦非望之事，吾立見其敗也。不如去之。」奚因久別妻子，意欲還虞。蹇叔曰：「虞有賢臣宮之奇者，吾之故人也。相別已久，吾亦欲訪之。弟若還虞，吾當同行。」遂與奚同至虞國。時奚妻杜氏貧極不能自給，已流落他方，不知去處。奚感傷不已。蹇叔與宮之奇相見，因言百里奚之賢。宮之奇遂薦奚與虞公。虞公拜奚為中大夫。蹇叔曰：「吾觀虞君見小而自用，亦非可與有為之主。」奚曰：「弟久困貧，譬之魚在陸地，急欲得勺水自濡矣。」蹇叔曰：「弟為貧而仕，吾難阻汝。異日若見訪，當於宋之鳴鹿村。其地幽雅，吾將卜居於此。」蹇叔辭去，奚遂留事虞公。及虞公失國，奚周旋不捨，曰：「吾既不智矣，敢不忠乎！」至是晉用奚為媵於秦。奚嘆曰：「吾抱濟世之才，不遇明主而展其大志，又臨老為人媵，比於僕妾，辱莫大焉！」行至中途而逃。將適宋，道阻。將適楚，

❷ 扊扅：音一ㄢˇ 一ˊ。門閂。

及宛城，宛之野人出獵，疑為奸細，執而縛之。奚曰：「我虞人也，因國亡逃難至此。」野人問：「何能？」奚曰：「善飼牛。」野人釋其縛，使之餵牛。牛日肥澤。野人大悅。聞於楚王。楚王召奚問曰：「飼牛有道乎？」奚對曰：「時其食，恤其力，心與牛而為一。」楚王曰：「善哉子之言！非獨牛也，可通於馬。」乃使為圉人，牧馬於南海。

* * *

卻說秦穆公見晉媵有百里奚之名，而無其人，怪之。公子縶曰：「故虞臣也，今逃矣。」穆公謂公孫枝曰：「子桑在晉，必知百里奚之略，是何等人也？」公孫枝對曰：「賢人也。知虞公之不可諫而不諫，是其智。從虞公於晉，而義不臣晉，是其忠。且其人有經世之才，但不遇其時耳！」穆公曰：「寡人安得百里奚而用之？」公孫枝曰：「臣聞奚之妻子在楚，其亡必於楚。何不使人往楚訪之？」使者往楚，還報：「奚在海濱，為楚君牧馬。」穆公曰：「孤以重幣求之，楚其許我乎？」公孫枝曰：「百里奚不來矣！」穆公曰：「何故？」公孫枝曰：「楚之使奚牧馬者，為不知奚之賢也。君以重幣求之，是告以奚之賢也。楚知奚之賢，必自用之，肯畀我乎？君不若以送媵為罪，而賤贖之。此管夷吾所以脫身於魯也。」穆公曰：「善。」乃使人持羖羊之皮五，進於楚王曰：「敝邑有賤臣百里奚者，逃在上國，寡人欲得而加罪，以警亡者，請以五羊皮贖歸。」楚王恐失秦歡，乃使東海人囚百里奚以付秦人。百里奚將行，東海人謂其就戮，持之而泣。奚笑曰：「吾聞秦君有伯王之志，彼何急於一媵夫？求我於楚，將以用我也。此行且富貴矣，又何泣焉！」遽上囚車而去。將及秦境，秦穆公使公孫枝往迎於郊。先釋其囚，然後召而見之。問：「年幾何？」奚對曰：「纔七十歲。」穆公嘆曰：「惜乎老矣！」奚曰：「使奚逐飛鳥，博猛獸，則臣已老。若使臣坐而策國事，臣尚少也。昔呂尚年八十釣於渭濱，文王載之以歸，拜為尚父，卒定周鼎。臣今日遇君，較呂尚不更早十年乎？」穆公壯其言，正容而問曰：「敝邑介戎、狄，不與中國會盟，叟何以教寡人？俾敝邑不後於諸姬，幸甚。」奚對曰：「君不以臣為亡國之虜，衰殘之年，乃虛心下問，臣敢不竭其愚！夫雍、岐之地，文武所興。山如犬牙，原如長蛇，周不能守，而以畀之秦，此天所以開秦也。且夫介在戎、狄則兵強，不與會盟則力聚。今西戎之間，為國不啻數十，并其地足以耕，籍其民可以戰。此中國諸侯所不能與君爭者。君以德撫而以力征。既全有西陲，然後阨山川之險，以臨中國。俟隙而進，則恩威在君掌中，而伯業成矣。」穆公不覺起立曰：「孤之有井伯，猶齊之得仲父也！」一連與語三日，言無不合。遂爵為上卿，任以國政。因此秦人都稱奚為五羖大夫。又相傳以為穆公舉奚於牛口之下。以奚曾飼牛於楚，秦用五羖羊皮贖回故也。髯翁有詩云：

脫囚拜相事真奇，仲後重聞百里奚。從此西秦名顯赫，不虧身價五羊皮。

百里奚辭上卿之位，舉薦一人以自代。不知所舉何人，且聽下回分解。

第二十六回　歌扊扅百里認妻　獲陳寶穆公證夢

話說秦穆公深知百里奚之才，欲爵為上卿。百里奚辭曰：「臣之才，不如臣友蹇叔十倍。君欲治國家，請任蹇叔而臣佐之。」穆公曰：「子之才，寡人見之真矣。未聞蹇叔之賢也。」奚對曰：「蹇叔之賢，豈惟君未之聞。雖齊、宋之人，亦莫之聞也。然而臣獨知之。臣嘗出遊於齊，欲委贄於公子無知。蹇叔止臣曰：『不可。』臣因去齊，得脫無知之禍。嗣遊於周，欲委贄於王子頹。蹇叔復止臣曰：『不可。』臣復去周，得脫子頹之禍。後臣歸虞，欲委贄於虞公。蹇叔又止臣曰：『不可。』臣時貧甚，利其爵祿，姑且留事，遂為晉俘。夫再用其言以脫於禍，一不用其言幾至殺身，此其智勝於中人遠矣！今隱於宋之鳴鹿村，宜速召之。」穆公乃遣公子縶假作商人，以重幣聘蹇叔於宋。百里奚另自作書致意。

公子縶收拾行囊，駕起犢車二乘，徑投鳴鹿村來。見數人息耕於隴上，相賡而歌。歌曰：

山之高兮無攆，途之濘兮無燭。相將隴上兮，泉甘而土沃。勤吾四體兮，分吾五穀。三時不害兮饔飧足。樂此天命兮無榮辱！

縶在車中聽其音韻，有絕塵之致。乃歎謂御者曰：「古云：『里有君子，而鄙俗化。』今入蹇叔之鄉，其耕者皆有高遁之風，信乎其賢也！」乃下車問耕者曰：「蹇叔之居安在？」耕者曰：「子問之何為？」

繇曰：「其故人百里奚有書託吾致之。」耕者指示曰：「前去竹林深處，左泉右石，中間一小茅廬，乃其所也。」繇拱手稱謝，復登車。行將半里，來至其處。繇舉目觀看，風景果是幽雅。隴西居士有隱居詩云：

翠竹林中景最幽，人生此樂更何求？數方白石堆雲起，一道清泉接澗流。得趣猿猴堪共樂，忘機麋鹿可同遊。紅塵一任漫天去，高臥先生百不憂。

繇停車於草廬之外，使從者叩其柴扉。有一小童子啟門而問曰：「佳客何來？」繇曰：「吾訪蹇先生來也。」童子曰：「吾主不在。」繇曰：「先生何往？」童子曰：「與鄰叟觀泉於石梁，少頃便回。」繇不敢輕造其廬，遂坐於石上以待之。童子將門半掩，自入戶內。須臾之間，見一大漢，濃眉環眼，方面長身，背負鹿蹄二隻，從田塍西路而來。繇見其容貌不凡，起身迎之。那大漢即置鹿蹄於地，與繇施禮。繇因叩其姓名。大漢答曰：「某蹇氏，丙名，字白乙。」繇曰：「蹇叔於君何人？」對曰：「乃某父也。」繇重復施禮，口稱久仰。大漢曰：「足下何人？到此貴幹？」繇曰：「有故人百里奚，今仕於秦，有書信託某奉候尊公。」蹇丙曰：「先生請入草堂少坐，吾父即至矣。」言畢，推開雙扉，讓公子繇先入。蹇丙復取鹿蹄負之。至於草堂，童子收進鹿蹄。蹇丙又復施禮，分賓主坐定。公子繇與蹇丙談論些農桑之事，因及武藝。丙講說甚有次第，繇暗暗稱奇。想道：「有其父，方有其子。井伯之薦不虛也！」獻茶方罷，蹇丙使童子往門首伺候其父。少頃，童子報曰：「翁歸矣。」

卻說蹇叔與鄰叟二人，肩隨而至。見門前有車二乘，駭曰：「吾村中安得有此車耶？」蹇丙趨出門外，先道其故。蹇叔同二叟進入草堂，各各相見，敘次坐定。蹇叔曰：「適小兒言吾弟井伯有書，乞以見示。」公子縶遂將百里奚書信呈上。蹇叔啟緘觀之。略曰：

奚不聽兄言，幾蹈虞難。幸秦君好賢，贖奚於牧豎之中，委以為政。奚自量才不逮兄，乞兄共濟。秦君聞名若渴，敬命大夫公子縶布幣奉迎，惟冀幡然出山，以酬生平之志。如兄留戀山林，奚即相從於鳴鹿之野矣。

蹇叔曰：「井伯何以見知於秦君也？」公子縶將百里奚為媵逃楚，秦君聞其賢，以五羊皮贖歸始末，敘述一遍：「今寡君欲爵以上卿，井伯自言不及先生。必求先生至秦，方敢登仕。寡君有不腆之幣，使縶致命。」言訖，即喚左右於車廂中取出徵書禮幣，排列草堂之中。鄰叟俱山野農夫，從未見此盛儀，相顧驚駭。謂公子縶曰：「吾等不知貴人至此，有失迴避。」縶曰：「何出此言，寡君望蹇先生之臨，如枯苗望雨。煩二位老叟相勸一聲，受賜多矣。」二叟謂蹇叔曰：「既秦邦如此重賢，不可虛貴人來意。」蹇叔曰：「昔虞公不用井伯，以致敗亡。若秦君肯虛心任賢，一井伯已足。老夫用世之念久絕，不得相從。所賜禮幣，望乞收回。求大夫善為我辭。」公子縶曰：「若先生不往，井伯亦必不獨留。」蹇叔沉吟半晌，嘆曰：「井伯懷才未試，求仕已久。今適遇明主，吾不得不成其志，勉為井伯一行，不久仍歸耕於此耳！」童子報鹿蹄已熟。蹇叔命取床頭新釀，搊之以奉客。公子縶西席，二叟相陪。瓦杯木筯，賓主勸酬，欣然醉飽。不覺天色已晚，遂留縶於草堂安宿。次早，二叟攜樽餞行，依前敘飲良久。公子縶誇白乙之才，亦教他同至秦邦。蹇叔許之。乃以秦君所贈禮幣，分贈二叟，囑付看覷家門：「此去不久，便再得相敘。」再分付家人：「勤力稼穡，勿致荒蕪。」二叟珍重而別。蹇叔登車，白乙丙為御。公子縶另自一車，並駕而行。夜宿曉馳，將近秦郊。公子縶先驅入朝，參謁了秦穆公，言：「蹇先生已到郊外。其子蹇丙，亦有揮霍之才，臣並取至，以備任使。」穆公大喜，乃命百里奚往迎。

蹇叔既至，穆公降階加禮，賜坐而問之曰：「井伯數言先生之賢，先生何以教寡人乎？」蹇叔對曰：「秦僻在西土，鄰於戎、狄。地險而兵強，進足以戰，退足以守，所以不列於中華者，威德不及故也。非威何畏？非德何懷？不畏不懷，何以成霸？」穆公曰：「威與德二者孰先？」蹇叔對曰：「德為本，威濟之。德而不威，其國外削。威而不德，其民內潰。」穆公曰：「寡人欲布德而立威，何道而可？」蹇叔對曰：「秦雜戎俗，民鮮禮教。德威不辨，貴賤不明。臣請為君先教化而後刑罰。教化既行，民知尊敬其上，然後恩施而知感，刑用而知懼，上下之間，如手足頭目之相為。管夷吾節制之師，所以號令天下而無敵也。」穆公曰：「誠如先生之言，遂可以霸天下乎？」蹇叔對曰：「未也。夫霸天下者有三戒：毋貪，毋忿，毋急。貪則多失，忿則多難，急則多蹶。夫審大小而圖之，烏用貪？衡彼己而施之，烏用忿？酌緩急而布之，烏用急？君能戒此三者，於霸也近矣。」穆公曰：「善哉言乎！請為寡人酌今日之緩急。」蹇叔對曰：「秦立國西戎，此禍福之本也。今齊侯已耄，霸業將衰。君誠善撫雍、渭之眾，以號召諸戎，而征其不服者。諸戎既服，然後斂兵以俟中原之變，拾齊之遺，而布其德義。君雖不欲霸，不可得而辭矣。」穆公大悅曰：「寡人得二老，真庶民之長也！」乃封蹇叔為右庶長，百里奚為左庶長。位皆上卿，謂之「二相」。並召白乙丙為大夫。自二相兼政，立法教民，興利除害，秦國大治。史官有詩云：

子縶薦奚奚薦叔，轉相汲引布秦庭。但能好士如秦穆，人傑何須問地靈！

穆公見賢才多出於異國，益加採訪。公子縶薦秦人西乞術之賢。穆公亦召用之。百里奚素聞晉人繇余負經綸之略，私詢於公孫枝。枝曰：「繇余在晉不遇，今已仕於西戎矣！」奚嘆惜不已。

＊　＊　＊

卻說百里奚之妻杜氏，自從其夫出遊，紡績度日。後遇饑荒，不能存活，攜其子趁食❶他鄉。展轉流離，遂入秦國，以澣衣為活。其子名視，字孟明，日與鄉人打獵角藝，不肯營生。杜氏屢諭不從。及百里奚相秦，杜氏聞其姓名，曾於車中望見，未敢相認。因府中求澣衣婦，杜氏自願入府澣衣。勤於擣濯，府中人皆喜，然未得見奚之面也。一日，奚坐於堂上，樂工在廡下作樂。杜氏向府中人曰：「老妾頗知音律，願引至廡，一聽其聲。」府中人引至廡下，言於樂工。問其所習，杜氏曰：「能琴亦能歌。」乃以琴授之。杜氏援琴而鼓，其聲淒怨。樂工俱傾耳靜聽，自謂不及，再使之歌。杜氏曰：「老妾自流移至此，未嘗發聲。願言於相君，請得陞堂而歌之。」樂工稟知百里奚。奚命之立於堂左。杜氏低眉斂袖，揚聲而歌。歌曰：

百里奚，五羊皮。憶別時，烹伏雌，舂黃虀，炊扊扅。今日富貴忘我為！百里奚，五羊皮。父梁肉，子啼饑。夫文繡，妻澣衣。嗟乎，富貴忘我為！百里奚，五羊皮。昔之日，君行而我啼，今之日，君坐而我離。嗟乎，富貴忘我為！

---

❶ 趁食：混飯吃。

百里奚聞歌愕然，召至前詢之，正其妻也。遂相持大慟，良久，問：「兒子何在？」杜氏曰：「村中射獵。」使人召之。是日，夫妻父子再得完聚。穆公聞百里奚妻子俱到，賜以粟千鍾，金帛一車。次日，奚率其子孟明視，朝見謝恩。穆公亦拜視為大夫，與西乞術、白乙丙並號將軍，謂之三帥，專掌征伐之事。

＊　＊　＊

姜戎子吾離觽鶩侵掠，三帥統兵征之。吾離兵敗奔晉，遂盡有瓜州之地。時西戎主赤斑，見秦人強盛，使其臣繇余聘秦，以觀穆公之為人。穆公與之游於苑囿，登三休之臺，誇以宮室苑囿之美。繇余曰：「君之為此者，役鬼耶？抑役人耶？役鬼勞神，役人勞民。」穆公異其言，曰：「汝戎、夷無禮樂法度，何以為治？」繇余笑曰：「禮樂法度，此乃中國所以亂也。自上聖創為文法，以約束百姓，僅僅小治。其後日漸驕淫，借禮樂之名，以粉飾其身。假法度之威，以督責其下。人民怨望，因生篡奪。若戎、夷則不然。上含淳德以遇其下，下懷忠信以事其上，上下一體。無形跡之相欺，無文法之相擾。不見其治，乃為至治。」穆公默然，退而述其言於百里奚。奚對曰：「此晉國之大賢人，臣熟聞其名矣！」穆公蹴然不悅曰：「寡人聞之：『鄰國有聖人，敵國之憂也！』今繇余賢而用於戎，將為秦患，奈何？」奚對曰：「內史廖多奇智，君可謀之。」穆公即召內史廖，告以其故。廖對曰：「戎主僻處荒徼，未聞中國之聲。君試遺之女樂，以奪其志。留繇余不遣，以爽其期。使其政事怠廢，上下相疑。雖其國可取，況其臣乎？」穆公曰：「善。」乃與繇余同席而坐，共器而食。居常使蹇叔、百里奚、公孫枝等，輪流作伴，叩其地形險夷，兵勢強弱之實。一面裝飾美女，能音樂者六人，遣內史廖至戎報聘，以女樂獻之。

戎主赤斑大悅，日聽音而夜御女，遂疎於政事。繇余留秦一年乃歸，戎主怪其來遲。繇余曰：「臣日夜求歸，秦君固留不遣。」戎主疑其有貳心於秦，意頗疎之。繇余見戎主耽於女樂，不理政事，不免苦口進諫。戎主拒而不納。穆公因密遣人招之。繇余棄戎歸秦，即擢亞卿，與二相同事。繇余遂獻伐戎之策。三帥兵至戎境，宛如熟路。戎主赤斑不能抵敵，遂降於秦。後人有詩云：

虞違百里終成虜，戎失繇余亦喪邦。
畢竟賢才能幹國，請看齊霸與秦強。

* * *

西戎主赤斑，乃諸戎之領袖。向者，諸戎俱受服役。及聞赤斑歸秦，無不悚懼。納土稱臣者，相繼不絕。穆公論功行賞，大宴群臣。群臣更番上壽，不覺大醉。回宮一臥不醒。宮人驚駭，事聞於外。群臣皆叩宮門問安，世子罃召太醫入宮診脈。脈息如常，但閉目不能言動。太醫曰：「是有鬼神。」欲命內史廖行禱。內史廖曰：「此是尸厥，必有異夢。須俟其自復，不可驚之。禱亦無益。」世子罃守於床席之側，寢食俱不敢離。直候至第五日，穆公方醒。額間汗出如雨，連叫：「怪哉！」世子罃跪而問曰：「君體安否，何臥之久也？」穆公曰：「頃刻耳！」罃曰：「君臥已越五日，得無有異夢否？」穆公驚問曰：「汝何以知之？」世子罃曰：「內史廖固言之。」穆公乃召廖至榻前言曰：「寡人今者夢一婦人，妝束宛如妃嬪，容貌端好，肌如冰雪。手握天符，言奉上帝之命，來召寡人。寡人從之。忽若身在雲中，縹緲無際。至一宮闕，丹青炳煥，玉階九尺，上懸珠簾。婦人引寡人拜於階下，須臾簾捲，見殿上黃金嵌柱，壁衣錦繡。精光奪目。有王者冕旒華袞，憑玉几上座。左右侍立，威儀甚盛。王者傳命『賜醴！』

有如內侍者，以碧玉斝賜寡人酒，甘香無比。王者以一簡授左右，即聞堂上大聲呼寡人名曰：『任好聽旨，爾平晉亂！』如是者再。婦人遂教寡人拜謝，復引出宮闕。寡人問婦人何名，對曰：『妾乃寶夫人也。居於太白山之西麓，在君宇下，君不聞乎？妾夫葉君，別居南陽。或一二歲來會妾，君能為妾立祠，當使君霸，傳名萬載。』寡人因問：『晉有何亂，乃使寡人平之？』寶夫人曰：『此天機，不可預洩！』已聞鐘鳴，聲大如雷霆，寡人遂驚覺。不知此何祥也？」廖對曰：「晉侯方寵驪姬，疏太子，保無亂乎？天命及君，君之福也！」穆公曰：「寶夫人何為者？」廖對曰：「臣聞先君文公之時，有陳倉人於土中得一異物，形如滿囊，色間黃白，短尾多足，嘴有利喙。陳倉人謀獻之先君，中途遇二童子，拍手笑曰：『汝虐於死人，今乃遭生人之手乎？』陳倉人請問其說。二童子曰：『此物名猬，在地下慣食死人之腦，得其精氣，遂能變化。汝謹持之！』猬亦張喙忽作人言曰：『彼二童子者，一雌一雄，名曰陳寶，乃野雉之精。得雄者王，得雌者霸。』陳倉人遂捨猬而逐童子。二童子忽化為雉飛去。陳倉人以告先君，命書其事於簡，藏之內府。臣實掌之，可啟而視也。夫陳倉正在太白山之西。君試獵於兩山之間，以求其跡，則可明矣。」穆公命取文公藏簡觀之，果如廖之語。因使廖詳記其夢，并藏內府。

次日，穆公視朝，群臣畢賀。穆公遂命駕車，獵於太白山。迤邐而西，將至陳倉山，獵人舉網得一雉雞，玉色無瑕，光采照人。須臾，化為石雞，色光不滅。獵者獻於穆公。內史廖賀曰：「此所謂寶夫人也。得雌者，霸徵乎？君可建祠於陳倉，必獲其福。」穆公大悅，命沐以蘭湯，覆以錦衾，盛以玉匱。即日鳩工伐木，建祠於山上，名其祠曰寶夫人祠。改陳倉山為寶雞山。有司春秋二祭。每祭之晨，山上聞雞鳴，其聲聞三里之外。間一年或二年，望見赤光長十餘丈，雷聲殷殷然。此乃葉君來會之期。——

葉君者，即雄雉之神，所謂「別居南陽」者也。——至四百餘年後，漢光武生於南陽，起兵誅王莽，復漢祚，為後漢皇帝，乃是「得雄者王」之驗。畢竟秦穆公如何定晉亂，再看下回分解。

第二十七回　驪姬巧計殺申生　獻公臨終囑荀息

話說晉獻公以并虞、虢二國，群臣皆賀，惟驪姬心中不樂。他本意欲遣世子申生伐虢，卻被里克代行，又一舉成功。一時間無題目可做，乃復與優施相議。言：「里克乃申生之黨，功高位重，我無以敵之。奈何？」優施曰：「荀息以一璧馬滅虞、虢二國，其智在里克之上，其功亦不在里克之下。若求荀息為奚齊、卓子之傅，則可以敵里克有餘矣。」驪姬請於獻公，遂使荀息傅奚齊、卓子。驪姬又謂優施曰：「荀息已入我黨矣。里克在朝，必破我謀。何計可以去之？克去而申生乃可圖也。」優施曰：「里克為人，外強而中多顧慮。誠以利害動之，彼必持兩端，然後可收而為我用。克好飲，夫人能為我具特羊之饗，我因侍飲而以言探之。其入，則夫人之福也。即不入，我優人，亦聊與為戲，何罪焉？」驪姬曰：「善。」乃代為優施治飲具。

優施預請於里克曰：「大夫驅馳虞、虢間，勞苦甚。施有一杯之獻，願取閒，邀大夫片刻之歡，何如？」里克許之。乃攜酒至克家。克與內子孟，皆西坐為客。施再拜進觴，因侍飲於側，調笑甚洽。酒至半酣，施起舞為壽。因謂孟曰：「主啗我，我有新歌，為主歌之。」孟酌兕觥以賜施，啗以羊脾。問曰：「新歌何名？」施對曰：「名暇豫。大夫得此事君，可保富貴也。」乃頓嗓而歌。歌曰：

暇豫之吾吾兮，不如烏烏。眾皆集於菀兮，爾獨於枯。菀何榮且茂兮？枯招斧柯。斧柯行及兮，奈爾枯何！

歌訖，里克笑曰：「何謂菀？何謂枯？」施曰：「譬之於人，其母為夫人，其子將為君。本深枝茂，眾鳥依託，所謂菀也。若其母已死，其子又得謗，禍害將及。本搖葉落，鳥無所棲，斯為枯矣。」言罷，遂出門。里克心中怏怏，即命撤饌。起身徑入書房，獨走庭中，迴旋良久。是夕不用晚餐，挑燈就寢，展轉床褥，不能成寐。左思右想：「優施內外俱寵，出入宮禁。今日之歌，必非無謂而發。彼欲言未竟，俟天明當再叩之。」捱至半夜，心中急不能忍。遂分付左右，密喚優施到此問話。優施已心知其故，連忙衣冠整齊，跟著來人直達寢所。里克召優施坐於床間，以手撫其膝，問曰：「適來『菀』、『枯』之說，我已略喻。豈非謂曲沃乎？汝必有所聞，可與我詳言，不可隱也。」施對曰：「久欲告知，因大夫乃曲沃之傅，且未敢直言，恐見怪耳。」里克曰：「使我預圖免禍之地，是汝愛我也。何怪之有？」施乃俯首就枕畔低語曰：「君已許夫人，殺太子而立奚齊，有成謀矣！」里克曰：「猶可止乎？」施對曰：「君夫人之得君，子所知也。中大夫之得君，亦子所知也。夫人主乎內，中大夫主乎外，雖欲止，得乎？」里克曰：「從君而殺太子，我不忍也。輔太子以抗君，我不及也。中立而兩無所為，可以自脫否？」施對曰：「可。」施退，里克坐以待旦。取往日所書之簡視之，屈指恰是十年。嘆曰：「卜筮之理，何其神也！」遂造大夫丕鄭父之家，屏去左右，告之曰：「史蘇、卜偃之言，驗於今矣！」丕鄭父曰：「有聞乎？」里克曰：「夜來優施告我曰：『君將殺太子而立奚齊也。』」丕鄭父曰：「子何以復之？」里克曰：「我告以中立。」丕鄭父曰：「子之言，如見火而益之薪也。為子計，宜陽為不信。彼見子不信，必中忌而緩其謀。子乃多樹太子之黨，以固其位。然後乘間而進言，以奪君之志，成敗猶未有定。今子曰『中立』，則太子孤矣。禍可立而待也！」里克頓足曰：「惜哉！不早與吾子商之！」里克別去，登車，詐墜於車下。次日遂稱傷足，不能赴朝。史臣有詩云：

特羊具享優人舞，斷送儲君一曲歌。堪笑大臣無遠識，卻將中立佐操戈。

優施回復驪姬，驪姬大悅。乃夜謂獻公曰：「太子久居曲沃，君何不召之？但言妾之思見太子。妾因以為德於太子，冀免旦夕，何如？」獻公果如其言，以召申生。申生應呼而至。先見獻公，再拜問安禮畢，入宮參見驪姬。驪姬設饗待之，言語甚歡。次日，申生入宮謝宴，驪姬又留飯。是夜，驪姬復向獻公垂淚言曰：「妾欲回太子之心，故召而禮之。不意太子無禮更甚！」獻公曰：「何如？」驪姬曰：「妾留太子午飯，索飲半酣，戲謂妾曰：『我父老矣，若母何？』妾怒而不應。太子又曰：『昔我祖老，而以我母姜氏，遺於我父。今我父老，必有所遺。非子而誰？』欲前執妾手，妾拒之乃免。君若不信，妾試與太子同遊於囿，君從臺上觀之，必有覩焉。」獻公曰：「諾。」及明，驪姬召申生同遊於囿。驪姬預以蜜塗其髮，蜂蝶紛紛，皆集其髮。姬曰：「太子盍為我驅蜂蝶乎？」申生從後以袖麾之。獻公望見，以為真有調戲之事矣。心中大怒。即欲執申生行誅。驪姬跪而告曰：「妾召之而殺之，是妾殺太子也。且宮中曖昧之事，外人未知，姑忍之。」獻公乃使申生還曲沃，而使人陰求其罪。

過數日，獻公出田於翟桓。驪姬與優施商議，使人謂太子曰：「君夢齊姜，訴曰：『苦饑無食。』

必速祭之。」齊姜別有祠在曲沃，申生乃設祭祭齊姜，使人送胙於獻公。獻公未歸，乃留胙於宮中。六日後，獻公回宮。驪姬以鴆入酒，以毒藥傅肉而獻之，曰：「妾夢齊姜，苦饑不可忍，因君之出也，以告太子而使祭焉。今致胙於此，待君久矣。」獻公取觶，欲嘗酒。驪姬跪而止之曰：「酒食自外來者，不可不試。」獻公曰：「然。」乃以酒瀝地，地即墳起。又呼犬，取一臠肉擲之，犬啖肉立死。驪姬佯為不信，呼小內侍，使嘗酒肉，小內侍不肯。強之，纔下口，七竅流血亦死。驪姬佯大驚，疾趨下堂而呼曰：「天乎，天乎！國固太子之國也！君老矣，豈旦暮之不能待，而必欲弒之！」言罷雙淚俱下。復跪於獻公之前，帶噎而言曰：「太子所以設此謀者，徒以妾母子故也。願君以此酒肉賜妾，妾甯代君而死，以快太子之志。」即取酒欲飲。獻公奪而覆之，氣咽不能出語。驪姬哭倒在地，恨曰：「太子真忍心哉！其父而且欲弒之，況他人乎？始君欲廢之，妾固不肯。後囿中戲我，君又欲殺之，我猶力勸。今幾害我君，妾誤君甚矣！」獻公半晌方言，以手扶驪姬曰：「爾起，孤便當暴之群臣，誅此賊子！」當時出朝，召諸大夫議事。惟狐突久杜門。里克稱足疾，丕鄭父託以他出不至。其餘畢集朝堂。獻公以申生逆謀，告訴群臣。群臣知獻公畜謀已久，皆面面相覷，不敢置對。東關五進曰：「太子無道，臣請為君討之。」獻公乃使東關五為將，梁五副之，率車二百乘，以討曲沃。囑之曰：「太子數將兵，善用眾，爾其慎之！」狐突雖然杜門，時刻使人打聽朝事。聞二五戒車，心知必往曲沃。急使人密報太子申生。申生以告太傅杜原款。原款曰：「胙已留宮六日，其為宮中置毒明矣！子必以狀自理，群臣豈無相明者？毋束手就死為也！」申生曰：「君非姬氏，居不安，食不飽。我自理而不明，是增罪也。幸而明，君護姬，未必加罪，又以傷君之心。不如我死。」原款曰：「且適他國，以俟後圖如何？」申生曰：「君不察其無罪，而行討於我。我被弒父之名以出，人將以我為鴟鴞矣。若出而歸罪於君，是惡君也。且彰君父之惡，必見笑於諸侯，內困於父母，外困於諸侯，是重困也。棄君脫罪，是逃死也。我聞之：『仁不惡君，智不重困，勇不逃死。』」乃為書以復狐突曰：「申生有罪，不敢愛死。雖然，君老矣，子少，國家多難。伯氏努力以輔國家，申生雖死，受伯氏之賜實多！」於是北向再拜，自縊而死。死之明日，東關五兵到。知申生已死，乃執杜原款囚之，以報獻公曰：「世子自知罪不可逃，乃先死也。」獻公使原款證成太子之罪。原款大呼曰：「天乎，冤哉！原款所以不死而就俘者，正欲明太子之心也。胙留宮六日，豈有毒而久不變者乎？」驪姬從屏後急呼曰：「原款輔導無狀，何不速殺之？」獻公使力士以銅搥擊破其腦而死。群臣皆暗暗流涕。

* * *

梁五、東關五謂優施曰：「重耳、夷吾與太子一體也。太子雖死，二公子尚在，我竊憂之。」優施言於驪姬，使引二公子。驪姬夜半復泣訴獻公曰：「妾聞重耳夷吾實同申生之謀。申生之死，二公子歸罪於妾，終日治兵，欲襲晉而殺妾，以圖大事。君不可不察。」獻公意猶未信。蚤朝，近臣報：「蒲、屈二公子來覲，已至關。聞太子之變，即時俱回轅去矣。」獻公曰：「不辭而去，必同謀也！」乃遣寺人勃鞮率師往蒲，擒拿公子重耳，賈華率師往屈，擒拿公子夷吾。狐突喚其次子狐偃至前謂曰：「重耳駢脅重瞳，狀貌偉異，又素賢明，他日必能成事。且太子既死，次當及之。汝可速往蒲，助之出奔，與汝兄毛，同心輔佐，以圖後舉。」狐偃遵命，星夜奔蒲城，來投重耳。重耳大驚，與狐毛、狐偃方商議出奔之事。勃鞮軍馬已到。蒲人欲閉門拒守。重耳曰：「君命不可抗也！」勃鞮攻入蒲城，圍重耳之宅。

重耳與毛、偃急趨後園。勃鞮挺劍逐之。毛、偃先踰牆出，推牆以招重耳。勃鞮執重耳衣袂，劍起袂絕，重耳得脫去。勃鞮收袂回報，三人遂出奔翟國。

翟君先夢蒼龍蟠於城上，見晉公子來到，欣然納之。須臾，城下有小車數乘，相繼而至，叫開城甚急。重耳疑是追兵，便教城上放箭。城下大叫曰：「我等非追兵，乃晉臣願追隨公子者！」重耳登城觀看，認得為首一人，姓趙名衰，字子餘，乃大夫趙威之弟，仕晉朝為大夫。重耳曰：「子餘到此，孤無慮矣！」即命開門放入。餘人乃胥臣、魏犨、狐射姑、顛頡、介子推、先軫，皆知名之士。其他願執鞭負橐，奔走效勞，又有壺叔等數十人。重耳大驚曰：「公等在朝，何以至此？」趙衰等齊聲曰：「主上失德，寵妖姬，殺世子，晉國旦晚必有大亂。素知公子寬仁下士，所以願從出亡。」翟君教開門放入。眾人進見。重耳泣曰：「諸君子能協心相輔，如肉傅骨，生死不敢忘德！」魏犨攘臂前曰：「公子居蒲數年，蒲人咸樂為公子死。若借助於翟，以用蒲人之眾，殺入絳城，朝中積憤已深，必有起為內應者。因以除君側之惡，安社稷而撫民人，豈不勝於流離道途為逋客哉？」重耳曰：「子言雖壯，然震驚君父，非亡人所敢出也。」魏犨乃一勇之夫，見重耳不從，遂咬牙切齒，以足頓地曰：「公子畏驪姬輩如猛虎蛇蝎，何日能成大事乎？」狐偃謂犨曰：「公子非畏驪姬，畏名義耳。」犨乃不言。昔人有古風一篇，單道重耳從亡諸臣之盛：

蒲城公子遭讒變，輪蹄西指奔如電。擔囊仗劍何紛紛？英雄盡是山西彥。山西諸彥爭相從，吞雲吐雨星羅胸。文臣高等擎天柱，武將雄誇駕海虹。君不見，趙成子，冬日之溫徹人髓。又不見，司空季，六韜、三略饒經濟。二狐肺腑兼尊親，出奇制變圓如輪。魏犨矯矯人中虎，賈佗強力輕千鈞。顛頡昂藏獨行意，直哉先軫胸無滯！子推介節誰與儔？百鍊堅金任磨礪。頡頏上下如掌股，周流遍歷秦、齊、楚。行居寢食無相離，患難之中定臣主。古來真主百靈扶，風虎雲龍自不孤。梧桐種就鸞鳳集，何問朝中菀共枯？

重耳自幼謙恭下士。自十七歲時，已父事狐偃，師事趙衰，長事狐射姑。凡朝野知名之士，無不納交。故雖出亡，患難之際，豪傑願從者甚眾。

惟大夫郤芮與呂飴甥腹心之契，虢射是夷吾之母舅，三人獨奔屈以就夷吾。相見之間，告以賈華之兵，旦暮且至。夷吾即令斂兵為城守計。賈華原無必獲夷吾之意。及兵到，故緩其圍。使人陰告夷吾曰：「公子宜速去！不然，晉兵繼至，不可當也。」夷吾謂郤芮曰：「重耳在翟，今奔翟何如？」郤芮曰：「君固言二公子同謀，以是為討。今異出而同走，驪姬有辭矣。晉兵且至翟，不如之梁。梁與秦近。秦方強盛，且婚姻之國，君百歲後，可借其力以圖歸也。」夷吾乃奔梁國。賈華佯追之不及，以逃奔復命。

獻公大怒曰：「二子不獲其一，何以用兵？」叱左右欲縛賈華斬之。丕鄭父奏曰：「君前使人築二城，使得聚兵為備，非賈華之罪也。」梁五亦奏曰：「夷吾庸才，無足慮。重耳有賢名，多士從之，朝堂為之一空。且翟吾世仇，不伐翟除重耳，後必為患。」獻公乃赦賈華，使召勃鞮。鞮聞賈華幾不免，乃自請率兵伐翟。獻公許之。勃鞮兵至翟城，翟君亦盛陳兵於採桑，相守二月餘。丕鄭父進曰：「父子無絕恩之理。二公子罪惡未彰，既已出奔，而必追殺之，得無已甚乎？且翟未可必勝，徒勞我師，為鄰國笑。」獻公意稍轉，即召勃鞮還師。

獻公疑群公子多重耳、夷吾之黨，異日必為奚齊之梗，乃下令盡逐群公子。晉之公族，無敢留者。於是立奚齊為世子。百官自二五及荀息之外，無不人人扼腕。多有稱疾告老者。時周襄王之元年，晉獻公之二十六年也。

是秋九月，獻公奔赴葵邱之會不果，於中途得疾。至國還宮，驪姬坐於足，泣曰：「君遭骨肉之釁，盡逐公族，而立妾之子。一旦設有不諱，我婦人也，奚齊年又幼，倘群公子挾外援以求入，妾母子所靠何人？」獻公曰：「夫人勿憂，太傅荀息忠臣也。忠不二心。孤當以幼君託之。」於是召荀息至於榻前，問曰：「寡人聞士之立身，忠信為本。何以謂之忠信？」荀息對曰：「盡心事主曰忠，死不食言曰信。」獻公曰：「寡人欲以弱孤累大夫，大夫其許我乎？」荀息稽首對曰：「敢不竭死力！」獻公不覺墮淚。驪姬哭聲聞幕外。數日，獻公薨。驪姬抱奚齊以授荀息，時年纔十一歲。荀息遵遺命，奉奚齊主喪。百官俱就位哭泣。驪姬亦以遺命拜荀息為上卿。梁五、東關五加左右司馬，斂兵巡行國中，以備非常。國中大小事體，俱關白❶荀息而後行。以明年為新君元年，告訃諸侯。畢竟奚齊能得幾日為君，且看下回分解。

❶ 關白：通知。

第二十八回　里克兩弒孤主　穆公一平晉亂

話說荀息擁立公子奚齊，百官都至喪次哭臨，惟狐突託言病篤不至。里克私謂丕鄭父曰：「孺子遂立矣！其若亡公子何？」丕鄭父曰：「此事全在荀息，姑與探之。」二人登車同往荀息府中。息延入。里克告曰：「主上晏駕，重耳、夷吾俱在外。叔為國大臣，乃不迎長公子嗣位而立嬖人之子，何以服人？且三公子之黨，怨奚齊子母入於骨髓，只礙主上耳。今聞大變，必有異謀。秦、翟輔之於外，國人應之於內，子何策以禦之？」荀息曰：「我受先君遺託，而傅奚齊，則奚齊乃我君矣。此外不知更有他人。萬一力不從心，惟有一死，以謝先君而已！」丕鄭父曰：「死無益也。何不改圖？」荀息曰：「我既以忠信許先君矣。雖無益，敢食言乎？」二人再三勸諭，荀息心如鐵石，終不改言。乃相辭而去。里克謂鄭父曰：「我以叔有同僚之誼，故明告以利害。彼堅執不聽，奈何？」鄭父曰：「彼為奚齊，我為重耳。各成其志，有何不可？」於是二人密約，使心腹力士變服雜於侍衛服役之中，乘奚齊在喪次，就刺殺於苫塊之側。時優施在旁，挺劍來救，亦被殺。一時幕間大亂。荀息哭臨方退，聞變大驚。疾忙趨入，撫屍大慟曰：「我受遺命託孤，不能保護太子，我之罪也！」便欲觸柱而死。驪姬急使人止之曰：「君柩在殯，大夫獨不念乎？且奚齊雖死，尚有卓子在，可輔也。」荀息乃誅守幕者數十人。即日與百官會議，更扶卓子為君，時年纔九歲。里克、丕鄭佯為不知，獨不與議。梁五曰：「孺子之死，實里、丕二人為先太子報仇也。今不與公議，其跡昭然。請以兵討之。」荀息曰：「二人者，晉之老臣，根深黨固。七輿大夫，半出其門。討而不勝，大事去矣。不如姑隱之，以安其心而緩其謀。俟喪事既畢，改元正位，外結鄰國，內散其黨，然後乃可圖矣。」梁五退謂東關五曰：「荀卿忠而少謀，作事迂緩，不可恃也。里、丕雖同志，而克為先太子之冤，銜怨獨深。若除克，則丕氏之心惰矣。」東關五曰：「何策除之？」梁五曰：「今喪事在邇，誠伏甲東門，視其送葬，突起攻之，此一夫之力也。」東關五曰：「善！我有客屠岸夷者，能負三千鈞，絕地而馳。若啖以爵祿，此人可使也。」乃召屠岸夷而語之。夷素與大夫騅歂相厚，密以其謀告於騅歂，問：「此事可行否？」歂曰：「故太子之冤，舉國莫不痛之，皆因驪姬母子之故。今里、丕二大夫，欲殲驪姬之黨，迎立公子重耳為君，此義舉也。汝若輔佞仇忠，幹此不義之事，我等必不容汝！徒受萬代罵名。不可，不可！」夷曰：「我儕小人不知也。今辭之，何如？」騅歂曰：「辭之，則必復遣他人矣。子不如佯諾，而反戈以誅逆黨。我以迎立之功與子。子不失富貴，而且有令名。與為不義殺身，孰得？」屠岸夷曰：「大夫之教是也。」騅歂曰：「得無變否？」夷曰：「大夫見疑，則請盟。」乃割雞而為盟。夷去，歂即與丕鄭父言之。鄭父亦言於里克。各整頓家甲，約定送葬日齊發。至期，里克稱病不會葬。屠岸夷謂東關五曰：「諸大夫皆在葬，惟里克獨留，此天奪其命也。請授甲兵三百人，圍其宮而殲之。」東關五大悅，與甲士三百，偽圍里克之家。里克故意使人如墓告變。荀息驚問其故。東關五曰：「聞里克將乘隙為亂，五等輒使家客，以兵守之。成則大夫之功，不成不相累也。」荀息心如芒刺，草草畢葬。即使二五勒兵助攻，自己奉卓子坐於朝堂，以俟好音。東關五之兵先至東市。屠岸夷來見。託言稟事，猝以臂拉其頸。頸折墜，軍中大亂。屠岸夷大呼曰：「公子重耳引秦、翟之兵，已在城外，我奉里大夫之命，為故太子申生伸冤，誅姦佞之黨，迎立重耳為君。汝等願從者，皆來，不願從自去！」軍士聞重耳為君，無不踴躍願從者。梁五聞東關五被殺，急趨朝堂，欲同荀息奉卓子出奔。郤被屠岸夷追及。里克、丕鄭父、騅歂各率家甲，一時亦到。梁五料不能脫，拔劍自刎不斷，被屠岸夷隻手擒來。里克趁勢揮刀，劈為兩段。時左行大夫共華，亦統家甲來助，一齊殺入朝門。里克仗劍先行，眾人隨之。左右皆驚散。荀息面不改色，左手抱卓子，右手舉袖掩之。卓子懼而啼。荀息謂里克曰：「孺子何罪？甯殺我，乞留此先君一塊肉！」里克曰：「申生安在？亦先君一塊肉也！」顧屠岸夷曰：「還不下手！」屠岸夷就荀息手中奪來，擲之於階。但聞跎蹋一聲，化為肉餅。荀息大怒，挺佩劍來鬥里克，亦被屠岸夷斬之。遂殺入宮中。驪姬先奔賈君之宮。賈君閉門不納。走入後園，從橋上投水中而死。里克命戮其屍。驪姬之娣，雖生卓子，無寵無權，恕不殺，錮之別室。盡滅二五及優施之族。髯仙有詩嘆驪姬云：

譖殺申生意若何？要將稚子掌山河。一朝母子遭駢戮，笑殺當年暇豫歌！

又有詩嘆荀息從君之亂命，而立庶孽，雖死不足道也。詩云：

昏君亂命豈宜從，猶說硜硜效死忠。璧馬智謀何處去？君臣束手一場空！

里克大集百官於朝堂議曰：「今庶孽已除，公子中惟重耳最長且賢，當立。諸大夫同心者，請書名於簡！」丕鄭父曰：「此事非狐老大夫不可。」里克即使人以車迎之。狐突辭曰：「老夫二子從亡，若與迎，是同弒也。突老矣，惟諸大夫之命是聽！」里克遂執筆先書己名，次丕鄭父。以下共華、賈華、騅歂等共三十餘人，後至者俱不及書。以上士之銜假屠岸夷，使之奉表往翟，奉迎公子重耳。重耳見表上無狐突名，疑之。魏犨曰：「迎而不往，欲長為客乎？」重耳曰：「非爾所知也。群公子尚多，何必我？且二孺子新誅，其黨未盡。入而求出，何可得也？天若祚我，豈患無國？」狐偃亦以乘喪因亂，皆非美名，勸公子勿行。乃謝使者曰：「重耳得罪於父，逃死四方。生既不得展問安侍膳之誠，死又不得盡視含哭泣之禮，何敢乘亂而貪國？大夫其更立他子，重耳不敢違。」屠岸夷還報。里克欲遣使再往。大夫梁繇靡曰：「公子孰非君者？盍迎夷吾乎？」里克曰：「夷吾貪而忍。貪則無信，忍則無親，不如重耳。」梁繇靡曰：「不猶愈於群公子乎？」眾人俱唯唯。里克不得已，乃使屠岸夷輔梁繇靡迎夷吾於梁。

且說公子夷吾在梁，梁伯以女妻之。生一子，名曰圉。夷吾安居於梁，日夜望國中有變乘機求入。聞獻公已薨，即命呂飴甥襲屈城據之。荀息為國中多事，亦不暇問。及聞奚齊、卓子被殺，諸大夫往迎重耳，呂飴甥以書報夷吾。夷吾與虢射、郤芮商議，要來爭國。忽見梁繇靡等來迎，以手加額曰：「天奪國於重耳，以授我也！」不覺喜形於色。郤芮進曰：「重耳非惡得國者，其不行必有疑也。君勿輕信。夫在內而外求君者，是皆有大欲焉。方今晉臣用事，里、丕為首。君宜捐厚賂以啖之。雖然，猶有危。夫入虎穴者，必操利器。君欲入國，非借強國之力為助不可。鄰晉之國，惟秦最強。子盍遣使卑辭以求納於秦乎？秦許我，則國可入矣。」夷吾用其言，乃許里克以汾陽之田百萬，許丕鄭父以負葵之田七十萬，皆書契而緘之。先使屠岸夷還報，留梁繇靡使達手書於秦。并道晉國諸大夫奉迎之意。

秦穆公謂蹇叔曰：「晉亂待寡人而平，上帝先示夢矣。寡人聞重耳、夷吾，皆賢公子也。寡人將擇而納之，未知孰勝？」蹇叔曰：「重耳在翟，夷吾在梁，地皆密邇。君何不使人往弔，以觀二公子之為人？」穆公曰：「諾！」乃使公子縶先弔重耳，次弔夷吾。公子縶至翟，見公子重耳，以秦君之命稱弔。禮畢，重耳即退。縶使閽者傳語：「公子宜乘時圖入，寡君願以敝賦為前驅。」重耳以告趙衰。趙衰曰：「卻內之迎，而借外寵以求入，雖入不光矣！」重耳乃出見使者曰：「君惠弔亡臣重耳，辱以後命。亡人無寶，仁親為寶。父死之謂何，而敢有他志？」遂伏地大哭，稽顙而退，絕無一私語。公子縶見重耳不從，心知其賢。嘆息而去。遂弔夷吾於梁。禮畢，夷吾謂縶曰：「大夫以君命下弔亡人，亦何以教亡人乎？」縶亦以乘時圖入相勸，夷吾稽顙稱謝。入告郤芮曰：「秦人許納我矣！」郤芮曰：「秦人何私於我？亦將有取於我也。君必大割地以賂之。」夷吾曰：「大割地不損晉乎？」郤芮曰：「公子不反國，則梁山一匹夫耳！能有晉尺寸之土乎？他人之物，公子何惜焉？」夷吾復出見公子縶，握其手謂曰：「里克、丕鄭皆許我矣。亡人皆有以酬之，且不敢薄也。苟假君之寵，入主社稷，惟是河外五城，所以便君之東遊者，東盡虢地，南及華山，內以解梁為界，願入之於君，以報君德於萬一。」出契於袖中，面有德色❶。公子縶方欲謙讓，夷吾又曰：「亡人另有黃金四十鎰，白玉之珩六雙，願納於公子之左右，乞公子好言於君。亡人不忘公子之賜！」公子縶乃皆受之。史臣有詩云：

重耳憂親為喪親，夷吾利國喜津津。但看受弔相懸處，成敗分明定兩人。

❶ 德色：施恩於人，而有自得之色。

縶返命於穆公，備述兩公子相見之狀。穆公曰：「重耳之賢，過夷吾遠矣！必納重耳。」公子縶對曰：「君之納晉君也，憂晉乎？抑欲成名於天下乎？」穆公曰：「晉何與我事？寡人亦欲成名於天下耳！」公子縶曰：「君如憂晉，則為之擇賢君。第欲成名於天下，則不如置不賢者。均之有置君之名，而賢者出我上，不賢者出我下，二者孰利？」穆公曰：「子之言，開我肺腑。」乃使公孫枝出車三百乘，以納夷吾。秦穆公夫人，乃晉世子申生之娣，是為穆姬。幼育於獻公次妃賈君之宮，甚有賢德。聞公孫枝將納夷吾於晉，遂為手書以屬夷吾，言：「公子入為晉君，必厚視賈君。其群公子因亂出奔，皆無罪。聞：『葉茂者本榮。』必盡納之，亦所以固我藩也。」夷吾恐失穆姬之意，隨以手書復之。一一如命。時齊桓公聞晉國有亂，欲合諸侯謀之，乃親至高梁之地。又聞秦師已出，周惠王亦遣大夫王子黨率師至晉，乃遣公孫隰朋會周、秦之師，同納夷吾。呂飴甥亦自屈城來會。桓公遂回齊。里克、丕鄭父請出國舅狐突做主，率群臣備法駕，迎夷吾於晉界。夷吾入絳都即位，是為惠公。即以本年為元年。——按晉惠公之元年，實周襄王之二年也。——國人素慕重耳之賢，欲得為君。及失重耳得夷吾，乃大失望。

惠公既即位，遂立子圉為世子，以狐突、虢射為上大夫，呂飴甥、郤芮俱為中大夫，屠岸夷為下大夫。其餘在國諸臣，一從其舊。使梁繇靡從王子黨如周，韓簡從隰朋如齊，各拜謝納國之恩。惟公孫枝以索取河西五城之地，尚留晉國。惠公有不捨之意，乃集群臣議之。虢射目視呂飴甥。飴甥進曰：「君所以賂秦者，為未入，則國非君之國也。今既入矣，國乃君之國矣。雖不畀秦，秦其奈君何？」里克曰：「君始得國，而失信於強鄰，不可，不如與之。」郤芮曰：「去五城是去半晉矣！秦雖極兵力，必不能取五城於我。且先君百戰經營，始有此地，不可棄也！」里克曰：「既知先君之地，何以許之？許而不與，不怒秦乎？且先君立國於曲沃，地不過蕞爾。惟自彊於政，故能兼并小國，以成其大。君能修政而善鄰，何患無五城哉？」郤芮大喝曰：「里克之言，非為秦也，為取汾陽之田百萬，恐君不與，故以秦為例耳！」丕鄭父以臂推里克，克遂不敢復言。惠公曰：「不與則失信，與之則自弱，畀一二城可乎？」呂飴甥曰：「畀一二城未為全信也，而適以挑秦之爭，不如辭之。」惠公乃命呂飴甥作書辭秦。書略曰：

始夷吾以河西五城許君。今幸入守社稷，夷吾念君之賜，即欲踐言。大臣皆曰：「地者先君之地，君出亡在外，何得擅許他人？」寡人爭之弗能得。惟君少緩其期，寡人不敢忘也。

惠公問：「誰人能為寡人謝秦者？」丕鄭父願往。惠公從之。——原來惠公求入國時，亦曾許丕鄭父負葵之田七十萬。惠公既不與秦城，安肯與里、丕二人之田？鄭父口雖不言，心中怨恨，特地討此一差，欲訴於秦耳。

鄭父隨公孫枝至於秦國，見了穆公，呈上國書。穆公覽畢，拍案大怒曰：「寡人固知夷吾不堪為君，今果被此賊所欺！」欲斬丕鄭父。公孫枝奏曰：「此非鄭父之罪也，望君恕之。」穆公餘怒未盡。問曰：「誰使夷吾負寡人者？寡人願得而手刃之！」丕鄭父曰：「君請屏左右，臣有所言。」穆公色稍和，命左右退於簾下，揖鄭父進而問之。鄭父對曰：「晉之諸大夫，無不感君之恩，願歸地者。惟呂飴甥、郤芮二人從中阻撓。君若重幣聘問，而以好言召此二人，二人至，則殺之。君納重耳，臣與里克逐夷吾，為君內應。請得世世事君，何如？」穆公曰：「此計妙哉！固寡人之本心也。」於是遣大夫泠至，隨丕鄭父行聘於晉，欲誘呂飴甥、郤芮而殺之。不知呂、郤性命何如，且看下回分解。

第二十九回　晉惠公大誅群臣　管夷吾病榻論相

話說里克主意，原要奉迎公子重耳。因重耳辭不肯就，夷吾又以重賂求入，因此只得隨眾行事。誰知惠公即位之後，所許之田，分毫不給。又任用虢射、呂飴甥、郤芮一班私人，將先舊世臣，一概疎遠。里克心中已自不服。及勸惠公畀地於秦，分明是公道話。郤芮反說他為己而設，好生不忿。忍了一肚子氣，敢怒而不敢言。出了朝門，顏色之間，不免露些怨望之意。及丕鄭父使秦，郤芮等恐其與里克有謀，私下遣人窺瞰。鄭父亦慮郤芮等有人伺察，遂不別里克而行。里克使人邀鄭父說話，則鄭父已出城矣。克自往追之，不及而還。早有人報知郤芮。芮求見惠公，奏曰：「里克謂君奪其權政，又不與汾陽之田，心懷怨望。今聞丕鄭父聘秦，自駕往追，其中必有異謀。臣素聞里克善於重耳，君之立非其本意。萬一與重耳內應外合，何以防之？不若賜死，以絕其患。」惠公曰：「里克有功於寡人，今何辭以戮之？」郤芮曰：「克弒奚齊，又弒卓子，又殺顧命之臣荀息，其罪大矣！念其入國之功，私勞也。討其弒逆之罪，公義也。明君不以私勞而廢公義。臣請奉君命行討！」惠公曰：「大夫往矣！」郤芮遂詣里克之家，謂里克曰：「晉侯有命，使芮致之吾子。晉侯云：『微子，寡人不得立。寡人不敢忘子之功。雖然，子弒二君，殺一大夫，為爾君者難矣！寡人奉先君之遺命，不敢以私勞而廢大義！』惟子自圖之！」里克曰：「不有所廢，君何以興？欲加之罪，何患無辭？臣聞命矣！」郤芮復迫之。克乃拔佩劍躍地大呼曰：

「天乎，寃哉！忠而獲罪，死若有知，何面目見荀息乎！」遂自刎其喉而死。郤芮還報惠公，惠公大悅。髯仙有詩云：

纔入夷吾身受兵，當初何不死申生？方知中立非完策，不及荀家有令名。

惠公殺了里克，群臣多有不服者。祁舉、共華、賈華、騅歂輩，俱口出怨言。惠公欲誅之。郤芮曰：「丕鄭在外，而多行誅戮，以啟其疑叛之心，不可。君且忍之。」惠公曰：「秦夫人有言，託寡人善視賈君，而盡納群公子，何如？」郤芮曰：「群公子誰無爭心，不可納也。善視賈君，以報秦夫人可矣。」惠公乃入見賈君。時賈君色尚未衰。惠公忽動淫心，謂賈君曰：「秦夫人屬寡人與君為歡，君其無拒。」即往抱持賈君。宮人皆含笑避去。賈君畏惠公之威，勉強從命。事畢，賈君垂淚言曰：「妾不幸事先君不終，今又失身於君，妾身不足惜，但乞君為故太子申生白冤，妾得復於秦夫人，以贖失身之罪。」惠公曰：「二豎子見殺，先太子之冤已白矣。」賈君曰：「聞先太子尚藁葬新城，君必遷冢而為之立謚，庶冤魂獲安，亦國人之所望於君者也。」惠公許之。乃命郤芮之從弟郤乞，往曲沃擇地改葬。使太史議謚。以其孝敬，謚曰共世子。再使狐突往彼設祭告墓。

先說郤乞至曲沃，別製衣衾棺槨，及冥器木偶之類，極其整齊。掘起申生之屍，面色如生，但臭不可當。役人俱掩鼻欲嘔，不能用力。郤乞焚香再拜曰：「世子生而潔，死而不潔乎？若不潔，不在世子，願無駭眾！」言訖，臭氣頓息，轉為異香。遂重殮入棺，葬於高原。曲沃之人，空城來送，無不墮淚。葬之三日，狐突賫祭品來到，以惠公之命，設位拜奠，題其墓曰：「晉共太子之墓。」事畢，狐突方欲還國，忽見旌旗對對，戈甲層層，簇擁一隊車馬。狐突不知是誰，倉忙欲避。只見副車一人，鬚髮斑白，袍笏整齊，從容下車至於狐突之前，揖曰：「太子有話奉迎，請國舅卻步。」突視之，太傅杜原款也。恍惚中忘其已死。問曰：「太子何在？」原款指後面大車曰：「此即太子之車矣！」突乃隨至車前，見太子申生冠纓劍佩，宛如生前。使御者下引狐突升車，謂曰：「國舅亦念申生否？」突垂淚對曰：「太子之冤，行道之人，無不悲涕。突何人，能勿念乎？」申生曰：「上帝憐我仁孝，已命我為喬山之主矣。夷吾行無禮於賈君，吾惡其不潔，欲卻其葬，恐違眾意而止。今秦君甚賢，吾欲以晉畀秦，使秦人奉吾之祀，舅以為何如？」突對曰：「太子雖惡晉君，其民何罪？且晉之先君又何罪？太子捨同姓而求食於異姓，恐乖仁孝之德也。」申生曰：「舅言亦是。然吾已具奏於上帝矣。今當再奏，舅為姑留七日。新城之西偏有巫者，吾將託之以復舅也。」杜原款在車下喚曰：「國舅可別矣！」牽狐突下車，失足跌仆於地，車馬一時不見。突身乃臥於新城外館，心中大驚。問左右：「吾何得在此？」左右曰：「國舅祭奠方畢，焚祝辭神，忽然仆於席上，呼喚不醒。吾等扶至車中，載歸此處安息。今幸無恙！」狐突心知是夢，暗暗稱異，不與人言。只推抱恙，留車外館。至第七日未申之交，門上報有城西巫者來見。突命召入，預屏左右以待之。巫者入見，自言：「素與鬼神通語。今有喬山主者，乃晉國故太子申生，託傳語致意國舅：『今已覆奏上帝，但辱其身，斬其胤，以示罰罪而已。無害於晉。』」狐突佯為不知，問曰：「所罰者何人之罪？」巫曰：「太子但命傳語如此，我亦不知所指何事也！」突命左右以金帛酬巫者，戒勿妄言。巫者叩謝而去。狐突歸國，私與丕鄭父之子丕豹言之。豹曰：「君舉動乖張，必不克終。有晉國者，其重耳乎？」正敘談間，閽人來報，丕大夫使秦已歸，見在朝中復命。二人各別而歸。

郤說丕鄭父同秦大夫泠至，賫者禮幣數車，如晉報聘。行及絳郊，忽聞誅里克之信。鄭父心中疑慮，意欲轉回秦國，再作商量。又念其子豹在絳城：「我一走，必累及豹。」因此去住兩難，躊躇不決。恰遇大夫共華在於郊外，遂邀與相見。鄭父叩問里克緣由。共華一一敘述了。鄭父曰：「吾今猶可入否？」共華曰：「里克同事之人尚多，如華亦在其內。今止誅克一人，其餘並不波及。況子出使在秦，若為不知可也。如懼而不入，是自供其罪矣。」鄭父從其言，乃催車入城。鄭父先復命訖，引進泠至朝見，呈上國書禮物。惠公啟書看之，略曰：

晉、秦甥舅之國，地之在晉，猶在秦也。諸大夫亦各忠其國，寡人何敢曰必得地，以傷諸大夫之義。但寡人有疆場之事，欲與呂、郤二大夫面議。幸旦暮一來，以慰寡人之望。

書尾又一行云：「原地券納還。」惠公是見小之人，看見禮幣隆厚，又且繳還地券，心中甚喜。便欲遣呂飴甥、郤芮報秦。

郤芮私謂飴甥曰：「秦使此來，不是好意。其幣重而言甘，殆誘我也。吾等若往，必劫我以取地矣。」飴甥曰：「吾亦料秦之懼晉不至若是。此必丕鄭父聞里克之誅，自懼不免，與秦共為此謀，欲使秦人殺吾等而後作亂耳。」郤芮曰：「鄭父與克，同功一體之人。克誅，鄭父安得不懼？子金之料是也。今群臣半是里、丕之黨，若鄭父有謀，必更有同謀之人。且先歸秦使而徐察之。」飴甥曰：「善。」乃言於惠公，先遣泠至回秦，言：「晉國未定，稍待二臣之暇，即當趨命。」泠至只得回秦。呂、郤二人使心腹每夜伏於丕鄭父之門，伺察動靜。鄭父見呂、郤全無行色，乃密請祁舉、賈華、共華、騅歂等，夜至其家議事，五鼓方回。心腹回報所見，如此如此。郤芮曰：「諸人有何難決之事，必逆謀也。」乃與飴甥商議，使人請屠岸夷至，謂曰：「子禍至矣！奈何？」屠岸夷大驚曰：「禍從何來？」郤芮曰：「子前助里克弒幼君，今克已伏法，君將有討於子。吾等以子有迎立之功，不忍見子之受誅，是以告也。」屠岸夷泣曰：「夷乃一勇之夫，聽人驅遣，不知罪之所在，惟大夫救之！」郤芮曰：「君怒不可解也。獨有一計，可以脫禍。」夷遂跪而問計。郤芮慌忙扶起，密告曰：「今丕鄭父黨於里克，有迎立之心，與七輿大夫陰謀作亂，欲逐君而納公子重耳。子誠偽為懼誅者，而見鄭父與之同謀。若盡得其情，先事出首，吾即以所許鄭父負葵之田，割三十萬以酬子功。子且重用，又何罪之足患乎？」夷喜曰：「夷死而得生，大夫之賜也！敢不效力？但我不善為辭，奈何？」呂飴甥曰：「吾當教子。」乃擬為問答之語，使夷熟記。

是夜，夷遂叩丕鄭父之門，言有密事。鄭父辭以醉寢，不與相見。夷守門內，更深猶不去。乃延之入。夷一見鄭父，便下跪曰：「大夫救我一命！」鄭父驚問其故。夷曰：「君以我助里克弒卓子，將加戮於我，奈何？」鄭父曰：「呂、郤二人為政，何不求之？」夷曰：「此皆呂、郤之謀也。吾恨不得食二人之肉，求之何益？」鄭父猶未深信。又問曰：「汝意欲何如？」夷曰：「公子重耳仁孝，能得士心，國人皆願戴之為君，而秦人惡夷吾背約，亦欲改立重耳。誠得大夫手書，夷星夜往致重耳，使合秦、翟之眾，大夫亦糾故太子之黨，從中而起，先斬呂、郤之首，然後逐君而納重耳，無不濟矣！」鄭父曰：「子意得無變否？」夷即嚙一指出血誓曰：「夷若有貳心，當使合族受誅！」鄭父方肯信之。約次日三更，再會定議。至期，屠岸夷復往，則祁舉、共華、賈華、騅歂皆先在。又有叔堅、纍虎、特宮、山祁四人，皆故太子申生門下。與鄭父、屠岸夷共是十人。重復對天歃血，共扶公子重耳為君。後人有詩云：

只疑屠岸來求救，誰料奸謀呂、郤為？強中更有強中手，一人行詐九人危！

丕鄭父款待眾人，盡醉而別。屠岸夷私下回報郤芮。芮曰：「汝言無據，必得鄭父手書，方可正罪。」夷次夜再至鄭父之家，索其手書，往迎重耳。鄭父已寫就了，簡後署名，共是十位。其九人俱先有花押❶，第十屠岸夷也。夷亦請筆書押。鄭父緘封停當❷，交付夷手，囑他：「小心在意，不可漏泄！」屠岸夷得書，如獲至寶，一徑投郤芮家，呈上芮看。芮乃匿夷於家，將書懷於袖中，同呂飴甥往見國舅虢射，備言如此如此。「若不早除，變生不測。」虢射夜叩宮門，見了惠公，細述丕鄭父之謀：「明日早朝，便可面正其罪，以手書為證。」

次日，惠公早朝，呂、郤等預伏武士於壁衣之內。百官行禮已畢，惠公召丕鄭父問曰：「知汝欲逐寡人而迎重耳，寡人敢請其罪！」鄭父方欲致辯，郤芮仗劍大喝曰：「汝遣屠岸夷將手書迎重耳，賴吾君洪福，屠岸夷已被吾等伺候於城外拿下，搜出其書。同事共是十人，今屠岸夷已招出，汝等不必辯矣！」惠公將原書擲於案下。呂飴甥拾起，按簡呼名，命武士擒下。只有共華告假在家未到，另行捕拿。見在八人，面面相覷，真個是：有口難開，無地可入。惠公喝教：「押出朝門斬首！」內中賈華大呼曰：「臣先年奉命伐屈，曾有私放吾君之功，求免一死可乎？」呂飴甥曰：「汝事先君而私放吾主，今事吾

❶ 花押：文書契據末尾的簽名，因為習慣用花字（即草書）避人冒簽，所以叫花押。

❷ 停當：妥當。

主復私通重耳，此反覆小人，速宜就戮！」賈華語塞。八人束手受刑。

郤說共華在家，聞鄭父等事洩被誅，即忙拜辭家廟，欲赴朝中領罪。其弟共賜謂曰：「往則就死，盍逃乎？」共華曰：「丕大夫之入，吾實勸之。陷人於死，而己獨生，非丈夫也。吾非不愛生，不敢負丕大夫耳！」遂不待捕至，疾趨入朝，請死。惠公亦斬之。丕豹聞父遭誅，飛奔秦國逃難。惠公欲盡誅里、丕諸大夫之族。郤芮曰：「罪人不孥，古之制也。亂人行誅，足以儆眾矣！何必多殺，以懼眾心？」惠公乃赦各族不誅。進屠岸夷為中大夫，賞以負葵之田三十萬。

郤說丕豹至秦，見了穆公，伏地大哭。穆公問其故。丕豹將其父始謀，及被害緣由，細述一遍。乃獻策曰：「晉侯背秦之大恩，而修國之小怨。百官聳懼，百姓不服。若以偏師往伐，其眾必內潰。廢置惟君所欲耳。」穆公問於群臣。蹇叔對曰：「以丕豹之言而伐晉，是助臣伐君，於義不可。」百里奚曰：「若百姓不服，必有內變。君且俟其變而圖之。」穆公曰：「寡人亦疑此言。彼一朝而殺九大夫，豈眾心不附而能如此？況兵無內應，可必有功乎？」丕豹遂留仕秦為大夫。時晉惠公之二年，周襄王之三年也。

是年，周王子帶以賂結好伊、雒之戎，使戎伐京師，而己從中應之。戎遂入寇，圍王城。周公孔與召伯廖，悉力固守，帶不敢出會戎師。襄王遣使告急於諸侯。秦穆公、晉惠公皆欲結好周王，各率師伐戎以救周。戎知諸侯兵至，焚掠東門而去。惠公與穆公相見，面有慚色。惠公又接得穆姬密書，書中數晉侯無禮於賈君，又不納群公子，許多不是。教他速改前非，不失舊好。惠公遂有疑秦之心，急急班師。丕豹果勸穆公夜襲晉師。穆公曰：「同為勤王而來此，雖有私怨，未可動也。」乃各歸其國。

時齊桓公亦遣管仲將兵救周。聞戎兵已解，乃遣人詰責戎主。戎主懼齊兵威，使人謝曰：「我諸戎何敢犯京師，爾甘叔招我來耳。」襄王於是逐王子帶。子帶出奔齊國。戎主使人詣京師，請罪求和，襄王許之。襄王追念管仲定位之功，今又有和戎之勞，乃大饗管仲，待以上卿之禮。管仲對曰：「有國、高二子在，臣不敢當。」再三謙讓，受下卿之禮而還。

* * *

是冬，管仲病，桓公親往問之。見其瘠甚，乃執其手曰：「仲父之疾甚矣！不幸而不起，寡人將委政於何人？」時甯戚、賓須無先後俱卒。管仲嘆曰：「惜哉乎，甯戚也！」桓公曰：「甯戚之外，豈無人乎？吾欲任鮑叔牙，何如？」仲對曰：「鮑叔牙，君子也。雖然，不可以為政。其人善惡過於分明。夫好善可也，惡惡已甚，人誰堪之？鮑叔牙見人之一惡，終身不忘，是其短也。」桓公曰：「隰朋何如？」仲對曰：「庶乎可矣！隰朋不恥下問，居其家不忘公門。」言畢，喟然嘆曰：「天生隰朋以為夷吾舌也。身死舌安得獨存？恐君之用隰朋不能久耳！」桓公曰：「然則易牙何如？」仲對曰：「君即不問，臣亦將言之。彼易牙、豎刁、開方三人，必不可近也。」桓公曰：「易牙烹其子以適寡人之口，是愛寡人勝於愛子，尚可疑耶？」仲對曰：「人情莫愛於子。其子且忍之，何有於君？」桓公曰：「豎刁自宮以事寡人，是愛寡人勝於愛身，尚可疑耶？」仲對曰：「人情莫重於身。其身且忍之，何有於君？」桓公曰：「衛公子開方，去其千乘之太子，而臣於寡人，以寡人之愛幸之也。父母死不奔喪，是愛寡人勝於父母，無可疑矣！」仲對曰：「人情莫親於父母。其父母且忍之，又何有於君？且千乘之封，人之大欲也。棄千乘而就君，其所望有過於千乘者矣！公必去之，勿近，近必亂國。」桓公曰：「此三人者，事寡人久矣！仲父平日何不聞一言乎！」仲對曰：「臣之不言，將以適君之意也。譬之於水，臣為之隄防焉，勿令泛溢。今隄防去矣，將有橫流之患，君必遠之。」桓公默然而退。畢竟管仲性命如何，且看下回分解。

第三十回　秦晉大戰龍門山　穆姬登臺要大赦

話說管仲於病中，囑桓公斥遠易牙、豎刁、開方三人，薦隰朋為政。左右有聞其言者，以告易牙。易牙見鮑叔牙謂曰：「仲父之相，叔所薦也。今仲病，君往問之。乃言叔不可以為政，而薦隰朋，吾意甚不平焉！」鮑叔牙笑曰：「是乃牙之所以薦仲也。仲忠於為國，不私其友。夫使牙為司寇，驅逐佞人，則有餘矣。若使當國為政，即爾等何所容身乎？」易牙大慚而退。踰一日，桓公復往視仲。仲已不能言。鮑叔牙、隰朋莫不垂淚。是夜仲卒。桓公哭之慟曰：「哀哉仲父，是天折吾臂也！」使上卿高虎董其喪。殯葬從厚，生前采邑，悉與其子，令世為大夫。易牙謂大夫伯氏曰：「昔君奪子駢邑三百，以賞仲之功。今仲父已亡，子何不言於君，而取還其邑？吾當從旁助子。」伯氏泣曰：「吾惟無功，是以失邑。仲雖死，仲之功尚在也。吾何面目求邑於君乎？」易牙嘆曰：「仲死猶能使伯氏心服，吾儕真小人矣！」

且說桓公念管仲遺言，乃使公孫隰朋為政。未一月，隰朋病卒。桓公曰：「仲父其聖人乎？何以知朋之用於吾不久也？」於是使鮑叔牙代朋之位。牙固辭。桓公曰：「今舉朝無過於卿者，卿欲讓之何人？」牙對曰：「臣之好善惡惡，君所知也。君必用臣，請遠易牙、豎刁、開方，乃敢奉命。」桓公曰：「仲父固言之矣，寡人敢不從子？」即日罷斥三人，不許入朝相見。鮑叔牙乃受事。時有淮夷侵犯杞國，杞人告急於齊。齊桓公合宋、魯、陳、衛、鄭、許、曹七國之君，親往救杞，遷其都於緣陵。諸侯尚從齊之令，以能用鮑叔，不改管仲之政故也。

* * *

話分兩頭。卻說晉自惠公即位，連歲麥禾不熟。至五年復大荒，倉廩空虛，民間絕食。惠公欲乞糴於他邦。思想惟秦比鄰地近，且婚姻之國。但先前負約未償，不便開言。郤芮進曰：「吾非負秦約也，特告緩其期耳。若乞糴而秦不與，秦先絕我，我乃負之有名矣。」惠公曰：「卿言是也。」乃使大夫慶鄭持寶玉於秦告糴。穆公集群臣計議：「晉許五城不與，今因饑乞糴，當與之否？」蹇叔、百里奚同聲對曰：「天災流行，何國無之？救災恤鄰，理之常也。順理而行，天必福我。」穆公曰：「吾之施於晉已重矣。」公孫枝對曰：「若重施而獲報，何損於秦？其或不報，曲在彼矣。民憎其上，孰與我敵？君必與之。」丕豹思念父仇，攘臂言曰：「晉侯無道，天降之災。乘其饑而伐之，可以滅晉，此機不可失！」繇余曰：「仁者不乘危以邀利，智者不僥倖以成功。與之為當。」穆公曰：「負我者，晉君也。饑者，晉民也。吾不忍以君故遷禍於民。」於是運粟數萬斛於渭水，直達河、汾、雍、絳之間，舳艫相接，命曰「泛舟之役」，以救晉之饑。晉人無不感悅。史官有詩稱穆公之善云：

晉君無道致天災，雍絳紛紛送粟來。誰肯將恩施怨者？穆公德量果奇哉！

明年冬，秦國年荒，晉反大熟。穆公謂蹇叔、百里奚曰：「寡人今日乃思二卿之言也！豐凶互有。若寡人去冬遏晉之糴，今日歲饑，亦難乞於晉矣。」丕豹曰：「晉君貪而無信，雖乞之，必不與。」穆公不以為然，乃使泠至亦賫寶玉如晉告糴。惠公將發河西之粟，以應秦命。郤芮進曰：「君與秦粟，亦將與秦地乎？」惠公曰：「寡人但與粟耳，豈與地哉！」芮曰：「君之與粟為何？」惠公曰：「亦報其『泛舟之役』也。」芮曰：「如以『泛舟』為秦德，則昔年納君，其德更大。君捨其大而報其小，何哉？」慶鄭曰：「臣去歲奉命乞糴於秦，秦君一諾無辭，其意甚美。今乃閉糴不與，秦怨我矣。」呂飴甥曰：「秦與晉粟，非好晉也，為求地也。不與粟而秦怨，與粟而不與地，秦亦怨。均之怨也，何為與之？」慶鄭曰：「幸人之災不仁，背人之施不義。不義不仁，何以守國？」韓簡曰：「鄭之言是也！使去歲秦閉我糴，君意何如？」虢射曰：「去歲天饑晉以授秦，秦弗知取而貸我粟，是甚愚也。今歲天饑秦以授晉，晉奈何逆天而不取？以臣愚意，不如約會梁伯，乘機伐秦，共分其地，是為上策。」惠公從虢射之言，乃辭泠至曰：「敝邑連歲饑饉，百姓流離。今冬稍稔，流亡者漸歸故里，僅能自給，不足以相濟也。」泠至曰：「寡君念婚姻之誼，不責地，不閉糴，固曰『同患相恤』也。寡君濟君之急，而不得報於君，下臣難以復命！」呂飴甥、郤芮大喝曰：「汝前與丕鄭父合謀，以重幣誘我。幸天破奸謀，不墮汝計。今番又來饒舌！可歸語汝君，要食晉粟，除非用兵來取！」泠至含憤而退。慶鄭出朝，謂太史郭偃曰：「晉侯背德怒鄰，禍立至矣！」郭偃曰：「今秋沙鹿山崩，草木俱偃。夫山川，國之主也。晉將有亡國之禍，其在此乎？」史臣有詩譏晉惠公云：

泛舟遠道賑饑窮，偏遇秦饑意不同。自古負恩人不少，無如晉惠負秦公。

泠至回復秦君，言：「晉不與秦粟，反欲糾合梁伯，共興伐秦之師。」穆公大怒曰：「人之無道，乃至出於意料若此！寡人將先破梁，而後伐晉。」百里奚曰：「梁伯好土功，國之曠地，皆築城建室，而無民以實之，百姓胥怨。此其不能用眾助晉明矣。晉君雖無道，而呂、郤俱彊力自任。若起絳州之眾，必然震驚西鄙。兵法云：『先發制人。』今以君之賢，諸大夫之用命，往聲晉侯負德之罪，勝可必也。因以餘威乘梁之敝，如振槁葉耳！」穆公然之。乃大起三軍，留蹇叔、繇余輔太子罃守國。孟明視引兵巡邊，彈壓諸戎。穆公同百里奚親將中軍，西乞術、白乙丙保駕。公孫枝將右軍，公子縶將左軍。共車四百乘，浩浩蕩蕩，殺奔晉國來。

晉之西鄙，告急於惠公。惠公問於群臣曰：「秦無故興兵犯界，何以禦之？」慶鄭進曰：「秦兵為主上背德之故，是以來討，何謂無故？依臣愚見，只宜引罪請和，割五城以全信，免動干戈。」惠公大怒曰：「以堂堂千乘之國，而割地求和，寡人何面目為君哉！」喝令：「先斬慶鄭，然後發兵迎敵！」虢射曰：「未出兵，先斬將，於軍不利。姑赦令從征，將功折罪。」惠公准奏。當日大閱車馬，選六百乘。命郤步揚、家僕徒、慶鄭、蛾晳，分將左右。己與虢射居中軍調度。屠岸夷為先鋒。離絳州望西進發。晉侯所駕之馬，名曰「小駟」，乃鄭國所獻。其馬身材小巧，毛鬣潤澤，步驟安穩。惠公平昔甚愛之。慶鄭又諫曰：「古者出征大事，必乘本國出產之馬。其馬生在本土，解人心意。安其教訓，服習道路。故遇戰隨人所使，無不如志。今君臨大敵，而乘異產之馬，恐不利也。」惠公叱曰：「此吾慣乘，汝勿多言！」

卻說秦兵已渡河東，三戰三勝，守將皆奔竄。長驅而進，直至韓原下寨。晉惠公聞秦軍至韓，乃蹙額曰：「寇已深矣，奈何？」慶鄭曰：「君自招之，又何問焉？」惠公曰：「鄭無禮，可退！」晉兵離韓原十里下寨。使韓簡往探秦兵多少。簡回報曰：「秦師雖少於我，然其鬥氣十倍於我。」惠公曰：「何故？」簡對曰：「君始以秦近而奔梁，繼以秦援而得國，又以秦賑而免饑。三受秦施而無一報。君臣積憤，是以來伐。三軍皆有責負之心，其氣銳甚，豈止十倍而已！」惠公慍曰：「此乃慶鄭之語，定伯亦為此言乎？寡人當與秦決一死敵！」遂命韓簡往秦軍請戰曰：「寡人有甲車六百乘，足以待君。君若退師，寡人之願。若其不退，寡人即欲避君，其奈此三軍之士何？」穆公笑曰：「孺子何驕也！」乃使公孫枝代對曰：「君欲國，寡人納之。君欲粟，寡人給之。今君欲戰，寡人敢拒命乎？」韓簡退曰：「秦理直，吾不知死所矣！」晉惠公使郭偃卜車右，諸人莫吉，惟慶鄭為可。惠公曰：「鄭黨於秦，豈可任哉？」乃改用家僕徒為車右，而使郤步揚御車，逆秦師於韓原。百里奚登壘，望見晉師甚眾。謂穆公曰：「晉侯將致死於我，君其勿戰！」穆公指天曰：「晉負我已甚，若無天道則已。天而有知，吾必勝之！」乃於龍門山下整列以待。須臾，晉兵亦布陣畢。兩陣對圓，中軍各鳴鼓進兵。屠岸夷恃勇，手握渾鐵槍一條，何止百斤之重。先撞入對陣，逢人便刺，秦軍披靡。正遇白乙丙，兩下交戰。約莫五十餘合，殺得性起，各跳下車來，互相扭結。屠岸夷曰：「我與你併個死活❶，要人幫助的不為好漢！」白乙丙曰：「正要獨手擒拿你，方是英雄。」分付眾人都莫來，兩個拳搥腳踢，直扭入陣後去了。晉惠公見屠岸夷陷陣，急叫韓簡、梁繇靡引軍衝其左，自引家僕徒等衝其右，約於中軍取齊。穆公見晉分兵兩路衝來，亦分作兩路迎敵。且說惠公之車，正遇見公孫枝。惠公遂使家僕徒接戰。那公孫枝有萬夫不當之勇，家僕徒如何鬥得過。惠公教步揚用心執轡：「寡人親自助戰！」公孫枝橫戟大喝曰：「會戰者一齊上來！」只這一聲喝，如霹靂震天，把個國舅虢射嚇得伏於車中，不敢出氣。那小駟未經戰陣，亦被驚嚇，不由

❶ 併個死活：猶言拼個你死我活。

御人做主，向前亂跑，遂陷於泥淖之中。步揚用力鞭打，奈馬小力微，拔腳不起。正在危急，恰好慶鄭之車，從前而過。惠公呼曰：「鄭速救我！」慶鄭曰：「虢射何在？乃呼鄭耶！」惠公又呼曰：「鄭速將車來載寡人！」鄭曰：「君穩乘小駟，臣當報他人來救也！」遂催轅轉左而去。步揚欲往覓他車。爭奈秦兵圍裹將來，不能得出。再說韓簡一軍衝入，恰遇著秦穆公中軍，遂與秦將西乞術交戰三十餘合，未分勝敗。蛾晳引軍又到，兩下夾攻。西乞術不能當，被韓簡一戟刺於車下，梁繇靡大叫：「敗將無用之物，可協力擒捉秦君！」韓簡不顧西乞術，驅率晉兵，徑奔戎輅，來捉穆公。穆公嘆曰：「我今日反為晉俘，天道何在！」才嘆一聲，只見正西角上，一隊勇士，約三百餘人，高叫：「勿傷吾恩主！」穆公抬頭看之，見那三百餘人，一個個蓬首袒肩，腳穿草履，步行如飛，手中皆執大砍刀，腰懸弓箭，如混世魔王手下鬼兵一般，腳蹤到處，將晉兵亂砍。韓簡與梁繇靡慌忙迎敵。又見一人飛車從北而至，乃慶鄭也。高叫：「勿得戀戰！主公已被秦兵困於龍門山泥濘之中，可速往救駕！」韓簡等無心廝殺，撇了那一夥壯士，徑奔龍門山來救晉侯。誰知晉惠公已被公孫枝所獲，并家僕徒、虢射、步揚等，一齊就縛，已歸大寨去了。韓簡頓足曰：「獲秦君猶可相抵，慶鄭誤我矣！」梁繇靡曰：「君已在此，我輩何歸？」遂與韓簡各棄兵仗，來投秦寨，與惠公做一處。再說那壯士三百餘人，救了秦穆公，又救了西乞術。秦兵乘勝掩殺，晉兵大潰。龍門山下，屍積如山。六百乘得脫者，十分中之二三耳！慶鄭聞晉君見擒，遂偷出秦軍，遇蛾晳被傷在地，扶之登車，同回晉國。髯翁有詩咏韓原大戰之事。詩曰：

龍門山下嘆輿屍，只為昏君不報施。善惡兩家分勝敗，明明天道豈無知！

卻說秦穆公還於大寨，謂百里奚曰：「不聽井伯之言，幾為晉笑！」那壯士三百餘人，一齊到營前叩首。穆公問曰：「汝等何人？乃肯為寡人出死力耶？」壯士對曰：「君不記昔年亡善馬乎？吾等皆食馬肉之人也。」——原來穆公曾出獵於梁山，夜失良馬數匹，使吏求之。尋至岐山之下，有野人三百餘，群聚而食馬肉。吏不敢驚之，趨報穆公：「速遣兵往捕，可盡得。」穆公嘆曰：「馬已死矣！又因而戮人，百姓將謂寡人貴畜而賤人也！」乃索軍中美酒數十甕，使人賫往岐下，宣君命而賜之曰：「寡君有言：『食良馬肉，不飲酒，傷人。』今以美酒賜汝。」野人叩頭謝恩，分飲其酒，齊嘆曰：「盜馬不罪，更慮我等之傷，而賜以美酒。君之恩大矣，何以報之！」至是，聞穆公伐晉，三百餘人皆捨命趨至韓原，前來助戰。恰遇穆公被圍，一齊奮勇救出。真個是：種瓜得瓜，種豆得豆。施薄得薄，施厚報厚。有施無報，何異禽獸！——穆公仰天嘆曰：「野人且有報德之義，晉侯獨何人哉！」乃問眾人中：「有願仕者，寡人能爵祿之。」壯士齊聲應曰：「吾儕野人，但報恩主一時之惠，不願仕也。」穆公各贈金帛，野人不受而去。穆公嘆息不已。後人有詩云：

韓原山下兩交鋒，晉甲重重困穆公。當日若誅收馬士，今朝焉得出樊籠？

穆公點視將校不缺，單不見白乙丙一人。使軍士遍處搜尋。聞土窟中有哼聲，趨往視之，乃是白乙丙與屠岸夷相持滾入窟中，各各力盡氣絕，尚扭定不放手。軍士將兩下拆開，抬放兩個車上，載回本寨。穆公問白乙丙，時不能言。有人看見他兩人併命❷之事，向前奏知如此如此。穆公嘆曰：「兩人皆好漢

❷ 併命：拚命。

也！」問左右：「有識晉將姓名者乎？」公子縶就車中觀看，奏曰：「此乃勇士屠岸夷也。臣前弔晉二公子，夷亦奉本國大臣之命來迎，相遇於旅次，是以識之。」穆公曰：「此人可留為秦用乎？」公子縶曰：「弒卓子殺里克，皆出其手。今日正當順天行誅。」穆公乃下令將屠岸夷斬首。親解錦袍以覆白乙丙。命百里奚先以溫車載回秦國就醫。丙服藥，吐血數斗，半年之後，方才平復。此是後話。

再說穆公大獲全勝，拔寨都起，使人謂晉侯曰：「君不欲避寡人，寡人今亦不能避君，願至敝邑而請罪焉。」惠公俛首無言。穆公使公孫枝率車百乘，押送晉君至秦。虢射、韓簡、梁繇靡、家僕徒、郤步揚、郭偃、郤乞等，皆披髮垢面，草行露宿相隨，如奔喪之儀。穆公復使以弔諸大夫，且慰之曰：「爾君臣謂：『要食晉粟，用兵來取。』寡人之留爾君，聊以致晉之粟耳，敢為已甚乎？二三子何患無君，勿過戚也。」韓簡等再拜稽首曰：「君憐寡君之愚，及於寬政，不為已甚，皇天后土，實聞君語。臣等敢不拜賜！」秦兵回至雍州界上。穆公集群臣議曰：「寡人受上帝之命，以平晉亂，而立夷吾。今晉君背寡人之德，即得罪於上帝也。寡人欲用晉君郊祀上帝，以答天貺，何如？」公子縶曰：「君言甚當。」公孫枝進曰：「不可。晉大國也。吾俘虜其民，已取怨矣。又殺其君，以益其忿。晉之報秦將甚於秦之報晉也。」公子縶曰：「臣意非徒殺晉君已也，且將以公子重耳代之。殺無道而立有道，晉人德我不暇，又何怨焉？」公孫枝曰：「公子重耳仁人也。父子兄弟，相去一間耳。重耳不肯以父喪為利，其肯以弟死為利乎？若重耳不入，別立他人，與夷吾何擇？如其肯入，必且為弟而仇秦。君廢前德於夷吾，而樹新仇於重耳，臣竊以為不可。」穆公曰：「然則逐之乎？囚之乎？抑復之乎？三者孰利？」公孫枝對曰：「囚之，一匹夫耳，於秦何益？逐之，必有謀納者。不如復之。」穆公曰：「不喪功乎？」枝對曰：「臣意亦非徒復之已也。必使歸吾河西五城之地，又使其世子圉為質於吾國，然後許成焉。如是則晉君終身不敢惡秦。且異日父死子繼，吾又以為德於圉。晉世世戴秦，利孰大乎？」穆公曰：「子桑之算，及於數世矣！」乃安置惠公於靈臺山之離宮，以千人守之。

穆公發遣晉侯，方欲起程，忽見一班內侍，皆服衰絰而至。穆公意謂有夫人之變。方欲問之，那內侍口述夫人之命曰：「上天降災，使秦、晉兩君，棄好即戎。晉君之獲，亦婢子之羞也。若晉君朝入，則婢子朝死。夕入，則婢子夕死。今特使內侍，以喪服迎君之師。若赦晉侯，猶赦婢子。惟君諒之！」穆公大驚。問：「夫人在宮作何狀？」內侍奏曰：「夫人自聞晉君見獲，便攜太子，服喪服，徒步出宮，至於後園崇臺之上，立草舍而居。臺下俱積薪數十層，送饗飧者履薪上下。分付只待晉君入城，便自殺於臺上，縱火焚吾屍，以表兄弟之情也。」穆公嘆曰：「子桑勸我，勿殺晉君。不然，幾喪夫人之命矣！」於是使內侍去其衰絰，以報穆姬曰：「寡人不日歸晉侯也。」穆姬方才回宮。內侍跪而問曰：「晉侯見利忘義，背吾君之約，又負君夫人之託。今日乃自取囚辱，夫人何為哀痛如此？」穆姬曰：「吾聞『仁者雖怨不忘親，雖怒不棄禮』。若晉侯遂死於秦，吾亦與有罪矣！」內侍無不誦君夫人之賢德。畢竟晉侯如何回國，且看下回分解。

第三十一回　晉惠公怒殺慶鄭　介子推割股啖君

話說晉惠公囚於靈臺山，只道穆姬見怪，全不知衰絰逆君之事。遂謂韓簡曰：「昔先君與秦議婚時，史蘇已有『西鄰責言，不利婚媾』之占。若從其言，必無今日之事矣。」簡對曰：「先君之敗德，豈在婚秦哉？且秦不念婚姻，君何以得入？入而又伐，以好成仇，秦必不然。君其察之。」惠公嘿然。未幾，穆公使公孫枝至靈臺山問候晉侯，許以復歸。公孫枝曰：「敝邑群臣，無不欲甘心於君者。寡君獨以君夫人登臺請死之故，不敢傷婚姻之好。前約河外五城，可速交割。再使太子圉為質，君可歸矣。」惠公方才曉得穆姬用情，慚愧無地。即遣大夫郤乞歸晉，分付呂省以割地質子之事。省特至王城會秦穆公，將五城地圖，及錢穀戶口之數獻之，情願納質歸君。穆公問：「太子如何不到？」省對曰：「國中不和，故太子暫留敝邑。俟寡君入境之日，太子即出境矣！」穆公曰：「晉國為何不和？」省對曰：「君子自知其罪，惟思感秦之德。小人不知其罪，但欲報秦之仇。以此不和也。」穆公曰：「汝國猶望君之歸乎？」省對曰：「君子以為必歸，便欲送太子以和秦。小人以為必不歸，堅欲立太子以拒秦。然以臣愚見，執吾君可以立威，捨吾君又可以見德。德威兼濟，此伯主之所以行乎諸侯也。傷君子之心，而激小人之怒，於秦何益？棄前功而墮伯業，料君之必不然矣！」穆公笑曰：「寡人意與飴甥正合。」命孟明往定五城之界，設官分守。遷晉侯於郊外之公館，以賓禮待之，饋以七牢。遣公孫枝引兵同呂省發送晉侯歸國。——凡牛羊豕各一，謂之一牢。七牢，禮之厚者。此乃穆公修好之意也。——惠公自九月戰敗囚於秦，至十一月才得釋。與難諸臣，一同歸國。惟虢射病死於秦，不得歸。

蛾皙聞惠公將入，謂慶鄭曰：「子以救君誤韓簡，君是以被獲。今君歸，子必不免。盍奔他國以避之？」慶鄭曰：「軍法：『兵敗當死，將為虜當死。』況誤君而貽以大辱，又罪之甚者！君若不還，吾亦將率其家屬以死於秦，況君歸矣，乃令失刑乎！吾之留此，將使君行法於我，以快君之心。使人臣知有罪之無所逃也。又何避焉？」蛾皙嘆息而去。惠公將至絳，太子圉率領狐突、郤芮、慶鄭、蛾皙、司馬說、寺人勃鞮等，出郊迎接。惠公在車中望見慶鄭，怒從心起。使家僕徒召之來前問曰：「鄭何敢來見寡人？」慶鄭對曰：「君始從臣言，報秦之施，必不伐。繼從臣言，與秦講和，必不戰。三從臣言，不乘小駟，必不敗。臣之忠於君也至矣！何為不見？」惠公曰：「汝今日尚有何言？」慶鄭對曰：「臣有死罪三：有忠言而不能使君必聽，罪之一也。卜車右吉，而不能使君必用，罪之二也。以救君召二三子，而不能使君必不為人擒，罪之三也。臣請受刑，以明臣罪。」惠公不能答，使梁繇靡代數其罪。梁繇靡曰：「鄭所言皆非死法也。鄭有死罪三，汝不自知乎？君在泥濘之中，急而呼汝，汝不顧，一宜死。我幾獲秦君，汝以救君誤之，二宜死。二三子俱受執縛，汝不力戰，不面傷，全身逃歸，三宜死。」慶鄭曰：「三軍之士皆在此，聽鄭一言。有人能坐以待刑，而不能力戰而傷者乎？」蛾皙諫曰：「鄭死不避刑，可謂勇矣！君可赦之，使報韓原之仇。」梁繇靡曰：「戰已敗矣！又用罪人以報其仇。天下不笑晉為無人乎？」家僕徒亦諫曰：「鄭有忠言三，可以贖死。與其殺之以行君之法，不若赦之以成君之仁。」梁繇靡又曰：「國所以強，惟法行也。失刑亂法，誰復知懼？不誅鄭，今後再不能用兵矣！」惠公顧司馬說，使速行刑。慶鄭引頸受戮。髯仙有詩嘆惠公器量之淺，不能容一慶鄭也。詩曰：

閉糴誰教負泛舟？反容奸佞殺忠謀。惠公褊急無君德，只合靈臺永作囚！

——梁繇靡當時圍住秦穆公，自謂必獲。卻被慶鄭呼云：「急救主公！」遂棄之而去。以此深恨慶鄭，必欲誅之。——誅鄭之時，天昏地慘，日色無光。諸大夫中多有流涕者。蛾晳請其屍葬之。曰：「吾以報載我之恩也。」惠公既歸國，遂使世子圉隨公孫枝入秦為質，因請屠岸夷之屍，葬以上大夫之禮。命其子嗣為中大夫。

* * *

惠公一日謂郤芮曰：「寡人在秦三月，所憂者為重耳，恐其乘變求入。今日纔放心也。」郤芮曰：「重耳在外，終是心腹之疾。必除了此人，方絕後患。」惠公問：「何人能為寡人殺重耳者？寡人不吝重賞。」郤芮曰：「寺人勃鞮向年伐蒲，曾斬重耳之衣袂。常恐重耳入國，或治其罪。君若殺重耳，除非此人可用。」惠公召勃鞮，密告以殺重耳之事。勃鞮對曰：「重耳在翟十二年矣。翟人伐咎如，獲其二女，曰叔隗、季隗，皆有美色。以季隗妻重耳，而以叔隗妻趙衰。各生有子。君臣安於室家之樂，無復虞我之意。臣今往伐，翟人必助重耳興兵拒戰，勝負未卜。願得力士數人，微行至翟。乘其出遊，刺而殺之。」惠公曰：「此計大妙！」遂與勃鞮黃金百鎰，使購求力士，自去行事：「限汝三日內，便要起身。事畢之日，當加重用。」自古道：「若要不知，除非莫為；若要不聞，除非莫言。」惠公所託，雖是勃鞮一人，內侍中多有聞其謀者。狐突聞勃鞮揮金如土，購求力士，心懷疑惑。密地裡訪問其故。

那狐突是老國舅，那個內侍不相熟？不免把這密謀，來洩漏於狐突之耳。狐突大驚，即時密寫一信，遣人星夜往翟，報與公子重耳知道。

　　卻說重耳是日，正與翟君田獵於渭水之濱。忽有一人冒圍而入，求見狐氏兄弟。說有老國舅家書在此。狐毛、狐偃曰：「吾父素不通外信，今有家書，必然國中有事。」即召其人至前。那人呈上書信，叩了一頭，轉身就走。毛偃心疑，啟函讀之。書中云：「主公謀刺公子，已遣寺人勃鞮，限三日內起身。汝兄弟稟知公子，速往他國，無得久延取禍！」二狐大驚，將書稟知重耳。重耳曰：「吾妻子皆在此，此吾家矣。欲去將何之？」狐偃曰：「吾之適此，非以營家，將以圖國也。以力不能適遠，故暫休足於此。今為日已久，宜徙大國。勃鞮之來，殆天遣之以促公子之行乎？」重耳曰：「即行，適何國為可？」狐偃曰：「齊侯雖耄，伯業尚存，收恤諸侯，錄用賢士。今管仲、隰朋新亡，國無賢佐。公子若至齊，齊侯必然加禮。倘晉有變，又可借齊之力，以圖復也。」重耳以為然。乃罷獵歸，告其妻季隗曰：「晉君將使人行刺於我，恐遭毒手，將遠適大國，結連秦、楚，為復國之計。子宜盡心撫育二子，待我二十五年不至，方可別嫁他人。」季隗泣曰：「男子志在四方，非妾敢留。然妾今二十五歲矣。再過二十五年，妾當老死，尚嫁人乎？妾自當待子，子勿慮也！」趙衰亦囑付叔隗，不必盡述。次早，重耳命壺叔整頓車乘，守藏小吏頭須收拾金帛。正分付間，只見狐毛、狐偃倉皇而至。言：「父親老國舅見勃鞮受命，次日即便起身，誠恐公子未行，難以隄防。不及寫書，又遣能行快走之人，星夜趕至，催促公子速速逃避，勿淹時刻！」重耳聞言大驚曰：「鞮來何速也！」不及裝束，遂與二狐徒步出於城外。壺叔見公子已行，止備犢車一乘，追上與公子乘坐。趙衰、臼季諸人，陸續趕上。不及乘車，都是步行。重耳問：「頭須如何不來？」有人說：「頭須席卷藏中所有，逃走不知去向了。」重耳已失窠巢，又沒盤費，此時情緒，好不愁悶！事已如此，不得不行。正是：忙忙似喪家之犬，急急如漏網之魚。公子出城半日，翟君始知。欲贈資裝，已無及矣。有詩為證：

流落夷邦十二年，困龍伏蟄未升天。豆萁何事相煎急，道路於今又播遷。

卻說惠公原限寺人勃鞮三日內起身，往翟幹事。如何次日便行？那勃鞮原是個寺人，專以獻勤取寵為事。前番獻公差他伐蒲，失了公子重耳，僅割取衣袂而回，料想重耳必然銜恨。今番又奉惠公之差，若能勾❶殺卻重耳，不惟與惠公立功，兼可除自己之患。故此糾合力士數人，先期疾走。正要公子不知防備，好去結果他性命。誰知老國舅兩番送信，漏洩其情。比及勃鞮到翟，訪問公子消息，公子已不在了。翟君亦為公子面上，分付關津，凡過往之人，加意盤詰，十分嚴緊。勃鞮在晉國，還是個近侍的宦者。今日為殺重耳而來，做了奸人刺客之流。若被盤詰，如何答應？因此過不得翟國，只得怏怏而回，復命於惠公。惠公沒法，只得暫時擱起。

再說公子重耳一心要往齊國，卻先要經由衛國。這是「登高必自卑，行遠必自邇」。重耳離了翟境，一路窮苦之狀，自不必說。數日至於衛界。關吏叩其來歷，趙衰曰：「吾主乃晉公子重耳，避難在外。今欲往齊，假道於上國耳。」吏開關延入，飛報衛侯。上卿甯速，請迎之入城。衛文公曰：「寡人立國楚邱，並不曾借晉人半臂之力。衛、晉雖為同姓，未通盟好。況出亡之人，何關輕重？若迎之必當設宴

❶ 能勾：能夠。

贈賄，費多少事，不如逐之。」乃分付守門閽者，不許放晉公子入城。重耳乃從城外而行。魏犨、顛頡進曰：「衛燬無禮，公子宜臨城責之。」趙衰曰：「蛟龍失勢，比於蚯蚓。公子且宜含忍，無徒責禮於他人也。」犨、頡曰：「既彼不盡主人之禮，剽掠村落，以助朝夕，彼亦難怪我矣！」重耳曰：「剽掠者謂之盜。吾甯忍餓，豈可行盜賊之事乎！」是日公子君臣，尚未早餐，忍饑而行。看看過午，到一處地名五鹿，見一夥田夫，同飯於隴上。重耳令狐偃問之求食。田夫問：「客從何來？」偃曰：「吾乃晉客，車上者乃吾主也。遠行無糧，願求一餐。」田夫笑曰：「堂堂男子，不能自資，而問吾求食耶？吾等乃村農，飽食方能荷鋤，焉有餘食及於他人？」偃曰：「縱不得食，乞賜一食器。」田夫乃戲以土塊與之，曰：「此土可為器也！」魏犨大罵：「村夫焉敢辱吾！」奪其食器，擲而碎之。重耳亦大怒，將加鞭扑。偃急止之曰：「得飯易，得土難。土地國之基也。天假手野人，以土地授公子。此乃得國之兆，又何怒焉？公子可降拜受之。」重耳果依其言，下車拜受。田夫不解其意，乃群聚而笑曰：「此誠癡人耳！」後人有詩曰：

土地應為國本基，皇天假手慰艱危。高明子犯窺先兆，田野愚民反笑癡。

再行約十餘里，從者饑不能行，乃休於樹下。重耳饑困，枕狐毛之膝而臥。狐毛曰：「子餘尚攜有壺餐，其行在後，可俟之。」魏犨曰：「雖有壺餐，不勾❷子餘一人之食，料無存矣！」眾人爭採蕨薇煮食，重耳不能下咽。忽見介子推捧肉湯一盂以進。重耳食之而美。食畢，問：「此處何從得肉？」介

❷ 不勾：不夠。勾，通「夠」。

子推曰：「臣之股肉也。臣聞『孝子殺身以事其親，忠臣殺身以事其君』。今公子乏食，臣故割股以飽公子之腹。」重耳垂淚曰：「亡人累子甚矣！將何以報？」子推曰：「但願公子早歸晉國，以成臣等股肱之義。臣豈望報哉！」髯仙有詩贊云：

孝子重全歸，虧體謂親辱。嗟嗟介子推，割股充君腹！委質稱股肱，腹心同禍福。豈不念親遺，忠孝難兼局。彼哉私身家，何以食君祿？

良久，趙衰始至。眾人問其行遲之故。衰曰：「被棘刺損足脛，故不能前。」乃出竹筒中壺餐，以獻於重耳。重耳曰：「子餘不苦饑耶？何不自食？」衰對曰：「臣雖饑，豈敢背君而自食耶？」狐毛戲魏犨曰：「此漿若落子手，在腹中且化矣！」魏犨慚而退。重耳即以壺漿賜趙衰，衰汲水調之，遍食從者。重耳歎服。重耳君臣一路覓食，半饑半飽，至於齊國。

齊桓公素聞重耳賢名。一知公子進關，即遣使往郊，迎入公館，設宴款待。席間問：「公子帶有內眷否？」重耳對曰：「亡人一身不能自衛，安能攜家乎？」桓公曰：「寡人獨宿之宵，如度一年。公子絀在行旅，而無人以侍巾櫛，寡人為公子憂之。」於是擇宗女中之美者，納於重耳，贈馬二十乘。自是從行之眾，皆有車馬。桓公又使廩人致粟，庖人致肉。日以為常。重耳大悅。歎曰：「向聞齊侯好賢禮士，今始信之。其成伯不亦宜乎？」其時周襄王之八年，乃齊桓公之四十二年也。

* * *

桓公自從前歲委政鮑叔牙，一依管仲遺言，將豎刁、雍巫、開方三人逐去。食不甘味，夜不安寢，口無詭語，面無笑容。長衛姬進曰：「君逐豎刁諸人，而國不加治，容顏日悴。意者左右使令，不能體君之心。何不召之？」桓公曰：「寡人亦思念此三人，但已逐之而又召之，恐拂鮑叔牙之意也。」長衛姬曰：「鮑叔牙左右，豈無給使令者？君老矣，奈何自苦如此？君但以調味，先召易牙，則開方、豎刁可不煩招而致也。」桓公從其言，乃召雍巫和五味。鮑叔牙諫曰：「君豈忘仲父遺言乎？奈何召之？」桓公曰：「此三人有益於寡人，而無害於國。仲父之言，無乃太過！」遂不聽叔牙之言，並召開方、豎刁。三人同時皆令復職，給事左右。鮑叔牙憤鬱發病而死，齊事從此大壞矣。後來畢竟如何，且看下回分解。

第三十二回 晏蛾兒踰牆殉節 群公子大鬧朝堂

話說齊桓公背了管仲遺言，復用豎刁、雍巫、開方三人。鮑叔牙諫諍不從，發病而死。三人益無忌憚，欺桓公老耄無能，遂專權用事。順三人者不貴亦富，逆三人者不死亦逐。這話且擱過一邊。

且說是時有鄭國名醫，姓秦名緩，字越人，寓於齊之盧村，因號盧醫。少時開邸舍，有長桑君來寓。秦緩知其異人，厚待之，不責其直。長桑君感之，授以神藥。以上池水服之，眼目如鏡，暗中能見鬼物。雖人在隔牆，亦能見之。以此視人病證，五藏六腑，無不洞燭，特以診脈為名耳。古時有個扁鵲，與軒轅黃帝同時，精於醫藥。人見盧醫手段高強，遂比之古人，亦號為扁鵲。先年，扁鵲曾遊虢國，適值虢太子暴蹶而死。扁鵲過其宮中，自言能醫。內侍曰：「太子已死矣，安能復生？」扁鵲曰：「請試之。」內侍報知虢公。虢公流淚沾襟，延扁鵲入視。扁鵲教其弟子陽厲，用砭石針之。須臾，太子甦。更進以湯藥，過二旬復故。世人共稱扁鵲有回生起死之術。扁鵲周遊天下，救人無數。一日遊至臨淄，謁見齊桓公，奏曰：「君有病在腠理，不治將深。」桓公曰：「寡人不曾有疾。」扁鵲出。後五日復見，奏曰：「君病在血脈，不可不治。」桓公不應。後五日又見，奏曰：「君之病已在腸胃矣！宜速治也。」桓公復不應。扁鵲退。桓公嘆曰：「甚矣，醫人之喜於見功也！無疾而謂之有疾！」過五日，扁鵲又求見。望見桓公之色，退而卻走。桓公使人問其故，曰：「君之病在骨髓矣！夫腠理，湯熨之所及也。血脈，針砭之所及也。腸胃，酒醪之所及也。今在骨髓，雖司命其奈之何！臣是以不言而退也。」又過五日，桓公果病。使人召扁鵲。其館人曰：「秦先生五日前已束裝而去矣！」桓公懊悔無已。

桓公先有三位夫人，曰王姬、徐姬、蔡姬，皆無子。王姬、徐姬，相繼先卒。蔡姬退回蔡國。以下又有「如夫人」六位。——俱因他得君寵愛，禮數與夫人無別，故謂之「如夫人」。——六位各生一子。第一位長衛姬，生公子無虧。第二位少衛姬，生公子元。第三位鄭姬，生公子昭。第四位葛嬴，生公子潘。第五位密姬，生公子商人。第六位宋華子，生公子雍。其餘妾媵，有子者尚多。不在六位如夫人之數。那六位如夫人中，惟長衛姬事桓公最久。六位公子中，亦惟無虧年齒最長。桓公嬖臣雍巫、豎刁，俱與衛姬相善。巫、刁因請於桓公，許立無虧為嗣。後又愛公子昭之賢，與管仲商議，在葵邱會上，囑付宋襄公，以昭為太子。衛公子開方，獨與公子潘相善，亦為潘謀嗣立。公子商人性喜施予，頗得民心。因母密姬有寵，未免萌覬覦之心。內中只公子雍出身微賤，安分守己。其他五位公子，各樹黨羽，互相猜忌。如五隻大蟲，各藏牙爪，專等人來搏噬。桓公雖然是個英主，卻不道劍老無芒，人老無剛。他做了多年的侯伯，志足意滿。且是耽於酒色之人，不是個清心寡慾的。到今日衰耄之年，志氣自然昏惰了。況又小人用事，蒙蔽耳目；但知樂境無憂境，不聽忠言聽諛言。那五位公子，各使其母求為太子。桓公也一味含糊答應，全沒個處分的道理。正所謂「人無遠慮，必有近憂」。

忽然桓公疾病，臥於寢室。雍巫見扁鵲不辭而去，料也難治了。遂與豎刁商議，出一條計策，懸牌宮門，假傳桓公之語。牌上寫道：

寡人有怔忡之疾，惡聞人聲。不論群臣子姓，一概不許入宮。著寺貂緊守宮門，雍巫率領宮甲巡邏。一應國政，俱俟寡人病痊日奏聞。

巫、刁二人，假寫懸牌，把住宮門，單留公子無虧，住長衛姬宮中。他公子問安，不容入宮相見。過三日，桓公未死。巫、刁將他左右侍衛之人，不問男女，盡行逐出，把宮門塞斷。又於寢室周圍，築起高牆三丈，內外隔絕，風縫不通。止存牆下一穴，如狗竇一般，早晚使小內侍鑽入，打探生死消息。一面整頓宮甲，以防群公子之變。不在話下。

再說桓公伏於床上，起身不得。呼喚左右，不聽得一人答應。光著兩眼，呆呆而看。只見撲蹋一聲，似有人自上而墜。須臾，推窗入來。桓公睜目視之，乃賤妾晏蛾兒也。桓公曰：「我腹中覺餓，正思粥飲，為我取之！」蛾兒對曰：「無處覓粥飲。」桓公曰：「得熱水亦可救渴。」蛾兒對曰：「熱水亦不可得。」桓公曰：「何故？」蛾兒對曰：「易牙與豎刁作亂，守禁宮門，築起三丈高牆，隔絕內外，不許人通。飲食從何處而來？」桓公曰：「汝如何得至於此？」蛾兒對曰：「妾曾受主公一幸之恩，是以不顧性命，踰牆而至，欲以視君之瞑也。」桓公曰：「太子昭安在？」蛾兒對曰：「被二人阻擋在外，不得入宮。」桓公嘆曰：「仲父不亦聖乎！聖人所見，豈不遠哉！寡人不明，宜有今日。」乃奮氣大呼曰：「天乎，天乎！小白乃如此終乎！」連叫數聲，吐血數口，謂蛾兒曰：「我有寵妾六人，子十餘人。無一人在目前者，單只你一人送終，深愧平日未曾厚汝。」蛾兒對曰：「主公請自保重，萬一不幸，妾情願以死送君。」桓公嘆曰：「我死若無知則已。若有知，何面目見仲父於地下！」乃以衣袂自掩其面，連嘆數聲而絕。計桓公即位於周莊王十二年之夏五月，薨於周襄王九年之冬十月。在位共四十有三年，壽七十三歲。潛淵先生有詩單讚桓公好處：

姬轍東遷綱紀亡，首倡列國共尊王。南徵僭楚包茅貢，北啟頑戎朔漠疆。立衛存邢仁德著，定儲明禁義聲揚。正而不譎春秋許，五伯之中業最強。

髯仙又有一絕，嘆桓公一生英雄，到頭沒些結果：

四十餘年號方伯，南摧西抑雄無敵。一朝疾臥牙刁狂，仲父原來死不得！

晏蛾兒見桓公命絕，痛哭一場。欲待叫喚外人，奈牆高聲不得達。欲待踰牆而出，奈牆內沒有襯腳之物。左思右想，嘆口氣曰：「吾曾有言，以死送君。若殯殮之事，非婦人所知也！」乃解衣以覆桓公之屍，復肩負窗槅二扇以蓋之，權當掩覆之意。向床下叩頭曰：「君魂且勿遠去，待妾相隨！」遂以頭觸柱，腦裂而死。賢哉，此婦也！

是夜小內侍鑽牆穴而入，見寢室堂柱之下，血泊中挺著一個屍首。驚忙而出，報與巫、刁二人曰：「主公已觸柱自盡矣！」巫、刁二人不信，使內侍輩掘開牆垣，二人親自來看。見是個婦人屍首，大驚。內侍中有認得者，指曰：「此晏蛾兒也。」再看牙床之上，兩扇窗槅掩蓋著個不言不動，無知無覺的齊桓公。嗚呼哀哉！正不知幾時氣絕的。

豎刁便商議發喪之事。雍巫曰：「且慢，且慢！必須先定了長公子的君位，然後發喪，庶免爭競。」

豎刁以為然。當下二人同到長衛姬宮中密奏曰：「先公已薨逝矣。以長幼為序，合當夫人之子。但先公存日，曾將公子昭囑託宋公，立為太子，群臣多有知者。倘聞先公之變，必然輔助太子。依臣等之計，莫若乘今夜倉卒之際，即率本宮甲士，逐殺太子，而奉長公子即位，則大事定矣。」長衛姬曰：「我婦人也，惟卿等好為之！」於是雍巫、豎刁各率宮甲數百，殺入東宮，來擒世子。

* * *

且說世子昭不得入宮問疾，悶悶不悅。是夕方挑燈獨坐，恍惚之間，似夢非夢，見一婦人前來謂曰：「太子還不速走，禍立至矣！妾乃晏蛾兒也。奉先公之命，特來相報。」昭方欲叩之，婦人把昭一推，如墜萬丈深淵，忽然驚醒，不見了婦人。此兆甚奇，不可不信。忙呼侍者取行燈相隨，開了便門，步至上卿高虎之家，急扣其門。高虎迎入，問其來意。公子昭訴稱如此。高虎曰：「主公抱病半月，被奸臣隔絕內外，聲息不通。世子此夢，凶多吉少。夢中口稱先公，主公必已薨逝了！甯可信其有，不可信其無。世子且宜暫出境外，以防不測！」昭曰：「何處可以安身？」高虎曰：「主公曾將世子囑付宋公，今宜適宋。宋公必能相助。虎乃守國之臣，不敢同世子出奔。吾有門下士崔夭，見管東門鎖鑰，吾使人分付開門，世子可乘夜出城也。」言之未已，閽人傳報：「宮甲圍了東宮。」嚇得世子昭面如土色。高虎使昭變服，與從人一般，差心腹人相隨。至於東門，傳諭崔夭，令開鑰放出世子。崔夭曰：「主公存亡未知，吾私放太子，罪亦不免。太子無人侍從，如不棄崔夭，願一同奔宋。」世子昭大喜曰：「汝若同行，吾之願也！」當下開了城門，崔夭見有隨身車仗，讓世子登車，自己執轡，望宋國急急而去。

話分兩頭。卻說巫、刁二人，率領宮甲圍了東宮，遍處搜尋，不見世子昭的蹤影。看看鼓打四更。

雍巫曰：「吾等擅圍東宮，不過出其不意。若還遲至天明，被他公子知覺，先據朝堂，大事去矣！不如且歸宮擁立長公子，看群情如何，再作道理。」豎刁曰：「此言正合吾意。」二人收甲，未及還宮，但見朝門大開，百官紛紛而集。不過是高氏、國氏、管氏、鮑氏、陳氏、隰氏、南郭氏、北郭氏、閭邱氏，這一班子孫臣庶，其名也不可盡述。這些眾官員聞說巫、刁二人，率領許多甲士出宮，料必宮中有變。都到朝房打聽消息。宮內已漏出齊侯凶信了。又聞東宮被圍，不消說得，是奸臣乘機作亂。「那世子是先公所立。若世子有失，吾等何面目為齊臣！」三三兩兩，正商議去救護世子。恰好巫、刁二人兵轉，眾官員一擁而前，七嘴八張❶的，都問道：「世子何在？」雍巫拱手答曰：「世子無虧今在宮中。」眾人曰：「無虧未曾受命冊立，非吾主也。還我世子昭來！」豎刁仗劍大言曰：「昭已逐去了。今奉先公臨終遺命，立長子無虧為君。有不從者，劍下誅之！」眾人憤憤不平，亂嚷亂罵：「都是你這班奸佞，欺死蔑生，擅權廢置。你若立了無虧，吾等誓不為臣！」大夫管平挺身出曰：「今日先打死這兩個奸臣，除卻禍根，再作商議。」手挺牙笏，望豎刁頂門便打。豎刁用劍架住。眾官員卻待上前相助，只見雍巫大喝曰：「甲士們今番還不動手！平日養你們何幹？」數百名甲士，各挺器械，一齊發作，將眾官員亂砍。眾人手無兵器，況且寡不敵眾，弱不敵強，如何支架得來。正是：白玉階前為戰地，金鑾殿上見閻王。百官死於亂軍之手者，十分之三。其餘帶傷者甚多，俱亂竄出朝門去了。

再說巫、刁二人，殺散了眾百官，天已大明。遂於宮中扶出公子無虧，至朝堂即位。內侍們鳴鐘擊鼓，甲士環列兩邊。階下拜舞稱賀者，剛剛只有雍巫、豎刁二人。無虧又慚又怒。雍巫奏曰：「大喪未

❶ 七嘴八張：議論紛紛。

發，群臣尚未知送舊，安知迎新乎？此事必須召國、高二老入朝，方可號召百官，壓服人眾。」無虧准奏，即遣內侍分頭宣召右卿國懿仲，左卿高虎。這兩位是周天子所命監國之臣，世為上卿，群僚欽服，所以召之。國懿仲與高虎聞內侍將命，知齊侯已死。且不具朝服，即時披麻帶孝，入朝奔喪。巫、刁二人急忙迎住於門外，謂曰：「今日新君御殿，老大夫權且從吉。」國、高二老齊聲答曰：「未殯舊君，先拜新君，非禮也。誰非先公之子？老夫何擇？惟能主喪者則從之。」巫、刁語塞。國、高乃就門外望空再拜，大哭而出。無虧曰：「大喪未殯，群臣又不服，如之奈何？」豎刁曰：「今日之事，譬如搏虎，有力者勝。主上但據住正殿，臣等列兵兩廡，倘公子有入朝者，即以兵劫之。」無虧從其言。長衛姬盡出本宮之甲，凡內侍悉令軍裝，宮女長大有力者，亦湊甲士之數。巫、刁各統一半，分布兩廡。不在話下。

且說衛公子開方聞巫、刁擁立無虧，謂葛嬴之子潘曰：「太子昭不知何往。若無虧可立，公子獨不可立乎？」乃悉起家丁死士，列營於右殿。密姬之子商人，與少衛姬之子元共議：「同是先公骨血，江山莫不有分。公子潘已據右殿，吾等同據左殿。世子昭若到，大家讓位。若其不來，把齊國四分均分。」元以為然，亦各起家甲，及平素所養門下之士，成隊而來。公子元列營於左殿，公子商人列營於朝門，相約為犄角之勢。巫、刁畏三公子之眾，牢把正殿，不敢出攻。三公子又畏巫、刁之強，各守軍營，謹防衝突。正是：朝中成敵國，路上絕行人。有詩為證：

鳳閣龍樓虎豹嘶，紛紛戈甲滿丹墀。分明四虎爭殘肉，那個降心肯伏低？

其時只有公子雍怕事，出奔楚國去訖。楚成王用為大夫，不在話下。

且說眾官知世子出奔，無所朝宗，皆閉門不出。惟有老臣國懿仲、高虎心如刀刺，只想解結，未得其策。如此相持，不覺兩月有餘。高虎曰：「諸公子但知奪位，不思治喪。吾今日當以死爭。」國懿仲曰：「子先入言，我則繼之。同捨一命，以報累朝爵祿之恩可也！」高虎曰：「只我兩人開口，濟得甚事？凡食齊祿者，莫非臣子。吾等沿門喚集，同至朝堂，且奉公子無虧主喪何如？」懿仲曰：「立子以長，立無虧不為無名。」於是分頭四下，招呼群臣，同去哭靈。眾官員見兩位老大夫做主，放著膽各具喪服，相率入朝。寺貂攔住問曰：「老大夫此來何意？」高虎曰：「彼此相持，無有了期。吾等專請公子主喪而來，無他意也。」貂乃揖虎而進。虎將手一招，國懿仲同群臣俱入，直至朝堂，告無虧曰：「臣等聞父母之恩，猶天地也。故為人子者，生則致敬，死則殯葬。未聞父死不殮而爭富貴者。且君者臣之表，君既不孝，臣何忠焉？今先君已死六十七日矣！尚未入棺。公子雖御正殿，於心安乎？」言罷，群臣皆伏地痛哭。無虧亦泣下曰：「孤之不孝，罪通於天。孤非不欲成喪禮，其如元等之見逼何？」國懿仲曰：「太子已外奔，惟公子最長。公子若能主喪事，收殮先君，大位自屬。公子元等雖分據殿門，老臣當以義責之。誰敢與公子爭者？」無虧收淚下拜曰：「此孤之願也！」高虎分付雍巫：「仍守殿廡。群公子但衰麻入臨者，便放入宮。如帶挾兵仗者，即時拿住正罪。」寺貂先至寢宮，安排殯殮。

卻說桓公屍在床上，日久無人照顧。雖則冬天，血肉狼藉，屍氣所蒸，生蟲如蟻，直散出於牆外。起初眾人尚不知蟲從何來。及入寢室，發開窗槅，見蟲攢屍骨，無不淒慘。無虧放聲大哭，群臣皆哭。即日取梓棺盛殮，皮肉皆腐，僅以袍帶裹之，草草而已。惟晏蛾兒面色如生，形體不變。高虎等知為忠烈之婦，嘆息不已，亦命取棺殮之。高虎等率群臣奉無虧居主喪之位，眾人各依次哭臨。是夜同宿於柩側。卻說公子元、公子潘、公子商人，列營在外，見高、國老臣，率群臣喪服入內，不知何事。後聞桓公已殯，群臣俱奉無虧主喪，戴以為君。各相傳語，言：「高、國為主，吾等不能與爭矣！」乃各散去兵眾，俱衰衣入宮奔喪。兄弟相見，各各大哭。當時若無高、國說下無虧，此事不知如何結局也。胡曾先生有詩嘆曰：

違背忠言寵佞臣，致令骨肉肆紛爭。若非高國行和局，白骨堆床葬不成。

* * *

卻說齊世子昭逃奔宋國，見了宋襄公，哭拜於地，訴以雍巫、豎刁作亂之事。其時宋襄公乃集群臣問曰：「昔齊桓公曾以公子昭囑託寡人，立為太子。屈指十年矣！寡人中心藏之，不敢忘也。今巫、刁內亂，太子見逐。寡人欲約會諸侯，共討齊罪，納昭於齊，定其君位而返。此舉若遂，名動諸侯，便可倡率會盟，以紹桓公之伯業。卿等以為何如？」忽有一大臣出班奏曰：「宋國有三不如齊，焉能伯諸侯乎？」襄公視之，其人乃桓公之長子，襄公之庶兄。因先年讓國不立，襄公以為上卿，公子目夷字子魚也。襄公曰：「子魚言三不如齊，其故安在？」目夷曰：「齊有泰山、渤海之險，瑯琊、即墨之饒。我國小土薄，兵少糧稀，一不如也。齊有高、國世卿，以幹其國。有管仲、甯戚、隰朋、鮑叔牙以謀其事。我文武不具，賢才不登，二不如也。桓公北伐山戎，俞兒開道。獵於郊外，委蛇現形。我今年春正月，五星隕地，俱化為石。二月又有大風之異，六鷁退飛，此乃上而降下，求進反退之象，三不如也。有此三不如齊，自保且不暇，何暇顧他人乎？」襄公曰：「寡人以仁義為主。不救遺孤，非仁也；受人囑而棄之，非義也！」遂以納太子昭，傳檄諸侯，約以來年春正月，共集齊郊。檄至衛國，衛大夫甯速進曰：「立子以嫡，無嫡立長，禮之常也。無虧年長，且有戍衛之勞，於我有恩，願君勿與。」衛文公曰：「昭已立為世子，天下莫不知之。夫戍衛私恩也，立世子公義也。以私廢公，寡人不為也！」檄至魯國，魯僖公曰：「齊侯託昭於宋，不託寡人，寡人惟知長幼之序矣！若宋伐無虧，寡人當救之。」

周襄王十年，齊公子無虧元年三月，宋襄公親合衛、曹、邾三國之師，奉世子昭伐齊，屯兵於郊。時雍巫已進位中大夫，為司馬掌兵權矣。無虧使統兵出城禦敵，寺貂居中調度，高、國二卿分守城池。高虎謂國懿仲曰：「吾之立無虧為先君之未殯，非奉之也。今世子已至，又得宋助，論理則彼順，較勢則彼強。且巫、刁戕殺百官，專權亂政，必為齊患。不若乘此除之，迎世子奉以為君，則諸公子絕覬覦之望，而齊有泰山之安矣！」懿仲曰：「易牙統兵駐郊，吾召豎刁，託以議事，因而殺之。率百官奉迎世子，以代無虧之位。吾諒易牙無能為也。」高虎曰：「此計大妙！」乃伏壯士於城樓，託言機密重事，使人請豎刁相會。正是：做就機關擒猛虎，安排香餌釣鰲魚。不知豎刁性命如何，且看下回分解。

第三十三回　宋公伐齊納子昭　楚人伏兵劫盟主

話說高虎乘雍巫統兵出城，遂伏壯士於城樓，使人請豎刁議事。豎刁不疑，昂然而來。高虎置酒樓中相待。三杯之後，高虎開言：「今宋公糾合諸侯，起大兵送太子到此，何以禦之？」豎刁曰：「已有易牙統兵出郊迎敵矣！」虎曰：「眾寡不敵，奈何？老夫欲借重吾子，以救齊難。」豎刁曰：「刁何能為？如老大夫有差遣，惟命是聽！」虎曰：「欲借子之頭，以謝罪於宋耳！」刁愕然遽起。虎顧左右喝曰：「還不下手！」壁間壯士突出，執豎刁斬之。虎遂大開城門，使人傳呼曰：「世子已至城外，願往迎者隨我！」國人素惡雍巫、豎刁之為人，因此不附無虧。見高虎出迎世子，無不攘臂樂從，隨行者何止千人！國懿仲入朝直叩宮門，求見無虧，奏言：「人心思戴世子，相率奉迎。老臣不能阻當。主公宜速為避難之計。」無虧問：「雍巫、豎刁安在？」懿仲曰：「雍巫勝敗未知。豎刁已為國人所殺矣！」無虧大怒曰：「國人殺豎刁，汝安得不知？」顧左右欲執懿仲。懿仲奔出朝門。無虧帶領內侍數十人，乘一小車，憤然仗劍出宮。下令欲發丁壯授甲，親往禦敵。內侍輩東喚西呼，國中無一人肯應，反叫出許多冤家出來。正是：恩德終須報，冤仇撒不開。從前作過事，沒興一齊來。這些冤家，無非是高氏、國氏、管氏、鮑氏、甯氏、陳氏、晏氏、東郭氏、南郭氏、北郭氏、公孫氏、閭邱氏，眾官員子姓，當初只為不附無虧，被雍巫、豎刁殺害的，其家屬人人含怨，個個銜冤。今日聞宋君送太子入國，雍巫統兵拒戰。論其私心，巴不得❶雍巫兵敗。又怕宋家兵到，別有一番殺戮之慘。大家懷著鬼胎。及聞高老相國殺了豎刁往迎太子，無不喜歡。都道今日天眼方開，齊帶器械防身，到東門打探太子來信。恰好撞見無虧乘車而至。仇人相見，分外眼睜。一人為首，眾人相助。各各挺著器械，將無虧圍住。內侍喝道：「主公在此，諸人不得無禮！」眾人道：「那裡是我主公？」便將內侍亂砍。無虧抵擋不住，急忙下車逃走，亦被眾人所殺。東門鼎沸，卻得國懿仲來撫慰一番，眾人方纔分散。懿仲將無虧屍首抬至別館殯殮。一面差人飛報高虎。

再說雍巫正屯兵東關，與宋相持。忽然軍中夜亂，傳說無虧、豎刁俱死，高虎相國率領國人，迎接太子昭為君，吾等不可助逆。雍巫知軍心已變，心如芒刺。急引心腹數人，連夜逃奔魯國去訖。天明，高虎已到，安撫雍巫所領之眾，直至郊外迎接世子昭，與宋、衛、曹、邾四國請和。四國退兵，高虎奉世子昭行至臨淄城外，暫停公館，使人報國懿仲整備法駕，同百官出迎。卻說公子元、公子潘聞知其事，約會公子商人一同出郭奉迎新君。公子商人艴然曰：「我等在國奔喪，昭不與哭泣之位。今乃借宋兵威，以少淩長，強奪齊國，於理不順！聞諸侯之兵已退，我等不如各率家甲，聲言為無虧報仇，逐殺子昭。吾等三人中，憑大臣公議一人為君，也免得受宋國節制，滅了先公盟主的志氣。」公子元曰：「若然，當奉宮中之令而行，庶為有名。」乃入宮稟知長衛姬。衛姬泣曰：「汝能為無虧報仇，我死無恨矣！」即命糾集無虧舊日一班左右人眾，合著三位公子之黨，同拒世子。豎刁手下亦有心腹，欲為其主報仇，也來相助，分頭據住臨淄城各門。國懿仲畏四家人眾，將府門緊閉，不敢出頭了。高虎謂世子昭曰：「無

❶ 巴不得：盼望急切之意。

虧、豎刁雖死，餘黨尚存。況有三公子為主，閉門不納，若欲求入，必須交戰。倘戰而不勝，前功盡棄。不如仍走宋國，求救為上。」世子昭曰：「但憑國老主張。」高虎乃奉世子昭復奔宋國。宋襄公纔班師及境，見世子昭來到，大驚，問其來意。高虎一一告訴明白。襄公曰：「此寡人班師太早之故也。世子放心，有寡人在，何愁不入臨淄哉？」即時命大將公孫固增添車馬。——先前有衛、曹、邾三國同事，止用二百乘。今日獨自出車，加至四百乘。——公子蕩為先鋒，華御事為合後。親將中軍，護送世子，重離宋境，再入齊郊。時有高虎前驅，把關將吏，望見是高相國，即時開門延入，直逼臨淄下寨。宋襄公見國門緊閉，分付三軍准備攻城器具。城內公子商人謂公子元、公子潘曰：「宋若攻城，必然驚動百姓。我等率四家之眾，乘其安息未定，合力攻之。幸而勝，固善。不幸而敗，權且各圖避難，再作區處。強如死守於此。萬一諸侯之師畢集，如之奈何？」元、潘以為然，乃於是日夜開城門，各引軍出來劫宋寨。不知虛實，單劫了先鋒公子蕩的前營。蕩措手不及，棄寨而奔中軍。大將公孫固，聞前寨有失，急引大軍來救。後軍華御事同齊國老大夫高虎亦各率部下接應。兩下混戰，直至天明。四家黨羽雖眾，各為其主，人心不齊，怎當得宋國大兵。當下混戰了一夜，四家人眾，被宋兵殺得七零八落。公子元恐世子昭入國，不免於禍，乘亂引心腹數人，逃奔衛國避難去訖。公子潘、公子商人收拾敗兵入城。宋兵緊隨其後，不能閉門。崔夭為世子昭御車，長驅直入。上卿國懿仲聞四家兵散，世子已進城，乃聚集百官，同高虎擁立世子昭即位。即以本年為元年，是為孝公。孝公嗣位，論功行賞，進崔夭為大夫。大出金帛，厚犒宋軍。襄公留齊境五日，方纔回宋。時魯僖公起大兵來救無虧，聞孝公已立，中道而返。自此魯、齊有隙。不在話下。

再說公子潘與公子商人計議，將出兵拒敵之事，都推在公子元身上。國、高二國老，明知四家同謀，欲孝公釋怨修好，單治首亂雍巫、豎刁二人之罪，盡誅其黨，餘人俱赦不問。是秋八月，葬桓公於牛首崗之上，連起三大墳。以晏蛾兒附葬於旁，另起一小墳。又為無虧、公子元之故，將長衛姬、少衛姬兩宮內侍宮人，悉令從葬，死者數百人。後至晉永嘉末年，天下大亂。有村人發桓公塚，塚前有水銀池，寒氣觸鼻，人不敢入。經數日其氣漸消，乃牽猛犬入塚中，得金蠶數十斛，珠襦玉匣，繒綵軍器，不可勝數。塚中骸骨狼籍，皆殉葬之人也。足知孝公當日葬父之厚矣。亦何益哉！髯仙有詩云：

疑塚三堆峻似山，金蠶玉匣出人間。從來厚蓄多遺發，薄葬須知不是慳。

* * *

話分兩頭。卻說宋襄公自敗了齊兵，納世子昭為君，自以為不世奇功，便想號召諸侯，代齊桓公為盟主。又恐大國難致，先約滕、曹、邾、鄫小國，為盟於曹國之南。曹、邾二君到後，滕子嬰齊方至。宋襄不許嬰齊與盟，拘之一室。鄫君懼宋之威，亦來赴會，已踰期二日矣。宋襄公問於群臣曰：「寡人甫倡盟好，鄫小國，輒敢怠慢，後期二日。不重懲之，何以立威？」大夫公子蕩進曰：「向者齊桓公南征北討，獨未服東夷之眾。君欲威中國，必先服東夷。欲服東夷，必用鄫子。」襄公曰：「用之何如？」公子蕩曰：「睢水之次，有神能致風雨。東夷皆立社祠之，四時不缺。君誠用鄫子為犧牲，以祭睢神，不惟神將降福，使東夷聞之，皆謂君能生殺諸侯，誰不聳懼來服？然後藉東夷之力以征諸侯，伯業成矣。」上卿公子目夷諫曰：「不可，不可！古者小事不用大牲，重物命也，況於人乎？夫祭祀以為人祈福也。殺人以祈人福，神必不饗。且國有常祀，宗伯所掌。睢水河神，不過妖鬼耳。夷俗所祀，君亦祀之，未見君之勝於夷也。而誰肯服之？齊桓公主盟四十年，存亡繼絕，歲有德施於天下。今君纔一舉盟會，而遂戮諸侯以媚妖神，臣見諸侯之懼而叛我，未見其服也！」公子蕩曰：「子魚之言謬矣！君之圖伯與齊異。齊桓公制國二十餘年，然後主盟，君能待乎？夫緩則用德，急則用威。遲速之序，不可不察也。不同夷，夷將疑我。不懼諸侯，諸侯將玩我。內玩而外疑，何以成伯？昔武王斬紂頭，懸之太白旗，以得天下。此諸侯之行於天子者也。而何有於小國之君？君必用之！」襄公本心急於欲得諸侯，遂不聽目夷之言。使邾文公執鄫子殺而烹之，以祭睢水之神。遣人召東夷君長，俱來睢水會祀。東夷素不習宋公之政，莫有至者。滕子嬰齊大驚，使人以重賂求釋，乃解嬰齊之囚。曹大夫僖負羈謂曹共公襄曰：「宋躁而虐，事必無成，不如歸也。」共公辭歸，遂不具地主之禮。襄公怒，使人責之曰：「古者國君相見，有脯資餼牽，以修賓主之好。寡君逗遛於君之境上，非一日矣。三軍之眾，向未知主人之所屬，願君圖之！」僖負羈對曰：「夫授館致餼，朝聘之常禮也。今君以公事涉於南鄙，寡人亟於奔命，未及他圖。今君責以主人之禮，寡君愧甚。惟君恕之！」曹共公遂歸。襄公大怒，傳令移兵伐曹。公子目夷又諫曰：「昔齊桓公會盟之跡，遍於列國。厚往薄來，不責其施，不誅其不及，所以寬人之力，而恤人之情也。曹之缺禮，於君無損，何必用兵？」襄公不聽。使公子蕩將兵車三百乘伐曹，圍其城。僖負羈隨方設備，與公子蕩相持三月，蕩不能取勝。是時鄭文公首先朝楚，約魯、齊、陳、蔡四國之君，與楚成王為盟於齊境。宋襄公聞之大驚。一來恐齊、魯兩國之中，或有倡伯者，宋不能與爭。二來又恐公子蕩攻曹失利，挫了銳氣，貽笑於諸侯。乃召蕩歸。曹共公亦恐宋師再至，遣人至宋謝罪。自此宋、曹相睦如初。

再說宋襄公一心求伯，見小國諸侯，紛紛不服，大國反遠與楚盟，心中憤急，與公子蕩商議。公子蕩進曰：「當今大國，無過齊、楚。齊雖伯主之後，然紛爭方定，國勢未張。楚僭王號，乍通中國，諸侯所畏。君誠不惜卑詞厚幣，以求諸侯於楚，楚必許之。借楚力以聚諸侯，復借諸侯以壓楚，此一時權宜之計也。」公子目夷又諫曰：「楚有諸侯，安肯與我？我求諸侯於楚，楚安肯下我？恐爭端從此開矣！」襄公不以為然。即命公子蕩以厚賂如楚，求見楚成王。成王問其來意，許以明年之春，相會於鹿上之地。公子蕩歸報襄公。襄公曰：「鹿上齊地，不可不聞之齊侯。」復遣公子蕩如齊修聘，述楚王期會之事。齊孝公亦許之。時宋襄公之十一年，乃周襄王之十二年也。

次年春正月，宋襄公先至鹿上，築盟壇以待齊、楚之君。二月初旬，齊孝公始至。襄公自負有納孝公之功，相見之間，頗有德色。孝公感宋之德，亦頗盡地主之禮。又二十餘日，楚成王方到。宋、齊二君接見之間，以爵為序。楚雖僭王號，實是子爵。宋公為首，齊侯次之，楚子又次之。這是宋襄公定的位次。至期，共登鹿上之壇。襄公毅然以主盟自居，先執牛耳，並不謙讓。楚成王心中不悅，勉強受歃。襄公拱手言曰：「茲父忝先代之後，作賓王家。不自揣德薄力微，竊欲修舉盟會之政。恐人心不肅，欲借重二君之餘威，以合諸侯於敝邑之盂地，以秋八月為期。君若不棄，倡率諸侯，徼惠於盟，寡人願世敦兄弟之好。自殷先王以下，咸拜君之賜。豈獨寡人乎？」齊孝公拱手以讓楚成王。成王亦拱手以讓孝公。二君互相推讓，良久不決。襄公曰：「二君若不棄寡人，請同署之。」乃出徵會之牘，不送齊侯，卻先送楚成王求署。孝公心中亦懷怏怏。楚成王舉目觀覽，牘中敘合諸侯修會盟之意，效齊桓公衣裳之會，不以兵車。牘尾宋公先已署名。楚成王暗暗含笑，謂襄公曰：「諸侯君自能致，何必寡人？」襄公曰：「鄭、許久在君之宇下，而陳、蔡近者復受盟於楚，非乞君之靈，懼有異同。寡人是以借重於上國。」楚成王曰：「然則齊君當署，次及寡人可也。」孝公曰：「寡人於宋，猶宇下也。所難致者，上國之威令耳！」楚王笑而署名，以筆受孝公。孝公曰：「有楚不必有齊。寡人流離萬死之餘，幸社稷不隕，得從末歃為榮，何足重輕，而褻此簡牘為耶？」堅不肯署。論齊孝公心事，卻是怪宋襄公先送楚王求署，識透他重楚輕齊，所以不署。宋襄公自負有恩於齊，卻認孝公是衷腸之語，遂收牘而藏之。三君於鹿上又敘數日，丁甯而別。髯仙有詩嘆曰：

諸侯原自屬中華，何用紛紛乞楚家？錯認同根成一樹，誰知各自有丫叉？

* * *

楚成王既歸，述其事於令尹子文。子文曰：「宋君狂甚，吾王何以徵會許之？」楚王笑曰：「寡人欲主中華之政久矣，恨不得其便耳。今宋公倡衣裳之會，寡人因之以合諸侯，不亦可乎？」大夫成得臣進曰：「宋公為人好名而無實，輕信而寡謀，若伏甲以劫之，其人可虜也。」楚王曰：「寡人意正如此。」子文曰：「許人以會而復劫之，人謂楚無信矣！何以服諸侯？」得臣曰：「宋喜於主盟，必有傲諸侯之心。諸侯未習宋政，莫之與也。劫之以示威。劫而釋之，又可以示德。諸侯恥宋之無能，不歸楚將誰歸乎？夫拘小信而喪大功，非策也！」子文奏曰：「子玉之計，非臣所及。」楚王乃使成得臣、鬬勃二人為將，各選勇士五百人，操演聽令，預定劫盟之計。不必詳說，下文便見。

且說宋襄公歸自鹿上，欣然有喜色。謂公子目夷曰：「楚已許我諸侯矣！」目夷諫曰：「楚蠻夷也，其心不測。君得其口，未得其心。臣恐君之見欺也！」襄公曰：「子魚太多心了。寡人以忠信待人，人其忍欺寡人哉！」遂不聽目夷之言，傳檄徵會。先遣人於盂地築起壇場，增修公館，務極華麗。倉場中儲積芻糧，以待各國軍馬食費。凡獻享犒勞之儀，一一從厚，無不預備。至秋七月，宋襄公命乘車赴會。目夷又諫曰：「楚強而無義，請以兵車往。」襄公曰：「寡人與諸侯約為衣裳之會，若用兵車，自我約之，自我墮之，異日無以示信於諸侯矣。」目夷曰：「君以乘車全信，臣請伏兵車百乘於三里之外，以備緩急何如？」襄公曰：「子用兵車，與寡人用之何異？必不可！」臨行之際，襄公又恐目夷在國起兵接應，失了他信義。遂要目夷同往。目夷曰：「臣亦放心不下，也要同去。」於是君臣同至會所。楚、陳、蔡、許、曹、鄭六國之君，如期而至。惟齊孝公心懷怏怏，魯僖公未與楚通，二君不到。襄公使候人迎接六國諸侯分館安歇。回報：「都用乘車。楚王侍從雖眾，亦是乘車。」襄公曰：「吾知楚不欺吾也！」

太史卜盟日之吉，襄公命傳之各國。先數日預派定壇上執事人等。是早五鼓，壇之上下，皆設庭燎，照耀如同白日。壇之旁，另有憩息之所。襄公先往以待。陳穆公穀，蔡莊公甲午，鄭文公捷，許僖公業，曹共公襄，五位諸侯，陸續而至，伺候良久矣。天色將明，楚成王熊惲方到。襄公且循地主之禮，揖讓了一番，分左右兩階登壇。右階賓登，眾諸侯不敢僭楚成王，讓之居首。成得臣、鬬勃二將相隨。眾諸侯亦各有從行之臣，不必細說。左階主登，單只宋襄公及公子目夷君臣二人。方纔陞階之時，論個賓主。既登盟壇之上，陳牲歃血，要天矢日，列名載書，便要推盟主為尊了。宋襄公指望楚王開口，以目視之。楚王低頭不語。陳、蔡諸國，面面相覷，莫敢先發。襄公忍不住了，乃昂然而出曰：「今日之舉，寡人欲修先伯主齊桓公故業，尊王安民，息兵罷戰，與天下同享太平之福。諸君以為何如？」諸侯尚未答應，楚王挺身而前曰：「君言甚善！但不知主盟今屬何人？」襄公曰：「有功論功，無功論爵，更有何言！」楚王曰：「寡人冒爵為王久矣。宋雖上公，難列王前。寡人告罪占先了。」便立在第一個位次。目夷扯襄公之袖，欲其權且忍耐，再作區處。襄公把個盟主捏在掌中，臨時變卦，如何不惱？包著一肚子氣，不免疾言遽色，謂楚王曰：「寡人徼福先代，忝為上公，天子亦待以賓客之禮。君言冒爵，乃僭號也。奈何以假王而壓真公乎？」楚王曰：「寡人既是假王，誰教你請寡人來此？」襄公曰：「君之至此，亦是鹿上先有成議，非寡人之謾約也。」成得臣在旁大喝曰：「今日之事，只問眾諸侯為楚來乎？為宋來乎？」陳、蔡各國，平素畏服於楚，齊聲曰：「吾等實奉楚命，不敢不至。」楚王呵呵大笑曰：「宋君更有何說？」襄公見不是頭，欲待與他講理，他又不管理之長短。欲作脫身之計，又無片甲相護。正在躊躇，只見成得臣、鬬勃脫去禮服，內穿重鎧，腰間各插小紅旗一面。將旗向壇下一招，那跟隨楚王人眾，何止千人！一個個俱脫衣露甲，手執兵器，如蜂攢蟻聚，飛奔上壇。各國諸侯，俱嚇得魂不附體。成得臣先把宋襄公兩袖緊緊捻定，同鬬勃指揮眾軍士，擄掠壇上所陳設玉帛器皿之類。一班執事，亂竄奔逃。宋襄公見公子目夷緊隨在旁，低聲謂曰：「悔不聽子言，以至如此！速歸守國，勿以寡人為念！」目夷料想跟隨無益，乃乘亂逃回。不知宋襄公如何脫身，且看下回分解。

第三十四回　宋襄公假仁失眾　齊姜氏乘醉遣夫

話說楚成王假飾乘車赴會，跟隨人眾，俱是壯丁。內穿暗甲，身帶暗器。都是成得臣、鬬勃選練來的，好不勇猛。又遣蔿呂臣、鬬般二將，統領大軍，隨後而進，准備大大廝殺。宋襄公全然不知，墮其圈套。正是：沒心人遇有心人，要脫身時難脫身了。楚王拿住了襄公，眾甲士將公館中所備獻享犒勞之儀，及倉中積粟，擄掠一空。隨行車乘，皆為楚有。陳、蔡、鄭、許、曹五位諸侯，人人悚懼，誰敢上前說個方便。楚成王邀眾諸侯至於館寓，面數宋襄公六罪曰：「汝伐齊之喪，擅行廢置，一罪也。滕子赴會稍遲，輒加縶辱，二罪也。用人代牲，以祭淫鬼，三罪也。曹缺地主之儀，其事甚小，汝乃恃強圍之，四罪也。以亡國之餘，不能度德量力，天象示戒，猶思圖伯，五罪也。求諸侯於寡人，而妄自尊大，全無遜讓之禮，六罪也。天奪其魄，單車赴會。寡人今日統甲車千乘，戰將千員，踏碎睢陽城，為齊、鄫各國報仇！諸君但少駐車駕，看寡人取宋而回，更與諸君痛飲十日方散。」眾諸侯莫不唯唯。襄公頓口無言，似木雕泥塑一般，只多著兩行珠淚。須臾，楚國大兵俱集，號曰千乘，實五百乘。楚成王賞勞了軍士，拔寨都起。帶了宋襄公，殺向睢陽城來。列國諸侯，奉楚王之命，俱屯盂地，無敢歸者。史官有詩譏宋襄之失：

無端媚楚反遭殃，引得睢陽做戰場。昔日齊桓曾九合，何嘗容楚近封疆？

卻說公子目夷自盂地盟壇逃回本國，向司馬公孫固說知宋公被劫一事：「楚兵旦暮且到，速速調兵，登陴把守！」公孫固曰：「國不可一日無君，公子須暫攝君位，然後號令賞罰，人心始肅。」目夷附公孫固之耳曰：「楚人執我君以伐我，有挾而求也。必須如此如此，楚人必放吾君歸國。」固曰：「此言甚當！」乃向群臣言：「吾君未必能歸矣！我等宜推戴公子目夷，以主國事。」群臣知目夷之賢，無不欣然。公子目夷告於太廟，南面攝政。三軍用命，鈴柝嚴明，睢陽各路城門，把守得鐵桶相似。方纔安排停當，楚王大軍已到。立住營寨，使將軍鬬勃向前打話，言：「爾君已被我拘執在此，生殺在吾手。早早獻土納降，保全汝君性命！」公孫固在城樓答曰：「賴社稷神靈，國人已立新君矣！生殺任你，欲降不可得也。」鬬勃曰：「汝君見在，安得復立一君乎？」公孫固曰：「立君以主社稷也。無主安得不立新君？」鬬勃曰：「某等願送汝君歸國，何以相酬？」公孫固曰：「故君被執，已辱社稷，雖歸亦不得為君矣。歸與不歸，惟楚所命！若要決戰，我城中甲車未曾損折，情願決一死敵。」鬬勃見公孫固答語硬掙❶，回報楚王。楚王大怒，喝教攻城。城上矢石如雨，楚兵多有損傷。連攻三日，乾折便宜，不能取勝。楚王曰：「彼國既不用宋君，殺之何如？」成得臣對曰：「王以殺鄫子為宋罪，今殺宋公，是效尤也。殺宋公猶殺匹夫耳，不能得宋，而徒取怨，不如釋之。」楚王曰：「攻宋不下，又釋其君，何以為名？」得臣對曰：「臣有計矣！今不與盂之會者，惟齊、魯二國。齊與我已兩次通好，且不必較。

❶ 硬掙：強硬、有力量。

魯禮義之邦，一向輔齊定伯，目中無楚。若以宋之俘獲獻魯，請魯君於亳都相會。魯見宋俘，必恐懼而來。魯、宋是葵邱同盟之人，況魯侯甚賢，必然為宋求請。我因以為魯君之德，是我一舉而兼得宋、魯也。」楚王鼓掌大笑曰：「子玉真有見識！」乃退兵屯於亳都。用宜申為使，將鹵獲數車如曲阜獻捷。其書云：

宋公傲慢無禮，寡人已幽之於亳。不敢擅功，謹獻捷於上國，望君辱臨，同決其獄。

魯僖公覽書大驚，正是：兔死狐悲，物傷其類。明知楚使獻捷，詞意誇張，是恐喝之意。但魯弱楚強，若不往會，恐其移師來伐，悔無及矣。乃厚待宜申，先發回書，馳報楚王，言：「魯侯如命，即日赴會。」魯僖公隨後發駕，大夫仲遂從行。來至亳都，仲遂因宜申先容，用私禮先見了成得臣，囑其於楚王前，每事方便。得臣引魯僖公與楚成王相見，各致敬慕之意。其時陳、蔡、鄭、許、曹五位諸侯，俱自盂地來會，和魯僖公共是六位，聚於一處商議。鄭文公開言，欲尊楚王為盟主，諸侯囁嚅未應。魯僖公奮然曰：「盟主須仁義布聞，人心悅服。今楚王恃兵車之眾，襲執上公，有威無德，人心疑懼。吾等與宋，俱有同盟之誼。若坐視不救，惟知奉楚，恐被天下豪傑恥笑。楚若能釋宋公之囚，終此盟好，寡人敢不惟命是聽！」眾諸侯皆曰：「魯侯之言甚善！」仲遂將這話私告於成得臣，得臣轉聞於楚王。楚王曰：「諸侯以盟主之義責寡人，寡人其可違乎？」乃於亳郊更築盟壇，期以十二月癸丑日，歃血要神，同赦宋罪。

約會且定，先一日將宋公釋放，與眾諸侯相見。宋襄公且羞且憤，滿肚不樂，卻又不得不向諸侯稱謝。至日，鄭文公拉眾諸侯，敦請楚成王登壇主盟。成王執牛耳，宋、魯以下，次第受歃。襄公敢怒而不敢言。事畢，諸侯各散。宋襄公訛聞公子目夷已即君位，將奔衛以避之。公子目夷遣使已到，致詞曰：「臣所以攝位者，為君守也。國固君之國，何為不入？」須臾，法駕齊備，迎襄公以歸。目夷退就臣列。胡曾先生論襄公之釋，全虧公子目夷定計，神閒氣定，全不以舊君為意。若手忙腳亂，求歸襄公，楚益視為奇貨，豈肯輕放？有詩讚云：

金注何如瓦注奇？新君能解舊君圍。為君守位仍推位，千古賢名誦目夷！

又有詩說六位諸侯，公然媚楚求寬，明明把中國操縱之權，授之於楚。楚目中尚有中國乎？詩云：

從來兔死自狐悲，被劫何人劫是誰？用夏媚夷全不恥，還誇釋宋得便宜！

宋襄公志欲求伯，被楚人捉弄一場，反受大辱。怨恨之情，痛入骨髓。但恨力不能報，又怪鄭伯倡議，尊楚王為盟主，不勝其憤。正要與鄭國作對。時周襄王之十四年春三月，鄭文公如楚行朝禮。宋襄公聞之大怒，遂起傾國之兵，親討鄭罪。使上卿公子目夷輔世子王臣居守。目夷諫曰：「楚、鄭方睦，宋若伐鄭，楚必救之。此行恐不能取勝。不如修德待時為上。」大司馬公孫固亦諫。襄公怒曰：「司馬不願行，寡人將獨往！」固不敢復言，遂出師伐鄭。襄公自將中軍，公孫固為副。大夫樂僕伊、華秀老、公子蕩、向訾守等皆從行。諜人報知鄭文公。文公大驚，急遣人告急於楚。楚成王曰：「鄭事我如父，宜亟救之！」成得臣進曰：「救鄭不如伐宋。」楚成王曰：「何故？」得臣對曰：「宋公被執，國人已破膽矣。今復不自量，以大兵伐鄭，其國必虛。乘虛而擣之，其國必懼。此不待戰而知勝負者也。若宋還而自救，彼亦勞矣。以逸制勞，安往而不得志耶？」楚王以為然，即命得臣為大將，鬬勃副之，興兵伐宋。宋襄公正與鄭相持，得了楚兵之信，兼程而歸，列營於泓水之南以拒楚。成得臣使人下戰書。公孫固謂襄公曰：「楚師之來，為救鄭也。吾以釋鄭謝楚，楚必歸，不可與戰。」襄公曰：「昔齊桓公興兵伐楚，今楚來伐而不與戰，何以繼桓公之業乎？」公孫固又曰：「臣聞一姓不再興，天之棄商久矣！君欲興之，得乎？且吾之甲不如楚堅，兵不如楚利，人不如楚強，宋人畏楚如畏蛇蝎，君何恃以勝楚？」襄公曰：「楚兵甲有餘，仁義不足。寡人兵甲不足，仁義有餘。昔武王虎賁三千，而勝殷億萬之眾，惟仁義也。以有道之君，而避無道之臣，寡人雖生不如死矣！」乃批戰書之尾，約以十一月朔日，交戰於泓陽。命建大旗一面於輅尾，旗上寫「仁義」二字。公孫固暗暗叫苦，私謂樂僕伊曰：「戰主殺而言仁義，吾不知君之仁義何在也。天奪君魄矣！竊為危之。吾等必戒慎其事，毋致喪國足矣！」至期，公孫固未雞鳴而起，請於襄公，嚴陣以待。

且說楚將成得臣屯兵於泓水之北，鬬勃請：「五鼓濟師，防宋人先布陣以扼我。」得臣笑曰：「宋公專務迂闊，全不知兵。吾早濟早戰，晚濟晚戰，何所懼哉！」天明，甲乘始陸續渡水。公孫固請於襄公曰：「楚兵天明始渡，其意甚輕我。今乘其半渡，突前擊之，是吾以全軍而制楚之半也。若令皆濟，楚眾我寡，恐不敵，奈何？」襄公指大旗曰：「汝見『仁義』二字否？寡人堂堂之陣，豈有半濟而擊之理？」公孫固又暗暗叫苦。須臾，楚兵盡濟。成得臣服瓊弁，結玉纓，繡袍軟甲，腰掛彫弓，手執長鞭，指揮軍士，東西布陣，氣宇昂昂，旁若無人。公孫固又請於襄公曰：「楚方布陣，尚未成列，急鼓之必亂。」襄公唾其面曰：「咄！汝貪一擊之利，不顧萬世之仁義耶？寡人堂堂之陣，豈有未成列而鼓之之理？」公孫固又暗暗叫苦。楚兵陣勢已成，人強馬壯，漫山遍野。宋兵皆有懼色。襄公使軍中發鼓，楚軍中亦發鼓。襄公自挺長戈，帶著公子蕩、向訾守二將，及門官之眾，催車直衝楚陣。得臣見來勢兇猛，暗傳號令，開了陣門，只放襄公一隊車騎進來。公孫固隨後趕上護駕，襄公已殺入陣內去了。只見一員上將攔住陣門，口口聲聲叫道：「有本事的快來決戰！」那員將乃鬬勃也。公孫固大怒，挺戟直刺鬬勃。勃即舉刀相迎，兩下交戰，未及二十合，宋將樂僕伊引軍來到。鬬勃微有著忙之意。恰好陣中又衝出一員上將蔿氏呂臣，各接住樂僕伊廝殺。公孫固乘忙，覷個方便，撥開刀頭，馳入楚軍。鬬勃提刀來趕，宋將華秀老又到，牽住鬬勃，兩對兒在陣前廝殺。公孫固在楚陣中，左衝右突，良久望見東北角上甲士如林，圍裹甚緊，疾驅赴之。正遇宋將向訾守流血被面，急呼曰：「司馬可速來救主！」公孫固隨著訾守，殺入重圍。只見門官之眾，一個個身帶重傷，兀自與楚軍死戰不退。——原來襄公待下人極有恩，所以門官皆盡死力。——楚軍見公孫固英勇，稍稍退卻。公孫固上前看時，公子蕩要害被傷，臥於車下。「仁義」大旗，已被楚軍奪去了。襄公身被數創，右股中箭，射斷膝筋，不能起立。公子蕩見公孫固到來，張目曰：「司馬好扶主公，吾死於此矣！」言訖而絕。公孫固感傷不已。扶襄公於自己車上，以身蔽之，奮勇殺出。向訾守為後殿，門官等一路擁衛，且戰且走。比及脫離楚陣，門官之眾，無一存者。宋之甲車，十喪八九。樂僕伊、華秀老見宋公已離虎穴，各自逃回。成得臣乘勝追之，宋軍大敗，輜重器械，委棄殆盡。公孫固同襄公連夜奔回。宋兵死者甚眾，其父母妻子，皆相訕於朝外，怨襄公不聽司馬之言，以致於敗。襄公聞之，嘆曰：「君子不重傷，不擒二毛。寡人將以仁義行師，豈效此乘危扼險之舉哉！」舉國無不譏笑。後人相傳，以為宋襄公行仁義失眾而亡，正指戰泓之事。髯翁有詩嘆云：

> 不恤滕鄫恤楚兵，甯甘傷股博虛名。宋襄若可稱仁義，盜跖文王兩不明。

* * *

楚兵大獲全勝，復渡泓水，奏凱而還。方出宋界，哨馬報：「楚王親率大軍接應，見屯柯澤。」得臣即於柯澤謁見楚王獻捷。楚成王曰：「明日鄭君將率其夫人，至此勞軍，當大陳俘馘以誇示之。」原來鄭文公的夫人芈氏，正是楚成王之妹，是為文芈。以兄妹之親，駕了輜軿，隨鄭文公至於柯澤，相會楚王。楚王示以俘獲之盛。鄭文公夫婦稱賀，大出金帛，犒賞三軍。鄭文公敦請楚王來日赴宴。次早，鄭文公親自出郭，邀楚王進城，設享於太廟之中，行九獻禮，比於天子。食品數百，外加籩豆六器。宴享之侈，列國所未有也。文芈所生二女，曰伯芈、叔芈，未嫁在室。文芈又率之以甥禮見舅。楚王大喜。鄭文公同妻女更番進壽，自午至戌，喫得楚王酩酊大醉。楚王謂文芈曰：「寡人領情過厚，已踰量矣！妹與二甥，送我一程何如？」文芈曰：「如命！」鄭文公送楚王出城，先別。文芈及二女，與楚王並駕而行，直至軍營。原來楚王看上了二甥美貌，是夜拉入寢室，遂成枕席之歡。文芈徬徨於帳中，一夜不寐。然畏楚王之威，不敢出聲。以舅納甥，真禽獸也！次日，楚王將軍獲之半，贈於文芈。載其二女以歸，納之後宮。鄭大夫叔詹嘆曰：「楚王其不得令終乎！享以成禮，禮而無別，是不終也。」

* * *

且不說楚、宋之事。再表晉公子重耳自周襄王八年適齊，至襄王十四年，前後留齊共七年了。遭桓公之變，諸子爭立，國內大亂。及至孝公嗣位，又反先人之所為，附楚仇宋，紛紛多事。諸侯多與齊不睦。趙衰等私議曰：「吾等適齊謂伯主之力，可借以圖復也。今嗣君失業，諸侯皆叛，此其不能為公子謀亦明矣。不如更適他國，別作良圖。」乃相與見公子，欲言其事。公子重耳溺愛齊姜，朝夕歡宴，不問外事。眾豪傑伺候十日，尚不能見。魏犨怒曰：「吾等以公子有為，故不憚勞苦，執鞭從遊。今留齊七載，偷安惰志。日月如流，吾等十日不能一見，安能成其大事乎？」狐偃曰：「此非聚談之處，諸君都隨我來。」乃共出東門外里許，其地名曰桑陰。一望都是老桑，綠蔭重重，日色不至。趙衰等九位豪傑，打一團兒席地而坐。趙衰曰：「子犯計將安出？」狐偃曰：「公子之行，在我而已。我等商議停妥，預備行裝，一等公子出來，只說邀他郊外打獵。出了齊城，大家齊心劫他上路便了。但不知此行，得力在於何國？」趙衰曰：「宋方圖伯，且其君好名之人，盍往投之？如不得志，更適秦、楚，必有遇焉。」狐偃曰：「吾與公孫司馬有舊，且看如何？」眾人商議許久方散。只道幽僻之處，無人知覺。卻不道❷若要不聞，除非莫說。若要不知，除非莫作。其時姜氏的婢妾十餘人，正在樹上採桑餵蠶。見眾人齊坐議事，停手而聽之，盡得其語。回宮時如此恁般，都述於姜氏知道。姜氏喝道：「那有此話，不得亂道！」乃命蠶妾十餘人，幽之一室。至夜半盡殺之，以滅其口。推公子重耳起，告之曰：「從者將以公子更適他國，有蠶妾聞其謀，吾恐洩漏其機，或有阻當，今已除卻矣！公子宜早定行計。」重耳曰：「人生安樂，誰知其他。吾將老此，誓不他往！」姜氏曰：「自公子出亡以來，晉國未有寧歲。夷吾無道，兵敗身辱。國人不悅，鄰國不親。此天所以待公子也。公子此行，必得晉國，萬勿遲疑！」重耳迷戀姜

❷ 不道：沒料想到。

氏，猶弗肯。次早，趙衰、狐偃、臼季、魏犨四人，立宮門之外，傳語請公子郊外射獵。重耳尚高臥未起，使宮人報曰：「公子偶有微恙，尚未梳櫛，不能往也。」齊姜聞言，急使人單召狐偃入宮。姜氏屏去左右，問其來意。狐偃曰：「公子向在翟國，無日不馳車驟馬，伐狐擊兔。今在齊久不出獵，恐其四肢懈惰，故來相請，別無他意。」姜氏微笑曰：「此番田獵，非宋即秦、楚耶！」狐偃大驚曰：「一獵安得如此之遠！」姜氏曰：「汝等欲劫公子逃歸，吾已盡知，不得諱也。吾夜來亦曾苦勸公子，奈彼執意不從。今晚吾當設宴，灌醉公子，汝等以車夜載出城，事必諧矣！」狐偃頓首曰：「夫人割房闈之愛，以成公子之名，賢德千古罕有！」狐偃辭出，與趙衰等說知其事。凡車馬人眾，鞭刀糗糲之類，收拾一一完備。趙衰、狐毛等，先押往郊外停泊。只留狐偃、魏犨、顛頡三人，將小車二乘，伏於宮門左右，專等姜氏送信，即便行事。正是：要為天下奇男子，須歷人間萬里程。

是晚，姜氏置酒宮中，與公子把盞。重耳曰：「此酒為何而設？」姜氏曰：「知公子有四方之志，特具一杯餞行耳。」重耳曰：「人生如白駒過隙，苟可適志，何必他求？」姜氏曰：「縱欲懷安，非丈夫之事也。從者乃忠謀，子必從之！」重耳勃然變色，閣杯不飲。姜氏曰：「子真不欲行乎，抑誑妾也？」重耳曰：「吾不行。誰誑汝？」姜氏帶笑言曰：「行者公子之志，不行者公子之情。此酒為餞公子，今且以留公子矣！願與公子盡歡可乎？」重耳大喜，夫婦交酢，更使侍女歌舞進觴。重耳已不勝飲，再四強之，不覺酩酊大醉，倒於席上。姜氏覆之以衾，使人召狐偃。狐偃知公子已醉，急引魏犨、顛頡二人入宮，和衾連席，抬出宮中。先用重褥襯貼，安頓車上停當。狐偃拜辭姜氏，姜氏不覺淚流。有詩為證：

公子貪歡樂，佳人慕遠行。要成鴻鵠志，生割鳳鸞情。

狐偃等催趲小車二乘，趕黃昏離了齊城，與趙衰等合做一處，連夜驅馳。約行五六十里，但聞得雞聲四起，東方微白。重耳方纔在車兒上翻身，喚宮人取水解渴。時狐偃執轡在旁，對曰：「要水須待天明。」重耳自覺搖動不安，曰：「可扶我下床。」狐偃曰：「非床也，車也。」重耳張目曰：「汝為誰？」對曰：「狐偃。」重耳心下恍然，知為偃等所算。推衾而起，大罵子犯：「汝等如何不通知我出城，意欲何為？」狐偃曰：「將以晉國奉公子也。」重耳曰：「未得晉，先失齊，吾不願行！」狐偃誑曰：「離齊已百里矣！齊侯知公子之逃，必發兵來追，不可復也。」重耳勃然發怒，見魏犨執戈侍衛，乃奪其戈以刺狐偃。不知死生如何，且看下回分解。

第三十五回　晉重耳周遊列國　秦懷嬴重婚公子

話說公子重耳怪狐偃用計去齊，奪魏犨之戈以刺偃。偃急忙下車走避。重耳亦跳下車挺戈逐之。趙衰、臼季、狐射姑、介子推等一齊下車解勸。重耳投戟於地，恨恨不已。狐偃叩首請罪曰：「殺偃以成公子，偃死愈於生矣！」重耳曰：「此行有成則已，如無所成，吾必食舅氏之肉！」狐偃笑而答曰：「事若不濟，偃不知死在何處，焉得與爾食之？如其克濟，子當列鼎而食，偃肉腥臊何足食？」趙衰等並進曰：「某等以公子負大有為之志，故捨骨肉，棄鄉里，奔走道途，相隨不捨，亦望垂功名於竹帛耳。今晉君無道，國人孰不願戴公子為君？公子自不求入，誰走齊國而迎公子者？今日之事，實出吾等公議，非子犯一人之謀。公子勿錯怪也！」魏犨亦厲聲曰：「大丈夫當努力成名，聲施後世，奈何戀戀兒女子目前之樂，而不思終身之計耶？」重耳改容曰：「事既如此，惟諸君命！」狐毛進乾糧，介子推捧水以進。重耳與諸人各飽食。壺叔等割草飼馬，重施銜勒，再整輪轅，望前進發。有詩為證：

鳳脫雞群翔萬仞，虎離豹穴奔千山。要知重耳能成伯，只在周遊列國間。

不一日行至曹國。卻說曹共公為人專好遊嬉，不理朝政。親小人，遠君子。以諛佞為腹心，視爵位如糞土。朝中服赤芾乘軒車者三百餘人，皆里巷市井之徒，脅肩諂笑之輩。見晉公子帶領一班豪傑到來，正是「薰蕕不同器」了。惟恐其久留曹國，都阻擋曹共公不要延接他。大夫僖負羈諫曰：「晉、曹同姓，公子窮而過我，宜厚禮之。」曹共公曰：「曹小國也，而居列國之中。子弟往來，何國無之？若一一待之以禮，則國微費重，何以支吾❶？」負羈又曰：「晉公子賢德聞於天下，且重瞳駢脇，大貴之徵，不可以尋常子弟視也！」曹共公一團稚氣，說賢德他也不管。說到重瞳駢脇，便道：「重瞳寡人知之。未知駢脇如何？」負羈對曰：「駢脇者，駢脇骨相合如一，乃異相也。」曹共公曰：「寡人不信，姑留館中，俟其浴而觀之。」乃使館人自延公子進館，以水飯相待。不致饔，不設享，不講賓主之禮。重耳怒而不食。館人進澡盆請浴。重耳道路腌臢❷，正想洗滌塵垢，乃解衣就浴。曹共公與嬖幸數人，微服至館，突入浴堂，迫近公子看他的駢脇。言三語四❸，嘈雜一番而去。狐偃等聞有外人，急忙來看，猶聞嬉笑之聲。詢問館人，乃曹君也。君臣無不慍怒。

卻說僖負羈諫曹伯不聽，歸到家中，其妻呂氏迎之。見其面有憂色，問：「朝中何事？」負羈以晉公子過曹，曹君不禮為言。呂氏曰：「妾適往郊外採桑，正值晉公子車從過去。妾觀晉公子猶未的❹，但從行者數人，皆英傑也。吾聞：『有其君者必有其臣，有其臣者必有其君。』以從行諸子觀之，晉公子必能光復晉國。此時興兵伐曹，玉石俱焚，悔之無及。曹君既不聽忠言，子當私自結納可也。妾已備

❶ 支吾：應付。
❷ 腌臢：不潔之意。猶言骯髒。
❸ 言三語四：議論紛紛不一。
❹ 未的：不怎樣出色。

下食品數盤，可藏白璧於中，以為贄見之禮，結交在未遇之先。子宜速往！」僖負羈從其言，夜叩公館。重耳腹中方餒，含怒而坐。聞曹大夫僖負羈求見饋飧，乃召之入。負羈再拜，先為曹君請罪，然後述自家致敬之意。重耳大悅，嘆曰：「不意曹國有此賢臣，亡人幸而反國，當圖相報！」重耳進食，得盤中白璧。謂負羈曰：「大夫惠顧亡人，使不饑餓於土地足矣。何用重賄？」負羈曰：「此外臣一點敬心，公子萬乞勿棄！」重耳再三不受。負羈退而嘆曰：「晉公子窮困如此，而不貪吾璧，其志不可量也！」次日，重耳即行，負羈私送出城十里方回。史官有詩云：

錯看龍虎作狉貍，盲眼曹共識見微。堪嘆乘軒三百輩，無人及得負羈妻！

重耳去曹適宋，狐偃前驅先到。與司馬公孫固相會。公孫固曰：「寡君不自量，與楚爭勝，公敗股傷，至今病不能起。然聞公子之名，向慕久矣。必當掃除館舍，以候車駕。」公孫固入告於宋襄公。襄公正恨楚國，日夜求賢人相助，以為報仇之計。聞晉公子遠來，晉乃大國，公子又有賢名，不勝之喜。其奈傷股未痊，難以面會。隨命公孫固郊迎授館，待以國君之禮，饋之七牢。次日，重耳欲行。公孫固奉襄公之命，再三請其寬留。私問狐偃：「當初齊桓公如何相待？」偃備細告以納姬贈馬之事。公孫固回復宋公。宋公曰：「公子昔年已婚宋國矣。納女吾不能，馬則如數可也。」亦以馬二十乘相贈。重耳感激不已。住了數日，饋問不絕。狐偃見宋襄公病體沒有痊好之期，私與公孫固商議復國一事。公孫固曰：「公子若憚風塵之勞，敝邑雖小，亦可以息足。如有大志，敝邑新遭喪敗，力不能振，更求他大國，方可濟耳。」狐偃曰：「子之言肺腑也！」即日告知公子，束裝起程。宋襄公聞公子欲行，復厚贈資糧衣履之類。從人無不歡喜。

自晉公子去後，襄公箭瘡日甚一日，不久而薨。臨終謂世子王臣曰：「吾不聽子魚之言，以及於此。汝嗣位當以國委之。楚，大仇也，世世勿與通好！晉公子若返國，必然得位。得位必能合諸侯。吾子孫謙事之，可以少安。」王臣再拜受命。襄公在位十四年薨。王臣主喪即位，是為成公。髯仙有詩論宋襄公德力俱無，不當立於五伯之內。詩云：

一事無成身死傷，但將迂語自稱揚。腐儒全不稽名實，五伯猶然列宋襄！

再說重耳去宋，將至鄭國。早有人報知鄭文公。文公謂群臣曰：「重耳叛父而逃，列國不納，屢至饑餒。此不肖之人，不必禮之！」上卿叔詹諫曰：「晉公子有三助，乃天祐之人，不可慢也。」鄭伯曰：「何為三助？」叔詹對曰：「同姓為婚，其類不蕃。今重耳乃狐女所生，狐與姬同宗，而生重耳。處有賢名，出無禍患。此一助也。自重耳出亡，國家不靖，豈非天意有待治國之人乎？此二助也。趙衰、狐偃，皆當世英傑，重耳得而臣之。此三助也。有此三助，君其禮之！禮同姓，恤困窮，尊賢才，順天命，四者皆美事也。」鄭伯曰：「重耳且老矣，是何能為？」叔詹對曰：「君若不能盡禮，則請殺之，毋留仇讎以遺後患。」鄭伯笑曰：「大夫之言甚矣！既使寡人禮之，又使寡人殺之。禮之何恩？殺之何怨？」乃傳令門官，閉門勿納。

重耳見鄭不相延接，遂驅車竟過。行至楚國，謁見楚成王。成王亦待以國君之禮，設享九獻。重耳謙讓不敢當。趙衰侍立，謂公子曰：「公子出亡在外十餘年矣。小國猶輕慢，況大國乎？此天命也。子勿讓！」重耳乃受其享，終席，楚王恭敬不衰。重耳言詞亦愈遜。由此兩人甚相得。重耳遂安居於楚。一日，楚王與重耳獵於雲夢之澤。楚王賣弄武藝，連射一鹿一兔，俱獲之。諸將皆伏地稱賀。適有人熊一頭，衝車而過。楚王謂重耳曰：「公子何不射之？」重耳拈弓搭箭，暗暗祝禱：「某若能歸晉為君，此箭去中其右掌！」颼的一箭，正穿右掌之上。軍士取熊以獻，楚王驚服曰：「公子真神箭也！」須臾，圍場中發起喊來。楚王使左右視之。回報道：「山谷中趕出一獸，似熊非熊，其鼻如象，其頭似獅，其足似虎，其髮如豺，其鬣似野豕，其尾似牛，其身大於馬，其文黑白斑駁。劍戟刀箭，俱不能傷。嚼鐵如泥，車軸裹鐵，俱被啃食。矯捷無倫，人不能制。以此喧鬧。」楚王謂重耳曰：「公子生長中原，博聞多識，必知此獸之名。」重耳回顧趙衰。衰前進曰：「臣能知之，此獸其名曰貘，秉天地之金氣而生。頭小足卑，好食銅鐵。便溺所至，五金見之，皆消化為水。其骨實無髓，可以代槌。取其皮為褥，能辟瘟去濕。」楚王曰：「然則何以制之？」趙衰曰：「皮肉皆鐵所結，惟鼻孔中有虛竅，可以純鋼之物制之，或以火炙立死。金性畏火故也。」言畢，魏犨厲聲曰：「臣不用兵器，活擒此獸，獻於駕前！」跳下車來，飛奔去了。楚王謂重耳曰：「寡人與公子同往觀之。」即命馳車而往。且說魏犨趕入西北角圍中，一見那獸，便揮拳連擊幾下，那獸全然不怕。大叫一聲，如牛鳴之響，直立起來。用舌一舐，將魏犨腰間鎏金鋥帶，舐去一段。魏犨大怒曰：「孽畜！不得無禮！」聳身一躍，離地約五尺許。那獸就地打一滾，又蹲在一邊。魏犨心中愈怒。再復躍起，趁這一躍之勢，用盡平生威力，騰身跨在那獸身上，雙手將他項子抱住。那獸奮力躑躅，魏犨隨之上下，只不放手。掙扎多時，那獸力勢漸衰，魏犨兇猛有餘，兩臂抱持愈緊。那獸項子被勒，氣塞不通，全不動彈。魏犨乃跳下身來，再舒銅筋鐵骨這隻臂膊，將那獸的象鼻，一手捻定，如牽犬羊一般，直至二君之前。真虎將也！趙衰命軍士取火熏其鼻端。火氣透入，那獸便軟做一堆。魏犫方纔放手，拔起腰間寶劍砍之。劍光迸起，獸毛亦不損傷。趙衰曰：「欲殺此獸取皮，亦當用火圍而炙之。」楚王依其言，那獸皮肉如鐵，經四圍火炙，漸漸柔軟，可以開剝。楚王曰：「公子相從諸傑，文武俱備，吾國中萬不及一也！」時楚將成得臣在旁，頗有不服之意。即奏楚王曰：「吾主誇晉臣之武，臣願與之比較。」楚王不許，曰：「晉君臣客也，汝當敬之。」是日獵罷，會飲大歡。楚王謂重耳曰：「公子若返晉國，何以報寡人？」重耳曰：「子女玉帛，君所餘也。羽毛齒革，則楚地之所產。何以報君王？」楚王笑曰：「雖然，必有所報，寡人願聞之。」重耳曰：「若以吾王之靈，得復晉國，願同歡好，以安百姓。倘不得已，與君王以兵車會於平原廣澤之間，請避君王三舍。」——按行軍三十里一停，謂之一舍。三舍九十里。言異日晉、楚交兵，當退避三舍，不敢即戰，以報楚相待之恩。——當日飲罷，楚將成得臣怒言於楚王曰：「王遇晉公子甚厚，今重耳出言不遜，異日歸晉，必負楚恩，臣請殺之。」楚王曰：「晉公子賢，其從者皆國器，似有天助。楚其敢違天乎？」得臣曰：「王即不殺重耳，且拘留狐偃、趙衰數人，勿令與虎添翼。」楚王曰：「留之不為吾用，徒取怨焉。寡人方施德於公子，以怨易德，非計也。」於是待晉公子益厚。

* * *

話分兩頭。卻說周襄王十五年，實晉惠公之十四年，是歲惠公抱病在身，不能視朝。其太子圉，久質秦國。圉之母家，乃梁國也。梁君無道，不恤民力，日以築鑿為事。萬民嗟怨，往往流徙入秦，以逃苛役。秦穆公乘民心之變，命百里奚興兵襲梁滅之。梁君為亂民所殺。太子圉聞梁見滅，嘆曰：「秦滅我外家，是輕我也。」遂有怨秦之意。及聞惠公有疾，思想：「隻身在外，外無哀憐之交，內無腹心之援。萬一君父不測，諸大夫更立他公子，我終身客死於秦，與草木何異？不如逃歸侍疾，以安國人之心。」乃夜與其妻懷嬴，枕席之間，說明其事：「我如今欲不逃歸，晉國非我之有。欲逃歸，又割捨不得夫婦之情。你可與我同歸晉國，公私兩盡。」懷嬴泣下對曰：「子一國太子，乃拘辱於此，其欲歸不亦宜乎？寡君使婢子侍巾櫛，欲以固子之心也。今從子而歸，背棄君命，妾罪大矣！子自擇便，勿與妾言。妾不敢從，亦不敢洩子之語於他人也。」太子圉遂逃歸於晉。秦穆公聞子圉不別而行，大罵：「背義之賊，天不祐汝！」乃謂諸大夫曰：「夷吾父子，俱負寡人。寡人必有以報之！」自悔當時不納重耳。乃使人訪重耳蹤跡，知其在楚已數月矣。於是遣公孫枝聘於楚王，因迎重耳至秦，欲以納之。重耳假意謂楚王曰：「亡人委命於君王，不願入秦。」楚王曰：「楚、晉隔遠。公子若求入晉，必須更歷數國。秦與晉接境，朝發夕到。且秦君素賢，又與晉君相惡，此公子天贊之會也。公子其勉行！」重耳拜謝。楚王厚贈金帛車馬，以壯其行色。重耳在路復數月，方至秦界。雖然經歷尚有數國，都是秦、楚所屬。況有公孫枝同行，一路安穩，自不必說。

秦穆公聞重耳來信，喜形於色。郊迎授館，禮數極豐。秦夫人穆姬，亦敬愛重耳，而恨子圉，勸穆公以懷嬴妻重耳，結為姻好。穆公使夫人告於懷嬴。懷嬴曰：「妾已失身公子圉矣，可再字乎？」穆姬曰：「子圉不來矣。重耳賢而多助，必得晉國。得晉國必以汝為夫人，是秦、晉世為婚姻也。」懷嬴默然良久曰：「誠如此，妾何惜一身，不以成兩國之好？」穆公乃使公孫枝通語於重耳。子圉與重耳有叔姪之分，懷嬴是嫡親姪婦。重耳恐礙於倫理，欲辭不受。趙衰進曰：「吾聞懷嬴美而才，秦君及夫人之所愛也。不納秦女，無以結秦歡。臣聞之：『欲人愛己，必先愛人。欲人從己，必先從人。』無以結秦歡而欲用秦之力，必不可得也。公子其勿辭！」重耳曰：「同姓為婚，猶有避焉，況猶子乎？」臼季進曰：「古之同姓，為同德也，非謂族也。昔黃帝、炎帝俱有熊國君少典之子。黃帝生於姬水，炎帝生於姜水。二帝異德，故黃帝為姬姓，炎帝為姜姓。姬、姜之族，世為婚姻。黃帝之子二十五人，得姓者十四人。惟姬、己各二，同德故也。德同姓同，族雖遠，婚姻不通。德異姓異，族雖近，男女不避。堯為帝嚳之子，黃帝五代之孫。而舜為黃帝八代之孫。堯之女，於舜為祖姑，而堯以妻舜，舜未嘗辭。古人婚姻之道若此。以德言，子圉之德，豈同公子？以親言，秦女之親，不比祖姑。況收其所棄，非奪其所歡，是何傷哉？」重耳復謀於狐偃曰：「舅犯以為可否？」狐偃問曰：「公子今求入，欲事之乎？抑代之也？」重耳不應。狐偃曰：「晉之統系，將在圉矣。如欲事之，是為國母。如欲代之，則仇讎之妻，又何問焉？」重耳猶有慚色。趙衰曰：「方奪其國，何有於妻？成大事而惜小節，後悔何及！」重耳意乃決。公孫枝復命於穆公。重耳擇吉布幣，就公館中成婚。懷嬴之貌，更美於齊姜。又妙選宗女四名為媵，俱有顏色。重耳喜出望外，遂不知有道路之苦矣！史官有詩論懷嬴之事云：

一女如何有二夫？況於叔姪分相懸。只因要結秦歡好，不恤人言禮義愆。

秦穆公素重晉公子之品，又添上甥舅之親，情誼愈篤。三日一宴，五日一饗。秦世子罃亦敬事重耳，時時饋問。趙衰、狐偃等，因事與秦臣蹇叔、百里奚、公孫枝等深相結納，共躊躇復國之事。一來公子新婚，二來晉國無釁，以此不敢輕易舉動。自古道：「運到時來，鐵樹花開。」天生下公子重耳有晉君之分，有名的伯主，自然生出機會。

* * *

再說太子圉自秦逃歸，見了父親晉惠公。惠公大喜曰：「吾抱病已久，正愁付託無人。今吾子得脫樊籠，復還儲位，吾心安矣。」是秋九月，惠公病篤，託孤於呂省、郤芮二人，使輔子圉：「群公子不足慮，只要謹防重耳。」呂、郤二人頓首受命。是夜惠公薨，太子圉主喪即位，是為懷公。懷公恐重耳在外為變，乃出令：「凡晉臣從重耳出亡者，因親及親，限三個月內俱要喚回。如期回者，仍復舊職，既往不咎。若過期不至，祿籍除名，丹書註死。父子兄弟坐視不召者，並死不赦！」老國舅狐突二子狐毛、狐偃，俱從重耳在秦。郤芮私勸狐突作書，喚二子歸國。狐突再三不肯。郤芮乃謂懷公曰：「二狐有將相之才，今從重耳，如虎得翼。突不肯喚歸，其意不測。主公當自與言之。」懷公即使人召狐突。突與家人訣別而行，來見懷公。奏曰：「老臣病廢在家，不知宣召何言？」懷公曰：「毛、偃在外，老國舅曾有家信去喚否？」突對曰：「未曾。」懷公曰：「寡人有令，過期不至者，罪及親黨。老國舅豈不聞乎？」突對曰：「臣二子委質重耳非一日矣。忠臣事君，有死無二。二子之忠於重耳，猶在朝諸臣之忠於君也。即使逃歸，臣猶將數其不忠，戮於家廟，況召之乎？」懷公大怒，喝令二力士以白刃交加其頸，謂曰：「二子若來，免汝一死！」因索簡置突前。郤芮執其手，使書之。突呼曰：「勿執我手，我當自書。」乃大書：「子無二父，臣無二君」八字。懷公大怒曰：「汝不懼耶？」突對曰：「為子不孝，為臣不忠，老臣之所懼也。若此死乃臣子之常事，何懼焉！」舒頸受刑，懷公命斬於市曹。太卜郭偃見其屍，嘆曰：「君初嗣位，德未及於匹夫，而誅戮老臣，其敗不久矣！」即日稱疾不出。狐氏家臣，急忙逃奔秦國，報與毛、偃知道。不知毛、偃如何，且看下回分解。

第三十六回　晉呂郤夜焚公宮　秦穆公再平晉亂

話說狐毛、狐偃兄弟，從公子重耳在秦，聞知父親狐突被子圉所害，搥胸大哭。趙衰、臼季等都來問慰。趙衰曰：「死者不可復生，悲之何益？且同見公子商議大事。」毛、偃收淚，同趙衰等來見重耳。毛、偃言：「惠公已薨，子圉即位，凡晉臣從亡者，立限喚回。如不回，罪在親黨。怪老父不召臣等兄弟，將來殺害。」說罷痛上心來，重復大哭。重耳曰：「二舅不必過傷，孤有復國之日，為汝父報仇！」即時駕車來見穆公，訴以晉國之事。穆公曰：「此天以晉國授公子，不可失也！寡人當身任之。」趙衰代對曰：「君若庇蔭重耳，幸速圖之！若待子圉改元告廟，君臣之分已定，恐動搖不易也。」穆公深信其言。重耳辭回甥館，方纔坐定。只見門官通報：「晉國有人到此，說有機密事求見公子。」公子召入，問其姓名。其人拜而言曰：「臣乃晉大夫欒枝之子欒盾也。因新君性多猜忌，以殺為威，百姓胥怨，群臣不服。臣父特遣盾私送款於公子。子圉心腹只有呂省、郤芮二人。舊臣郤步揚、韓簡等一班老成，俱疎遠不用，不足為慮。臣父已約會郤溱、舟之僑等，斂集私甲，只等公子到來，便為內應。」重耳大喜，與之訂約，以明年歲首為期，決至河上。欒盾辭去。重耳對天禱祝，以蓍布筮，得泰卦六爻安靜。重耳疑之，召狐偃占其吉凶。偃拜賀曰：「是為天地配享，小往大來，上吉之兆。公子此行不惟得國，且有主盟之分。」重耳乃以欒盾之言告狐偃。偃曰：「公子明日便與秦公請兵，事不宜遲。」重耳乃於次日復入朝謁秦穆公。穆公不待開言，便曰：「寡人知公子急於歸國矣。恐諸臣不任其事，寡人當親送公子至河。」重耳拜謝而出。丕豹聞穆公將納公子重耳，願為先鋒效力。穆公許之。太史擇吉於冬之十二月。先三日，穆公設宴餞公子於九龍山，乃贈以白璧十雙，馬四百匹，帷席器用，百物俱備。糧草自不必說。趙衰等九人，各白璧一雙，馬四匹。重耳君臣俱再拜稱謝。

至日，穆公自統謀臣百里奚、繇余，大將公子縶、公孫枝，先鋒丕豹等，率兵車四百乘，送公子重耳離了雍州城，望東進發。秦世子罃與重耳素本相得，依依不捨，直送至渭陽，垂淚而別。詩曰：

猛將精兵似虎狼，共扶公子立邊疆。懷公空自誅狐突，隻手安能掩太陽？

周襄王十六年，晉懷公圉之元年，春正月，秦穆公同晉公子重耳行至黃河岸口，渡河船隻，俱已預備齊整。穆公重設餞筵，丁甯重耳曰：「公子返國，毋忘寡人夫婦也。」乃分軍一半，命公子縶、丕豹護送公子濟河，自己大軍屯於河西。正是：眼望捷旌旗，耳聽好消息。

卻說壺叔主公子行李之事，自出奔以來，曹、衛之間擔饑受餓，不止一次。正是無衣惜衣，無食惜食。今日渡河之際，收拾行裝。將日用的壞籩殘豆，敝席破帷，件件搬運入船。有喫不盡的酒餔之類，亦皆愛惜如寶，擺列船內。重耳見了，呵呵大笑，曰：「吾今日入晉為君，玉食一方，要這些殘敝之物何用？」喝教拋棄於岸，不留一些。狐偃私嘆曰：「公子未得富貴，先忘貧賤。他日憐新棄舊，把我等同守患難之人，看做殘敝器物一般，可不枉了這十九年辛苦！乘今日尚未濟河，不如辭之。異時還有相念之日。」乃以秦公所贈白璧一雙，跪獻於重耳之前曰：「公子今已渡河，便是晉界。內有諸臣，外有秦將，不愁晉國不入公子之手。臣之一身，相從無益。願留秦邦，為公子外臣。所有白璧一雙，聊表寸意。」重耳大驚曰：「孤方與舅氏共享富貴，何出此言？」狐偃曰：「臣自知有三罪於公子，不敢相從。」重耳曰：「三罪何在？」狐偃對曰：「臣聞聖臣能使其君尊，賢臣能使其君安。今臣不肖，使公子困於五鹿，一罪也。受曹、衛二君之慢，二罪也。乘醉出公子於齊城，致觸公子之怒，三罪也。向以公子尚在羈旅，臣不敢辭。今入晉矣，臣奔走數年，驚魂幾絕，心力並耗。譬之餘籩殘豆，不可再陳；敝帷破席，不可再設。留臣無益，去臣無損。臣是以求去耳！」重耳垂淚而言曰：「舅氏責孤甚當，乃孤之過也。」即命壺叔將已棄之物，一一取回。復向河設誓曰：「孤返國，若忘了舅氏之勞，不與同心共政者，子孫不昌！」即取白璧投之於河曰：「河伯為盟證也！」時介子推在他船中，聞重耳與狐偃立盟，笑曰：「公子之歸，乃天意也。子犯欲竊以為己功乎？此等貪圖富貴之輩，吾羞與同朝！」自此有棲隱之意。

重耳濟了黃河，東行至於令狐。其宰鄧惛發兵登城拒守，秦兵圍之。丕豹奮勇先登，遂破其城，獲鄧惛斬之。桑泉、白衰望風迎降。晉懷公聞諜報大驚，悉起境內車乘甲兵，命呂省為大將，郤芮副之，屯於廬柳，以拒秦兵。畏秦之強，不敢交戰。公子縶乃為秦穆公書，使人送呂、郤軍中。略曰：

寡人之為德於晉，可謂至矣。父子背恩，視秦如仇。寡人忍其父，不能復忍其子。今公子重耳賢德著聞，多士為輔。天人交助，內外歸心。寡人親率大軍，屯於河上，命縶護送公子歸晉，主其社稷。子大夫若能別識賢愚，倒戈來迎，轉禍為福，在此一舉！

呂、郤二人覽書，半晌不語。欲接戰，誠恐敵不過秦兵，又如龍門山故事。欲迎降，又恐重耳記郤❶前仇，將他償里克、丕鄭之命。躊躇了多時，商量出一個計較來。乃答書於公子縶。其略云：

某等自知獲罪公子，不敢釋甲。然翼戴公子，實某等之願也！倘得與從亡諸子共矢天日，各無相害，子大夫任其無咎，敢不如命。

公子縶讀其回書，已識透其狐疑之意。乃單車造於廬柳，來見呂、郤。呂、郤欣然出迎，告以衷腹曰：「某等非不欲迎降，懼公子不能相容，欲以盟為信耳！」縶曰：「大夫若退軍於西北，縶將以大夫之誠告於公子，而盟可成也。」呂、郤應諾。候公子縶別去，即便出令，退屯於郇城。重耳使狐偃同公子縶，至郇城與呂、郤相會。是日刑牲歃血，立誓共扶重耳為君，各無貳心。盟訖，即遣人相隨狐偃至白衰，迎接重耳到郇城大軍之中，發號施令。懷公不見呂、郤捷音，使寺人勃鞮至晉軍催戰。行至中途，聞呂、郤退軍郇城，與狐偃、公子縶講和，叛了懷公，迎立重耳，慌忙回報。懷公大驚，急集郤步揚、韓簡、欒枝、士會等一班朝臣計議。那一班朝臣，都是向著公子重耳的。平昔見懷公專任呂、郤，心中懷忿：「今呂、郤等尚且背叛，事到臨頭，召我等何用？」一個個託辭，有推病的，有推事的，沒半個肯上前。懷公嘆了一口氣道：「孤不該私自逃回，失了秦歡，以致如此！」勃鞮奏曰：「群臣私約共迎新君，主公不可留矣！臣請為御，暫適高梁避難，再作區處。」

不說懷公出奔高梁，再說公子重耳因呂、郤遣人來迎，遂入晉軍。呂省、郤芮叩首謝罪。重耳將好

❶ 郤：了。

言撫慰。趙衰、臼季等從亡諸臣，各各相見，吐露心腹，共保無虞。呂、郤大悅，乃奉重耳入曲沃城中，朝於武公之廟。絳都舊臣，欒枝、郤溱為首，引著士會、舟之僑、羊舌職、荀林父、先蔑箕、鄭先都等三十餘人，俱至曲沃迎駕。郤步揚、梁繇靡、韓簡、家僕徒等，另做一班，俱往絳都郊外，邀接重耳入絳城即位，是為文公。——按重耳四十三歲奔翟，五十五歲適齊，六十一歲適秦。及復國為君，已六十二歲矣。——文公既立，遣人至高梁刺殺懷公。子圉自去年九月嗣位，至今年二月被殺。首尾為君，不滿六個月，哀哉！寺人勃鞮收而葬之，然後逃回。不在話下。

卻說文公宴勞秦將公子縶等，厚犒其軍，有丕豹哭拜於地，請改葬其父丕鄭。文公許之。文公欲留用丕豹，豹辭曰：「臣已委質於秦庭，不敢事二君也。」乃隨公子縶到河西，回復秦穆公。穆公班師回國。史臣有詩讚秦穆公云：

轔轔車騎過河東，龍虎乘時氣象雄。假使雍州無義旅，縱然多助怎成功？

* * *

卻說呂省、郤芮迫於秦勢，雖然一時迎降，心中疑慮，到底不能釋然。對著趙衰、臼季諸人，未免有慚愧之意。又見文公即位數日，並不曾爵一有功，戮一有罪，舉動不測，懷疑益甚。乃相與計較，欲率家甲造反，焚燒公宮，弒了重耳，別立他公子為君。思想：「在朝無可與商者，惟寺人勃鞮，乃重耳之深仇，今重耳即位，勃鞮必然懼誅。此人膽力過人，可邀與共事。」使人招之。勃鞮隨呼而至。呂、郤告以焚宮之事，勃鞮欣然領命。三人歃血為盟，約定二月晦日會齊，夜半一齊舉事。呂、郤二人，各往封邑暗集人眾。不在話下。

卻說勃鞮雖然當面應承，心中不以為然。思量道：「當初奉獻公之命，去伐蒲城。又奉惠公所差，去刺重耳，這是桀犬吠堯，各為其主。今日懷公已死，重耳即位，晉國方定，又幹此大逆無道之事。莫說重耳有天人之助，未必成事。縱使殺了重耳，他從亡許多豪傑，休想輕輕放過了我。不如私下往新君處出首，把這話頭，反做個進身之階。此計甚妙。」又想：「自己是個有罪之人，不便直叩公宮。」遂於深夜往見狐偃。狐偃大驚，問曰：「汝得罪新君甚矣，不思遠隱避禍，而夤夜至此，何也？」勃鞮曰：「某之此來，正欲見新君，求國舅一引進耳。」狐偃曰：「汝見主公，乃自投死也。」勃鞮曰：「某有機密事來告，欲救一國人性命。必面見主公，方可言之。」狐偃遂引至宮門首。偃叩門先入，見了文公，述勃鞮求見之語。文公曰：「鞮有何事，救得一國人性命？此必託言求見，借舅氏作面情討饒耳！」狐偃曰：「『芻蕘之言，聖人擇焉。』主公新立，正宜捐棄小忿，廣納忠告，不可拒之。」文公意猶未釋。乃使近侍傳語責之曰：「汝斬寡人之袂，此衣猶在，寡人每一見之寒心。汝又至翟行刺寡人。惠公限汝三日起身，汝次日即行。幸我天命見祐，不遭毒手。今寡人入國，汝有何面目來見？可速逃遁，遲則執汝付刑矣！」勃鞮呵呵大笑曰：「主公在外奔走十九年，世情尚未熟透耶？先君獻公與君父子，惠公則君之弟也。父仇其子，弟仇其兄，況勃鞮乎？勃鞮小臣，此時惟知有獻、惠，安知有君哉？昔管仲為公子糾射桓公中其鉤。桓公用之，遂伯天下。如君所見，將修射鉤之怨，而失盟主之業矣！不見臣不為臣損，但恐臣去而君之禍不遠矣！」狐偃奏曰：「勃鞮必有所聞而來，君必見之。」文公乃召勃鞮入宮。勃鞮並不謝罪，但再拜，口稱賀喜。文公曰：「寡人嗣位久矣！汝今日方稱賀，不已晚乎？」勃鞮對曰：

「君雖即位，未足賀也。得勃鞮此位方穩，乃可賀耳！」文公怪其言，屏開左右：「願聞其說。」勃鞮將呂、郤之謀，如此恁般細述一遍：「今其黨布滿城中，二賊又往封邑聚兵，主公必須乘間與狐國舅微服出城，往秦國起兵，方可平此難也。臣請留此，為誅二賊之內應。」狐偃曰：「事已迫矣！臣請從行。國中之事，子餘必能料理。」文公丁囑勃鞮：「凡事留心，當有重賞。」勃鞮叩首辭出。

文公與狐偃商議了多時，使狐偃預備溫車於宮之後門，只用數人相隨。文公召心腹內侍，分付如此如此，不可洩漏。是晚依舊如常就寢。至五鼓，託言感寒疾腹痛，使小內侍執燈如廁。遂出後門，與狐偃登車出城而去。次早宮中俱傳主公有病，各來寢室問安，俱辭不見。宮中無有知其出外者。天明，百官齊集朝門，不見文公視朝，來至公宮詢問。只見朱扉雙閉，門上掛著一面免朝牌。守門者曰：「主公夜來偶染寒疾，不能下床，直待三月朔視朝，方可接見列位也。」趙衰曰：「主君新立，百事未畢。忽有此疾，正是：『天有不測風雲，人有旦夕禍福！』」眾人信以為真，各各嘆息而去。呂、郤二人聞知文公患病不出，直至三月朔方纔視朝，暗暗歡喜曰：「天教我殺重耳也！」

且說晉文公、狐偃潛行，離了晉界，直入秦邦。遣人致密書於秦穆公，約於王城相會。穆公聞晉侯微行來到，心知國中有變。乃託言出獵，即日命駕，竟至王城來會晉侯。相見之間，說明來意。穆公笑曰：「天命已定，呂、郤輩何能為哉？吾料子餘諸人，必能辦賊，君勿慮也。」乃遣大將公孫枝屯兵河口，打探絳都消息，便宜行事。晉侯權住王城。

郤說勃鞮恐呂、郤二人見疑，數日前，便寄宿於郤芮之家，假作商量。至二月晦日，勃鞮說郤芮曰：「主公約來早視朝，想病當小愈。宮中火起，必然出外。呂大夫守住前門，郤大夫守住後門，我領家眾據朝門，以遏救火之人。重耳雖插翅難逃也。」郤芮以為然，言於呂省。是晚，家眾各帶兵器火種，分頭四散埋伏。約莫三更時分，於宮門放起火來。那火勢好不兇猛，宮人都在睡夢中驚醒。只道宮中遺漏，大驚小怪，一齊都亂起來。火光中但見戈甲紛紛，東衝西撞，口內大呼：「不要走了重耳！」宮人遇火者爛額焦頭，逢兵者傷肢損體。哀哭之聲，耳不忍聞。呂省仗劍直入寢宮，來尋文公，並無蹤影。撞見郤芮，亦仗劍從後宰門入來。問呂省：「曾了事否？」呂省對答不出，只是搖頭。二人又冒火覆身搜尋一遍。忽聞外面喊聲大舉。勃鞮倉忙來報曰：「狐、趙、欒、魏等各家，悉起兵眾前來救火。若至天明，恐國人俱集，我等難以脫身。不如乘亂出城，候至天明，打聽晉侯死生的確，再作區處。」呂、郤此時不曾殺得重耳，心中早已著忙了，全無主意。只得號召其黨，殺出朝門而去。史官有詩云：

毒火無情殺械成，誰知車駕在王城！晉侯若記留袪恨，安得潛行會舅甥？

且說狐、趙、欒、魏等各位大夫，望見宮中失火，急忙斂集兵眾，准備撓鉤水桶，前來救火，原不曾打帳廝殺。直至天明，將火撲滅，方知呂、郤二人造反。不見了晉侯，好大吃驚。有先前分付心腹內侍，火中逃出。告知主公數日前，於五鼓微服出宮，不知去向。趙衰曰：「此事問狐國舅便知。」狐毛曰：「吾弟子犯，亦於數日前入宮，是夜便不曾歸家。想君臣相隨，必然預知二賊之逆謀。吾等只索嚴守都城，修葺宮寢，以待主公之歸可也。」魏犨曰：「賊臣造逆，焚宮殺主。今雖逃不遠，乞付我一旅之師，追而斬之。」趙衰曰：「甲兵國家大權，主公不在，誰敢擅動？二賊雖逃，不久當授首矣！」

再說呂、郤等屯兵郊外，打聽得晉君未死，諸大夫閉城謹守。恐其來追，欲奔他國，但未決所向。

勃鞮紿之曰：「晉君廢置，從來皆出秦意。況二位與秦君原有舊識。今假說公宮失火，重耳焚死，去投秦君，迎公子雍而立之。重耳雖不死，亦難再入矣！」呂省曰：「秦君向與我有王城之盟，今日只合投之。但未知秦肯容納否？」勃鞮曰：「吾當先往導意。如其慨許，即當偕往。不然，再作計較。」勃鞮行至河口，聞公孫枝屯兵河西，即渡河求見。各各吐露心腹，說出真情。公孫枝曰：「既賊臣見投，當誘而誅之，以正國法，無負便宜之託可也！」乃為書託勃鞮往召呂、郤。書略曰：

新君入國，與寡君原有割地之約。寡君使枝宿兵河西，理明疆界。恐新君復如惠公故事也。今聞新君火厄，二大夫有意於公子雍，此寡君之所願聞。大夫其速來共計！

呂、郤得書，欣然而往。至河西軍中，公孫枝出迎。敘話之後，設席相款。呂、郤坦然不疑。誰知公孫枝預遣人報知秦穆公，先至王城等候。呂、郤等留連三日，願見秦君。公孫枝曰：「寡君駕在王城，同往可也。車徒暫屯此地，俟大夫返駕，一同濟河，何如？」呂、郤從其言。行至王城，勃鞮同公孫枝先驅入城。見了秦穆公，使丕豹往迎呂、郤。穆公伏晉文公於圍屏之後。呂、郤等繼至。謁見已畢，說起迎立子雍之事。穆公曰：「公子雍已在此了。」呂、郤齊聲曰：「願求一見。」穆公呼曰：「新君可出矣！」只見圍屏後一位貴人，不慌不忙，叉手步出。呂、郤睜眼看之，乃文公重耳也！唬得呂省、郤芮魂不附體，口稱：「該死！」叩頭不已。穆公邀文公同坐。文公大罵：「逆賊！寡人何負於汝而反？若非勃鞮出首，潛出宮門。寡人已為灰燼矣！」呂、郤此時，方知為勃鞮所賣。報稱：「勃鞮實歃血同謀，願與俱死！」文公笑曰：「勃鞮若不共歃，安知汝謀如此！」喝叫武士拿下，就命勃鞮監斬。須臾，二顆人頭，獻於階下。可憐呂省、郤芮輔佐惠公，也算一時豪傑。索性屯軍廬柳之時，與重耳做個頭敵，不失為從一忠臣。既已迎降，又復背叛，今日為公孫枝所誘，死於王城，身名俱敗，豈不哀哉！文公即遣勃鞮，將呂、郤首級，往河西招撫其眾。一面將捷音馳報國中。眾大夫皆喜曰：「不出子餘所料也！」趙衰等忙備法駕，往河東迎接晉侯。要知後事如何，且看下回分解。

第三十七回 介子推守志焚綿上 太叔帶怙寵入宮中

話說晉文公在王城誅了呂省、郤芮，向秦穆公再拜稱謝。因以親迎夫人之禮，請逆懷嬴歸國。穆公曰：「弱女已失身子圉，恐不敢辱君之宗廟。得備嬪嬙之數足矣！」文公曰：「秦、晉世好，非此不足以主宗祀。舅其勿辭！且重耳之出，國人莫知。今以大婚為名，不亦美乎？」穆公大喜。乃邀文公復至雍都，盛飾輜軿，以懷嬴等五人歸之。又親送其女，至於河上，以精兵三千護送，謂之紀綱之僕。——今人稱管家為紀綱，蓋始於此。——文公同懷嬴等濟河，趙衰諸臣，早備法駕於河口，迎接夫婦升車。百官扈從，旌旗蔽日，鼓樂喧天。好不鬧熱！昔時宮中夜遁，如入土之龜，縮頭縮尾❶。今番河上榮歸，如出罔之鳳，雙宿雙飛。正所謂彼一時此一時也！文公至絳，國人無不額手稱慶。百官朝賀，自不必說。遂立懷嬴為夫人。當初晉獻公嫁女伯姬之時，使郭偃卜卦，其繇云：「世作甥舅，三定我君。」伯姬為秦穆公夫人，穆公女懷嬴，又為晉文公夫人，豈不是世作甥舅。穆公先送夷吾歸國，又送重耳歸國。今日文公避難而出，又虧穆公誘誅呂、郤，重整山河。豈不是三定我君。又穆公曾夢寶夫人引之遊於天闕，謁見上帝，遙聞殿上呼穆公之名曰：「任好聽旨，汝平晉亂。」如是者再。穆公先平里克之亂。復平呂、郤之亂。一筮一夢，無不應驗。詩云：

❶ 縮頭縮尾：匆忙恐懼的樣子。

萬物榮枯皆有定，浮生碌碌空奔忙。笑彼愚人不安命，強覓冬雷和夏霜。

文公追恨呂、郤二人，欲盡誅其黨。趙衰諫曰：「惠、懷以嚴刻失人心，君宜更之以寬。」文公從其言，乃頒行大赦。呂、郤之黨甚眾，雖見赦文，猶不自安，訛言日起。文公心以為憂。忽一日侵晨，小吏頭須叩宮門求見。文公方解髮而沐，聞之怒曰：「此人竊吾庫藏，致寡人行資缺乏，乞食曹、衛。今日尚何見為？」閽人如命辭之。頭須曰：「主公得無方沐乎？」閽者驚曰：「汝何以知之？」頭須曰：「夫沐者俯首曲躬，其心必覆。心覆則出言顛倒。宜我之求見而不得也！且主公能容勃鞮，得免呂、郤之難。今獨不能用頭須耶？頭須此來，有安晉國之策。君必拒之，頭須從此逃矣！」閽人遽以其言告於文公。文公曰：「是吾過也！」亟索冠帶裝束，召頭須入見。頭須叩頭請罪訖，然後言曰：「主公知呂、郤之黨幾何？」文公蹙眉而言曰：「眾甚！」頭須奏曰：「此輩自知罪重，雖奉赦猶在懷疑。主公當思所以安之。」文公曰：「安之何策？」頭須奏曰：「臣竊主公之財，使主公饑餓。臣之獲罪，國人盡知。若主公出遊，而用臣為御，使舉國之人聞且見之，皆知主公之不念舊惡，而群疑盡釋矣。」文公曰：「善！」乃託言巡城，用頭須為御。呂、郤之黨見之，皆私語曰：「頭須竊君之藏，今且仍舊錄用，況他人乎？」自是訛言頓息。文公仍用頭須掌庫藏之事。因有恁般容人之量，所以能安定晉國。

* * *

文公先為公子時，已娶過二妻。幼妻徐嬴早卒。再娶偪姑，生一子一女。子名驩，女曰伯姬。偪姑亦薨於蒲城。文公出亡時，子女俱幼，棄之於蒲。亦是頭須收留，寄養於蒲民遂氏之家，歲給粟帛無缺。

一日，乘閒言於文公。文公大驚曰：「寡人以為死於兵刃久矣！今猶在乎？何不早言？」頭須奏曰：「臣聞母以子貴，子以母貴。君周遊列國，所至送女，生育已繁。公子雖在，未卜君意何如，是以不敢遽白耳。」文公曰：「汝如不言，寡人幾負不慈之名！」即命頭須往蒲，厚賜遂氏，迎其子女以歸。使懷嬴母之。遂立驩為太子，以伯姬賜與趙衰為妻，謂之趙姬。

翟君聞晉侯嗣位，遣使稱賀，送季隗歸晉。文公問季隗之年，對曰：「別來八載，今三十有二矣！」文公戲曰：「猶幸不及二十五年也！」齊孝公亦遣使送姜氏於晉。晉侯謝其玉成之美。姜氏曰：「妾非不貪夫婦之樂，所以勸駕者，正為今日耳。」文公將齊、翟二姬平昔賢德，述於懷嬴，懷嬴稱讚不已，固請讓夫人之位於二姬。於是更定宮中之位，立齊女為夫人，翟女次之，懷嬴又次之。趙姬聞季隗之歸，亦勸其夫趙衰，迎接叔隗母子。衰辭曰：「蒙主公賜婚，不敢復念翟女也。」趙姬曰：「此世俗薄德之語，非妾所願聞也！妾雖貴，然叔隗先配，且有子矣，豈可憐新而棄舊乎？」趙衰口雖唯唯，意猶未決。趙姬乃入宮奏於文公曰：「妾夫不迎叔隗，欲以不賢之名遺妾，望父侯作主。」文公乃使人至翟，迎叔隗母子以歸。趙姬以內子之位讓翟女，趙衰又不可。趙姬曰：「彼長而妾幼，彼先而妾後。長幼先後之序，不可亂也！且聞子盾齒已長矣，而又有才，自當立為嫡子。妾居偏房，理所當然。若必不從，妾惟有退居宮中耳！」衰不得已，以姬言奏於文公。文公曰：「吾女能推讓如此，雖周太任莫能過也！」遂宣叔隗母子入朝，立叔隗為內子，立盾為嫡子。叔隗亦固辭。文公喻以趙姬之意，乃拜受謝恩而出。盾時年十七歲，生得氣宇軒昂，舉動有則，通詩、書，精射御，趙衰甚愛之。後趙姬生三子，曰同曰括曰嬰，其才皆不及盾。此是後話。史官敘趙姬之賢德，讚云：

陰性好閑，不嫉則妒。惑夫逞驕，篡嫡敢怒。褒進申絀，服歡臼怖。理顯勢窮，誤人自誤。貴而自賤，高而自卑。同括下盾，隗壓於姬。謙謙令德，君子所師，文公之女，成季之妻！

＊　＊　＊

再說晉文公欲行復國之賞，乃大會群臣，分為三等。以從亡為首功，送款者次之，迎降者又次之。三等之中，又各別其勞之輕重，而上下其賞。第一等從亡中，以趙衰、狐偃為最。其他狐毛、胥臣、魏犨、狐射姑、先軫、顛頡，以次而敘。第二等送款者，以欒枝、郤溱為最。其他士會、舟之僑、孫伯糾、祁滿等，以次而敘。第三等迎降者，郤步揚、韓簡為最。其他梁繇靡、家僕徒、郤乞、先蔑、屠擊等，以次而敘。無采地者賜地，有采地者益封。別以白璧五雙賜狐偃曰：「向者投璧於河，以此為報。」又念狐突冤死，立廟於晉陽之馬鞍山，後人因名其山曰狐突山。又出詔令於國門：「倘有遺下功勞，未敘者，許其自言。」小臣壺叔進曰：「臣自蒲城相從主公，奔走四方，足踵俱裂。居則侍寢食，出則戒車馬，未嘗頃刻離左右也。今主公行從亡之賞，而不及於臣，意者臣有罪乎？」文公曰：「汝來前，寡人為汝明之。夫導我以仁義，使我肺腑開通者，此受上賞。輔我以謀議，使我不辱諸侯者，此受次賞。冒矢石犯鋒鏑，以身衛寡人者，此復受次賞。故上賞賞德，其次賞才，又其次賞功。若夫奔走之勞，匹夫之力，又在其次。三賞之後，行且及汝矣。」壺叔愧服而退。文公乃大出金帛，遍賞輿儓僕隸之輩。受賞者無不感悅。惟魏犨、顛頡二人，自恃才勇，見趙衰、狐偃都是文臣，以辭令為事，其賞卻在己上，心中不悅，口內稍有怨言。文公念其功勞，全不計較。

又有介子推，原是從亡人數。他為人狷介無比，因濟河之時，見狐偃有居功之語，心懷鄙薄，恥居其列。自隨班朝賀一次以後，託病居家，甘守清貧。躬自織屨，以侍奉其老母。晉侯大會群臣，論功行賞，不見子推，偶爾忘懷，竟置不問了。鄰人解張，見子推無賞，心懷不平。又見國門之上，懸有詔令：「倘有遺下功勞未敘，許其自言。」特地叩子推之門，報此消息。子推笑而不答。老母在廚下聞之，謂子推曰：「汝效勞十九年，且曾割股救君，勞苦不小。今日何不自言，亦可冀數鍾之粟米，共朝夕之饔飧，豈不勝於織屨乎？」子推對曰：「獻公之子九人，惟主公最賢。惠、懷不德，天奪其助，以國屬於主公。諸臣不知天意，爭據其功。吾方恥之。吾甯終身織屨，不敢貪天之功以為己力也。」老母曰：「汝雖不求祿，亦宜入朝一見，庶不沒汝割股之勞。」子推曰：「孩兒既無求於君，何以見為？」老母曰：「汝能為廉士，吾豈不能為廉士之母？吾母子當隱於深山，毋溷於市井中也。」子推大喜曰：「孩兒素愛綿上，高山深谷，今當歸此。」乃負其母奔綿上，結廬於深谷之中。草衣木食，將終其身焉。鄰舍無知其去跡者，惟解張知之。乃作書夜懸於朝門。文公設朝，近臣收得此書，獻於文公。文公讀之。其詞曰：

有龍矯矯，悲失其所。數蛇從之，周流天下。龍饑乏食，一蛇割股。龍返於淵，安其壤土。數蛇入穴，皆有甯宇。一蛇無穴，號於中野。

文公覽畢，大驚曰：「此介子推之怨詞也！昔寡人過衛乏食，子推割股以進。今寡人大賞功臣，而獨遺子推，寡人之過何辭！」即使人往召子推，子推已不在矣！文公拘其鄰舍，詰問子推去處：「有能言者，寡人並官之。」解張進曰：「此書亦非子推之書，乃小人所代也。子推恥於求賞，負其母隱於綿上深谷之中。小人恐其功勞泯沒，是以懸書代為白之。」文公曰：「若非汝懸書，寡人幾忘子推之功矣！」遂拜解張為下大夫，即日駕車，用解張為前導，親往綿山，訪求子推。只見峰巒疊疊，草樹萋萋。流水潺潺，行雲片片。林鳥群噪，山谷應聲。竟不得子推蹤跡。正是：只在此山中，雲深不知處。左右拘得農夫數人到來，文公親自問之。農夫曰：「數日前，曾有人見一漢子，負一老嫗，息於此山之足，汲水飲之，復負之登山而去。今則不知所之也。」文公命停車於山下，使人遍訪，數日不得。文公面有慍色，謂解張曰：「子推何恨寡人之深耶？吾聞子推甚孝，若舉火焚林，必當負其母而出矣！」魏犨進曰：「從亡之日，眾人皆有功勞，豈獨子推哉？今子推隱身以要君，逗遛車駕，虛費時日。待其避火而出，臣當羞之！」乃使軍士於山前山後，周圍放火。火烈風猛，延燒數里，三日方息。子推終不肯出。子母相抱，死於枯柳之下。軍士尋得其骸骨。文公見之，為之流涕，命葬於綿山之下，立祠祀之。環山一境之田，皆作祠田，使農夫掌其歲祀。「改綿山曰介山，以志寡人之過！」後世於綿上立縣，謂之介休，言介子推休息於此也。焚林之日，乃三月五日清明之候。國人思慕子推，以其死於火，不忍舉火，為之冷食一月。後漸減至三日。至今太原、上黨、西河、雁門各處，每歲冬至後一百五日，預作乾糧，以冷水食之，謂之「禁火」，亦曰「禁煙」。因以清明前一日為寒食節。過節，家家插柳於門，以招子推之魂。或設野祭，焚紙錢。皆為子推也。胡曾有詩云：

羈紲從遊十九年，天涯奔走備顛連。食君刳股心何赤？辭祿焚軀志甚堅！綿上煙高標氣節，介山祠壯表忠賢。只今禁火悲寒食，勝卻年年掛紙錢。

文公既定君臣之賞，大修國政。舉善任能，省刑薄斂，通商禮賓，拯寡救貧，國中大治。周襄王使太宰周公孔及內使叔興，賜文公以侯伯之命。文公待之有加禮。叔興歸見襄王，言：「晉侯必伯諸侯，不可不善也！」襄王自此疎齊而親晉。不在話下。

* * *

是時鄭文公臣服於楚，不通中國，恃強淩弱。怪滑伯事衛不事鄭，乃興師伐之。滑伯懼而請成。鄭師方退，滑仍舊事衛，不肯服鄭。鄭文公大怒，命公子士洩為將，堵俞彌副之，再起大軍伐滑。衛文公與周方睦，訴鄭於周。周襄王使大夫游孫伯服至鄭，為滑求解。未至，鄭文公聞之，怒曰：「鄭、衛一體也，王何厚於衛而薄於鄭耶？」命拘伯服於境上，俟破滑凱旋，方可釋之。伯服被拘，其左右奔回，訴知周襄王。襄王罵曰：「鄭捷欺朕太甚，朕必報之！」問群臣：「誰能為朕問罪於鄭者？」大夫頹叔、桃子二人進曰：「鄭自先王兵敗，益無忌憚。今又挾荊蠻為重，虐執王臣。若興兵問罪，難保必勝。以臣之愚，必借兵於翟，方可伸威。」大夫富辰連聲曰：「不可，不可！古人云：『疎不間親。』鄭雖無道，乃子友之後，於天子兄弟也。武公著東遷之勞，厲公平子頹之亂，其德均不可忘。翟乃戎狄豺狼，非我同類。用異類而蔑同姓，修小怨而置大德，臣見其害，未見其利也！」頹叔、桃子曰：「昔武王伐商，九夷俱來助戰，何必同姓？東山之征，實因管、蔡。鄭之橫逆，猶管、蔡也。翟之事周，未常失禮。以順誅逆，不亦可乎？」襄王曰：「二卿之言是也。」乃使頹叔、桃子如翟，諭以伐鄭之事。翟君欣然奉命，假以出獵為名，突入鄭地。攻破櫟城，以兵戍之。遣使同二大夫告捷於周。周襄王曰：「翟有功於朕，朕今中宮新喪，欲以翟為婚姻，何如？」頹叔、桃子曰：「臣聞翟人之歌曰：『前叔隗後叔隗，如珠比玉生光輝！』言翟有二女，皆名叔隗，並有殊色。前叔隗乃咎如國之女，已嫁晉侯。後叔隗乃翟君所生，今尚未聘。王可求之。」襄王大喜。復命頹叔、桃子往翟求婚。翟人送叔隗至周。襄王欲立為繼后。富辰又諫曰：「王以翟為有功，勞之可也。今以天子之尊，下配夷女，翟恃其功，加以姻親，必有窺伺之患矣！」襄王不聽。遂以叔隗主中宮之政。

說起那叔隗，雖有韶色，素無閨德。在本國專好馳馬射箭，翟君每出獵，必自請隨行。日與將士每❷馳逐原野，全無拘束。今日嫁於周王，居於深宮，如籠中之鳥，檻內之獸，甚不自在。一日，請於襄王曰：「妾幼習射獵，吾父未嘗禁也。今鬱鬱宮中，四肢懈倦，將有痿痺之疾。王何不舉大狩，使妾觀之？」襄王寵愛方新，言無不從。遂命太史擇日，大集車徒，較獵於北邙山。有司張幕於山腰，襄王與隗后坐而觀之。襄王欲悅隗后之意，出令曰：「日中為期，得三十禽者，賞軘車三乘。得二十禽者，賞以輜車二乘。得十禽者，賞以轈車一乘。不逾十禽者無賞。」一時王子王孫，及大小將士，擊狐伐兔，無不各逞其能，以邀厚賞。打圍良久，太史奏：「日已中矣。」襄王傳令撤回。諸將各獻所獲之禽。或一十，或二十。惟有一位貴人，所獻逾三十之外。那貴人生得儀容俊偉，一表人物。乃襄王之庶弟，名曰帶，國人皆稱曰太叔，爵封甘公。因先年奪嫡不遂，又召戎師以伐周，事敗出奔齊國。後來惠后再三在襄王面前辯解求恕，大夫富辰亦勸襄王兄弟修好。襄王不得已，召而復之。今日在打圍中，施逞精神，

❷將士每：將士們。

拔了個頭籌❸。襄王大喜，即賜軘車如數。其餘計獲多少，各有賜賚。隗后坐於王側，見甘公帶才貌不凡，射藝出眾，誇獎不迭❹。問之襄王，知是金枝玉葉，十分心愛。遂言於襄王曰：「天色尚早，妾意欲自打一圍，以健筋骨，幸吾王降旨。」襄王本意欲取悅隗后，怎好不准其奏。即命將士重整圍場。隗后解下繡袍。原來袍內預穿就窄袖短衫，罩上異樣黃金鎖子輕細之甲。腰繫五綵純絲繡帶。用玄色輕綃六尺周圍抹額，龍蔽鳳笄，以防塵土。腰懸箭箙，手執朱弓。妝束得好不齊整。有詩為證：

花般綽約玉般肌，幻出戎裝態更奇！仕女班中誇武藝，將軍隊裡擅嬌姿。

隗后這回裝束，別是一般丰采，喜得襄王微微含笑。左右駕戎輅以待。隗后曰：「車行不如騎迅。妾隨行諸婢，凡翟國來的，俱慣馳馬。請於王前試之。」襄王命多選良馬，韝勒停當。侍婢陪騎者，約有數人。隗后方欲跨馬，襄王曰：「且慢！」遂問：「同姓諸卿中，誰人善騎，保護王后下場？」甘公帶奏曰：「臣當效勞！」這一差正暗合了隗后之意。侍婢簇擁隗后，做一隊兒騎馬先行。甘公帶隨後跨著名駒趕上，不離左右。隗后要在太叔面前，施逞精神。太叔亦要在隗后面前，跨張手段。未試弓箭，先試跑馬。隗后將馬連鞭幾下，那馬騰空一般去了。太叔亦躍馬而前。轉過山腰，剛剛兩騎馬，討個並頭。隗后將絲韁勒住，誇獎甘公曰：「久慕王子大才，今始見之！」太叔馬上欠身曰：「臣乃學騎耳，不及王后萬分之一！」隗后曰：「太叔明早可到太后宮中問安，妾有話講。」言猶未畢，侍女數騎俱到。隗

❸ 拔了個頭籌：得了個第一。

❹ 不迭：不及。

后以目送情，甘公輕輕點頭。各勒馬而回。恰好山坡下，趕出一群麋鹿來。太叔左射麋，右射鹿，俱中之。隗后亦射中一鹿。眾人喝采一番。隗后復跑馬至於山腰。襄王出幕相迎曰：「王后辛苦！」隗后以所射之鹿拜獻襄王。太叔亦以一麋一鹿呈獻。襄王大悅。眾將及軍士，又馳射一番，方纔撤圍。御庖將野味烹調以進。襄王頒賜群臣，歡飲而散。

次日，甘公帶入朝謝賜，遂至惠后宮中問安。其時隗后已先在矣。隗后預將賄賂，買囑隨行宮侍，遂與太叔眉來眼去。兩下意會，託言起身，遂私合於側室之中。男貪女愛，極其眷戀之情。臨別兩不相捨。隗后囑付太叔，不時入宮相會。太叔曰：「恐王見疑。」隗后曰：「妾自能周旋，不必慮也！」惠后宮人，頗知其事。只因太叔是太后的愛子，況且事體重大，不敢多口。惠后心上，亦自覺著，反分付宮人閒話少說。隗后的宮侍，已自遍受賞賜，做了一路，為之耳目。太叔連宵達旦，潛住宮中，只瞞得襄王一人。史官有詩嘆曰：

太叔無兄何有嫂？襄王愛弟不防妻。一朝射獵成私約，始悔中宮女是夷！

又有詩譏襄王不該召太叔回來，自惹其禍。詩云：

明知篡逆性難悛，便不行誅也絕親。引虎入門誰不噬，襄王真是夢中人！

大凡做好事的，心一日小一日。做歹事的，膽一日大一日。甘公帶與隗后私通，走得路熟，做得事慣，漸漸不避耳目，不顧利害，自然敗露出來。那隗后少年貪慾，襄王雖則寵愛，五旬之人，到底年力不相當了。不時在別寢休息。太叔用些賄，使些勢，那把守宮門的無過是內侍之輩，都想道：「太叔是太后的愛子，周王一日晏駕，就是太叔為王了。落得他些賞賜，管他甚帳。」以此不分早晚，出入自如。

卻說宮婢中有個小東，頗有幾分顏色，善於音律。太叔一夕歡宴之際，使小東吹玉簫，太叔歌而和之。是夕開懷暢飲，醉後不覺狂蕩。便按住小東求歡。小東懼怕隗后，解衣脫身。太叔大怒，拔劍趕逐，欲尋小東殺之。小東竟奔襄王別寢，叩門哭訴說：太叔如此恁般，「如今見在宮中」。襄王大怒，取了床頭寶劍，趨至中宮，要殺太叔。畢竟性命如何，且看下回分解。

第三十八回　周襄王避亂居鄭　晉文公守信降原

話說周襄王聞宮人小東之語，心頭一時火起，急取床頭寶劍，趨往中宮，來殺太叔。纔行數步，忽然轉念：「太叔乃太后所愛，我若殺之，外人不知其罪，必以我為不孝矣！況太叔武藝高強，倘然不遜，挺戟相持，反為不美。不如暫時隱忍，俟明日詢其實跡，將隗后貶退，諒太叔亦無顏復留，必然出奔外境，豈不穩便。」嘆了一口氣，擲劍於地，復回寢宮。使隨身內侍，打探太叔消息。回報：「太叔知小東來訴我王，已脫身出宮去矣！」襄王曰：「宮門出入，如何不稟命於朕？亦朕之疎於防範也。」次早，襄王命拘中宮侍妾審問。初時抵賴，喚出小東面證，遂不能隱，將前後醜情，一一招出。襄王將隗后貶入冷宮，封鎖其門，穴牆以通飲食。太叔帶自知有罪，逃奔翟國去了。惠太后驚成心疾，自此抱病不起。

卻說頹叔、桃子聞隗后被貶，大驚曰：「當初請兵伐鄭，是我二人。請婚隗氏，又是我二人。今忽然被斥，翟君必然見怪。太叔今出奔在翟，定有一番假話，哄動翟君。倘然翟兵到來問罪，我等何以自解？」即日乘輕車疾馳趕上太叔，做一路商量：「若見翟君，須是如此如此。」不一日行到翟國。太叔停駕於郊外，頹叔、桃子先入城見了翟君。告訴道：「當初我等原為太叔請婚，周王聞知美色乃自取之，立為正宮。只為往太后處問安，與太叔相遇。偶然太叔敘起前因，說話良久，被宮人言語誣謗。周王輕信，不念貴國伐鄭之勞，遂將王后貶入冷宮，太叔逐出境外。忘親背德，無義無恩。乞假一旅之師，殺入王城，扶立太叔為王，救出王后，仍為國母。誠貴國之義舉也。」翟君信其言，問：「太叔何在？」頹叔、桃子曰：「現在郊外候命。」翟君遂迎太叔入城。太叔請以甥舅之禮相見，翟君大喜。遂撥步騎五千，使大將赤丁同頹叔、桃子奉太叔以伐周。

周襄王聞翟兵臨境，遣大夫譚伯為使，至翟軍中，諭以太叔內亂之罪。赤丁殺之。驅兵直逼王城之下。襄王大怒，乃拜卿士原伯貫為將，毛衛副之，率車三百乘，出城禦敵。伯貫知翟兵勇猛，將軘車聯絡為營，如堅城一般。赤丁衝突數次，俱不能入。連日搦戰，亦不出應。赤丁憤甚，乃定下計策，於翠雲山搭起高臺，上建天子旌旗，使軍士假扮太叔，在臺上飲宴歌舞為樂。卻教頹叔、桃子各領一千騎兵，伏於山之左右。只等周兵到時，臺上放砲為號，一齊攏殺將來。又教親兒赤風子引騎兵五百，直逼其營辱罵，以激其怒。「若彼開營出戰，佯輸詐敗，引他走翠雲山一路，便算功勞。」赤丁與太叔引大隊在後准備接應。分撥停當。

卻說赤風子引五百騎兵搦戰，原伯貫登壘望之，欺其寡少，便欲出戰。毛衛諫曰：「翟人詭詐多端，只宜持重。俟其懈怠，方可擊也。」挨至午牌❶時分，翟軍皆下馬坐地，口中大罵：「周王無道之君，用這般無能之將。降又不降，戰又不戰，待要何如？」亦有臥地而罵者。原伯貫忍耐不住，喝教：「開營！」營門開處，湧出車乘百餘，車上立著一員大將，金盔繡襖，手執大桿刀，乃原伯貫也。赤風子忙叫：「孩兒們快上馬！」自挺鐵搠來迎。戰不上十合，撥馬望西而走，軍士多有上馬不及者。周軍亂搶馬匹，全無行列。赤風子回馬，又戰數合，漸漸引至翠雲山相近。赤風子委棄馬匹器械殆盡。引數騎奔

---

❶ 午牌：正午。舊時軍營正午立牌以示時。

山後去了。原伯貫抬頭一望，見山上飛龍赤旗飄颭，繡傘之下，蓋著太叔大吹大擂飲酒。原伯貫曰：「此賊命合盡於吾手！」乃揀平坦處驅車欲上，山上擂木砲石打將下來。原伯正沒計較，忽聞山坳中連珠砲響，左有頹叔，右有桃子，兩路鐵騎，如狂風驟雨，圍裹將來。原伯心知中計，急教回車。來路上已被翟軍砍下亂木縱橫道路，車不能行。原伯喝令：「步卒開路！」軍士都心慌膽落，不戰而潰。原伯無計可施，卸下繡袍，欲雜於眾中逃命。有小軍叫曰：「將軍到這裡來！」頹叔聽得叫聲，疑為原伯。指揮翟騎追之，擒獲二十餘人。原伯果在其內。比及赤丁大軍到時，已大獲全勝。車馬器械，悉為所俘。有逃脫的軍士，回營報知毛衛。毛衛只教堅守，一面遣人馳奏周王，求其添兵助將。不在話下。頹叔將原伯貫綁縛，獻功於太叔。太叔命囚之於營。頹叔曰：「今伯貫被擒，毛衛必然喪膽。若夜半往劫其營，以火攻之，衛可擒也。」太叔以為然，言於赤丁。赤丁用其策，暗傳號令。是夜三鼓之後，赤丁自引步軍千餘，俱用利斧，劈開索鏈，劫入大營，就各車上將蘆葦放起火來。頃刻延燒，遍營中火球亂滾，軍士大亂。頹叔、桃子各引精騎，乘勢殺入，銳不可當。毛衛急乘小車從營後而遁，正遇著步卒一隊，為首乃是太叔帶。大喝：「毛衛那裡走！」毛衛著忙，被太叔一槍刺於車下。翟軍大獲全勝，遂圍王城。

周襄王聞二將被擒，謂富辰曰：「早不從卿言，致有此禍！」富辰曰：「翟勢甚狂，吾王暫爾出巡，諸侯必有倡義納王者。」周公孔奏曰：「王師雖敗，若悉起百官家屬，尚可背城一戰。奈何輕棄社稷，委命於諸侯乎？」召公過奏曰：「言戰者乃危計也！以臣愚見，此禍皆本於叔隗，吾王先正其誅，然後堅守以待諸侯之救，可以萬全。」襄王嘆曰：「朕之不明，自取其禍。今太后病危，朕暫當避位，以慰其意。若人心不忘朕，聽諸侯自圖之可也。」因謂周、召二公曰：「太叔此來，為隗后耳！若取隗氏，必懼國人之謗，不敢居於王城。二卿為朕繕兵固守，以待朕之歸可也。」周、召二公頓首受命。襄王問於富辰曰：「周之接壤，惟鄭、衛、陳三國。朕將安適？」富辰對曰：「陳、衛弱，不如適鄭。」襄王曰：「朕曾用翟伐鄭，鄭得無怨乎？」富辰曰：「臣之勸王適鄭者，正為此也。鄭之先世，有功於周。其嗣必不忘王。以翟伐鄭，鄭心不平。固日夜望翟之背周，以自明其順也。今王適鄭，彼必喜於奉迎，又何怨焉？」襄王意乃決。富辰又請曰：「王犯翟鋒而出，恐翟人悉眾與王為難，奈何？臣願率家屬與翟決戰，王乘機出避可也。」乃盡召子弟親黨，約數百人，勉以忠義，開門直犯翟營，牽住翟兵。襄王同簡師父、左鄢父等十餘人出城，望鄭國而去。富辰與赤丁大戰，所殺傷翟兵甚眾，辰亦身被重傷。遇頹叔、桃子慰之曰：「子之忠諫，天下所知也。今日可以無死。」富辰曰：「昔吾屢諫王，王不聽，以及此。若我不死戰，王必以我為懟矣！」復力戰多時，力盡而死。子弟親黨，同死者三百餘人。史官有詩讚曰：

用夷凌夏豈良謀？納女宣淫禍自求。驟諫不從仍死戰，富辰忠義播春秋。

富辰死後，翟人方知襄王已出王城。時城門復閉，太叔命釋原伯貫之囚，使於門外呼之。周、召二公立於城樓之上，謂太叔曰：「本欲開門奉迎，恐翟兵入城剽掠，是以不敢。」太叔請於赤丁，求其屯兵城外，當出府庫之藏為犒。赤丁許之。太叔遂入王城。先至冷宮，放出隗后，然後往謁惠太后。太后見了太叔，喜之不勝，一笑而絕。太叔且不治喪，先與隗后宮中聚闊。欲尋小東殺之。小東懼罪，先已投井自盡矣。嗚呼哀哉！

次日，太叔假傳太后遺命，自立為王，以叔隗為王后，臨朝受賀，發府藏大犒翟軍。然後為太后發喪。國人為之歌曰：

> 莫喪母，且娶婦。婦得嫂，臣娶后。為不慚，言可醜。誰其逐之？我與爾左右！

太叔聞國人之歌，自知眾論不服。恐生他變，乃與隗氏移駐於溫。大治宮室，日夜取樂。王城內國事，每委周、召二公料理。名雖為王，實未嘗與臣民相接也。原伯貫逃往原城去了。這邊話且擱過不提。

且說周襄王避出王城，雖然望鄭國而行，心中未知鄭意好歹。行至氾城，其地多竹而無公館，一名竹川。襄王詢土人，知入鄭界，即命停車，借宿於農民封氏草堂之內。封氏問：「官居何職？」襄王言曰：「我周天子也。為國中有難，避而到此。」封氏大驚，叩頭謝罪曰：「吾家二郎，夜來夢紅日照於草堂。果有貴人下降！」即命二郎殺雞為黍。襄王問：「二郎何人？」對曰：「民之後母弟也。與民同居於此，共爨同耕，以奉養後母。」襄王嘆曰：「汝農家兄弟，如此和睦。朕貴為天子，反受母弟之害。朕不如此農民多矣！」因淒然淚下。大夫左鄢父進曰：「周公大聖，尚有骨肉之變。吾主不必自傷，作速告難於諸侯，料諸侯必不坐視。」襄王乃親作書稿，使人分告齊、宋、陳、鄭、衛諸國。略曰：

> 不穀不德，得罪於母之寵子弟帶，越在鄭地氾，敢告。

簡師父奏曰：「今日諸侯有志圖伯者，惟秦與晉。秦有蹇叔、百里奚、公孫枝諸賢為政，晉有趙衰、狐偃、胥臣諸賢為政，必能勸其君以勤王之義。他國非所望也。」襄王乃命簡師父告於晉，使左鄢父告於秦。

且說鄭文公聞襄王居氾，笑曰：「天子今日方知翟之不如鄭也！」即日使工師往氾地創立廬舍，親往起居，省視器具。一切供應，不敢菲薄。襄王見鄭文公，頗有慚色。魯、宋諸國，亦遣使問安，各有餽獻。惟衛文公不至。魯大夫臧孫辰字文仲聞之，嘆曰：「衛侯將死矣！諸侯之有王，猶木之有本，水之有源也。木無本必枯，水無源必竭，不死何為！」時襄王十八年之冬十月也。至明年春，衛文公薨，世子鄭立，是為成公。果應臧文仲之言。此是後話。

* * *

再說簡師父奉命告晉。晉文公詢於狐偃。偃對曰：「昔齊桓之能合諸侯，惟尊王也。況晉數易其君，民以為常，不知有君臣之大義。君盍納王而討太叔之罪，使民知君之不可貳乎？繼文侯輔周之勳，光武公啟晉之烈，皆在於此。若晉不納，秦必納之，則伯業獨歸於秦矣。」文公使太史郭偃卜之。偃曰：「大吉！此黃帝戰於阪泉之兆。」文公曰：「寡人何敢當此？」偃對曰：「周室雖衰，天命未改。今之王，古之帝也。其克叔帶必矣！」文公曰：「更為我筮之。」得乾下離上大有之卦，第三爻動變為兌下離上睽卦。偃斷之曰：「大有之九三云：『公用享於天子。』戰克而王享，吉莫大焉！乾為天，離為日。日麗於天，昭明之象。乾變而兌，兌為澤。澤在下，以當離日之炤，是天子之恩光，炤臨晉國，又何疑焉？」文公大悅。乃大閱車徒，分左右二軍。使趙衰將左軍，魏犨佐之。郤溱將右軍，顛頡佐之。文公引狐偃、欒枝等，左右策應。臨發時，河東守臣報稱：「秦伯新統大兵勤王，已在河上，不日渡河矣。」狐偃進曰：「秦公志在勤王，所以頓兵河上者，為東道之不通故也。去草中之戎，麗土之狄，皆車馬必由之路。秦素未與通，恐其不順，是以懷疑不進。君誠行賂於二夷，諭以假道勤王之意，二夷必聽。更使人謝秦君，言晉師已發，秦必退矣。」文公然其言，一面使狐偃之子狐射姑，齎金帛之類，行賂於戎、狄，一面使胥臣往河上辭秦。胥臣謁見穆公，致晉侯之命曰：「天子蒙塵在外，君之憂，即寡君之憂也。寡君已掃境內興師代君之勞，已有成算，毋敢煩大軍遠涉。」穆公曰：「寡人恐晉君新立，軍師未集，是以奔走在此，以禦天子之難。既晉君克舉大義，寡人當靜聽捷音。」蹇叔、百里奚皆曰：「晉侯欲專大義，以服諸侯。恐主公分其功業，故遣人止我之師。不如乘勢而下，共迎天子，豈不美哉？」穆公曰：「寡人非不知勤王美事，但東道未通，恐戎、狄為梗。晉初為政，無大功何以定國？不如讓之。」乃遣公子縶隨左鄢父至汜，問勞襄王。穆公班師而回。

郤說胥臣以秦君退師回報。晉兵遂進屯陽樊。守臣蒼葛出郊外勞軍。文公使右軍將軍郤溱等圍溫，左軍將軍趙衰等，迎襄王於汜。襄王以夏四月丁巳日復至王城。周、召二公迎之入朝。不在話下。溫人聞周王復位，乃群聚攻頹叔、桃子殺之，大開城門以納晉師。太叔帶忙攜隗后登車，欲奪門出走翟國。守門軍士，閉門不容其去。太叔仗劍砍倒數人，郤得魏犨追到。大喝：「逆賊那裡去！」太叔曰：「汝放孤出城，異日厚報。」魏犨曰：「問天子肯放你時，魏犨就做人情！」太叔大怒，挺劍刺來。被魏犨躍上其車，一刀斬之。軍士擒隗氏來見。犨曰：「此淫婦留他何用！」命眾軍亂箭攢射。可憐如花夷女，與太叔帶半載歡娛，今日死於萬箭之下。胡曾先生詠史詩云：

逐兄盜嫂據南陽，半載歡娛並罹殃。淫逆倘然無速報，世間不復有綱常。

魏犫帶二屍以報郤溱。溱曰：「何不檻送天子，明正其戮？」魏犫曰：「天子避殺弟之名，假手於晉，不如速誅之為快也。」郤溱嘆息不已，乃埋二屍於神農澗之側。一面安撫溫民，一面使人報捷於陽樊。

晉文公聞太叔、隗氏俱已伏誅，乃命駕親至王城，朝見襄王奏捷。襄王設醴酒以饗之，復大出金帛相贈。文公再拜謝曰：「臣重耳不敢受賜，但死後得用隧葬，臣沐恩於地下無窮矣！」襄王曰：「先王制禮，以限隔上下，止有此生死之文。朕不敢以私勞而亂大典。叔父大功，朕不敢忘！」乃割畿內溫、原、陽樊、攢茅四邑，以益其封。文公謝恩而退。百姓攜老扶幼，填塞街市，爭來識認晉侯，歎曰：「齊桓公今復出也！」晉文公下令兩路俱班師。大軍屯於太行山之南，使魏犫定陽樊之田，顛頡定攢茅之田，欒枝定溫之田。晉侯親率趙衰定原之田。為何定原之田，文公親往？那原乃周卿士原伯貫之封邑。原伯貫兵敗無功，襄王奪其邑以與晉。伯貫見在原城，恐其不服，所以必須親往。顛頡至攢茅，欒枝至溫，守臣俱攜酒食出迎。

郤說魏犫至陽樊，守臣蒼葛謂其下曰：「周棄岐、豐，餘地幾何？而晉復受四邑耶？我與晉同是王臣，豈可服之？」遂率百姓持械登城。魏犫大怒，引兵圍之。大叫：「早早降順，萬事俱休。若打破城池，盡皆屠戮！」蒼葛在城上答曰：「吾聞德以柔中國，刑以威四夷。今此乃王畿之地。畿內百姓，非王之宗族，即王之親戚。晉亦周之臣子，忍以兵威相劫耶？」魏犫感其言，遣人馳報文公。文公致書於蒼葛，略曰：

> 四邑之地，乃天子大賜，寡人不敢違命。將軍若念天子之姻親，率以歸國，亦惟將軍之命是聽。

因諭魏犨緩其攻，聽陽民遷徙。蒼葛得書，命城中百姓：「願歸周者去，願從晉者留。」百姓願去者大半。蒼葛盡率之，遷於軹村。魏犨定其疆界而還。

再說文公同趙衰略地至原，原伯貫紿其下曰：「晉兵圍陽樊，盡屠其民矣！」原人恐懼，共誓死守。晉兵圍之。趙衰曰：「民所以不服晉者，不信故也。君示之以信，將不攻而下矣。」文公曰：「示信若何？」趙衰對曰：「請下令軍士各持三日之糧，若三日攻原不下，即當解圍而去。」文公依其言。到第三日，軍吏告稟：「軍中只有今日之糧了。」文公不答。是日夜半，有原民縋城而下，言：「城中已探知陽樊之民，未嘗遭戮，相約於明晚獻門。」文公曰：「寡人原約攻城以三日為期，三日不下，解圍去之。今滿三日矣，寡人明早退師。爾百姓自盡守城之事，不必又懷二念。」軍吏請曰：「原民約明晚獻門，主公何不暫留一日，拔一城而歸？即使糧盡，陽樊去此不遠，可馳取也。」文公曰：「信，國之寶也，民之所憑也。三日之令，誰不聞之？若復留一日，是失信矣！得原而失信，民尚何憑於寡人？」黎明即解原圍。原民相顧曰：「晉侯寧失城不失信，此有道之君。」乃爭建降旗於城樓，縋城以追文公之軍者，紛紛不絕。原伯貫不能禁止，只得開城出降。髯仙有詩云：

口血猶含起戰戈，誰將片語作山河？去原畢竟原來服，譎詐何如信義多？

晉軍行三十里，原民追至。原伯貫降書亦到。文公命扎住車馬，以單車直入原城。百姓鼓舞稱慶。原伯貫來見，文公待以王朝卿士之禮，遷其家於河北。文公擇四邑之守曰：「昔子餘以壺飧從寡人於衛，忍饑不食，此信士也。寡人以信得原，還以信守之！」使趙衰為原大夫，兼領陽樊。又謂郤溱曰：「子不私其族，首同欒氏通款於寡人，寡人不敢忘。」乃以郤溱為溫大夫，兼守攢茅。各留兵二千戍其地而還。

後人論文公納王示義，伐原示信，乃圖伯之首事也。畢竟何時稱伯？且看下回分解。

第三十九回　柳下惠授詞卻敵　晉文公伐衛破曹

話說晉文公定了溫、原、陽樊、攢茅四邑封境，直通太行山之南，謂之南陽。此周襄王十七年之冬也。時齊孝公亦有嗣伯之意。自無虧之死，惡了魯僖公。鹿上不署，弩了宋襄公。盂會不赴，背了楚成王。諸侯離心，朝聘不至。孝公心懷憤怒，欲用兵中原，以振先業。乃集群臣問曰：「先君桓公在日，無歲不征，無日不戰。今寡人安坐朝堂，如居蝸殼之中，不知外事，寡人愧之！昔年魯侯謀救無虧，與寡人為難。此仇未報。今魯北與衛結，南與楚通。倘結連伐齊，何以當之？聞魯歲饑，寡人意欲乘此加兵，以杜其謀。諸卿以為何如？」上卿高虎奏曰：「魯方多助，伐之未必有功。」孝公曰：「雖無功，請試一行，以觀諸侯離合之狀。」乃親率車徒二百乘，欲侵魯之北鄙。邊人聞信，先來告急。魯正值饑饉之際，民不勝兵。大夫臧孫辰言於僖公曰：「齊挾忿深入，未可與爭勝負也。請以辭命謝之。」僖公曰：「當今善為辭命者何人？」臧孫辰對曰：「臣舉一人，乃先朝司空無駭之子，展氏，獲名，字子禽，官拜士師，食邑柳下。此人外和內介，博文達理。因居官執法，不合於時，棄職歸隱。若得此人為使，定可不辱君命，取重於齊矣！」僖公曰：「寡人亦素知其人，今安在？」曰：「見在柳下。」使人召之。展獲辭以病不能行。臧孫辰曰：「禽有從弟名喜，雖在下僚，頗有口辨。若令喜就獲之家，請其指授，必有可聽。」僖公從之。展喜至柳下，見了展獲，道達君命。展獲曰：「齊之伐我，欲紹桓公之伯業也。

夫圖伯莫如尊王。若以先王之命責之，何患無辭？」展喜復於僖公曰：「臣知所以卻齊矣！」僖公已具下犒師之物，無非是牲醴粟帛之類，裝做數車，交與展喜。喜至北鄙，齊師尚未入境。乃迎將上去。至汶南地方，剛遇齊兵前隊，乃崔夭為先鋒。展喜先將禮物呈送崔夭。崔夭引至大軍，謁見齊侯。呈上犒軍禮物曰：「寡君聞君親舉玉趾，將辱臨於敝邑，使下臣喜奉犒執事。」孝公曰：「魯人聞寡人興師，亦恐懼乎？」喜笑曰：「小人則或者恐懼矣。若君子則全無恐懼也！」孝公曰：「汝國文無施伯之智，武無曹劌之勇，況正逢饑饉，野無青草，何所恃而不懼！」喜答曰：「敝邑別無所恃，所恃者先王之命耳！昔周先王封太公於齊，封我先君伯禽於魯。使周公與太公割牲為盟，誓曰：『世世子孫，同獎王室，無相害也！』此語載在盟府，太史掌之。桓公是以九合諸侯，而先與莊公為柯之盟，奉王命也。君嗣位九年，敝邑君臣引領望齊曰：『庶幾修先伯主之業，以親睦諸侯！』若棄成王之命，違太公之誓，墮桓公之業，以好為仇，度君侯之必不然也。敝邑恃此不懼。」孝公曰：「子歸語魯侯，寡人願修睦，不復用兵矣。」即日傳令班師。潛淵有詩譏臧孫辰知柳下惠之賢，不能薦引同朝。詩云：

北望烽煙魯勢危，片言退敵奏功奇。
臧孫不肯開賢路，柳下仍淹展士師。

展喜還魯，復命與僖公。臧孫辰曰：「齊師雖退，然其意實輕魯。臣請偕仲遂如楚，乞師伐齊。使齊侯不敢正眼覷魯，此數年之福也。」僖公以為然。乃使公子遂為正使，臧孫辰為副使，行聘於楚。臧孫辰素與楚將成得臣相識，使得臣先容於楚王。謂楚王曰：「齊背鹿上之約，宋為泓水之戰，二國者皆楚仇也。王若問罪於二國，寡君願悉索敝賦，為王前驅。」楚成王大喜，即拜成得臣為大將，申公、叔侯副之，率兵伐齊。取陽穀之地，以封齊桓公之子雍，使雍巫相之。留甲士千人，從申公、叔侯屯戍，以為魯之聲援。

成得臣奏凱還朝。令尹子文時已年老，請讓政於得臣。楚王曰：「寡人怨宋，甚於怨齊。子玉已為我報齊矣。卿為我伐宋，以報鄭之仇。俟凱旋之日，聽卿自便何如？」子文曰：「臣才萬不及子玉，願以自代，必不誤君王之事。」楚王曰：「宋方事晉。楚若伐宋，晉必救之。兩當晉、宋，非卿不可。卿強為寡人一行！」乃命子文治兵於睽，簡閱車馬，申明軍法。子文滿意欲顯子玉之能。是日草草完事。終朝畢事，不戮一人。楚王曰：「卿閱武而不戮一人，何以立威？」子文奏曰：「臣之才力，比於強弩之末矣！必欲立威，非子玉不可。」楚王更使得臣治兵於蔿。得臣簡閱精細，用法嚴肅。有犯不赦。竟一日之長，方纔事畢。總計鞭七人之背，貫三人之耳。真個鐘鼓添聲，旌旗改色！楚王喜曰：「子玉果將才也！」子文復請致政，楚王許之。乃以得臣為令尹，掌中軍元帥事。群臣皆造子文之宅，賀其舉薦得人，治酒相款。時文武畢集，惟大夫蔿呂臣有微恙不至。酒至半酣，閽人報：「門外有一小兒求見。」子文命召入。那小兒舉手鞠躬，竟造末席而坐。飲酒啖炙，旁若無人。有人認識此兒，乃蔿呂臣之子，名曰蔿賈，年方一十三歲。子文異之，問曰：「某為國得一大將，國老無不賀，爾小子獨不賀何也？」蔿賈曰：「諸公以為可賀，愚以為可弔耳！」子文恐曰：「汝謂可弔有何說？」賈曰：「愚觀子玉為人，勇於任事，而昧於決機，能進而不能退。可使佐鬬，不可專任也。若以軍政委之，必至僨事。諺云：『太剛則折』，子玉之謂矣！舉一人而敗國，又何賀焉？如其不敗，賀未晚矣！」左右曰：「此小兒狂言，不須聽之。」蔿賈大笑而出，眾公卿俱散。

＊　＊　＊

明日，楚王拜得臣為大將，親統大兵，糾合陳、蔡、鄭、許四路諸侯，一同伐宋，圍其緡邑。宋成公使司馬公孫固如晉告急。晉文公集群臣問計。先軫進曰：「方今惟楚強橫，而於君有私恩。今楚成穀伐宋，生事中原，此天授我以救災恤患之名也。取威定伯，在此舉矣！」文公曰：「寡人欲解齊、宋之患，如何而可？」狐偃進曰：「楚始得曹而新婚於衛，是二國又皆主公之仇也。若興師以伐曹、衛，楚必移兵來救，則齊、宋寬矣。」文公曰：「善。」乃以其謀告公孫固，使回報宋公，令其堅守。公孫固領命去了。文公以兵少為慮。趙衰進曰：「古者大國三軍，次國二軍，小國一軍。我曲沃武公，始以一軍受命。獻公始作二軍，以滅霍、魏、虞、虢諸國，拓地千里。晉在今日，不得為次國，宜作三軍。」文公曰：「三軍既作，遂可用否？」趙衰曰：「未也。民未知禮，雖聚而易散。君盍大蒐以示之禮。使民知尊卑長幼之序，動親上死長之心，然後可用。」文公曰：「作三軍必須立元帥，誰堪其任？」趙衰對曰：「夫為將者，有勇不如有智，有智不如有學。君如求智勇之將，不患無人。若求有學者，臣所見惟郤縠一人耳。縠年五十餘矣，好學不倦，說禮、樂而敦詩、書。夫禮、樂、詩、書，先王之法，德義之府也。民生以德義為本，兵事以民為本。惟有德義者，方能恤民。能恤民者，方能用兵。」文公曰：「善。」乃召郤縠，欲拜為元帥。縠辭不受。文公曰：「寡人知卿，卿不可辭。」強之再三，乃就職。擇日大蒐於被廬，作上中下三軍。郤縠將中軍，郤溱佐之。祁瞞掌大將旗鼓。使狐偃將上軍。偃辭曰：「臣兄在前，弟不可以先兄。」乃命狐毛將上軍，狐偃佐之。使趙衰將下軍。衰辭曰：「臣貞慎不如欒枝，有謀不如先軫，多聞不如胥臣。」乃命欒枝將下軍，先軫佐之。荀林父御戎，魏犨為車右。趙衰為大司馬。郤縠登壇發令，三通鼓罷，操演陣法。少者在前，長者在後，坐作進退，皆有成規。有不能者，教之，三教而不遵，以違令論，然後用刑。一連操演三日，奇正變化，指揮如意。眾將見郤縠寬嚴得體，無不悅服。方欲鳴金收軍，忽將臺之下，起一陣旋風，竟將大帥旗杆，吹為兩段，眾皆變色。郤縠曰：「帥旗倒折，主將當應之，吾不能久與諸子同事。然主公必成大功。」眾問其故。縠但笑而不答。時周襄王十九年，冬十二月之事也。

明年春，晉文公議分兵以伐曹、衛，謀於郤縠。縠對曰：「臣已與先軫商議停當矣。今日非與曹、衛為難也，分兵可以當曹、衛，而不可以當楚。主公宜以伐曹為名，假道於衛。衛、曹方睦，必然不允。我乃從南河濟師，出其不意，直搗衛境，所謂疾雷不及掩耳，勝有八九。既勝衛，然後乘勢而臨曹。曹伯素失民心，又愓於敗衛之威，其破曹必矣！」文公喜曰：「子真有學之將也！」即使人如衛假道伐曹。衛大夫元咺請於成公曰：「始晉君出亡過我，先君未嘗加禮。今來假道，君必聽之。不然，彼將先衛而後曹矣。」成公曰：「寡人與曹共服於楚。若假以伐曹之路，恐未結晉歡，而先取楚怒也。怒晉猶恃有楚，並怒楚，將何恃乎？」遂不許。晉使回報文公。文公曰：「不出元帥所料也！」乃命迂道南行，渡了黃河。行至五鹿之野。文公曰：「嘻！此介子推割股處也！」不覺淒然淚下。諸將皆感嘆助悲。魏犨曰：「吾等當拔城取邑，為君雪往年之恥，何用嘆息！」先軫曰：「武子之言是也。臣願率本部之兵，獨取五鹿。」文公壯其言，許之。魏犨曰：「吾當助子一臂。」二將升車前進。先軫令軍士多帶旗幟，凡所過山林高阜之處，便教懸插，務要透出林表。魏犨曰：「吾聞『兵行詭道』，今遍張旗表，反使敵人知備，不知何意？」先軫曰：「衛素臣服於齊，近改事荊蠻，國人不順，每虞中國之來討。吾主欲繼齊圖伯，不可示弱，當以先聲奪之。」

郤說五鹿百姓，不意晉兵猝然來到，登城瞭望，但見旌旗布滿山林，正不知兵有多少。不論城內城外，居民爭先逃竄。守臣禁止不住。先軫兵到，無人守禦，一鼓拔之。遣人報捷於文公。文公喜形於色，謂狐偃曰：「舅云得土，今日驗矣！」乃留老將郤步揚屯守五鹿。大軍移營，進屯斂盂。郤縠忽然得病，文公親往視之。郤縠曰：「臣蒙主公不世之遇，本欲塗肝裂腦，以報知己。奈天命有限，當應折旗之兆，死在旦夕，尚有一言奉啟。」文公曰：「卿有何言？寡人無不聽教。」縠曰：「君之伐曹、衛，本謀固以致楚也。致楚必先計戰，計戰必先合齊、秦。秦遠而齊近，君速遣一使結好齊侯，願與結盟。齊方惡楚，亦思結晉。倘得齊侯降臨，則衛、曹必懼而請成，因而收秦。此制楚之全策也。」文公曰：「善。」遂遣使通好於齊，敘述桓公先世之好，願與結盟，同攘荊蠻。時齊孝公已薨，國人推立其弟潘，是為昭公。潘，葛嬴所生也。新嗣大位，以取縠之故，正欲結晉以抗楚。聞知晉侯屯軍斂盂，即日命駕至衛地相會。衛成公見五鹿已失，忙使甯速之子甯俞，前來謝罪請成。文公曰：「衛不容假道，今懼而求成，非其本心。寡人旦夕，當踏平楚邱矣。」甯俞還報衛侯。時楚邱城中訛傳晉兵將到，一夕五驚。俞謂衛成公曰：「晉怒方盛，國人震恐，君不如暫出城避之。晉知主公已出，必不來攻楚邱。然後再乞晉好，保全社稷可也。」成公嘆曰：「先君不幸，失禮於亡公子。寡人又一時不明，不允假道，以至如此。累及國人，寡人亦無面目居於國中！」乃使大夫咺同其弟叔武攝國事，自己避居襄牛之地。一面使大夫孫炎，求救於楚。時乃春二月也。髯翁有詩云：

納姬贈馬怪紛紛，患難何須具主賓？誰知五鹿開疆者，便是當年求乞人！

＊　＊　＊

是月，郤縠卒於軍。晉文公悼惜不已，使人護送其喪歸國。以先軫有取五鹿之功，升為元帥。用胥臣佐下軍，以補先軫之缺。——因趙衰前薦胥臣多聞，是以任之。——文公欲遂滅衛國。先軫諫曰：「本為楚困齊、宋，來拯其危。今齊、宋之患未解，而先覆人國，非伯者存亡恤小之義也。況衛雖無道，其君已出，廢置在我，不如移兵東伐曹。比及楚師救衛，則我已在曹矣。」文公然其言。

三月，晉師圍曹。曹共公集群臣問計。僖負羈進曰：「晉君此行，為報觀脅之怨也。其怒方深，不可較力。臣願奉使謝罪請平，以救一國百姓之難。」曹共公曰：「晉不納衛，肯獨納曹乎？」大夫于朗進曰：「臣聞晉侯出亡過曹，負羈私餽飲食。今又自請奉使，此乃賣國之計，不可聽之。主公先斬負羈，臣自有計退晉。」曹共公曰：「負羈謀國不忠，姑念世臣，免死罷官！」負羈謝恩出朝去了。正是：閉門不管窗前月，分付梅花自主張。共公問于朗：「計將安出？」于朗曰：「晉侯恃勝，其氣必驕。臣請詐為密書，約以黃昏獻門，預使精兵挾弓弩伏於城壖之內，哄得晉侯入城，將懸門放下，萬矢俱發，不愁不為虀粉。」曹共公從其計。晉侯得于朗降書，便欲進城。先軫曰：「曹力未虧，安知非詐？臣請試之。」乃擇軍中長鬚偉貌者，穿晉侯衣冠代行。寺人勃鞮自請為御。黃昏，左側城上豎起降旗一面，城門大開。假晉侯引著五百餘人，長驅而入。未及一半，但聞城壖之內，梆聲亂響，箭如飛蝗射來。急欲回車，門已下閘。可惜勃鞮及三百餘人，死做一堆。幸得晉侯不去，不然，「崑崗失火，玉石俱焚」了。

晉文公先年過曹，曹人多有認得的。其夜倉卒不辨真偽。于朗只道晉侯已死，在曹共公面前，好不誇嘴。及至天明辨驗，方知是假的，早減了一半興。其未曾入城者，逃命來見晉侯。晉侯怒上加怒，攻城愈急。于朗又獻計曰：「可將射死晉兵，暴屍於城上。彼軍見之，必然慘沮，攻不盡力。再延數日，楚救必至。此乃搖動軍心之計也。」曹共公從之。晉軍見城頭用秤竿懸屍，纍纍相望，口中怨嘆不絕。文公謂先軫曰：「軍心恐變，如之奈何？」先軫對曰：「曹國墳墓，俱在西門之外。請分軍一半，列營於墓地，若將發掘者，城中必懼。懼必亂，而後乃可乘也。」文公曰：「善。」乃令軍中揚言：「將發曹人之墓！」使狐毛、狐偃率所部之軍，移屯墓地，備下鍬鋤，限定來日午時，各以墓中髑髏獻功。城內聞知此信，心膽俱裂。曹共公使人於城上大叫：「休要發墓，今番真正願降！」先軫亦使人應曰：「汝誘殺我軍，復磔屍城上。眾心不忍，故將發墓以報此恨！汝能殯殮死者，以棺送還吾軍，吾當斂兵而退矣！」曹人覆曰：「既如此，請寬限三日。」先軫應曰：「三日內不送屍棺，難怪我辱汝祖宗也！」曹共公果然收取城上屍骸，計點數目，各備棺木。三日之內，盛斂得停停當當，裝載乘車之上。先軫定下計策，預令狐毛、狐偃、欒枝、胥臣整頓兵車，分作四路埋伏。只等曹人開門出棺，四門一齊攻打進去。到第四日，先軫使人於城下大叫：「今日還我屍棺否？」曹人城上應曰：「請解圍退兵五里，即當交納。」先軫稟知文公，傳令退兵。果退五里之遠。城門開處，棺車分四門推出。纔出得三分之一，忽聞砲聲大舉，四路伏兵，一齊發作。城門被喪車填塞，急切不能關閉。晉兵乘亂攻入。曹共公方在城上彈壓，魏犨在城下看見，從車中一躍登城，劈胸揪住，縛做一束。于朗越城欲遁，被顛頡獲住斬之。晉文公率眾將登城樓受捷。魏犨獻曹伯襄，顛頡獻于朗首級。眾將各有擒獲。晉文公命取仕籍觀之，乘軒者三百人，各有姓名，按籍拘拿，無一脫者。籍中不見僖負羈名字。有人說：「負羈為勸曹君行成，已除籍為民矣。」文公乃面數曹伯之罪曰：「汝國只有一賢臣，汝不能用，卻任用一班宵小，如小兒嬉戲，不亡何時？」喝教：「幽於大寨，俟勝楚之後，待聽處分！」其乘軒三百人，盡行誅戮，抄沒其家，以賞勞軍士。僖負羈有盤飧之惠，家住北門，環北一帶，傳令：「不許驚動！如有犯僖氏一草一木者，斬首！」晉侯分調諸將，一半守城，一半隨駕，出屯大寨。胡曾先生詠史詩云：

曹伯慢賢遭縶虜，負羈行惠免誅夷。眼前不肯行方便，到後方知是與非。

卻說魏犨、顛頡二人，素有挾功驕恣之意。今日見晉侯保全僖氏之令，魏犨忿然曰：「吾等今日擒君斬將，主公並無一言褒獎。些須盤飧，所惠幾何？卻如此用情，真個輕重不分了！」顛頡曰：「此人若仕於晉，必當重用。我等被他欺壓，不如一把火燒死了他，免其後患。便主公曉得，難道真個斬首不成？」魏犨曰：「言之有理。」二人相與飲酒，候至夜靜，私領軍卒，圍住僖負羈之家，前後門放起火來，火燄沖天。魏犨乘醉恃勇，躍上門樓，冒著火勢，在簷溜上奔走如飛，欲尋僖負羈殺之。誰知棟榱焚毀，倒塌下來。撲陸一聲，魏犨失腳墜地，跌個仰面朝天。只聽得天崩地裂之聲，一根敗棟，刮喇的正打在魏犨胸脯上。魏犨大痛無聲，登時口吐鮮血。前後左右，火球亂滾。只得掙扒起來，兀自攀著庭柱，仍躍上屋，盤旋而出。滿身衣服，俱帶著火，扯得赤條條，方免焚身之禍。魏犨雖然勇猛，此事不由不困倒了。剛遇顛頡來到，扶到空閑去處，解衣衣之，一同上車，回寓安歇。

卻說狐偃、胥臣在城內，見北門火起，疑有軍變。慌忙引兵來視，見僖負羈家中被火，急教軍士撲滅，已自焚燒得七零八落。僖負羈率家人救火，觸煙而倒。比及救起，已中火毒，不省人事。其妻曰：「不可使僖氏無後！」乃抱五歲孩兒僖祿奔後園，立污池中得免。亂到五更，其火方熄。僖氏家丁死者數人，殘毀旁舍民居，數十餘家。狐偃、胥臣訪知是魏犨、顛頡二人放的火，大驚。不敢隱瞞，飛報大寨。那大寨離城五里，是夜雖望見城中火光，不甚明白。直到天明，文公接得申報，方知其故。即刻駕車入城，先到北門來看僖負羈。負羈張目一看，遂瞑。文公嘆息不已。負羈妻抱著五歲孩兒僖祿，哭拜於地。文公亦為垂淚，謂曰：「賢嫂不必愁煩，寡人為汝育之。」即懷中拜為大夫。厚贈金帛，殯葬負羈，攜其妻子歸晉。直待曹伯歸附之後，負羈妻願歸鄉省墓，乃遣人送歸。僖祿長成，仍仕於曹為大夫。此是後話。

當日，文公命司馬趙衰，議違命放火之罪，欲誅魏犨、顛頡。趙衰奏曰：「此二人有十九年從亡奔走之勞，近又立有大功，可以赦之。」文公怒曰：「寡人所以取信於民者，令也。臣不遵令，不謂之臣。君不能行令於臣，不謂之君。不君不臣，何以立國？諸大夫有勞於寡人者甚眾，若皆可犯令擅行，寡人自今不復能出一令矣！」趙衰復奏曰：「主公之言甚當。然魏犨材勇，諸將莫及，殺之誠為可惜！且罪有首從，臣以為借顛頡一人，亦足警眾，何必並誅？」文公曰：「聞魏犨傷胸不能起，何惜此旦暮將死之人，而不以行吾法乎？」趙衰曰：「臣請以君命問之。如其必死，誠如君言。倘尚可驅馳，願留此虎將，以備緩急。」文公點頭道是。乃使荀林父往召顛頡，使趙衰視魏犨之病。不知魏犨性命如何，且看下回分解。

第四十回　先軫詭謀激子玉　晉楚城濮大交兵

話說趙衰奉了晉侯密旨，乘車來看魏犨。時魏犨胸脯傷重，病臥於床。問：「來者是幾人？」左右曰：「止趙司馬單車至此。」魏犨曰：「此探吾死生，欲以我行法耳。」乃命左右：「取疋帛為我束胸，我當出見使者。」左右曰：「將軍病甚，不宜輕動。」魏犨大喝曰：「病不至死，決勿多言！」如常裝束而出。趙衰問曰：「聞將軍病，猶能起乎？主公使衰問子所苦。」魏犨曰：「君命至此，不敢不敬，故勉強束胸以見吾子。犨自知有罪萬死，萬一獲赦，尚將以餘息報君父之恩，其敢自逸！」於是距躍者三，曲踊者三。趙衰曰：「將軍保重，衰當為主公言之。」乃復命於文公，言：「魏犨雖傷，尚能躍踊，且不失臣禮，不忘報效。君若赦之，後必得其死力。」文公曰：「苟足以申法而警眾，寡人亦何樂乎多殺？」須臾，荀林父拘顛頡至。文公罵曰：「汝焚僖大夫之家何意？」顛頡曰：「介子推割股啖君，亦遭焚死，況盤飧乎？臣欲使僖負羈附於介山之廟也！」文公大怒曰：「介子推逃祿不仕，何與寡人？」乃問趙衰曰：「顛頡主謀放火，違命擅刑，合當何罪？」趙衰應曰：「如令當斬首！」文公喝命軍正：「用刑！」刀斧手將顛頡擁出轅門斬之，命以其首祭負羈於僖氏之家。懸其首於北門，號令曰：「今後有違寡人之令者，視此！」文公又問趙衰曰：「魏犨與顛頡同行，不能諫阻，合當何罪？」趙衰應曰：「當革職，使立功贖罪。」文公乃革魏犨右戎之職，以舟之僑代之。將士皆相顧曰：「顛、魏二將有十九年從亡大功，一違君命，或誅或革，況他人乎？國法無私，各宜謹慎！」自此三軍肅然知畏。史官有詩云：

亂國全憑用法嚴，私勞公議兩難兼。祇因違命功難贖，豈為盤飧一夕淹？

* * *

話分兩頭。卻說楚成王伐宋，克了緡邑，直至睢陽，四面築起長圍，欲俟其困，迫而降之。忽報：「衛國遣使臣孫炎告急！」楚王召問其事。孫炎將晉取五鹿，及衛君出居襄牛之事，備細訴說：「如救兵稍遲，楚邱不守。」楚王曰：「吾舅受困，不得不救。」乃分申、息二邑之兵，留元帥成得臣及鬬越椒、鬬勃、宛春一班將佐，同各路諸侯攻宋。自統蔿呂臣、鬬宜申等，率中軍兩廣，親往救衛。四路諸侯，亦慮本國有事，各各辭回，止留其將統兵。陳將轅選，蔡將公子印，鄭將石癸，許將百疇，俱聽得臣調度。

單說楚王行至半途，聞晉兵已移向曹國。正議救曹，未幾報至：「晉兵已破曹，執其君。」楚王大驚曰：「晉之用兵，何神速乃爾！」遂駐軍於申城。遣人往穀，取回公子雍及易牙等，以穀地仍復歸齊。使申公、叔侯與齊講和，撤戍而還。又遣人往宋取回成得臣之師，且戒諭之曰：「晉侯在外十九年矣。年踰六旬，而果得晉國。備嘗險阻，通達民情，殆天假之年，以昌大晉國之業，非楚所能敵也。不如讓之。」使命至穀，申公、叔侯致穀，修好於齊，班師回楚。惟成得臣自恃其才，憤憤不平。謂眾諸侯曰：「宋城旦暮且破，奈何去之！」鬬越椒亦以為然。得臣使回見楚王：「願少待破宋，奏凱而回。如遇晉師，請決一死戰。若不能取勝，甘伏軍法！」楚王召子文問曰：「孤欲召子玉還，而子玉請戰，於卿何如？」子文曰：「晉之救宋，志在圖伯。然晉之伯，非楚利也。能與晉抗者，惟楚。楚若避晉，則晉遂伯矣。且曹、衛我之與國，見楚避晉，必懼而附晉。姑令相持，以堅曹、衛之心，不亦可乎？王但戒子玉勿輕與晉戰。若講和而退，猶不失南北之局也。」楚王如其言，分付越椒，戒得臣勿輕戰，可和則和。成得臣聞越椒回復之話，且喜不即班師，攻宋愈急，晝夜不息。

宋成公初時，得公孫固報信，晉侯將伐曹、衛以解宋圍。乃悉力固守。及楚成王分兵一半救衛去了，得臣之圍愈急，心下轉慌。大夫門尹般進曰：「晉知救衛之師已行，未知圍宋之師未退也。臣請冒死出城，再見晉君，乞其救援。」宋成公曰：「求人至再，豈可以空言往乎？」乃籍庫藏中寶玉重器之數，造成冊籍，獻於晉侯，以求進兵。只等楚兵寧靜，便照冊輸納。門尹般再要一人幫行，宋公使華秀老同之。二人辭了宋公，覷個方便，縋城而出。偷過敵寨，一路探訪晉軍到於何處，徑奔軍中告急。門尹般、華秀老二人見了晉侯，涕泣而言：「敝邑亡在旦夕，寡人惟是不腆宗器，願納左右，乞賜哀憐！」文公謂先軫曰：「宋事急矣。若不往救，是無宋也。若往救，必須戰楚。郤縠曾為寡人策之，非合齊、秦為助不可。今楚歸穀地於齊，與之通好。秦、楚又無隙，未肯合謀，將若之何？」先軫對曰：「臣有一策，能使齊、秦自來戰楚。」文公欣然，問：「卿有何妙計，使齊、秦自來戰楚？」先軫對曰：「宋之賂我，可謂厚矣。受賂而救，君何義焉？不如辭之。使宋以賂晉之物，分賂齊、秦，求二國向楚宛轉乞其解圍。二國自謂力能得之於楚，必遣使至楚。楚若不從，則齊、秦之隙成矣。」文公曰：「倘請之而從，齊、秦將以宋奉楚，與我何利焉？」先軫對曰：「臣又有一策，能使楚必不從齊、秦之請。」文公曰：「卿又有何計，使楚必不從齊、秦之請？」先軫曰：「曹、衛，楚所愛也。宋，楚所嫉也。我已逐衛侯執曹伯矣。二國土地在我掌握，與宋連界。誠割取二國田土以畀宋人，則楚之恨宋愈甚。齊、秦雖請，其肯從乎？齊、秦憐宋而怒楚，雖欲不與晉合，不可得也。」文公撫掌稱善。乃使門尹般以寶玉重器之數，分作二籍，轉獻齊、秦二國。門尹般如秦，華秀老如齊，約定一般說話。相見之間，須要極其哀懇。

秀老至齊，參見了昭公，言：「晉、楚方惡，此難非上國不解。若因上國得保社稷，不惟先朝重器不敢愛，願年年聘好，子孫無間。」齊昭公問曰：「今楚君何在？」華秀老曰：「楚王亦肯解圍，已退師於申矣。惟楚令尹成得臣新得楚政，謂敝邑旦暮可下，貪功不退。是以乞憐於上國耳！」昭公曰：「楚王前日取我穀邑，近日復歸於我，結好而退。此無貪功之心。既令尹成得臣不肯解圍，寡人為宋曲意請之。」乃命崔夭為使，徑至宋地往見得臣，為宋求釋。門尹般到秦，亦如華秀老之言。秦穆公亦遣公子縶為使，如楚軍與得臣討情。齊、秦兩不相照，各自遣使。門尹般和華秀老俱轉到晉軍回話。文公謂之曰：「寡人已滅曹、衛，其田近宋者，不敢自私。」乃命狐偃同門尹般收取衛田，命胥臣同華秀老，收取曹田。把兩國守臣，盡行趕逐。崔夭、公子縶正在成得臣幕下替宋講和，恰好那些被逐的守臣，紛紛來訴，說：「宋大夫門尹般、華秀老倚晉之威，將本國田土都割據去了。」得臣大怒，謂齊、秦使者曰：「宋人如此欺負曹、衛，豈像個講和的！不敢奉命，休怪休怪！」崔夭和公子縶一場沒趣，即時辭回。晉侯聞得臣不准齊、秦二國之請，預遣人於中途邀迎二國使臣，到於營中，盛席款待，訴以楚將驕悍無禮，即日與晉交戰，望二國出兵相助。崔夭、公子縶領命去了。

且說得臣誓於眾曰：「不復曹、衛，寧死必不回軍！」楚將宛春獻策曰：「小將有一計，可以不勞兵刃，而復曹、衛之封。」得臣問曰：「子有何計？」宛春曰：「晉之逐衛君，執曹伯，皆為宋也。元帥誠遣一使至晉軍，好言講解，要晉復了曹、衛之君，還其田土，我這裡亦解宋圍。大家罷戰休兵，豈不為美？」得臣曰：「倘晉不見聽，如何？」宛春曰：「元帥先以解圍之說，明告宋人，姑緩其攻。宋人思脫楚禍，如倒懸之望解。若晉侯不允，不惟曹、衛二國怨晉，宋亦怨之。聚三怨以敵一晉，我之勝數多矣。」得臣曰：「誰人敢使晉軍？」宛春曰：「元帥若以見委，春不敢辭。」得臣乃緩宋國之攻，命宛春為使，乘單車直造晉軍，謂文公曰：「君之外臣得臣再拜君侯麾下。楚之有曹、衛，猶晉之有宋也。君若復衛封曹，得臣亦願解圍去宋。彼此修睦，各免生靈塗炭之苦。」言猶未畢，只見狐偃在旁，怒氣勃勃罵道：「子玉好沒道理！你釋了一個未亡之宋，卻要我這裡復兩個已亡之國，你有恁便宜！」先軫急躡狐偃之足，謂宛春曰：「曹、衛罪不至滅亡，寡君亦欲復之。且請暫住後營，容我君臣計議施行。」欒枝引宛春歸於後營。狐偃問於先軫曰：「子載真欲聽宛春之請乎？」軫曰：「宛春之請，不可聽，不可不聽。」偃曰：「何謂也？」軫曰：「宛春此來，蓋子玉奸計，欲居德於己，而歸怨於晉也。不聽則棄三國，怨在晉矣。聽之則復三國，德又在楚矣。為今之計，不如私許曹、衛，以離其黨，再拘執宛春以激其怒。得臣性剛而躁，必移兵索戰於我。是宋圍不求而自解也。倘子玉自與宋通和，則我遂失宋矣。」文公曰：「子載之計甚善。但寡人前受楚君之惠，今拘執其使，恐於報施之理有礙。」欒枝對曰：「楚吞噬小國，凌辱大邦，此皆中原之大恥。君不圖伯則已，如欲圖伯，恥在於君。乃懷區區之小惠乎？」文公曰：「微卿言，寡人不知也！」遂命欒枝押送宛春於五鹿，交付守將郤步揚小心看管。其原來車騎從人，盡行驅回，教他傳語令尹曰：「宛春無禮，已行囚禁。待拿得令尹，一同誅戮。」從人抱頭鼠竄而去。

文公打發宛春事畢，使人告曹共公曰：「寡人豈為出亡小忿，求過於君？所以不釋然於君者，以君之附楚故也。君若遣一介告絕於楚，以明君之與晉，即當送君還曹耳。」曹共公急於求釋，信以為然，遂為書遺得臣云：

孤懼社稷之隕，死亡不免，不得已即安於晉，不得復事上國。上國若能驅晉以為孤寧宇，孤敢有二心耶？

文公又使人往襄牛見衛成公，亦以復國許之。成公大喜。甯俞諫曰：「此晉國反間之計，不可信之。」成公不聽，亦致書得臣，大約如曹伯之語。時得臣方聞宛春被拘之報，咆哮呼跳。大罵：「晉重耳，你是跑不傷餓不死的老賊！當初在我國中，是我刀砧上一塊肉。今纔得反國為君，輒如此欺負人！自古兩國相爭，不罪來使，如何將我使臣拿住！吾當親往與他講理。」正在發怒，帳外小卒報道：「曹、衛二國，各有書札上達元帥。」得臣想道：「衛侯、曹伯，流離之際，有甚書來通我？必是打探得晉國什麼破綻，私來報我。此乃天助我成功也。」啟書看時，如此恁般，卻是從晉絕楚的話頭。氣得心頭一片無明火，直透上三千丈不止。大叫道：「這兩封書，又是老賊逼他寫的。老賊，老賊！今日不是你就是我❶，定要拼個死活！」分付大小三軍，撤了宋圍，且去尋晉重耳做對。「待我敗了晉軍，怕殘宋走往那裡去！」鬬越椒曰：「吾王曾丁甯不可輕戰。要戰之時，還須稟明而行。況齊、秦二國，曾為宋求情，

❶ 不是你就是我：猶言「有我無你，有你無我」，是勢不兩立的意思。

恨元帥不從，必然遣兵助晉。我國雖有陳、蔡、鄭、許相幫，恐非齊、秦之敵。必須入朝請添兵益將，方可赴敵。」得臣曰：「就煩大夫一行，以速為貴！」越椒奉元帥將令，徑到申邑。來見楚王，奏知請兵交戰之意。楚王怒曰：「寡人戒勿與戰，子玉強要出師。能保必勝乎？」越椒對曰：「得臣有言在前，『如若不勝，甘當軍令。』」楚王終不快意。乃使鬬宜申將西廣之兵而往。楚兵二廣，東廣在左，西廣在右。凡精兵俱在東廣。止分西廣之兵，不過千人，又非精卒，乃是楚王疑其兵敗，不肯多發之意。成得臣之子成大心，聚集宗人之兵，約六百人，自請助戰。楚王許之。鬬宜申同越椒領兵至宋。得臣看兵少，心中愈怒。大言曰：「便不添兵，難道我勝不得晉？」即日約會四路諸侯之兵，拔寨都起。這一去正中了先軫的機謀了。髯翁有詩云：

久困睢陽功未收，勃然一怒戰群侯。得臣縱有沖天志，怎脫今朝先軫謀。

得臣以西廣戎車，兼成氏本宗之兵，自將中軍。使鬬宜申率申邑之師，同鄭、許二路兵將為左軍。使鬬勃率息邑之兵，同陳、蔡二路兵將為右軍。雨驟風馳，直逼晉侯大寨，做三處屯聚。

晉文公集諸將問計。先軫曰：「本謀致楚，欲以挫之。且楚自伐齊圍宋以至於今，其師老矣。必戰楚，毋失敵。」狐偃曰：「主公昔日在楚君面前，曾有一言：『他日治兵中原，請避君三舍。』今遂與楚戰，是無信也。主公向不失信於原人，乃失信於楚君乎？必避楚。」諸將皆艴然曰：「以君避臣，辱甚矣。不可，不可！」狐偃曰：「子玉雖剛狠，然楚君之惠，不可忘也。吾避楚，非避子玉。」諸將又曰：「倘楚兵追至，奈何？」狐偃曰：「若我退，楚亦退，必不能復圍宋矣。如我退而楚進，則以臣逼君，其曲在彼。避而不得，人有怒心。彼驕我怒，不勝何為？」文公曰：「子犯之言是也。」傳令：「三軍俱退！」晉軍退三十里，軍吏來稟曰：「已退一舍之地矣。」文公曰：「未也。」又退三十里。文公仍不許駐軍。直退到九十里之程，地名城濮，恰是三舍之遠，方教安營息馬。時齊昭公命上卿國懿仲之子國歸父為大將，崔夭副之。秦穆公使其次子小子憖為大將，白乙丙副之。各率大兵，協同晉師戰楚，俱於濮城下寨。宋圍已解，宋成公亦遣司馬公孫固如晉軍拜謝，就留軍中助戰。

* * *

卻說楚軍見晉軍移營退避，各有喜色。鬬勃曰：「晉侯以君避臣，於我亦有榮名矣。不如借此旋師，雖無功，亦免於罪。」得臣怒曰：「吾已請添兵將，若不一戰，何以復命？晉軍既退，其氣已怯，宜疾追之。」傳令：「速進！」楚軍行九十里，恰與晉軍相遇。得臣相度地勢，憑山阻澤，據險為營。晉諸將言於先軫曰：「楚若據險，攻之難拔，宜出兵爭之。」先軫曰：「夫據險以固守也。子玉遠來，志在戰而不在守。雖據險，安所用之？」時文公亦以戰楚為疑。狐偃奏曰：「今日對壘，勢在必戰。戰而勝，可以伯諸侯。即使不勝，我國外河內山，足以自固，楚且奈我何？」文公意猶未決。是夜就寢，忽得一夢，夢見如先年出亡之時，身在楚國，與楚王手搏為戲，氣力不加，仰面倒地。楚王伏於身上，擊破其腦，以口啑之。既覺，大懼。時狐偃同宿帳中。文公呼而告之，如此恁般。「夢中鬬楚不勝，被食吾腦，恐非吉兆。」狐偃稱賀曰：「此大吉之兆也。君必勝矣！」文公曰：「吉在何處？」偃對曰：「君仰面倒地，得天相照。楚王伏於身上，乃伏地請罪也。腦所以柔物，君以腦予楚，柔服之矣，非勝而何？」文公意乃釋然。天色乍明，軍吏報：「楚國使人來下戰書。」文公啟而觀之。書云：

請與君之士戲，君馮軾而觀之。得臣與寓目焉！

狐偃曰：「戰危事也，而曰戲，彼不敬其事矣！能無敗乎？」文公使欒枝答其書云：

寡人未忘楚君之惠，是以敬退三舍，不敢與大夫對壘。大夫必欲觀兵，敢不惟命！詰朝相見。

楚使者去後，文公使先軫再閱兵車，共七百乘，精兵五萬餘人。齊、秦之眾，不在其內。文公登有莘之墟，以望其師。見其少長有序，進退有節，歎曰：「此郤穀之遺教也！以此應敵可矣。」使人伐其山木，以備戰具。先軫分撥兵將，使狐毛、狐偃引上軍，同秦國副將白乙丙攻楚左師，與鬭宜申交戰。使欒枝、胥臣引下軍，同齊國副將崔夭攻楚右師，與鬭勃交戰。各授其策行事。自與郤溱、祁瞞中軍結陣，與成得臣相持。郤教荀林父、士會各率五千人為左右翼，准備接應。再教國歸父、小子慭各引本國之兵，從間道抄出楚軍背後埋伏。只等楚軍敗北，便殺入據其大寨。時魏犨胸疾已愈，自請為先鋒。先軫曰：「留老將軍有用處。從有莘南去，地名空桑，與楚連谷地面接壤。老將軍可引一枝兵伏於彼處，截楚敗兵歸路，擒拿楚將。」魏犨欣然去了。趙衰、孫伯糾、羊舌突、茅茷等一班文武，保護晉文公於有莘山上觀戰。再教舟之僑於南河整頓船隻，伺候裝載楚軍輜重，臨期無誤。次日黎明，晉軍列陣於有莘之北，楚軍列陣於南。彼此三軍，各自成列。得臣傳令，教左右二軍先進，中軍繼之。

且說晉下軍大夫欒枝，打探楚右師用陳、蔡為前隊，喜曰：「元帥密謂我曰：『陳、蔡怯戰而易動。』先挫陳、蔡，則右師不攻而自潰矣！」乃使白乙丙出戰。陳轅選、蔡公子印，欲在鬭勃前建功，爭先出車。未及交鋒，晉兵忽然退後。二將方欲追趕，只見對陣門旗開處，一聲砲響，胥臣領著一陣大車，衝將出來。駕車之馬，都用虎皮蒙背，敵馬見之，認為真虎，驚惶跳躑。執轡者拿把不住，牽車回走，反衝動鬬勃後隊。胥臣和白乙丙乘亂掩殺。胥臣斧劈公子卬於車下，白乙丙箭射鬬勃中頰，鬬勃帶箭而逃。楚右師大敗，死者枕藉，不計其數。欒枝遣軍卒假扮作陳、蔡軍人，執著彼處旗號，往報楚軍，說：「右師已得勝，速速進兵，共成大功！」得臣憑軾望之，但見晉軍北奔，煙塵蔽天。喜曰：「晉下軍果敗矣！」急催左師並力前進。鬬宜申見對陣大旆高懸，料是主將。抖擻精神，衝殺過來。這裡狐偃迎住，略戰數合，只見陣後大亂，狐偃回轅便走，大旆亦往後退。鬬宜申只道晉軍已潰，指引鄭、許二將，儘力追逐。忽然鼓聲大震，先軫、郤溱引精兵一枝，從半腰裡橫衝過來，將楚軍截做二段。狐毛狐偃翻身復戰，兩下夾攻，鄭、許之兵，先自驚潰。宜申支架不住，拼死命殺出，遇著齊將崔夭，又殺一陣，盡棄其車馬器械，雜於步卒之中，爬山而遁。原來晉下軍偽作奔北，煙塵蔽天，卻是欒枝砍下有莘山之木，曳於車後，車馳木走，自然刮地塵飛，哄得左軍貪功索戰。狐毛又詐設大旆，教人曳之而走，裝作奔潰之形。狐偃佯敗誘其驅逐。先軫早已算定，分付祁瞞虛建大將旗，守定中軍，任他敵軍搦戰，切不可出應。自引兵從陣後抄出，橫衝過來，恰與二狐夾攻，遂獲全勝。這都是先軫預定下的計策。有詩為證：

臨機何用陣堂堂，先軫奇謀不可當。只用虎皮蒙馬計，楚軍左右盡奔亡。

話說楚元帥成得臣，雖則恃勇求戰，想著楚王兩番教誡之語，卻也十分持重。傳聞左右二軍，俱已進戰得利，追逐晉兵。遂令中軍擊鼓，使其子小將軍成大心出陣。祁瞞先時也守著先軫之戒，堅守陣門，全不招架。楚中軍又發第三通鼓，成大心手提畫戟，在陣前耀武揚威。祁瞞忍耐不住，使人察之。回報：「是十五歲的孩子。」祁瞞曰：「諒童子有何本事？手到拿來，也算我中軍一功。」喝教：「擂鼓！」戰鼓一鳴，陣門開處，祁瞞舞刀而出。小將軍便迎住交鋒。相鬬二十餘合，不分勝敗。鬬越椒在門旗之下，見小將軍未能取勝，即忙駕車而出，拈弓搭箭，覷得較親，一箭正射中祁瞞的盔纓。祁瞞吃了一驚，欲待退回本陣，恐衝動了大軍，只得繞陣而走。鬬越椒大叫：「此敗將不須追之。可殺入中軍，擒拿先軫！」不知勝負如何，且看下回分解。

第四十一回 連谷城子玉自殺 踐土壇晉侯主盟

話說楚將鬬越椒與小將軍成大心，不去追趕祁瞞，竟撞入中軍。越椒見大將旗迎風蕩颺，一箭射將下來。晉軍不見了帥旗，即時大亂。郤得荀林父、先蔑兩路接應兵到。荀林父接住鬬越椒廝殺，先蔑便接住成大心廝殺。成得臣麾軍大進，攘臂大呼曰：「今日若容晉軍一個生還，誓不回軍！」正在施設，先軫、郤溱兵到，兩下混戰多時，欒枝、胥臣、狐毛、狐偃一齊都到。如銅牆鐵壁，圍裏將來。得臣方知左右二軍已潰，無心戀戰，急急傳令鳴金收軍。怎當得晉兵眾盛，把楚家兵將，分做十來處圍住。小將軍成大心一枝畫戟，神出鬼沒，率領宗兵六百人，無不一以當百，保護其父得臣，拼命殺出重圍。不見了鬬越椒，復翻身殺入。那鬬越椒乃是子文之從弟，生得狀如熊虎，聲若豺狼，有萬夫不當之勇，精於射藝，矢無虛發。在晉軍中左衝右突，正尋覓成家父子。恰好成大心遇見，說：「元帥有了，將軍可快行！」兩個遂合做一處，各奮神威，復救出許多楚軍，潰圍而出。晉文公在有莘山上觀見晉兵得勝，忙使人教先軫傳諭各軍：「但逐楚兵出了宋、衛之境足矣。不必多事擒殺，以傷兩國之情，負了楚王施惠之意。」先軫遂約住諸軍，不行追趕。祁瞞違令出戰，囚於後車，伺候發落。胡曾先生有詩云：

避兵三舍為酬恩，又止窮追免楚軍。兩敵交鋒尚如此，平居負義是何人！

陳、蔡、鄭、許四國，損兵折將，各自逃生，回本國去了。

單說成得臣同成大心、鬬越椒出了重圍，急投大寨。前哨報：「寨中已豎起齊、秦兩家旗號了。」原來國歸父、小子憖二將，殺散楚兵，據了大寨，輜重糧草，盡歸其手。得臣不敢經過，只得倒轉從有莘山後，沿睢水一路而行。鬬宜申、鬬勃，各引殘兵來會。行至空桑地面，忽然連珠砲響，一軍當路。旗上寫「大將魏」字。魏犨先在楚國，獨制貘獸，楚人無不服其神勇。今日路當險處，遇此勍敵，那殘兵又都是個傷弓之鳥，誰人不喪膽消魂！早已望風而潰了。鬬越椒大怒，叫小將軍保護元帥，奮起精神，獨力拒戰。鬬宜申、鬬勃也只得勉強相幫。魏犨力戰三將，水泄不漏。正在相持，忽見北來一人，飛馬而至。大叫：「將軍罷戰，先元帥奉主公之命，放楚將生還本國，以報出亡時款待之德。」魏犨方纔住手，教軍士分開兩下，大喝：「饒你去！」得臣等奔走不迭。回至連谷，點簡殘軍，中軍雖有損折，尚十存六七。其申、息之師，分屬左右二軍者，所存十無一二，哀哉！古人有弔戰場詩云：

勝敗兵家不可常，英雄幾個老沙場？禽奔獸駭投坑穽，肉顫筋飛飽劍鋩。鬼火熒熒魂宿草，悲風颯颯骨侵霜。勸君莫羨封侯事，一將功成萬命亡！

得臣大慟曰：「本圖為楚國揚萬里之威，不意中晉人詭謀，貪功敗績，罪復何辭？」乃與鬬宜申、鬬勃，俱自囚於連谷，使其子大心部領殘軍，去見楚王，自請受誅。時楚成王尚在申城，見成大心至，大怒曰：「汝父有言在前：『不勝甘當軍令。』今又何言？」大心叩頭曰：「臣父自知其罪，便欲自殺。臣實止之，欲使就君之戮，以申國法也。」楚王曰：「楚國之法：『兵敗者死。』諸將速宜自裁，毋污吾斧鑕！」大心見楚王無憐赦之意，號泣而出，回復得臣。得臣嘆曰：「縱楚王赦我，我亦何面目見申、息之父老乎？」乃北向再拜，拔佩劍自刎而死。

郤說蔿賈在家，問其父蔿呂臣曰：「聞令尹兵敗，信乎？」呂臣曰：「信。」蔿賈曰：「王何以處之？」蔿呂臣曰：「子玉與諸將請死，王聽之矣。」蔿賈曰：「子玉剛愎而驕，不可獨任。然其人強毅不屈，使得智謀之士以為之輔，可使立功。今雖兵敗，他日能報晉仇者，必子玉也。父親何不諫而留之？」呂臣曰：「王怒甚，恐言之無益。」蔿賈曰：「父親不記范巫矞似之言乎？」呂臣曰：「汝試言之。」蔿賈曰：「矞似善相人。主上為公子時，矞似曾言：『主上與子玉、子西三人，日後皆不得其死。』主上切記其言，即位之日，即賜子玉、子西免死牌各一面，欲使矞似之言不驗也。主上怒中偶忘之耳。父親若言及此，主上必留二臣無疑矣。」呂臣即時往見楚王奏曰：「子玉罪雖當死，然吾王曾有免死牌在彼，可以赦之。」楚王愕然曰：「豈非范巫矞似之故耶？微子言，寡人幾忘之矣！」乃使大夫潘尪同成大心乘急傳，宣楚王命：「敗將一概免死！」比及到連谷時，得臣先死半日矣！左師將軍鬬宜申懸梁自縊。因身軀重大，懸帛斷絕，恰好免死命至，留下性命。鬬勃原要收殮子玉、子西之屍，方纔自盡。故此亦不曾死。單死了個成得臣，豈非命乎！潛淵居士有詩弔之云：

楚國昂藏一丈夫，氣吞全晉挾雄圖。一朝失足身軀喪，始信堅強是死徒。

成大心殯殮父屍，鬬宜申、鬬勃、鬬越椒等，隨潘尪到申城謁楚王，伏地拜謝不殺之恩。楚王知得臣自殺，懊悔不已。還駕郢都，升蔿呂臣為令尹，貶鬬宜申為商邑尹，謂之商公。鬬勃出守襄城。楚王轉憐得臣之死，拜其子成大心、成嘉俱為大夫。令尹子文致政居家，聞得臣兵敗，嘆曰：「不出蒍賈所料。吾之識見，反不如童子，寧不自羞！」嘔血數升，伏床不起。召其子鬬般囑曰：「吾死在旦夕，惟有一言囑汝。汝叔越椒，自初生之日，已有熊虎之狀，豺狼之聲，此滅族之相也。吾此時曾勸汝祖勿育之，汝祖不聽。吾觀蒍呂臣不壽，勃與宜申，皆非善終之相。楚國為政，非汝則越椒。越椒傲狠好殺，若為政，必有非理之望，鬬氏之祖宗，其不祀乎？吾死後，椒若為政，汝必逃之，無與其禍也。」般再拜受命，子文遂卒。未幾，蒍呂臣亦死。成王追念子文之功，使鬬般嗣為令尹，越椒為司馬，蒍賈為工正。不在話下。

* * *

卻說晉文公既敗楚師，移屯於楚大寨。寨中所遺糧草甚廣，各軍資之以食。戲曰：「此楚人館穀我也！」齊、秦等諸將，皆北面稱賀。文公謝不受，面有憂色。諸將曰：「君勝敵而憂，何也？」文公曰：「子玉非甘出人下者。勝不可恃，能勿懼乎？」國歸父、小子慭等辭歸，文公以軍獲之半遺之，二國奏凱而還。宋公孫固亦歸本國。宋公自遣使拜謝齊、秦。不在話下。

先軫因祁瞞至文公之前，奏其違命辱師之罪。文公曰：「若非上下二軍先勝，楚兵尚可制乎？」命司馬趙衰定其罪，斬祁瞞以徇於軍，號令曰：「今後有違元帥之令者，視此！」軍中益加悚懼。大軍留有莘三日，然後下令班師。行至南河，哨馬稟復：「河下船隻，尚未齊備。」文公使召舟之僑，僑亦不在。——原來舟之僑是虢國降將，事晉已久，滿望重用立功，卻差他南河拘集船隻，心中不平。恰好接得家報，其妻在家病重。僑料晉、楚相持，必然日久，未必便能班師，因此暫且回國看視。不想夏四月戊辰師至城濮，已已交戰，便大敗楚師。休兵三日，至癸酉大軍遂還，前後不過六日，晉侯便至河下，遂誤了濟河之事。──文公大怒，欲令軍士四下搜捕民船。先軫曰：「南河百姓，聞吾敗楚，誰不震恐？若使搜捕，必然逃匿。不若出令以厚賞募之。」文公曰：「善。」纔懸賞軍門，百姓爭艤船應募。頃刻舟集如蟻，大軍遂渡了黃河。文公謂趙衰曰：「曹、衛之恥已雪矣。惟鄭仇未報，奈何？」趙衰對曰：「君旋師過鄭，不患鄭之不來也。」文公從之。

行不數日，遙見一隊車馬，簇擁著一位貴人，從東而來。前隊欒枝迎住，問：「來者何人？」答曰：「吾乃周天子之卿士王子虎也。聞晉侯伐楚得勝，少安中國，故天子親駕鑾輿，來犒三軍。先令虎來報知。」欒枝即迎子虎來見文公。文公問於群下曰：「今天子下勞寡人，道路之間，如何行禮？」趙衰曰：「此去衡雍不遠，有地名踐土。其地寬平，連夜建造王宮於此，然後主公引列國諸侯，迎駕以行朝禮，庶不失君臣之義也。」文公遂與王子虎訂期，約以五月之吉，於踐土候周王駕臨。子虎辭去，大軍望衡雍而進。途中又見車馬一隊，有一使臣來迎，乃是鄭大夫子人九，奉鄭伯之命，恐晉兵來討其罪，特遣行成。晉文公怒曰：「鄭聞楚敗而懼，非出本心。寡人俟覲王之後，當親率師徒，至於城下。」趙衰進曰：「自我出師以來，逐衛君，執曹伯，敗楚師，兵威已大震矣。又求多於鄭，奈勞師何？君必許之。若鄭堅心來歸，赦之可也。如其復貳，姑休息數月，討之未晚。」文公乃許鄭成。大軍至衡雍下寨，一面使狐毛、狐偃帥本部兵，往踐土築造王宮。一面使欒枝入鄭城，與鄭伯為盟。鄭伯親至衡雍，致餼謝罪。文公復與歃血訂好，話間因誇美子玉之英勇。鄭伯曰：「已自殺於連谷矣！」文公嘆息久之。鄭伯既退，文公私謂諸臣曰：「吾今日不喜得鄭，喜楚之失子玉也！子玉死，餘人不足慮。卿可高枕而臥矣！」髯翁有詩云：

得臣雖是莽男兒，勝負將來未可知。盡說楚兵今再敗，可憐連谷有輿屍！

卻說狐毛、狐偃築王宮於踐土，照依明堂之制，怎見得？有明堂賦為證：

赫赫明堂，居國之陽。嵬峨特立，鎮壓殊方。所以施一人之政令，朝萬國之侯王。面室有三，總數惟九。間太廟於正位，處太室於中霤。啟閉乎三十六戶，羅列乎七十二牖。左个右个，為季孟之交分；上圓下方，法天地之奇偶。及夫諸位散設，三公最崇。當中階而列位，與群臣而不同。諸侯東階之東，西面而北上；諸伯西階之西，東面而相向。諸子應門之東而鵠立，諸男應門之西而鶴望。戎、夷金木之戶外，蠻、狄水火而位配。九采外屏之右以成列，四塞外屏之左而遙對。朱干玉戚，森聳以相參；龍旂豹韜，抑揚而相錯。肅肅沉沉，巒崇壑深。煙收而卿士齊列，日出而天顏始臨。戴冕旒以當軒，見八紘之稽顙；負斧扆而南面，知萬國之歸心。

王宮左右，又別建館舍數處。晝夜並工❶，月餘而畢。傳檄諸侯，俱要五月朔日，踐土取齊。是時宋成公王臣，齊昭公潘，俱係舊好；鄭文公捷，是新附之國；率先來赴。他如魯僖公申，與楚通好；陳穆公款，蔡莊公甲午，與楚連兵；都是楚黨。至是懼罪，亦來赴會。邾、莒小國，自不必說。惟許僖公業事楚最久，不願從晉。秦穆公任好，雖與晉合，從未與中國會盟，遲疑不至。衛成公鄭，出在襄牛；曹共

❶ 並工：兼工、不停的趕工。

公襄，見拘五鹿。晉侯曾許以復國，尚未明赦，亦不與會。

* * *

單說衛成公聞晉將合諸侯，謂甯俞曰：「徵會不及於衛，晉怒尚未息也。寡人不可留矣。」甯俞對曰：「君徒出奔，誰納君者？不如讓位於叔武，使元咺奉之，以乞盟於踐土。君若為遜避而出，天如祚衛，武獲與盟。武之有國，猶君有之。況武素孝友，豈忍代立？必當為復君之計矣！」衛侯心雖不願，到此地位，無可奈何。使孫炎以君命致國於叔武，如甯俞之言。孫炎領命，往楚邱去了。衛侯又問於甯俞曰：「寡人今欲出奔，何國而可？」俞躊躇未答。衛侯又曰：「適楚何如？」俞對曰：「楚雖婚姻，實晉仇也。且前已告絕，不可復往。不如適陳。陳將事晉，又可藉為通晉之地也。」衛侯曰：「不然。告絕非寡人意，楚必諒之。晉、楚將來，事未可定。使武事晉，而我託於楚，兩途觀望，不亦可乎？」衛侯遂適楚。楚邊人追而詈之，乃改適陳，始服甯俞之先見矣。

孫炎見叔武，致衛侯之命。武曰：「吾之守國，攝也，敢受讓乎？」即同元咺赴會，使孫炎回復衛侯，言：「見晉之時，必當為兄乞憐求復也。」元咺曰：「君性多猜忌，吾不遣親子弟相從，何以取信？」乃使其子元角伴孫炎以往。名雖問候，實則留質之意。公子歂犬私謂元咺曰：「君之不復，亦可知矣。子何不以讓國之事，明告國人，擁立夷叔而相之？晉人必喜。子挾晉之重以臨衛，是子與武共衛也。」元咺曰：「叔武不敢無兄，吾敢無君乎？此行且請復吾君矣。」歂犬語塞而退。恐衛侯一旦復國，元咺洩其言，未免得罪。乃私往陳國，密報衛侯，反說元咺已立叔武為君，謀會晉以定其位。衛成公惑其言，以問孫炎。孫炎對曰：「臣不知也。元角見在君所，其父有謀，角必與聞。君何不問之？」衛侯復問於元角。角言：「並無是事。」甯俞亦言曰：「咺若不忠於君，肯遣子出侍乎？君勿疑也。」公子歂犬私見衛侯曰：「咺之設謀拒君，非一日矣。其遣子非忠於君也，將以窺君之動靜而為之備也。若使乞憐於晉，以求復吾君，必辭會而不敢與。如公然與會，則為君信矣。君其察之！」衛侯果陰使人往踐土，伺察叔武、元咺之事。胡曾先生有詩云：

弟友臣忠無間然，何堪歂犬肆讒言。從來富貴生猜忌，忠孝常含萬古冤。

* * *

卻說周襄王以夏五月丁未日駕幸踐土，晉侯率諸侯預於三十里外迎接，駐蹕王宮。襄王御殿，諸侯謁拜稽首。起居禮畢，晉文公獻所獲楚俘於王：披甲之馬九百乘，步卒千人，器械衣甲十餘車。襄王大悅，親勞之曰：「自伯舅齊侯即世之後，荊楚復強，憑陵中夏。得叔父仗義翦伐，以尊王室，自文武以下，皆賴叔父之休，豈惟朕躬！」晉侯再拜稽首曰：「臣重耳幸殲楚寇，皆仗天子之靈，臣何功焉！」次日，襄王設醴酒以享晉侯，使上卿尹武公，內史叔興，策命晉侯為方伯。賜大輅之服，服鷩冕；戎輅之服，服韋弁；彤弓一，彤矢百，玈弓十，玈矢千，秬鬯一卣，虎賁之士三百人。宣命曰：「俾爾晉侯，得專征伐，以糾王慝。」晉侯遜謝再三，然後敢受。遂以王命布告於諸侯。襄王復命王子虎冊封晉侯為盟主，合諸侯修盟會之政。晉侯於王宮之側，設主盟壇。諸侯先至王宮行覲禮，然後各趨會所，王子虎監臨其事。晉侯先登執牛耳，諸侯以次而登。元咺已引叔武謁過晉侯了。是日叔武攝衛君之位，附於載書之末。子虎讀誓詞曰：「凡茲同盟，皆獎王室，毋相害也。有背盟者，明神殛之，殃及子孫，隕命絕祀！」諸侯齊聲曰：「王命修睦，敢不敬承！」各各歃血為信。潛淵讀史詩云：

晉國君臣建大猷，取威定伯服諸侯。揚旌城濮觀俘馘，連袂王宮覲冕旒。更羨今朝盟踐土，謾誇當日會葵邱。桓公末路留遺恨，重耳能將此志酬！

盟事既畢，晉侯欲以叔武見襄王，立為衛君，以代成公。叔武涕泣辭曰：「昔甯母之會，鄭子華以子奸父，齊桓公拒之。今君方繼桓公之業，乃令武以弟奸兄乎？君侯若嘉惠於武，賜之矜憐，乞復臣兄鄭之位，臣兄鄭事君侯不敢不盡。」元咺亦叩頭哀請，晉侯方才首肯。不知衛侯何時復國，再看下回分解。

第四十二回　周襄王河陽受覲　衛元咺公館對獄

卻說周襄王二十年，下勞晉文公於踐土。事畢歸周，諸侯亦各辭回本國。衛成公疑歂犬之言，遣人密地打探。見元咺奉叔武入盟，名列載書，不暇致詳，即時回報衛侯。衛侯大怒曰：「叔武果自立矣！」大罵：「元咺背君之賊！自己貪圖富貴，扶立新君，卻又使兒子來窺吾動靜，吾豈容汝父子乎？」元角方欲置辨，衛侯拔劍一揮，頭已墜地，冤哉！元角從人，慌忙逃回，報知其父咺。咺曰：「子之生死，命也。君雖負咺，咺豈可負太叔乎？」司馬瞞謂元咺曰：「君既疑子，子亦當避嫌。何不辭位而去，以明子之心耶？」咺嘆曰：「咺若辭位，誰與太叔共守此國者！夫殺子，私怨也；守國，大事也。以私怨而廢大事，非人臣所以報國之義也。」乃言於叔武，使奉書晉侯求其復成公之位。此乃是元咺的好處。這事暫且擱過一邊。

*　*　*

再說晉文公受了冊命而回，虎賁弓矢，擺列前後，另是一番氣象。入國之日，一路百姓扶老攜幼，爭覩威儀。簞食壺漿，共迎師旅。嘆聲嘖嘖，都誇吾主英雄；善色欣欣，盡道晉家興旺！正是：捍艱復纘文侯緒，攘楚重修桓伯勳。十九年前流落客，一朝聲價上青雲。晉文公臨朝受賀，論功行賞，以狐偃為首功，先軫次之。諸將請曰：「城濮之役，設計破楚，皆先軫之功。今反以狐偃為首，何也？」文公曰：「城濮之役，軫曰：『必戰楚，毋失敵。』偃曰：『必避楚，毋失信。』夫勝敵者，一時之功也；全信者，萬世之利也。奈何以一時之功而加萬世之利乎？是以先之。」諸將無不悅服。狐偃又奏：「先臣荀息死於奚齊、卓子之難，忠節可嘉。宜錄其後，以勵臣節。」文公准奏。遂召荀息之子荀林父為大夫。舟之僑正在家中守著妻子，聞晉侯將到，趕至半路相迎。文公命囚之後車。行賞已畢，使司馬趙衰議罪當誅。舟之僑自陳妻病求寬。文公曰：「事君者不顧其身，況妻子乎？」喝命斬首示眾。文公此番出軍，第一次斬了顛頡，第二次斬了祁瞞，今日第三次又斬了舟之僑。這三個都是有名的宿將，違令必誅，全不輕宥。所以三軍畏服，諸將用命。正所謂「賞罰不明，百事不成。賞罰若明，四方可行」。此文公所以能伯諸侯也。

文公與先軫等商議，欲增軍額，以強其國。又不敢上同天子之六軍，乃假名添作三行。以荀林父為中行大夫，先蔑、屠擊為左右行大夫。前後三軍三行，分明是六軍。但避其名而已。以此兵多將廣，天下莫比其強。

* * *

一日，文公坐朝，正與狐偃等議曹、衛之事。近臣奏衛國有書到。文公曰：「此必叔武為兄求寬也。」啟而觀之。書云：

君侯不泯衛之社稷，許復故君。舉國臣民，咸引領以望高義。惟君侯早圖之！

陳穆公亦有使命至晉，代衛侯致悔罪自新之意。文公乃各發回書，聽其復歸故國。諭郤步揚不必領兵邀阻。叔武得晉侯寬釋之信，急發車騎如陳，往迎衛侯。陳穆公亦遣人勸駕。公子歂犬謂成公曰：「太叔為君已久，國人歸附，鄰國同盟，此番來迎，不可輕信。」衛侯曰：「寡人亦慮之。」乃遣甯俞先到楚邱探其實信。甯俞只得奉命而行。至衛，正值叔武在朝中議政。甯俞入朝，望見叔武設座於殿堂之東，西向而坐。一見甯俞，降坐而迎，敘禮甚恭。甯俞佯問曰：「太叔攝位而不御正，何以示觀瞻耶？」叔武曰：「此正位吾兄所御，吾雖側其旁，尚慄慄不自安，敢居正乎？」甯俞曰：「俞今日方見太叔之心矣！」叔武曰：「吾思兄念切，朝暮懸懸，望大夫早勸君兄還朝，以慰我心也。」俞隨與訂期，約以六月辛未吉日入城。甯俞出朝，探聽人言。但聞得百官尼眾，紛紛議論，言：「故君若復入，未免分別居行二項。行者有功，居者有罪。如何是好？」甯俞曰：「我奉故君來此，傳諭爾眾。不論行居，有功無罪。如或不信，當歃血立誓。」眾皆曰：「若能共盟，更有何疑？」俞遂對天設誓曰：「行者衛主，居者守國。若內若外，各宣其力。君臣和協，共保社稷。倘有相欺，明神是殛！」眾皆欣然而散曰：「甯子不欺吾也！」叔武又遣大夫長牂，專守國門。分付：「如有南來人到，不拘早晚，立刻放入。」

卻說甯俞回復衛侯，言：「叔武真心奉迎，並無反意。」衛侯也自信得過了。怎奈歂犬讒毀在前，恐臨時不合，反獲欺謗之罪。又說衛侯曰：「太叔與甯大夫定約，焉知不預作准備，以加害於君？不如先期而往，出其不意，可必入也。」衛侯從其言，即時發駕。歂犬請為前驅，除宮備難。衛侯許之。甯俞奏曰：「臣已與國人訂期矣。君若先期而往，國人必疑。」歂犬大喝曰：「俞不欲吾君速入，是何主意？」甯俞乃不敢復諫，只得奏言：「君駕若即發，臣請先行一程，以曉諭臣民，而安上下之心。」衛侯曰：「卿為國人言之，寡人不過欲早見臣民一面，並無他故。」甯俞去後，歂犬曰：「甯之先行，事可疑也。君行不宜遲矣！」衛侯催促御人並力而馳。

再說甯俞先到國門，長牂詢知是衛侯之使，即時放入。甯俞曰：「君即至矣！」長牂曰：「前約辛未，今尚戊辰，何速也？子先入城報信，吾當奉迎。」甯纔轉身時，歂犬前驅已至。言：「衛侯只在後面。」長牂急整車從迎將上去。歂犬先入城去了。時叔武方親督輿隸，掃除宮室，就便在庭中沐髮。聞甯俞報言君至，且驚且喜。倉卒之間，正欲問先期之故。忽聞前驅車馬之聲，認是衛侯已到。心中喜極，髮尚未乾，等不得挽髻，急將一手握髮，疾趨而出。正撞了歂犬。歂犬恐留下叔武，恐其兄弟相逢，敘出前因。遠遠望見叔武到來，遂彎弓搭箭，颼的發去，射個正好。叔武被箭中心窩，望後便倒。甯俞急忙上前扶救，已無及矣。哀哉！元咺聞叔武被殺，吃了一驚。大罵：「無道昏君，枉殺無辜，天理豈能容汝！吾當投訴晉侯，看你坐位可穩？」痛哭了一場，急忙逃奔晉國去了。髯翁有詩云：

堅心守國為君兄，弓矢無情害有情。不是衛侯多忌忮，前驅安敢擅加兵？

卻說成公至城下，見長牂來迎，叩其來意。長牂述叔武分付之語：「早來早入，晚來晚入。」衛侯嘆曰：「吾弟果無他意也！」比及入城，只見甯俞帶淚而來。言：「叔武喜主公之至，不等沐完，握髮出迎。誰知枉被前驅所殺，使臣失信於國人，臣該萬死！」衛侯面有慚色。答曰：「寡人已知夷叔之冤矣！卿勿復言。」趨車入朝，百官尚未知覺，一路迎謁，先後不齊。甯俞引衛侯視叔武之屍，兩目睜開如生。衛侯枕其頭於膝上，不覺失聲大哭。以手撫之曰：「夷叔，夷叔！我因爾歸，爾為我死。哀哉，痛哉！」只見屍目閃爍有光，漸漸而瞑。甯俞曰：「不殺前驅，何以謝太叔之靈？」衛侯即命拘之。時歂犬謀欲逃遁，被甯俞遣人擒至。歂犬曰：「臣殺太叔，亦為君也。」衛侯大怒曰：「汝謗毀吾弟，擅殺無辜。今又歸罪於寡人！」命左右將歂犬斬首號令。分付以君禮厚葬叔武。國人初時，聞叔武被殺，議論哄然。及聞誅歂犬，葬叔武，群心始定。

話分兩頭。再說衛大夫元咺逃奔晉國，見了晉文公，伏地大哭。訴說衛侯疑忌叔武，故遣前驅射殺之事。說了又哭，哭了又說。說得晉文公發惱起來，把幾句好話，安慰了元咺，留在館驛。因大集群臣問曰：「寡人賴諸卿之力，一戰勝楚。踐土之會，天子下勞，諸侯景從，伯業之盛，竊比齊桓。奈秦人不赴約，許人不會朝。鄭雖受盟，尚懷疑貳之心。衛方復國，擅殺受盟之弟。若不再申約誓，嚴行誅討，諸侯雖合必離。諸卿計將安出？」先軫進曰：「徵會討貳，伯主之職。臣請厲兵秣馬，以待君命。」狐偃曰：「不然。伯主所以行乎諸侯者，莫不挾天子之威。今天子下勞，而君之覲禮未修，我實有缺，何以服人？為君計莫若以朝王為名，號召諸侯。視其不至者，以天子之命臨之。朝王，大禮也；討慢王之罪，大名也。行大禮而舉大名，又大業也。君其圖之！」趙衰曰：「子犯之言甚善。然以臣愚見，恐入朝之舉，未必遂也。」文公曰：「何為不遂？」趙衰曰：「朝覲之禮，不行久矣。以晉之強，五合六聚，以臨京師。所過之地，誰不震驚？臣懼天子之疑君而謝君也。謝而不受，君之威褻矣！莫若致王於溫，率諸侯以見之。君臣無猜，其便一也；諸侯不勞，其便二也；溫有叔帶之新宮，不煩造作，其便三也。」文公曰：「王可致乎？」趙衰曰：「王喜於親晉，而樂於受朝，何為不可？臣試為君使於周，而商入朝之事。度天子之計，亦必出此。」文公大悅，乃命趙衰如周。謁見周襄王，稽首再拜，奏言：「寡君重耳，感天王下勞賜命之恩，欲率諸侯至京師，修朝覲之禮。伏乞聖鑑！」襄王嘿然。命趙衰就使館安歇。

即召王子虎計議。言：「晉侯擁眾入朝，其心不測。何以辭之？」子虎對曰：「臣請面見晉使而探其意，可辭則辭。」子虎辭了襄王，到館驛見了趙衰，敘起入朝之事。子虎曰：「晉侯倡率諸姬，尊獎天子，舉累朝廢墜之曠典，誠王室之大幸也！但列國鱗集，行李充塞，車徒眾盛，士民目未經見，妄加猜度，訛言易起，或相譏訕，反負晉侯一片忠愛之意，不如已之。」趙衰曰：「寡君思見天子，實出至誠。下臣行日，已傳檄各國，紛會於溫邑取齊。若廢而不舉，是以王事為戲也。下臣不敢復命。」子虎曰：「然則奈何？」趙衰曰：「下臣有策於此，但不敢言耳！」子虎曰：「子餘有何良策，敢不如命？」趙衰曰：「古者，天子有時巡之典，省方觀民。況溫亦畿內故地也。天子若以巡狩為名，駕臨河陽，寡君因率諸侯以展覲。上不失王室尊嚴之體，下不負寡君忠敬之誠。未知可否？」子虎曰：「子餘之策，誠為兩便。虎即轉達天子。」子虎入朝，述其語於襄王。襄王大喜，約以冬十月之吉，駕幸河陽。趙衰回復晉侯。晉文公以朝王之舉，播告諸侯。俱約冬十月朔於溫地取齊。

至期，齊昭公潘，宋成公王臣，魯僖公申，蔡莊公甲午，秦穆公任好，鄭文公捷，陸續俱到。秦穆公言：「前此踐土之會，因憚路遠後期，是以不果。今番願從諸侯之後。」晉文公稱謝。時陳穆公款新卒，子共公朔新立，畏晉之威，墨衰而至。邾、莒小國，無不畢集。衛侯鄭自知有罪，意不欲往。甯俞諫曰：「若不往，是益罪也。晉討必至矣！」成公乃行。甯俞與鍼莊子、士榮三人相從。比至溫邑，文公不許相見，以兵守之。惟許人終於負固，不奉晉命。總計晉、齊、宋、魯、蔡、秦、鄭、陳、邾、莒共是十國，先於溫地敘會。不一日，周襄王駕到。晉文公率眾諸侯迎至新宮駐蹕，上前起居，再拜稽首。次日五鼓，十路諸侯，冠裳佩玉，整整齊齊；舞蹈揚塵，鏘鏘濟濟。方物有貢，各伸地主之儀；就位惟恭，爭睹天顏之喜。這一朝，比踐土更加嚴肅。有詩為證：

衣冠濟濟集河陽，爭睹雲車降上方。虎拜朝天鳴素節，龍顏垂地沐恩光。酆宮勝事空前代，郟鄏虛名慨下堂。雖則致王非正典，託言巡狩亦何妨？

朝禮既畢，晉文公將衛叔武冤情，訴於襄王。遂請王子虎同決其獄，襄王許之。文公邀子虎至於公館，賓主敘坐。使人以王命呼衛侯。衛侯囚服而至。衛大夫元咺亦到。子虎曰：「君臣不便對理，可以代之。」乃停衛侯於廡下。甯俞侍衛侯之側，寸步不離。鍼莊子代衛侯，與元咺對理。士榮攝治獄之官，質正其事。元咺口如懸河，將衛侯自出奔襄牛起首，如何囑付太叔守國，以後如何先殺元角，次殺太叔，備細鋪敘出來。鍼莊子曰：「此皆歂犬讒譖之言，以致衛君誤聽，不全由衛君之事。」元咺曰：「歂犬初與咺言，要擁立太叔。咺若從之，君豈得復入？只為咺仰體太叔愛兄之心，所以拒歂犬之請。不意彼反肆離間。衛君若無猜忌太叔之意，歂犬之譖，何由而入？咺遣兒子角，往從吾君，正是自明心跡。本是一團美意，乃無辜被殺。就他殺吾子角之心，便是殺太叔之心了。」士榮折之曰：「汝挾殺子之怨，非為太叔也。」元咺曰：「咺常言：『殺子私怨，守國大事。』咺雖不肖，不敢以私怨而廢大事。當日太叔作書致晉，求復其兄，此書稿出於咺手。若咺挾怨，豈肯如此？只道吾君一時之誤，還指望他悔心之萌。不意又累太叔受此大枉！」士榮又曰：「太叔無篡位之情，吾君亦已諒之。誤遭歂犬之手，非出君意。」元咺曰：「君既知太叔無篡位之情，從前歂犬所言，都是虛謬，便當加罪。如何又聽他先期而行？比及入國，又用為前驅。明明是假手歂犬，難言不知。」鍼莊子低首不出一語。士榮又折之曰：「太叔雖受枉殺，然太叔臣也，衛侯君也。古來人臣被君枉殺者，不可勝計。況衛侯已誅歂犬，又於太叔加禮厚葬。賞罰分明，尚有何罪？」元咺曰：「昔者桀枉殺關龍逢，湯放之。紂枉殺比干，武王伐之。湯與武王，並為桀紂臣子。目擊忠良受枉，遂興義旅，誅其君而弔其民。況太叔同氣，又有守國之功，非龍逢、比干之比。衛不過侯封，上制於天王，下制於方伯，又非桀紂貴為天子，富有四海之比。安得云無罪乎？」士榮語塞。又轉口曰：「衛君固然不是，汝為其臣，既然忠心為君，如何君一入國，汝便出奔，不朝不賀，是何道理？」元咺曰：「咺奉太叔守國，實出君命。君且不能容太叔，能容咺乎？咺之逃非貪生怕死，實欲為太叔伸不白之冤耳！」晉文公在坐，謂子虎曰：「觀士榮、元咺往復數端，種種皆是元咺的理長。衛、鄭乃天子之臣，不敢擅決。可先將衛臣行刑。」喝教左右：「凡相從衛君者，盡加誅戮！」子虎曰：「吾聞甯俞，衛之賢大夫，其調停於兄弟君臣之間，大費苦心。無如衛君不聽何？且此獄與甯俞無干，不可累之。士榮攝為士師，斷獄不明，合當首坐。鍼莊子不發一言，自知理曲，可從末減。惟君侯鑑裁。」文公依其言。乃將士榮斬首，鍼莊子刖足，甯俞姑赦不問。衛侯上了檻車，文公同子虎帶領衛侯來見襄王，備陳衛家君臣兩造獄詞：「如此冤情，若不誅衛鄭，天理不容，人心不服。乞命司寇行刑，以彰天罰！」襄王曰：「叔父之斷獄明矣。雖然，不可以訓。朕聞『周官設兩造以訊平民，惟君臣無獄，父子無獄』。若臣與君訟，是無上下也；又加勝焉，為臣而誅君，為逆已甚。朕恐其無以彰罰而適以教逆也！朕亦何私於衛哉？」文公惶恐謝曰：「重耳見不及此。既天王不加誅，當檻送京師，以聽裁決。」文公仍帶衛侯，回至公館，使軍士看守如初。一面打發元咺歸衛，聽其別立賢君，以代衛鄭之位。元咺至衛，與群臣計議，詭言：「衛侯已定大辟。今奉王命，選立賢君。」群臣共舉一人，乃是叔武之弟名適，字子瑕。為人仁厚。元咺曰：「立此人正合兄終弟及之禮。」乃奉公子瑕適即位，元咺相之。司馬瞞、孫炎、周歂、冶廑一班文武相助。衛國粗定。畢竟衛事如何結束，且看下回分解。

第四十三回　智甯俞假酖復衛　老燭武縋城說秦

話說周襄王受朝已畢，欲返洛陽。眾諸侯送襄王出河陽之境，就命先蔑押送衛侯於京師。時衛成公有微疾，晉文公使隨行醫衍，與衛侯同行，假以視疾為名，實使之酖殺衛侯，以洩胸中之忿：「若不用心，必死無赦！」又分付先蔑：「作急❶在意，了事之日，一同醫衍回話。」

＊　＊　＊

襄王行後，眾諸侯未散。晉文公曰：「寡人奉天子之命，得專征伐。今許人一心事楚，不通中國。王駕再臨，諸君趨走不暇。潁陽密邇，置若不聞，怠漫莫甚。願偕諸君，問罪於許。」眾諸侯皆曰：「敬從君命！」時晉侯為主，齊、宋、魯、蔡、陳、秦、莒、邾八國諸侯，皆率車徒聽命，一齊向潁陽進發。只有鄭文公捷，原是楚王姻黨，懼晉來附。見晉文公處置曹、衛太過，心中有不平之意。思想：「晉侯出亡之時，自家也曾失禮於他。看他親口許復曹、衛，兀自不肯放手。如此懷恨，未必便忘情於鄭也。不如且留楚國一路，做個退步。後來患難之時，也有個依靠。」上卿叔詹見鄭伯躊躇，似有背晉之意。遂進諫曰：「晉幸辱收鄭矣，君勿貳也。貳且獲罪不赦。」鄭伯不聽。使人揚言國中有疫，託言祈禱，遂辭晉先歸。陰使人通款於楚曰：「晉侯惡許之暱就上國也，驅率諸侯，將問罪焉。寡君畏上國之威，

❶ 作急：趕緊。

不敢從兵，敢告。」許人聞有諸侯之兵，亦遣人告急於楚。楚成王曰：「吾兵新敗，勿與晉爭。俟其厭兵之後，而求成焉？」遂不救許。諸侯之兵，圍了潁陽，水洩不漏。

時曹共公襄，尚羈五鹿城中。不見晉侯赦令，欲求能言之人，往說晉侯。小臣侯獳，請攜重賂以行。曹共公許之。侯獳聞諸侯在許，徑至潁陽，欲求見晉文公。適文公以積勞之故，因染寒疾，夢有衣冠之鬼，向文公求食，叱之而退。病勢愈加，臥不能起。方召太卜郭偃占問吉凶。侯獳遂以金帛一車，致於郭偃，告之以情，使借鬼神之事，為曹求解，須如此恁般進言。郭偃受其賄囑，許為講解。既見晉侯，示之以夢。布卦得天澤之象，陰變為陽。偃獻繇於文公，其詞曰：

　　陰極生陽，蟄蟲開張。大赦天下，鐘鼓堂堂。

文公問曰：「何謂也？」郭偃對曰：「以卦合之於夢，必有失祀之鬼神，求赦於君也。」文公曰：「寡人於祀事，有舉無廢。且鬼神何罪，而求赦耶？」偃曰：「以臣之愚度之，其曹乎？曹叔振鐸，文之昭也。晉先君唐叔，武之穆也。昔齊桓公為會，而封邢、衛異姓之國。今君為會，而滅曹、衛同姓之國。況二國已蒙許復矣。踐土之盟，君復衛而不復曹。同罪異罰，振鐸失祀，其見夢不亦宜乎？君若復曹伯，以安振鐸之靈，布寬仁之令，享鐘鼓之樂，又何疾之足患？」這一席話，說得文公心下豁然，覺病勢頓去其半。即日遣人召曹伯襄於五鹿，使復歸本國為君。所畀宋國田土，亦吐還之。曹伯襄得釋，如籠鳥得翔於霄漢，檻猿復升於林木。即統本國之兵，趨至潁陽，面謝晉侯復國之恩。遂協助眾諸侯圍許。文公病亦漸愈。許僖公見楚救不至，乃面縛銜璧，向晉軍中乞降。大出金帛犒軍。文公乃與諸侯解圍而去。

秦穆公臨別，與晉文公相約：「異日若有軍旅之事，秦兵出，晉必助之；晉兵出，秦亦助之。彼此同心協力，不得坐視。」二君相約已定，各自分路。晉文公在半途，聞鄭國遣使復通款於楚，勃然大怒，便欲移兵伐鄭。趙衰諫曰：「君玉體乍平，未可習勞。且士卒久敝，諸侯皆散，不如且歸，休息一年，而後圖之。」文公乃歸。

*　　　　*　　　　*

話分兩頭。再表周襄王回至京師，群臣謁見稱賀畢。先蔑稽首，致晉侯之命，乞以衛侯付司寇。時周公閱為太宰秉政。閱請羈衛侯於館舍，聽其修省。襄王曰：「置大獄太重，舍公館太輕。」乃於民間空房，別立囚室而幽之。襄王本欲保全衛侯。只因晉文公十分忿怨，又有先蔑監押，恐拂其意，故幽之別室。名為囚禁，實寬之也。甯俞緊隨其君，寢處必偕，一步不離。凡飲食之類，必親嘗過，方纔進用。先蔑催促醫衍數次，奈甯俞防範甚密，無處下手。醫衍沒奈何，只得以實情告於甯俞曰：「晉君之強明，子所知也。有犯必誅，有怨必報。衍之此行，實奉命用酖。不然衍且得罪。衍將為脫死之計，子勿與知可也。」甯俞附耳言曰：「子既剖腹心以教我，敢不曲為子謀乎？子之君老矣，遠於人謀，而近於鬼謀。近聞曹君獲宥，特以巫史一言。子若薄其酖以進，而託言鬼神，君必不罪，寡君當有薄獻。」醫衍會意而去。甯俞假以衛侯之命，向衍取藥酒療疾，因密致寶玉一函。衍告先蔑曰：「衛侯死期至矣！」遂調酖於甌以進。用毒甚少，雜他藥以亂其色。甯俞請嘗，衍佯不許，強逼衛侯而灌之。纔灌下兩三口，衍張目仰看庭中，忽然大叫倒地，口吐鮮血，不省人事，仆甌於地，酖酒狼籍。甯俞故意大驚小怪，命左右將太醫扶起，半晌方蘇。問其緣故，衍言：「方灌酒時，忽見一神人，身長丈餘，頭大如斛，裝束威嚴，自天而下，直入室中，言：『奉唐叔之命，來救衛侯。』遂用金鎚擊落酒甌，使我魂魄俱喪也！」衛侯自言所見，與衍相同。甯俞佯怒曰：「汝原來用毒以害吾君，若非神人相救，幾不免矣！我與汝義不俱生！」即奮臂欲與衍鬥。左右為之勸解。先蔑聞其事，亦飛駕來視。謂甯俞曰：「汝君既獲神祐，後祿未艾。蔑當復於寡君。」衛侯服酖又薄又少，以此受毒不深，略略患病，隨即痊安。先蔑與醫衍還晉，將此事回復文公。文公信以為然，赦醫衍不誅。史臣有詩云：

酖酒何名毒衛侯，漫教醫衍碎磁甌。文公怒氣雖如火，怎脫今朝甯武謀？

卻說魯僖公，原與衛世相親睦。聞得醫衍進酖不死，晉文公不加責罪，乃問於臧孫辰曰：「衛侯尚可復乎？」辰對曰：「可復。」僖公曰：「何以見之？」辰對曰：「凡五刑之用，大者甲兵斧鉞，次者刀鋸鑽笮，最下鞭朴。或陳之原野，或肆之市朝，與百姓共明其罪。今晉侯於衛，不用刑而私酖焉。又不誅醫衍，是諱殺衛侯之名也。衛侯不死，其能老於周乎？若有諸侯請之，晉必赦衛。衛侯復國，必益親於魯。諸侯誰不誦魯之高義？」僖公大說。使臧孫辰先以白璧十雙，獻於周襄王，為衛求解。襄王曰：「此晉侯之意也。若晉無後言，朕何惡於衛君？」辰對曰：「寡君將使辰哀請於晉。然非天王有命，下臣不敢自往。」襄王受了白璧，明是依允之意。臧孫辰隨到晉國，見了文公，亦以白璧十雙為獻，曰：「寡君與衛，兄弟也。衛侯得罪君侯，寡君不遑甯處。今聞君已釋曹伯，寡君願以不腆之賦，為衛君贖罪。」文公曰：「衛侯已在京師，王之罪人。寡人何得自專乎？」臧孫辰曰：「君侯代天子以令諸侯，君侯如釋其罪，雖王命又何殊也？」先蔑進曰：「魯親於衛君。為魯而釋衛，二國交親，共附於晉，君何不利焉？」文公許之。即命先蔑再同臧孫辰如周，共請於襄王。乃釋衛成公之囚，放之回國。

時元咺已奉公子瑕為君，修城繕備，出入稽察甚嚴。衛成公恐歸國之日，元咺發兵相拒。密謀於甯俞。俞對曰：「聞周歂、冶廑，以擁子瑕之功，求為卿而不得，中懷怨望，此可結為內援也。臣有交厚一人，姓孔名達。此人乃宋忠臣孔父之後，胸中廣有經綸。周、冶二人，亦是孔父相識。若使孔達奉君之命，以卿位啖二人，使殺元咺，其餘俱不足懼矣！」衛侯曰：「子為我密致之。若事成，卿位固不吝也！」甯俞乃使心腹人一路揚言：「衛侯雖蒙寬釋，無顏回國，將往楚國避難矣。」因取衛侯手書，付孔達為信。教他私結周歂、冶廑二人，如此恁般。歂、廑相與謀曰：「元咺每夜必親自巡城。設伏兵於城門隱處，突起刺之，因而殺入宮中，並殺子瑕，掃清宮室，以迎衛侯，功無出我二人上者。」兩家各自約會家丁，埋伏停當。黃昏左側，元咺巡至東門。只見周歂、冶廑二人，一齊來迎。元咺驚曰：「二位為何在此？」周歂曰：「外人傳言，故君已入衛境，旦晚至此。大夫不聞乎？」元咺愕然曰：「此信從何來？」冶廑曰：「聞甯大夫有人入城，約在位諸臣往迎，大夫何以處之？」元咺曰：「此亂言，不可信之。況大位已定，豈有復迎故君之理？」周歂曰：「大夫身為正卿，當洞觀萬里。如此大事，尚然不知，要你則甚❷！」冶廑便拿住元咺雙手。元咺急待掙扎，周歂手拔佩刀，大喝一聲，劈頭砍來，去了半個天靈蓋。伏兵齊起，左右一時驚逃。周歂、冶廑率領家丁，沿途大呼：「衛侯引齊、魯之兵，現集城外矣！爾百姓各宜安居，勿得擾動！」百姓家家閉戶，處處關門。便是為官在朝的，此時也半疑半信，正不知甚麼緣故。一個個袖手靜坐，以待消息。周歂、冶廑二人，殺入宮中。公子適方與其弟子儀，

❷ 則甚：做甚麼。

在宮中飲酒。聞外面有兵變，子儀拔劍在手，出宮探信。正遇周歂，亦被所殺。尋覓公子適不見，宮中亂了一夜。至天明，方知子適已投井中死矣。周歂、冶廑，將衛侯手書，榜於朝堂，大集百官，迎接衛成公入城復位。後人論甯武子，能委曲以求復成公，可謂智矣。然使當此之時，能諭之讓國於子瑕。瑕知衛君之歸，未必引兵相拒。或退居臣位，豈不兩全？乃導周歂、冶廑行襲取之事，遂及弑逆，骨肉相殘。雖衛成公之薄，武子不為無罪也！有詩嘆云：

前驅一矢正含冤，又迫新君赴井泉。終始貪殘無諫阻，千秋空說甯俞賢。

衛成公復位之後，擇日祭享太廟，不負前約。封周歂、冶廑，並授卿職。使之服卿服，陪祭於廟。是日五鼓，周歂升車先行，將及廟門，忽然目睛反視，大叫：「周歂穿窬小人，蛇豕奸賊！我父子盡忠為國，汝貪卿位之榮，戕害吾命。我父子含冤九泉，汝盛服陪祀，好不快活！我拿你去見太叔及子瑕，看你有何理說？吾乃上大夫元咺是也。」言畢，九竅流血，僵死車中。冶廑後到，吃一大驚。慌忙脫卸卿服，託言中寒而返。衛成公至太廟，改命甯俞、孔達陪祀。還朝之時，冶廑辭爵表章已至。衛侯知周歂死得希奇，遂不強其受。未踰月，冶廑亦病亡。可憐周、冶二人，止為貪圖卿位，幹此不義之事。未享一日榮華，徒取千年唾罵，豈不愚哉！衛侯以甯俞有保護功，欲用為上卿。俞讓於孔達，乃以達為上卿，甯俞為亞卿。達為衛侯畫策，將子瑕之死，悉推在已死周歂、冶廑二人身上，遣使往謝晉侯。晉侯亦付之不問。

* * *

時周襄王十二年，晉兵已休息歲餘。文公一日坐朝，謂群臣曰：「鄭人不禮之仇未報，今又背晉款楚，吾欲合諸侯問罪，何如？」先軫曰：「諸侯屢動矣！今以鄭故，又行徵發，非所以靖中國也。況我軍行無缺，將士用命，何必外求？」文公曰：「秦君臨行有約，必與同事。」先軫對曰：「鄭為中國咽喉，故齊桓欲伯天下，每爭鄭地。今若使秦共伐，秦必爭之。不如獨用本國之兵。」文公曰：「鄭鄰晉而遠於秦，秦何利焉？」乃使人以兵期告秦，約於九月上旬，同集鄭境。文公臨發，以公子蘭從行。蘭乃鄭伯捷之庶子，向年逃晉，仕為大夫。及文公即位，蘭從周旋左右，忠謹無比，故文公愛近之。此行蓋欲藉為向導也。蘭辭曰：「臣聞君子雖在他鄉，不忘父母之國。君有討於鄭，臣不敢與其事。」文公曰：「卿可謂不背本矣！」乃留公子蘭於東鄙。自此有扶持他為鄭君之意。晉師既入鄭境，秦穆公亦引著謀臣百里奚，大將孟明視，副將杞子、逢孫、楊孫等，車二百乘來會。兩下合兵攻破郊關，直逼曲洧，築長圍而守之。晉兵營於函陵，在鄭城之西。秦兵營於氾南，在鄭城之東。遊兵日夜巡警，樵採俱斷。慌得鄭文公手足無措。大夫叔詹進曰：「秦、晉合兵，其勢甚銳，不可與爭。但得一舌辨之士，往說秦公，使之退兵。秦若退師，晉勢已孤，不足畏矣！」鄭伯曰：「誰可往說秦公者？」叔詹對曰：「佚之狐可。」鄭伯命佚之狐。狐對曰：「臣不堪也。臣願舉一人以自代。此人乃口懸河漢，舌搖山嶽之士。但其老不見用。主公若加其官爵，使之往說，不患秦公不聽矣！」鄭伯問：「是何人？」狐曰：「考城人也。姓燭名武，年過七十，事鄭國為圉正，三世不遷官。乞主公加禮而遣之。」鄭伯遂召燭武入朝。見其鬚眉盡白，傴僂其身，蹣跚其步，左右無不含笑。燭武拜見了鄭伯，奏曰：「主公召老臣何事？」鄭伯曰：「佚之狐言子舌辨過人，欲煩子說退秦師，寡人將與子共國。」燭武再拜辭曰：「臣學疎才拙，當少壯時尚不能建立尺寸之功，況今老耄，筋力既竭，言語發喘，安能犯顏進說，動千乘之聽乎？」鄭伯曰：「子事鄭三世，老不見用，孤之過也。今封子為亞卿，強為寡人一行。」佚之狐在旁贊言曰：「大丈夫老不遇時，委之於命。今君知先生而用之，先生不可再辭。」燭乃受命而出。時二國圍城甚急，燭武知秦東晉西，各不相照。是夜命壯士以繩索縋下東門，徑奔秦寨。將士把持，不容入見。武從營外放聲大哭。營吏擒來稟見穆公。穆公問：「是誰人？」武曰：「老臣乃鄭之大夫燭武是也。」穆公曰：「所哭何事？」武曰：「哭鄭之將亡耳。」穆公曰：「鄭亡，汝安得在吾寨外號哭？」武曰：「老臣哭鄭，兼亦哭秦。鄭亡不足惜，獨可惜者秦耳！」穆公大怒，叱曰：「吾國有何可惜？言不合理，即當斬首！」武面無懼色。正是：說時石漢皆開眼，道破泥人也點頭。紅日朝升能夜出，黃河東逝可西流。從容而言曰：「秦、晉合兵臨鄭，鄭之亡，不待言矣。若亡鄭而有益於秦，老臣又何敢言。不惟無益，又且有損。君何為勞師費財，以供他人之役乎？」穆公曰：「汝言無益有損，何說也？」燭武曰：「鄭在晉之東界，秦在晉之西界。東西相拒，千里之遙。秦東隔於晉，南隔於周，能越周、晉而有鄭乎？鄭雖亡尺土，皆晉之有，於秦何與？夫秦、晉兩國，比鄰並立，勢不相下。晉益強則秦益弱矣。為人兼地以自弱其國，智者計不出此。且晉惠公曾以河外五城許君，既入而旋背之，君所知也。君之施於晉者累世矣。曾見晉有分毫之報於君乎？晉侯自復國以來，增兵設將，日務兼并為強。今日拓地於東，既亡鄭矣。異日必思拓地於西，患且及秦。君不聞虞、虢之事乎？假虞君以滅虢，旋反戈而中虞。虞公不智，助晉自滅，可不鑑哉！君之施晉，既不足恃，晉之用秦，又不可測。以君之賢智，而甘墮晉之術中，此臣所謂無益而有損，所以痛哭者此也！」穆公靜聽良久，聳然動色。頻頻點首曰：「大夫之言是也！」百里奚進曰：

「燭武辯士，欲離吾兩國之好，君不可聽之。」燭武曰：「君若肯寬目下之圍，定立盟誓，棄楚降秦。君如有東方之事，行李往來，取給於鄭，猶君外府也。」穆公大悅，遂與燭武歃血為誓。反使杞子、逢孫、楊孫三將，留卒二千人助鄭戍守。不告於晉，密地班師而去。早有探騎報入晉營，文公大怒。狐偃在旁，請追擊秦師。不知文公從否，且看下回分解。

第四十四回　叔詹據鼎抗晉侯　弦高假命犒秦軍

話說秦穆公私與鄭盟，背晉退兵。晉文公大怒。狐偃進曰：「秦雖去不遠，臣請率偏師追擊之。軍有歸心，必無鬥志，可一戰而勝也。既勝秦，鄭必喪膽，將不攻自下矣。」文公曰：「不可。寡人昔賴其力，以撫有社稷。若非秦君，寡人何能及此？以子玉之無禮於寡人，寡人猶避之三舍，以報其施，況婚姻乎？且無秦何患不能圍鄭？」乃分兵一半，營於函陵，攻圍如故。鄭伯謂燭武曰：「秦兵之退，子之力也。晉兵未退，如之奈何？」燭武對曰：「聞公子蘭有寵於晉侯。若使人迎公子蘭歸國，以請成於晉，晉必從矣。」鄭伯曰：「此非老大夫，亦不堪使也。」石申父曰：「武勞矣，臣願代一行。」乃攜重寶出城，直叩晉營求見。文公命之入。石申父再拜，將重寶上獻，致鄭伯之命曰：「寡君以密邇荊蠻，不敢顯絕，然實不敢離君侯之宇下也。君侯赫然震怒，寡君知罪矣！不腆世藏，願效贄於左右。寡君有子蘭，獲侍左右，今願因蘭以乞君侯之憐。君侯使蘭監鄭之國，當朝夕在庭，其敢有二心？」文公曰：「汝離我於秦，明欺我不能獨下鄭也。今又來求成，莫非緩兵之計，欲俟楚救耶？若欲我退兵，必依我二事方可。」石申父曰：「請君侯命之。」文公曰：「必迎立公子蘭為世子，且獻謀臣叔詹出來，方表汝誠心也。」石申父領了晉侯言語，入城回復鄭伯。鄭伯曰：「孤未有嫡子，聞子蘭昔有夢徵，立為世子，社稷必享之。但叔詹乃吾股肱之臣，豈可去孤左右？」叔詹對曰：「臣聞『主憂則臣辱，主辱則臣死』。今晉人索臣，臣不往，兵必不解。是臣避死不忠，而遺君以憂辱也。臣請往。」鄭伯曰：「子往必死，孤不忍也。」叔詹對曰：「君不忍於一詹，而忍於百姓之危困，社稷之隕墜乎？捨一臣以救百姓而安社稷，君何愛焉？」鄭伯涕淚而遣之。石申父同侯宣多送叔詹於晉軍，言：「寡君畏君之靈，二事俱不敢違。今使詹聽罪於幕下。惟君侯處裁，且求賜公子蘭為敝邑之適嗣，以終上國之德。」晉侯大悅，即命狐偃召公子蘭於東鄙，命石申父、侯宣多在營中等候。

且說晉侯見了叔詹，大喝：「汝執鄭國之柄，使其君失禮於賓客，一罪也；受盟而復懷貳心，二罪也。」命左右：「速具鼎鑊！」將烹之。叔詹面不改色，拱手謂文公曰：「臣願得盡言而死。」文公曰：「汝有何言？」詹對曰：「君侯辱臨敝邑，臣常言於君曰：『晉公子賢明，其左右皆卿才。若反國，必伯諸侯。』及溫之盟，臣又勸吾君：『必終事晉，無得罪。罪且不赦！』天降鄭禍，言不見納。今君侯委罪於執政，寡君明其非辜，堅不肯遣。臣引『主辱臣死』之義，自請就誅，以救一城之難。料事能中，智也；盡心謀國，忠也；臨難不避，勇也；殺身救國，仁也。仁智忠勇俱全，有臣如此，在晉國之法，固宜烹矣！」乃據鼎耳而號曰：「自今已往，事君者以詹為戒！」文公悚然，命赦勿殺，曰：「寡人聊以試子，子真烈士也！」加禮甚厚。不一日，公子蘭取至。文公告以相召之意。使叔詹同石申父、侯宣多等，即以世子之禮相見，然後跟隨入城。鄭伯立公子蘭為世子，晉師方退。自是秦、晉有隙。髯翁有詩嘆云：

甥舅同兵意不欺，卻因燭武片言移。為貪東道蠅頭利，數世兵連那得知？

是年，魏犨醉後，墜車折臂，內傷病復發，嘔血斗餘死。文公錄其子魏顆嗣爵。未幾，狐毛、狐偃亦相繼而卒。晉文公哭之慟曰：「寡人得脫患難，以有今日，多賴舅氏之力。不意棄我而去，使寡人失其右臂矣，哀哉！」胥臣進曰：「主公惜二狐之才，臣舉一人，可為卿相，惟主公主裁！」文公曰：「卿所舉何人也？」胥臣曰：「臣前奉使，舍於冀野，見一人方秉耒而耨。其妻饋以午餐，雙手捧獻，夫亦斂容接之。夫祭而後食，其妻侍立於旁。良久食畢，夫俟其妻行而後復耨。始終無惰容。夫妻之間，相敬如賓，況他人乎？臣聞『能敬者必有德』。往問姓名，乃郤芮之子郤缺也。此人若用於晉，不弱於子犯。」文公曰：「其父有大罪，安可用其子乎？」胥臣曰：「以堯舜為父，而有丹朱、商均之不肖。以鯀為父，而有禹之聖。賢不肖之間，父子不相及也。君奈何因已往之惡，而棄有用之才乎？」文公曰：「善。卿為我召之。」胥臣曰：「臣恐其逃奔他國，為敵所用，已攜歸在臣家中矣。君以使命往，方是禮賢之道。」文公依其言，使內侍以簪纓袍服，往召郤缺。郤缺再拜稽首辭曰：「臣乃冀野農夫，君不以先臣之罪，加之罪戮，已荷寬宥。況敢賴寵以玷朝班？」內侍再三傳命勸駕，郤缺乃簪佩入朝。郤缺生得身長九尺，隆準豐頤，聲如洪鐘。文公一見大喜，乃遷胥臣為下軍元帥，使郤缺佐之。復改二行為二軍，謂之新上新下，以趙衰將新上軍，箕鄭佐之。胥臣之子胥嬰將新下軍，先都佐之。舊有三軍，今又添二軍，共是五軍。亞於天子之制。豪傑向用，軍政無闕。楚成王聞之而懼。乃使大夫鬬章請平於晉。晉文公念其舊德，許之通好。使大夫陽處父報聘於楚。不在話下。

* * *

周襄王二十四年，鄭文公捷薨，群臣奉其子公子蘭即位，是為穆公，果應昔日「夢蘭」之兆。是冬，晉文公有疾，召趙衰、先軫、狐射姑、陽處父諸臣，入受顧命，使輔世子驩為君，勿替伯業。復恐諸子不安於國，預遣公子雍出仕於秦，公子樂出仕於陳。雍乃杜祁所生，樂乃辰嬴所生也。又使其幼子黑臀出仕於周，以親王室。文公薨，在位八年，享年六十八歲。史臣有詩讚云：

道路奔馳十九年，神龍返穴遂乘權。河陽再覲忠心顯，城濮三軍義問宣。雪恥酬恩終始快，賞功罰罪政無偏。雖然廣險由天授，左右匡扶賴眾賢。

世子驩主喪即位，是為襄公。襄公奉文公之柩，殯於曲沃。方出絳城，柩中忽作大聲，如牛嗚然。其柩重如泰山，車不能動。群臣無不大駭。太卜郭偃卜之，獻其繇曰：

有鼠西來，越我垣牆。我有巨挺，一擊三傷。

偃曰：「數日內，必有兵信，自西方來，我軍擊之，大捷。此先君有靈，以告我也。」群臣皆下拜。柩中聲頓止，亦覺不重。遂如常而行。先軫曰：「西方者秦也。」隨使人密往秦國探信不題。

＊　＊　＊

話分兩頭。卻說秦將杞子、逢孫、楊孫三人，屯戍於鄭之北門。見晉國送公子蘭歸鄭，立為世子，忿然曰：「我等為他戍守以拒晉兵，他又降服晉國，顯得我等無功了。」已將密報知會本國。秦穆公心亦不忿❶，只礙著晉侯，敢怒而不敢言。及公子蘭即位，待杞子等無加禮。杞子遂與逢孫、楊孫商議：

「我等屯戍在外，終無了期。不若勸吾主潛師襲鄭，吾等皆可厚獲而歸。」正商議間，又聞晉文公亦薨。舉手加額曰：「此天贊吾成功也！」遂遣心腹人歸秦，言於穆公曰：「鄭人使我掌北門之管，若遣兵潛來襲鄭，我為內應，鄭可滅也。晉有大喪，必不能救鄭。況鄭君嗣位方新，守備未修，此機不可失。」秦穆公接此密報，遂與蹇叔及百里奚商議。二臣同聲進諫曰：「秦去鄭千里之遙，非能得其地也。特利其俘獲耳。夫千里勞師，跋涉日久，豈能掩人耳目？若彼聞吾謀而為之備，勞而無功，中途必有變。夫以兵戍人，還而謀之，非信也；乘人之喪而伐之，非仁也；成則利小，不成則害大，非智也。失此三者，臣不知其可也。」穆公艴然曰：「寡人三置晉君，再平晉亂，威名著於天下。只因晉侯敗楚城濮，遂以伯業讓之。今晉侯即世，天下誰為秦難者？鄭如困鳥依人，終當飛去。乘此時滅鄭，以易晉河東之地，晉必聽之。何不利之有？」蹇叔又曰：「君何不使人行弔於晉，因而弔鄭，以窺鄭之可攻與否？毋為杞子輩虛言所惑也！」穆公曰：「若待行弔而後出師，往返之間，又幾一載。夫用兵之道，疾雷不及掩耳。汝老憊何知？」乃陰約來人：「以二月上旬，師至北門，裡應外合，不得有誤。」

於是召孟明視為大將，西乞術、白乙丙副之。挑選精兵三千餘人，車三百乘，出東門之外。孟明乃百里奚之子，白乙乃蹇叔之子。出師之日，蹇叔與百里奚號哭而送之曰：「哀哉，痛哉！吾見爾之出，而不見爾之入也！」穆公聞之大怒，使人讓二臣曰：「爾何為哭吾師，敢沮吾軍心耶？」蹇叔、百里奚並對曰：「臣安敢哭君之師，臣自哭吾子耳！」白乙見父親哀哭，欲辭不行。蹇叔曰：「吾父子食秦重祿，汝死自分內事也。」乃密授以一簡，封識甚固。囑之曰：「汝可依吾簡中之言。」白乙領命而行，

❶ 不忿：氣不服也，是氣忿的反語。

心下又惶惑，又淒楚。惟孟明自恃才勇，以為成功可必，恬不為意。

大軍既發，蹇叔謝病不朝，遂請致政。穆公強之。蹇叔遂稱病篤，求還銍村。百里奚造其家問病，謂蹇叔曰：「奚非不知見幾之道，所以苟留於此者，尚冀吾子生還一面耳。吾兄何以教我？」蹇叔曰：「秦兵此去必敗。賢弟可密告子桑，備舟楫於河下，萬一得脫，接應西還。切記，切記！」百里奚曰：「賢兄之言，即當奉行。」穆公聞蹇叔決意歸田，贈以黃金二十斤，彩緞百束。群臣俱送出郊關而返。百里奚握公孫枝之手，告以蹇叔之言，如此恁般：「吾兄不託他人，而託子桑，以將軍忠勇，能分國家之憂也。將軍不可洩漏，當密圖之。」公孫枝曰：「敬如命！」自去准備船隻。不在話下。

卻說孟明見白乙領父密簡，疑有破鄭奇計在內。是夜安營已畢，特來索看。白乙丙啟而觀之。內有字二行曰：「此行鄭不足慮，可慮者晉也。崤山地險，爾宜謹慎。我當收爾骸骨於此。」孟明掩目急走，連聲曰：「咄，咄！晦氣，晦氣！」白乙意亦以為未必然。三帥自冬十二月丙戌日出師，至明年春正月，從周北門而過。孟明曰：「天子在是，雖不敢以戎事謁見，敢不敬乎？」傳令：「左右皆免冑下車！」前哨牙將褒蠻子，驍勇無比，纔過都門，即從平地超越登車，疾如飛鳥，車不停軌。孟明歎曰：「使人人皆褒蠻子，何事不成？」眾將士譁然曰：「吾等何以不如褒蠻子？」於是爭先攘臂呼於眾曰：「有不能超乘者，退之殿後！」——凡行軍以殿為怯，軍敗則以殿為勇。此言殿後者，辱之也。——一軍凡三百乘，無不超騰而上者。登車之後，行迅速，如疾風閃電一般，霎時不見。時周襄王使王子虎同王孫滿往觀秦師過訖，回復襄王。王子虎歎曰：「臣觀秦師驍健如此，誰能敵者？此去鄭必無幸矣！」王孫滿時年甚小，含笑而不言。襄王問曰：「爾童子以為何如？」滿對曰：「禮：『過天子門，必卷甲束兵而趨。』今止於免胄，是無禮也。又超乘而上，其輕甚矣！輕則寡謀，無禮則易亂。此行也，秦必有敗衂之辱；不能害人，祇自害耳！」

* * *

卻說鄭國有一商人，名曰弦高，以販牛為業。自昔王子頹愛牛，鄭、衛各國商人，販牛至周，頗得重利。今日弦高尚襲其業。此人雖則商賈之流，倒也有些忠君愛國之心，排患解紛之略。只為無人薦引，屈於市井之中。今日販了數百肥牛，往周買賣。行近黎陽津，遇一故人，名曰蹇他，乃新從秦國而來。弦高與蹇他相見，問：「秦國近有何事？」他曰：「秦遣三帥襲鄭，以十二月丙戌日出兵，不久即至矣！」弦高大驚曰：「吾父母之邦，忽有此難。不聞則已，若聞而不救，萬一宗社淪亡，我何面目回故鄉也？」遂心生一計。辭別了蹇他，一面使人星夜奔告鄭國，教他速作准備。一面打點犒軍之禮，選下肥牛二十頭隨身，餘牛俱寄頓客舍了。弦高自乘小車，一路迎秦師上去。來至滑國，地名延津，恰好遇見秦兵前哨。弦高攔住前路，高叫：「鄭國有使臣在此，願求一見！」前哨報入中軍。孟明倒吃一驚，想道：「鄭國如何便知我兵到來，遣使臣遠遠來接？且看他來意如何？」遂與弦高車前相見。弦高詐傳鄭君之命，謂孟明曰：「寡君聞三位將軍，將行師出於敝邑，不腆之賦，敬使下臣高遠犒從者。敝邑攝乎大國之間，外侮迭至，為久勞遠戍。恐一旦不戒，或有不測，以得罪於上國。日夜儆備，不敢安寢。惟執事諒之！」孟明曰：「鄭君既犒師，何無國書？」弦高曰：「執事以冬十二月丙戌日出兵，寡君聞從者驅馳甚力，恐俟詞命之修，或失迎犒。遂口授下臣，匍匐請罪，非有他也。」孟明附耳言曰：「寡君之遣視，為滑故也。豈敢及鄭？」傳令：「駐軍於延津。」弦高稱謝而退。西乞、白乙問孟明：「駐軍延津何意？」孟明曰：「吾師千里遠涉，止以出鄭人之不意，可以得志。今鄭人已知吾出軍之日，其為備也久矣！攻之則城固而難克，圍之則兵少而無繼。今滑國無備，不若襲滑而破之，得其鹵獲，猶可還報吾君。師出不為無名也。」是夜三更，三帥兵分作三路，并力襲破滑城。滑君奔翟。秦兵大肆擄掠，子女玉帛，為之一空。史臣論此事，謂秦帥目中已無鄭矣。若非弦高矯命犒師，以杜三帥之謀，則滅國之禍，當在鄭而不在滑也。有詩讚云：

千里驅兵狠似狼，豈因小滑逞鋒鋩？弦高不假軍前犒，鄭國安能免滅亡？

滑自被殘破，其君不能復國。秦兵去後，其地遂為衛國所并。不在話下。

卻說鄭穆公接了商人弦高密報，猶未深信。時當二月上旬，使人往客館，窺覘杞子、逢孫、楊孫所為。則已收束車乘，厲兵秣馬，整頓器械，人人裝束，個個抖擻。只等秦兵到來，這裡准備獻門。使者回報，鄭伯大驚。乃使老大夫燭武，先見杞子、逢孫、楊孫，各以束帛為贐，謂之曰：「吾子淹久於敝邑，敝邑以供給之故，原圃之麋鹿俱竭矣！今聞吾子戒嚴，意者有行色乎？孟明諸將，在周、滑之間，盍往從之？」杞子大驚。暗思：「吾謀已洩，師至無功，反將得罪。不惟鄭不可留，秦亦不可歸矣！」乃緩詞以謝燭武，即日引親隨數十人，逃奔齊國。逢孫、楊孫亦奔宋國避罪。戍卒無主，屯聚於北門欲為亂。鄭穆公使佚之狐多齎行糧，分散眾人，導之還鄉。鄭穆公錄弦高之功，拜為軍尉。自此鄭國安靖。

* * *

卻說晉襄公在曲沃殯宮守喪，聞諜報：「秦國孟明將軍，統兵東去，不知何往？」襄公大驚，即使人召群臣商議。先軫預已打聽明白，備知秦君襲鄭之謀，遂來見襄公。不知先軫如何計較，且看下回分解。

第四十五回　晉襄公墨縗敗秦　先元帥免冑殉翟

話說中軍元帥先軫，已備知秦國襲鄭之謀，遂求見襄公曰：「秦違蹇叔、百里奚之諫，千里襲人，此卜偃所謂『有鼠西來，越我垣牆』者也。急擊之，不可失！」欒枝進曰：「秦有大惠於先君，未報其德而伐其師，如先君何？」先軫曰：「此正所以繼先君之志也。先君之喪，同盟方弔恤之不暇，秦不加哀憫，而兵越吾境，以伐我同姓之國。秦之無禮甚矣！先君亦必含恨於九泉，又何德之足報？且兩國有約，彼此同兵。圍鄭之役，背我而去。秦之交情，亦可知矣！彼不顧信，我豈顧德？」欒枝又曰：「秦未犯吾境，擊之毋乃太過！」先軫曰：「秦之樹吾先君於晉，非好晉也，以自輔也。君之伯諸侯，秦雖面從，心實忌之。今乘喪用兵，明欺我之不能庇鄭也。我兵不出，真不能矣。襲鄭不已，勢將襲晉。諺云：『一日縱敵，數世貽殃。』若不擊秦，何以自立？」趙衰曰：「秦雖可擊，但吾主苫塊之中，遽興兵革，恐非居喪之禮。」先軫曰：「禮：『人子居喪，寢處苫塊』，以盡孝也。翦強敵以安社稷，孝孰大焉？諸卿若云不可，臣請獨往！」胥臣等皆贊成其謀。先軫遂請襄公墨縗治兵。襄公曰：「元帥料兵，何時當返？從何路行？」先軫屈指算之曰：「臣料秦兵，必不能克鄭。遠行無繼，勢不可久。總計往返之期，四月有餘，初夏必過澠池。澠池乃秦、晉之界，其西有崤山兩座。自東崤至於西崤，相去三十五里，此乃秦歸必由之路。其地樹木叢雜，山石崚嶒，有數處車不可行，必當解驂下走。若伏兵於此處，出其不意，可使秦之兵將，盡為俘虜。」襄公曰：「但憑元帥調度！」先軫乃使其子先且居，同屠擊引兵五千，伏於崤山之左；使胥臣之子胥嬰，同狐鞫居引兵五千，伏於崤山之右；候秦兵到日，左右夾攻。使狐偃之子狐射姑，同韓子輿引兵五千，伏於西崤山，預先砍伐樹木，塞其歸路。使梁繇靡之子梁弘，同萊駒引兵五千，伏於東崤山，只等秦兵盡過，以兵追之。先軫同趙衰、欒枝、胥臣、陽處父、先蔑一班宿將，跟隨晉襄公，離崤山二十里下寨。各分隊伍，准備四下接應。正是：整頓窩弓射猛虎，安排香餌釣鰲魚。

再說秦兵於春二月中，滅了滑國，擄其輜重，滿載而歸。只為襲鄭無功，指望以此贖罪。時夏四月初旬。行及澠池，白乙丙言於孟明曰：「此去從澠池而西，正是崤山險峻之路。吾父諄諄叮囑謹慎，主帥不可輕忽。」孟明曰：「吾驅馳千里，尚然不懼。況過了崤山，便是秦境。家鄉密邇，緩急可恃，又何慮哉？」西乞術曰：「主帥雖然虎威，然慎之無失。恐晉有埋伏，卒然而起，何以禦之？」孟明曰：「將軍畏晉如此，吾當先行。如有伏兵，吾自當之。」乃遣驍將褒蠻子打著元帥百里旗號，前往開路。孟明做第二隊，西乞第三隊，白乙第四隊，相離不過一二里之程。卻說褒蠻子慣使著八十斤重的一柄方天畫戟，掄動如飛，自謂天下無敵。驅車過了澠池，望西路進發。行至東崤山，忽然山凹裡鼓聲大震，飛出一隊車馬。車上立著一員大將，當先攔路，問曰：「汝是秦將孟明否？吾等候多時矣！」褒蠻子曰：「來將可通姓名！」那將答曰：「吾乃晉國大將萊駒是也！」蠻子曰：「教汝國欒枝、魏犨來到，還鬥上幾合戲耍。汝乃無名小卒，何敢攔吾歸路？快快閃開，讓我過去。若遲慢時，怕你捱不得我一戟！」萊駒大怒，挺長戈劈胸刺去。蠻子輕輕撥開，就勢一戟刺來，萊駒急閃，那戟來勢太重，就刺在那車衡之上。蠻子將戟一搦❶，把衡木折做兩段。萊駒見其神勇，不覺贊歎一聲道：「好孟明，名不虛傳！」蠻子呵呵大笑曰：「我乃孟明元帥部下牙將褒蠻子便是。我元帥豈肯與汝鼠輩交鋒耶？汝速速躲避，我元帥隨後兵到，汝無噍類矣！」萊駒嚇得魂不附體，想道：「牙將且如此英雄，不知孟明還是如何？」遂高聲叫曰：「我放汝過去，不可傷害吾軍。」遂將車馬約在一邊，讓褒蠻子前隊過去。蠻子即差軍士傳報主帥孟明，言：「有些小晉軍埋伏，已被吾殺退，可速上前合兵一處，過了崤山，便沒事了。」孟明得報大喜，遂催纘西乞、白乙兩軍，一同進發。且說萊駒引兵來見梁弘，盛說褒蠻子之勇。梁弘笑曰：「雖有鯨鮫，已入鐵網，安能施其變化哉！吾等按兵勿動，俟其盡過，從後驅之，可獲全勝。」

再說孟明等三帥，進了東崤，約行數里，地名上天梯、墮馬崖、絕命巖、落魂澗、鬼愁窟、斷雲峪，一路都是有名的險處，車馬不能通行。前哨褒蠻子，已自去得遠了。孟明曰：「蠻子已去，料無埋伏矣。」分付軍將，解了轡索，卸了甲冑。或牽馬而行，或扶車而過。一步兩跌，備極艱難。七斷八續，全無行伍。——有人問道：「秦兵當日出行，也從崤山過去的，不知許多艱阻。今番回轉，如何說得恁般？」這有個緣故。當初秦兵出行之日，乘著一股銳氣，且沒有晉兵攔阻。輕車快馬，緩步徐行，任意經過，不覺其苦。今日往來千里，人馬俱疲困了。又擄掠得滑國許多子女金帛，行裝重滯。況且遇過晉兵一次，雖然硬過，還怕前面有伏。心下慌忙，倍加艱阻，自然之理也。——孟明等過了上天梯第一層險隘，正行之間，隱隱聞鼓角之聲。後隊有人報道：「晉兵從後追至矣！」孟明曰：「我既難行，他亦不易。但愁前阻，何怕後追？分付各軍，速速前進便了。」教白乙前行：「我當親自斷後，以禦追兵。」

❶ 搦：挑。

又驀過了墮馬崖。將近絕命巖了，眾人發起喊來，報道：「前面有亂木塞路，人馬俱不能通，如何是好？」孟明想：「這亂木從何而來？莫非前面果有埋伏？」乃親自上前來看。但見巖旁有一碑，鐫上五字道：「文王避雨處。」碑旁豎立紅旗一面，旗竿約長三丈有餘。旗上有一「晉」字，旗下都是縱橫亂木。孟明曰：「此是疑兵之計也。事已至此，便有埋伏，只索上前。」遂傳令教軍士先將旗竿放倒，然後搬開柴木，以便跋涉。誰知這面「晉」字紅旗，乃是伏軍的記號。他伏於巖谷僻處，望見旗倒，便知秦兵已到，一齊發作。秦軍方纔搬運柴木，只聞前面鼓聲如雷，遠遠望見，旌旗閃爍，正不知多少軍馬。白乙丙且教安排器械，為衝突之計。只見山巖高處，立著一位將軍，姓狐名射姑，字賈季，大叫道：「汝家先鋒褒蠻子，已被縛在此了。來將早早投降，免遭屠戮！」——原來褒蠻子恃勇前進，墮於陷坑之中，被晉軍將撓鉤搭起，綁縛上囚車了。——白乙丙大驚，使人報知西乞術與主將孟明，商議並力奪路。孟明看這條路徑，只有尺許之闊。一邊是危峰峻石，一邊臨著萬丈深溪，便是落魂澗了。雖有千軍萬馬，無處展施。心生一計，傳令：「此非交鋒之地，教大軍一齊退轉東崤寬展處，決一死戰，再作區處。」白乙丙奉了將令，將軍馬退回。一路聞金鼓之聲，不絕於耳。纔退至墮馬崖，只見東路旌旗，連接不斷。卻是大將梁弘，同副將萊駒，引著五千人馬，從後一步步襲來。秦軍過不得墮馬崖，只得又轉。此時好像螞蟻在熱盤之上，東旋西轉，沒有個定處。孟明教軍士從左右兩旁爬山越溪，尋個出路。只見左邊山頭上金鼓亂鳴，左有一枝軍占住，叫道：「大將先且居在此，孟明早早投降！」右邊隔溪一聲砲響，山谷俱應，又豎起大將胥嬰的旗號。孟明此時，如萬箭攢心，沒擺佈一頭處❷。軍士每分頭亂竄，爬山越

❷ 沒擺佈一頭處：毫無處置辦法。

溪，都被晉兵斬獲。孟明大怒，同西乞、白乙二將，仍殺到墮馬崖來。那柴木上都摻有硫黃焰硝引火之物，被韓子輿放起火來，燒得焰騰騰煙漲迷天，紅赫赫火星撒地。後面梁弘軍馬已到，逼得孟明等三帥叫苦不迭，左右前後，都是晉兵布滿。孟明謂白乙丙曰：「汝父真神算也！今日困於絕地，我死必矣！你二人變服，各自逃生。萬一天幸，有一人得回秦國，奏知吾主，興兵報仇，九泉之下，亦得吐氣！」西乞術、白乙丙哭曰：「吾等生則同生，死則同死。縱使得脫，何面目獨歸故國？」言之未已，手下軍兵，看看散盡，委棄車仗器械，連路堆積。孟明等三帥，無計可施，聚於巖下，坐以待縛。晉兵四下圍裹將來，如饅頭一般，把秦家兵將做個餡子，一個個束手受擒。殺得血污溪流，屍橫山徑，匹馬隻輪，一些不曾走漏。髯翁有詩云：

千里雄心一旦灰，西崤無復隻輪回。休誇晉帥多奇計，蹇叔先曾墮淚來。

先且居諸將會集於東崤之下，將三帥及褒蠻子上了囚車。俘獲軍士及車馬，並滑國擄掠來許多子女玉帛，盡數解到晉襄公大營。襄公墨縗受俘，軍中歡呼動地。襄公問了三帥姓名，又問：「褒蠻子何人也？」梁弘曰：「此人雖則牙將，有兼人之勇。萊駒曾失利一陣。若非落於陷坑，亦難制縛。」襄公駭然曰：「既如此驍勇，留之恐有他變。」喚萊駒上前：「汝前日戰輸與他，今日在寡人面前，可斬其頭以洩恨。」萊駒領命將褒蠻子縛於庭柱。手握大刀，方欲砍去，那蠻子大呼曰：「汝是我手下敗將，安敢犯吾！」這一聲，就如半空中起個霹靂一般，屋宇俱震動。蠻子就呼聲中將兩臂一撐，麻索俱斷。萊駒吃一大驚，不覺手顫，墮刀於地。蠻子便來搶這把大刀。有個小校，名曰狼瞫，從旁觀見。先搶刀在手，將蠻子一刀劈倒。再復一刀，將頭割下，獻於晉侯之前。襄公大喜曰：「萊駒之勇，不及一小校也！」乃黜退萊駒不用，立狼瞫為車右之職。狼瞫謝恩而出，自謂親受知於君，不往元帥先軫處拜謝。先軫心中，頗有不悅之意。

次日，襄公同諸將奏凱而歸。因殯在曲沃，且回曲沃。欲俟還絳之後，將秦帥孟明等三人，獻俘於太廟，然後施刑。先以敗秦之功，告於殯宮，遂治窀穸之事。襄公墨縗視葬，以表戰功。母夫人嬴氏因會葬亦在曲沃，已知三帥被擒之信，故意問襄公曰：「聞我兵得勝，孟明等俱被囚執，此社稷之福也。但不知已曾誅戮否？」襄公曰：「尚未。」文嬴曰：「秦、晉世為婚姻，相與甚歡。孟明等貪功起釁，妄動干戈，使兩國恩變為怨。吾量秦君，必深恨此三人。我國殺之無益，不如縱之還秦，使其君自加誅戮，以釋二國之怨。豈不美哉？」襄公曰：「三帥用事於秦，獲而縱之，恐貽晉患。」文嬴曰：「兵敗者死！國有常刑。楚兵一敗，得臣伏誅。豈秦國獨無軍法乎？況當時晉惠公被執於秦，秦君且禮而歸之。秦之有禮於我如此，區區敗將，必欲自我行戮，顯見我國無情也。」襄公初時不肯，聞說到放還惠公之事，悚然動心。即時詔有司釋三帥之囚，縱歸秦國。孟明等得脫囚繫，更不入謝，抱頭鼠竄而逃。先軫方在家用飯，聞晉侯已赦三帥，吐哺入見，怒氣沖沖，問襄公：「晉囚何在？」襄公曰：「母夫人請放歸即刑，寡人已從之矣。」先軫勃然唾襄公之面曰：「咄！孺子不知事如此！武夫千辛萬苦，方獲此囚，乃壞於婦人之片言耶？放虎歸山，異日悔之晚矣！」襄公方纔醒悟，拭面而謝曰：「寡人之過也！」遂問：「班部中，誰人敢追秦囚者？」陽處父願往。先軫曰：「將軍用心，若追得，便是第一功也！」陽處父駕起追風馬，掄起斬將刀，出了曲沃西門來追孟明。史臣有詩讚襄公能容先軫，所以能嗣伯業。詩曰：

婦人輕喪武夫功，先軫當時怒氣沖。拭面容言無慍意，方知嗣伯屬襄公。

卻說孟明等三人，得脫大難，路上相議曰：「我等若得渡河，便是再生。不然，猶恐晉君追悔。如之奈何？」比到河下，並無一個船隻。嘆曰：「天絕我矣！」嘆聲未絕，見一漁翁，蕩著小艇，從西而來。口中唱歌曰：

囚猿離檻兮，囚鳥出籠。有人遇我兮，反敗為功。

孟明異其言，呼曰：「漁翁渡我！」漁翁曰：「我渡秦人，不渡晉人。」孟明曰：「吾等正是秦人，可速渡我！」漁翁曰：「子非崤中失事之人耶？」孟明應曰：「然。」漁翁曰：「吾奉公孫將軍將令，特艤舟在此相候，已非一日矣！此舟小，不任重載。前行半里之程，有大舟，將軍可以速往。」說罷，那漁翁反棹而西，飛也似去了。三帥循河而西。未及半里，果有大船數隻泊於河中，離岸有半箭之地。那漁舟已自在彼招呼。孟明和西乞、白乙跣足下船。未及撐開，東岸上早有一位將官，乘車而至，乃大將陽處父也。大叫：「秦將且住！」孟明等各各吃驚。須臾之間，陽處父停車河岸，見孟明已在舟中，心生一計，解自家所乘左驂之馬，假託襄公之命，賜與孟明：「寡君恐將軍不給於乘，使處父將此良馬，追贈將軍，聊表相敬之意。伏乞將軍俯納！」陽處父本意要哄孟明上岸相見，收馬拜謝，乘機縛之。那孟明漏網之魚，脫卻金鉤去，回頭再不來。心上也防這一著，如何再肯登岸。乃立於船頭之上，遙望陽處父，稽首拜謝曰：「蒙君不殺之恩，為惠已多，豈敢復受良馬之賜？此行寡君若不加戮，三年之後，當親至上國，拜君之賜耳！」陽處父再欲開口，只見舟師水手運槳下篙，船已蕩入中流去了。陽處父惘然如有所失，悶悶而回。以孟明之言，奏聞於襄公。先軫忿然進曰：「彼云三年之後，拜君之賜者，蓋將伐晉報仇也。不如乘其新敗喪氣之日，先往伐之，以杜其謀。」襄公以為然。遂商議伐秦之事。

話分兩頭。再說秦穆公聞三帥為晉所獲，又悶又怒，寢食俱廢。過了數日，又聞三帥已釋放還歸，喜形於色。左右皆曰：「孟明等喪師辱國，其罪當誅。昔楚殺得臣以警三軍，君亦當行此法也。」穆公曰：「孤自不聽蹇叔、百里奚之言，以累及三帥。罪在於孤，不在他人。」乃素服迎之於郊，哭而唁之。復用三帥主兵，愈加禮待。百里奚嘆曰：「吾父子復得相會，已出望外矣！」遂告老致政。穆公乃以繇余、公孫枝為左右庶長，代蹇叔、百里奚之位。此話且擱過一邊。

* * *

再說晉襄公正議伐秦，忽邊吏馳報：「今有翟主白部胡，引兵犯界，已逼箕城。望乞發兵防禦！」襄公大驚曰：「晉、翟無隙，如何相犯？」先軫曰：「先君文公，出亡在翟。翟君以二隗妻我君臣，一住十二年，禮遇甚厚。及先君返國，翟君又遣人拜賀，送二隗還晉。先君之世，從無一介束帛，以及於翟。翟君念先君之好，隱忍不言。今其子白部胡嗣位，自恃其勇，故乘喪來伐耳！」襄公曰：「先君勤勞王事，未暇報及私恩。今翟君伐我之喪，是我仇也。子載為寡人創之！」先軫再拜辭曰：「臣忿秦帥之歸，一時怒激，唾君之面，無禮甚矣！臣聞：『兵事尚整』，惟禮可以整民。無禮之人，不堪為帥。願主公罷臣之職，別擇良將。」襄公曰：「卿為國發憤，乃忠心所激，寡人豈不諒之？今禦翟之舉，非卿不可。卿其勿辭！」先軫不得已，領命而出，嘆曰：「我本欲死於秦，誰知卻死於翟也！」聞者亦莫會其意。襄公自回絳都去了。

單說先軫升了中軍帳，點集諸軍，問：「眾將誰肯為前部先鋒者？」一人昂然而出曰：「某願往！」先軫視之，乃新拜車右將軍狼瞫也。先軫因他不來謁謝，已有不悅之意。今番自請衝鋒，愈加不喜。遂罵曰：「爾新進小卒，偶斬一囚，遂獲重用。今大敵在境，汝全無退讓之意，豈藐我帳下無一良將耶？」狼瞫曰：「小將願為國家出力，元帥何故見阻？」先軫曰：「眼前亦不少出力之人，汝有何謀勇，輒敢掩諸將之上？」遂叱去不用。以狐鞫居有崤山夾戰之功，用以代之。狼瞫垂首嘆氣，恨恨而出。遇其友人鮮伯於途，問曰：「聞元帥選將禦敵，子安能在此閑行？」狼瞫曰：「我自請衝鋒，本為國家出力。誰知反觸了先軫那廝之怒！他道我有何謀勇，不該掩諸將之上。已將我罷職不用矣！」鮮伯大怒曰：「先軫妒賢嫉能，我與你共起家丁，刺殺那廝，以出胸中不平之氣，便死也落得爽快！」狼瞫曰：「不可，不可！大丈夫死必有義。死而不義，非勇也。我以勇受知於君，得為戎右。先軫以為無勇而黜之。若死於不義，則我今日之被黜，乃黜一不義之人，反使嫉妒者得藉其口矣！子姑待之。」鮮伯嘆曰：「子之高見，吾不及也！」遂與狼瞫同歸。不在話下。後人有詩議先軫黜狼瞫之非。詩曰：

提戈斬將勇如賁，車右超升屬主恩。效力何辜遭黜逐？從來忠勇有冤吞！

再說先軫用其子先且居為先鋒，欒盾、郤缺為左右隊，狐射姑、狐鞫居為合後。發車四百乘，出絳都北門，望箕城進發。兩軍相遇，各安營停當。先軫喚集諸將授計曰：「箕城有地名曰大谷。谷中寬衍，正乃車戰之地。其旁多樹木，可以伏兵。欒、郤二將，可分兵左右埋伏。待且居與翟交戰佯敗，引至谷中，伏兵齊起，翟主可擒也。二狐引兵接應，以防翟兵馳救。」諸將如計而行。先軫將大營移後十餘里安扎。次早兩下結陣，翟主白部胡親自索戰。先且居略戰數合，引車而退。白部胡引著百餘騎，奮勇來追。被先且居誘入大谷。左右伏兵俱起。白部胡施逞精神，左一衝，右一突。胡騎百餘，看看折盡。晉兵亦多損傷。良久，白部胡殺出重圍，眾莫能禦。將至谷口，遇著一員大將，刺斜裡颼的一箭，正中白部胡面門，翻身落馬。軍士上前擒之。射箭者，乃新拜下軍大夫郤缺也。箭透腦後，白部胡登時身死。郤缺認得是翟主，割下首級獻功。時先軫在中營，聞知白部胡被獲，舉首向天連聲曰：「晉侯有福！晉侯有福！」遂索紙筆，寫表章一道，置於案上。不通諸將得知，竟與營中心腹數人，乘單車馳入翟陣。

卻說白部胡之弟白暾，尚不知其兄之死，正欲引兵上前接應。忽見有單車馳到，認是誘敵之兵。白暾急提刀出迎，先軫橫戈於肩，瞪目大喝一聲，目眦盡裂，血流及面。白暾大驚，倒退數十步。見其無繼，傳令：「弓箭手圍而射之！」先軫奮起神威，往來馳驟。手殺頭目三人，兵士二十餘人，身上並無點傷。——原來這些弓箭手，懼怕先軫之勇，先自手軟，箭發的沒力了。又且先軫身被重鎧，如何射得入去。——先軫見射不能傷，自嘆曰：「吾不殺敵，無以明吾勇。既知吾勇矣，多殺何為？吾將就死於此。」乃自解其甲以受箭。箭集如蝟，身死而屍不僵仆。白暾欲斷其首，見其怒目揚鬚，不異生時，心中大懼。有軍士認得的，言：「此乃晉中軍元帥先軫！」白暾乃率眾羅拜，嘆曰：「真神人也！」祝曰：「神許我歸翟供養乎，則仆！」屍僵立如故。乃改祝曰：「神莫非欲還晉國否？我當送回。」祝畢，屍遂仆於車上。要知如何送回晉國，且看下回分解。

第四十六回 楚商臣宮中弒父 秦穆公殽谷封屍

話說翟主白部胡被殺，有逃命的敗軍，報知其弟白暾。白暾涕泣曰：「俺說晉有天助，不可伐之。吾兄不聽。今果遭難也！」欲將先軫屍首，與晉打換部胡之屍。遣人到晉軍打話。且說郤缺提了白部胡首級，同諸將到中軍獻功，不見了元帥。有守營軍士說道：「元帥乘單車出營去了，但分付緊守寨門，不知何往。」先且居心疑，偶於案上見表章一道。取而觀之，云：

臣中軍大夫先軫奏言：臣自知無禮於君。君不加誅討，而復用之。幸而戰勝，賞賚將及矣！臣歸而不受賞，是有功而不賞也。若歸而受賞，是無禮而亦可論功也。有功不賞，何以勸功？無禮論功，何以懲罪？功罪紊亂，何以為國？臣將馳入翟軍，假手翟人，以代君之討。臣子且居有將略，足以代臣。臣軫臨死冒昧！

且居曰：「吾父馳翟師死矣！」放聲大哭。便欲乘車闖入翟軍，查看其父下落。此時郤缺、欒盾、狐鞫居、狐射姑等，畢集營中，死勸方住。眾人商議，必先使人打聽元帥生死，方可進兵。忽報：「翟主之弟白暾，差人打話。」召而問之。乃是彼此換屍之事。且居知死信真實，又復痛哭了一場。約定明日軍前各抬亡靈，彼此交換。翟使回復去後，先且居曰：「戎、狄多詐，來日不可不備。」乃商議令郤缺、欒盾仍舊張兩翼於左右，但有交戰之事，便來夾攻。二狐同守中軍。

次日，兩邊結陣相持。先且居素服登車，獨出陣前，迎接父屍。白暾畏先軫之靈，拔去箭翎，將香水浴淨。自脫錦袍包裹，裝載車上，如生人一般，推出陣前付先且居收領。晉軍中亦將白部胡首級，交割還翟。翟送還的，是香噴噴一具全屍。晉送去的，只是血淋淋一顆首級。白暾心懷不忿，便叫道：「你晉家好欺負人！如何不把全屍還我？」先且居使人應曰：「若要取全屍，你自去大谷中亂屍內尋認！」白暾大怒，手執開山大斧指揮翟騎衝殺過來。這裡用輀車結陣，如牆一般。連衝突數次，皆不能入。引得白暾躑躅咆哮，有氣莫吐。忽然晉軍中鼓聲驟起。陣門開處，一員大將，橫戟而出，乃狐射姑也。白暾便與交鋒。戰不多合，左有郤缺，右有欒盾，兩翼軍士圍裹將來。白暾見晉兵眾盛，急忙撥轉馬頭。晉軍從後掩殺，翟兵死者，不計其數。狐射姑認定白暾，緊緊追趕。白暾恐衝動本營，扣馬從刺斜裡跑去。射姑不捨，隨著馬尾趕來，白暾回首一看，帶轉馬頭問曰：「將軍面善，莫非賈季乎？」射姑答曰：「然也。」白暾曰：「將軍別來無恙？將軍父子俱住吾國十二年，相待不薄。今日留情，異日豈無相見？我乃白部之弟白暾是也。」狐射姑見提起舊話，心中不忍，便答道：「我放汝一條生路，汝速速回軍，無得淹久於此！」言畢回車，至於大營。晉兵已自得勝，便拿不著白暾，眾俱無話。是夜，白暾潛師回翟。白部胡無子，白暾為之發喪，遂嗣位為君。此是後話。

且說晉師凱旋而歸，參見晉襄公，呈上先軫的遺表。襄公憐軫之死，親殮其屍。只見兩目復開，勃勃有生氣。襄公撫其屍曰：「將軍死於國事，英靈不泯。遺表所言，足見忠愛。寡人不敢忘也。」乃即柩前，拜先且居為中軍元帥，以代父職。其目遂瞑。後人於箕城立廟祀之。襄公嘉郤缺殺白部胡之功，仍以冀為之食邑。謂曰：「爾能蓋父之愆，故還爾父之封也！」又謂胥臣曰：「舉郤缺者，吾子之功。微子，寡人何由任缺？」乃以先茅之縣賞之。諸將見襄公賞當其功，無不悅服。

* * *

時許、蔡二國，因晉文公之變，復受盟於楚。晉襄公拜陽處父為大將，帥師伐許，因而侵蔡。楚成王命鬬勃同成大心，帥師救之。行及泜水，隔岸望見晉軍，遂逼泜水下寨。晉軍營於泜水之北。兩軍只隔得一層水面，擊柝之聲，彼此相聞。晉軍為楚師所拒，不能前進。如此相持，約有兩月。看看歲終，晉軍糧食將盡。陽處父意欲退軍。既恐為楚所乘，又嫌於避楚，為人所笑。乃使人渡泜水，直入楚軍，傳語鬬勃曰：「諺云：『來者不懼，懼者不來。』將軍若欲與吾戰，吾當退去一舍之地，讓將軍濟水而陣，決一死戰。如將軍不肯濟，將軍可退一舍之地，讓我渡河南岸，以請戰期。若不進不退，勞師費財，何益於事？處父今駕馬於車，以候將軍之命。惟速裁決！」鬬勃忿然曰：「晉欺我不敢渡河耶？」便欲渡河索戰。成大心急止曰：「晉人無信，其言退舍，殆誘我耳！若乘我半濟而擊之，我進退俱無據矣。不如姑退，以讓晉涉。我為主，晉為客，不亦可乎？」鬬勃悟曰：「孫伯之言是也！」乃傳令軍中退三十里下寨，讓晉濟水。使人回復陽處父。處父使改其詞，宣言於眾，只說：「楚將鬬勃，畏晉不敢涉水，已遁去矣！」軍中一時傳遍。處父曰：「楚師已遁，我何濟為？歲暮天寒，且歸休息，以俟再舉可也。」遂班師還晉。鬬勃退舍二日，不見晉師動靜。使人偵之，已去遠矣，亦下令班師而回。

* * *

郤說楚成王之長子，名曰商臣。先時欲立為太子，問於鬬勃。勃對曰：「楚國之嗣，利於少，不利於長，歷世皆然。且商臣之相，蠭目豺聲，其性殘忍。今日愛而立之，異日復惡而黜之，其為亂必矣。」成王不聽，竟立為嗣。使潘崇傅之。商臣聞鬬勃不欲立己，心懷怨恨。及鬬勃救蔡，不戰而歸。商臣譖於成王曰：「子上受陽處父之賂，故避之以為晉名。」成王信其言，遂不許鬬勃相見，使人賜之以劍。鬬勃不能自明，以劍刎喉而死。成大心自詣成王之前，叩頭涕泣，備述退師之故，如此恁般：「並無受賂之事。若以退為罪，罪宜坐臣。」成王曰：「卿不必引咎，孤亦悔之矣！」自此，成王有疑太子商臣之意。後又愛其少子職，遂欲廢商臣而立職。誠恐商臣謀亂，思尋其過失而誅之。宮人頗聞其語，傳播於外。商臣猶豫未信，以告於太傅潘崇。崇曰：「吾有一計，可察其說之真假。」商臣問：「計將安出？」潘崇曰：「王妹芈氏，嫁於江國。近以歸寧來楚，久住宮中，必知其事。江芈性最躁急。太子誠為設享，故加怠慢，以激其怒。怒中之言，必有洩漏。」商臣從其謀，乃具享以待江芈。芈氏來至東宮，商臣迎拜甚恭。三獻之後，漸漸疎慢。中饋但使庖人供饌，自不起身。又故意與行酒侍兒，竊竊私語。芈氏兩次問話，俱失應答。芈氏大怒，拍案而起，罵曰：「役夫不肖如此，宜王之欲殺汝而立職也！」商臣假意謝罪。芈氏不顧，竟上車而去，罵聲猶不絕口。

商臣連夜告於潘崇，因叩以自免之策。潘崇曰：「子能北面而事職乎？」商臣曰：「吾不能以長事少也。」潘崇曰：「若不能屈首事人，盍適他國？」商臣曰：「無因也。祇取辱焉！」潘崇曰：「捨此二者，別無策矣！」商臣固請不已。潘崇曰：「有一策甚便捷，但恐汝不忍耳。」商臣曰：「死生之際，有何不忍？」潘崇附耳曰：「除非行大事，乃可轉禍為福。」商臣曰：「此事吾能之。」乃部署宮甲。至夜半，託言宮中有變，遂圍王宮。潘崇仗劍，同力士數人入宮，徑造成王之前。左右皆驚散。成王問曰：「卿來何事？」潘崇答曰：「王在位四十七年矣！成功者退。今國人思得新王，請傳位於太子！」成王惶遽答曰：「孤即當讓位，但不知能相活否？」潘崇曰：「一君死，一君立，國豈有二君耶！何王之老而不達也？」成王曰：「孤方命庖人治熊掌，俟其熟而食之。雖死不恨。」潘崇厲聲曰：「熊掌難熟，王欲延時刻，以待外救乎？請王自便，勿俟臣動手。」言畢，解束帶投於王前。成王仰天呼曰：「好鬬勃！好鬬勃！孤不聽忠言，自取其禍，復何言哉！」遂以帶自挽其頸。潘崇命左右拽之，須臾氣絕。江芈曰：「殺吾兄者，我也！」亦自縊而死。時周襄王二十六年，冬十月之丁未日也。髯翁論此事，謂成王以弟弒兄，其子商臣遂以子弒父。天理報應，昭昭不爽。有詩嘆曰：

楚君昔日弒熊囏，今日商臣報叔冤。天遣潘崇為逆傅，痴心猶想食熊蹯。

商臣既弒其父，遂以暴疾訃於諸侯。自立為王，是為穆王。加潘崇之爵為太師，使掌環列之尹。復以為太子之室賜之。令尹鬬般等皆知成王被弒，無人敢言。商公鬬宜申聞成王之變，託言奔喪，因來郢都，與大夫仲歸，謀弒穆王。事露，穆王使司馬鬬越椒擒宜申、仲歸殺之。——巫者范矞似言：「楚成王與子玉、子西，三人俱不得其死」，至是其言果驗矣。——鬬越椒覬令尹之位，乃說穆王曰：「子揚常向人言：『父子世秉楚政，受先王莫大之恩，愧不能成先王之志！』其意欲扶公子職為君。子上之來，子揚實召之。今子上伏誅，子揚意不自安。恐有他謀，不可不備。」穆王疑之。乃召鬬般使殺公子職。鬬般辭以不能。穆王怒曰：「汝欲成先王之志耶？」自舉銅鎚擊殺之。公子職欲奔晉，鬬越椒追殺之於郊外。穆王拜成大心為令尹。未幾大心亦卒。遂遷鬬越椒為令尹，蔿賈為司馬。後穆王復念子文治楚之功，錄鬬克黃為箴尹。克黃字子儀，乃鬬般之子，子文之孫也。

晉襄公聞楚成王之死，問於趙盾曰：「天其遂厭楚乎？」趙盾對曰：「楚君雖橫，猶可以禮義化誨。商臣不愛其父，況其他乎？臣恐諸侯之禍，方未艾耳！」不幾年，穆王遣兵四出。先滅江，次滅六，滅蓼。又用兵陳、鄭。中原多事，果如趙盾之言。此是後話。

* * *

卻說周襄王二十七年春二月，秦孟明視請於穆公，欲興師伐晉，以報崤山之敗。穆公壯其志，許之。孟明遂同西乞、白乙，率車四百乘伐晉。晉襄公慮秦有報怨之舉，每日使人遠探。一得此信，笑曰：「秦之拜賜者至矣！」遂拜先且居為大將，趙衰為副，狐鞫居為車右，迎秦師於境上。大軍將發之際，狼瞫自請以私屬效勞，先且居許之。時孟明等尚未出境。先且居曰：「與其俟秦至而戰，不如伐秦。」遂西行至於彭衙，方與秦兵相遇。兩邊各排成陣勢。狼瞫請於先且居曰：「昔先元帥以瞫為無勇，罷黜不用。今日瞫請自試，非敢求錄功，但以雪前之恥耳！」言畢，遂與其友鮮伯等百餘人，直犯秦陣。所向披靡，殺死秦兵無算。鮮伯為白乙所殺。先且居登車望見秦陣已亂，遂驅大軍掩殺前去。孟明等不能當，大敗而走。先且居救出狼瞫，瞫遍體皆傷，嘔血斗餘，踰日而亡。晉兵凱歌還朝。且居奏於襄公曰：「今日之勝，狼瞫之力，與臣無與也。」襄公命以上大夫之禮，葬狼瞫於西郭，使群臣皆送其葬。此是襄公激勵人才的好處。史臣有詩誇狼瞫之勇云：

壯哉狼車右，斬囚如割雞！被黜不忘怒，輕身犯敵威。一死表生平，秦師因以摧。重泉若有知，先軫應低眉。

卻說孟明兵敗回秦，自分必死。誰知穆公一意引咎，全無嗔怪之意。依舊使人郊迎慰勞，任以國政如初。孟明自愧不勝，乃增修國政，盡出家財，以卹陣亡之家。每日操演軍士，勉以忠義，期來年大舉伐晉。是冬，晉襄公復命先且居糾合宋大夫公子成，陳大夫轅選，鄭大夫公子歸生，率師伐秦，取江及彭衙二邑而還。戲曰：「吾以報拜賜之役也！」——昔郭偃卜繇，有「一擊三傷」之語，至是三敗秦師，其言果驗。——孟明不請師禦晉，秦人皆以為怯。惟穆公深信之。謂群臣曰：「孟明必能報晉，但時未至耳！」至明年夏五月，孟明補卒蒐乘，訓練已精，請穆公自往督戰：「若今次不能雪恥，誓不生還！」穆公曰：「寡人凡三見敗於晉矣！若再無功，寡人亦無面目反國也！」乃選車五百乘，擇日興師。凡軍士從行者，皆厚贈其家。三軍踴躍，皆願效死。兵由蒲津關而出。既渡黃河，孟明出令，使人焚其舟。穆公怪而問曰：「元帥焚舟，何意也？」孟明視奏曰：「兵以氣勝，吾屢挫之後，氣已衰矣！幸而勝，何患不濟？吾之焚舟，示三軍之必死，有進無退，所以作其氣也！」穆公曰：「善！」孟明自為先鋒，長驅直入，破王官城，取之。諜報至絳州，晉襄公大集群臣，商議出兵拒敵。趙衰曰：「秦怒已甚，此番起傾國之兵，將致死於我。且其君親行，不可當也。不如避之，使稍逞其志，可以息兩國之爭。」先且居亦曰：「困獸猶能鬥，況大國乎？秦君恥敗，而三帥俱好勇，其志不勝不已。兵連禍結，未有已時，子餘之言是也。」襄公乃傳諭：「四境堅守，毋與秦戰！」繇余謂穆公曰：「晉懼我矣，君可乘此兵威，收崤山死士之骨，可以蓋昔之恥。」穆公從之。遂引兵渡黃河上岸，自茅津濟師，屯於東崤。晉兵無一人一騎敢相迎者。穆公命軍士於墮馬崖、絕命巖、落魂澗等處，收檢屍骨，用草為襯，埋藏於山谷僻坳之處。宰牛殺馬，大陳祭享。穆公素服，親自瀝酒，放聲大哭。孟明諸將，伏地不能起。哀動三軍，無不墮淚。髯仙有詩云：

> 曾嗔二老哭吾師，今日如何自哭之？莫道封屍豪舉事，崤山雖險本無屍。

江及彭衙二邑百姓，聞穆公伐晉得勝，哄然相聚，逐去晉之守將，還復歸秦。秦穆公奏凱班師，以孟明為亞卿，與二相同秉國政。西乞、白乙俱加封賞。改蒲津關為大慶關，以志軍功。

卻說西戎主赤班，初時見秦兵屢敗，欺秦之弱，欲倡率諸戎叛秦。及伐晉回來，穆公遂欲移師伐戎。繇余請傳檄戎中，徵其朝貢。若其不至，然後攻之。赤班打聽孟明得勝，正懷憂懼。一見檄文，遂率西方二十餘國，納地請朝，尊穆公為西戎伯主。史臣論秦事，以為千軍易得，一將難求。穆公信孟明之賢，能始終任用，所以卒成伯業。

是時秦之威名，直達京師。周襄王謂尹武公曰：「秦、晉匹也，其先世皆有功於王室。昔重耳主盟中夏，朕冊命為侯伯。今秦伯任好強盛，不亞於晉，朕亦欲冊之如晉，卿以為何如？」尹武公曰：「秦自伯西戎，未若晉之能勤王也。今秦、晉方惡，而晉侯驩能繼父業。若冊命秦，則失晉歡矣。不若遣使頒賜以賀秦，則秦知感，而晉亦無怨。」襄王從之。要知後事如何，再看下回分解。

第四十七回　弄玉吹簫雙跨鳳　趙盾背秦立靈公

話說秦穆公并國二十，遂伯西戎。周襄王命尹武公賜金鼓以賀之。秦伯自稱年老，不便入朝，使公孫枝如周謝恩。是年，繇余病卒。穆公心加痛惜，遂以孟明為右庶長。公孫枝自周還，知穆公意向孟明，亦告老致政。不在話下。

卻說秦穆公有幼女，生時適有人獻璞，琢之，得碧色美玉。女周歲，宮中陳晬盤，女獨取此玉弄之不捨，因名弄玉。稍長，姿容絕世，且又聰明無比。善於吹笙，不由樂師，自成音調。穆公命巧匠，剖此美玉為笙。女吹之，聲如鳳鳴。穆公鍾愛其女，築重樓以居之，名曰鳳樓。樓前有高臺，亦名鳳臺。弄玉年十五，穆公欲為之求佳壻。弄玉自誓曰：「必得善笙人，能與我唱和者，方是我夫。他非所願也。」穆公使人遍訪，不得笙人。忽一日，弄玉於樓上捲簾閒看，見天淨雲空，月明如鏡。呼侍兒焚香一炷，取碧玉笙臨窗吹之。聲音清越，響入天際。微風拂拂，忽若有和之者，其聲若遠若近。弄玉心異之。乃停吹而聽，其聲亦止。餘音猶嫋嫋不斷。弄玉臨風惘然，如有所失。徙倚夜半，月昃香消。乃將玉笙置於床頭，勉強就寢。夢見西南方天門洞開，五色霞光，照耀如晝。一美丈夫羽冠鶴氅，騎彩鳳自天而下。立於鳳臺之上，謂弄玉曰：「我乃太華山之主也。上帝命我與爾結為婚姻，當以中秋日相見，宿緣應爾。」乃於腰間解赤玉簫，倚欄吹之。其彩鳳亦舒翼鳴舞。鳳聲與簫聲，唱和如一。宮商協調，喤喤盈耳。弄玉神思俱迷，不覺問曰：「此何曲也？」美丈夫對曰：「此華山吟第一弄也。」弄玉又問曰：「曲可學乎？」美丈夫對曰：「既成姻契，何難相授？」言畢，直前執弄玉之手。弄玉猛然驚覺。夢中景像，宛然在目。及旦，自言於穆公。乃使孟明以夢中形像，於太華山訪之。有野夫指之曰：「山上明星巖，有一異人。自七月十五日至此，結廬獨居。每日下山沽酒自酌。至晚，必吹簫一曲。簫聲四徹，聞者忘臥。不知何處人也。」孟明登太華山，至明星巖下，果見一人羽冠鶴氅，玉貌丹唇，飄飄然有超塵出俗之姿。孟明知是異人，上前揖之，問其姓名。對曰：「某蕭姓史名。足下何人？來此何事？」孟明曰：「某乃本國右庶長百里視是也。吾主為愛女擇壻，女善吹笙，必求其匹。聞足下精於音樂，吾主渴欲一見，命某奉迎。」蕭史曰：「某粗解宮商，別無他長，不敢辱命。」孟明曰：「同見吾主，自有分曉。」乃與共載而回。

孟明先見穆公，奏知其事。然後引蕭史入謁。穆公坐於鳳臺之上，蕭史拜見曰：「臣山野匹夫，不知禮法，伏祈矜宥！」穆公視蕭史形容瀟灑，有離塵絕俗之韻，心中先有三分歡喜。乃賜坐於旁，問曰：「聞子善簫，亦善笙乎？」蕭史曰：「臣止能簫，不能笙也。」穆公曰：「本欲覓吹笙之侶，今簫與笙不同器，非吾女匹也。」顧孟明使引退。弄玉遣侍者傳語穆公曰：「簫與笙一類也。客既善簫，何不一試其長？奈何令懷技而去乎？」穆公以為然，乃命蕭史奏之。蕭史取出赤玉簫一枝；玉色溫潤，赤光照耀人目，誠希世之珍也！纔品一曲，清風習習而來。奏第二曲，彩雲四合。奏至第三曲，見白鶴成對，翔舞於空中；孔雀數雙，棲集於林際；百鳥和鳴，經時方散。穆公大悅。時弄玉於簾內，窺見其異，亦喜曰：「此真吾匹矣！」穆公復問蕭史曰：「子知笙簫何為而作？始於何時？」蕭史對曰：「笙者，生也；女媧氏所作。義取發生，律應太簇。簫者，肅也；伏羲氏所作。義取肅清，律應仲呂。」穆公曰：「試詳言之。」蕭史對曰：「臣執藝在簫，請言簫。昔伏羲氏編竹為簫，其形參差，以象鳳翼；其聲和美，以象鳳鳴。大者謂之雅簫，編二十三管，長尺有四寸；小者謂之頌簫，編十六管，長尺有二寸；總謂之簫管。其無底者，謂之洞簫。其後黃帝使伶倫伐竹於昆谿，製為笛，橫七孔吹之，亦象鳳聲。其形甚簡。後人厭簫管之繁，專用一管而豎吹之。又以長者名簫，短者名管。今之簫，非古之簫矣。」穆公曰：「卿吹簫何以能致珍禽也？」史又對曰：「簫製雖減，其聲不變。作者以象鳳鳴，鳳乃百鳥之王，故皆聞鳳聲而翔集也。昔舜作簫韶之樂，鳳凰應聲而來儀。鳳且可致，況他鳥乎？」蕭史應對如流，音聲洪亮。穆公愈悅。謂史曰：「寡人有愛女弄玉，頗通音律，不欲歸之盲壻，願以室吾子。」蕭史斂容再拜辭曰：「史本山僻野人，安敢當王侯之貴乎？」穆公曰：「小女有誓願在前，欲擇善笙者為偶。今吾子之簫能通天地，格萬物，更勝於笙多矣。況吾女復有夢徵，今日正是八月十五中秋之日，此天緣也！卿不可辭。」蕭史乃拜謝。穆公命太史擇日婚配。太史奏：「今夕中秋上吉。月圓於上，人圓於下。」乃使左右具湯沐，引蕭史潔體，賜新衣冠更換，送至鳳樓，與弄玉成親。夫妻和順，自不必說。

次早，穆公拜蕭史為中大夫。蕭史雖列朝班，不與國政。日居鳳樓之中，不食火食。時或飲酒數杯耳。弄玉學其導氣之方，亦漸能絕粒。蕭史教弄玉吹簫，為來鳳之曲。約居半載，忽然一夜，夫婦於月下吹簫，遂有紫鳳集於臺之左，赤龍盤於臺之右。蕭史曰：「吾本上界仙人，上帝以人間史籍散亂，命吾整理。乃以周宣王十七年五月五日，降生於周之蕭氏，為蕭三郎。至宣王末年，史官失職，吾乃連綴本末，備典籍之遺漏。周人以吾有功於史，遂稱吾為蕭史。今歷一百十餘年矣。上帝命我為華山之主，與子有夙緣，故以簫聲作合。然不應久住人間。今龍鳳來迎，可以去矣！」弄玉欲辭其父。蕭史不可，曰：「既為神仙，當脫然無思。豈容於眷屬生係戀耶？」於是蕭史乘赤龍，弄玉乘紫鳳，自鳳臺翔雲而去。——今人稱佳壻為「乘龍」，正謂此也。——是夜有人於太華山聞鳳鳴焉。次早，宮侍報知穆公。穆公悃然。徐歎曰：「神仙之事，果有之也！倘此時有龍鳳迎寡人，寡人視棄山河，如棄敝屣耳！」命人於太華蹤跡之，杳然無所見聞。遂立祠於明星巖，歲時以酒果祀之。至今稱為蕭女祠，祠中時聞鳳鳴也。

六朝鮑照有蕭史曲云：

蕭史愛少年，嬴女戀童顏。火粒願排棄，霞霧好登攀。龍飛逸天路，鳳起出秦關。身去長不返，簫聲時往還。

又江總亦有詩云：

弄玉秦家女，蕭史仙處童。來時兔月滿，去後鳳樓空。密笑開還斂，浮聲咽更通。相期紅粉色，飛向紫煙中。

穆公自是厭言兵革，遂超然有世外之想。以國政專任孟明，日修清淨無為之業。未幾，公孫枝亦卒，孟明薦子車氏之三子奄息、仲行、鍼虎，並有賢德，國中稱為「三良」。穆公皆拜為大夫，恩禮甚厚。又三年，為周襄王三十一年，春二月望日，穆公坐於鳳臺觀月，想念其女弄玉，不知何往，更無會期。驀然睡去，夢見蕭史與弄玉控二鳳來迎，同游廣寒之宮，清冷徹骨。既醒，遂得寒疾。不數日薨。人以為仙去矣。在位三十九年，年六十九歲。穆公初娶晉獻公女，生太子罃，至是即位，是為康公。葬穆公於雍，用西戎之俗，以生人殉葬。凡用一百七十七人。子車氏之三子，亦與其數。國人哀之，為賦黃鳥之詩。詩見毛詩國風。後人論穆公用三良殉葬，以為死而棄賢，失貽謀之道。惟宋蘇東坡學士，有題秦穆公墓詩，出人意表。詩云：

橐泉在城東，墓在城中無百步。乃知昔未有此城，秦人以此識公墓。昔公生不誅孟明，豈有死之日而忍用其良？乃知三子殉公意，亦如齊之二子從田橫。古人感一飯，尚能殺其身。今人不復見此等，乃以所見疑古人。古人不可望，今人益何傷！

* * *

話分兩頭。卻說晉襄公六年，立其子夷皐為世子，使庶弟公子樂出仕於陳。是年趙衰、欒枝、先且居、胥臣，先後皆卒。連喪四卿，位署俱虛。明年乃大蒐車徒於夷，捨二軍，仍復三軍之舊。襄公欲使士穀梁益耳將中軍，使箕鄭父、先都將上軍。先且居之子先克進曰：「狐、趙有大功於晉，其子不可廢也。且士穀位司空，與梁益耳俱未有戰功。驟為大將，恐人心不服。」襄公從之。乃以狐射姑為中軍元帥，趙盾佐之。以箕鄭父為上軍元帥，荀林父佐之。以先蔑為下軍元帥，先都佐之。狐射姑登壇號令，指揮如意，旁若無人。其部下軍司馬臾駢諫曰：「駢聞之：『師克在和。』今三軍之帥，非夙將即世臣也。元帥宜虛心諮訪，常存謙退。夫剛而自矜，子玉所以敗於晉也。不可不戒。」射姑大怒，喝曰：「吾發令之始，匹夫何敢亂言，以慢軍士？」叱左右鞭之一百。眾人俱有不服之意。再說士穀、梁益耳聞先克阻其進用，心中大恨。先都不得上軍元帥之職，亦深恨之。時太傅陽處父聘於衛，不與其事。及處父歸國，聞射姑為元帥，乃密奏於襄公曰：「射姑剛而好上，不得民心。此非大將之才也。臣曾佐子餘之軍，與其子盾相善，極知盾賢而且能。夫尊賢使能，國之令典。君如擇帥，無如盾者。」襄公用其言，乃使陽處父改蒐於董。狐射姑未知易帥之事，欣然長中軍之班。襄公呼其字曰：「賈季，向也寡人使盾佐吾子，今吾子佐盾。」射姑不敢言，唯唯而退。襄公乃拜趙盾為中軍元帥，而使狐射姑佐之。其上軍下軍如故。趙盾自此當國，大修政令，國人悅服。有人謂陽處父曰：「子孟言無隱，忠則忠矣，獨不虞取怨於人乎？」處父曰：「苟利國家，何敢避私怨也！」次日，狐射姑獨見襄公，問曰：「蒙主公念先人之微勞，不以臣為不肖，使司戎政。忽然更易，臣未知罪。意者以先臣偃之勳，不如衰乎？抑別有所謂耶？」襄公曰：「無他也。陽處父謂寡人，言吾子不得民心，難為大將。是以易之。」射姑默然而退。

是年秋八月，晉襄公病，將死。召太傅陽處父上卿趙盾及諸臣，在榻前囑曰：「寡人承父業，破翟伐秦，未嘗挫銳氣於外國。今不幸命之不長，將與諸卿長別。太子夷皐年幼，卿等宜盡心輔佐，和好鄰國，不失盟主之業可也。」群臣再拜受命。襄公遂薨。次日，群臣欲奉太子即位。趙盾曰：「國家多難，秦、翟為仇，不可以立幼主。今杜祁之子公子雍，見仕於秦，好善而長，可迎之以嗣大位。」群臣莫對。狐射姑曰：「不如立公子樂，其母君之嬖也。樂仕於陳。而陳素睦於晉，非若秦之為怨，迎之則朝發而夕至矣。」趙盾曰：「不然。陳小而遠，秦大而近。迎君於陳不加睦，而迎君於秦，可以釋怨而樹援。必公子雍乃可。」眾議方息。乃使先蔑為正使，士會副之，如秦報喪，因迎公子雍為君。將行，荀林父止之曰：「夫人、太子皆在，而欲迎君於他國，恐事之不成，將有他變。子何不託疾以辭之？」先蔑曰：

「政在趙氏，何變之有？」林父謂人曰：「同官為僚。吾與士伯為同僚，不敢不盡吾心。彼不聽吾言，恐有去日，無來日矣！」

不說先蔑往秦。且說狐射姑見趙盾不從其言，怒曰：「狐、趙等也。今有趙而無狐耶？」亦陰使人召公子樂於陳，將為爭立之計。早有人報知趙盾。盾使其客公孫杵臼率家丁百人，伏於中路，候公子樂行過，要而殺之。狐射姑益怒曰：「使趙孟有權者，陽處父也。處父族微無援，今出宿郊外，主諸國會葬之事，刺之易耳。盾殺公子樂，我殺處父，不亦可乎？」乃與其弟狐鞫居謀。鞫居曰：「此事吾力能任之。」與家人詐為盜，夜半踰牆而入。處父尚秉燭觀書。鞫居直前擊之，中肩。處父驚而走。鞫居逐殺之，取其首以歸。陽處父之從人，有認得鞫居者，走報趙盾。盾佯為不信，叱曰：「陽太傅為盜所害，安敢誣人？」令人收殮其屍。此九月中事。

至冬十月，葬襄公於曲沃。襄夫人穆嬴同太子夷皐送葬，謂趙盾曰：「先君何罪？其適嗣亦何罪？乃捨此一塊肉，而外求君於他國耶？」趙盾曰：「此國家大事，非盾一人之私也。」葬畢，奉主入廟。趙宣子即廟中謂諸大夫曰：「先君惟能用刑賞，以伯諸侯。今君柩在殯，而狐鞫居擅殺太傅，為諸臣者，誰不自危，此不可不討也！」乃執鞫居付司寇，數其罪而斬之。即於其家，搜出陽處父之首，以線縫於頸而葬之。狐射姑懼趙盾已知其謀，乃夜乘小車出奔翟國，投翟主白暾去訖。

時翟國有長人曰僑如，身長一丈五尺，謂之長翟。力舉千鈞，銅頭鐵額，瓦礫不能傷害。白暾用之為將，使之侵魯。文公使叔孫得臣帥師拒之。時值冬月，凍霧漫天。大夫富父終甥，知將雨雪，進計曰：「長翟驍勇異常，但可智取，不可力敵。」乃於要道，深掘陷坑數處，將草蓐掩蓋，上用浮土。是夜果降大雪，鋪平地面，不辨虛實。富父終甥引一枝軍，去劫僑如之寨。僑如出戰，終甥詐敗。僑如奮勇追殺，終甥留下暗號，認得路徑，沿坑而走。僑如隨後趕來，遂墮於深坑之中。得臣伏兵悉起，殺散翟兵。終甥以戈刺僑如之喉而殺之。取其屍載以大車，見者都駭。以為防風氏之骨，不是過也。得臣適生長子，遂名曰叔孫僑如，以志軍功。自此魯與齊、衛合兵伐翟，白瞰走死，遂滅其國。狐射姑轉入赤翟潞國，依潞大夫酆舒。趙盾曰：「賈季吾先人同時出亡者，左右先君，功勞不淺。吾誅鞫居，正以安賈季也。彼懼罪而亡，何忍使孤身棲止於翟境乎？」乃使臾駢送其妻子往潞。臾駢喚集家丁，將欲起行。眾家丁稟曰：「昔蒐夷之日，主人盡忠於狐帥，反被其辱，此仇不可不報。今元帥使主人押送其妻孥，此天賜我也。當盡殺之，以雪其恨。」臾駢連聲曰：「不可，不可！元帥以送孥見委，寵我也。元帥送之，而我殺之，元帥不怒我乎？乘人之危，非仁也；取人之怒，非智也。」乃迎其妻子登車，將家財細細登籍，親送出境，毫無遺失。射姑聞之，嘆曰：「吾有賢人而不知，吾之出奔宜也！」趙盾自此重臾駢之人品，有重用之意。

再說先蔑同士會如秦，迎公子雍為君。秦康公喜曰：「吾先君兩定晉君，當寡人之身，復立公子雍，是晉君世世自秦出也。」乃使白乙丙率車四百乘，送公子雍於晉。

卻說襄夫人穆嬴自送葬歸朝之後，每日侵晨，必抱太子夷皋於懷，至朝堂大哭，謂諸大夫曰：「此先君適子❶也！奈何棄之？」既散朝，則命車適於趙氏，向趙盾頓首曰：「先君臨終，以此子囑卿盡心輔佐。君雖棄世，言猶在耳。若立他人，將置此子於何地耶？不立吾兒，吾子母有死而已！」言畢，號

---

❶ 適子：正妻所生的兒子。適，音ㄉㄧˊ。同「嫡」。

哭不已。國人聞之，無不哀憐穆嬴，而歸咎於趙盾。諸大夫亦以迎雍失策為言。趙盾患之，謀於郤缺曰：「士伯已往秦迎長君矣，何可再立太子？」缺曰：「今日捨幼子而立長君，異日幼子漸長，必然有變。可亟遣人往秦，止住士伯為上。」盾曰：「先定君然後發使，方為有名。」即時會集群臣，奉夷皐即位，是為靈公。時年纔七歲耳。

百官朝賀方畢，忽邊諜報稱：「秦遣大夫送公子雍已至河下。」諸大夫曰：「我失信於秦矣，何以謝之？」趙盾曰：「我若立公子雍，則秦吾賓客也。既不受其納，是敵國矣！使人往謝，彼反有辭於我。不如以兵拒之。」乃使上軍元帥箕鄭父輔靈公居守。盾自將中軍，先克為副，以代狐射姑之職。荀林父獨將上軍。先都因先蔑往秦，亦獨將下軍。三軍整頓，出迎秦師，屯於廑陰。秦師已濟河而東，至令狐下寨。聞前有晉軍，猶以為迎公子雍而來，全不戒備。先蔑先至晉軍來見，趙盾告以立太子之故。先蔑睜目視曰：「謀迎公子雍，是誰主之？今又立太子而拒我乎？」拂袖而出。見荀林父曰：「吾悔不聽子言，以至今日！」林父止之曰：「子晉臣也。捨晉安歸？」先蔑曰：「我受命往秦迎雍，則雍是我主，秦為吾主之輔。豈可自背前言，苟圖故鄉之富貴乎？」遂奔秦寨。趙盾曰：「士伯不肯留晉，來日秦師必然進逼。不如乘夜往劫秦寨，出其不意，可以得志。」遂出令厲兵秣馬，軍士於寢蓐飽食，銜枚疾走。比至秦寨，恰好三更。一聲吶喊，鼓角齊鳴，殺入營門。秦師在睡夢中驚覺，馬不及束鐙，人不及操戈，四下亂竄。晉兵直追至刳首之地。白乙丙死戰得脫，公子雍死於亂軍之中。先蔑嘆曰：「趙孟背我，我不可背秦。」乃奔秦。士會亦嘆曰：「吾與士伯同事。士伯既往秦，吾不可以獨歸也。」亦從秦師而歸。秦康公俱拜為大夫。荀林父言於趙盾曰：「昔賈季奔翟，相國念同僚之義，歸其妻孥。今士伯隨季，與某亦有僚誼，願效相國昔日之事。」趙盾曰：「荀伯重義，正合吾意。」遂令衛士送兩宅家眷及家財於秦。胡曾先生有詩云：

誰當越境送妻孥？只為同僚義氣多。近日人情相忌刻，一般僚誼卻如何！

又髯翁有詩譏趙宣子輕於迎雍，以賓為寇：

弈棋下子必躊躇，有嫡如何又外求？賓寇須臾成反覆，趙宣謀國是何籌？

按此一戰，各軍將皆有俘獲。惟先克部下驍將蒯得，貪進不顧，為秦所敗，反喪失戎車五乘。先克欲按軍法斬之。諸將皆代為哀請。先克言於趙盾，乃奪其田祿。蒯得恨恨不已。

*　　*　　*

再說箕鄭父與士縠、梁益耳素相厚善。自趙盾升為中軍元帥，士縠、梁益耳俱失了兵柄，連箕鄭父也有不平之意。時鄭父居守，士縠、梁益耳俱聚做一處，說：「趙盾廢置自由，目中無人。今聞秦以重兵送公子雍，若兩軍相持，急未能解，我這裡從中為亂，反了趙盾，廢夷皐迎公子雍，大權皆歸於吾黨之手。」商議已定。不知成敗如何，且看下回分解。

第四十八回　刺先克五將亂晉　召士會壽餘紿秦

話說箕鄭父、士縠、梁益耳三人商議，只等秦兵緊急，便從中作亂，欲更趙盾之位。不意趙盾襲敗秦兵，奏凱而回，心中愈憤。先都為下軍佐，因主將先蔑為趙盾所賣，出奔於秦，亦恨趙盾。湊著蒯得被先克以軍事奪其田祿，中懷怨望，訴於士縠。縠曰：「先克倚恃趙孟之屬，故敢於橫行如此。盾所專制，惟中軍耳。誠得一死士，先往刺克，則盾勢孤矣。此事非得先子會不可。」蒯得曰：「子會因主帥為盾所賣，意亦恨之。」士縠曰：「既如此，則克不難辦也。」遂附耳曰：「只如此恁般，便可了事。」蒯得大喜曰：「吾當即往言之。」蒯得往見先都。倒是先都開口說起：「趙孟背了士季，襲敗秦師，全無信義，難與同事。」蒯得遂以士縠之言，告於先都。都曰：「誠如此，晉國之幸也！」

時冬月將盡，約至新春。先克往箕城謁拜其祖先軫之祠。先都使家丁伏於箕城之外，只等先克過去，遠遠跟定。覷個空隙，群起刺殺之。從人驚散。趙盾聞先克為賊所殺，大怒，嚴令司寇緝獲，五日一比。先都等情慌，與蒯得商議，慫恿士縠、梁益耳等作速舉事。梁益耳醉中洩其語於梁弘。弘大驚曰：「此滅族之事也！」乃密告於臾駢。駢轉聞於趙盾。盾即聚甲戒車，分付伺候聽令。先都聞趙氏聚甲戒車，疑其謀已洩，急走士縠處，催并❶速發。箕鄭父欲借上元節晉侯賜酺，乘亂行事。議久不決。趙盾先遣

❶ 催并：猶催促。

與駢圍先都之家，執都付獄。梁益耳、蒯得慌忙之際，欲與箕鄭父、士縠團集四族家丁，劫出先都一同為亂。趙盾使人反以先都之謀告於箕鄭父，請他入朝商議。箕鄭父曰：「趙孟見召，殆不疑我也。」遂輕身而往。原來趙孟為箕鄭父見為上軍元帥，恐其鼓眾同亂，假意召之。鄭父不知是計，坦然入朝。趙盾留住於朝房，與之議先都之事。密遣荀林父、郤缺、欒盾領著三枝軍馬，分頭拿捕士縠、梁益耳、蒯得三人，俱下獄訖。荀林父等三將，至朝房回話。林父大聲喝曰：「箕鄭父亦在作亂數內，如何還不就獄？」鄭父曰：「我有居守之勞。彼時三軍在外，我獨居中。不以此時為亂，今日諸卿得濟，乃求死耶？」趙盾曰：「汝之遲於為亂，正欲待先都、蒯得也。我已訪知的實，不須多辯！」箕鄭父俯首就獄。

趙盾奏聞晉靈公，欲將先都等五人行誅。靈公年幼，唯唯而已。靈公既入宮，襄夫人聞五人在獄，問靈公曰：「相國如何處置？」靈公曰：「相國言罪並應誅。」襄夫人曰：「此輩事起爭權，原無篡逆之謀。且主謀殺先克者，不過一二人。罪有首從，豈可一概誅戮？邇年老成彫喪，人才稀少。一朝而戮五臣，恐朝堂之位遂虛矣！可不慮乎？」明日，靈公以襄夫人之言述於趙盾。盾奏曰：「主少國疑，大臣擅殺。不大誅戮，何以懲後？」遂將先都、士縠、箕鄭父、梁益耳、蒯得五人，坐以不君之罪，斬於市曹。錄先克之子先縠為大夫。國人畏趙盾之嚴，無不股栗。狐射姑在潞國聞其事，駭曰：「幸哉，我之得免於死也！」

一日潞大夫酆舒問於狐射姑曰：「趙盾比趙衰，人孰賢？」射姑曰：「趙衰乃冬日之日，趙盾乃夏日之日。冬日賴其溫，夏日畏其烈。」酆舒笑曰：「卿宿將亦畏趙孟耶？」

* * *

閒話休題。卻說楚穆王自篡位之後，亦有爭伯中原之志。聞諜報晉君新立，趙盾專政，諸大夫自相爭殺。乃召群臣計議，欲加兵於鄭。大夫范山進曰：「晉君年幼，其臣志在爭權，不在諸侯。乘此時出兵以爭北方，誰能當者？」穆王大悅。使鬭越椒為大將，蒍賈副之。帥車三百乘伐鄭。自引兩廣精兵，屯於狼淵，以為聲援。別遣息公子朱為大將，公子茷副之。帥車三百乘伐陳。

且說鄭穆公聞楚兵臨境，急遣大夫公子堅、公子尨、樂耳三人，引兵拒楚於境上，囑以固守勿戰。別遣人告急於晉。越椒連日挑戰，鄭兵不出。蒍賈密言於越椒曰：「自城濮之後，楚兵久不至鄭矣。鄭人恃有晉救，不與我戰。乘晉救未至，誘而擒之，可以雪往日之恥。不然，遷延日久，諸侯畢集，恐復如子玉故事，將奈何？」越椒曰：「今欲誘之，當用何計？」蒍賈附耳曰：「必須如此恁般。」越椒從其謀。乃傳令軍中，言：「糧食將缺，可於村落掠取，以供食用。」自於帳中鼓樂飲酒，每日至夜半方散。有人傳至狼淵，楚穆王疑鬭越椒玩敵，欲自往督戰。范山曰：「伯嬴智士，此必有計。不出數日，捷音當至矣。」

再說公子堅等，見楚兵不來搦戰，心中疑慮。使人探聽。回言：「楚兵四出，擄掠為食。鬭元帥中軍日逐鼓樂飲酒。酒後謾罵，言：『鄭人無用，不堪廝殺。』」公子堅喜曰：「楚兵四出擄掠，其營必虛。楚將鼓樂飲酒，其心必懈。若夜劫其營，可獲全勝。」公子尨、樂耳皆以為然。是夜結束飽食。公子尨欲分出前中後三隊，次第而進。公子堅曰：「劫營與對陣不同。乃一時襲擊之計，可分左右，不可分前後也。」於是三將並進。將及楚營，遠遠望見燈燭輝煌，笙歌嘹亮。公子堅曰：「伯棼命合休矣！」麾車直進，楚軍全不抵當。公子堅先衝入寨中，樂人四散奔走，惟越椒呆坐不動。上前看時，喫一大驚。

乃是束草為人，假扮作越椒模樣。公子堅急叫：「中計！」退出寨前。忽聞寨後，砲聲大震。一員大將，領軍殺來。大叫：「鬬越椒在此！」公子堅奔走不迭，會合公子尨及樂耳二將，做一路逃奔。行不一里，對面砲聲又起，卻是蔿賈預先埋伏一枝軍馬在於中路，邀截鄭兵。前有蔿賈，後有越椒，首尾夾攻，鄭兵大敗。公子尨、樂耳先被擒。公子堅捨命來救，馬蹶車覆，亦為楚兵所獲。鄭穆公大懼。謂群臣曰：「三將被擒，晉救不至，如何？」群臣皆曰：「楚勢甚盛，若不乞降，早晚打破城池，雖晉亦無如之何矣？」鄭穆公乃遣公子豐至楚營謝罪。納賂求和，誓不再叛。鬬越椒使人請命於穆王。穆王許之。乃釋公子堅、公子尨、樂耳三人之囚，放還鄭國。

楚穆王傳令班師。行至中途，楚公子朱伐陳兵敗，副將公子茷為陳所獲。打從狼淵一路，來見穆王，請兵復仇。穆王大怒，正欲加兵於陳。忽報：「陳有使命，送公子茷還楚，上書乞降。」穆王拆書看之。略曰：

寡人朔，壤地褊小，未獲接待君王之左右。蒙君王一旅訓定。邊人愚莽，獲罪於公子。朔惶悚，寢不能寐。敬使一介，具車馬，致之大國。朔願終依宇下，以求蔭庇。惟君王辱收之！

穆王笑曰：「陳懼我討罪，是以乞附。可謂見機之士矣！」乃准其降。傳檄徵取鄭、陳二國之君同蔡侯，以冬十月朔，於厥貉取齊相會。

*　　*　　*

郤說晉趙盾因鄭人告急，遣人約宋、魯、衛、許四國之兵，一同救鄭。未及鄭境，聞鄭人降楚，楚師已還。又聞陳亦降楚。宋大夫華耦，魯大夫公子遂，俱請伐陳、鄭。趙盾曰：「我實不能馳救，以失二國。彼何罪焉？不如退而修政。」乃班師。髯翁有詩嘆云：

誰專國柄主諸侯？卻令荊蠻肆蠢謀。今日鄭陳連臂去，中原伯氣黯然收！

* * *

再說陳侯朔與鄭伯蘭，於秋末齊至息地，候楚穆王駕到。相見禮畢，穆王問曰：「原訂厥貉相會，如何逗遛此地？」陳侯、鄭伯齊聲答曰：「蒙君王相約，誠恐後期獲罪，故預於此地奉候隨行。」穆王大喜。忽諜報：「蔡侯甲午已先到厥貉境上。」穆王遂同陳、鄭二君，登車疾走。蔡侯迎穆王於厥貉，以臣禮見，再拜稽首。陳侯、鄭伯大驚。私語曰：「蔡屈禮如此，楚必以我為慢矣！」乃相與請於穆王曰：「君王稅駕於此，宋君不來參謁，君王可以伐之？」穆王笑曰：「孤之頓兵於此，正欲為伐宋計也。」早有人報入宋國。時宋成公王臣已卒。子昭公杵臼已立三年，信用小人，疎斥公族。穆、襄之黨作亂，殺司馬公子卬。司城蕩意諸奔魯。宋國大亂。賴司寇華御事調停國事，請復意諸之官，國以粗安。至是聞楚合諸侯於厥貉，有窺宋之意。華御事請於宋公曰：「臣聞小不事大，國所以亡。今楚臣服陳、鄭，所不得者宋耳。請先往迎之。若待其見伐然後請成，無及也。」宋公以為然。乃親造厥貉迎謁楚王，且治田獵之具，請較獵於孟諸之藪。穆王大悅。陳侯請為前隊開路。宋公為右陣，鄭伯為左陣，蔡侯為後隊，相從楚穆王出獵。穆王出令，命諸侯從田者，於侵晨駕車，車中各載燧，以備取火之用。合圍良久，穆王馳入右師，偶趕逐群狐，狐入深窟。穆王回顧宋公，取燧薰之。車中無燧。楚司馬申無畏奏曰：

「宋公違令，君不可以加刑，請治其僕。」乃叱宋公之御者，撻之三百，以徹於諸侯。宋公大慚。此周頃王二年事。是時楚最強橫，遣鬬越椒行聘於齊、魯，儼然以中原伯主自待。晉不能制也。

* * *

周頃王四年，秦康公集群臣議曰：「寡人銜令狐之恨，五年於茲矣。今趙盾又誅戮大臣，不修邊政。陳、蔡、鄭、宋，交臂事楚，晉莫能謀，其弱可知。此時不伐晉，更何待乎？」諸大夫皆曰：「願效死力！」康公乃大閱車徒，使孟明居守，拜西乞術為大將，白乙丙副之。士會為參謀。出車五百乘，浩浩蕩蕩，濟河而東，攻羈馬拔之。趙盾聞報，急為應敵之計。自將中軍，遷上軍大夫荀林父為中軍佐，以補先克之缺。用提彌明為車右。使郤缺代箕鄭父為上軍元帥。盾有從弟趙穿，乃晉襄公之愛壻，自請為上軍之佐。盾曰：「汝年少好勇，未曾經練，姑待異日。」乃用臾駢為之。使欒盾為下軍元帥，補先蔑之缺。胥臣之子胥甲為副，補先都之缺。趙穿又自請以其私屬附於上軍，立功報效。趙盾許之。軍中缺司馬。韓子輿之子韓厥，自幼育於趙盾之家，長為門客，賢而有才。盾乃薦於靈公而用之。三軍方出絳城，甚是整肅。行不十里，忽有乘車衝入中軍。韓厥使人問之。御者對曰：「趙相國忘攜飲具，奉軍令來取，特此追送。」韓厥怒曰：「兵車行列已定，豈容乘車擅入，法當斬！」御者涕泣曰：「此相國之命也！」韓厥曰：「厥忝為司馬，但知有軍法，不知有相國也！」斬御者而毀其車。諸帥言於趙盾曰：「相國舉韓厥，而厥戮相國之車，此人負恩，恐不可用。」趙盾微笑，即使人召韓厥。諸將以盾必辱厥，以報其怨。厥既至，盾乃降席而禮之曰：「吾聞事君者，比而不黨。子能執法如此，不負吾舉矣。勉之！」厥拜謝而退。盾又謂諸將曰：「他日執晉政者，必厥也！韓氏其將昌矣！」晉師營於河曲。臾駢獻策曰：「秦師蓄銳數年，而為此舉，其鋒不可當。請深溝高壘，固守勿戰。彼不能持久，必退。退而擊之，勝可萬全。」趙盾從其計。

秦康公求戰不得，問計於士會。士會對曰：「趙氏新任一人，姓臾名駢。此人廣有智謀。今日堅壁不戰，蓋用其謀，以老我師也。庶子趙穿，晉先君之愛壻。聞其求佐上軍，趙孟不從而用駢。穿意必然懷恨。今趙孟用駢之謀，穿必不服。故自以私屬從行，其意欲奪臾駢之功也。若使輕兵挑其上軍，即臾駢不出，趙穿必恃勇來追。因之以求一戰，不亦可乎？」秦康公從其謀，乃使白乙丙率車百乘，襲晉上軍挑戰。郤缺與臾駢堅持不動。趙穿聞秦兵掩至，即率私屬百乘出迎。白乙丙回車便走。車行甚速，趙穿追十餘里，不及而返。怪臾駢等不肯協力同追，乃召軍吏大罵曰：「裹糧披甲，本欲求戰。今敵來而不出擊，豈上軍皆婦人乎！」軍吏曰：「主帥自有破敵之謀，不在今日。」穿復大罵曰：「鼠輩有何深謀？直是畏死耳！別人怕秦，我趙穿偏不怕。我將獨奔秦軍，拼死一戰，以雪堅壁之恥。」遂驅車復進，呼號於眾曰：「有志氣者都跟我來！」三軍莫應，惟有下軍副將胥甲歎曰：「此人真正好漢，吾當助之！」正欲出軍。卻說上軍元帥郤缺，急使人以趙穿之事報之趙盾。盾大驚曰：「狂夫獨出，必為秦擒，不可不救也。」乃傳令三軍，一時並出，與秦交戰。

再說趙穿馳入秦壁，白乙丙接住交鋒。約戰三十餘合，彼此互有殺傷。西乞術方欲夾攻，見對面大軍齊至。兩下不敢混戰，各鳴金收軍。趙穿回至本陣，問於趙盾曰：「我欲獨破秦軍，為諸將雪恥，何以鳴金之驟也？」盾曰：「秦大國，未可輕敵。當以計破之。」穿曰：「用計，用計！喫了一肚子好氣！」言猶未畢，報：「秦國有人來下戰書。」趙盾使臾駢接之。使者將書呈上，與駢轉呈於趙盾。盾啟而觀之。書曰：「兩國戰士，皆未有缺。請以來日決一勝負。」盾曰：「謹如命！」使者去後，臾駢謂趙盾曰：「秦使者口雖請戰，然其目徬徨四顧，似有不寧之狀，殆懼我也。夜必遁矣。請伏兵於河口，乘其將濟而擊之，必大獲全勝。」趙盾曰：「此計甚妙。」正欲發令埋伏，胥甲聞其謀，告於趙穿。穿遂與胥甲同至軍門，大呼曰：「眾軍士聽吾一言，我晉國兵強將廣，豈在西秦之下。秦來約戰，已許之矣，又欲伏兵河口，為掩襲之計，是豈大丈夫所為耶？」趙盾聞之，召謂曰：「我原無此意，勿得撓亂軍心也。」秦諜者探得趙穿和胥甲軍門之語，乃連夜遁走，復侵入瑕邑，出桃林塞而歸。趙盾亦班師回國。治洩漏軍情之罪，以趙穿為君壻，且是從弟，特免其議。專委罪於胥甲，削其官爵，逐去衛國安置。又曰：「臼季之功，不可斬也。」仍用胥甲之子胥克為下軍佐。髯仙有詩議趙盾之不公。詩云：

同呼軍門罪不殊，獨將胥甲正刑書。相君庇族非無意，請把桃園問董狐！

* * *

周頃王五年，趙盾懼秦師復至，使大夫詹嘉居瑕邑，以守桃林之塞。臾駢進曰：「河曲之戰，為秦畫策者士會也。此人在秦，吾輩豈能高枕而臥耶？」趙盾以為然。乃於諸浮之別館，大集六卿而議之。那六卿：趙盾，郤缺，欒盾，荀林父，臾駢，胥克。是日，六卿畢至。趙盾開言曰：「今狐射姑在翟，士會在秦。二人謀害晉國，當何策以待之？」荀林父曰：「請召射姑而復之。射姑堪境外之事，且子犯舊勳，宜延其賞。」郤缺曰：「不然。射姑雖係宿勳，然有擅殺大臣之罪。若復之，何以儆將來乎？不如召士會。士會順柔而多智，且奔秦，非其罪也。翟遠而秦逼，欲除秦害，先去其助。言召士會者是。」

趙盾曰：「秦方寵任士會，請之必不從。何計而可復之？」臾駢曰：「駢所善一人，乃臣畢萬之孫，名壽餘，即魏犨之從子也。見今食邑於魏。雖在國中帶名世爵，未有職任。此人頗能權變，要招來士會，只在此人身上。」乃附趙盾之耳曰：「如此恁般，如何？」盾大喜曰：「煩吾子為我致之。」六卿既散，臾駢即夕往叩壽餘之門。壽餘相迎坐定。臾駢請至密室，以招士會之策，告於壽餘。壽餘應允。臾駢回復了趙盾。

次早，趙盾奏知靈公，言：「秦人屢次侵晉，宜令河東諸邑宰，各各團練甲伍，結寨於黃河岸口，輪番戍守。並責成食采之人，往督其事。倘有失利，即行削奪。庶肯用心防範。」靈公准奏。趙盾又曰：「魏，大邑也。魏倡之，諸邑無敢不從矣。」乃以靈公之命，召魏壽餘，使督責有司，團兵出戍。壽餘奏曰：「臣蒙主上錄先世之功，衣食大縣，從未知軍旅之事。況河上綿延百餘里，處處可濟。暴露軍士，守之無益。」趙盾怒曰：「小臣何敢撓吾大計！限汝三日內，取軍籍呈報。再若抗違，當正軍法！」壽餘嘆息而出。回家悶悶不悅。妻子叩問其故，壽餘曰：「趙盾無道，欲我督戍河口，何日了期？汝可收拾家資，隨我往秦國從士會去可也。」分付家人，整備車馬。是夜索酒痛飲，以進饌不潔，鞭膳夫百餘，猶恨恨不絕，言欲殺之。膳夫奔趙盾，首告壽餘欲叛晉奔秦之事。趙盾使韓厥帥兵往捕之。厥放走壽餘，只擒獲其妻子，下於獄中。壽餘連夜奔往秦國。見秦康公告訴趙盾如此恁般，強橫無道。「妻子陷獄，某孤身走脫，特來投降。」康公問士會：「真否？」士會曰：「晉人多詐，不可信也。若壽餘果真降，當以何物獻功？」壽餘於袖中出一文書，乃是魏邑土地人民之數。獻於康公曰：「明公能收壽餘，願以食采奉獻。」康公又問士會：「魏可收否？」壽餘以目盼士會，且躡其足。士會雖奔在秦，然心亦思晉。

見壽餘如此光景，陰會其意。乃對曰：「秦棄河東五城，為姻好也。今兩國治兵相攻，數年不息。攻城取邑，惟力是視。河東諸城，無大於魏者。若得魏而據之，以漸收河東之地，亦是長策。只恐魏有司懼晉之討，不肯來歸耳。」壽餘曰：「魏有司雖晉臣，實魏氏之所蒞。若明公率一軍屯於河西，遙為聲援，臣力能致之。」秦康公顧士會曰：「卿熟知晉事，須同寡人一行。」乃拜西乞術為將，士會副之，親率大軍前進。既至河口，安營了畢。前哨報：「河東有一枝軍屯扎，不知何意？」壽餘曰：「此必魏人聞有秦兵，故為備耳。彼未知臣之在秦也。誠得一東方之人，熟知晉事者，與臣先往，諭以禍福，不愁魏有司不從。」康公命士會同往。士會頓首辭曰：「晉人虎狼之性，暴不可測。倘臣往諭而從，是國家之福也。萬一不從，拘執臣身，君復以臣不堪事之故，加罪於臣之妻孥。無益於君，而臣之身家枉被其殃。九泉之下，可追悔乎？」康公不知士會為詐，乃曰：「卿宜盡心前往，若得魏地，重加封賞。倘被晉人拘留，寡人當送還家口，以表相與之情。」與士會指黃河為誓。秦大夫繞朝諫曰：「士會，晉之謀臣。此去如巨魚縱壑，必不來矣。君奈何輕信壽餘之言，而以謀臣資敵乎？」康公曰：「此事寡人能任之，卿其勿疑！」士會同壽餘辭康公而行。繞朝慌忙駕車追送，以皮鞭贈士會曰：「子莫欺秦國無智士也。但主公不聽吾言耳！子持此鞭馬速回，遲則有禍。」士會拜謝，遂馳車急走。史臣有詩云：

策馬揮衣古道前，殷勤贈友有長鞭。
休言秦國無名士，爭奈康公不納言！

士會等渡河而東。未知如何歸晉，再看下回分解。

第四十九回　公子鮑厚施買國　齊懿公竹池遇變

話說士會同壽餘濟了黃河，望東而行。未及里許，只見一位年少將軍，引著一隊軍馬來迎。在車上欠身曰：「隨季別來無恙？」士會近前視之。那將軍姓趙名朔，乃趙相國盾之子也。三人下車相見。士會問其來意。朔曰：「吾奉父命，前來迎接吾子還朝。後面復有大軍至矣。」當下一聲轆轡，車如水，馬如龍，簇擁士會同壽餘一齊去了。秦康公使人隔河瞭望，回報。康公大怒，便欲濟河伐晉。前哨又報：「探得河東復有大軍到來。大將乃是荀林父、郤缺二人。」西乞術曰：「晉既有大軍接應，必不容我濟河，不如歸也。」乃班師。荀林父等見秦軍已去，亦還晉國。士會去秦三載，今日復進絳城，不勝感慨。入見靈公，伏地謝罪。靈公曰：「卿無罪也。」使列於六卿之間。趙盾嘉魏壽餘之勞，言於靈公，賜車十乘。秦康公使人送士會之妻孥於晉，曰：「吾不負黃河之誓也！」士會感康公之義，致書稱謝。且勸以息兵養民，各保四境。康公從之。自此秦、晉不交兵者數十年。

周頃王六年，崩。太子班即位，是為匡王。即晉靈公之八年也。時楚穆王薨，世子旅嗣位，是為莊王。趙盾以楚新有喪，乘此機會，思復先世盟主之業。乃大合諸侯於新城。宋昭公杵臼、魯文公興，陳靈公平國，衛成公鄭，鄭穆公蘭，許昭公錫我，並至會所。宋、陳、鄭三國之君，各訴前日從楚之情，出於不得已。趙盾亦各各撫慰，諸侯始復附於晉。惟蔡侯附楚如故，不肯赴會。趙盾使郤缺引兵伐之。

蔡人求和，乃還。

*　　*　　*

齊昭公潘本欲赴會，適患病，未及盟期，昭公遂薨。太子舍即位，其母乃魯女子叔姬，謂之昭姬。昭姬雖為昭公夫人，不甚得寵。世子舍才望庸常，亦不為國人所敬重。公子商人，齊桓公之妾密姬所生，素有篡位之志，賴昭公待之甚厚，此念中沮。專候昭公死後，方舉大事。昭公末年，召公子元於衛，任以國政。商人忌公子元之賢，意欲結納人心。乃盡出其家財，周卹貧民。如有不給，借貸以繼之。百姓無不感激。又多聚死士在家，朝夕訓練，出入跟隨。及世子舍即位，適彗星出於北斗。商人使人占之，曰：「宋、齊、晉三國之君，皆將死亂。」商人曰：「亂齊者，非我而誰？」命死士即於喪幕中，刺殺世子舍。商人以公子元年長，乃偽言曰：「舍無人君之威，不可居大位，吾此舉為兄故也。」公子元大驚曰：「吾知爾之求為君也久矣！何乃累我？我能事爾，爾不能事我也。但爾為君以後，得容我為齊國匹夫，以壽終，足矣！」商人即位，是為懿公。子元心惡商人之所為，閉門託病，並不入朝。此乃是公子元的好處。

且說昭姬痛其子死於非命，日夜悲啼。懿公惡之，乃囚於別室，節其飲食。昭姬陰賂宮人，使通信於魯。魯文公畏齊之強，命大夫東門遂如周，告於匡王，欲借天子恩寵，以求釋昭姬之囚。匡王命單伯往齊，謂懿公曰：「既殺其子，焉用其母？何不縱之還魯，以明齊之寬德？」懿公諱弒舍之事，聞「殺子」之語，面頰發赤，嘿然無語。單伯退就客館。懿公遷昭姬於他宮，使人誘單伯曰：「寡君於國母，未之敢慢。況承天子降諭，敢不承順？吾子何不謁見國母，使知天子眷顧宗國之意？」單伯只道是好話，遂駕車隨使者入宮謁見昭姬。昭姬垂涕，略訴苦情。單伯尚未及答，不虞懿公在外掩至，大罵曰：「單伯如何擅入吾宮，私會國母，欲行苟且之事耶？寡人將訟之天子！」遂並單伯拘禁，與昭姬各囚於一室。恨魯人以王命壓之，興兵伐魯。論者謂懿公弒幼主，囚國母，拘天使，虐鄰國，窮兇極惡，天理豈能容乎？但當時高、國世臣，濟濟在朝。何不奉子元以聲商人之罪，而乃縱其兇惡，絕無一言？時事至此，可嘆矣！有詩云：

欲圖大位欺孤主，先散家財買細民。堪恨朝中綬若若，也隨市井媚兇人！

魯使上卿季孫行父如晉告急。晉趙盾奉靈公合宋、蔡、衛、陳、鄭、曹、許共八國諸侯，聚於扈地，商議伐齊。齊懿公納賂於晉，且釋單伯還周，昭姬還魯。諸侯遂散歸本國。魯聞晉不果伐齊，亦使公子遂納賂於齊以求和。不在話下。

* * *

卻說宋襄公夫人王姬，乃周襄王之女兄，宋成公王臣之母，昭公杵臼之祖母也。昭公自為世子時，與公子卬、公孫孔叔、公孫鍾離三人，以田獵遊戲相善。既即位，惟三人之言是聽。不任六卿，不朝祖母。疎遠公族，怠棄民事。日以從田為樂。司馬樂豫知宋國必亂，以其官讓於公子卬。司城公孫壽亦慮禍及，告老致政。昭公即用其子蕩意諸嗣為司城之官。襄夫人王姬，老而好淫。昭公有庶弟公子鮑，美豔勝於婦人。襄夫人心愛之，醉以酒，因逼與之通，許以扶立為君。遂欲廢昭公，而立公子鮑。昭公畏穆襄之族太盛，與公子卬等謀逐之。王姬陰告於二族，遂作亂，圍公子卬、公孫鍾離二人於朝門而殺之。

司城蕩意諸懼而奔魯。公子鮑素能敬事六卿，至是同在國諸卿，與二族講和，不究擅殺之事。召蕩意諸於魯，復其位。

公子鮑聞齊公子商人，以厚施買眾心，得篡齊位。乃效其所為，亦散家財，以周給貧民。昭公七年，宋國歲饑。公子鮑盡出其倉廩之粟，以濟貧者。又敬老尊賢，凡國中年七十以上，月致粟帛，加以飲食珍味，使人慰問安否。其有一才一藝之人，皆收致門下，厚餼管待。公卿大夫之門，月有饋送。宗族無親疎，凡有吉凶之費，傾囊助之。昭公八年，宋復大饑。公子鮑倉廩已竭，襄夫人盡出宮中之藏以助之施。舉國無不頌公子鮑之仁。宋國之人，不論親疎貴賤之人，願得公子鮑為君。公子鮑知國人助己，密告於襄夫人，謀弒昭公。襄夫人曰：「聞杵臼將獵於孟諸之藪。乘其駕出，我使公子須閉門，子帥國人以攻之，無不克矣。」鮑依其言。

司城蕩意諸頗有賢名，公子鮑素敬禮之。至是聞襄夫人之謀，以告昭公曰：「君不可出獵，若出獵恐不能返。」昭公曰：「彼若為逆，雖在國中，其能免乎？」乃使右師華元，左師公孫友居守。遂盡載府庫之寶，與其左右，以冬十一月望孟諸進發。才出城，襄夫人召華元、公孫友留之宮中，而使公子須閉門。公子鮑使司馬華耦號於軍中曰：「襄夫人有命，今日扶立公子鮑為君。吾等除了無道昏君，共戴有道之主，眾議以為何如？」軍士皆踴躍曰：「願從命！」國人亦無不樂從。華耦率眾出城，追趕昭公。昭公行至半途聞變，蕩意諸勸昭公出奔他國，以圖後舉。昭公曰：「上自祖母，下及國人，無不與寡人為仇，諸侯誰納我者？與其死於他國，甯死於故鄉耳！」乃下令停車治餐，使從田者皆飽食。食畢，昭公謂左右曰：「罪在寡人一身，與汝等何與？汝等相從數年，無以為贈。今國中寶玉，俱在於此。分賜汝等，各自逃生，毋與寡人同死也！」左右皆哀泣曰：「請君前行，倘有追兵，我等願拼死一戰！」昭公曰：「徒殺身無益也。寡人死於此，汝等勿戀寡人！」少頃，華耦之兵已至，將昭公圍住。口傳襄夫人之命：「單誅無道昏君，不關眾人之事。」昭公急麾左右，奔散者大半。惟蕩意諸仗劍立於昭公之側。華耦再傳襄夫人之命，獨召意諸。意諸嘆曰：「為人臣而避其難，雖生不如死！」華耦乃操戈直逼昭公。蕩意諸以身蔽之，挺劍格鬥。眾軍民齊上，先殺意諸，後殺昭公。左右不去者，盡遭屠戮。傷哉！史臣有詩云：

昔年華督弒殤公，華耦今朝又助兇。賊子亂臣原有種，薔薇桃李不相同。

華耦引軍回報襄夫人。右師華元，左師公孫友等合班啟奏：「公子鮑仁厚得民，宜嗣大位。」遂擁公子鮑為君，是為文公。華耦朝賀畢，回家患心疼暴卒。文公嘉蕩意諸之忠，用其弟蕩虺為司馬，以代華耦。母弟公子須為司城，以補蕩意諸之缺。

趙盾聞宋有弒君之亂，乃命荀林父為將，合衛、陳、鄭之師伐宋。宋右師華元至晉軍，備陳國人願戴公子鮑之情，且斂金帛數車，為犒軍之禮，求與晉和。荀林父欲受之。鄭穆公曰：「我等鳴鐘擊鼓，以從將軍於宋，討無君也。若許其和，亂賊將得志矣！」荀林父曰：「齊、宋一體也。吾已寬齊，安得獨誅宋乎？且國人所願，因而定之，不亦可乎？」遂與宋華元盟，定文公之位而還。鄭穆公退而言曰：「晉惟賂是貪，有名無實，不能復伯諸侯矣！楚王新立，將有事於征伐。不如棄晉從楚，可以自安。」乃遣人通款於楚。晉亦無如之何也。髯仙有詩云：

仗義除殘是伯圖，興師翻把亂臣扶。商人無恙鮑安位，笑殺中原少丈夫！

* * *

再說齊懿公商人，賦性貪橫。自其父桓公在位時，曾與大夫邴原，爭田邑之界。桓公使管仲斷其曲直。管仲以商人理曲，將田斷歸邴氏。商人一向銜恨於心。及其弒舍而自立，乃盡奪邴氏之田。又恨管仲黨於邴氏，亦削其封邑之半。管氏之族懼罪，逃奔楚國，子孫遂仕於楚。懿公猶恨邴原不已。時邴原已死。知其墓在東郊，因出獵過其墓所，使軍士掘墓，出其屍，斷其足。邴原之子邴歜，隨侍左右。懿公問曰：「爾父罪合斷足否？卿得無怨寡人乎？」歜應曰：「臣父生免刑誅，已出望外，況此朽骨，臣何敢怨？」懿公大悅曰：「卿可謂幹蠱之子矣！」乃以所奪之田還之。邴歜請掩其父，懿公許之。復購其國中美色，淫樂惟日不足。有人譽大夫閻職之妻甚美，因元旦出令：「凡大夫內子，俱令朝於中宮。」閻職之妻，亦在其內。懿公見而悅之，因留宮中，不遣之歸。謂閻職曰：「宮中愛爾妻為伴，可別娶也。」閻職敢怒而不敢言。

齊西南門有地名申池，池水清潔可浴，池旁竹木甚茂。時夏五月，懿公欲往申池避暑，乃命邴歜御車，閻職驂乘。右師華元私諫曰：「君刖邴歜之父，納閻職之妻，此二人者，安知不銜怨於君？而君乃親近之。齊臣中未嘗缺員，何必此二人也？」懿公曰：「二子未嘗敢怨寡人也。卿勿疑。」乃駕車游於申池，飲酒甚樂。懿公醉甚，苦熱，命取繡榻，置竹林密處，臥而乘涼。邴歜與閻職，浴於申池之中。邴歜恨懿公甚深，每欲弒之，以報父仇，未得同事之人。知閻職有奪妻之怨，欲與商量，而難於啟口。

因在池中同浴，心生一計，故意以折竹擊閻職之頭。職怒曰：「奈何欺我？」邴歜帶笑言曰：「奪汝之妻，尚然不怒。一擊何傷，乃不能忍耶？」閻職曰：「失妻雖吾之恥，然視刖父之屍，輕重何如？子忍於父，而責我不能忍於妻，何其昧也！」邴歜曰：「我有心腹之言，正欲語子。一向隱忍不言，惟恐子已忘前恥，吾雖言之，無益於事耳。」閻職曰：「人各有心，何日忘之。但恨力不及也！」邴歜曰：「今凶人醉臥竹中，從遊者惟吾二人，此天遣我以報復之機，時不可失！」閻職曰：「子能行大事，吾當相助。」二人拭體穿衣，相與入竹林中看時，懿公正在熟睡，鼻息如雷，內侍守於左右。邴歜曰：「主公酒醒，必覓湯水，汝輩可預備以待。」內侍往備湯水，閻職執懿公之手，邴歜扼其喉，以佩劍刎之，頭墜於地。二人扶其屍，藏於竹林之深處，棄其頭於池中。——懿公在位纔四年耳。——內侍取水至，邴歜謂之曰：「商人弒君而立，齊先君使我行誅。公子元賢孝，可立為君也。」左右等唯唯，不敢出一言。邴歜與閻職駕車入城，復置酒痛飲，歡呼相慶。早有人報知上卿高傾、國歸父。高傾曰：「盍討其罪而戮之，以戒後人？」國歸父曰：「弒君之人，吾不能討。而人討之，又何罪焉？」邴、閻二人飲畢，命以大車裝其家資，以輧車載其妻子，行出南門。家人勸使速馳，邴歜曰：「商人無道，國人方幸其死，吾何懼哉！」徐徐而行，俱往楚國去訖。高傾與國歸父聚集群臣，商議請公子元為君，是為惠公。髯翁有詩云：

仇人豈可與同遊，密近仇人仇報仇。不是逆臣無遠計，天教二憾逞兇謀。

* * *

話分兩頭。卻說魯文公名興，乃僖公嫡夫人聲姜之子。於周襄王二十六年嗣位。文公娶齊昭公女姜氏為夫人，生二子，曰惡，曰視。其嬖妾秦女敬嬴，亦生二子，曰倭，曰叔肸。四子中惟倭年長，而惡乃嫡夫人所生。故文公立惡為世子。時魯國任用三桓為政。孟孫氏曰公孫敖，生子曰穀，曰難。叔孫氏曰公孫茲，生子曰叔仲彭生，曰叔孫得臣。文公以彭生為世子太傅。季孫氏曰季無佚，乃季友之子。無佚生行父，即季文子也。魯莊公有庶子曰公子遂，亦曰仲遂，住居東門，亦曰東門遂。自僖公之世，已與三桓一同用事。論起輩數，公孫敖與仲遂為再從兄弟。季孫行父又是下一輩。因公孫敖得罪於仲遂，客死於外，故孟孫氏失權。至是仲孫氏、叔孫氏、季孫氏三家為政。

且說公孫敖如何得罪。敖娶莒女戴己為內子，即穀之母。其娣聲己，即難之母也。戴己病卒，敖性淫，復往聘己氏之女。莒人辭曰：「聲己尚在，當為繼室。」敖曰：「吾弟仲遂未妻，即與遂納聘可也。」莒人許之。魯文公七年，公孫敖奉君命如莒修聘，因順便為仲遂逆女。及鄢陵，敖登城而望，見己氏色甚美，是夜竟就己氏同宿，自娶歸家。仲遂見奪其妻，大怒，訴於文公，請以兵攻之。叔仲彭生諫曰：「不可。臣聞之，『兵在內為亂，在外為寇。』幸而無寇，可啟亂乎？」文公乃召公孫敖，使退還己氏於莒，以釋仲遂之憾。敖與遂兄弟講和如故。敖一心思念己氏。至次年，奉命如周，奔襄王之喪。不至京師，竟攜弔幣，私往莒國，與己氏夫婦相會。魯文公亦不追究，立其子穀，主孟氏之祀。其後敖忽思故國，使人言於穀。穀轉請於其叔仲遂。遂曰：「汝父若欲歸，必依我三件事乃可，無入朝，無與國政，無攜帶己氏。」穀使人回復公孫敖。敖急於求歸，欣然許之。敖歸魯三年，果然閉戶不出。忽一日，盡取家中寶貨金帛，復往莒國。孟孫穀想念其父，踰年病死。其子仲孫蔑尚幼，乃立孟孫難為卿。

未幾，己氏卒。公孫敖復思歸魯。悉以家財納於文公，并及仲遂，使其子難為父請命。文公許之，遂復歸。至齊，病不能行，死於堂阜。孟孫難固請歸其喪於魯。難乃罪人之後，又權主宗祀，以待仲蔑之長，所以不甚與事。季孫行父讓仲遂與彭生、得臣，是叔父行，每事不敢自專。而彭生仁厚，居師傅之任。得臣屢掌兵權。所以仲遂、得臣二人，尤當權用事。敬嬴恃文公之寵，恨其子不得為嗣。乃以重賂交結仲遂，因以其子倭託之，曰：「異日倭得為君，魯國當與子共之。」仲遂感其相託之意，有心要推戴公子倭。念叔仲彭生，乃是世子惡之傅，必不肯同謀。而叔孫得臣性貪賄賂，可以利動。時時以敬嬴所賜分贈之。曰：「此嬴氏夫人命我贈子者。」又使公子倭時時詣得臣之門，謙恭請教，故得臣亦心向之。

周匡王四年，魯文公十有八年也。是年春文公薨，世子惡主喪即位。各國皆遣使弔問。時齊惠公元新即大位，欲反商人之暴政，特地遣人至魯會文公之葬。仲遂謂叔孫得臣曰：「齊、魯世好也。桓、僖二公，歡若兄弟。孝公結怨，延及商人，遂為仇敵。今公子元新立，我國未曾致賀，而彼先遣人會葬，此修好之美意，不可不往謝之。乘此機會，結齊為援，以立公子倭，此一策也。」叔孫得臣曰：「子去，我當同行。」畢竟二人如齊，商量出甚事來，且看下回分解。

第五十回　東門遂援立子倭　趙宣子桃園強諫

話說仲孫遂同叔孫得臣二人，如齊拜賀新君，且謝會葬之情。行禮已畢，齊惠公賜宴，因問及：「魯國新君，何以名惡？世間嘉名頗多，何偏用此不美之字？」仲遂對曰：「先寡君初生此子，使太史占之，言：『當惡死，不得享國。』故先寡君名之曰惡，欲以厭之。然此子非先寡君所愛也。所愛者長子，名倭。為人賢孝，能敬禮大臣。國人皆思奉之為君，但壓於嫡耳。」惠公曰：「古來亦有立子以長之義，況所愛乎？」叔孫得臣曰：「魯國故事：『立子以嫡，無嫡方立長。』先寡君狃於常禮，置倭而立惡，國人皆不順焉。上國若有意為魯改立賢君，願結婚姻之好，專事上國。歲時朝聘，不敢有闕。」惠公大悅曰：「大夫能主持於內，寡人惟命是從。豈敢有違？」仲遂、叔孫得臣請歃血立誓，因設婚約。惠公許之。遂等既返，謂季孫行父曰：「方今晉業已替，齊將復強。彼欲以嫡女室公子倭，此厚援不可失也。」行父曰：「嗣君齊侯之甥也。齊侯有女，何不室嗣君，而乃歸之公子乎？」仲遂曰：「齊侯聞公子倭之賢，立心與倭交歡，願為甥舅。若夫人姜氏，乃昭公之女。桓公諸子，相攻如仇敵，故四世皆以弟代兄。彼不有其兄，何有於甥？」行父嘿然。歸而嘆曰：「東門氏將有他志矣！」——仲遂家住東門，故呼為東門氏。——行父密告於叔仲彭生。彭生曰：「大位已定，誰敢貳心耶？」殊不以為意。

仲遂與敬嬴私自定計，伏勇士於廄中，使圉人偽報：「馬生駒甚良。」敬嬴使公子倭同惡與視往廄，看駒毛色。勇士突起，以木棍擊惡殺之，并殺視。仲遂曰：「太傅彭生尚在，此人不除，事猶未了。」乃使內侍假傳嗣君有命，召叔仲彭生入宮。彭生將行，其家臣公冉務人，素知仲遂結交宮禁之事，疑其有計。止之曰：「太傅勿入，入必死！」彭生曰：「有君命，雖死，其可逃乎？」公冉務人曰：「果君命，則太傅不死矣。若非君命而死，死之何名？」彭生不聽。務人牽其袂而泣。彭生絕袂登車，徑造宮中。問：「嗣君何在？」內侍詭對曰：「內廄馬生駒，在彼閱之。」即引彭生往廄所。勇士復攢擊殺之，埋其屍於馬糞之中。敬嬴使人告姜氏曰：「君與公子視，被劣馬踶齧俱死矣！」姜氏大哭，往廄視之。則二屍俱已移出於宮門之外。季孫行父聞惡、視之死，心知仲遂所為，不敢明言，私謂仲遂曰：「子作事太毒，吾不忍聞也！」仲遂曰：「此嬴氏夫人所為，與某無與。」行父曰：「晉若來討，何以待之？」仲遂曰：「齊、宋往事，已可知也。彼弒其長君，尚不成討。今二孺子死，又何討焉？」行父撫嗣君之屍，哭之不覺失聲。仲遂曰：「大臣當議大事，乃效兒女子悲啼，何益？」行父乃收淚。叔孫得臣亦至，問其兄彭生何在？仲遂辭以不知。得臣笑曰：「吾兄死為忠臣，是其志也。何必諱哉！」仲遂乃私告以屍處。且曰：「今日之事，立君為急。公子倭賢而且長，宜嗣大位。」百官莫不唯唯。乃奉公子倭為君，是為宣公。百官朝賀。胡曾先生詠史詩云：

外權內寵私謀合，無罪嗣君一旦休。可笑模稜季文子，三思不復有良謀！

得臣掘馬糞，出彭生之屍而殯之。不在話下。

再說嫡夫人姜氏，聞二子俱被殺，仲遂扶公子倭為君。搥胸大哭，絕而復甦者幾次。仲遂又獻媚於宣公，引「母以子貴」之文，尊敬嬴為夫人。百官致賀。姜夫人不安於宮，日夜啼哭。命左右收拾車仗，為歸齊之計。仲遂偽使人留之曰：「新君雖非夫人所出，然夫人嫡母也。孝養自當不缺，奈何向外家寄活乎？」姜氏罵曰：「賊遂！我母子何負於汝？而行此慘毒之事！今乃以虛言留我。鬼神有知，決不汝宥也！」姜氏不與敬嬴相見，一徑出了宮門，登車而去。經過大市通衢，放聲大哭。叫曰：「天乎！天乎！二孺子何罪？婢子又何罪？賊遂蔑理喪心，殺嫡立庶！婢子今與國人永辭，不復再至魯國矣！」路人聞者，莫不哀之，多有泣下者。是日，魯國為之罷市，因稱姜氏為哀姜。又以出歸於齊，謂之出姜。出姜至齊，與昭公夫人母子相見，各訴其子之冤，抱頭而哭。齊惠公惡聞哭聲，另築室以遷其母子。出姜竟終於齊。

卻說魯宣公同母之弟叔肹，為人忠直。見其兄藉仲遂之力，殺弟自立，意甚非之。不往朝賀。宣公使人召之，欲加重用。肹堅辭不往。有友人問其故。肹曰：「吾非惡富貴，但見吾兄，即思吾弟，是以不忍耳！」友人曰：「子既不義其兄，盍適他國乎？」肹曰：「兄未嘗絕我，我何敢於絕兄乎？」適宣公使有司候問，且以粟帛贈之。肹對使者拜辭曰：「肹幸不至凍餓，不敢費公帑。」使者再三致命。肹曰：「俟有缺乏，當來乞取。今決不敢受也！」友人曰：「子不受爵祿，亦足以明志矣！家無餘財，稍領饋遺，以給朝夕饔飧之資，未為傷廉。并卻之，不已甚乎？」肹笑而不答。友人嘆息而去。使者不敢留，回復宣公。宣公曰：「吾弟素貧，不知何以為生？」使人夜伺其所為。方挑燈織屨，俟明早賣之，以治朝餐。宣公嘆曰：「此子欲學伯夷、叔齊，採首陽之薇耶？吾當成其志可也。」肹至宣公末年方卒。終其身未嘗受其兄一寸之絲，一粒之粟。亦終其身未嘗言兄之過。史臣有贊云：

賢者叔肹，感時泣血。織屨自贍，於公不屑。頑民恥周，采薇甘絕。惟叔嗣音，入而不涅。一乳同枝，兄頑弟潔。形彼東門，言之汚舌！

魯人高叔肹之義，稱頌不置。成公初年，用其子公孫嬰齊為大夫。於是叔孫氏之外，另有叔氏，叔老、叔弓、叔輒、叔鞅、叔詣，皆其後也。此是後話，擱過一邊。

再說周匡王五年，為宣公元年，正旦，朝賀方畢，仲遂啟奏：「君內主尚虛，臣前與齊侯，原有婚媾之約，事不容緩。」宣公曰：「誰為寡人使齊者？」仲遂對曰：「約出自臣，臣願獨往。」乃使仲遂如齊，請婚納幣。遂於正月至齊，二月迎夫人姜氏以歸。因密奏宣公曰：「齊雖為甥舅，將來好惡，未可測也。況國有大故者，必列會盟，方成諸侯。臣曾與齊侯歃血為盟，約以歲時朝聘，不敢有闕，蓋預以定位囑之。君必無恤重賂，請齊為會。若彼受賂而許會，因恭謹以事之，則兩國相好，有脣齒之固，君位安於泰山矣。」宣公然其言。隨遣季孫行父往齊謝婚。致詞曰：

寡君賴君之靈寵，獲守宗廟，恐恐焉懼不得列於諸侯，以為君羞。君若惠顧寡君，賜以會好，所有不腆濟西之田，晉文公所以貺先君者，願效贄於上國。惟君辱收之！

齊惠公大悅。乃約魯君以夏五月，會於平州之地。至期，魯宣公先往。齊侯繼至。先敘甥舅之情，再行兩君相見之禮。仲遂捧濟西土田之籍以進。齊侯並不推辭。事畢，宣公辭齊侯回魯。仲遂曰：「吾今日始安枕而臥矣。」自此魯或朝或聘，君臣如齊，殆無虛日；無令不從，無役不共。至齊惠公晚年，感魯侯承順之意，仍以濟西田還之。此是後話。

＊　＊　＊

話分兩頭。卻說楚莊王旅即位三年，不出號令，日事田獵。及在宮中，惟日夜與婦人飲酒為樂。懸令於朝門曰：「有敢諫者，死無赦！」大夫申無畏入謁，莊王右抱鄭姬，左抱蔡女，踞坐於鐘鼓之間。問曰：「大夫之來，欲飲酒乎？聞樂乎？抑有所欲言也？」申無畏曰：「臣非飲酒聽樂也。適臣行於郊，有以隱語進臣者，臣不能解，願聞之於大王。」莊王曰：「噫！是何隱語，而大夫不能解？盍為寡人言之？」申無畏曰：「有大鳥，身被五色，止於楚之高阜三年矣。不見其飛，不聞其鳴，不知此何鳥也？」莊王知其諷己，笑曰：「寡人知之矣。是非凡鳥也。三年不飛，飛必沖天。三年不鳴，鳴必驚人。子其俟之！」申無畏再拜而退。居數日，莊王淫樂如故。大夫蘇從請間見莊王而大哭。莊王曰：「蘇子何哀之甚也？」蘇從對曰：「臣哭夫身死而楚國之將亡也！」莊王曰：「子何為而死？楚國又何為而亡乎？」蘇從曰：「臣欲進諫於王，王不聽，必殺臣。臣死而楚國更無諫者。恣王之意，以墮楚政。楚之亡，可立而待矣！」莊王勃然變色曰：「寡人有令，敢諫者死。明知諫之必死，而又欲入犯寡人，不亦愚乎？」蘇從曰：「臣之愚，不及王之愚之甚也！」莊王益怒曰：「寡人胡以愚甚？」蘇從曰：「大王居萬乘之尊，享千里之稅，士馬精強，諸侯畏服，四時貢獻，不絕於庭。此萬世之利也。今荒於酒色，溺於音樂。不理朝政，不親賢才。大國攻於外，小國叛於內。樂在目前，患在日後。夫以一時之樂，而棄萬世之利，非甚愚而何？臣之愚，不過殺身。然大王殺臣，後世將呼臣為忠臣，與龍逄、比干並肩，臣不愚也。君之愚，乃至求為匹夫而不可得！臣言畢於此矣。請借大王之佩劍，臣當刎頸王前，以信大王之令！」莊王幡然起立曰：「大夫休矣！大夫之言，忠言也。寡人聽子。」乃絕鐘鼓之音，屏鄭姬，疎蔡女，立樊姬為夫人，使主宮政。曰：「寡人好獵，樊姬諫我不從，遂不食鳥獸之肉，此吾賢內助也。」任蔿賈、潘尪、屈蕩以分令尹鬬越椒之權。早朝宴罷，發號施令。令鄭公子歸生伐宋，戰於大棘，獲宋右師華元。命蔿賈救鄭，與晉師戰於北林，獲晉將解揚以歸。踰年放還。自是楚勢日強。莊王遂侈然有爭伯中原之志。

* * *

卻說晉上卿趙盾，因楚日強橫，欲結好於秦以拒楚。趙穿獻謀曰：「秦有屬國曰崇，附秦最久。誠得偏師以侵崇國，秦必來救，因與講和，如此則我占上風矣。」趙盾從之。乃言於靈公，出車三百乘，遣趙穿為將，侵崇。趙朔曰：「秦、晉之仇深矣。又侵其屬國，秦必益怒，焉肯與我議和？」趙盾曰：「吾已許之矣。」朔復言於韓厥。厥微微冷笑，附朔耳言曰：「尊公此舉，欲樹穿以固趙宗，非為和秦也。」趙朔嘿然而退。秦聞晉侵崇，竟不來救。興兵伐晉，圍焦。趙穿還兵救焦，秦師始退。穿自此始與兵政。臾駢病卒，穿遂代之。

是時晉靈公年長，荒淫暴虐，厚斂於民，廣興土木，好為游戲。寵任一位大夫，名屠岸賈，乃屠擊之子，屠岸夷之孫。岸賈阿諛取悅，言無不納。命岸賈於絳州城內，起一座花園，遍求奇花異草，種植其中。惟桃花最盛，春間開放，爛如錦繡，名曰桃園。園中築起三層高臺。中間建起一座絳霄樓。畫棟雕梁，丹楹刻桷，四圍朱欄曲檻。凭欄四望，市井俱在目前。靈公覽而樂之。不時登臨，或張弓彈鳥，與岸賈賭賽，飲酒取樂。一日，召優人呈百戲於臺上。園外百姓聚觀。靈公謂岸賈曰：「彈鳥何如彈人？

寡人與卿試之。中目者為勝，中肩臂者免。不中者以大斗罰之。」靈公彈右，岸賈彈左。臺上高叫一聲：「看彈！」弓如月滿，彈似流星。人叢中一人彈去了半隻耳朵，一個彈中了左膀。嚇得眾百姓每❶亂驚亂跳，亂嚷亂擠。齊叫道：「彈又來了！」靈公大怒，索性教左右會放彈的，一齊都放。那彈丸如雨點一般飛去，百姓躲避不及，也有破頭的，傷額的，彈出眼烏珠的，打落門牙的；啼哭號呼之聲，耳不忍聞。又有喚爹的，叫娘的，抱頭鼠竄的，推擠跌倒的；倉忙奔避之狀，目不忍見。靈公在臺望見，投弓於地，呵呵大笑。謂岸賈曰：「寡人登臺遊玩數遍，無如今日之樂也！」自此百姓每望見臺上有人，便不敢在桃園前行走。市中為之諺云：

莫看臺，飛丸來！出門笑且忻，歸家哭且哀。

此時又有周人所進猛犬，名曰「靈獒」。身高三尺，色如紅炭，能解人意。左右有過，靈公即呼獒使噬之。獒起立嚙其額，不死不已。有一奴專飼此犬，每日啖以羊肉數斤，犬亦聽其指使。其人名獒奴，使食中大夫之俸。靈公廢了外朝，命諸大夫皆朝於內寢。每視朝，或出遊，則獒奴以細鍊牽犬，侍於左右，見者無不悚然。其時列國離心，萬民嗟怨。趙盾等屢屢進諫，勸靈公禮賢遠佞，勤政親民。靈公如瑱充耳，全然不聽。反有疑忌之意。

忽一日，靈公朝罷，諸大夫皆散。惟趙盾與士會，尚在寢門，商議國家之事，互相怨嘆。只見有二內侍抬一竹籠，自閨而出。趙盾曰：「宮中安有竹籠出外？此必有故。」遙呼：「來！來！」內侍只低

❶ 百姓每：百姓們。

頭不應。盾問曰：「竹籠中所置何物？」內侍曰：「爾，相國也，欲看時可自來看。我不敢言。」盾心中愈疑，邀士會同往察之。但見人手一隻，微露籠外。二位大夫拉住竹籠細看，乃支解過的一個死人。趙盾大驚，問其來歷。內侍還不肯說。盾曰：「汝再不言，吾先斬汝矣！」內侍方纔告訴道：「此人乃宰夫也！主公命煮熊蹯，急欲下酒，催促數次，宰夫只得獻上。主公嘗之，嫌其未熟，以銅斗擊殺之。又砍為數段，命我等棄於野外。立限時刻回報，遲則獲罪矣！」趙盾乃放內侍依舊扛抬而去。盾謂士會曰：「主上無道，視人命如草菅。國家危亡，只在旦夕。我與子同往苦諫一番何如？」士會曰：「我二人諫而不從，更無繼者。會請先入，諫若不聽，子當繼之。」時靈公尚在中堂，士會直入。靈公望見，知其必有諫諍之言。乃迎而謂曰：「大夫勿言，寡人已知過矣。今當改之。」士會稽首對曰：「人誰無過，過而能改，社稷之福也！臣等不勝欣幸！」言畢而退，述於趙盾。盾曰：「主公若果悔過，旦晚必有施行。」

至次日，靈公免朝，命駕車往桃園遊玩。趙盾曰：「主公如此舉動，豈像改過之人？吾今日不得不言矣。」乃先往桃園門外，候靈公至，上前參謁。靈公訝曰：「寡人未嘗召卿，卿何以至此？」趙盾稽首再拜，口稱：「死罪！微臣有言啟奏，望主公寬容採納。臣聞：『有道之君，以樂樂人。無道之君，以樂樂身。』夫宮室嬖倖，田獵遊樂，一身之樂止此矣。未有以殺人為樂者。今主公縱犬噬人，放彈打人，又以小過支解膳夫，此無道之君所不為也，而主公為之。人命至重，濫死如此，百姓內叛，諸侯外離，桀紂滅亡之禍，將及君身！臣今日不言，更無人言矣！臣不忍坐視君國之危亡，故敢直言無隱。乞主公回輦入朝，改革前非。毋荒遊，毋嗜殺，使晉國危而復安。臣雖死不恨！」靈公大慚，以袖掩面曰：

「卿且退，容寡人只今日遊玩，下次當依卿言。」趙盾身蔽園門，不放靈公進去。屠岸賈在旁言曰：「相國進諫，雖是好意，然車駕既已至此，豈可空回，被人恥笑？相國暫請方便，如有政事，俟主公明日早朝，於朝堂議之，何如？」靈公接口曰：「明日早朝，當召卿也。」趙盾不得已，將身閃開，放靈公進園。瞋目視岸賈曰：「亡國敗家，皆由此輩！」恨恨不已。

岸賈侍靈公遊戲，正在歡笑之際，岸賈忽然嘆曰：「此樂不可再矣！」靈公問曰：「大夫何發此嘆？」岸賈曰：「趙相國明早必然又來聒絮❷，豈容主公復出耶？」靈公忿然作色曰：「自古君制於臣，不聞臣制於君。此老在，甚不便於寡人，何計可以除之？」岸賈曰：「臣有客鉏麑者，家貧，臣常周給之。感臣之惠，願效死力。若使行刺於相國，主公任意行樂，又何患哉？」靈公曰：「此事若成，卿功非小。」是夜岸賈密召鉏麑，賜以酒食，告以「趙盾專權欺主。今奉晉侯之命，使汝往刺。汝可伏於趙相國之門，俟其五鼓赴朝刺殺，不可誤事！」鉏麑領命而行。扎縛停當，帶了雪花般匕首，潛伏趙府左右。聞譙鼓已交五更，便潛到趙府門首。見重門洞開，乘車已駕於門外。望見堂上，燈光影影。鉏麑乘間潛進中門，躲在暗處，仔細觀看。堂上有一位官員，朝衣朝冠，垂紳正笏，端然而坐。此位官員，正是相國趙盾。因欲趨朝，天色尚早，坐以待旦。鉏麑大驚，退出門外，嘆曰：「不忘恭敬，民之主也！賊殺民主，則為不忠。受君命而棄之，則為不信。不忠不信，何以立天地之間哉！」乃呼於門曰：「我，鉏麑也。寧違君命，不忍殺忠臣。我今自殺！恐有後來者，相國謹防之！」言罷，望著門前一株大槐，一頭觸去，腦漿迸裂而死。史臣有贊云：

❷ 聒絮：嚕囌。與「絮聒」意思相同。

壯哉鉏麑，刺客之魁！聞義能徙，視死如歸。報屠存趙，身滅名垂。槐陰所在，生氣依依！

此時驚動了守門人役，將鉏麑如此恁般，報知趙盾。盾之車右提彌明曰：「相國今日不可入朝，恐有他變。」趙盾曰：「主公許我早朝。我若不往，是無禮也。死生有命，吾何慮哉！」分付家人，暫將鉏麑淺埋於槐樹之側。趙盾登車入朝，隨班行禮。靈公見趙盾不死，問屠岸賈以鉏麑之事。岸賈答曰：「鉏麑去而不返，有人說道觸槐而死，不知何故？」靈公曰：「此計不成，奈何？」岸賈奏曰：「臣尚有一計，可殺趙盾，萬無一失。」靈公曰：「卿有何計？」岸賈曰：「主公來日，召趙盾飲於宮中，先伏甲士於後壁。俟三爵之後，主公可向趙盾索佩劍觀看。盾必捧劍呈上。臣從旁喝破『趙盾拔劍於君前，欲行不軌。左右可救駕！』甲士齊出，縛而斬之。外人皆謂趙盾自取誅戮，主公可免殺大臣之名。此計如何？」靈公曰：「妙哉！妙哉！可依計而行。」明日，復視朝。靈公謂趙盾曰：「寡人賴吾子直言，以得親於群臣。敬治薄享，以勞吾子。」遂命屠岸賈引入宮中。車右提彌明從之。將升階，岸賈曰：「君宴相國，餘人不得登堂。」彌明乃立於堂下。趙盾再拜，就坐於靈公之右。屠岸賈侍於君左。庖人獻饌，酒三巡。靈公謂趙盾曰：「寡人聞吾子所佩之劍，蓋利劍也。幸解下與寡人觀之。」趙盾不知是計，方欲解劍，提彌明在堂下望見，大呼曰：「臣侍君宴，禮不過三爵！何為酒後拔劍於君前耶？」趙盾悟，遂起立。彌明怒氣勃勃，直趨上堂，扶盾而下。岸賈呼獒奴縱靈獒，令逐紫袍者。獒疾走如飛，追及盾於宮門之內。彌明力舉千鈞，雙手搏獒，折其頸。獒死，靈公怒甚，出壁中伏甲以攻盾。彌明以身蔽盾，教盾急走。彌明留身獨戰，寡不敵眾，遍體被傷，力盡而死。史臣贊云：

君有獒，臣亦有獒。君之獒，不如臣之獒。君之獒，能害人。臣之獒，克保身。嗚呼二獒！吾誰與親？

話說趙盾虧彌明與甲士格鬥，脫身先走。忽有一人狂追及盾。盾懼甚。其人曰：「相國無畏，我來相救，非相害也。」盾問曰：「汝何人？」對曰：「相國不記翳桑之餓人乎？則我靈輒便是。」——原來五年之前，趙盾曾往九原山打獵而回，休於翳桑之下。見有一男子臥地，盾疑為刺客，使人執之。其人餓不能起。問其姓名，曰：「靈輒也。游學於衛三年，今日始歸。囊空無所得食，已餓三日矣！」盾憐之，與之飯及脯。輒出一小筐，先藏其半而後食，盾問曰：「汝藏其半何意？」輒對曰：「家有老母，住於西門。小人出外日久，未知母存亡何如。今近不數里，倘幸而母存，願以大人之饌充老母之腹。」盾嘆曰：「此孝子也！」使盡食其餘。別取簞食與肉，置囊中授之。靈輒拜謝而去。今絳州有脯飯坂，因此得名。後靈輒應募為公徒，適在甲士之數。念趙盾昔日之恩，特地上前相救。——時從人聞變，俱已逃散。靈輒背負趙盾，趨出朝門。眾甲士殺了提彌明，合力來追。恰好趙朔悉起家丁，駕車來迎，扶盾登車。盾急召靈輒，欲共載。輒已逃去矣。甲士見趙府人眾，不敢追逐。趙盾謂朔曰：「吾不得復顧家矣。此去或翟或秦，尋一託身之處可也。」於是父子同出西門，望西路而進。不知趙宣子出奔何處，再看下回分解。

第五十一回　責趙盾董狐直筆　誅鬬椒絕纓大會

話說晉靈公謀殺趙盾，雖然其事不成，卻喜得趙盾離了絳城。如村童離師，頑豎離主，覺得胸懷舒暢，快不可言。遂攜帶宮眷於桃園住宿，日夜不歸。再說趙穿在西郊射獵而回，正遇見盾、朔父子。停車相見，詢問緣由。趙穿曰：「叔父且莫出境，數日之內，穿有信到，再決行止。」趙盾曰：「既然如此，吾權住首陽山，專待好音。汝凡事謹慎，莫使禍上加禍！」趙穿別了盾、朔父子，回至絳城。知靈公住於桃園，假意謁見，稽首謝罪。言：「臣穿雖忝宗戚，然罪人之族，不敢復侍左右，乞賜罷斥！」靈公信為真誠。乃慰之曰：「盾累次欺蔑寡人。寡人亦不能堪，與卿何與？卿可安心供職。」穿謝恩畢，復奏曰：「臣聞所貴為人主者，惟能極人生聲色之樂也。主公鐘鼓雖懸，而內宮不備，何樂之有？齊桓公嬖幸滿宮，正娶之外，如夫人者六人。先君文公雖出亡，患難之際，所至納姬。迄於返國，年踰六旬，尚且妾媵無數。主公既有高臺廣囿，以為寢處之所，何不多選良家女子，充牣其中。使明師教之歌舞，以備娛樂，豈不美哉？」靈公曰：「卿所言，正合寡人之意。今欲搜括國中女色，何人可使？」穿對曰：「大夫屠岸賈可使。」靈公遂命屠岸賈專任其事。不拘城內郊外，有顏色女子，年二十以內未嫁者，咸令報名選擇。限一月內回話。趙穿借此公差，遣開了屠岸賈。又奏於靈公曰：「桃園侍衛單弱，臣於軍中精選驍勇二百人，願充宿衛，伏乞主裁。」靈公復准其奏。

趙穿回營，果然挑選了二百名甲士。那甲士問道：「將軍有何差遣？」趙穿曰：「主上不恤民情，終日在桃園行樂。命我挑選汝等，替他巡警。汝等俱有室家，此去立風宿露，何日了期？」軍士皆嗟怨曰：「如此無道昏君，何不速死！若相國在此，必無此事。」趙穿曰：「吾有一語，與汝等商量，不知可否？」眾軍士皆曰：「將軍能救拔我等之苦，恩同再生。」穿曰：「桃園不比深宮邃密，汝等以二更為候，攻入園中，託言討賞。我揮袖為號，汝等殺了晉侯，我當迎還相國，別立新君。此計何如？」軍士皆曰：「甚善！」趙穿皆勞以酒食，使列於桃園之外。入告靈公。靈公登臺閱之，人人精勇，個個剛強。靈公大喜，即留趙穿侍酒。飲至二更，外面忽聞喊聲。靈公驚問其故。趙穿曰：「此必宿衛軍士，驅逐夜行之人耳。臣往諭之，勿驚聖駕。」當下趙穿命掌燈步下層臺。甲士二百人，已毀門而入。趙穿擋住了眾人，引至臺前，升樓奏曰：「軍士知主公飲宴，欲求餘瀝犒勞，別無他意。」公傳旨，教內侍取酒分犒眾人。倚欄看給。趙穿在旁呼曰：「主公親犒汝等，可各領受！」言畢，以袖麾之。眾甲士認定了晉侯，一湧而上。靈公心中著忙，謂趙穿曰：「甲士登臺何意？卿可傳諭速退！」趙穿曰：「眾人思見相國盾，意欲主公召還歸國耳！」靈公未及答言，戟已攢刺，登時身死。左右俱各驚走。趙穿曰：「昏君已除，汝等勿得妄殺一人。宜隨我往迎相國還朝也。」只為晉侯無道好殺，近侍朝夕懼誅。所以甲士行逆，莫有救者。百姓怨苦日久，反以晉侯之死為快，絕無一人歸罪於趙穿。七年之前，彗星入北斗，占云：「齊、宋、晉三國之君，皆將死亂。」至是驗矣。髯仙有詩云：

崇臺歌管未停聲，血濺朱樓起外兵。莫怪臺前無救者，避丸之後絕人行。

屠岸賈正在郊外，捱門捱戶的訪問美色女子。忽報：「晉侯被弒！」吃了大驚。心知趙穿所為，不敢聲張，潛回府第。士會等聞變，趨至桃園，寂無一人。亦料趙穿往迎相國。將園門封鎖，靜以待之。不一日，趙盾回車，入於絳城，徑到桃園，百官一時並集。趙盾伏於靈公之屍，痛哭了一場，哀聲聞於園外。百姓聞者，皆曰：「相國忠愛如此，晉侯自取其禍，非相國之過也！」趙盾分付將靈公殯殮，歸葬曲沃。一面會集群臣，議立新君。時靈公尚未有子。趙盾曰：「先君襄公之歿，吾常倡言，欲立長君。眾謀不協，以及今日。此番不可不慎。」士會曰：「國有長君，社稷之福。誠如相國之言。」趙盾曰：「文公尚有一子，始生之時，其母夢神人以黑手塗其臀，因名曰黑臀。今仕於周，其齒已長。吾意欲迎立之，何如？」百官不敢異同。皆曰：「相國處分甚當！」趙盾欲解趙穿弒君之罪，乃使穿如周，迎公子黑臀歸晉。朝於太廟，即晉侯之位，是為成公。

成公既立，專任趙盾以國政。以其女妻趙朔，是為莊姬。盾因奏曰：「臣母乃狄女，君姬氏有遜讓之美，遣人迎臣母子歸晉。臣得僭居適子，遂主中軍。今君姬氏三子同、括、嬰皆長，願以位歸之。」成公曰：「卿之弟乃吾娣所鍾愛，自當並用，毋勞過讓。」乃以趙同、趙括、趙嬰，並為大夫。趙穿佐中軍如故。穿私謂盾曰：「屠岸賈諂事先君，與趙氏為仇。桃園之事，惟岸賈心懷不順。若不除此人，恐趙氏不安。」盾曰：「人不罪汝，汝反罪人耶？吾宗族貴盛，但當與同朝修睦，毋用尋仇為也。」趙穿乃止。岸賈亦謹事趙氏，以求自免。

趙盾終以桃園之事為歉。一日，步至史館，見太史董狐，索簡觀之。董狐將史簡呈上。趙盾觀簡上，明寫：「秋七月乙丑，趙盾弒其君夷皐於桃園。」盾大驚曰：「太史誤矣！吾已出奔河東，去絳城二百餘里，安知弒君之事？而子乃歸罪於我，不亦誣乎？」董狐曰：「子為相國，出亡未嘗越境。反國又不討賊。謂此事非子主謀，誰其信之？」盾曰：「文可改乎？」狐曰：「是是非非，號為信史。吾頭可斷，此簡不可改也！」盾嘆曰：「嗟乎！史臣之權，乃重於卿相！恨吾未即出境，不免受萬世之惡名，悔之無及！」自是趙盾事成公，益加敬謹。趙穿自恃其功，求為正卿。盾恐礙公論，不許。穿憤恚，疽發於背而死。穿子趙旃，求嗣父職。盾曰：「待汝他日有功，雖卿位不難致也。」史臣論趙盾不私趙穿父子，皆董狐直筆所致。有贊云：

庸史紀事，良史誅意。穿弒其君，盾蒙其罪。寗斷吾頭，敢以筆媚？卓哉董狐，是非可畏！

時乃周匡王之六年也。是年匡王崩，其弟瑜立，是為定王。

* * *

定王元年，楚莊王興師伐陸渾之戎，遂涉雒水，揚兵於周之疆界。欲以威脅天子，與周分制天下。定王使大夫王孫滿問勞莊王。莊王問曰：「寡人聞大禹鑄有九鼎，三代相傳，以為世寶。今在洛陽。不知鼎形大小，與其輕重何如？寡人願一聞之。」王孫滿曰：「三代以德相傳，豈在鼎哉？昔禹有天下，九牧貢金，取鑄九鼎。夏桀無道，鼎遷於商。商紂暴虐，鼎又遷於周。若其有德，鼎雖小亦重。如其無德，雖大猶輕！成王定鼎於郟鄏卜世三十，卜年七百，天命有在，鼎未可問也！」莊王慚而退。自是不敢萌窺周之志。

卻說楚令尹鬬越椒自莊王分其政權，心懷怨望，嫌隙已成。自恃才勇無雙，且先世功勞，人民信服。

久有謀叛之意。常言：「楚國人才，惟司馬伯嬴一人，餘不足數也。」莊王伐陸渾時，亦慮越椒有變，特留蔿賈在國。越椒見莊王統兵出征，遂決意作亂。欲盡發本族之眾。鬬克不從，殺之。遂襲殺司馬蔿賈。賈子敖，扶其母奔於夢澤以避難。越椒出屯烝野之地，欲邀截莊王歸路。莊王聞變，兼程而行。將及漳澨，越椒引兵來拒，軍威甚壯。越椒貫弓挺戟，在本陣往來馳驟。楚兵望之，皆有懼色。莊王曰：「鬬氏世有功勳於楚，甯伯棼負寡人，寡人不負伯棼也！」乃使大夫蘇從，造越椒之營，與之講和，赦其擅殺司馬之罪，且許以王子為質。越椒曰：「吾恥為令尹耳，非望赦也！能戰則來。」蘇從再三諭之，不聽。蘇從去後，越椒命軍士擊鼓前進。莊王問諸將：「何人可退越椒？」大將樂伯應聲而出。越椒之子鬬賁皇，便接住廝殺。潘尪見樂伯戰賁皇不下，即忙驅車出陣。越椒之從弟鬬旗，亦驅車應之。莊王在戎輅之上，親自執枹，鳴鼓督戰。越椒遠遠望見，飛車直奔莊王。彎著勁弓，一箭射來。那枝箭直飛過車轅，剛剛中在鼓架之上。駭得莊王連鼓槌掉下車來。莊王急教避箭，左右各將大笠前遮，越椒又復一箭，恰好的把左笠射箇對穿。莊王且教回車，鳴金收兵。越椒奮勇趕來，卻得右軍大將公子側，左軍大將公子嬰齊，兩軍一齊殺到，越椒方退。樂伯、潘尪聞金聲，亦棄陣而回。楚軍頗有損折，退至皇滸下寨。取越椒箭視之，其長半倍於他箭，鸛翎為羽，豹齒為鏃，鋒利非常。左右傳觀，無不吐舌。至夜，莊王自出巡營。聞營中軍卒，三三五五相聚，都說：「鬬令尹神箭可畏，難以取勝。」莊王乃使人謬言於眾曰：「昔先君文王之世，聞戎、蠻造箭最利，使人問之戎、蠻。乃獻箭樣二枝，名『透骨風』，藏於太廟，為越椒所竊得。今盡於兩射矣，不必慮也。明日當破之。」眾心始定。莊王乃下令兵退隨國，揚言欲起漢東諸國之眾，以討鬬氏。蘇從曰：「強敵在前，一退必為所乘，王失計矣！」公子側曰：「此王之謬言耳！吾等入見，必別有處分。」乃與公子嬰齊夜見莊王。莊王曰：「越椒勢銳，可計取，不可力敵也。」分付二將，如此恁般，埋伏預備。二將領計去了。

次早雞鳴，莊王引大軍退走。越椒探聽得實，率眾來追。楚軍兼程疾走，已過竟陵而北。越椒一日一夜，行二百餘里。至清河橋，楚軍在橋北晨炊，望見追兵來到，棄其釜爨而遁。越椒令曰：「擒了楚王，方許朝餐！」眾人勞困之後，又忍著飢餓，勉強前進，追及後隊潘尪之軍。潘尪立於車中謂越椒曰：「吾子志在取王，何不速馳？」越椒信為好語，乃捨潘尪。前馳六十里，至青山，遇楚將熊負羈，問：「楚王安在？」負羈曰：「王尚未至也。」越椒心疑，謂負羈曰：「子肯為我伺王，如得國，當與子分治。」負羈曰：「吾觀子眾飢困，且飽食乃可戰。」越椒以為然，乃停車治爨。爨尚未熟，只見公子側、公子嬰齊，兩路軍殺到。越椒之軍，不能復戰，只得南走。回至清河橋，橋已拆斷。——原來楚莊王親自引兵，伏於橋之左右，只等越椒過去，便將橋梁拆斷，絕其歸路。——越椒大驚，分付左右測水深淺，欲為渡河之計。只見隔河一聲礮響，楚軍於河畔大叫：「樂伯在此，越椒速速下馬受縛！」越椒大怒，命隔河放箭。

樂伯軍中有一小校，精於射藝，姓養名繇基，軍中稱為「神箭養叔」。自請於樂伯，願與越椒較射。乃立於河口大叫曰：「河闊如此，箭何能及？聞令尹善射，吾當與比較高低。可立於橋堵之上，各射三矢，死生聽命！」越椒問曰：「汝何人也？」應曰：「吾乃樂將軍部下小將養繇基也。」越椒欺其無名，乃曰：「汝要與我比箭，須讓我先射三矢。」養繇基曰：「莫說三矢，就射百矢，吾何懼哉！躲閃的不算好漢！」乃各約住後隊，分立於橋堵之南北。越椒挽弓先發一箭，恨不得將養繇基連頭帶腦射下河來。

誰知忙者不會，會者不忙。養繇基見箭來，將弓梢一撥，那箭早落在水中。高叫：「快射，快射！」越椒又將第二箭搭上弓弦，覷得親切，颼的發來。養繇基將身一蹲，那枝箭從頭而過。越椒叫曰：「你說不許躲閃，如何蹲身躲箭？非丈夫也！」繇基答曰：「你還有一箭，吾今不躲。你若這箭不中，須還我射來！」越椒想道：「你若不躲閃，這枝箭管教射著。」便取第三枝箭，端端正正的射去。叫聲：「著了！」養繇基兩腳站定，並不轉動。箭到之時，張開大口，剛剛的將箭鏃咬住。越椒三箭都不中，心下早已著慌。只是大丈夫出言在前，不好失信。乃叫道：「讓你也射三箭。若射不著，還當我射。」養繇基笑曰：「要三箭方射著你，便是初學了。我只須一箭，管教你性命送於我手！」越椒曰：「你口出大言，必有些本事。好歹由你射來。」心下想道：「那裡一箭便射得正中？若一箭不中，我便喝住他。」大著膽由他射去。誰知養繇基箭百發百中。那時養繇基取箭在手，叫一聲：「令尹看射！」虛把弓拽一拽，卻不曾放箭。越椒聽得弓弦響，只說箭來，將身往左一閃。養繇基曰：「箭還在我手，不曾上弓。講過躲閃的，不算好漢，你如何又閃去？」越椒曰：「怕人躲閃的，也不算會射！」繇基又虛把弓弦拽響，越椒又往右一閃。養繇基乘他那一閃時，接手放一箭。鬬越椒不知箭到，躲閃不及，這箭直貫其腦。可憐好個鬬越椒，做了楚國數年令尹，今日死於小將養繇基的一箭之下。髯仙有詩云：

人生知足最為良，令尹貪心又想王。神箭將軍聊試技，越椒已在隔橋亡。

鬬家軍已自飢困，看見主將中箭，慌得四散奔走。楚將公子側、公子嬰齊，分路追逐。殺得屍同山積，血染河紅。越椒子鬬賁皇，逃奔晉國。晉侯用為大夫，食邑於苗，謂之苗賁皇。

莊王已獲全勝，傳令班師。有被擒者，即於軍前斬首。凱歌還於郢都，將鬬氏宗族，不拘大小，盡行斬首。只有鬬般之子，名曰克黃，官拜箴尹。是時莊王遣使行聘齊、秦二國。鬬克黃領命使齊，歸及宋國，聞越椒作亂之事，左右曰：「不可入矣！」克黃曰：「君猶天也。天命其可棄乎？」命馳入郢都，復命畢，自詣司寇請囚曰：「吾祖子文，曾言：『越椒有反相，必主滅族。』臨終囑吾父逃避他國。吾父世受楚恩，不忍他適，為越椒所誅。今日果應吾祖之言！既不幸為逆臣之族，又不幸違先祖之訓，今日死其分也！安敢逃刑耶？」莊王聞之，歎曰：「子文真神人也！況治楚功大，何忍絕其嗣乎？」乃赦克黃之罪，曰：「克黃死不逃刑，乃忠臣也！」命復其官，改名曰鬬生，言其宜死而得生也。

莊王嘉繇基一箭之功，厚加賞賜，使將親軍，掌車右之職。因令尹未得其人，聞沈尹、虞邱之賢，使權主國事。置酒大宴群臣於漸臺之上，妃嬪皆從。莊王曰：「寡人不御鐘鼓，已六年於此矣。今日叛臣授首，四境安靖，願與諸卿同一日之遊，名曰『太平宴』。文武大小官員，俱來設席，務要盡歡而止。」群臣皆再拜，依次就坐。庖人進食，太史奏樂。飲至日落西山，興尚未已。莊王命秉燭再酌，使所幸許姬、姜氏，遍送諸大夫之酒。眾俱起席立飲。忽然一陣怪風，將堂燭盡滅。左右取火未至，席中有一人，見許姬美貌，暗中以手牽其袂。許姬左手絕袂，右手攬其冠纓。纓絕，其人驚懼放手。許姬取纓在手，循步至莊王之前，附耳奏曰：「妾奉大王命，敬百官之酒。內有一人無禮，乘燭滅強牽妾袖。妾已攬得其纓，正可促火察之。」莊王急命掌燈者：「且莫點燭！寡人今日之會，約與諸卿盡歡。諸卿俱去纓痛飲。不絕纓者不歡！」於是百官皆去其纓，方許秉燭。竟不知牽袖者為何人也。席散回宮，許姬奏曰：「妾聞男女不瀆，況君臣乎？今大王使妾獻觴於諸臣，以示敬也。牽妾之袂，而王不加察，何以肅上下之禮，而正男女之別乎？」莊王笑曰：「此非婦人所知也。古者君臣為享禮，不過三爵，但卜其晝，不卜其夜。今寡人使群臣盡歡，繼之以燭。酒後狂態，人情之常。若察而罪之，顯婦人之節，而傷國士之心，使群臣俱不歡，非寡人出令之意也。」許姬歎服。後世名此宴為「絕纓會」。髯翁有詩云：

暗中牽袂醉中情，玉手如風已絕纓。盡說君王江海量，畜魚水忌十分清。

一日，與虞邱論政，至於夜分，方始回宮。夫人樊姬問曰：「朝中今日何事，而晏罷如此？」莊王曰：「寡人與虞邱論政，殊不覺其晏也。」樊姬曰：「虞邱何如人？」莊王曰：「楚之賢者。」樊姬曰：「以妾觀之，虞邱未必賢矣。」莊王曰：「子何以知虞邱之非賢？」樊姬曰：「臣之事君，猶婦之事夫也。妾備位中宮，凡宮中有美色者，未常不進於王前。今虞邱與王論政，動至夜分，然未聞進一賢者。夫一人之智有限，而楚國之士無窮。虞邱欲役一人之智，以掩無窮之士，又焉得為賢乎？」莊王善其言，明早以樊姬之言，述於虞邱。虞邱曰：「臣智不及此，當即圖之。」乃遍訪於群臣。鬬生言蔿賈之子蔿敖之賢，「為避鬬越椒之難，隱居夢澤，此人將相才也！」虞邱言於莊王。莊王曰：「伯嬴智士，其子必不凡。微子言，吾幾忘之。」即命虞邱同鬬生駕車往夢澤，取蔿敖入朝聽用。

卻說蔿敖字孫叔，人稱為孫叔敖。奉母逃難居於夢澤，力耕自給。一日荷鋤而出，見田中有蛇兩頭，駭曰：「吾聞兩頭蛇不祥之物，見者必死。吾其殆矣！」又想道：「若留此蛇，倘後人復見之，又喪其命。不如我一人自當。」乃揮鋤殺蛇，埋於田岸。奔歸向母而泣。母問其故，敖對曰：「聞見兩頭蛇者必死。兒今已見之，恐不能終母之養，是以泣也。」母曰：「蛇今安在？」敖對曰：「兒恐後人復見，已殺而埋之矣！」母曰：「人有一念之善，天必祐之。汝見兩頭蛇，恐累後人，殺而埋之。此其善豈止一念哉？汝必不死，且將獲福矣！」逾數日，虞邱等奉使命至，取用孫叔敖。母笑曰：「此埋蛇之報也。」敖與其母，隨虞邱歸郢。

莊王一見，與語竟日，大悅曰：「楚國諸臣，無卿之比！」即日拜為令尹。孫叔敖辭曰：「臣起自田野，驟執大政，何以服人？請從諸大夫之後。」莊王曰：「寡人知卿，卿可不辭！」叔敖謙讓再三，乃受命為令尹。考求楚國制度，立為軍法：凡軍行，在軍右者，挾轅為戰備；在軍左者，追求草蓐為宿備。前茅慮無，中權後勁。前茅慮無者，旌幟在前，以覘賊之有無，而為之謀慮。中權者，權謀皆出中軍，不得旁撓。後勁者，以勁兵為後殿，戰則用為奇兵，歸則用為斷後。王之親兵，分為二廣。每廣車十五乘，每乘用步卒百人，後以二十五人為游兵。右廣管丑寅卯辰巳五時，左廣管午未申酉戌五時。每日雞鳴時分，右廣駕馬以備驅馳。至於日中，則左廣代之。黃昏而止。內官分班捱次，專主巡亥子二時，以防非常之變。用虞邱將中軍，公子嬰齊將左軍，公子側將右軍。養繇基將右廣，屈蕩將左廣。四時蒐閱，各有常典。三軍嚴肅，百姓無擾。又築芍陂，以興水利。六蓼之境，灌田萬頃。民咸頌之。楚諸臣見莊王寵任叔敖，心中不服。及見叔敖行事，井井有條，無不嘆息曰：「楚國有幸，得此賢臣，子文其復起矣！」——當初，令尹子文善治楚國。今得叔敖如子文之再生也。

是時鄭穆公蘭薨，世子夷即位，是為靈公。公子宋與公子歸生當國，尚依違於晉、楚之間，未決所事。楚莊王與孫叔敖商議，欲興兵伐鄭。忽聞鄭靈公被公子歸生所弒。莊王曰：「吾伐鄭益有名矣！」不知歸生如何弒君，且看下回分解。

第五十二回　公子宋嘗黿構逆　陳靈公衵服戲朝

話說公子歸生字子家，公子宋字子公，二人皆鄭國貴戚之卿也。鄭靈公夷元年，公子宋與歸生相約早起，將入見靈公。公子宋之食指，忽然翕翕自動。——何謂食指？第一指曰拇指，第三指曰中指，第四指曰無名指，第五指曰小指。惟第二指，大凡取食必用著他，故曰食指。——公子宋將食指跳動之狀，與歸生觀看。歸生異之。公子宋曰：「無他。我每常若跳動，是日必嘗異味。前使晉，食石花魚。後使楚，一食天鵝，一食合歡橘。指皆預動，無次不驗。不知今日嘗何味耳？」將入朝門，內侍傳命，喚宰夫甚急。公子宋問之曰：「汝喚宰夫何事？」內侍曰：「有鄭客從漢江來，得一大黿，重二百餘斤，獻於主公。主公受而賞之。今縛於堂下，使我召宰夫割烹，欲以享諸大夫也。」公子宋曰：「異味在此，吾食指豈虛動耶！」既入朝，見堂柱縛黿甚大，二人相視而笑。謁見之際，餘笑尚在。靈公問曰：「卿二人今日何得有喜容？」公子歸生對曰：「宋與臣入朝時，其食指忽動。言：『每常如此，必得異味而嘗之。』今見堂下有巨黿，度主公烹食，必將波及諸臣。食指有驗，所以笑耳。」靈公戲之曰：「驗與不驗，權尚在寡人也。」二人既退，歸生謂宋曰：「異味雖有，倘君不召子，如何？」宋曰：「既享眾，能獨遺我乎？」至日晡，內侍果遍召諸大夫。公子宋欣然而入，見歸生笑曰：「吾固知君之不得不召我也！」已而諸臣畢集。靈公命布席敘坐，謂曰：「黿乃水族佳味，寡人不敢獨享，願諸卿共之。」諸臣合詞謝曰：「主公一食不忘，臣等何以為報！」坐定，宰夫告黿味已調，乃先獻靈公。公嘗而美之。命人賜黿羹一鼎，象箸一雙。自下席派起，至於上席。恰好到第一第二席，止剩得一鼎。宰夫稟道：「羹已盡矣，只有一鼎，請命賜與何人？」靈公曰：「賜子家。」宰夫將黿羹致歸生之前。靈公大笑曰：「寡人命遍賜諸卿，而偏缺子公，是子公數不當食黿也！食指何常驗耶？」原來靈公故意分付庖人，缺此一鼎，欲使宋之食指不驗，以為笑端。卻不知公子宋已在歸生面前說了滿話。今日百官俱得賜食，己獨不與，羞變成怒，徑趨至靈公面前，以指探其鼎，取黿肉一塊啖之曰：「臣已得嘗矣！食指何常不驗也？」言畢，直趨而出。靈公亦怒，投箸曰：「宋不遜，乃欺寡人！豈以鄭無尺寸之刃，不能斬其頭耶？」歸生等俱下席俯伏曰：「宋恃肺腑之愛，欲均沾君惠，聊以為戲，何敢行無禮於君乎？願君恕之！」靈公恨恨不已。君臣皆不樂而散。歸生即趨至公子宋之家，告以君怒之意：「明日可入朝謝罪。」公子宋曰：「吾聞：『慢人者，人亦慢之。』君先慢我，乃不自責而責我耶？」歸生曰：「雖然如此，君臣之間，不可不謝。」

次日，二人一同入朝。公子宋隨班行禮，全無觳觫伏罪之語。倒是歸生心上不安，奏曰：「宋懼主公責其染指之失，特來告罪，戰兢不能措辭，望主公寬容之！」靈公曰：「寡人恐得罪子公，子公豈懼寡人耶？」拂衣而起。公子宋出朝，邀歸生至家，密語曰：「主公怒我甚矣！恐見誅。不如先作難，事成可以免死。」歸生掩耳曰：「六畜歲久，猶不忍殺之。況一國之君，敢輕言弒逆乎！」公子宋曰：「吾戲言，子勿洩也！」歸生辭去。公子宋探知歸生與靈公之弟公子去疾相厚，數有往來。乃揚言於朝曰：「子家與子良早夜相聚，不知所謀何事。恐不利於社稷也！」歸生急牽宋之臂，至於靜處。謂曰：「是何言與？」公子宋曰：「子不與我協謀，吾必使子先我一日而死！」歸生素性懦弱，不能決斷。聞宋之言，大懼曰：「汝意欲何如？」公子宋曰：「主上無道之端，已見於分黿。若行大事，吾與子共扶子良為君，以親暱於晉，鄭國可保數年之安矣。」歸生想了一回，徐答曰：「任子所為，吾不汝洩也。」公子宋乃陰聚家眾，乘靈公秋祭齋宿，用重賂結其左右，夜半潛入齋宮，以土囊壓靈公而殺之。託言中魘暴薨。歸生知其事而不敢言。——按孔子作春秋，書：「鄭公子歸生弒其君夷。」釋公子宋而罪歸生，以其身為執政，懼譖從逆，所謂「任重者責亦重」也。聖人書法，垂戒人臣，可不畏哉！

次日，歸生與公子宋共議欲奉公子去疾為君。去疾大驚，辭曰：「先君尚有八子，若立賢，則去疾無德可稱，若立長，則有公子堅在。去疾有死，不敢越也！」於是扶公子堅即位，是為襄公。總計穆公共有子十三人。靈公夷被弒，襄公堅嗣立。以下尚有十一子：曰公子去疾字子良，曰公子喜字子罕，曰公子騑字子駟，曰公子發字子國，曰公子嘉字子孔，曰公子偃字子游，曰公子舒字子印。又有公子豐，公子羽，公子然，公子志。襄公忌諸弟黨盛，恐他日生變。私與公子去疾商議，欲獨留去疾，而盡逐其諸弟。去疾曰：「先君夢蘭而生，卜曰：『是必昌姬氏之宗。』夫兄弟為公族，譬如枝葉茂盛，本是以榮。若剪枝去葉，本根俱露，枯槁可立而待矣！君能容之，固所願也。若不能容，吾將同行，豈忍獨留於此，異日何面目見先君於地下乎？」襄公感悟，乃拜其弟十一人皆為大夫，並知鄭政。公子宋遣使求成於晉，以求安其國。此周定王二年事也。

明年，為鄭襄公元年，楚莊王使公子嬰齊為將，率師伐鄭。問曰：「何故弒君？」晉使荀林父救之。楚遂移兵伐陳。鄭襄公從晉成公盟於黑壤。

周定王三年，晉上卿趙盾卒。郤缺代為中軍元帥。聞陳與楚平，乃言於成公，使荀林父從成公率宋、衛、鄭、曹四國伐陳。晉成公於中途病薨，乃班師。立世子獳為君，是為景公。是年，楚莊王親統大軍，復伐鄭師於柳棼。晉郤缺率師救之，襲敗楚師，鄭人皆喜。公子去疾獨有憂色。襄公怪而問之。去疾對曰：「晉之敗楚，偶也。楚將洩怒於鄭，晉可長恃乎？行見楚兵之在郊矣！」明年，楚莊王復伐鄭，屯兵於潁水之北。適公子歸生病卒，公子去疾，追治嘗黿之事，殺公子宋，暴其屍於朝。斲子家之棺，而逐其族。遣使謝楚王曰：「寡人有逆臣歸生與宋，今俱伏誅。寡君願因陳侯而受歃於上國。」莊王許之。遂欲合陳、鄭同盟於辰陵之地。遣使約會陳侯。使者自陳還，言：「陳侯為大夫夏徵舒所弒，國內大亂。」有詩為證：

周室東遷世亂離，紛紛篡弒歲無虛。妖星入斗徵三國，又報陳侯遇夏舒！

* * *

話說陳靈公諱平國，乃陳共公朔之子。在周頃王六年嗣位。為人輕佻惰慢，絕無威儀。且又耽於酒色，逐於游戲，國家政務，全然不理。寵著兩位大夫，一個姓孔名甯，一個姓儀名行父，都是酒色隊裡打鑼鼓的。一君二臣，志同氣合，語言戲褻，各無顧忌。其時朝中有個賢臣，姓洩名冶，是個忠良正直之輩，遇事敢言。陳侯君臣，甚畏憚之。又有個大夫夏御叔，其父公子少西，乃是陳定公之子。少西字子夏，故御叔以夏為字，又曰少西氏。世為陳國司馬之官，食采於株林。御叔娶鄭穆公之女為妻，謂之夏姬。那夏姬生得蛾眉鳳眼，杏臉桃腮。有驪姬、息媯之容貌，兼妲己、文姜之妖淫。見者無不驚魂喪魄，顛之倒之。更有一樁奇事，十五歲時，夢見一偉丈夫，星冠羽服，自稱上界天仙，與之交合，教以吸精導氣之法。與人交接，曲盡其歡，就中採陽補陰，卻老還少。名為「素女採戰之術」。在國未嫁，先與鄭靈公庶兄公子蠻兄妹私通。不勾❶三年，子蠻殀死。後嫁於夏御叔為內子，生下一男，名曰徵舒。徵舒字子南，年十二歲上，御叔病亡。夏姬因有外交，留徵舒於城內，從師習學。自家退居株林。孔甯、儀行父，向與御叔同朝相善，曾窺見夏姬之色，各有窺誘之意。夏姬有侍女荷華，伶俐風騷，慣與主母做腳攬主顧。孔甯一日與徵舒射獵郊外，因送徵舒至於株林，留宿其家。孔甯費一片心機，先勾搭上了荷華，贈以簪珥，求薦於主母，遂得入馬。竊穿其錦襠以出，誇示於儀行父。行父慕之，亦以厚幣交結荷華，求其通款。夏姬平日窺見儀行父，身材長大，鼻準豐隆，也有其心。遂遣荷華約他私會。儀行父廣求助戰奇藥，以媚夏姬。夏姬愛之，倍於孔甯。儀行父謂夏姬曰：「孔大夫有錦襠之賜，今既蒙垂盼，亦欲乞一物為表記，以見均愛。」夏姬笑曰：「錦襠彼自竊去，非妾所贈也。」因附耳曰：「雖在同床，豈無厚薄。」乃自解所穿碧羅襦為贈。儀行父大悅。自此行父往來甚密，孔甯不免稍疎矣。有古詩為證：

鄭風何其淫？桓武化已渺。士女競私奔，里巷失昏曉。仲子牆欲踰，子充性偏狡。東門憶茹蘆，
野外生蔓草。褰裳望匪遙，駕車去何杳。青衿縈我心，瓊琚破人老。風雨雞鳴時，相會密以巧。
揚水流東薪，讒言莫相攪。習氣多感人，安能自美好？

儀行父為孔甯將錦襠驕了他，今得了碧羅襦，亦誇示於孔甯。孔甯私叩荷華，知夏姬與儀行父相密，心

❶ 不勾：不消。

懷妒忌。無計拆他，想出一條計策來：那陳侯性貪淫樂，久聞夏姬美色，屢次言之，相慕頗切，恨不到手。「不如引他一同入馬，陳侯必然感我。況陳侯有個暗疾，醫書上名曰『狐臭』，亦名『腋氣』，夏姬定不喜歡。我去做個貼身幫閒❷，落得捉空❸調情，討些便宜。少不得儀大夫稀疎一二分，出我這點撚酸❹的惡氣。好計，好計！」遂獨見靈公，閒話間說及夏姬之美，天下絕無！靈公曰：「寡人亦久聞其名。但年齒已及四旬，恐三月桃花，未免改色矣！」孔甯曰：「夏姬熟曉房中之術，容顏轉嫩，常如十七八歲好女子模樣。且交接之妙，大異尋常。主公一試，自當魂消也！」靈公不覺慾火上炎，面頰發赤。向孔甯曰：「卿何策使寡人與夏姬會？寡人誓不相負！」孔甯奏曰：「夏氏一向居株林，其地竹木繁盛，可以遊玩。主公明早，只說要幸株林，夏氏必然設享相迎。夏姬有婢，名曰荷華，頗知情事。臣當以主公之意達之，萬無不諧之理。」靈公笑曰：「此事全仗愛卿作成。」

次日，傳旨駕車，微服出遊株林，只教大夫孔甯相隨。孔甯先送信於夏姬，教他治具相候。又露其意於荷華，使之轉達。那邊夏姬，也是個不怕事的主顧。凡事預備停當。靈公一心貪著夏姬，把遊幸當個名色。正是：竊玉偷香真有意，觀山玩水本無心。略蹬一時，就轉到夏家。夏姬具禮服出迎。入於廳堂，拜謁致詞曰：「妾男徵舒，出就外傅，不知主公駕臨，有失迎接。」其聲如新鶯巧囀，嚦嚦可聽。靈公視其貌，真天人也！六宮妃嬪，罕有其匹。靈公曰：「寡人偶爾閒遊，輕造尊府，幸勿驚訝。」夏

❷ 幫閒：幫著尋歡作樂。
❸ 捉空：找個機會。
❹ 撚酸：吃醋。

姬斂衽對曰：「主公玉趾下臨，敝廬增色。賤妾備有蔬酒，未敢獻上。」靈公曰：「既費庖廚，不須禮席。聞尊府園亭幽雅，願入觀之。主人盛饌，就彼相擾可也。」夏姬對曰：「自亡夫即世，荒園久廢掃除，恐慢大駕。賤妾預先告罪。」夏姬應對有序，靈公心中愈加愛重。命夏姬：「換去禮服，引寡人園中一遊。」夏姬卸下禮服，露出一身淡妝，如月下梨花，雪中梅蕊，別是一般雅致。夏姬前導，至於後園。雖然地段不寬，卻有喬松秀柏，奇石名葩，池沼一方，花亭幾座。中間高軒一區，朱欄繡幕，甚是開爽。此乃宴客之所，左右俱有廂房。軒後曲房數層，迴廊周折，直通內寢。園中立有馬廄，乃是養馬去處。園西空地一片，留為射圃。靈公觀看了一回，軒中筵席已具。夏姬執盞定席。靈公賜坐於旁，夏姬謙讓不敢。靈公曰：「主人豈可不坐？」乃命孔甯坐右，夏姬坐左：「今日略去君臣之分，圖個盡歡。」飲酒中間，靈公目不轉睛，夏姬亦流波送盼。靈公酒興帶了痴情，又有孔大夫從旁打和事鼓，酒落快腸，不覺其多。日落西山，左右進燭，洗盞更酌。靈公大醉，倒於席上，鼾鼾睡去。孔甯私謂夏姬曰：「主公久慕容色，今日此來，立心與你求歡，不可違拗。」夏姬微笑不答。孔甯便宜行事，出外安頓隨駕人眾，就便宿歇。夏姬整備錦衾繡枕，假意送入軒中，自己香湯沐浴，以備召幸。止留荷華侍駕。少頃靈公睡醒，張目問：「是何人？」荷華跪而應曰：「賤婢乃荷華也。奉主母之命，伏侍千歲爺爺。」因取酸梅醒酒湯以進。靈公曰：「此湯何人所造？」荷華答曰：「婢所煎也。」靈公曰：「汝能作梅湯，能為寡人作媒乎？」荷華佯為不知。對曰：「賤婢雖不能作媒，亦頗知效奔走。但不知千歲爺屬意何人？」靈公曰：「寡人為汝主母神魂俱亂矣，汝能成就吾事，當厚賜汝。」荷華對曰：「主母殘體，恐不足當貴人。倘蒙不棄，賤婢即當引入。」靈公大喜，即命荷華掌燈引導，曲曲彎彎，直入內室。夏姬明燈獨坐，如有所待。忽聞腳步之聲，方欲啟問，靈公已入戶內。荷華便將銀燈攜出。靈公更不攀話，擁夏姬入幃，解衣共寢。肌膚柔膩，著體欲融。歡會之時，宛如處女。靈公怪而問之。夏姬對曰：「妾有內視之法，雖產子之後，不過三日，充實如故。」靈公嘆曰：「寡人雖遇天上神仙，亦只如此矣！」論起靈公淫具，本不及孔、儀二大夫。況帶有暗疾，沒討好處。因他是一國之君，婦人家未免帶三分勢利，不敢嗔嫌。枕蓆上百般獻媚，虛意奉承。靈公遂以為不世之奇遇矣。睡至雞鳴，夏姬促靈公起身。靈公曰：「寡人得交愛卿，回視六宮，直如糞土。但不知愛卿心下有分毫及寡人否？」夏姬疑靈公已知孔、儀二人往來之事。乃對曰：「賤妾實不敢相欺，自喪先夫，不能自制，未免失身他人。今既獲侍君侯，從茲當永謝外交，敢復有二心，以取罪戾！」靈公欣然曰：「愛卿平日所交，為寡人悉數之，不必隱諱。」夏姬對曰：「孔甯、儀行父二大夫，因撫遺孤，遂及於亂。他實未有也。」靈公笑曰：「怪道孔、儀二人說卿交接之妙，大異尋常。若非親試，何以知之？」夏姬對曰：「賤妾得罪在先，望乞寬宥！」靈公曰：「孔甯有薦賢之美，寡人方懷感激，卿其勿疑。但願與卿常常相見，此情不絕。其他任卿所為，不汝禁也。」夏姬對曰：「主公能源源而來，何難常常相見乎？」須臾，靈公起身，夏姬抽自己貼體汗衫，與靈公穿上，曰：「主公見此衫如見賤妾矣！」荷華取燈由舊路送歸軒下。天明後，廳堂上已備早膳。孔甯率從人駕車侍候。夏姬請靈公登堂，起居問安。庖人進饌。眾人俱有酒食犒勞。食畢，孔甯為靈公御車回朝。百官知陳侯野宿，是日俱集朝門侍候。靈公傳令免朝，徑入宮門去了。儀行父扯住孔甯盤問主公夜來宿處。孔甯不能諱，只得直言。儀行父知是孔甯所薦，頓足曰：「如此好人情，如何讓你獨做？」孔甯曰：「主公十分得意。第二次你做人情便了。」二人大笑而散。

次日，靈公早朝，禮畢，百官俱散。召孔甯至前，謝其薦舉夏姬之事。又召儀行父問曰：「如此樂事，何不早奏寡人？你二人卻占先頭，是何道理？」孔甯、儀行父齊曰：「臣等並無此事。」靈公曰：「是美人親口所言，卿等不必諱矣！」孔甯對曰：「譬如君有味，臣先嘗之。父有味，子先嘗之。若嘗而不美，不敢進於君也。」靈公笑曰：「不然。譬如熊掌，就讓寡人先嘗也不妨。」孔、儀二人俱笑。靈公又曰：「汝二人雖曾入馬，他偏有表記送我。」乃扯襯衣示之曰：「此乃美人所贈，你二人可有麼？」孔甯曰：「臣亦有之。」靈公曰：「贈卿何物？」孔甯撩衣，見其錦襠，曰：「此姬所贈。不但臣有，行父亦有之。」靈公問行父：「卿又是何物？」行父解開碧羅襦，與靈公觀看。靈公大笑曰：「我等三人，隨身俱有質證。異日同往株林，可作連床大會矣！」一君二臣，正在朝堂戲謔。把這話傳出朝門，惱了一位正直之臣。咬牙切齒，大叫道：「朝廷法紀之地，卻如此胡亂！陳國之亡，屈指可待矣！」遂整衣端笏，復身闖入朝門進諫。不知那位官員是誰，再看下回分解。

第五十三回　楚莊王納諫復陳　晉景公出師救鄭

卻說陳靈公與孔甯、儀行父二大夫，俱穿了夏姬所贈褻衣，在朝堂上戲謔。大夫洩冶聞之，乃整襟端笏，復身趨入朝門。孔、儀二人，素憚洩冶正直，今日不宣自至，必有規諫，遂先辭靈公而出。靈公抽身欲起御座。洩冶騰步上前，牽住其衣，跪而奏曰：「臣聞：『君臣主敬，男女主別。』今主公無周南之化，使國中有失節之婦。而又君臣宣淫，互相標榜。朝堂之上，穢語難聞，廉恥盡喪，體統俱失。君臣之敬，男女之別，淪滅已極！夫不敬則慢，不別則亂。慢而且亂，亡國之道也。君必改之！」靈公自覺汗顏，以袖掩面曰：「卿勿多言，寡人行且悔之矣！」洩冶辭出朝門。孔、儀二人，尚在門外打探。見洩冶怒氣沖沖出來，閃入人叢中避之。洩冶早已看見，將二人喚出責之曰：「君有善，臣宜宣之；君有不善，臣宜掩之。今子自為不善，以誘其君。而復宣揚其事，使士民公然見聞，何以為訓？豈不羞耶！」二人不能措對，唯唯謝教。洩冶去了，孔、儀二人求見靈公，述洩冶責備其君之語：「主公自今更勿為株林之遊矣！」靈公曰：「卿二人還往否？」孔、儀二人對曰：「彼以臣諫君，與臣等無與。臣等可往，君不可往。」靈公奮然曰：「寡人寧得罪於洩冶，安肯捨此樂地乎！」孔、儀二人復奏曰：「主公若再往，恐難當洩冶絮聒，如何？」靈公曰：「二卿有何策，能止洩冶勿言？」孔甯曰：「若要洩冶勿言，除非使他開口不得。」靈公笑曰：「彼自有口，寡人安能禁之使不開乎？」儀行父曰：「甯之言，臣能知之。夫人死則口閉，主公何不傳旨，殺了洩冶，則終身之樂無窮矣。」靈公曰：「寡人不能也。」孔甯曰：「臣使人刺之何如？」靈公點首曰：「由卿自為。」二人辭出朝門，做一處商議。將重賄買出刺客，伏於要路，候洩冶入朝，突起殺之。國人皆認為陳侯所使，不知為孔、儀二人所謀也。史臣有讚云：

陳喪明德，君臣宣淫。纓紳衵服，大廷株林。壯哉洩冶，獨矢直音！身死名高，龍血比心！

自洩冶死後，君臣益無忌。三人不時同往株林。一二次還是私偷，以後習以為常，公然不避。國人作株林之詩以譏之。詩曰：

胡為乎株林？從夏南，匪適株林，從夏南！

徵舒字子南，詩人忠厚，故不曰夏姬，而曰夏南；言從南而來也。

陳侯本是個沒傝僑❶的人。孔、儀二人，一味奉承幫襯，不顧廉恥，更兼夏姬善於調停，打成和局，弄做了一婦三夫，同歡同笑，不以為怪。徵舒漸漸長大知事，見其母之所為，心如刀刺。只是干礙陳侯，無可奈何。每聞陳侯欲到株林，往往託故避出，落得眼中清淨。那一班淫樂的男女，亦以徵舒不在為方便。光陰似箭，徵舒年一十八歲，生得長軀偉幹，多力善射。靈公欲悅夏姬之意，使嗣父職為司馬，執掌兵權。徵舒謝恩畢，回株林拜見其母夏姬。夏姬曰：「此陳侯恩典，汝當恪共乃職，為國分憂，不必以家事分念。」徵舒辭了母親，入朝理事。

❶ 沒傝僑：無聊；沒意思。傝僑，音ㄊㄚˋ ㄙㄚˋ。

忽一日，陳靈公與孔、儀二人，復遊株林宿於夏氏。徵舒因感嗣爵之恩，特地回家設享，款待靈公。夏姬因其子在坐，不敢出陪。酒酣之後，君臣復相嘲謔，手舞足蹈。徵舒厭惡其狀，退入屏後，潛聽其言。靈公謂儀行父曰：「徵舒軀幹魁偉，有些像你。莫不是你生的？」儀行父笑曰：「徵舒兩目炯炯，極像主公，還是主公所生。」孔甯從旁插嘴曰：「主公與儀大夫年紀小，生他不出。他的爹極多，是個雜種。便是夏夫人自家也記不起了。」三人拍掌大笑。徵舒不聽猶可，聽見時，不覺羞惡之心，勃然難遏。正是：怒從心上起，惡向膽邊生。暗將夏姬鎖於內室，卻從便門溜出。分付隨行軍眾，把府第團團圍住，不許走了陳侯及孔、儀二人。軍中得令，發一聲喊，圍了夏府。徵舒戎妝披掛，手執利刃，引著得力家丁數人，從大門殺進，口中大叫：「快拿淫賊！」陳靈公口中，還在那裡不三不四❷，耍笑弄酒。卻是孔甯聽見了，說道：「主公，不好了！徵舒此席，不是好意。如今引兵殺來，要拿淫賊，快跑罷！」儀行父曰：「前門圍斷，須走後門。」三人常在夏家穿房入戶，路道都是識熟的。陳侯還指望跑入內室，求救於夏姬。見中門鎖斷，慌上加慌，急向後園奔走。徵舒隨後趕來。陳侯記得東邊馬廄，有短牆可越，遂往馬廄而奔。徵舒叫道：「昏君休走！」攀起弓來，颼的一箭，卻射不中。陳侯奔入馬廄，意欲藏躲，卻被群馬驚嘶起來，即忙退身而出。徵舒剛剛趕近，又復一箭，正中當心。可憐陳侯平國做了一十五年諸侯，今日死於馬廄之下！孔甯、儀行父先見陳侯向東走，知徵舒必然追趕。遂望西邊奔入射圃。徵舒果然只趕陳侯。孔、儀二人，遂從狗竇中鑽出。不到家中，赤身奔入楚國去了。

徵舒既射殺了陳侯，擁兵入城，只說陳侯酒後暴疾身亡，遺命立世子午為君，是為成公。成公心恨

❷ 不三不四：猶言不倫不類。

徵舒，力不能制，隱忍不言。徵舒亦懼諸侯之討，乃強逼陳侯往朝於晉，以結其好。

* * *

再說楚國使臣，奉命約陳侯赴盟辰陵，未到陳國，聞亂而返。恰好孔甯、儀行父二人逃到，見了莊王，瞞過君臣淫亂之情，只說：「夏徵舒造反，弒了陳侯平國。」與使臣之言相合。莊王遂集群臣商議。

卻說楚國一位公族大夫屈氏，名巫，字子靈，乃屈蕩之子。此人儀容秀美，文武全材，只有一件毛病，貪淫好色，專講彭祖房中之術。數年前，曾出使陳國，遇夏姬出遊，窺見其貌，且聞其善於採煉，卻老還少，心甚慕之。及聞徵舒弒逆，欲借此端，擄取夏姬，力勸莊王興師伐陳。令尹孫叔敖，亦言陳罪宜討。莊王之意遂決。時周定王九年，陳成公午之元年也。楚莊王先傳一檄，至於陳國。檄上寫道：

楚王示爾，少西氏弒其君，神人共憤！爾國不能討，寡人將為爾討之！罪有專歸，其餘臣民，靜聽無擾！

陳國見了檄文，人人歸咎徵舒，巴不得能勾假手於楚，遂不為禦敵之計。

楚莊王親引三軍，帶領公子嬰齊、公子側、屈巫一班大將，雲捲風馳，直造陳都，如入無人之境。所至安慰居民，秋毫無犯。夏徵舒知人心怨己，潛奔株林。時陳成公尚在晉國未歸。大夫轅頗與諸臣商議：「楚王為我討罪，誅止徵舒。不如執徵舒獻於楚軍，遣使求和，保全社稷，此為上策。」群臣皆以為然。轅頗乃命其子僑如，統兵往株林擒拿徵舒。僑如未行，楚兵已至城下。陳國久無政令，況陳侯不在國，百姓做主，開門迎楚。楚莊王整隊而入，諸將將轅頗等，擁至莊王面前。莊王問：「徵舒何在？」

轅頗對曰：「在株林。」莊王問曰：「誰非臣子？如何容此逆賊，不加誅討？」轅頗對曰：「非不欲討，力不如也。」莊王即命轅頗為嚮導，自引大軍，往株林進發。卻留公子嬰齊一軍，屯紮城中。

再說徵舒正欲收拾家財，奉了母親夏姬逃奔鄭國。只爭一刻❸，楚兵圍住株林，將徵舒拿住。莊王命囚於後車。問：「何以不見夏姬？」使將士搜其家，於園中得之。荷華逃去，不知所適。夏姬向莊王再拜言曰：「不幸國亂家亡，賤妾婦人，命懸大王之手。倘賜矜宥，願充婢役。」夏姬顏色妍麗，語復詳雅。莊王一見，心志迷惑，謂諸將曰：「楚國後宮雖多，如夏姬者絕少。寡人意欲納之，以備妃嬪。諸卿以為何如？」屈巫諫曰：「不可，不可！吾主用兵於陳，討其罪也。若納夏姬，是貪其色也。討罪為義，貪色為淫；以義始而以淫終，伯主舉動，不當如此。」莊王曰：「子靈之言甚正，寡人不敢納矣。只是此婦世間尤物。若再經寡人之眼，必然不能自制。」教軍士鑿開後垣，縱其所之。時將軍公子側在旁，亦貪夏姬美貌。見莊王已不收用，跪而請曰：「臣中年無妻，乞我王賜臣為室。」屈巫又奏曰：「吾王不可許也。」公子側怒曰：「子靈不容我娶夏姬，是何緣故？」屈巫曰：「此婦乃天地間不祥之物。據吾所知者言之：夭子蠻，殺御叔，弒陳侯，戮夏南，出孔、儀，喪陳國，不祥莫大焉！天下多美婦人，何必取此淫物，以貽後悔？」莊王曰：「如子靈所言，寡人亦畏之矣！」公子側曰：「既如此，我亦不娶了。只是一件，你說主公娶不得，我亦娶不得，難道你娶了不成？」屈巫連聲曰：「不敢，不敢！」莊王曰：「物無所主，人必爭之。聞連尹襄老近日喪偶，賜為繼室可也。」時襄老引兵從征，在於後隊。莊王召至，以夏姬賜之，夫婦謝恩而出。公子側倒也罷了，只是屈巫諫止莊王，打斷公子側，本欲留與

❸ 只爭一刻：只差一刻。

自家。見莊王賜與襄老，暗暗叫道：「可惜！可惜！」又暗想道：「這個老兒，如何當得起那婦人？少不得一年半載，仍做寡婦。到其間再作區處。」這是屈巫意中之事，口裡卻不曾說出。莊王居株林一宿，仍至陳國。公子嬰齊迎接入城。莊王傳令將徵舒囚出栗門，車裂以殉，如齊襄公處高渠彌之刑。史臣有詩云：

陳主荒淫雖自取，徵舒弒逆亦違條。莊王弔伐如時雨，泗上諸侯望羽旄。

莊王號令❹徵舒已畢，將陳國版圖查明，滅陳以為楚縣，拜公子嬰齊為陳公，使守其地。陳大夫轅頗等悉帶回郢都。南方屬國，聞楚王滅陳而歸，俱來朝賀。各處縣公，自不必說。獨有大夫申叔時，使齊未歸。——其時齊惠公薨，世子無野即位，是為頃公。齊、楚一向交好，故莊王遣申叔時，往行弔舊賀新之禮。這一差還在未伐陳以前。——及莊王歸楚三日之後，申叔方纔回轉。復命而退，並無慶賀之言。莊王使內侍傳語責之曰：「夏徵舒無道，弒其君，寡人討其罪而戮之。版圖收於國中，義聲聞於天下。諸侯縣公，無不稱賀。汝獨無一言，豈以寡人討陳之舉為非耶？」申叔時隨使者來見楚王，請面畢其辭。莊王許之。申叔時曰：「王聞『蹊田奪牛』之說乎？」莊王曰：「未聞也。」申叔時曰：「今有人牽牛取徑於他人之田者，踐其禾稼，田主怒，奪其牛。此獄若在王前，何以斷之？」莊王曰：「牽牛踐田，所傷未多也。奪其牛，太甚矣！寡人若斷此獄，薄責牽牛者，而還其牛。子以為當否？」申叔時曰：「王何明於斷獄，而昧於斷陳也？夫徵舒有罪，止於弒君，未至亡國也。王討其罪足矣！又取其國，

❹ 號令：處分。

此與奪牛何異？又何賀乎？」莊王頓足曰：「善哉此言！寡人未之聞也！」申叔時曰：「王既以臣言為善，何不效反牛之事？」莊王立召陳大夫轅頗，問：「陳君何在？」頗答曰：「向往晉國，今不知何在？」言訖，不覺淚下。莊王慘然曰：「吾當復封汝國。汝可迎陳君而立之。世世附楚，勿依違南北，有負寡人之德！」又召孔甯、儀行父，分付：「放汝歸國，共輔陳君。」轅頗明知孔、儀二人，是個禍根，不敢在楚王面前說明，只是含糊，一同拜謝而行。將出楚境，正遇陳侯午自晉而歸。聞其國已滅，亦欲如楚，面見楚王。轅頗乃述楚王之美意。君臣並駕至陳。守將公子嬰齊已接得楚王之命，召還本國。遂將版圖交割還陳，自歸楚國去了。此乃楚莊王第一件好處。髯翁有詩云：

縣陳誰料復封陳，跖舜還從一念新。南楚義聲馳四海，須知賢主賴賢臣！

孔甯歸國未一月，白日見夏徵舒來索命。因得狂疾，自赴池中而死。死之後，儀行父夢見陳靈公、孔甯與徵舒三人，來拘他到帝廷對獄。夢中大驚。自此亦得暴疾卒。此乃淫人之報也。

再說公子嬰齊既返楚國，入見莊王，猶自稱陳公嬰齊。莊王曰：「寡人已復陳國矣，當別圖所以償卿也。」嬰齊遂請申呂之田。莊王將許之。屈巫奏曰：「此北方之賦，國家所恃以禦晉寇者，不可以充賞。」莊王乃止。及申叔時告老，莊王封屈巫為申公。屈巫並不推辭，嬰齊由是與屈巫有隙。

周定王十年，楚莊王之十七年也。莊王以陳雖南附，鄭猶從晉，未肯服楚。乃與諸大夫計議。令尹孫叔敖曰：「我伐鄭，晉救必至，非大軍不可。」莊王曰：「寡人意正如此。」乃悉起三軍兩廣之眾，浩浩蕩蕩，殺奔滎陽而來。連尹襄老為前部，臨發時，健將唐狡請曰：「鄭小國，不足煩大軍。狡願自率部下百人，前行一日，為三軍開路。」襄老壯其志，許之。唐狡所至力戰，當者輒敗，兵不留行，每夕掃除營地，以待大軍。莊王率諸將直抵鄭郊，未曾有一兵之阻，一日之稽。莊王怪其神速，謂襄老曰：「不意卿老而益壯，勇於前進如此！」襄老對曰：「非臣之力，乃副將唐狡力戰所致也。」莊王即召唐狡欲厚賞之。唐狡對曰：「臣受君王之賜已厚，今日聊以報效，敢復叨賞乎？」莊王訝曰：「寡人未嘗識卿，何處受寡人之賜？」唐狡對曰：「絕纓會上牽美人之袂者，即臣也。蒙君王不殺之恩，故捨命相報。」莊王歎息曰：「嗟乎！使寡人當時明燭治罪，安得此人之死力哉？」命軍正紀其首功，俟平鄭之後，將重用之。唐狡謂人曰：「吾得死罪於君，君隱而不誅，是以報之。然既已明言，不敢以罪人徼後日之賞。」即夜遁去，不知所往。莊王聞之，歎曰：「真烈士矣！」大軍攻破郊圍，直抵城下。莊王傳令，四面築長圍攻之。凡十有七日，晝夜不息。鄭襄公恃晉之救，不即行成，軍士死傷者甚眾。城東北角崩陷數十丈，楚兵將登。莊王聞城內哭聲震地，心中不忍，麾軍退十里。公子嬰齊進曰：「城陷正可乘勢，何以退師？」莊王曰：「鄭知吾威，未知吾德，姑退以示德。視其從違，以為進退可也。」鄭襄公聞楚師退，疑晉救已至，乃驅百姓修築城垣，男女皆上城巡守。莊王知鄭無乞降之意，復進兵圍之。鄭堅守三月，力不能支。楚將樂伯率眾自皇門先登，劈開城門。莊王下令，不許擄掠，三軍肅然。行至逵路，鄭襄公肉袒牽羊以迎楚師。辭曰：「孤不德，不能服事大國，使君王懷怒，以降師於敝邑，孤知罪矣！存亡死生，一惟君王命。若惠顧先人之好，不遽翦滅，延其宗祀，使得比於附庸，君王之惠也！」公子嬰齊進曰：「鄭力窮而降，赦之復叛，不如滅之。」莊王曰：「申公若在，又將以『蹊田奪牛』見誚矣！」即麾軍退三十里。鄭襄公親至楚軍，謝罪請盟。留其弟公子去疾為質。

莊王班師北行，次於郔。諜報：「晉國拜荀林父為大將，先穀為副，出車六百乘，前來救鄭，已過黃河。」莊王問於諸將曰：「晉師將至，歸乎？抑戰乎？」令尹孫叔敖對曰：「鄭之未成，戰晉宜也。已得鄭矣，又尋仇於晉，焉用之？不如全師而歸，萬無一失！」嬖人伍參奏曰：「令尹之言非也！鄭謂我力不及，是以從晉。若晉來而避之，真我不及矣。且晉知鄭之從楚，必以兵臨鄭。晉以救來，我亦以救往，不亦可乎？」孫叔敖曰：「昔歲入陳，今歲入鄭，楚兵已勞敝矣。若戰而不捷，雖食參之肉，豈足贖罪？」伍參曰：「若戰而捷，令尹為無謀矣！如其不捷，參之肉將為晉軍所食，何能及楚人之口？」莊王乃遍問諸將，各授以筆，使書其掌。主戰者寫「戰」字，主退者寫「退」字。諸將寫訖，莊王使開掌驗之。惟中軍元帥虞邱，及連尹襄老，裨將蔡鳩居、彭名四人，掌中寫「退」字，其他公子嬰齊、公子側、公子穀臣、屈蕩、潘黨、樂伯、養繇基、許伯、熊負羈、許偃等二十餘人，俱「戰」字。莊王曰：「虞邱老臣之見，與令尹合，言退者是矣！」乃傳令南轅反旆，來日飲馬於河而歸。

伍參夜求見莊王曰：「君王何畏於晉，而棄鄭以畀之也？」莊王曰：「寡人未嘗棄鄭也。」伍參曰：「楚兵頓鄭城下九十日，而僅得鄭成。今晉來而楚去，使晉得以救鄭為功而收鄭，楚自此不復有鄭矣！非棄鄭而何？」莊王曰：「令尹言戰晉未必捷，是以去之。」伍參曰：「臣已料之審矣。荀林父新將中軍，威信未孚於眾。其佐先穀，先軫之曾孫，先克之子，恃其世勳，且剛愎不仁，非用命之將也。欒、趙之輩，皆累世名將，各行其意，號令不一。晉師雖多，敗之易耳！且王以一國之主，而避晉之諸臣，將遺笑於天下，況能有鄭乎？」莊王愕然曰：「寡人雖不能軍，何至出晉諸臣之下？寡人從子戰矣！」即夜使人告令尹孫叔敖，將乘轅一齊改為北嚮，進至管城，以待晉師。不知勝負如何，且看下回分解。

第五十四回　荀林父縱屬亡師　孟侏儒託優悟主

話說晉景公即位三年，聞楚王親自伐鄭，謀欲救之。乃拜荀林父為中軍元帥，先縠副之。士會為上軍元帥，郤克副之。趙朔為下軍元帥，欒書副之。趙括、趙嬰齊為中軍大夫，鞏朔、韓穿為上軍大夫。荀首、趙同為下軍大夫。韓厥為司馬。更有部將魏錡、趙旃、荀罃、逢伯、鮑癸等數十員，起兵車共六百乘，以夏六月自絳州進發。到黃河口，前哨探得鄭城被楚久困，待救不至，已出降於楚，楚兵亦將北歸矣。荀林父召諸將商議行止。士會曰：「救之不及，戰楚無名，不如班師，以俟再舉。」林父善之，遂命諸將班師。中軍一員上將，挺身出曰：「不可，不可！晉能伯諸侯者，以其能扶傾救難故也。今鄭待救不至，不得已而降楚。我若挫楚，鄭必歸晉。今棄鄭而逃楚，小國何恃之有？晉不復能伯諸侯矣！元帥必欲班師，小將情願自率本部前進！」荀林父視之，乃中軍副將先縠，字彘子。林父曰：「楚王親在軍中，兵強將廣，汝偏師獨濟，如以肉投餒虎，何益於事？」先縠咆哮大叫曰：「我若不往，使人謂堂堂晉國，沒一個敢戰之人，豈不可恥！此行雖死於陣前，猶不失志氣！」說罷，竟出營門。遇趙同、趙括兄弟，告以：「元帥畏楚班師，我將獨濟。」同、括曰：「大丈夫正當如此，我弟兄願率本部相從。」三人不稟將令，引軍濟河。荀首不見了趙同，軍士報道：「已隨先將軍迎楚軍矣。」荀首大驚，告於司馬韓厥。韓厥特造中軍，來見荀林父曰：「元帥不聞彘子之濟河乎？如遇楚師，必敗。子總中軍，而彘子喪師，咎專在子，將若之何？」林父悚然問計。韓厥曰：「事已至此，不如三軍俱進。如其捷，子有功矣。萬一不捷，六人均分其責，不猶愈於專罪乎？」林父下拜曰：「子言是也。」遂傳令三軍並濟，立營於敖、鄗二山之間。先縠喜曰：「固知元帥不能違吾之言也！」

話分兩頭。且說鄭襄公探知晉兵眾盛，恐一旦戰勝，將討鄭從楚之罪，乃集群臣計議。大夫皇戌進曰：「臣請為君使於晉軍，勸之戰楚。晉勝則從晉，楚勝則從楚。擇強而事，何患焉？」鄭伯善其謀，遂使皇戌往晉軍中，致鄭伯之命曰：「寡君待上國之救，如望時雨。以社稷之將危，偷安於楚，聊以救亡，非敢背晉也。楚師勝鄭而驕，且久出疲敝，晉若擊之，敝邑願為後繼。」先縠曰：「敗楚救鄭，在此一舉矣！」欒書曰：「鄭人反覆，其言未可信也。」趙同、趙括曰：「屬國助戰，此機不可失。彘子之言是也。」遂不由林父之命，同先縠竟與皇戌定戰楚之約。誰知鄭襄公又別遣使往楚軍中，亦勸楚王與晉交戰。是兩邊挑鬥，坐觀成敗的意思。孫叔敖慮晉兵之盛，言於楚王曰：「晉人無決戰之意，不如請成。請而不獲，然後交兵，則曲在晉矣。」莊王以為然，使蔡鳩居往晉請罷戰修和。荀林父喜曰：「此兩國之福也！」先縠對蔡鳩居罵曰：「汝奪我屬國，又以和局緩我。便是我元帥肯和，我先縠決不肯。務要殺得你片甲不回，方見我先縠手段！快去報與楚君，教他早早逃走，饒他性命！」蔡鳩居被罵一場，抱頭而竄。將出營門，又遇趙同、趙括兄弟，以劍指之曰：「汝若再來，先教你吃我一劍。」鳩居出了晉營，又遇晉將趙旃，彎弓向之，說道：「你是我箭頭之肉，少不得早晚擒到。煩你傳話，只教你蠻王仔細！」鳩居回轉本寨，奏知莊王。莊王大怒，問眾將：「誰人敢去挑戰？」大將樂伯應聲而出曰：「臣願往！」樂伯乘單車，許伯為御，攝叔為車右。許伯驅車如風，徑逼晉壘。樂伯故意代御執轡，使許伯下車飾馬正鞅，以示閒暇。有遊兵十餘人過之。樂伯不慌不忙，一箭發去，射倒一人。攝叔跳下車，又隻手生擒一人，飛身上車。餘兵發聲喊都走。許伯仍為御，望本營而馳。晉軍知楚將挑戰殺人，分為三路追趕將來。鮑癸居中，左有逢甯，右有逢蓋。樂伯大喝曰：「吾左射馬，右射人。射錯了，就算我輸！」乃將彤弓挽滿，左一箭，右一箭，忙忙射去，有分有寸，不差一些。左邊連射倒三四匹馬。馬倒，車遂不能行動。右邊逢蓋面門，亦中一箭。軍士被箭傷者甚多。左右二路追兵，俱不能進。只有鮑癸緊緊隨後，看看趕著。樂伯只存下一箭了，搭上弓靶，欲射鮑癸。想道：「我這箭若不中，必遭來將之手。」正轉念間，車馳馬驟之際，趕出一頭麋來，在樂伯面前經過。樂伯心下轉變，一箭望麋射去，剛剛的直貫麋心。乃使攝叔下車取麋，以獻鮑癸曰：「願充從者之膳。」鮑癸見樂伯矢無虛發，心中正在驚懼。因其獻麋，遂假意歎曰：「楚將有禮，我不敢犯也！」麾左右迴車。樂伯徐行而返。有詩為證：

單車挑戰騁豪雄，車似雷轟馬似龍。神箭將軍誰不怕？追軍縮首去如風。

晉將魏錡知鮑癸放走了樂伯，心中大怒曰：「楚來挑戰，晉國獨無一人敢出軍前，恐被楚人所笑也。小將亦願以單車探楚之強弱！」趙旃曰：「小將願同魏將軍走一遭。」林父曰：「楚來求和，然後挑戰。子若至楚軍，也將和議開談，方是答禮。」魏錡答曰：「小將便去請和。」趙旃先送魏錡登車，謂魏錡曰：「將軍報鳩居之使，我報樂伯，各任其事可也。」

郤說上軍元帥士會，聞趙、魏二將討差往楚，慌忙來見荀林父，欲止其行。比到中軍，二將已去矣。士會私謂林父曰：「魏錡、趙旃，自恃先世之功，不得重用，每懷怨望之心。況血氣方剛，不知進退，此行必觸楚怒。倘楚兵猝然乘我，何以禦之？」時副將郤克，亦來言：「楚意難測，不可不備。」先縠大叫曰：「旦晚廝殺，何以備為！」荀林父不能決。士會退謂郤克曰：「荀伯木偶耳！我等宜自為計。」乃使郤克約會上軍大夫鞏朔、韓穿，各率本部兵，分作三處，伏於敖山之前。中軍大夫趙嬰齊，亦慮晉師之敗，預遣人具舟於黃河之口。

話分兩頭。再說魏錡一心忌荀林父為將，欲敗其名。在林父面前只說請和。到楚軍中，竟自請戰而還。楚將潘黨，知蔡鳩居出使晉營，受了晉將辱罵。今日魏錡到此，正好報仇。忙趨入中軍，魏錡已自出營去了，乃策馬追之。魏錡行及大澤，見追將甚緊。方欲對敵，忽見澤中有麋六頭，因想起楚將戰麋之事。彎起弓來，也射到一麋，使御者獻於潘黨曰：「前承樂將軍賜鮮，敬以相報。」潘黨笑曰：「彼欲我描舊樣耳！我若追之，顯得我楚人無禮。」亦命御者迴車而返。魏錡還營，詭說楚王不准講和，定要交鋒，決一勝負。荀林父問：「趙旃何在？」魏錡曰：「我先行，彼在後，未曾相值。」林父曰：「楚既不准和，趙將軍必然吃虧。」乃使荀罃率軘車二十乘，步卒千五百人，往迎趙旃。

卻說趙旃夜至楚軍，布席於軍門之外，車中取酒，坐而飲之。命隨從二十餘人，效楚語，四下巡綽，得其軍號，混入營中。有兵士覺其偽，盤詰之。其人刃傷兵士。營中亂嚷起來，舉火搜賊，被獲二十餘人。其餘逃出，見趙旃尚安坐席上，扶之起登車。覓御人，已沒於楚軍矣。天色漸明，趙旃親自執轡鞭馬，馬餓不能馳。楚莊王聞營中有賊遁去，自駕戎輅，引兵追趕，其行甚速。趙旃恐為所及，棄其車，逃入萬松林內。為楚將屈蕩所見，亦下車逐之。趙旃將甲裳掛於小小松樹之上，輕身走脫。屈蕩取甲裳並車馬，以獻莊王。方欲回轅，望見單車風馳而至，視之，乃潘黨也。黨指北向車塵謂楚王曰：「晉師大至矣！」——這車塵卻是荀林父所遣輈車，迎接趙旃者。潘黨遠遠望見，誤認以為大軍，未免輕事重報。——嚇得莊王面如土色。忽聽得南方鼓角喧天，為首一員大臣，領著一隊車馬飛到。這員大臣是誰？乃是令尹孫叔敖。莊王心中稍安。問：「相國何以知晉軍之至，而來救寡人？」孫叔敖對曰：「臣不知也。但恐君王輕進，誤入晉軍。臣先來救駕，隨後三軍俱至矣。」莊王北向再看時，見塵頭不高，曰：「非大軍也。」孫叔敖對曰：「兵法有云：『寧可我迫人，莫使人迫我。』諸將既已到齊，吾王可傳令，只顧殺將前去。若挫其中軍，餘二軍皆不能存紮矣。」莊王果然傳令，使公子嬰齊同副將蔡鳩居，以左軍攻晉上軍；公子側同副將工尹齊，以右軍攻晉下軍。自引中軍兩廣之眾，直擣荀林父大營。莊王親自援桴擊鼓，眾軍一齊擂鼓。鼓聲如雷，車馳馬驟，步卒隨著車馬飛奔前行。晉軍全沒准備。荀林父聞鼓聲，纔欲探聽，楚軍漫山遍野，已布滿於營外。真是出其不意了。林父倉忙無計，傳令並力混戰！楚兵人人耀武，個個揚威。分明似海嘯山崩，天摧地塌！晉兵如久夢乍回，大醉方醒，還不知東西南北。沒心人遇有心人，怎生❶抵敵得過？一時魚奔鳥散，被楚兵砍瓜切菜，亂殺一回。殺得四分五裂，七零八碎。荀罃乘著輈車，迎不著趙旃，卻撞著楚將熊負羈。兩下交鋒。楚兵大至，寡不敵眾，步卒奔散。荀罃所乘左驂中箭先倒，遂為熊負羈所擒。

再說晉將逢伯，引其二子逢甯、逢蓋，共載一小車，正在逃奔。恰好趙旃脫身走到，兩趾俱裂。看見前面有乘車者，大叫：「車中何人？望乞挈帶！」逢伯認得是趙旃聲音，分付二子：「速速馳去，勿得反顧。」二子不解其父之意，回顧看之。趙旃即呼曰：「逢君可載我！」二子謂父曰：「趙叟在後相

❶ 怎生：如何。

呼。」逢伯大怒曰：「汝既見趙叟，合當讓載也！」叱二子下車，以轡授趙旃，使登車同載而去。逢甯、逢蓋失車，遂死於亂軍之中。荀林父同韓厥，從後營登車，引著敗殘軍卒，取路山右沿河而走，棄下車馬器仗無算！先縠自後趕上，額中一箭，鮮血淋漓，扯戰袍裹之。林父指曰：「敢戰者亦如是乎？」行至河口，趙括亦到，訴稱其兄趙嬰齊私下預備船隻，先自濟河，不通我等得知，是何道理？林父曰：「死生之際，何暇相聞也？」趙括恨恨不已，自此與嬰齊有隙。林父曰：「我兵不能復戰矣！目前之計，濟河為急。」乃命先縠往河下招集船隻。那船俱四散安泊，一時不能取齊。正擾攘之際，沿河無數人馬，紛紛來到。林父視之，乃是下軍正副將趙朔、欒書，被楚將公子側襲敗，驅率殘兵，亦取此路而來。兩軍一齊在岸，那一個不要渡河的？船數一發❷少了。南向一望，塵頭又起。林父恐楚兵乘勝窮追，乃擊鼓出令曰：「先濟河者有賞！」兩軍奪舟，自相爭殺。及至船上人滿了，後來者攀附不絕，連船覆水，又壞了三十餘艘。先縠在舟中，喝令軍士：「但有攀舷扯槳的，用刀亂砍其手！」各船俱效之。手指跳落舟中，如飛花片片，數掬不盡，皆投河中。岸上哭聲震響，山谷俱應。天昏地慘，日色無光。史臣有詩云：

舟翻巨浪連帆倒，人逐洪波帶血流。可憐數萬山西卒，半喪黃河作水囚！

後面塵頭又起，乃是荀首、趙同、魏錡、逢伯、鮑癸一班敗將，陸續逃至。荀首已登舟，不見其子荀罃，使人於岸呼之。有小軍看見荀罃，被楚所獲，報知荀首。荀首曰：「吾子既失，吾不可以空返。」乃重

❷ 一發：越發、更加。

復上岸，整車欲行。荀林父阻之曰：「罃已陷楚，往亦無益。」荀首曰：「得他人之子，猶可換回吾子也。」魏錡素與荀罃相厚，亦願同行。荀首喜甚。聚起荀氏家兵，尚有數百人。更兼他平昔恤民愛士，大得軍心，故下軍之眾在岸者，無不樂從。即已在舟中者，聞說下軍荀大夫欲入楚軍尋小將軍，亦皆上岸相從，願效死力。此時一股銳氣，比著全軍初下寨時，反覺強旺。荀首在晉，亦算是數一數二的射手，多帶良箭，撞入楚軍。遇著老將連尹襄老，正在掠取遺車棄仗。不意晉兵猝至，不作整備❸。被荀首一箭射去，恰穿其頰，倒於車上。公子穀臣看見襄老中箭，馳車來救。魏錡就迎住廝殺。荀首從旁覷定，又復一箭，中其右腕。穀臣負痛拔箭，被魏錡乘勢將穀臣活捉過來，並載襄老之屍。荀首曰：「有此二物，可以贖吾子矣！楚師強甚，不可當也。」乃策馬急馳。比及楚軍知覺，欲追之，已無及矣。

且說公子嬰齊來攻上軍，士會預料有事，探信最早。先已結陣，且戰且走。嬰齊追及敖山之下，忽聞砲聲大震，一軍殺出。當頭一員大將，在車中高叫：「鞏朔在此，等候多時矣！」嬰齊倒吃了一驚。鞏朔接住嬰齊廝殺，約鬥二十餘合，不敢戀戰，保著士會徐徐而走。嬰齊不捨，再復追來。前面砲聲又起，韓穿起兵來到。偏將蔡鳩居出車迎敵。方欲交鋒，山凹裡砲聲又震，旗旆如雲，大將郤克引兵又至。嬰齊見埋伏甚眾，恐墮晉計，鳴金退師。士會點查將士，並不曾傷折一個人。遂依敖山之險，結成七個小寨，連絡如七星，楚不敢逼。直到楚兵退盡，方纔整旆而還。此是後話。

再說荀首兵轉河口，林父大兵，尚未濟盡，心甚驚皇。卻喜得趙嬰齊渡過北岸，打發空船南來接應。時天已昏黑，楚軍已至邲城。伍參請速追晉師。莊王曰：「楚自城濮失利，貽羞社稷。此一戰可雪前恥

❸ 整備：準備。

矣。晉、楚終當講和，何必多殺？」乃下令安營。晉軍乘夜濟河，紛紛擾擾，直亂到天明方止。史臣論荀林父知不能料敵，才不能御將，不進不退，以至此敗。遂使中原伯氣，盡歸於楚，豈不傷哉！有詩云：

閫外元戎無地天，如何裨將敢撓權？舟中掬指真堪痛，縱渡黃河也覥然！

鄭襄公知楚師得勝，親自至邲城勞軍。迎楚王至於衡雍，僭居王宮，大設筵席慶賀。潘黨請收晉屍，築為京觀，以彰武功於萬世。莊王曰：「晉非有罪可討，寡人幸而勝之，何武功之足稱耶？」命軍士隨在掩埋遺骨，為文祭祀河神，奏凱而還。論功行賞，嘉伍參之謀，用為大夫。——伍舉、伍奢、伍尚、伍員，即其後也。——令尹孫叔敖嘆曰：「勝晉大功，出自嬖人，吾當愧死矣！」遂鬱鬱成疾。

話分兩頭。卻說荀林父引敗兵還見景公，景公欲斬林父。群臣力保曰：「林父先朝大臣，雖有喪師之罪，皆是先縠故違軍令，所以致敗。主公但斬先縠，以戒將來足矣！昔楚殺得臣而文公喜，秦留孟明而襄公懼。望主公赦林父之罪，使圖後效。」景公從其言，遂斬先縠，復林父原職。命六卿治兵練將，為異日報仇之舉。此周定王十年事也。

* * *

定王十二年春三月，楚令尹孫叔敖病篤，囑其子孫安曰：「吾有遺表一道，死後為我達於楚王。楚王若封汝官爵，汝不可受。汝碌碌庸才，非經濟之具，不可濫廁冠裳也。若封汝以大邑，汝當固辭。辭之不得，則可以寢邱為請。此地瘠薄，非人所欲，庶幾可延後世之祿耳！」言畢遂卒。孫安取遺表呈上。楚莊王啟而讀之，表曰：

臣以罪廢之餘，蒙君王拔之相位。數年以來，愧乏大功，有負重任。今賴君王之靈，獲死牖下，臣之幸矣！臣止一子不肖，不足以玷冠裳。臣之從子薳憑，頗有才能，可任一職。晉號世伯，雖偶敗績，不可輕視。民苦戰鬥已久，惟息兵安民為上。「人之將死，其言也善。」願王察之！

莊王讀罷，歎曰：「孫叔死不忘國，寡人無福，天奪我良臣也！」即命駕往視其殮，撫棺痛哭。從行者莫不垂淚。次日，以公子嬰齊為令尹，召薳憑為箴尹，是為薳氏。莊王欲以孫安為工正，安守遺命，力辭不拜，退耕於野。莊王所寵優人孟侏儒，謂之優孟，身不滿五尺，平日以滑稽調笑，取歡左右。一日出郊，見孫安砍下柴薪，自負而歸。優孟迎而問曰：「公子何自勞苦負薪？」孫安曰：「父為相數年，一錢不入私門。死後家無餘財，吾安得不負薪乎？」優孟嘆曰：「公子勉之。王行且召子矣！」乃製孫叔敖衣冠，履劍一具，並習其生前言動，摹擬三百，無一不肖，宛如叔敖之再生也。值莊王宴於宮中，召群優為戲。優孟先使他優扮為楚王，為思慕叔敖之狀。自己扮叔敖登場。楚王一見，大驚曰：「孫叔無恙乎？寡人思卿至切，可仍來輔相寡人也！」優孟對曰：「臣非真叔敖，偶似之耳！」楚王曰：「寡人思叔敖不得見，見似叔敖者，亦足少慰寡人之思。卿勿辭，可即就相位。」優孟對曰：「王過用臣，於臣甚願。但家有老妻，頗能通達世情，容歸與老妻商議，方敢奉詔。」乃下場，復上曰：「臣適與老妻議之，老妻勸臣勿就。」楚王問曰：「何故？」優孟對曰：「老妻有村歌勸臣，臣請歌之。」遂歌曰：

貪吏不可為而可為，廉吏可為而不可為。貪吏不可為者污且卑，而可為者子孫乘堅而策肥。廉吏可為者高且潔，而不可為者子孫衣單而食缺。君不見楚之令尹孫叔敖，生前私殖無分毫。一朝身沒家淩替，子孫丐食棲蓬蒿！勸君勿學孫叔敖，君王不念前功勞！

莊王在席上見優孟問答，宛似孫叔敖，心中已是悽然。及聞優孟歌畢，不覺潸然淚下。曰：「孫叔之功，寡人不敢忘也！」即命優孟往召孫安。孫安敝衣草履而至，拜見莊王。莊王曰：「子窮困至此乎？」優孟從旁答曰：「不窮困，不見前令尹之賢。」莊王曰：「孫安不願就職，當封以萬家之邑。」安固辭。莊王曰：「寡人主意已定，卿不可卻！」孫安奏曰：「君王倘念先臣尺寸之勞，給臣衣食，願得封寢邱，臣願足矣。」莊王曰：「寢邱瘠惡之土，卿何利焉？」孫安曰：「先臣有遺命，非此不敢受也。」莊王乃從之。後人以寢邱非善地，無人爭奪，遂為孫氏世守，此乃孫叔敖先見之明。史臣有詩單道優孟之事，詩曰：

清官遑計子孫貧，身死優崇賴主君。不是侏儒能諷諫，莊王安肯念先臣？

* * *

卻說晉臣荀林父，聞孫叔敖新故，知楚兵不能驟出。乃請師伐鄭，大掠鄭郊，揚兵而還。諸將請遂圍鄭，林父曰：「圍之未可遽克，萬一楚救忽至，是求敵也。姑使鄭人懼而自謀耳。」鄭襄公果大懼，遣使謀之於楚，且以其弟公子張換公子去疾回鄭，共理國事。莊王曰：「鄭苟有信，豈在質乎？」乃悉遣之。因大集群臣計議。不知所議何事，且看下回分解。

中國古典名著

專家校注考訂　古典小說戲曲大觀

世俗人情類

紅樓夢　饒彬校注
脂評本紅樓夢　馬美信校注
金瓶梅　劉本棟校注
老殘遊記　田素蘭校注
平山冷燕　張國風校注
品花寶鑑　徐德明校注
野叟曝言　黃珅校注
綠野仙踪　葉經柱校注
禪真逸史　黃珅校注
海上花列傳　姜漢椿校注
九尾龜　楊子堅校注
醒世姻緣傳　袁世碩、鄒宗良校注
三門街　嚴文儒校注
花月痕　趙乃增校注
孽海花　葉經柱校注
魯男子　黃珅校注
遊仙窟　玉梨魂（合刊）　黃瑚、黃珅校注
筆生花　黃明校注
浮生六記　陶恂若校注
玉嬌梨　石昌渝校注
好逑傳　石昌渝校注
啼笑因緣　束忱校注
歧路燈　侯忠義校注

公案俠義類

水滸傳　繆天華校注
兒女英雄傳　繆天華校注
三俠五義　張虹校注
七俠五義　楊宗瑩校注
小五義　李宗為校注
續小五義　文斌校注
蕩寇志　侯忠義校注
綠牡丹　劉倩校注
羅通掃北　劉倩校注
楊家將演義　楊子堅校注
萬花樓演義　陳大康校注
粉妝樓全傳　陳大康校注
七劍十三俠　張建一校注
包公案　顧宏義校注
海公大紅袍全傳　楊同甫校注
施公案　黃珅校注
乾隆下江南　姜榮剛校注

歷史演義類

三國演義　饒彬校注
東周列國志　劉本棟校注
東西漢演義　朱恒夫校注
隋唐演義　嚴文儒校注
說岳全傳　平慧善校注
大明英烈傳　楊宗瑩校注

神魔志怪類

西遊記　繆天華校注
封神演義　楊宗瑩校注
濟公傳　楊宗瑩校注
三遂平妖傳　楊東方校注
南海觀音全傳　達磨出身
傳燈傳（合刊）　沈傳鳳校注

諷刺譴責類

儒林外史　繆天華校注
官場現形記　張素貞校注
文明小史　張素貞校注
鏡花緣　尤信雄校注
二十年目睹之怪現狀　石昌渝校注
何典　斬鬼傳　唐鍾馗平
鬼傳（合刊）　鄔國平校注

擬話本類

拍案驚奇　劉本棟校注
二刻拍案驚奇　徐文助校注
喻世明言　徐文助校注
警世通言　徐文助校注
醒世恒言　廖吉郎校注
今古奇觀　李平校注
豆棚閒話　照世盃（合刊）　陳大康校注
石點頭　李忠明校注
十二樓　陶恂若校注
西湖佳話　陳美林、喬光輝校注
西湖二集　陳美林校注
型世言　侯忠義校注

著名戲曲選

竇娥冤　王星琦校注
漢宮秋　王星琦校注
梧桐雨　王星琦校注
琵琶記　江巨榮校注
第六才子書西廂記　張建一校注
牡丹亭　邵海清校注
荊釵記　趙山林校注
荔鏡記　趙山林、趙婷婷校注
長生殿　樓含松、江興祐校注
桃花扇　陳美林、皋于厚校注
雷峰塔　俞為民校注
倩女離魂　王星琦校注

國家圖書館出版品預行編目資料

東周列國志／馮夢龍原著;蔡元放改撰;劉本棟校注;
繆天華校閱.——三版二刷.——臺北市：三民，2024
面；　公分.——(中國古典名著)

ISBN 978-957-14-7043-6（一套：平裝）

857.451　　109019237

中國古典名著

東周列國志（上）

作　　者｜馮夢龍
改 撰 者｜蔡元放
校 注 者｜劉本棟
校 閱 者｜繆天華
封面繪圖｜王　平

創 辦 人｜劉振強
發 行 人｜劉仲傑
出 版 者｜三民書局股份有限公司（成立於 1953 年）

三民網路書店
https://www.sanmin.com.tw

地　　址｜臺北市復興北路 386 號　（復北門市）　(02)2500-6600
臺北市重慶南路一段 61 號（重南門市）　(02)2361-7511

出版日期｜初版一刷 1976 年 11 月
二版六刷 2018 年 6 月
三版一刷 2021 年 1 月
三版二刷 2024 年 7 月
書籍編號｜S851770
I S B N｜978-957-14-7043-6